大 | 国 | 工 | 匠

代旭升传

周洪成　卢丙申　姜化明◎著

中国工人出版社

大国工匠之歌

扫描二维码即听

没有什么可以阻挡 你对创新的向往
执着专注 才气飞扬 精益求精 激情万丈
匠心裁云梦 术业谱华章 重任在肩最强大国工匠
中国产业工人有力量 新时期的大国工匠
中国产业工人有力量 匠人精神举世无双

没有什么可以更改 你对极致的崇尚
技术精湛 精于传承 敬业爱岗 质朴坦荡
三百六十行 行行出状元 百花齐放最美大国工匠
中国产业工人有力量 新一代的大国工匠
中国产业工人有力量 匠人精神天下传唱

入海上天的壮举 风驰电掣的高铁
每一个中国制造 都是你无与伦比的杰作
劳动是美 敬业是德
极致抵巅峰 硕果凝心血
创新创造主旋律
传播我中国

作者 周洪成

序

创新是一个民族进步的灵魂，是一个国家兴旺发达的不竭动力，也是中华民族最深沉的民族禀赋。在激烈的国际竞争中，唯创新者进，唯创新者强，唯创新者胜。一个人没有创造力，就不可能有所作为；一个企业没有创造力，在市场搏击中就不可能有好的生存发展；一个国家没有创造力，就不可能繁荣富强，也就不可能自立于世界民族之林。

创新创造的核心在于工匠精神，工匠精神的内涵在于精益求精。在知识经济时代的今天，在经济全球化的当今世界，国与国之间的竞争、地区与地区之间的竞争、企业与企业之间的竞争，主要表现在科学技术的竞争，表现在自主知识产权的竞争，表现在自主创新能力的竞争。在加快推进“四个全面”的征程上，我们只有把工匠精神融汇于实践，让精益求精成为每一个人、每一个企业和华夏民族的工作精神、劳动态度、质量意识、服务观念和职业道德，敢于担当、勇于超越，树立敢为天下先的志向和信念，敢于走别人没有走过的路，才能在攻坚克难中追求卓越，引领中国建设创新型国家。

代旭升是中国石化胜利油田走出的高技能人才，更是忠诚践行工匠精神的杰出代表。他 1972 年参加工作，执着追求理想，刻苦钻研技术，痴心创新创造，在平凡的岗位上创出不平凡的业绩，先后自主完成技术创新成果 96 项，其中 41 项获国家实用新型专利、2 项获国家发明专利、1 项获国家科学技术进步二等奖，累计创造经济效益超过 2.8 亿元，被人们誉为“工人发明家”，堪称“大国工匠”。

梳理代旭升的成长历程，无不体现着认真敬业的特质。40 多年来，他扎根一线、创业奉献，面对艰苦的工作环境和条件，从王进喜的先进事迹、石油精神中坚定理想信念，针对自己底子薄、基础差的实际情况，苦练基本功，1978 年担任班长并获得“技术能手”称号；1993 年，他提出了“句号行动”，先后解决技术难题和排除设备故障2000多个；1993年他被聘为胜利油田采油高级技师；2005年被聘为胜利油田采油技能大师；2009年被聘为胜利油田首席技能大师；2012年被聘为中国石化技能大师，成长为全国高技能人才楷模。

品读代旭升的创新创造，无不展示着精益求精的风范。40多年来，他勇于实践、创新创效，把对本职工作的深厚感情，对油田、对社会、对国家的强烈责任感，融入创新创造的过程中。他研制的“移动式套管气回收装置”，突破了油田开发与环境保护的矛盾，填补了国内技术空白，在2009年国家科学技术奖励大会上，该成果荣获国家科学技术进步二等奖，成为中国产业工人的骄傲。

感知代旭升的人格魅力，无不闪耀着创业奉献的光芒。40多年来，他甘为人梯、诲人不倦，把传技带徒作为义不容辞的责任，共带签约徒弟104名，其中88人晋升为技师、高级技师；以代旭升创新工作室为平台，开展联动攻关创造，累计创出1000多项创新成果，其中国家发明专利17项，年创经济效益5000多万元。2010年，他被评为全国劳动模范。2014年9月，代旭升工作室被确定为“全国劳模示范性工作室”。

追寻代旭升的辉煌成就，无不昭示着工匠精神的力量。工匠精神，既是一种技能，更是一种精神品质；既能体现勤劳之美的精神原色，又展现了创造之美的价值升华；既体现了精雕细琢、精益求精的精神理念，又包容了从容独立、踏实务实，摒弃浮躁、宁静致远，精致精细、执着专一的精神内涵。长期以来，中国亿万产业工人胸怀报国为民的理想追求，聚焦国家战略要求，持续推进创新创造，为推动我国从“中国制造”向“中国智造”和“中国创造”转变做出了突出贡献。

今天，我们比历史上任何时期都更接近中华民族伟大复兴的目标，比历史上任何时期都更有信心、有能力实现这个目标。而要实现这个目标，更需要大力弘扬工匠精神，让工匠精神涵养时代气质，让工匠精神成为时代共识，让工匠精神扎深文化之根，萌发希望之芽，盛开创新之花。

创新的事业呼唤创新的人才，创新的时代呼唤大国工匠精神。我们要把弘扬工匠精神作为践行五大发展理念的需要，充分发挥追求完美、耐心专注、一丝不苟、不走捷径的工匠精神，更好地推动发展方式转变，提高发展质量和效益；要把弘扬工匠精神作为推动供给侧结构性改革的需要，在质量上精心打磨，在品牌上精心呵护，在工作上一丝不苟、精益求精、追求卓越，推动技术创新与行业进步；要把弘扬工匠精神作为加快转型升级的需要，以科技创新与技术创新推进制造业的质量升级、技术升级、产业升级，真正实现从量到质、从速度到效益、从旧动力到新动力的更迭转换；要把弘扬工匠精神作为推动从物的现代化向人的现代化转变的需要，用精益求精、追求卓越推进人的现代化和社会现代化。

中华民族伟大复兴的中国梦，需要每一个脚踏实地的足印。在党的十九大即将召开之际，我们编辑出版代旭升人物传记，旨在号召全国产业工人弘扬“坚守、踏实、精益求精”的工匠精神，以只争朝夕的紧迫感，推动科技同经济对接，创新成果与产业对接，创新项目与现实生产力对接，团结带领人民不断开创中国特色社会主义事业新局面。

中国能源化学地质工会全国委员会

2017 年 4 月

目录

第一章

少年时代

这时节的风小了许多，走在路上不用再眯着眼防沙尘，路边一丛丛芦苇抖擞着精神，就连初升的太阳都仿似更加红艳。一个 17 岁的少年伸出冻红的手，在漂着冰碴的水中使劲搓洗。他要从贴身的口袋里掏出指导员刚塞给他的信。

怕信封粘到外衣上的土，又怕刚洗过的手再次弄脏信封，少年用左手的食指和大拇指拎着衣领，身子刻意向后避让，给取信的右手留出更多的空间。“国家建工部对外建筑技术联络局”，看到这行字他就知道，准是大哥寄来的。

这个少年的名字叫代旭升，父亲希望他如东升的旭日一样，蒸蒸日上、欣欣向荣。3 个月前，17 岁的他从美丽的海滨城市青岛来到当时的燃料化学工业部九二三厂，成为一名石油工人。已在北京参加工作的大哥代旭平，怕最小的弟弟不能适应新环境，也怕弟弟的文化程度不能适应国家石油建设，要求他每个星期写一封信到北京，既说说心里话，也在信中纠正弟弟的错别字，教他一些新知识。到 1973 年的 1 月 18 日，兄弟俩的通信坚持了整整十年。

三面环抱的连绵青山，与远空牵手的蔚蓝

大海，红色屋顶白色院墙的民居，沿海富华的德式建筑，百年栈桥延伸入海，无论从哪个角度看去，青岛都宛如海上的一颗明珠，璀璨夺目，清新雅致。作为华北地区最后一座被解放的城市，20 世纪 60 年代，青岛市经济复苏，百废待兴。

在这个一派欣欣向荣的城市里，有个叫作台东区北仲家洼的地方，位于城市的东北角，是当时的贫民区。一条红色黏土路边，一个由 7 户人家组成的小院中，一个极为普通的 40 平方米的内外两间房，代维璋和江良基用勤劳的双手供养了 4 个孩子的生活和读书。代维璋中等身材，一脸英气在浓密的黑发衬托下显得格外踏实，两道浓黑的眉毛在笑容里又不失农民儿子的敦厚。他的手很大，不用握就知道有力得很，手背上一条条青筋中流淌着倔强的性格和为了生计奔波的辛劳。

1945 年，代维璋迫于生计，带着妻子和两个儿子，从山东省平度市蟠桃乡五亩兰村逃荒来到青岛，在青岛钢管厂当了一名机械工人。从此，在这个男人心里有了一个信条，“一个工人得有技术才能立足，才能养家”。也因为这一信条，他成了厂里的技术骨干，练就了八级钳工的技术。

代维璋的大女儿代桂云和小儿子代旭升出生在青岛，与前面两个孩子相差 10 岁。这个不足 200 平方米的小院，满载着姐弟俩的童年；这间刚刚 40 平方米的两间房，满溢着他们对父亲的崇拜。

入夜，一丝海风带着淡淡的湿咸，吹走了小院中一天的闷热。

十几个孩子在院里画了格，分成两组丢沙包。年纪小、个子小的几个被分配在一旁计分数。蹲在地上排成一条线的他们，卖力地为自己的哥哥姐姐讨价还价、刻画道道儿，以显示自己的任务很关键，自己的存在很必要。忙碌了一天的大人们，摇着手里的蒲扇，拿出各家的马扎、板凳、线滚子，坐在一起“吹牛”。代维璋却没有参与，他正在屋里那只 15 瓦的灯泡下对付两张图纸。

铅笔，准确地说是铅笔头，在代维璋的大手里显得格外瘦小，稍一用力就会从手指中滑脱。而家里那只仅有的 15 瓦灯泡，也被他扯到离自己近得不能再近的位置。这几天，他要设计一款更好用的自行车牙盘。

20 世纪六七十年代的中国，骑自行车上下班算是最时髦的事。迎着清晨的微风，按动清脆的车铃，这画面陶醉着当时的每个年轻人。但那时商品匮乏，购买自行车得先在工作单位按号排队，拿到自行车票，还得攒下足够的钱。对于普通家庭，不是想添置就能添置的。不少人会在旧货店或五金店买零部件，自己攒一辆。

代维璋在钢管厂工作，又有钳工手艺。10 年前，他从厂里购买低价废料攒过一辆样式丑陋的直把自行车。这次，是给工作不久的二儿子攒。年轻人的车自然得精神些。他不仅狠狠心去五金店买了崭新的车头和其他零部件，还比对之前那辆车的设计图纸，改进了一些使用上的不足。既要对链条轴起到保护作用，还不能磨裤子、勾裤脚。他把自行车的结构图和改进部位标注清楚后，又在牙盘图纸上不断比量、勾画。

已是晚上 12 点，姐姐烧好热水，喊代旭升回屋洗漱。代旭升继承了父亲那两道浓眉和一头黑发。这时的他顶着一头汗，挂着汗珠的头发仍倔强地刺棱着，两颊的汗水沾了手上的土，在脸上形成深一条浅一条的“泥沙流”。简单洗漱后，代旭升就坐到父亲身边，看到图纸上新添的几处线条，比画着问原因。父亲停下手中的笔，一一解释给儿子听。

“要是不添上这几处挡板，裤腿很容易磨脏。”“原来的把手轴承这里总有些发涩。”“这买来的铃铛……”毕竟是个 10 岁的孩子，代维璋还没来得及说完自己的新办法，代旭升已经趴在桌上睡着了。

其实，代旭升早已习惯了父亲的晚睡。在他的眼里，父亲每天不是研究带回来的零部件，就是设计各种新图纸。

代维璋在老家时上过几年私塾，到青岛工作后，为了掌握更多更先进的技术，他主动报考了单位的文化补习班，专门学习了机械制图，还订了一份《机械工人》杂志。闲暇时，结合杂志上介绍的新技术解决生产中遇到的实际问题。现在回忆起来，代旭升说自己对机械的很多想法和认识，“也许就是父亲那时无意中传授的”。在代旭升的心目中，父亲是一名响当当的技术工人。

虽然有技术，但和当时的大多数工人家庭一样，代维璋的家庭并不富裕。虽然不像在北边棚户区时捉襟见肘，但日常生活也得精打细算才成。为了让 4 个孩子都能上学读书，代维璋常从工厂揽一些零活贴补家用，甚至会把活带回来全家一起做。

每个月总有那么一两次，代维璋用一辆手推车拉回大大小小的各式零件，有的需要除锈，有的需要保养，有的需要上漆，一个件能挣个几分钱。每到这样的夜晚，代旭升的晚饭就吃得特别快。在他眼里，这些零部件要比铁环、沙包、小树枝“高档”多了。

“好了好了，你还是到外面玩去吧。看看弄我这一身！”坐在代旭升对面的姐姐，被卖力工作的弟弟溅了一身铁锈，抬头却看见代旭升食指上的一道道划痕，佯装生气地说。

那时的代旭升刚 6 岁，不知道姐姐是在心疼自己，赌着气噘着嘴，手上的钢丝刷子更起劲了。

“你洗洗手，给我端碗水呗。”知道弟弟倔，姐姐又换了口气。

代旭升可不领情，回过头去，从墙角拿来前几天拆下的硬纸壳，摆在自己的零件面前。“这不就行了，铁锈有挡箭牌了，溅不到你身上了。”

“行行行，就你聪明。你还是赶紧洗洗手吧，要感染的。”“妈，你看这还真管用了。”姐姐一边说着，一边把硬纸壳摆到自己的工具面前，溅出的锈末都打在纸壳上了。

“你弟就是随你爸，聪明得很。”母亲跟女儿挤眼说着。

“对对对，就是就是就是。”

“再干活的时候，手握住这里，既能使上劲，又不会伤到自己。”代维璋一脸慈爱地指导着儿子。

母亲说得没错，代旭升的确像他的父亲。父亲对他的影响，也始终是潜移默化的。

“爸爸下班了吗？”

“几点了？”

“快了吧？再看看。”

5 岁的代旭升，被母亲从托儿所接回来以后，不是坐在家门口让母亲一遍遍地看那桌上的钟表，就是在院门口探头探脑，侦查父亲的身影。

“一二一，一二一，爸爸领我上街去，买书包，买铅笔，到了学校考第一……”

“旭升，你干什么嘞？”代维璋刚拐进小院，就看见代旭升一边嘟囔儿歌，一边用小树枝在地上比画。

“爸爸，爸爸，我在设计图纸呢！你看我给咱家设计了一个桌子、一把椅子，椅子三条腿就能行……”

“爸爸，爸爸，今天图纸拿回来了吗？我看看，我看看。”

坐在父亲的腿上，看着那些或细或粗或实或虚的线条，代旭升总有很多问题。“这根线这么粗，是很大吗？”“这些点是假装看不见的？”“为啥不能把它俩连起来？”那些夜晚，代旭升不是在父亲的怀里睡着了，就是枕在父亲的腿上入睡。

在每个孩子的心中，父亲母亲就是最高大的偶像，“我长大了也要像爸爸一样”“我的力气也很大”，则是孩子幻想中自己长大的样子。和父亲一样伟岸，一样手巧，一样能看好多书，能画好多图，像埋在代旭升心中的一颗种子。在父亲的耐心呵护下，那颗种子正渐渐扎根心灵的沃土。

里外两间，总共 40 平方米。外间一进屋的地方是灶台，对面摆放着父亲那辆自制的自行车，再往里是一张饭桌和父亲的工具箱、杂物箱，北墙有一扇不能开启的巴掌大的窗。里屋北头是一张小床，床东头摆着一个箱子，床前也是一扇不能开启的巴掌大的窗。南头是一张大床，墙上有一个相对明亮的能够打开的大窗户，母亲每天早起都会开窗通气。两张床的中间则是一个带柜子、抽屉的组合橱，橱上摆着一架钟表。房顶悬着一只扯了很长线的灯泡。因为限电，两间房只能开一只 15 瓦的灯泡，所以这灯泡一般悬挂在两间屋之间的门上。为让光线更集中一些，父亲

特意把灯线留长，哪屋需要往哪屋挪。

在那个七户人家围成的小院里，代旭升的家境算是中等。工作要爱岗敬业，上学要尊重师长，生活要勤俭节约，秉承老一辈的家风，父亲时常这样教育孩子。这对于家中年龄最小的代旭升来说，是很有震慑力的。“那个钟表是家里最贵的东西，除了父母，我们从不敢动。”

最贵重的东西不能动，其他物件是不是就不受限了？孩子总是好奇的，看着父亲每天鼓捣各种零部件，帮邻居家修理各种器物，代旭升免不了手痒。“如何找到一个可以改造、可以展现自己才华的东西？”成为代旭升的最新目标。

床不行！万一弄坏了，会挨训的。灶台也挺好的，没看出有啥需要改进的地方。饭桌结构太简单，也没有改造的必要。这两扇不能开的窗户？不行，太结实了，弄不动。表，表不行，不行，不行。唉，这组合橱呢？丁远勇家的组合橱有锁，放东西很保险，我家这组合橱不行，抽屉随便开，得改改。

不能买锁，太贵了，而且没有技术含量。也不能大改，万一弄坏了怎么办……

好一番思量，先是找到改造目标，再是寻找解决办法，那几天的代旭升真是茶饭不思了。得亏刚上一年级，功课少，每天有得是工夫想心事。

锁抽屉就是打不开呗，打不开就得有东西挡着呗，不用明里的锁头挡，还能用啥呢？用木头！塞上？一眼就发现了，根本挡不住。别上？对，跟门闩一样，别上。可别哪儿呀？

代旭升在姐姐的小床上坐着瞅组合橱的右边，再坐在大床上瞅组合橱的左边，拉开抽屉摸摸，关上抽屉量量……

“代旭升，代旭升，出来玩呀！”

“快点，打仗啦，出来晚了就让你当坏人。”

屋外，小伙伴来喊代旭升出去玩，可代旭升心里哪还有别的，就想着怎么赶紧地表现一下自己的才华。

“来了，来了，丁远勇，你家抽屉是不是上锁的？先带我去看看呗。”

“锁有啥好看的，赶紧绑上腰带，晚了就得当坏人了。”

在小伙伴的催促下，代旭升也拿着小木棍一窝蜂儿地玩去了。

“快快，快把门别上，别让他们进来了，咱们要召开秘密大会了。”打鬼子的游戏是男孩最爱玩的，总是几个稍大点的当好人，几个稍小点的当坏人。今天，他们又多了一个开“秘密大会”的环节。用手中的木棍把门别上之后，代旭升没有马上“参会”，而是瞅着那别门的木棍好半天。

门闩是插在洞里，别门也是有地方固定，那从组合橱上也开一个小洞，不就能别住了吗？对！

“代旭升，你干啥，开门干啥？”想到这，代旭升一把拉开门准备回家试验一下，正在开“秘密大会”的伙伴们可不干了。

回家的路上，代旭升顺道捡了一截木棍，进屋后便拿出爸爸的工具，在组合橱的左侧钻了一个洞。把捡来的木棍插进去，再拉抽屉，真的拉不开了。

成功喽！不行，不能告诉妈妈，得让她自己发现这个惊喜。

“妈！妈！给我找个笔。”一个 8 岁的孩子哪里沉得住气，刚想着让母亲自己发现惊喜，就忍不住想得到母亲的夸奖。代旭升站在门口喊。

“打不开了，是不是被里面的东西别住了。”母亲一面开抽屉一面说。

“别住了，就是别住了，就在这。”代旭升迫不及待地指着自己发明的抽屉锁：“这样，咱家组合橱也有锁了，跟丁远勇家一样保险了。”

“这几天，你就是琢磨这个？嗯，好用，这样再放东西就保险了。”看着小儿子满头的汗，想着他这几天的魂不守舍，母亲会心地笑了。

如果说，父亲是代旭升在机械研究上的领路人，那母亲则是他坚实的后盾。母亲的宽容和慈爱保留了代旭升更多的想象空间，母亲身上那负责任、敢担当的勇气更深深影响了代旭升的一生。

在老家五亩兰村，江良基是一位典型的农村妇女，小脚，不认几个字，但对儿女却极其慈爱。平常家里做菜，只放几片肉，江良基总拣出来放到孩子跟前。三年自然灾害的时候，家家没饭吃，代维璋、江良基两口子吃地瓜叶、酒糟糠，却仍想尽办法弄来细粮，每顿饭给家中老么代旭升做一个白面馒头。

逃荒到青岛后，为了贴补家用，江良基在街道居委会谋了一份活。先是帮着收发户口本、粮证、布票、卫生费等杂活，后因做事认真负责，一直做到居委会副主任的职务，这个片区的居民大事小情都愿找她，也都愿听她的。

20 世纪 50 年代，美国在朝鲜战争中使用了细菌武器，这些细菌武器——带毒昆虫也撒落到了我国的东北地区。于是，1952 年 3 月 14 日的政务院 128 次会议上决定，成立中央防疫委员会，下设办公室。同年底，这个机构改为爱国卫生运动委员会，在全国开展轰轰烈烈的爱国卫生运动。1958 年 2 月 12 日，中共中央、国务院发出《关于除四害讲卫生的指示》，提出要在 10 年或更短一些的时间内，完成消灭苍蝇、蚊子、老鼠、麻雀的任务，使人民转病弱为健强，转落后为先进。

那几年，居民除了每天要打扫房前屋后之外，还要想尽办法“除四害”。江良基作为居委会副主任，不是带着三四岁的代旭升走街串巷，挨家挨户地帮各家打扫卫生，就是召开各种会议，传达最新的方针政策。

看着妈妈每天忙前忙后，代旭升也开始学着做帮手。除了帮妈妈收发各种证件、票据和费用这些零活外，他还一心想着“除四害”这样的大活。对孩子来说，打扫卫生自然没什么吸引力，哪有打麻雀这样的技术活吸引人。大人打麻雀用的是气枪，小孩不能碰，家里更买不起。代旭升就想着可以用弹弓打。

代旭升决心像妈妈一样，带着小伙伴们“除四害”。既然是“带头人”，那就得有个带头人的样子，先做个弹弓的样板让大家瞧瞧，激发一下斗志。

那年的代旭升刚 7 岁，虽然在父亲的熏陶下，学到了一些机械知识，但独立完成一样作品，却从未有过。

粗铁丝！粗铁丝！粗铁丝！这天，代旭升小心翼翼地在父亲的工具箱里翻找，打算做一副铁丝架的弹弓，可前翻后找也没发现半根粗铁丝。用细铁丝多缠几道？不行。代旭升把一截细铁丝对折几次，试了试，细铁丝显然吃不上劲，不能达到受力支撑的作用。第一个方案失败了。

铁的没有，就做木头的。代旭升拿起前几天用剩的一块小木板，学着父亲的样子在木板上画好样子，先用锯子割出三角叉的大体样式，再用父亲补自行车内胎的工具木锉，把这有棱有角的三角叉锉细锉圆，既得不扎手，还得好使劲。尤其是把手部分，握在手里得有质感，才能更好地发力，才能打得更准。

代旭升一边想着预期的效果，一边反复摩挲着正在成型的弹弓架，一点点地锉、一次次地试，竟突然有种自豪感。平日里总看爸爸做东西，也是这么精雕细刻的，看着就羡慕。平时爸爸帮别人修东西，修好后，人家就会夸赞一番父亲的手艺，想着就兴奋。又想着能帮妈妈“除四害”，浑身都觉得光荣。代旭升一边细心地打磨弹弓架，一边憧憬着迎面而来的光环。

好了！嗯，这木架比铁丝的还滑溜还顺手。代旭升又检查了一遍自己的得意之作，便迫不及待地装上橡皮筋，找小伙伴一同为“除四害”做贡献了。

傍晚，满心欢喜期待被表扬的代旭升，回到家竟是一盆凉水浇头。“这是不是你弄得？”从来都和颜悦色的父亲，指着外间屋溅了一地的木粉一脸严肃地说。“坏了，光顾着出去打麻雀，做好弹弓忘记收拾现场了。”“爸爸说过，做事要有始有终，干活要有模有样。”“爸爸每次干完活都会把东西擦净、归位，也总说：‘干活、做事都要守规矩。’”“这下，坏了！”代旭升的心里有权衡，也有委屈。

“我做了一个弹弓，我也想帮妈妈‘除四害’。”说着，代旭升把做好的弹弓上交给父亲。

“这里再处理一下，用力就更顺畅了。”知道儿子是为了帮母亲，代维璋的气也消了一半，看着儿子递过来的弹弓有模有样，不禁开始了技术指导。

“工完料净场地清”是胜利油田石油工人代代相传的基本功，在代旭升心里，这也是从父亲手里接过的接力棒。代旭升回忆说，老一辈的人没有那么多大道理，但他们身体力行地做每件事，这就是对晚辈最大的教育和影响。

解放后的中国百废待兴，却也考验重重。1969 年，中苏边境地区多次发生边防军的武装摩擦，不久又爆发了珍宝岛之战，当时的苏共领导人向中国发出了“毁灭性核打击”的战争恐吓。

为了应对当时的危险形势，6 月，国务院成立全国人民防空领导小组，中央军委办事组下达指令，要求各省、市、自治区成立人民防空领导小组。9 月，为加强战备，贯彻中共中央“八二八”紧急战备动员令，响应毛主席“深挖洞、广积粮、备战备荒为人民”的号召，全国开展了群众性挖防空洞、防空壕、储备粮食和布匹等战略物资的活动，掀起全民备战运动。

当时，各家各户、各个单位都在自家的地方规划防空洞位置。江良基所在的街道居委会同样接到了这样的任务，她召集各院负责人开了好几次规划会，除了及时传达上级政策，还协助各院规划好各自的防空洞位置和挖掘方案，并嘱咐各户把一些日常必需的衣物打包，做好随时备战的充分准备。

代旭升家所在的小院也被分配了两个防空洞的配额，江良基带领大家设计好防空洞工事布局图，排出挖掘任务表，七户人家每天分工，轮流挖掘，共同完成。

“他丁婶，忙着呢。”

“嗯，这不大宝病了，给他蒸俩糖包，甜甜嘴儿。”

“那你先忙着，今天的防空洞，我替你挖着，忙完了你再挖。”接连挖了三天防空洞的江良基，再次扛起镐头。

“妈，今天你在家歇歇，我干一天。”看着母亲已经起泡的双手，代旭升和姐姐心疼得很。

“不碍事，这活干几天就习惯了，习惯就不觉得累了。”

挖防空洞虽是国家政策，但也是个体力活，有个小情绪、小推诿很难免。每遇到这样的情况，江良基从不多说，只是一味干活。她还发动丈夫代维璋设计了几盏嘎斯灯，改造了 7 把小号的镐头，分发给各家，方便在防空洞中使用。谁家有个大事小情，江良基就替他们挖，从未有怨言。

“他唐婶，今天要去买粮了，我先替你挖着，等你买回来再挖。”

“不用不用，今天老大回来了，我俩分开干，不耽误，你快歇歇吧。”

“他江婶，你就放心吧，我们绝对保质保量，咱准能完成任务。”

“就是，哪能光让你一个人受累，快歇歇，我们把家里的活都匀匀，绝对不耽误工期。”日子久了，邻里们对江良基暗暗竖起大拇指，再也没人找理由延误工期。

6 个月后，在江良基的带领下，小院准时完成了两个互通式防空洞的任务。

“母亲没什么文化，但做事特别认真、负责任，这些我都记得。”代旭升身上那份执着或许正秉承于此。

代维璋虽热爱学习，却并不是书呆子。他对子女的日常管教很严格，除了认真学习，帮助家里做力所能及的家务，并不让孩子在外闲玩。但每个周日却不同，每到这天，代维璋就会带着全家去当时的太平山做户外运动。

说起太平山，它的名字也是一波三折。太平山位于青岛市市南区，原称“会山”，海拔 150 余米，向西延伸为青岛山、八关山及小鱼山，向东伸展为湛山，是青岛市区第一高峰。德占时期，叫作“伊尔梯斯山”，建有炮台，植树造林，并从世界各地引进各种名贵树木和花卉，辟建植物实验场。日本第一次侵占青岛后，又改叫“旭山”。中国政府收回青岛后则定名为“太平山”，是青岛登高观景地之一。

20 世纪 80 年代，青岛市加快了对山头公园的美化建设，1984 年封山建园，1986 年建成开放，成为森林覆盖率最高、植被景观最优美的风景区。90 年代中期，太平山景区被规划为集诸多公园于一体的中央公园，包括中山公园、青岛市动物园、百花苑文化名人雕塑园、青岛山公园、青岛植物园、湛山寺、革命烈士纪念馆、榉林公园、青岛山炮台遗址等景点，是国内最大的大型现代城市园林之一。其中，榉林公园则是当时代旭升一家最常去的地方。

现在，步入榉林公园，会看到人工湖、母子像、走廊和榉林乐园等设施和景点。当时的太平山虽没有这些唯美的人工景观，但乐趣依然多。夏天，代维璋会带着孩子们在湖畔逮青蛙、捕蜻蜓，在山顶教孩子分辨和认识各种树木和野花。冬天，为支持城市绿化建设，学校里还会分配捡树种的任务，每个班要捡足 5 公斤树种。这里便成了代旭升和同学小伙伴的乐园。

当时的青岛交通并不发达，代旭升一家每周去太平山都是步行。但代旭升家所在的台东镇却拥有中国最早的一条公路——台柳路，是德占时期为同步建成的麦克伦堡疗养院运输物资而修建，由青岛台东镇（今台东一带）起，经市区东吴家村及崂山区的保儿、河西、李村、汉河等村，止于柳树台村（今属沙子口镇）。这条公路全长 29847.92 米，其规模之大、路线之长在当时居青岛及山东省之冠。

20 世纪 60 年代后期，中国经历了三年自然灾害，百废待兴，全国各地大兴基础建设。青岛市作为重要的港口城市，道路现状已不能满足交通需求，政府在原有的建设基础上，兴修公路、铁路，促进城市发展。

代旭升家门前的红色黏土路也列入修建规划，并发动广大群众参与道路建设。政府负责前三层和最后一层的石块、细砂石的垫铺，各街道居民则分别承担第四层小型石块的收集。一时间，各家各户分别找石头、运石头、砸石头。代旭升则每天步行到太平山，把合适的石头背回家来砸，伙伴们围坐在院里砸石头成了每天的必修课。

“哎哟！”代旭升的脚腕上又被溅出的小石块击中了。看看其他人，也是一边砸一边划拉。这砸下的石头总是不听话，四处飞溅，还容易伤着人，特别是手和脚腕，常被溅出的石子儿划伤。

怎样才能让这些砸下来的石子儿听话？代旭升边砸边想，试验了几个办法。最初，他给大石块做个罩儿，套在里面砸，但这样石头是不飞溅了，外面的罩却很快就碎了，太浪费。既得罩起来，还得能漏出石块，那就做个环形的套，把石块套在中间，上面能砸到，碎石又不会溅出来。

于是，代旭升找来父亲修车时废弃的旧车胎，剪成 40 厘米长一段，展开后环成一个圈，再用钉子固定在一根木棒上。这样就可以一手拿着木棒，一手敲打环套中的石块，不仅受伤的危险系数小了，砸石头的产量也高了。后来，邻居们纷纷效仿，有用废旧轮胎的，也有用废旧铁皮的。这也让代旭升成了这一片居户中的小能人。

“你家旭升脑袋瓜就是灵光，我们都想不到的事儿，他就能成。有出息！”一天晚上，隔壁的刘大妈还特意跑到代旭升家，跟母亲江良基夸赞代旭升的聪明。

其实，在这院子里，代旭升一直是个孩子头，因为他的主意多、点子多，总能想出新奇的玩意儿来，孩子们都愿听他的。

徐徐的海风吹在脸上，就像爱人的手一样轻柔醉人，海面上泛起粼粼波光，远处一点红晕的光束闪闪烁烁，伴随海浪的吟唱，点缀着美丽的蓝黑色世界，呼唤着远归的人。那原本为提醒青岛湾一带暗礁的灯塔，为这辽阔的大海、无尽的青山平添了一份迷人的色调。

没有高楼大厦，却有碧海蓝天；没有人来人往，却有海阔天空。20 世纪 60 年代末的青岛，虽然没有现在的繁华景象，却比现在更加干净、清爽。

在海滨城市成长，和大海的亲密接触自然不会少。“青岛人把到海里游泳叫作洗海澡。”在代旭升的印象中，那时的青岛沿海地区只有栈桥到太平角一部分开发建起海滨浴场，东部的湛山海域仍是种植蔬菜的农村，那里的海滩没人管理，可以自由下海游泳。

沿代旭升家门前的路进入延安三路，一直向东南方向走半个小时，就能到达这片自由的海洋。院里年龄相仿的五六个小伙伴总会结伴同行。可为了安全起见，学校对这片最近的海发出禁令，如有学生被发现在此游泳，就要罚站，甚至叫家长。

在孩子的心里，在班上当众罚站是一件很可怕的事情，叫家长这样的大错误更是碰都不敢碰，轻则被全班同学耻笑很久，重则就是回家屁股开花。小伙伴们没办法，只得转战到正规浴场。到正规浴场游泳必须穿泳裤，对于家境一般的他们来说，这可成了难题。

不穿泳裤不让进浴场，去其他海域又要被叫家长，大家让代旭升赶紧想办法。可同样没钱的代旭升能咋办，难道自己做？还别说，就这一闪念，真让代旭升想到了。他跟母亲要来一件破得不能再破的旧衣服，前后大小一裁剪，又在左侧留了两根能系活扣的宽带子，一款有模有样又穿脱方便的泳裤还真做成了。

代旭升发动小伙伴从各家找来各自所需的破衣服，给他们每人量体裁衣各做一条，终于可以去正规浴场洗海澡了。

蔚蓝的大海中，洋溢着他们的欢笑，强健着他们的身体。代旭升回忆说，他的整个中学时代赶上“文化大革命”，很多课程停了，但夏季洗海澡却是班主任老师丁培乾一直坚持的。

那时，丁培乾老师不仅教会他们正规的憋气、蛙泳、自由泳，还教他们如何做入水前的身体伸展，体能锻炼，每天能在海里游 2 个小时。为了增加游泳的趣味性，锻炼孩子们吃苦耐劳、直面困难的意志，丁老师还带他们参加每年一度的横渡汇泉湾的游泳比赛。

说起横渡汇泉湾，那可是青岛市纪念“7・16”毛主席畅游长江的传统活动。

才饮长沙水，又食武昌鱼。
万里长江横渡，极目楚天舒。
不管风吹浪打，胜似闲庭信步，今日得宽余。
子在川上曰：逝者如斯夫！

风樯动，龟蛇静，起宏图。
一桥飞架南北，天堑变通途。
更立西江石壁，截断巫山云雨，高峡出平湖。
神女应无恙，当惊世界殊。

1956 年 5 月下旬，毛主席由长沙来到武汉。6 月 1 日至 4 日，他先后 3 次畅游长江，并写下了《水调歌头·游泳》这首词，尽显征服长江的豪迈之情。1966 年 7 月 16 日，毛主席第 17 次在武汉畅游长江。这一挑战天险的壮举，掀起了江城武汉半个世纪来波澜壮阔的横渡长江活动。

当天，73 岁高龄的毛主席在武汉进行了最后一次畅游长江活动，总游程近 30 华里，历时 1 小时零 5 分。当时，他对陪游者说："长江又宽又深，是游泳的好地方。长江水深流急，可以锻炼身体，可以锻炼意志。"他还说："长江，别人都说很大，其实，大，并不可怕。美帝国主义不是很大吗？我们顶了它一下，也没有啥。所以，世界上有些大的东西，其实并不可怕。"

当年的 7 月 25 日，《人民日报》发表社论《跟着毛主席在大风大浪中前进》，影响深远。此后，"7·16"就被确定为毛主席畅游长江纪念日。许多游泳爱好者也把这一天当作自己的节日。从 1967 年起，全国各地相继举行以纪念毛主席"7·16"畅游长江为主题的渡江、渡河、渡海活动。

1967 年 7 月 16 日 9 时 30 分，青岛市纪念毛主席"7·16"畅游长江一周年庆祝大会，在东方红海水浴场（第一海水浴场）隆重举行。那天，天气晴朗，阳光灿烂，青岛市群众和驻军共十多万人参加大会。会后，两万多名游泳健儿组成游泳大军，簇拥着毛主席画像，推着"跟着毛主席在大风大浪中前进"的标语牌，高喊着"发展体育运动，增强人民体质""下定决心，不怕牺牲，排除万难，去争取胜利"的口号，浩浩荡荡从东海饭店下水，在海水浴场上岸。参加横渡汇泉湾活动的人员都拥有一枚铝制纪念章，徽章设计极为生动，在武汉长江大桥的背景衬托下，毛主席侧面像熠熠生辉。

丁培乾老师参加了当年的活动。1969年接手代旭升所在初中班级后，老师时常提起当时的场面。代旭升回忆，丁老师带他们训练的时候，常说一定要以毛主席当年的伟大实践为榜样，到大江大海中去练思想、练身体、练意志、练毅力、练智慧，培养无私无畏、勇敢顽强的作风。每次比赛前，从饮食调整到锻炼时间的规划，丁老师也都会一一指导。

除去夏天的游泳锻炼，丁培乾老师还带领孩子们打篮球、练乒乓球。丁老师把教师的办公室改造成体育活动室，里间的小屋用来办公，外间大屋摆放了乒乓球台，供学生锻炼。冬天或天气不适宜游泳的日子，丁老师就带着学生们打篮球和乒乓球。现在回想起来，代旭升仍感激丁老师的帮助。代旭升说："游泳、打球看似是游戏，对身体的锻炼、对意志的磨炼却受益匪浅。我到了油田后能打硬仗、吃得了苦，也是那时练出来的。"

虽然有初中毕业证，但实际上，代旭升只在学校受了3年正规教育。

1966年，中共中央政治局扩大会议和八届十一中全会上，先后通过了《中共中央通知》和《中共中央关于无产阶级文化革命的决定》，并对中央领导机构改组，一场历时10年的"文化大革命"开始了。

那时的代旭升，正上小学4年级。没有文化课的时候，父亲常让他待在家里，不让出门乱跑，还给他买了《十万个为什么》《格林童话》《海底两万里》等课外书籍，充实他的文化知识。也是从那时起，代旭升养成了爱看书的习惯。

《十万个为什么》是代旭升最喜欢的书，他不仅从中学到了很多知识，还经常把书上的常识用到生活中。剥鸡蛋皮就是代旭升最骄傲的一次记忆。

"喝牛奶吃鸡蛋"是中国家庭最传统的营养套餐，但在物资短缺、供应紧张的20世纪六七十年代，单单是吃鸡蛋已算奢侈了。即使这样，母亲江良基也会想尽办法为孩子们补充营养。新鲜的鸡蛋在开水里滚熟，趁热剥去皮，那柔软的蛋白、隐约的蛋黄，光是闻一闻就香上好几天。代旭升却最不喜欢剥鸡蛋，就算把蛋皮磕得再碎，剥皮的时候，蛋白仍会粘在剥开的皮上。当然不能浪费，代旭升就用牙一点点从蛋皮上啃下来，经常是蛋清蛋白蛋皮一起吃到肚子里了。

一天，代旭升从《十万个为什么》里看到了解决剥鸡蛋难的办法，在家人面前很是炫耀了一番。这天，母亲煮鸡蛋的时候，代旭升就一直在旁边盯着。母亲以为他是饿了，把煮好的鸡蛋放到碗里让他端去饭桌吃，他却只拣出一个鸡蛋就走了。来到水桶旁，代旭升用水舀子舀了水，把那个鸡蛋放了进去，两三分钟后，再拿出来磕蛋皮，没想到这一磕，蛋皮明显已从蛋清上脱开了。

代旭升高兴极了，三下两下就剥好鸡蛋，马上拿着光滑的鸡蛋给母亲看。“哟，今天的鸡蛋怎么剥得这么高水平？”面对母亲的惊讶，代旭升开始显摆了。

“这就是热胀冷缩。”母亲笑眼莹莹地看着代旭升，等他的解释。

“煮熟的鸡蛋，外面是一层硬壳，里面是柔软的蛋白，这一硬一软的伸缩情况不同。”代旭升从碗里又拿了一个鸡蛋，再次放到水舀子里，演示给母亲看。“尤其是滚烫的熟鸡蛋，马上放到凉水中，这硬硬的蛋壳就会突然收缩，而里面柔软的蛋白却变化不大，蛋壳和蛋白自然就脱开了。妈妈，你吃！”说到这里，代旭升又轻轻松松剥开一个鸡蛋，递到母亲嘴边。母亲摸着代旭升的头说：“原来是这么回事呀，读书真管用，我们旭升懂的东西越来越多了。”

有关水的知识是代旭升研究最多的。他在《十万个为什么》里看到水遇热、遇冷、蒸发等不同现象，就在日常生活中试验，还演示给小伙伴们看，这让他在孩子中的威望更高了。

“你看，咱们身体热乎乎的吧，咱们哈出的气也是热乎乎的。再摸这玻璃，凉的吧。咱们哈出的热气遇到凉玻璃，温度就下降了，水的状态就从气体变成了液体，就是这玻璃上的小水珠。你们看，是不是很细小的水珠？”五六个孩子窝在代旭升家的大床上，听代旭升讲水的故事，一个个都入迷了。“真是水珠，用手一抹，就是一手的水。”“还有啥，还有啥，再讲讲。”

“这气体受凉会变成水，这水受热又会变成气。水受热后，它的分子运动速度就加快了，分子之间的距离就变大，大到一定程度就成了气，也就是我们说的水蒸气。雨就是我们地面上的水变成气，到天上后再下来的。”已是冬天，青岛的冬天虽不会天寒地冻，但也是冷，40 平方米的小屋里，孩子们有的自己翻书看，有的就听代旭升讲。“水还有反作用力，咱们夏天跳水的时候，要是平着拍进水里，就会把肚子打疼是吧，那就是水对你的拍打产生的反作用力……”

毕竟是十几岁的孩子，除了看书学习，玩仍是天性。“文革”时期，人心惶惶的，大人们怕孩子出去乱跑，就轮班在家看孩子，坐在院门口，看护孩子的安全。

那时的孩子多数听话，对成年人的权威也是由衷地敬畏。可见天憋在一个 200 平方米的小地方，今天滚铁环，明天打沙包，后天丢石子，几天下来就没了兴趣，小伙伴们开始惦记着让代旭升想点新花样。

玩火、打枪、点鞭炮是男孩最爱玩的游戏，但特殊时期，不能随意出院，这些游戏自然也被禁止。代旭升就用《十万个为什么》里学来的知识，给大伙研制了一款自制“响炮”。他把捡来的大车辐条拆下，把火柴头的药粉刮下来，碾成粉末，倒进辐条里，再把另一根稍细一些的辐条插进去，自制“响炮”就做好了。怎么玩呢？手拿这“响炮”，大辐条那头冲下，保持垂直，向地上一摔，里面的药粉受到摩擦就产生爆炸一样的响声。一时间，孩子们纷纷收集火柴头的药粉，争着抢着轮流“放鞭炮”。“代旭升，你可真神。”“代旭升，我拜你为师吧。”“代旭升，你咋知道这么多呀。”

受父亲影响，喜欢机械、喜欢研究的不仅代旭升一人，大哥代旭平、二哥代旭民也是“机械通”。

代旭升回忆说，大哥虽然性格内向，平日里话不多，但很聪明，做事有计划很稳当，读书非常刻苦，成绩也非常优异。

的确，代旭平很小的时候就立志要当一名工程师、科学家。为了这个目标，他读书很刻苦，遇到不懂不会的问题总要想个清楚才罢休，年年都是三好学生、优秀班长。功夫不负有心人，代旭平的高中只上了两年，因成绩优异，就破格跳级参加了高考，并被哈尔滨工业大学高分录取，实现了工程师梦想的第一步。

哈尔滨工业大学被誉为“工程师的摇篮”。2011 年，在“天宫一号”目标飞行器与“神舟八号”飞船交会对接任务中，哈工大提供了 20 多项技术支撑，航天英雄杨利伟在学校演讲时说：“在我工作的周围有近 40% 的人是哈工大毕业生”。

哈尔滨工业大学坐落在拥有“冰城”“东方莫斯科”“东方小巴黎”美称的冰雪文化名城哈尔滨，1920 年建校，最初的校名是“哈尔滨中俄工业学校”。当时，俄国正在中国建设中东铁路，这所学校的创建主要是为中东铁路培养工程技术人才，学校也是按俄国的教育模式办学。1938 年 1 月 1 日起，学校改名为哈尔滨工业大学，并一直沿用下来。1945 年，抗日战争胜利后，哈工大由中苏两国政府共同管理，由中长铁路局领导。

1950 年 6 月，哈工大回到新中国怀抱，进入全面改造和扩建，并被国家确定为中国高等教育学习苏联的两所院校之一，成为学习苏联先进经验、为中国国内各高校培养优秀人才的基地，并以“工程师摇篮”而饮誉全国。

1958 年，根据邓小平同志“哈工大要搞尖端”的指示和当时形势发展的需要，哈工大对专业设置进行了重大调整，创建了一批尖端专业，形成门类齐全、学科互相配套的专业体系，成为服务国防科技及国民经济建设的多科性大学。

哈工大也果真不负众望，为国家和社会输送了大批人才，许多毕业生成为科学家和教育家。

贫民区里飞出状元郎，代旭平拿到哈工大录取通知书的那天，这个平凡的工厂家属区沸腾了，到代维璋家道贺的人一拨接着一拨。“你要多跟代旭平哥哥学，才能和他一样考上大学，有出息”，这也成了家长们最常教育孩子的口头禅。院里院外的孩子们更是把代旭平当作偶像来学习。知道哈尔滨是一个很冷的城市，邻居们还纷纷送来自家的布票、棉花票，为代旭平做一件御寒的大棉猴。

代旭升和大哥代旭平相差13岁，在他童年的记忆中，大哥已经在外地上学，每年的年节也不一定能回来。“但大哥经常写信回来，也经常问起我和姐姐的学习。”代旭升回忆说。大哥毕业后，被分配到国家建筑工程部对外建筑技术联络局，在北京工作，真的成了一名高级工程师。

大哥代旭平一直关心小弟代旭升的学习。直到代旭升来油田参加工作，大哥仍要求他每周通信两次，在信中纠正他的错别字，并寄来学习的书籍。代旭升说，因为“文革”的原因，他只上了三年的正规文化课，之后的知识都是爸爸、哥哥和姐姐教的，就连分数、小数、正负数这些知识也是大哥在信里一点点教会的。

二哥代旭民不同。因为家庭收入微薄，大哥考取哈工大之后，相差2岁的代旭民初中毕业，就选择了烟台市一所管吃管住的中专院校的轮机专业，毕业后在青岛造船厂工作，成为一名船体设计工程师。因为工作在青岛，父亲又给他装制了一辆自行车。每个月买粮食，冬天买白菜、买地瓜、买煤的时候，代旭民都主动回家。在代旭升的印象中，二哥是个肯吃苦负责任的人，就像母亲一样。

兄弟姐妹中，对代旭升影响最大的是姐姐代桂云。代桂云大代旭升5岁，也是班上的尖子生。在家里，她将院中年龄小些的弟弟妹妹还有小弟代旭升的同学分成几个学习小组，放学回到家，她就是这几个学习小组的辅导员，给弟弟妹妹们讲解各种难题。

“姐姐对我的照顾特别多。”代旭升回忆说，家里穷，又赶上三年自然灾害，粮食和食品等供应不足，吃饭时姐姐就把自己的饭往他碗里拨。家里的大小活，也都是姐姐帮妈妈干。

二哥代旭民从学校毕业回到青岛，成了家中重体力活的主力，但赶上出海试航，就回不来了，只能由代旭升和姐姐帮着妈妈干。

一年冬天的星期天，姐弟俩把刚买的煤用独轮车推回家，准备往院里拐的时候，由于力气小，车把没扶稳，一车煤全撒在路边。两人急坏了，费了半天劲只能装半车，分两次推回家。

卸下煤，姐弟俩坐在门口，气喘吁吁。“都怪我们力气小，连个车都推不动，一到买煤时，还得二哥请假。”“咱门前这路已经是沥青路了，能不能用轴承做个小车，咱不推车了，改拉车呗。”“对呀，这样就不存在力气小扶不稳车把的问题了。”

姐弟俩说干就干。姐姐拿出攒了好长时间的9角零花钱，到废旧物资公司零售店买了四个轴承。家中正好有个木头小饭桌，代旭升把四个腿用锯锯下，用菜刀分别将四个腿的一段削圆将四个轴承装上，用大钉子将四条腿分两组，直着分别钉在小桌面上，钉好后将桌面翻过来，在一头的中间钉一个钉，绑上一根长绳。

“快，试试行不行。”刚做完，代旭升就迫不及待地站到小车上，让姐姐拉着绳子试。还真行，这小轴承车载着 40 多公斤重的代旭升动了起来，姐姐也不觉得费力。两人又搬着轴承车到院门口的马路上“试车”，院子里的小伙伴们看到后都很新奇，抢着做第一个乘客。

一人坐着很轻松，两个人抱在一块站在上面，拉着走也很轻松。小伙伴们“剪子包袱锤”，准备轮流试车，其中一个小伙伴竟急得一把抢过拉绳，拽着绳子快走起来，前面跑着，后面追着，就这样“试车”成功了。

代旭升高兴地搬着轴承车回到家。气氛不对呀，与往日不同，父亲在屋里一脸严肃：“一个好好的饭桌你把腿锯了，夏天怎么到院子里吃饭。”

看到父亲冲着代旭升走来，姐姐赶忙拦在门口说：“是我让弟弟弄的，不关弟弟的事。我们今天去买煤，租人家的独轮车推煤。可我们力气小，扶不住车把，车子老歪，所以我们想自己做个车，还能省下 5 分钱的租车费。”说着，她急得眼泪都掉下来了。

看着姐弟俩，又看了看代旭升手中的小车，父亲站在原地没说话。过了一会儿，他才缓缓走向代旭升，接过小车，先是正反面看了看，用手检查了各个连接点，又放在地上用脚踩了踩，站在上面试了试，脸上的表情才缓和了一些：“以后再要干什么事儿，一定先和父母说才行。记住了没有？”

“记住了！”姐弟俩异口同声地答应着。接下来就是盼星星盼月亮的等待，等下一个买煤的日子快点来。

终于等到这一天，代旭升拉着轴承车，兴奋地来到煤店，用筐装好煤，用磅秤好重，那轴承车正好和磅面一样高，将成煤的筐一拽就拖到小轴承车上。代旭升拽着绳子在前面拉着走，根本不用姐姐搭手，车就跑得飞快。姐姐高兴地跟在后面，一个劲儿地喊：“慢一点，慢一点。”

回到家卸下煤，父亲正等着：“怎么样，这次煤没撒吧？节约了几分钱？”代旭升和姐姐兴冲冲地说：“一次也没撒，但拐弯时，筐老斜。”

父亲掀起小车研究了一番：“你的四个轴承装在小车两边，是固定的不能活动，加上走的速度又快，小车拐弯产生离心力，这筐在力的作用下就会歪斜。如果四轮变成三轮，前面的一个轮变成活动的就好多了。”

又一个休息日，在父亲的帮助下，姐弟俩把小车前轮改成可活动的，只用一个轴承就升级成三轮轴承车，拐弯自如了。从此，这个小小轴承车成了院子里的运输车，不但可以拉煤，到了秋冬季，还能买地瓜、拉白菜，叔叔婶婶、小伙伴都排队等着用。

挑水吃是那个年代的人最深刻的记忆。一家一户的水龙头可是稀罕物，代旭升家那个小院是平房，自然没有水龙头，家家户户都有一口蓄水用的缸，去院外 50

多米的供水站打水，把水缸装满是每天的头等大事。那时，父亲、二哥上班，家中挑水的重任就落在代旭升和姐姐代桂云的身上。

开始，姐姐也想学着自己挑，父母不让，怕压坏她的身体，代旭升就主动分担，和姐姐一起抬水。这样，姐弟两人每天放学回家第一件事，就是拎着一只水桶、扛着扁担去抬水。每次抬着水往家走的时候，姐姐总在后面偷偷地把水桶尽量拉向自己这边。

1964 年，姐姐上中学了，每天要步行到离家 1.5 公里的青岛第二十中学，学业也比以前重了。代旭升作为家里的男孩子，一个人把挑水的“重任”揽下。可刚满 9 岁的代旭升，身高也就 1.3 米，哪能一个人挑动 40 多公斤的两桶水？可为了帮父母亲分担家务，让姐姐安心学习，他还是咬牙坚持着。

两桶水一下子担不动，代旭升就向管水员求情，允许他每次接两个半桶水。看着 9 岁的孩子也帮家里干活，管水员不仅同意他每次接半桶，还帮他提桶、调整扁担。

虽然两个水桶都装着半桶水，但挑起来，水桶也就刚刚离地，一走总有一个水桶底蹭着地，没法走，怎么办？代旭升正看着扁担愣神，管水员说：“你的扁担钩太长了，能挑起来，但水桶离地太近不能走。”一句话提醒了代旭升，他一看扁担钩是三个圆环连接而成，是不是可以把扁担两端的三个圆环揆起来，变成一环，大人用扁担的时候再把揆起来的圆环放开就行？代旭升让管水员帮看着水桶，自己跑回家找来铁丝，将揆起来的圆环绑好，挑起来一试，水桶离地很高，走起路来两只水桶底也蹭不着地了。

1970 年 8 月，姐姐高中毕业后响应国家号召，上山下乡，支援农村建设，后来被分配到齐鲁石化工作。从那时起，只有每年的春节，代旭升才能见到姐姐。

1971 年，代旭升从青岛市第三十七中学毕业。拿到初中毕业证书后，没法考高中，也没找到合适的工作，第三十七中学为他们安排了学工的地方。代旭升先后在药房、玻璃厂和造纸厂工作过。

1972 年 11 月 18 日晚上，代旭升从学工的青岛人民造纸厂下班回家，母亲江良基告知他，学校让明天早上 8 点到校开会，是关于招工就业的事。

原来，这次是燃料化学工业部九二三厂来青岛市招工。1970 年 6 月 22 日，中共中央决定将煤炭工业部、石油工业部、化学工业部合并成立燃料化学工业部，九二三厂是当时胜利油田对外的名字。为扩大油区建设，他们在全省召集为祖国献石油的新一代工人，青岛招工名额是 800 人，代旭升所在的学校分到 7 个名额。父亲代维璋是单位技术骨干，母亲作为街道居委会副主任，积极组织和参与国家政策的传达和落实，姐姐又积极响应号召参加支农活动，代旭升的家庭被列为“红五类”

家庭，为祖国献石油这样光荣的工作机会自然是首选。

11 月 19 日，星期天，代旭升 7 点半就赶到学校等着开会。在学校的招工见面会上，校长宣布 7 名被招工同学的名字。紧接着，来自九二三厂的 6 位叔叔，又给 7 个孩子简单介绍了油田的主要工作，更讲了为祖国献石油的光荣使命。代旭升记得很清楚，其中一位叔叔身穿蓝灰色的工服棉袄，头戴大皮帽子，看上去像是来自极其寒冷的地方。一位同学就问："您穿得这么厚，那里是不是很冷呀？很冷的话，我可不去了。"那位身穿蓝灰棉袄的叔叔回答说："不是十分冷，但比青岛稍微冷些。国家十分支持石油建设，去了就有统一的工服，棉衣、棉裤、棉帽子都会发给你，不会让大家冻着。"

"要去九二三厂工作，要成为一名石油工人。"那时，代旭升的心里已经升腾起更远的梦想。他不禁想起去年父亲带回的一本小人书——《捍卫毛主席革命路线的英雄"铁人"王进喜》，穿着蓝色的棉工服、挎着绿军包的王进喜，昂首挺胸走在奋进的路上。刚拿到这本书的时候，代旭升对这个形象就有特殊印象，王进喜眼神坚毅、双手粗壮、臂膀宽厚，就像智取威虎山的杨子荣一样大义凌然，就像小兵张嘎里的老罗叔一样沉着稳重，就像抗战将军杨靖宇一样浑身英气。在代旭升的眼中，王进喜就是一位英雄人物，这本书一直摆放在他的床头上。

散会后，九二三厂的叔叔们给 7 个孩子每人发了一份招工登记表，让回家和父母商量，同意就填表第二天交回学校，不同意交回空表就行了。

代旭升拿上表，急急忙忙跑回家，告诉父母这个消息。"不行，穿着大棉猴工作，那一定很冷，去了多遭罪，咱不去了，还是留在青岛吧。"一听要去很冷的地方工作，还不知道具体是干什么工作，母亲很不同意。

但父亲挺支持，"行呀，国家正在发展，需要石油能源，咱们旭升去那里工作很光荣。再说，人家不是说了吗，国家很支持，冷了有棉衣棉裤"。因为能像"铁人"一样为祖国献石油，代旭升也很愿意去。

"可去外地工作，多久才能回来一趟呀。老大去了北京，每年就见不上一次，这老小也要出去吗？"做母亲的终归是舍不得孩子。

父亲说："这九二三厂不就在山东嘛，比北京近，能回来的。"看着父子俩的坚持，母亲也只好妥协，同意父亲在招工登记表上签了字。

这天晚上，代旭升坐在床头，再次翻开《捍卫毛主席革命路线的英雄"铁人"王进喜》：

"铁人"王进喜，生前是中共中央委员，第三届全国人民代表大会代表、大庆革命委员会副主任、全国著名劳动模范。

1923 年，王进喜出生在甘肃省玉门县一个贫农家庭，从小受三座大山的残酷剥削和压迫，对旧社会有着深仇大恨。新中国成立后，他在毛泽东思想的哺育下，迅速成长为无产阶级先锋战士，多次受到伟大领袖毛主席的亲切接见。王进喜在大跃进年代，是敢想敢干的革命闯将；在大庆石油会战中，被誉为革命加拼命的“铁人”；当了中央委员不骄不躁，一面工作，一面劳动，是大庆领导班子的优秀代表……

1959 年，王进喜光荣地出席全国群英会，受到伟大领袖毛主席的亲切接见。会议期间，有一天，王进喜在北京大街上看见汽车背上个大气包，知道是修正主义勾结帝国主义，妄图用石油卡我们的脖子。国家缺油，他心里像压着块千斤石头，又难受又气愤，决心快快发展我国石油工业，为中国人民争光……

这一夜，在代旭升的梦中，自己成长为一名像王进喜一样光荣的石油工人，和同事们一起为夺油上产而奋斗。

“铁人”王进喜的身上也的确寄托着一代人的梦想。

1923 年 10 月 8 日，王进喜出生在甘肃省玉门县赤金堡一个贫苦的农民家庭。在灾难深重的旧中国，王进喜受尽苦难。1929 年，玉门遭受了百年不遇的灾荒。为了活命，6 岁的王进喜用一根棍子领着双目失明的父亲沿街乞讨。为了挣钱给父亲治病，王进喜和几个穷孩子一起到虎狼出没、气候变化无常的妖魔山给地主放牛。

1938 年，王进喜进入旧玉门油矿当童工，年龄虽小，却干着和大人一样的重活，还经常挨工头打骂，但他不甘屈辱，奋起反抗，心中充满了对自由生活的向往。正是这苦难的经历和恶劣的生存环境，练就了他刚毅坚韧、倔强不屈的性格。

1949 年 9 月 25 日，玉门解放。1950 年春，王进喜通过考试成为新中国第一代钻井工人。他勤快、能吃苦，各种杂活抢着干，并在 1956 年 4 月 29 日光荣加入中国共产党。

入党不久，王进喜担任了贝乌 5 队队长，带领贝乌 5 队在石油工业部组织的以“优质快速钻井”为中心的劳动竞赛中，提出了“月上千，年上万，祁连山上立标杆”的口号，创出了月进尺 5009.3 米的全国钻井最高纪录。1956 年 10 月，王进喜到新疆克拉玛依参加石油工业部召开的现场会。余秋里部长、康世恩副部长把一面“钻井卫星”红旗颁发给他。贝乌 5 队被命名为“钢铁钻井队”，王进喜被誉为“钻井闯将”。

1959 年 9 月，王进喜出席甘肃省劳模会，被选为新中国成立 10 周年国庆观礼代表和全国“工交群英会”代表。休会期间，王进喜参观首都“十大建筑”，路过沙滩时，看到行驶的公共汽车上背着“煤气包”，才知道国家缺油。这位坚强的西北汉子感到一种莫大的耻辱，蹲在沙滩北大红楼附近的街头哭了起来。从此，这个“煤气包”成为他为国分忧、为民族争气的思想动力之源。

1960 年 2 月，东北松辽石油大会战打响。3 月 25 日，王进喜带领 1205 钻井队到达萨尔图车站。下了火车，他一不问吃、二不问住，先问钻机到了没有、井位在哪里、这里的钻井纪录是多少，恨不得一拳头砸出一口油井来，把“贫油落后”的帽子甩到太平洋里去。

通过不断学习，王进喜逐渐认识到，“这困难，那困难，国家缺油是最大困难；这矛盾，那矛盾，国家建设等油用是最主要矛盾”。1205 队的钻机到了，没有吊车和拖拉机，汽车也不足。王进喜带领全队工人用撬杠撬、滚杠滚、大绳拉的办法，“人拉肩扛”把钻机卸下来，运到萨 55 井井场，仅用 4 天时间，把 40 米高的井架竖立在茫茫荒原上。他率领 1205 钻井队艰苦创业，打出了大庆第一口油井，并创造了年进尺 10 万米的世界钻井纪录，展现了大庆石油工人的气概，为我国石油工业的发展做出了重要贡献，成为中国工业战线的一面旗帜。

1960 年 4 月 29 日，“五一”万人誓师大会上，王进喜成为大会战树立的第一个典型，成为大会战的一面旗帜。号召一出，群情振奋，战区迅速掀起了“学铁人、做铁人，为会战立功”的热潮。1964 年年底，他当选第三届全国人大代表，出席大会并代表工人做了“用革命精神建好油田”的发言，受到与会代表的热烈欢迎。

以铁人王进喜为代表的几万会战职工，经过三年半艰苦卓绝的夺油大战，一举改变了我国石油工业落后的面貌，实现石油产品基本自给，结束了中国人使用“洋油”的时代，促进了我国石油工业的全面发展。

1964 年，美国著名记者斯诺来华访问时请教毛主席：“对当前反华大合唱，您有什么要告诉世界的？”毛主席说：“我们先不说什么。我们东北新开的大油田一个钻井工人说，‘石油工人一声吼，地球也要抖一抖’，可不得了。我们一发言，世界有人就受不了了。”

毛主席把石油工人这一声吼，看作中国人面向世界的发言。说出这句话的人，正是“铁人”王进喜。

时光荏苒。尽管很多年已过去，但讲起大庆石油会战，讲起铁人当年的事，那些难忘的历史画卷依然历历在目，始终激励着一代又一代石油工人。

就算到现在，代旭升每当回想起那个夜晚，也时常感慨。他说：“从那时起，我就梦想着做一名像王进喜一样，为祖国石油事业而奋斗的石油工人。”

崭新的脸盆、锃亮的搪瓷缸、雪白的毛巾，还有一身全新的衣服。12 月 1 日，学校再次通知代旭升到校开会，7 个孩子收到九二三厂正式招工的通知。办理户口、粮食关系的迁移，买东西，把大行李托运到火车站……那几天，家里就跟过年一样，江良基忙前忙后，为小儿子的远行做准备。

“到了单位，要听领导的话，让干啥就干啥。”

“见了年龄大一些的要讲礼貌，叔叔哥哥们让干啥就赶紧的。”

“别惦记家里，我和你爸都好好的呢……”

儿行千里母担忧。虽然代旭升毕业后没有正式工作的这段日子，江良基也担心、也焦虑，但眼前，儿子真要远去他乡，到一个不熟悉、没去过甚至是被“保密”的地方工作。还能不能再见到儿子？多久能回家一次？那里住的好不好？吃的好不好？盖的被褥暖不暖和？江良基的心里一阵一阵地揪酸。

代维璋并没有明显的变化，只是每天下班的时间比以前稍早一些，但话却比以前更少了。

1972 年 12 月 9 日，出发的日子到了。

出门的时候是上午 10 点，天上有大大的太阳，不冷，更没有风。父亲把几件随身的行李绑到自行车上，一家三口一路向北，往青岛市四方火车站走去。

“干活勤快点。”“要注意安全，不会的多问师傅。”“要听师傅的话，听领导的话。”……几天来不太说话的父亲像是变了个人，一边走一边反复嘱托。一个人出门在外要注意啥，第一次离家这么远要如何做，去了单位该怎么工作，遇见不懂不会的应该怎么请教师傅……

母亲则装着摸脸的样子，频频沾拭眼角溢出的泪。代旭升在一旁偷偷看着母亲，不断应着父亲的话。两个小时的路像是走了两个世纪那样长，一路上盛满沉甸甸的牵挂和即将开始的思念。

青岛市 71 届 800 名毕业生，招工到九二三厂。这天的四方火车站，挤满了来送行的家人。有为孩子工作高兴的父亲，有为孩子远行揪心的母亲，有拉着手不断叮嘱的同学，还有抱在一起默默流泪的老人。14 点整，那辆从青岛四方开往沈阳的列车出发了，800 名莘莘学子将在当晚 6 点在张店火车站下车。迎接他们的是一辆辆盖着帆布篷的大依法货车和 100 多公里的颠簸。

1955 年 4 月 8 日出生的代旭升，在这个夜里迈进了一个崭新的世界，掀开了一页全新的人生篇章。

第二章
走进荒原

1972年12月9日，农历十一月初四，过了二十四节气“大雪”的第三天。代旭升一只脚刚刚迈出校门，另一只脚就踏入了九二三厂。同样是在寒风凛冽、滴水成冰的这样一个冬天，37年前北平“一二·九抗日救亡运动”中数千名大中学生走出校门，为了抗日救国奔走请愿。37年后的青岛，近千名学生也走出校门，为了石油事业奔向胜利油田。虽然37年在历史的长河中如白驹过隙，但这些学生心中的

梦想都是一样的，都是为了祖国的明天更加美好。

寒冬腊月，天黑得格外早。代旭升刚走出张店火车站，太阳就落下地平线，夜幕铺天盖地垂了下来。由于当时全国各地赶往胜利油田支援会战的人太多，车辆也多，所以油田在张店火车站（现为淄博站）设了“接待站”。

这次一行来了800多人，老魏带着属于自己管辖的好几十号子人有序地走出火车站赶往接待站，匆匆吃了点饭就准备往一百多公里外的九二三厂赶路了。

站外早有七八辆大车等在那里，小伙子们跟着老魏径直向那些长得奇形怪状的大卡车走了过去。

这种车外形很特别，像一只大胖头鱼，代旭升仔细借着仅有的一点光亮辨认着，车前面散热器上一个巴掌大的黑圈圈里镶嵌着“IFA”三个英文字母。说句实在话，代旭升还真不知道这是什么车，虽然在大城市青岛长大，见过的车也比那些从农村来的小伙子多，但这种车真没见过。和他一起来的几个同学也不知道“IFA”是个啥意思，只是感到新奇，同来的一个同学用胳膊肘捅了捅代旭升，说：“你去问问老魏，这是啥车？”代旭升鼓了鼓勇气也没敢上前去问老魏，后来到油田他才知道，这种车叫依法，是德国卢德维斯菲尔德国营依发汽车制造厂（VEB IFA Automobilwerk）生产的中型载重卡车。胜利油田在20世纪七八十年代曾大量引进使用IFA W50系列，多用在钻井队和特殊物资运输上。

老魏开始念名字了，念到谁的名字谁上车，代旭升和30来个小伙子上了最前面的那辆。车帮子很高，代旭升费劲地爬了上去。他不知道以后会不会天天这么往上爬，那得多费劲啊！在随后的日子里，他经常坐着这种“胖头鱼”到指挥部学习、开会。不过，他所在的采油队直到老依法退役报废也没有配备上这种威武的重型车辆，只是到了20世纪80年代初期才勉强配备了195拖拉机。

依法车打开前大灯，在夜幕里撕开了一道口子，刚才还在车槽子里有说有笑的30多个年轻人也渐渐地安静了下来。代旭升用双手扒着车帮子往外看了看，什么也看不见，他的心也像这漆黑的夜一样分外沉重。

就这样踏上人生的新征程了吗？自己到底准备好了吗？路越走越难走，他的心情也变得越来越复杂。从辛店到九二三厂的路当时叫东（营）辛（店）公路，1963年为了原油外运而修建的，还算好走。但是一到了胜采指挥部路况就变差了，大多是只能走一辆车的单行道。每到一个地方停车，老魏就念名字，念到谁谁就下车。也不知过了多长时间，到了一个叫采油23队的地方停车，点名下去几个人。到了采油7队、采油8队，同样点名下人，人下去后汽车又出发了。

代旭升一直没有听到自己的名字，名字越是往后说明会走得越远，直到最后还剩了7个人。代旭升心里一直不停地嘀咕：“也有可能是要到更加艰苦的地方去，谁

知道呢，听从安排吧！”

一层薄薄的雾淡淡地在荒原上泛了起来，大依法在颠簸的路面上越开越慢，这甚至算不上路，只是车走得多了压出的一条带车辙的痕，都不如青岛老家郊区的土路。代旭升又想起了自己小时候修路的事，想着想着竟然笑出了声。大刘问他笑啥，他就低声地给他讲了起来。

那时候代旭升也就是八九岁，门前的砂石路要重新翻修，修成一条柏油马路，居委会给每家都布置了砸石子的任务，代旭升也加入了砸石子大军。真难啊！要从好几里地以外的小山头上背石头回来，每趟也就背个二三十斤，瘦小的孩子们被压得歪歪斜斜。回来后还得乒乒乓乓地用小锤子把大石头砸成小石头，双手都磨起泡来了。代旭升还着重讲了讲当时的小革新，就是那个自行车胎改造的砸石子神器。不过还好，经过一阵子的乒乒乓乓，门前的砂石路铺成了柏油路，出行都方便了。

说到这里，代旭升往车帮子外边指了指：“就这破路，和冲浪一样，咋就不知道修修呢？”

西北风呼呼地扯着哨子刮着，大依法时而走走时而停停，代旭升猜测也许是下雾了路不好走吧。

缩在车帮子前面的那个小伙子哆哆嗦嗦地嘟囔了一句：“这荒郊野外的，你别说还真挺吓人呢，会不会有狼啊？”代旭升也觉得脊梁骨后面升起一股凉意，但是马上他又劝自己，“男子汉大丈夫啥时候也不能尿了”。为了壮胆，他开始低声吟唱起那首临来时刻意学了好几遍的歌——“锦绣河山美如画，祖国建设跨骏马，我当个石油工人多荣耀，头戴铝盔走天涯，头顶天山鹅毛雪，面对戈壁大风沙……”旁边的几个小伙子也跟着唱了起来，像是要用这种方法来驱散无尽的寒夜，唱着唱着，心里好像也亮堂多了。“嘉陵江边迎朝阳，昆仑山下送晚霞。天不怕地不怕，风雪雷电任随它。我为祖国献石油，哪里有石油，哪里就是我的家……”

不知走了多久，车又停了。老魏从驾驶室下来，推亮了手中那个比一般手电筒长一倍的大电筒。“好了，小伙子们，咱们到了，下来吧！”

这就是代旭升的终点站，也是这次同行的学徒工人最后一站。指导员何春盛已经在胜采指挥部采油二大队采油 16 队院子里等着了。

7 个小伙子连蹦带跳地从车帮子里下来，打眼往四周一看，什么也看不见。代旭升拎着自己的网兜，里面的搪瓷缸子碰得搪瓷盆子叮呤当啷直响。他拖着藤条箱子，背上那床母亲给套的厚厚的被子，跟着指导员来到了住处。

指导员是个四川人，个子不高，稍微有点胖，但很干练。他拉开房门憨憨地笑了笑，用浓重的四川口音说道：“同志们，咱这里也只能是这个简陋的条件了，快进来吧。”

第一次听到有人叫自己“同志”，代旭升心里一阵热乎，自己仿佛一下子从“熊孩子”变成大人了。

这房子很矮，得弯腰才能进去，灯也不亮，模模糊糊的，靠着墙一条大通铺横在低矮的屋子里。几个老师傅，也许是比他们早来几天或是几个小时的人，已经躺在大通铺上呼呼地睡着了，墙角上用几块砖搭起了一个简易的炉子，看样子不像是煤炉子，里面呼呼地烧着火，炉子边上坐着一把特大号的铁皮壶，大半壶水慢慢地往外冒着水蒸气。矮是矮了点，暗是暗了点，倒还算得上暖和。

小伙子们经过一路的奔波，早就累得不行了，把行李往地上一撂，铺开被子就钻进了被窝。这里原本也是给准备了被子的，代旭升却觉得还是母亲套的新被子暖和，就急忙解开了背包带子，铺平了被子。颠簸了一天，这时候真想烧上壶热水烫烫脚，可代旭升看了看那个冒着热气的大水壶，再看看熟睡的其他人，终于还是没有鼓起勇气来往自己的搪瓷盆子里倒上热水。

这是代旭升来到石油战线的第一个夜晚。躺在床上，代旭升翻过来覆过去地睡不着，脑子里各种各样的念头像火车一样一列一列地开过。

16 岁的花季只开一次，处在这个年龄段的青少年心理往往是懵懂的，还没形成真正意义上的世界观和价值观。刚刚初中毕业的代旭升也和其他这个年龄段的同伴一样，对这个世界充满了憧憬和向往。

1972 年，到石油战线上去是代旭升花季年龄里做出的第一个人生重要选择。对于这个选择，他无怨无悔，发誓要坚守一生。

代旭升一直保持着早起的习惯，来到油田的第一个早上也不例外。天刚蒙蒙亮，他就睁开了眼睛，生物钟告诉他现在已经可以起床了。这时，其他几个人还没睡醒，代旭升穿好衣服蹑手蹑脚地走到门前，真不知道这道门外带给他的将会是一个怎样的惊喜。也许是轰轰烈烈的石油大会战场景，到处是密密麻麻的井架和吆天喝地的号子声；也许是工地挨着工地、厂房连着厂房，一派热火朝天的景象；再或者是钻天的炼塔高耸入云，铁塔上燃烧着一团永不熄灭的火焰。谁知道呢？反正这些都是以前从画报上看到“工业学大庆”里面的场景，要真是那样的话倒也不错，自己还年轻，要投身到石油战线上去轰轰烈烈大干一番，实现自己的价值和远大的革命理想。

“吱呀”一声，代旭升推开了这道透着风的门。映入眼帘的一切，瞬间把他从那团高高的铁塔上熊熊燃烧的火苗，一下子拉到了地窝子上被风吹得“呼啦呼啦”乱响的油毡纸和编织袋上。他那颗充满远大理想的心，像是从铁塔顶上跌到地窝子的门槛。

代旭升愣了几秒钟，还是迈开双腿走出门外，登高看远一点，说不定不远处或是四周会有他期待的景象。可是越往外走越是失望，一片片盐碱滩和一片片芦苇荡，偶尔会有一两只野兔从草丛里穿过。捋着地平线从远处往近处找，一马平川，最高点也就是星星点点的几个白点一样的房子，连一棵树都没有，代旭升心中一片茫然。

从城市来到这兔子不拉屎、鸟不做窝的荒原上，难怪代旭升心里茫然。但当时胜利油田就是这么个景象。代旭升他们住的是“干打垒”。所谓“干打垒”，就是北方农村都有的、最简便的用土作原料建筑的房子。这种房子，一是可以就地取材，二是可以人人动手来得快，三是可以节省木材，四是冬暖夏凉。“干打垒”精神后来被演化做一种石油精神——“延安人人挖窑洞，今朝处处干打垒。革命精神辈辈传，艰苦奋斗最光荣”。地窝子是一种更简陋的居住方式，挖制比较简单，就是在地面以下挖约一米深的坑，形状四方，面积约两三平方米，四周用土坯或砖瓦垒起约半米的矮墙，顶上放几根椽子，再搭上树枝编成的筏子，再用草叶、泥巴盖顶。地窝子可以抵御风沙，并且冬暖夏凉，但通风较差。会战初期的时候，石油工人们基本上住的都是地窝子。但现在条件好多了，16 队以前挖的地窝子已经当作仓库或是菜窖了，职工一般都住在了条件稍微好点的“干打垒”里。

随着太阳的升起，其他6名学徒工也起来了。和代旭升当时的茫然一样，这些年轻人本来想大干一场的雄心壮志，仿佛被从头到脚浇了一盆凉水。

这天早上，指导员带着新来的几名同志在“干打垒”前面的空场上做了简要的情况介绍，发给他们每人一个床板，这就是他们以后睡觉的东西，四角用砖头一垫，看上去也很像一张床了。接着，指导员带着几个采油工扛着管钳走了，他们到底去干什么了，这几个年轻人真的不知道。

指导员临走的时候说得明明白白，让他们几个写一份材料，字数不用太多，要写政治认识，写对大庆、对胜利、对油田的认识，而且给每人发了一张信纸和一支灌满了墨水的钢笔，要求晚饭之前交上来。那个时候，政治认识非常重要，不管什么时候都要讲政治。石油战线和全国大致一样，也在这场运动当中。但是，由于一些国家领导人的保护和坚持，全国石油行业算是在运动的夹缝中生存着。

1966年，声势异常浩大的“文化大革命”爆发，红色海洋瞬间席卷了全国。代旭升上到初中就没有老师教课了，全国上下一片红，大字报满天飞。这样的时候，学习的情况可想而知。但是由于年龄还小，家里人也不让他们出去串联，那个小院里每天都会有一名家长值班，看着这群皮小子，以防他们出去惹是生非。

“文化大革命”初期，周总理为保护几位老帅和副总理，专门写了一封信，并让他们签字。信的内容大致是：运动方兴未艾，欲罢不能，大势所趋，势不可当，只能因势利导……不要节外生枝，增加对“文化大革命”的困难，不要叫人抓住把柄，造成被动。遇事要三思，切勿草率。余秋里在信上签了字。

当时，周恩来总理、李富春和李先念副总理以及余秋里同志十分关心石油工业，尽最大努力维持石油生产正常运行，使石油职工有可能在极端困难的条件下努力排除干扰。顺应形势需要，胜利油田在“文化大革命”初期也成立了“九二三厂革命委员会”。

代旭升被分配来到的采油二大队照例进行了慷慨激昂的动员，建立起了“文革办公室”“文革领导小组”，也到处开始了揪“小邓拓”“小三家村”，“横扫一切牛鬼蛇神”。原来热火朝天进行生产竞赛的誓师会、庆功会、打擂比武会，被声讨会、批判会所取代。原来贴满墙头的大红纸挑战书、决心书，被白纸黑字、铺天盖地的大字报所覆盖。好在到了20世纪70年代前期，石油工人们开始全身心地投入夺油上产，没有更多的精力去贴大字报闹革命了……

代旭升手里到现在还留着当年革命委员会赠予的一枚胸章，那是他一上班的时候班长送给他的。胸章正面是一个钻井井架，井架旁边赫然写着胜利二字，再旁边是滚滚的油流，井架顶端一面红旗迎风飘扬，红旗中间是毛主席像。胸章背面，写着“九二三厂革命委员会一九六七年十二月二十六日赠”。

刚来不到一天的代旭升对于油田的情况一无所知，所以不敢乱写。

“既来之则安之”，代旭升想也没想到底该怎样抒发自己的革命感情，只是在信纸上写下了自己的真实想法。自己还不到 17 岁，是人生刚刚起步的时候，由于哥哥姐姐都是下乡知青，凭着“红五类”的身份得到学校推荐，又赶上了油田大会战招工才来到了这里。这个机会很难得，也招来了同学们的妒忌和羡慕。写到最后还是那句话，“既来之则安之，生命给了我一个全新的选择，我选择了前进，就不能在前进的道路上给自己设置障碍，好好干，别让自己的青春留遗憾”。

从这些字里行间也能看出来，代旭升多少有些失望。他的失望不是无缘无故的，是来自于当时中国的现状，来自于那个极度膨胀的年代。那个时候的年轻人，信心和欲望往往要比实际高得多。

远了不用说，就说当年。1972 年 1 月 7 日，中国的第一颗实用氢弹试验成功。这种核武器利用原子弹爆炸的能量点燃氢的同位素，瞬间释放出巨大能量，论起威力来比原子弹要大得多。当时，广播里一遍一遍地播放着中国在全世界站起来了，任何反动派都是纸老虎。年轻人都觉得自己是一颗氢弹，只要敢于革命和拼命，就能完成从原子弹到氢弹的转变。代旭升也没能例外，初中毕业后，他也想一夜之间从原子弹变成氢弹。

但是，时间告诉他这是不可能的。

16 队这几天有点像过年的感觉。为了迎接这些新来的学徒工，队上算是倾其所有了，一个老职工悻悻地说："沾了你们这些小徒弟的光了，天天大白菜炖大白菜的大锅菜里竟然能看见肉了。"那个年代生活条件还是很艰苦的，特别是到了冬天，主菜只有大白菜，只是到了过年的时候才能吃上点肉。

这几天来了不少人，济南的 8 人，青岛的 7 人，还有陆陆续续从鲁西南来的 9 人，一下子把 16 队的院子撑得满满当当的。

过了没几天，队上召集新来的三批学徒办学习班，指导员何春盛首先领着大家学习了毛主席的《实践论》。他说大庆油田老大哥是靠"两论"起家的，学习《实践论》和《矛盾论》，以马列主义、毛泽东思想指导石油大会战，采用辩证唯物主义的立场、观点、方法。没有调查就没有发言权、认识只有回到实践中去才能得到检验、矛盾贯穿于事物发展过程的始终……这些论断成了认识油田规律、分析和解决会战中遇到的各种问题的方法。来到胜利油田也不能例外，"两论"依然是指导油田生产的法宝。

指导员还讲了当前国内国际的大好形势，年轻人听着石油工业发展迅速很受鼓舞。随后进行了工作分配，全队有 5 个井组，代旭升和 7 个人分在了永 12-8 井组，全班共有 25 人，全是男的。班长叫李友森，标准的老石油工人，跟着指导员参加过四川会站，辗转到大庆，又从大庆支援到胜利油田。

晚饭后，班长召集开班务会，每个人相互介绍了情况并进行了师傅的分配，代旭升的师傅是 1971 年 10 月从掖县招工来的回乡知识青年丁仁平，正好和他住在一间宿舍。

穿上刚发的新工服，代旭升也着实觉得挺自豪，自己已经成为一名光荣的石油工人了。他跟着丁师傅走了三里地来到永 12-8 井组，这个井组有永 12-2 等 5 口井，其中两口井是双管井，什么也不懂的代旭升跟着师傅们对两口双管井进行清蜡。

下午，师傅让代旭升休息，

并告知了上下班时间。生产前线是倒“八四零”的，8 点班是早 7 点接班，带中午饭，下午 3 点下班；4 点班是 3 点接班，带晚饭，晚上 11 点下班；0 点班是晚上 11 点接班，第二天早上 7 点下班，至于带不带饭全凭个人，有些人不喜欢晚上吃东西就不用带了，但是师傅说最好还是准备点东西，要不然很难熬的。上小班的采油工就是这么机械单调，吃饭、干活、睡觉，干活、吃饭、睡觉。

一开始代旭升不明白，是九二三厂大还是胜利油田大，从字面上理解九二三厂应该是胜利油田下面的一个单位吧！很显然大庆是第一大油田，胜利是第二大油田，他们下边又分了这个厂那个厂。

其实，代旭升的这种认识是错误的。后来，在每周四的政治学习会上，他才慢慢地知道了缘由。胜利油田位于当时的山东省惠民地区东营村附近，名字的由来源自胜利村打出的千吨井坨 11 井。中华民国二十四年（1935 年），山东省政府主席韩复榘从鲁西寿张、阳谷、范县、东平县迁民于后坨子（地名，因这片土地在坨子后部故名）建村，系以序数命名为“二十五村”。不久因有后、前两个二十五村，本村居后，就以方位序数改名为“后二十五村”。1953 年，人民政府以嘉言更名为“胜利村”。1958 年，成立胜利大队。

1964 年 1 月 25 日，中央批准石油部进行胜利油田大会战，这是继大庆石油会战后的又一次大会战。1964 年 6 月会战指挥部正式成立，石油部副部长康世恩任胜利油田会战指挥部指挥，刘南任副指挥，从大庆、新疆、四川、玉门、青海、银川等石油局先后调来勘探队、钻井队和试采队。

中共中央 1964 年 57 号文件这样写道——

中央批准石油部党组
关于组织华北石油勘探会战的报告

国家军委、石油部党组、华北局、华东局、北京市委、河北、山东省委，并告国务院工交各部、委党组、党委：

中央同意石油部党组关于组织华北石油勘探会战的报告。这是继松辽石油会战之后的又一次重要的会战。望有关地方和有关部门予以协助。

中央并同意报告所提关于会战的领导形式。同时，责成国家经委对华北石油勘探会战，大力组织协作。

中央

一九六四年一月二十五日

1965年1月25日，在胜利村构造上，32120钻井队打的坨11井，发现了85米的巨厚油层，试油日产1134吨，当时16队队长、指导员和一些不当班的采油工也去参加了那次祝捷大会。何春盛一说到这里，总会用那口标准难懂的四川话讲得眉飞色舞。为让北京石油部领导分享这一喜讯，他们把电话线拉到井场，让首长从话筒里听放喷庆贺声。只听一声“开闸”命令，油管线喷出的黑色原油像一条睡醒的巨龙腾空飞舞，盛开了一朵报春花。

曾在诞生中国第一口油井的延长油矿工作20多年的老炼油人高阳山含着热泪说：“我在延长时，一口油井产油10公斤，多的到100多公斤就很高兴了。从中国1907年开始产油，到1917年10年产了才1080吨，而坨11井一天产油胜过延长油矿全厂10年总和。”

祝捷大会上，石油部副部长兼工委书记张文彬讲话。他高度赞扬了九二三厂万名职工在物资供应不足、生活困难的情况下，学大庆，学“铁人”精神，艰苦创业，没有条件创造条件也要上，全面超额完成去年任务，今年，又实现了开门红。他说：“我们在这里站住了脚，就不走了，在胜利村附近发现大油田，我们胜利了，这里就叫胜利油田吧。打出千吨井，党中央、国务院领导非常高兴。千吨井大长了中国人的志气，我们要乘胜前进，苦战、苦战、再苦战，为国家找到更多大油田。”

至于“九二三”这个名字，就要稍微早一点了。1962年3月23日，营二井开钻，9月16日钻到2738—2758.57米时，钻遇沙三段一层20.57米的厚油层，产生强烈井喷。9月23日用钻杆井口装15毫米油嘴测试，获得日产555吨的高产油流。从此山东和华北地区找油找气的序幕拉开了，胜利油田的前身九二三厂即由此而得。

不过，在“文化大革命”时期，为了保密要求，这里一直被叫作九二三厂。1971年6月11日，九二三厂更名为胜利油田。1972年6月15日更名为胜利油田会战指挥部。1989年8月，经国务院批准，胜利油田会战指挥部更名为胜利石油管理局，结束了20多年的会战体制。1998年6月，划归中国石油化工集团公司领导和管理。

刚刚踏入石油行业，学徒工自然要进行学习，队上发给每人一本《采油工十懂十会岗位练兵问答》。大家翻开书一看，采油工需要学习的知识、掌握的技术非常多，要懂油水井或计量站的地面工艺流程，还要懂设备性能结构，会操作，会维修保养，懂计量化验仪器仪表性能规范，会使用维护和做水质化验。师傅告诉大家：“当一名采油工容易，当一名好采油工就不容易了。我们的岗位在地下，研究对象是油层，没有知识和技术咱就成了盲人了，好好学吧！”

刚上班的那几天，代旭升总是早上起来急忙洗漱一下，赶到食堂买一碗大米稀饭，三个馒头，一碟咸菜。一个馒头一碗稀饭急急忙忙吃完后，再用饭盒装好剩下的两个馒头，背上水壶跟着师傅出发，一般赶到岗位时，上个班的师傅已经做好了交班的准备。两位师傅按照交接班的规定“三一、四到、五报”进行了交接，一本正经，真有点像在青岛看到的解放军战士交接岗哨。下班师傅走了，丁师傅开始给代旭升讲五口井的具体位置、计量站内的流程走向和各部位名称、规范、用途，并让他记牢，还说下班要考试。代旭升除了跟着师傅每 4 小时巡一次井外，剩下时间就拿《采油工十懂十会岗位练兵问答》看一看。一上午很快过去了，中午将馒头用天然气炉子烤一烤，喝着自己水壶里的水，一顿中饭就解决了，下午继续记井号、背流程。

代旭升知道，这只是开始，一开始一定要表现得好一点，不能让师傅挑出毛病来，更不能怕吃苦让师傅嫌弃。

虽然觉得这项工作平淡无奇，但这个时候的代旭升还没有心思和能力去考虑应该怎样改变这种状况，摆在他面前的是更加棘手的问题。人家说干个采油工只用一星期就能学会，可是要想干好一名采油工可能需要一辈子的时间。

上班还不到一个月，又打烂了两个温度计，虽然丁师傅嘴上没说，可从脸色上看出了不满意。温度是油井能否正常生产的关键，井口温度高油井不易结蜡，水套炉出口温度高于 60 摄氏度时集油管线不结蜡不易堵。为了掌握各井的井口温度、水套炉进出口温度、计量站进站温度的数据，代旭升用玻璃棒式温度计反复测量，由于操作不熟练，常常一不留神就把温度计打坏了。

在代旭升打坏第三个温度计的时候，丁师傅终于绷不住了。“小代，这样下去可不行啊，一个温度计虽然值不了几个钱，但是咱这么个弄法，一大筐也不够糟蹋的啊！”

代旭升羞得满脸通红：“师傅，对不起，我这不是想早点掌握测量温度嘛，都怪我太心急了。”

“小代啊，心急吃不了热豆腐，你也别着急，测量温度看似简单，但也需要一定的技巧，你听说过‘一抓准’吗？”

代旭升摇了摇头。

“在北京，传统的‘燕京八景’名扬天下，而有个人的售货艺术被人们誉为‘燕京第九景’，他就是北京百货大楼的张秉贵，全国著名劳动模范。他在平凡的售货员岗位上，练就了令人称奇的‘一抓准’技艺，就是你要多少糖果他用手一抓半两都不差。你别觉得他离得太远了，太高大了，当年我在大庆的时候，我们队上有个保管员，看了张秉贵的事迹后决心一定要练出‘一抓准’来。功夫不负有心人，用了没多长时间，他就成了我们的‘一抓准’，发钉子时不用称称，你要多少用手一抓就是多少。”

代旭升听得入了迷：“还能有这么神奇的人？可是咱这是量温度，也不能‘一抓准’啊？”

师傅笑了笑说：“我们老家有个卖豆腐的，一刀准，为啥呢？因为他卖了一辈子豆腐，切多大有多沉心中早有数了。你是上过初中的人，也算是文化人，知道欧阳修《卖油翁》的故事吗？我亦无他，唯手熟耳。”

代旭升点了点头。

师傅让代旭升拿着温度计，带他来到水套炉旁。师傅用手摸了摸水套炉说：“65摄氏度，上下不超过两摄氏度。”他顺手指了指代旭升手中的温度计，意思是让他前去量一量。

代旭升一开始根本不相信，但是用温度计一量63摄氏度。真的只差两度，他觉得是不是师傅在蒙事，笑了笑说：“师傅，水套炉一般都是烧到60到65摄氏度的，我也能猜出来。”

师傅把手往水套炉边上放了一下说：“这个地方55摄氏度。”

代旭升又把温度计挪到了刚才的那个地方，果然54摄氏度。代旭升不禁张大了嘴巴瞪大了眼。

师傅说：“我用手摸摸丝堵，摸摸回压闸门肚子，摸摸水套炉和干线炉进出口管线，就能知道油井的井口温度和炉子的进出口温度。”

代旭升被师傅的一摸准吸引了。

师傅接过温度计，语重心长地对代旭升说：“温度是可以靠手的经验去感知的，这个范围一般不会超过七八度，如果练得好了基本上不会超过上下两度的偏差。以我这么多年的经验感觉，清凉25摄氏度以下，没什么感觉30摄氏度，有暖意40摄氏以下，明显知道发热45摄氏度以下，能长久触摸并无困难50摄氏度，能长久触摸极限或只能触摸10秒55摄氏度，触摸3秒60摄氏度，触摸至感觉热后必须马上缩手70摄氏度，不敢再次触摸70摄氏度以上，烫手马上拿开，手还有一些痛，大概就到了80多摄氏度了。不过这也是和个人感知程度有关。”

代旭升马上兴奋地问：“那我能练成吗？”

“当然能，我告诉你个办法，先练50摄氏度到60摄氏度，出不了半个月就能练成。回去后用个水桶烧点水，一遍一遍地试就行了。”

干好采油工就要苦练基本功。这是代旭升下定决心，一定要练好的第一项本领。接下来的日子里，他在岗位上练，宿舍里练，同事们都说他有点走火入魔。

不过师傅的方法还挺管用。代旭升找来一个水桶放在炉子上，开小火，将玻璃棒式温度计绑在树枝上放到水内，手摸着水桶外表，看着温度计的刻度，体会手心的感觉，温度高了添凉水降温，温度低了开火升温，经过反复练习，终于基本掌握了 50 到 60 摄氏度手心的感觉。练习的过程中，代旭升感觉手背的感知灵敏度要高于手心的灵敏度，师傅就告诉他不必拘泥于手心手背：“你没见过咱食堂的师傅们炸东西吗？有时候用手心感知油温，有时候用手背感知油温吗？反正手心手背都是自己的肉，哪个灵敏就用哪个。”

经过十来天的反复练习，代旭升做到了读取温度数据时可以不用温度计来测温，用手一摸就可以知道是否达到 50 到 60 摄氏度的温度要求。师傅看到代旭升成长得这么快，欣慰地表扬了这个自觉加压爱学习的小伙子。得到师傅的表扬，代旭升开始继续练习 25 到 80 摄氏度范围的温度感知。

东辛采油厂采油 16 队的井都是自喷井，由于地层压力逐年降低，这种井的生产方式在现在很难见到了。

那时候采用的是双关分层采油技术。1971 年 7 月 22 日，胜利采油指挥部采油一队职工自己设计、制造、安装了我国第一口“双管分采”油井营 8-2 井，单井日产量提高了一倍。这种技术是在套管内下入两根油管柱，分别开采上、下两组油层，也叫“双管采油”。这种分采方法适用于上、下油层地层压力差大或高含水油层和油层油井的分采，可避免油层的层间干扰。可是，这种采油方式带来的最大问题就是油管结蜡。结蜡是油田开发过程中存在已久的问题，当原油从地下喷出时，由于溶解气体的逸出和膨胀而使原油温度逐渐降低，蜡就从原油中按分子量的大小顺序结晶析出，并继而沉积在油管内壁上，致使井筒变窄，油井产量降低，严重时还会堵塞油管造成油井停产。

这种新式采油方法实施还不到半年，尚在摸索之中，代旭升和师傅们需要做的，就是给油井清蜡。通常采用的是机械清蜡，也就是把刮蜡片连在两毫米的钢丝上，用绞车下入井内上下活动，把结在油

管壁上的蜡刮下，并依靠液流将蜡带至地面。这项工作看起来很简单，做起来却需要相当的技术性。别的不用说，第一步把刮蜡片绑在钢丝上就是个难练的技术活。

头几天跟着师傅清蜡，代旭升只是在一旁看看或是递递工具，班长李友森手脚麻利让他用心地看、用心地学。这个活看似简单，但是能把两毫米粗的钢丝绳绑好绑结实，没有一定的功底是做不到的，一不留神就会把双手打出一溜血泡。

代旭升想到自己是个左撇子，干这活很难上手，不如跟班长说说，学点别的吧。再就是这几天同来的几个同学一直鼓动代旭升和队长提提条件，这里实在太苦了，大家想换个地方，或是回老家看看有没有可以干的事情。代旭升琢磨着这几个同学的建议，心里也有点动摇了。

不过，不久后的一次亲身经历，让代旭升的思想彻底转变了。

一天，班里最偏远的永 12-2 井发生蜡堵，班长李友森带着几个人去清蜡。

清蜡最关键的是压钢丝，是个难度很大的技术活。班长自己压钢丝，代旭升他们几个摇绞车。压钢丝一刻也不能停，不像摇绞车可以轮换着休息。同班的师傅几次想去替换班长，班长却说，这口井是高产井，蜡堵得厉害，还是自己来吧。

当时正值寒冬腊月，北风呼啸，吹在脸上像刀割一样，班长站在井场上一干就是 5 个多小时。由于站立的时间太长，清蜡完成后，班长的腿也麻木了，一迈步竟摔倒在地。

那一刻，代旭升眼前瘫倒的是班长，心里却站立起石油工人的高大形象。“铁人精神就在我身边，就在班长身上。”从此，他暗下决心，要像班长那样扎根一线，绝不轻言离开，当就当最好的石油工人。

到了能单独绑刮蜡片的时候，代旭升才真正感觉到什么叫行行出状元。为了练这一手绝活他算是豁出去了。一开始，李班长找了两截二三十厘米长替换下来的钢丝，让小徒弟拿着练习一下熟悉手感。代旭升把这两根钢丝从井上拿到了站上，又从站上拿到了队上。两截钢丝成了他那些日子形影不离的伙伴，只要不是拿筷子的时候，只要不是睡觉的时候，钢丝横过来调过去始终在他手上转着花。

这时，代旭升才意识到干好一件看似简单的事并不容易。清蜡技术是要根据原油物性及油井开采状况的复杂性，并根据不同区块进行调整清蜡时间的，一般一天要清个两三次，清一次大约需要一两个小时，晚上吃完饭队上就组织学习，一天下来总是累得够呛。以前在家的时候哪受过这些苦啊！从学生到学徒，从学校到岗位，挺难的。

不出两天，代旭升满手起了泡，泡破了就成了痂，痂磨厚了就成了老茧。当老茧磨出来的时候，这功夫也就练成了。才刚刚当上学徒没几天，代旭升就能绑刮蜡片清蜡了，而其他同来的学徒小伙伴们还在跟着班长递工具。

马上要过年了，代旭升被几个一同来的学徒工约着去找刘队长请假回青岛过年。那天，队长和指导员在队部里研究永 3-2 井结蜡问题。几个学徒工表达了想回家探亲的想法。队长思量了一下，劝他们还是先不要回家了，还都是几个毛头小孩子，一是路途遥远怕他们在路上出问题，二是刚来没多长时间还不至于那么想家。于是，几个人垂头耷拉脑地回到了宿舍。

没想到第二天有两个人不辞而别，只是和他们的师傅说了声就走了。代旭升没有走，可是心里总觉得不是滋味，好像犯了“思乡病”。他从小在父母身边长大，没有出过远门，更没有在外过过年。特别是两个同事走了以后，他有时候也后悔没有跟着他们走，可是万一路上出点什么问题咋办？万一当了逃兵回到家父亲责怪咋办？想着想着，他就吃不下饭睡不着觉了。

何指导员是一位老石油人，从年轻时就在石油战线上摸爬滚打，看出了代旭升的心思。他语重心长地说：“咱们是连续生产单位，不能因为春节就关井。整个生产系统像人身体血管里流的血，油井关井不出油了，输油管线就会堵塞，一旦管线堵塞再想恢复那就麻烦了。安心上班，节后队上想法给你们安排时间回家看看父母。”

那天，何指导也动了感情，和代旭升聊了很多，从他 18 岁扛枪参加革命到拿下最后一场战斗，再到 22 岁跟随中国人民解放军 19 军 57 师 8700 名指战员集体转战到石油系统，又参加了四川石油会战、大庆石油会战，再到现在来到了胜利油田，仿佛都在眼前。代旭升听得入了迷，也被深深地吸引和感动着。

第二天，代旭升给家里写了封信，汇报了来油田的状况，也表达了思乡之情。代旭升所在的采油 16 队离胜采指挥部 50 多公里，孤零零地戳在永安边缘上，车也不通，通向 6 公里外采油 8 队坑坑洼洼的路是唯一的一条公路。买牙膏牙刷这些生活日用品，也要骑着自行车走上 15 公里的土路，到九分厂小卖部才能买到。从指导员身上，他感觉到这里像是按照部队的一套来带队伍，把支部书记称为“指导员”，再往上，把大队或者是矿上的书记称为“教导员”。抓生产也是按照部队的术语来搞的，就连用的词也是一样的。比如像“会战”“突击战”“歼灭战”等，全都是部队上的一套。队上还有民兵排长，民兵排长叫张德芳，自己单独一间宿舍，里面还放着军训时用的那种 56 式半自动步枪，是不是可以拿着他的枪去芦苇地里打兔子呢？反正感觉石油工人就是不穿军装的解放军。

代旭升和父亲说，累是挺累，但自己年轻倒是不怕，最难忍的就是这里太寂寞了。每天晚上都会想起青岛的那个小院，都会梦见一群小伙伴到海边游泳，还会梦见又和院里的黄大吹打架了。最想念的是父亲亲手攒的那辆自行车，是不是还老掉链子？他在信里说，一同从青岛来的两名同学前几天找不到了，听说是受不了这里的苦回家了，两个同学曾经约着他一起走，但是他没有走，也不知道走了好还是不

走好。

从这封信里不难看出，人到了一个新的环境就要重新适应，特别是从优越的大城市来到条件差的乡村或是荒原。如果能过了适应这一关，就能在这里扎根留下来。如果过不了这一关，要么被压抑成神经病，要么就会选择逃离。

不过，那一年，代旭升过了一个真正革命化的春节。

1973 年 2 月 2 日，一大早起来喇叭里就播起了《春节序曲》，这盘磁带是指导员年前软磨硬泡从指挥部播音室里借来的。职工们也显得格外高兴，有的甚至穿上了新工服。技术员忙活着在队部里写对联，两个女职工从食堂端出了熬好的半瓢糨糊，队长和指导员把两挂鞭炮挂在队部门口噼里啪啦地放了起来，指导员第一次没用命令的口气“请”大家赶紧起床。

井上就留了几个值班的职工，其他人都到队上的食堂里帮厨。食堂搞会餐吃饭不要钱，饭菜很丰盛，有队长做的红烧肉、指导员炖的蘑菇小草鸡，还有技术员炸的鱼、一班班长熬的猪肉炖粉条子，等等。每桌六个菜算是不错的牙祭了。学徒工们来的时间不长，还有很多是从农村来的，有点抹不开面子，专门找挨着墙边的桌子坐下。何指导看到后，把这些人都请到了前面：“你们可不能往边上坐，你们可都是早上七八点钟的太阳，以后还得靠你们挑大梁呢！”指导员的热情瞬间感染了在座的所有人，好几个学徒工加上好几个老师工都喝大了。

会餐后，以班为单位发了饺子馅和面，让大家回宿舍包饺子。在包饺子的时候，代旭升真的感觉又回到了青岛老家。饺子吃完了，他躺在床上却怎么也睡不着，想一想青岛的美丽，想一想温馨的家，想一想父母，想一想哥哥姐姐都不在身边，心情复杂。睡不着只好爬起来看书，减少想家的念头。大年三十的五更夜，代旭升就陪着《采油工十懂十会岗位练兵问答》熬过去了。

父亲从信里读到了儿子的艰辛，读到了儿子思想上的苗头。这个忠厚老实的中年人看完信的第一个想法，就是去一趟胜利油田，老代家的子子孙孙不能有畏难情绪，更不能有逃兵。父亲的这趟油田之行，成了代旭升一辈子留在这片荒原上的最大鼓励。

1973 年 2 月 5 日，大年初三，父亲从青岛火车站坐上青岛至沈阳的列车来油田看代旭升。在辛店下车后，他搭了一辆油田拉油车，风尘仆仆地继续行进。他发现这个九二三厂原来这么大，不像是自己干活的那个厂子。在他的印象里，厂子就应该有个厂子的样，围墙里面是厂房，厂房里面是轰轰隆隆的马达带动着车床。可是一来到黄河三角洲这个偌大的工厂里，竟然完全找不到方向了。他拿着儿子写来的信向人们打听着，93 号信箱在哪里？

也算是父亲幸运，快天黑的时候，在八分场汽车运输队里碰见了一个青岛老乡。老乡是开依法车的，刚拉完一趟物资回来，格外热情，说是前两天还上 16 队去送过闸门，跑到队上用摇把子电话费了半天劲摇通了 16 队的电话。队上接电话的是于仁平师傅，一听说是小徒弟代旭升的父亲从青岛来了，赶紧跑到岗上去找到代旭升，两人风风火火地借了两辆自行车到八分场去接人。

父亲刚到队上，天就已经黑透了。指导员早已经和食堂打好了招呼，给远道而来的客人准备了热汤面，打了两个荷包蛋。这几年来也有不少爹娘到一线看望子女，也有不少抱着孩子来看望丈夫，每一次有人来指导员都好好照顾。但是指导员心里始终有个结，每一次有家属来都有可能走掉一名石油工人，因为这里实在是太苦了。

这里的苦不是一般人能够体会的，这也和永安独特的地理环境有关。胜采指挥部采油 16 队所在的这片土地，位于黄河入海口，离着东营村还有将近 30 公里的路程，若干年前还是一片汪洋大海。黄河是世界上含沙量最大的一条大河，由于海水的顶托，河水流速减缓，大量泥沙在入海口淤积沉淀，年复一年形成了大块陆地。河道出口处的沙嘴延伸速度很快，一般一年达 2 公里左右，最快的时候每年延伸 7—8 公里。这里没有人住，有的只是无边无沿的盐碱滩和满目的芦苇，再往东走就到大海了。

院子外面的那些看着像一条线一条线的土坝子，就是引黄河淤地压碱用的。中国的老百姓是靠土地吃饭的，没有土地就没了口粮。然而这里的老乡更苦，有了土地也不一定有粮食吃，因为这里的土地都是盐碱地，只长芦苇和碱蓬。多少年来，这里的老乡适应了这片土地，隔上几年就大量地引入黄河水灌满整个地面，把黄河上游冲下来的优质沙土慢慢地沉降在自己的土地上，这样就可以安安心心地种上几年庄稼了。

老父亲也看到了，儿子所在的地方就这种先天条件，决定了这里只能这么苦，先生产后生活，拼命也要拿下大油田。不过，知子莫若父，他料定代旭升是不会像那两个同学一样为了逃避而跑回青岛的。

这一夜，父亲和儿子聊到了天亮。

“革命加拼命”是那天晚上父亲说得最多的话。能够来到保密厂工作，对于代家来说也是一份荣耀。代旭升是经历过三年自然灾害的，他知道现在的生活已经比那个时候好多了，自己的童年没有被饿死挺了过来，现在长大了，这点苦还受不了吗？而且，父亲一直在强调要对未来充满信心。远了不用说，现在在青岛工作一个月下来也就 18 元钱，可是在油田能够拿到 30 多元钱，多了一倍。再说了，现在是先生产后生活，以后可能就是先生活后生产了，条件会越来越好的。

“怎样做个合格的工匠”，是那天晚上代旭升和父亲讨论最多的问题。两个人越聊越投机，父亲是个八级钳工，常说自己和老虎钳打了一辈子交道，是个老工匠。他不知道石油工人的具体工作是干什么，但他知道要当好石油工人也要像干好钳工一样，要虚心、恒心、细心，还要有一份执着。

父亲看着代旭升从家里带来的几本《机械工人》杂志说：“虽然你们的工作不像青岛工厂有围墙、有厂房、有机器，工友们在一个屋里一块干活，但没有你们采的石油提炼出润滑油，机器转一会儿就坏了。采油工的工作也有和机械工人工作相通的地方，管路长短啊，螺丝粗细啊，各种工具啊，不同的就是大小不一，同样需要掌握，尤其是你们有些东西还看不见摸不着，需要用心去揣摩，比搞机械更难掌握。人们常说上天容易入地难，要把埋在地下几千米深的石头缝的石油采出来，更是一件不容易的事。青年人不管在哪儿，干什么工作，只要认真、坚持，有老工匠的精神，时间长了就一定会热爱这个地方，热爱这项工作。”

儿子听明白了，父亲是怕他耐受不住这份艰苦。

这一天晚上，代旭升也开诚布公地和父亲交谈着，以前父亲的那种严厉都不存在了。这种促膝而谈在前几年是不可想象的，看来自己真的是长大了，已经能够和父亲平坐在一起畅谈人生了。

第二天一早，天刚刚亮起来的时候，父亲就离开了采油 16 队。

指导员何春盛心里是乐开了花的，他在头一天晚上已经做好了最坏的打算，队上可能又要失去一个机灵小伙子，或是失去一个大劳力了，甚至可能代旭升跟着父亲一走会引起连锁反应，其他的小伙子们也会有回家的念头，这个队伍是越来越难带了。可是没想到，熬红了眼的这父子俩没让他失望，代旭升不仅留了下来，而且看起来还信心满满。何指导握着老代的手一再挽留，老代却说不打扰儿子工作了，况且自己回青岛还有很多事情要干。他收拾了行囊，吃了食堂给他做的荷包蛋挂面，道了声感谢准备离开。

在上拖拉机的时候，父亲转过身来告诫代旭升："以后你必须做到别人会的技术你要精通，别人不会的技术你要熟练，别人没掌握的技术你要提前掌握，只要每天坚持学习，就能积累知识增长技能，你就会技高一筹。"

队里拉料的拖拉机"突突突突"地走了，代旭升擦着眼泪看着远去的父亲暗下决心："请您放心，我一定要做一个优秀的工人，一定会扎根在荒原，成长在荒原。"

从那一天起，代旭升真的是长大了，抛弃了孩子的稚嫩，从一名少年转变为一名真正的青年，一名真正的男子汉。

油田是 24 小时不间断的生产单位，只要油井不停人就不能停。

代旭升的第一个夜班是跟着师傅们去巡井。丁师傅看上去沉默寡言，见了代旭升只说了两句话。

"指导员都给你说咱夜班干啥了吗？"

代旭升点点头，算是回答了师傅。

"好吧，夜班说起来挺简单，就是晚上 10 点开始每 4 个小时巡一遍井，10 点一次，2 点一次，6 点一次。"

代旭升觉得这不是挺简单的事吗？看看井是不是正常生产，有没有出现刺漏，应该也没什么大不了的事。可哪曾想到，夜班这么熬人。晚上十点半跟着师傅迷迷糊糊地深一脚浅一脚前行，到了岗上师傅之间进行了交接班后，再到永 12-8 井清蜡。这口井钢丝下得很慢，为了保险起见师傅们将一块砖头放到滚筒里面，滚筒每转一下砖头"哗啦"动一下，这样听声音就可知道钢丝下的速度，不用时刻用眼睛加手电筒死盯着了，小小的改进降低了劳动强度。凌晨 2 点清完蜡，也到巡井的时间，巡完井回到岗位已经 3 点了，整个人感觉头重脚轻，一下趴在桌子上，头重得抬不起来，难受极了。眯糊靠到 6 点，又跟着师傅出发巡井。

巡一趟井一般得用两个小时，还得记录巡井数据，该清蜡的时候还得摸着黑清蜡，最要命的是不能睡觉，偷偷地打个盹都不行。那个时候，"三老四严，四个一样"执行得毫不走样。"三老四严"就是"对待革命事业，要当老实人，说老实话，办老实事；对待工作，要有严格的要求，严密的组织，严肃的态度，严明的纪律"，这一提法源自 1962 年，1963 年形成完整表述。这一作风是大庆石油工人高度的主人翁责任感和科学求实精神的具体体现，是大庆油田企业文化融汇中华民族优秀文化传统最基本、最典型、最生动的概括和总结。“四个一样”就是“对待革命工作要做到：黑天和白天一个样；坏天气和好天气一个样；领导不在场和领导在场一个样；没有人检查和有人检查一个样”。1963 年由李天照井组首创，得到周总理的高度赞扬，并与“三老四严”一同写入《中华人民共和国石油工业部工作条例（草例）》，作为工作作风的主要内容颁发。“四个一样”是党的优良作风和解放军的“三大纪律八项注意”同油田会战具体实际相结合的产物，后来成为全国石油工人自觉坚持标准、严细成风的真实写照。

“春困秋乏夏打盹，睡不醒的冬三月。”熬夜的滋味真让人受不了，再加上机械性地在黑漆漆的夜里转来转去，一个夜班下来就能感觉到身体被掏空了，连胡子楂子都比白天长得快。不过，每次上夜班的时候丁师傅都让代旭升抽空眯糊一会儿。丁师傅常说：“你们还年轻，还在长身体，要是缺了觉可不行。”但是，代旭升总觉得不好意思，总是硬撑着到天亮。

上夜班也不是每天晚上连着上，也是要倒班的，上一个夜班休两天，上一个白班休一天。下了夜班回到队上蒙头大睡一上午，到了下午睡醒以后还要在队上干些其他的工作，第二天的休息时间一般是没有的，不是去清蜡就是去跟着老师傅干些其他工作。

对于倒小班，代旭升记忆是非常深刻的，晚上的巡回检查要跑很多路不说，到处黑漆漆的多少也有点害怕。还有一个原因，他觉得上小班不能完成他原子弹变成氢弹一样远大的人生目标。那个时候还有一种普遍心态，两个采油工一碰面就会问：“你现在在干什么？”上大班的人就会觉得比上小班的牛不少，因为上大班必须业务过硬。师傅也常说：“小代，你必须学技术，学好了技术就可以再上一步，这样就不用倒小班了，晚上也能睡个安稳觉了。”

每次下午睡醒之后，代旭升都有一种重生的感觉，但是时间长了，人的生物钟就会紊乱。这个生物钟是生物体内的一种无形的“时钟”，实际上是生物体生命活动的内在节律性，它是由生物体内的时间结构顺序所决定的。当你从小适应了日出而作日落而息的规律，再猛地颠倒成日出而息日落而作，人就受不了了。好多次代旭升到了晚上硬生生地就睡不着，到了白天又迷迷糊糊地想睡觉。

睡不着怎么办？躺在床上数绵羊？那会越数越睡不着。代旭升心想，反正也是睡不着，干脆不要硬睡了，拉亮了屋里的灯，拿出每周四业务学习笔记，一遍一遍地看了起来。也就是从那个时候开始，代旭升养成了每天睡觉前都要看书的习惯，这个习惯一直保持到现在。也正是因为这个习惯，代旭升的业务水平在学徒工中出类拔萃。

黄河三角洲的春天，没有打招呼就匆匆地来了。

“工业学大庆、农业学大寨”是中国在20世纪60年代开展的一场运动，依据是毛主席于1963年发布的指示“工业学大庆，农业学大寨，全国学人民解放军”。抓革命、促生产的主题集中体现在全国掀起的“工业学大庆”“农业学大寨”的群众运动和“两弹一星”的科技自主创新中。

在胜利油田，刮起的是“大庆加大寨建设新矿区”之风，“工农结合，城乡结合，有利生产，方便生活”。为了解决油田职工的嘴巴问题，指挥部有关领导反复研究，认为自力更生是唯一出路，于是向当地政府借地，准备种粮食，一是为了吃饭，二是为了职工农村家属团聚。当地政府很支持，拨出5000亩土地，职工农村家属前来还落了户口。经过紧张筹备，“神堂农场”建立起来了。农场临近黄河入海口，先是平地、挖沟，又引黄河水灌地、排水冲碱，然后及时种上了水稻。农场在建立当年就获得了收成，从不长庄稼的荒地，在油田职工、家属的辛勤劳作下，收获了水稻，油田职工吃上了自己种的大米。

1973年春天，采油二大队和往年一样，组织职工到农场去帮春。代旭升和其他30多个年轻劳力被老魏选中，组成一个支农小分队到西营参加了劳动。一开始，他并不愿意去，因为觉得浪费学习的时间。况且一个人从青岛来油田，刚熟悉了环境、人员，又要一个人外出，心里空落落的。不过虽然心里不愿意去，也没有办法，还不如老老实实去吧。再说春天帮春，秋天一定会帮秋，还是去帮春要好一些。

这个理由说起来也挺有意思，代旭升最愁的就是秋收了。一般人都喜欢秋收，不冷不热还有新鲜粮食吃，可是代旭升则不然。因为代旭升是个左撇子，如果用左手拿镰刀割稻子的话很不方便。镰刀大家都知道，设计的就是右手工具，割稻子或是割草的时候会随着你用劲刀锋向上走。但是如果反过来就很难控制了，一不留神就会割到另一只手，代旭升童年割麦子的时候，右手上被割了一个大口子。一朝被蛇咬，十年怕井绳，所以他选择了春天去挖大沟。

第二天，大队派车把他们送到胜利采油指挥部招待所，早饭后通知到会议室开会。耿生副指挥主持会议并讲话："这次活动是根据燃化部指示，建设大庆加大寨的新型矿区搞的，你们是到垦利县西营村去支援农村建设，与农民实行三同（同吃同住同劳动）。"耿生是支农工作队的队长，带领47名队员到了距胜利采油指挥部大约2000米的西营村。代旭升和一位陈工程师、一位刘队长被分在一家姓王的老乡家住。

代旭升去的农场在西营村的边上，当时的农村是非常贫穷的。这30多个人在一起单独开伙吃饭，每天挖完沟回来饭就已经做好了，不过无非就是馒头、稀饭和一份大菜。每次吃饭的时候，附近村里的小孩儿都扒着墙头往里看，看看工人到底吃的和他们有什么不一样，有时候代旭升也会掰上一块馒头给孩子们吃，一来二去代旭升就和附近的老百姓混得很熟了。听老一辈人讲，这东营村西营村是很有历史的。传说在1300多年前，唐太宗李世民亲自率兵东征高丽，大队人马沿当年秦始皇到渤海之路浩荡东行，行至今东营村处，只见北面烟波浩渺，便令大部队驻扎，派一队人马去探东进之路。这队兵马行至东营村荒滩时，海上大潮正起，只好就地安营扎寨，待机行事。不久，接到留守驻扎的命令，分东西两个营驻守，种粮种菜，熬盐牧马，数年也没接到李世民的调令，军士们便相继成家立业，繁衍至今，便有了今天的东营村和西营村。

来到西营村，代旭升被分配到生产1队参加劳动，在生产队长王道本的带领下天天去挖排碱沟。王队长说，再有5天1队负责的长100米、深3米、下底宽5米的排碱沟就可以完成。中午，老乡们也不回家吃饭，带着干粮在工地上吃，一天干10多个小时的活。王队长是复员军人，工作雷厉风行，领着几个年轻人不但沟挖得快，而且质量、尺寸都合格，沟坡拍得平整，沟底修得水平，受到了施工员的好评，比相邻的队提前2天完成任务。到了村里干的第一件事很圆满，代旭升所在的三人组也受到了耿指挥的表扬。尽管没干过农活的代旭升累坏了，用铁锨扔土累得拿勺子吃饭都很痛，但比起老乡出的力差远了，看来这"挖大锨，撇大泥"的活真不好干。但是，经过那段时间的实地锻炼，代旭升用铁锨拍土平面的水平提高了很多，这使得他回到采油队拍井场搞管理总比同事们干得好。

就在代旭升挖大沟的时候，采油 16 队却发生了很大的变化。早在 1971 年 10 月，九二三厂就开展了河口石油大会战，义 11 井日产原油 1161 吨，从而发现了渤南油田。新沾 4 井获日产 2.1 吨工业油流，发现义东油田。原燃料化学工业部发出了“向河口进军、向渤海湾要油”的指示，各路石油大军齐聚河口。由于任务不断加大，需要更多的石油工人支援会战，胜利采油厂也不例外。1973 年春天，代旭升所在的班组 20 余人全部调到河口采油厂支援开发建设。不过，当时代旭升在支援农场建设，名字就还留在了 16 队。

列宁曾经说过，“不满是向上的车轮”。支农回到采油队的代旭升被分配到了永 12-1 井组，又开始重新思考自己的人生了。小班工作无非就是“量油测气清蜡扫地外带看压力”，他已经觉得毫无技术压力了，苦练技术上大班成了此时的最高愿望。经历了农场挖大沟的辛苦后，他更不把吃苦当作事了，工作中的脏活累活抢着干，不懂就问，身边的每个人都是他的师傅，遇到技术难题从不轻易放过。因为他知道要想上大班，必须得像师傅一样，成为一名真正合格的采油工，不仅能巡井、量油，还要熟练掌握操作技能，熟练掌握业务技能和理论知识。从那时候，他几乎把所有的时间都用在了学习上，就连吃饭他都一手端着饭碗，一手拿着书本。

只有初中学历的代旭升，要当一名合格的采油工谈何容易？由于底子薄、基础差，代旭升读专业书十分困难，这机理、那构造常常弄得他晕头转向，可他从没有放弃过。

班长曾经对他说："作为一名采油工必须熟知本岗位的油井数据，这是采油工的基本功。"为了能够快速掌握专业知识，代旭升决定采取"理论联系实际"的方法。"好记性不如烂笔头"，抄写数据可以让自己记忆更加深刻。于是，他一有空就到值班室熟悉 7 口井的静、动资料，从开钻日期到完钻深度，从套管深度到人工井底，从套管尺寸到水泥返高，从原油物性到水性分析，生产层位、射开井段等，各种数据共有 4000 多个，他把这些数据统统抄下来，并且重点记忆关键数据。

每天下班后拿起书本学习，成了代旭升的一种享受。住在"干打垒"里，阴暗潮湿不说，一到下雨天，屋外大下，屋内小下。平时喝水靠送，碰到恶劣天气送不进来，就只能喝地沟水，苦涩得难以下咽。喝着地沟水，住着"干打垒"，想想青岛的"红瓦、绿树、碧海"，时常感到不是滋味。从青岛来之前，他也听人说过油田的条件艰苦，可是现实的情况，还是大大超出了想象。不过，这些困难在他看来，都是人生必须走的路。他逐渐地内心平静了，慢慢地开始喜欢上了这种淡淡的孤独。

从"打钢丝结"那时开始，代旭升痴迷上了"沉积岩""地震勘探""构造圈闭"这些地质名词，他一个个地学，一个个地背，一个个地啃，弄不明白的，再找老师傅或技术人员请教。

1973 年冬天，代旭升和往常一样吃过晚饭，拿着一本《采油工艺》斜倚在院子里看书。指导员何春盛悄悄地站在他背后良久，用眼睛看着代旭升一页一页地翻书。

代旭升一边看着书，一边陷入沉思，思考书中的知识点。碰到不明白的问题，他忍不住一遍一遍地嘟囔起来："有效渗透率？相对渗透率？啥意思呢？"

这时候，何指导员已经在后面笑出了声。

何指导员微笑着拍了拍代旭升的肩膀说："很难理解吗？多流体共存时，岩石允许每一相流体通过的能力叫作有效渗透率。多流体共存时，每一项的有效渗透率与绝对渗透率的比值称为相对渗透率。"

代旭升不好意思地瞪大了眼睛："指导员，你咋背得这么熟啊？"

何指导员耐心地说："一口吃不成个胖子哦，慢慢来，时间长了积累多了，你就明白了。"

代旭升苦恼地说："可是我想多学点，好多知识点这本书里没有，比如达西定律，我找了好几本书都没找到。"

何指导员说："咱这里条件有限，专业知识书就这么几本。你想更深入地学习专业知识吗？"

"想啊，做梦都想。"代旭升迫不及待地说。

何指导员说：“好吧，这次我过来找你就是要告诉你一件事，我已经留意你好长时间了，你们李班长也经常和我说，你小子挺爱学习的。过几天，指挥部培训学校就要招收第一批学员了，有没有兴趣去参加一下学习？”

代旭升拍着大腿站起来说：“当然想了！”

何指导员伸出右手搭在代旭升肩头说：“书山无路勤为径，学海无涯苦作舟。学习是很艰苦的，但装到脑子里的就是自己的，谁也拿不走。有空去理发吧。”

代旭升摸着凌乱的头发，不好意思地吐了吐舌头。“想当一名最好的工人，就要像当年打钢丝结一样，得天天咬牙坚持学本领长知识，一时一刻也不能懈怠，千磨万难地挺过来，就一定会取得成功。”

还是学徒工的代旭升在指导员的极力推荐下，来到了刚刚建好的胜利采油厂指挥部职工培训学校脱产培训 3 个月。

会战时期大量的学生、转业军人、老区招工人员来到油田，他们的基本素质都不同，对油田了解少，更谈不上专业技能，所以要加强对这些新来职工的培训。这个职工培校是为了通过系统专业的培训，提高职工的职业素养、工作技能，使其更好地胜任现在的日常工作及未来的任务。直到开始招收第一批学员那天，培训学校也只是刚刚搭起了一个框架，新建好的教室和宿舍墙面还没有干透，培校的老师大多都是从各基层单位抽调上来的技术员。

培训学校的学员参差不齐，年龄也相差很大，最年轻的就是代旭升他们这些刚从学校出来的学生，还有一些转业军人年纪稍微大些，更有一些参加工作好几年已经 30 来岁的基层职工。走进培校的代旭升如鱼得水，做着梦都会笑出声来，终于拿到了系统专业的各类书籍，并且可以静下心来安心学习。但是也有些学员不这么认为，他们觉得来学习就是来混日子的，队上把自己派来无非就是凑个名额，再说从 1966 年开始“文化大革命”哪有几个人正儿八经地上学读书啊。来到培训学校就可以逃离繁重单调的岗位工作，可以好好休息休息了。

刚刚开学没几天，一天中午代旭升到食堂打饭。来自青岛，他还是喜欢吃馒头

的，并且吃的一般都很简单，两个馒头加一份青菜。打好饭的代旭升坐到食堂角落里，一边吃一边琢磨着老师上午讲的油藏驱动的五种类型，什么是水压驱动，什么是弹性驱动，什么是气压驱动，还有溶解气驱动和重力驱动。这些地底下的玩意儿，理解起来真的很难，要凭着你的想象，一点一点地悟出来。

就在这个时候，靠近门口的地方一阵骚动，乱哄哄的十来个人围在一起不知在干什么。代旭升也端着碗走了过来。听了会儿就明白了，也不是什么大事，一个身材魁梧的20来岁的学员打了3个馒头，剩下大半个吃不了，便顺手把馒头扔进了泔水桶。这一幕被生活委员看到了，指责这名姓张的学员不勤俭节约，几句话不投机两个人便吵了起来，一争吵自然就会有人围上来看热闹。代旭升也跟着劝了几句："又不是什么大不了的事，算了算了，以后注意就是了。"

争吵的和围观的人们正准备离开，从人群中走出一个干瘦的中年人。中年人看了看争得面红耳赤的几个学员，走到泔水桶边上，伸手从泔水桶里拿起了那个被扔掉的大半个馒头，用嘴吹了吹，伸出干瘦的手指掐掉残留在上面的菜叶子，坐回自己的位子上吃了起来。

谁也没料到会有这样的事情发生，围观的学生顿时傻眼了。那个扔馒头的学员脸红到脖子，非常尴尬地站在那里。

片刻之后，扔馒头的学生竟然恼羞成怒地说："你算个干啥的？不用拿这种姿态教育别人，老子不受这一套！"

那个瘦瘦的中年人把最后一口馒头填到嘴里，抬头看了看怒气冲冲的年轻人说："我本不想说我是谁，吃完这一口走了就是了，可是你要是这么问了，我就告诉你吧！我叫寇晓桐，胜采指挥部培校副校长。你还有什么问题要问我吗？”

年轻人顿时慌了手脚，两只手搓来搓去竟然不知道该说什么好了。

寇晓桐站起来扫视了一下四周说道：“你们也都是经历过三年自然灾害的人吧！放在十年前，这半口馒头就能救一个人的命。日子过好了？不用勤俭节约了？好了伤疤忘了疼了？你记住，今天你能丢掉一块馒头，明天你就能丢掉一把管钳，后天你就能丢掉一口生产井，最后，你得把油藏都丢了，再到太平洋里捡起那个贫油的帽子戴在头上！”

寇晓桐说完，端起搪瓷缸子径直地走出了食堂，只留下一群年轻人呆呆地站在那里。

短短的几句话深深地印刻在代旭升心里，也印刻在每一位学员心里。代旭升后来回忆，自己的很多革新都是为了给油田省钱、创造效益而发明出来的。

随后的学习中，代旭升更加严格地要求自己，如饥似渴地武装自己的头脑。在培校学习过程中，还有一名老师对他产生了积极影响。这名老师叫荣欣孝，是从采油 16 队抽调上来教授采油工程的一名技术员，中专生。代旭升也是从采油 16 队来到培校的，所以说近水楼台先得月，不懂就问不会就找，老师在学习上也是对他格外关照，甚至主动去宿舍给他单独开小灶，问代旭升哪里没有听懂，哪里存在疑问。

学就要学出个样来，要学有所成，绝不能荒废时光。在 7 位老师的辛勤传授下，代旭升比较全面系统地学习了自喷采油、机械采油、油田注水、采油地质、油田开发等知识，提高了自学能力，解开了好多以前学习中遇到的困惑。一本《采油工程手册》被他翻烂了，每一个知识点在哪一页，每一个公式在哪个位置都背得烂熟于心，毫不客气地说整本书都倒背如流了。由于刻苦学习，他在每一次周考中都名列前茅，成了班里的学习状元。系统的学习也让他更加深刻地理解了油田采油生产，为以后更好地工作打下了坚实的基础。

三个月的学习很快就结束了，代旭升却觉得越学，不会的东西越多，他真切地体会到，要想干好一名采油工必须要投入到实践当中去，在实践中继续充实自己。毕业考试中，代旭升以总分第一名的成绩被评为优秀学员，荣欣孝老师继续留在培训学校教书。他在给代旭升的毕业留言中这样写道：“从今天开始你将走上一条崭新的道路，融入我为祖国献石油的洪流中去吧！广阔天地，大有作为。心有多大舞台就有多大！”

长风破浪会有时，直挂云帆济沧海。代旭升踌躇满志，走过了学徒、支农、培训，他真能融入火热的石油战线吗？

第三章

融入油田

从学校回到岗位上，代旭升立即融入热火朝天的夺油上产中，队长也开始慢慢地给他压担子了。

采油 16 队的生产井全部都是自喷井，自喷井生产最头疼的就是油管结蜡。以前都是采用机械清蜡，既费工又费时。1973 年冬天，热油循环清蜡技术逐渐成熟，胜利油田也根据油井实际情况开始大面积实施这种技术。

队长、技术员在分析了队上所有油井结蜡情况后，决定给永 12-8 井先上一套热油循环装置。连续 3 天，班长一直让代旭升和师傅盯在现场配合维修队施工，这也正好给他提供了学习这套装置各部分名称、规范和操作规程的机会。在师傅们的指导下，代旭升认识了管子十大配件的法兰、接固、短节、丝堵、三通、活接头等配件，还学会了制作石棉垫子、对角紧法兰、安装卡箍。通过这次难得的动手安装流程的机会，他体会到，有些技术光看书是很难记住的，真正亲眼见过实物、亲自动手干过几遍，才更容易记住。

通过学习，代旭升获知了热油循环的原理。它是将本井采出来的油用水套炉加热，在分油包的作用下，利用剩余能量再让加热后的油从油套管环形间回到井内，以提高井内原油温度，防止油井结蜡。以油压为基础将套压 28 大气压，套油压差 5

个，水套炉出口温度达到 60 摄氏度。他们进行倒流程，回油流程慢慢热了，井口温度也慢慢上升到了 47 摄氏度，超过了析蜡温度。虽然是第一次实施热油循环清蜡，但是在技术员和书本的指导下，循环还是成功的。班长要求代旭升回去后总结经验教训，写出操作规程。

纸上得来终觉浅，绝知此事要躬行。代旭升慢慢地理解了理论结合实践的重要性，每口井的井况不同，采用的方法不同，取得的效果也不同。要是用《实践论》来理解这个问题就简单多了：社会实践才是认识外界的真理性的标准。实践、认识、再实践、再认识，是辩证唯物主义的知行统一观。

在师傅的指导下，代旭升总结了几点：调整好套压、油压差是能否循环起来的关键，正常生产时油压低于套压，热油循环时套压要低于油压，差值越大越利于循环。油井和人一样，为建立压差套压，放得太多就会大伤油井元气，消耗地层能量，影响油井产量。必须掌握套管放压精准，减少地层能量消耗。排油量的大小制约着回油量的大小和循环过程中油压、套压的高低，控制好出油闸门和回油闸门是解决这个问题的关键。

热油循环不仅减轻了劳动的强度，还使清蜡的效率提高了好几倍。在此之后，队上又陆续上了 9 口自喷井，因为每口井的情况不一样，用永 12-8 井方法常常因把握不准时机，造成油井循环不起来，这让队长十分头疼。队长直接安排代旭升负责解决这个棘手的问题。

队长的信任让代旭升心里暖暖的，同时他也感受到了一种巨大的压力。自己是个初中生，刚刚参加工作一年多能解决好这个问题吗？但转念一想，自己参加过半年的系统培训，有一定的技术基础，再说，这个问题之前大家都没有接触过，应该努力试一试。

为了尽快找到解决的办法，代旭升带上干粮和水，赶到井上搞实验，每隔几分钟就调整一次出油和回油控制闸门，在井口一蹲就是十多个小时，累了就在井场坐一会儿，冷了就靠在水套炉上暖和会儿。经过几个昼夜的摸索，他终于发现套油压差是因井而异的，后来又总结出回油温度要从低到高、回油液量要从小到大，定时排蜡以防止集油管线堵塞等热油循环清蜡技巧。

为了验证自己总结出来的经验，代旭升又到其他井上做了同样的实验和观察，并把这些经验和操作规程写成详细的报告交给队长。队长看完报告后连连称赞，并和他到永 12-8 井上进行了实地实验。实验结果让队长大为满意，队长高兴地拍着他的肩膀说："看不出来，你还真是个有心人！"

队长在职工大会上第一次表扬了代旭升，这让他心里很高兴。根据代旭升摸索出的热油循环经验，全队推广了他的自喷井热油循环清蜡技巧。一个多月来，全队

15 口热油循环井再也没有出现过因热油循环不及时、热油循环效果不好导致油井停喷的现象。代旭升深刻地认识到，只有善学习才能有技术，只有善观察才能有发现，只有善创新才能有作为。

采油 16 队的喇叭利用率很高。那个年代，喇叭是人们获得信息重要的也是唯一的媒介。每个班组每天派一个人专门值守，早上六点半前打开广播播新闻，中午放点音乐和戏曲，晚上播播新闻或是写点小稿子说说队上的新鲜事。

元旦临近时，各种标杆新闻不断地从喇叭里播放出来。那天，指导员亲自播报了这样一条新闻：在胜利油田，有一支英雄钻井队，他们在技术人员的配合指导下，根据油田地质特点，采用钻机整体搬迁、交叉作业和高转速、大排量、高泵压等强化钻井措施，创出了一套优质快速钻井新工艺，屡次刷新钻井施工指标，这个钻井队就是 3252 钻井队。该队 1958 年组建于新疆，1965 年由克拉玛依转战至胜利油田。1973 年 12 月 22 日，该队以 356 天 5 小时，在新钻井技术的应用下，在技术人员的指导下，钻井进尺登上 15 万米高峰，年进尺达到 15.1420 万米，创造了全国钻井生产新纪录，全面实现了铁人王进喜生前提出的“班上千、月上万、一年打上 15 万米”的战斗誓言，被原燃料和化学工业部授予“铁人式的英雄钻井队”光荣称号。后来，“3252 钻井队年进尺十五万米”成果荣获“全国科学大会奖”。油田会战指挥部再次向全油田发出了向 3252 钻井队学习的号召。

代旭升又找到了学习的标杆，他要用铁人式钻井队的战斗誓言鞭策自己，要学有所用，用技术武装自己。回到队上的代旭升更加努力了，看到这个想琢磨琢磨，看到那个想研究研究，没事的时候就拿起班报表或是油水井数据翻来覆去地看。班长看着这个爱学习、爱钻研的小伙子打心眼儿里喜欢。没过几天，班长找到队长，强烈要求代旭升当班里的资料员。

当了资料员，就算是上了大班。之前代旭升并不了解资料员的工作，认为就是统计一下各油井一个月来的生产数据，抄一下综合记录，画一下采油曲线，很简单。直到接手后他才知道，资料员还要对每口油井进行分析，有旬分析、月分析、季分析、半年分析、全年分析，需要对油井了如指掌，对油井的变化要第一时间报告班长，并提出切实可行的解决措施。这对代旭升来说又是一个挑战，自己还处在学徒阶段，能当上资料员既是对自己工作的肯定，也对自己提出了更高的要求。

“打铁还需自身硬。”资料员就相当于班里的技术员，自喷井的生产全靠技术，要对油井进行结蜡分析，通过观察和技术判断，得出什么时候该清蜡，该清哪一段管柱的结论。代旭升再次感觉到知识的重要性，学习成了他当时的第一要务。很快，由于对专业知识的系统学习和熟练掌握，他成了专业技术的活字典；由于了解所管理的生产井数据，他成了 16 队的档案库。短短几年间，他精读了《采油工十懂十

会岗位练兵问答》《采油工技术手册》《采油地质》《采油工艺》等十几本采油及地质学书籍。

有一年，代旭升所在的班组永 12-10 井作业施工，这口井离他们的计量房不足 100 米。在拔活塞过程中，由于井内气大产生了活塞效应，活塞没能完全释放，抽喷了。这次井喷来得太突然，代旭升正在上白班，听到外边轰鸣的气流声，心想坏了，这声音太不正常了。他连忙跑到外边，此时井口已经被强烈的气流包围，井里的油管被强大的气流冲到半空中，比胳膊还粗的两寸半油管被冲到空中，像面条一样狂乱舞动着。

井喷警报立即被拉响，来自采油队、作业队的技术人员火速赶到现场。围在井场周围，大家开起了“诸葛亮会”：井口压力太高怎么办？抢险人员无法靠近怎么办？一个个难题摆在了他们面前。作为资料员的代旭升，凭着对 16 队井况资料的熟知，也积极地加入研究问题的人群中。

指挥员：“这么大的气，先擒住最关键的。”

技术员：“底层压力太大，得关注水井。”

指挥员：“周围井网数据？”

技术员：“我回去查查……”

指挥员瞪了技术员一眼。

代旭升听到这里立即上前应答起来：“永 12-10 井周围有四口注水井，对应这口井油层注水的井有沙河街组，沙二段，第一、第二、第三小层，如果对注水井进行关停，再加上井口敞开放套管气，应该不出一天时间对应地层就能喷塌。”

这一连串的回答解决了大问题，谁也没想到一个如此年轻的资料员能够把队上的井况了解得这么清楚。

指挥员再一次问代旭升："数据准确吗？"

代旭升坚定地回答："我天天和这些数据打交道，绝对没问题！"

抢喷方案立即制定了出来：停注水井释放地层压力，调推土机推土围堰，防止原油外漏，做好防火措施。

代旭升和同事们立即行动起来，关停了对应注水的4口注水井。由于关停了对应地层注水的注水井，压力逐渐变小。在第二天的上午10点左右，井口停止了喷气。作业队利用这难能宝贵的停喷间隙在井口装上了闸门，没有造成人员伤亡，没有造成财产损失，一场危险的井喷就这样被制服了。二大队的技术人员以及作业队的抢险人员无不向代旭升竖起了大拇指。

后来，代旭升在谈到这件事的时候说道："为什么我天天抱着书本学习？为什么天天守着班报表和油井数据琢磨？因为我参加过培校的脱产技术培训，怕你们问我问题我不会，怕丢人，就这么简单。"

其实这才是最不简单的事情。要比别人多会一点，要比别人多知道一些就是不简单。同事们不会的问题问到代旭升，他总能对答如流。能做到这样离不开他平时的努力，也离不开何指导那次关于有效渗透率、相对渗透率的解释。何指导对技术了如指掌，让代旭升肃然起敬，也决心将他做为学习的标杆和榜样。

战井喷是对心灵的一次洗涤。在代旭升刚刚上班的头几年，他经历了两次井喷。这次井喷让他明白了掌握油井数据、分析井况的重要性。还有一次井喷让他彻彻底底地感受到在石油战线工作真的是“革命加拼命”。

1975 年 7 月 24 日，胜利采油作业 17 队职工在永 42 井配合电测总站射孔队进行放炮射孔工作。第三炮刚刚响过，突然，井口泥浆外溢，这是井喷的讯号。工友们一边高喊“快起电缆”，一边冲向井口，准备抢关封井器。就在这时，“轰”的一声巨响，强大的天然气流把井下电缆连同 100 多公斤重的封井器一起吹上了高空。刹那间，失去控制的强大的天然气流，似脱缰的野马，以 170 多个大气压的冲力、每小时 50 多万方的流量腾气而起，40 里外都能看见，十几里内都能听到。

一场罕见的强烈井喷发生了！当时，代旭升和一名叫作贾隋旺的老师傅正在永 12-8 井取油样。听到一声巨大的响声后，他向发出响声的方向看去，看到一个高达 60 多米的黄色气柱直冲天空。他不禁喊出了声：“坏了，井喷了！”两人扔掉手中的取样桶、径直地向井喷的井场跑去。

当他们快跑到井场边上时，只见作业机的井架淹没在浓重的气雾之中。贾隋旺告诉代旭升：“小代，这喷出来的大多是天然气，井口很危险，随时都有爆炸起火的危险，气到哪里，爆炸起火的危险就到哪里，别靠太近，咱们得在上风向上，要不太危险了。”

大约 3 分钟后，胜利采油作业大队抢险的第一辆汽车满载着作业八队、九队和大队机关的抢险人员，箭一般地向井喷现场奔驰。

过了没几分钟，采油八队、十六队的干部、工人跑步奔向井喷现场，协同作战。代旭升和贾隋旺也被编到了抢喷小组。

25 日中午，天气异常闷热。喷向高空的天然气被压向低空，整个井场气雾越来越浓，爆炸起火的危险越来越大。井下情况更加危急，咆哮的气流从井底带上大量的泥砂，冲击着法兰出口的通道，井口被冲出的裂痕在一步步扩大，一旦刺坏钢圈的沟槽，抢装井口的工作将无法进行。时间越长，喷垮油层、使油井报废的危险就越大。一场严峻的考验摆在抢险战士面前。

抢险指挥部根据险情的发展，决定立即抢装井口！

一声令下，几百名抢险队员跑步进入阵地，代旭升他们的任务是配合作业队抢装井口。吊车吊起800多公斤重的两个大闸门，迎着气柱，对准井口，200多人用尽全力拉紧4条粗大的棕绳，拽住闸门向井口靠近。

代旭升和贾隋旺以及16队的50名采油工负责拉拽西北方向的棕绳，采油树上各个方向都有一根。它们的作用是当吊车将采油树调至井喷的井口时，尽量使采油树稳定，晃动小一些，这样抢险队员好抢装井口螺丝。

在总攻开始之前，贾师傅立即召集组员排好队，看着地形一起向井喷井的反方向走去。此时，很多人都不理解为什么这样做。贾师傅说，这是用工友的生命换来的经验，这是一条逃生之路。井内喷出的一般是原油、水和天然气等，在抢装井口时，虽然采取了一定的措施，但随时都会产生火花，井口瞬间就会变成一片火海，由于对身后道路的相对了解，逃生时跑起来的速度就会相对快，不易摔倒，也不会把别人绊倒，这样自身得到了保护。

总攻开始了，由于气流夹杂着原油喷得到处都是，棕绳滑溜溜的很难攥住，10米、8米……在离井口还有5米高的地方，奔腾的“气老虎”吹得闸门像断了线的风筝，左右摇摆、上下翻转。强大的气流，以巨大的冲力，要把闸门吹向天空。突击队员们冒着生命危险，冲向井口，跳起身子，抓住棕绳，死死地往下拽，与“气老虎”展开了一场激烈的拉锯战。由于气流太急，闸门始终无法靠近井口。

第二次、第三次……一连九次，都失败了。

抢险作业队根据年初战胜117井强烈井喷的经验，提出用“推磨法”抢装闸门，制服井喷。抢险指挥部接受了他们的建议，决定进行第十次冲锋。用“推磨法”抢装闸门，气流一旦将第一颗螺丝打断，闸门就会腾空而起，操作人员就会粉身碎骨，甚至会引起冲天大火，机毁人亡。明知征途有艰险，越是艰险越向前。老队长于学成一马当先，抢占在井口最危险的地方。他身居险区，从容镇静，两手紧握闸门手轮，将闸门稳稳地向气流推去。就在闸门靠上井口法兰的一刹那，一股强大的气流把400多公斤重的闸门连人一起打了回来。全场几百双眼睛死死盯住井口，大家都为于队长捏了一把汗。但是，在猖狂的“气老虎”面前，老队长就像一个铁打钢铸的巨人，在滚滚的气雾中巍然挺立。他面不改色心不跳，死死抓住闸门，沉着果断，又一次将闸门向井口推去。

第一颗螺丝穿上了！

老队长把手一挥，几十个严阵以待的战士迅速拉紧棕绳，将闸门向井口转去。

气柱被闸门横切，顿时，气流像密集的弹雨向四周喷射，整个井场气浪翻滚。平时，上一颗法兰螺丝，对一个作业工人来说，是一件很简单的事情。但是，在强大的气流冲击下，在翻滚的气浪油泊里，每逼近井口一步，都要付出巨大的代价；每坚持一分钟，都要有超出常人的毅力；每上一扣螺丝，都要冒着生命的危险。在

这危急关头，面对生死，英雄的作业工人发扬革命战争时期的拼搏精神：生命不息，冲锋不止，粉身碎骨，无所畏惧。

代旭升拉着棕绳，被眼前的一幕幕震撼着，他的心中映射出一个个高大的形象。

井口的西北方向，是一个虎口。凶猛的气流，形成扇形，飓风般地横扫井场，封锁着人们前进的道路，将一批批突击队员拦截下来。这时，闸门出现强烈的抖动，随时都可能被气流掀翻，抛向天空。在这关键时刻，作业八队副队长郑建坤，不顾一切地扑向险区。作业八队、作业四队的突击队员紧跟在郑副队长后面猛扑上去。气流将他们的衣服撕成碎片，油砂把他们的身体打得红肿，吼声震破了他们的耳膜。但是，用毛泽东思想武装起来的石油工人，心比火红、志比钢坚。几十个人，筑起了一道钢铁长城；几十双手，就像几十把铁钳，把闸门死死钳住。原油淹没了他们的身躯，天然气的毒害使他们失去了知觉，可是没有一个人后退半步！抢险战士就是这样英勇顽强地与井喷搏斗着，10 个、20 个、50 个、80 个……

25 日下午 6 点 30 分，在后续部队的支援下，经过 1 小时 20 分钟的激烈搏斗，闸门装上了，咆哮了 27 小时的“气老虎”被英雄的石油工人驯服了！

井喷被制服了，代旭升的耳朵也几乎被震聋了。队员们满身、满脸的原油使得彼此谁也认不出谁来了。精神高度紧张、体力过度消耗的代旭升瘫坐在地上。“革命加拼命”不是闹着玩的。

1975 年 7 月 26 日，也就是抢喷结束的第二天，代旭升向采油 16 队党支部庄严地递上了入党申请书。

当时胜利油田的采油队文化生活非常枯燥，能接触到的文化活动也就是队上喇叭里播放的“新闻和报纸摘要”和一些音乐。

职工们最期盼的就是每月一次的露天电影。那个时候，油田给各指挥部都配备了一台电影放映机，每台电影放映机都固定安排给一到两个电影放映员。经常到采油 16 队来放电影的是代旭升的一个老乡，姓黄，和代旭升也很聊得来。在那个年代，电影放映员是很吃香的工作，每次到基层放映电影都会被高接远迎，甚至还会有特殊待遇。

秋天的一个下午，按照惯例应该是 16 队放电影的日子。职工们早早地吃完晚饭，聚集在院子里等待着黄放映员的到来。今天老黄来得特别早，天还没黑就已经挂好了荧幕、摆好了放映机，就等着天黑开始放电影了。

等着天黑的间隙也没啥事干，老黄便来到代旭升的宿舍。代旭升的宿舍就在院子的边上，每次摆好荧幕后正好冲着代旭升门口，自然，放映机也就在他门口了。

“小代，知道今天放什么电影吗？”

“不知道，管你放啥呢，放啥看啥呗。”

“今天的电影保管你满意，你先泡好一杯茶等着我吧！”

“你还能放出花来？”

“花倒是放不出来，但和你有关，保准你喜欢。”

“你为啥那么肯定呢？”

“因为我知道，你现在是你们二大队响当当的人物了，谁不知道你是个技术大拿啊。”

6：30，闲扯了一会儿，老黄就去放电影了。

1974 年，这部电影《创业》火遍了中国的大江南北。影片以铁人王进喜为原型、以大庆石油工人艰苦奋斗的史实为素材，真实地再现了当年大庆创业时的艰难和石油工人的风貌。

电影讲述的是 1949 年秋，裕明油矿工人英勇护矿、迎接解放，青年工人周挺杉决心甩掉“中国贫油”的帽子的故事。十年后，周挺杉钻井队以革命加拼命的精神，创造了新的纪录，但中国石油落后的面貌仍未改变。专家工作处处长冯超推行修正主义路线，总地质师章易之被“贫油”论所束缚，无所作为。不久，北方草原上几口油井喷油，周挺杉带领钻井队来参加会战，主张走民族工业发展的道路。但是，冯超和章易之不但主张走老路，还用两面派的手法制造障碍。周挺杉带领工人同志们以毛主席思想为指导，通过艰苦奋斗，与冯超进行坚决的斗争。这时，苏联背信弃义，断绝了油料供应，冯超又里应外合，制造了停钻和井喷事故。周挺杉在油田党委的领导下，揭露了冯超的反革命罪行，教育了章易之，终于为国家拿下了面积大、产量高的创业油田，使我国基本上实现了原油自给。

职工们被电影里的一个个人物感动了，被埋头苦干的奉献精神深深地震撼了。一句句铿锵有力的话语回荡在这个小小的采油队院内，一个个高大的铁人形象在他们心中树立起来。

在将近两个半小时的放映过程中，职工们没有一个大声喧哗的，更没有一个半途走开的。电影结束后，不知谁喊了一句：“宁可少活20年，拼命也要拿下大油田，毛主席万岁！”紧跟着所有的职工群情激荡，满院子里回荡着口号。

此时，指导员来到黄放映员面前，紧紧地握住他的双手说道：“黄放映员，谢谢你给我们带来了宝贵的精神食粮，我代表全队干部职工向你表示感谢。同时，我也代表全队职工向你提出一个要求。”

黄放映员不知道会是怎样的要求，只是含糊地说了一句：“你说吧，只要我能做到的一定尽力。”

指导员说：“我代表全队干部职工请求你把这部电影再放一遍，行吗？”

黄放映员夸张地抬起右手，撸起袖子，看了看那块手腕上崭新的梅花牌手表，面露

难色。

大家也跟着喊了起来：“对，再放一遍。”

黄放映员被职工们的热情感染了，当即拿出第一盘胶片挂在了放映机上。

这时已经是晚上 9 点，职工们没有走开。有些人甚至趁着放片头的时候急匆匆地跑回宿舍拿来了笔记本和钢笔，在电影放映的时候打着手电筒把里面说的话记录了下来。

代旭升也不例外，一场电影下来，满满地记录了大半本子。“为国分忧，为民族争气”的爱国主义精神；“宁可少活 20 年，拼命也要拿下大油田”的忘我拼搏精神；“有条件要上，没有条件创造条件也要上”的艰苦奋斗精神；“干工作要禁得起子孙万代检查”“为革命练一身硬功夫、真本事”的科学求实精神；“甘愿为党和人民当一辈子老黄牛”的革命精神，深深烙在了他的心里。

代旭升的脑子开始飞速地运转着，他在日记中这样写道：有人说人生价值是在享乐的秤盘星上，谁享受得多，谁的人生价值就大；也有人说，人生价值与职位的高低成正比，谁的职位高，谁的人生价值就大；还有人说，人生价值体现在对金钱的拥有上，谁的钱多，谁的人生价值就大，等等。然而，更多的人则认为，人生价值不在职位的高低，金钱的多少，而在于奉献，谁对社会发展做出的贡献大，谁的人生价值就高。他深知，没有目标的努力就不会有结果，没有目的的奋斗就不会有动力。只知道奋斗而没有目标，绝对不会成功。

一部电影改变了代旭升的理想。刚来油田时，他的最高目标是上大班，两个小时前的最高目标是当技术员，而现在的最高目标已经上升到了精神层面，上升到了“我为祖国献石油”的高度。

1974 年是一个平年，甲寅年虎年。1974 年，中国正处于“文革”期间，虽有曲折，但还是取得了很大成就。这一年，对于胜利油田来说，具有重大的历史意义，对于代旭升来说也具有十分重大的意义。

国庆节即将到来，队上一派“大干特干，十一把礼献”的劲头。人人好像都有使不完的劲，从早忙到晚，一刻不停歇。这段时间的最高指示也是一个连着一个，最好成绩也是一个追赶一个。每天队部的喇叭里都在呜里哇啦地广播着各种消息，从国际到国内，从全国到地方，再到油田，每一条新闻都鼓励着大家打起 12 分劲头加油干。

代旭升每次都竖起耳朵仔细地听，这段时间真可以说是革命建设硕果累累。国际上，第七届亚运会开幕；埃塞俄比亚革命爆发；我国与巴西、肯尼亚建交。国内，9 月 12 日，中国大陆第一个 5 万吨级码头建成；9 月 15 日，中国大陆黄河青铜峡水利枢纽建成等。油田里，发电厂从英国引进的第一台 2.13 万千瓦燃气轮机组投产发电；位于垦利县民丰渡口以东南岸的民丰码头（1 号码头）竣工；9 月 6 日，胜利油田第一座污水处理站——临盘油田盘 1 污水处理站建成投产；油田至黄岛输油管道建成投产；胜利油田开采的油首次从海上外运出口菲律宾。但是最具爆炸性的新闻还是新华社的一篇报道。

9 月 30 日晚上 10 点多，指导员在大喇叭里喊话，让全体职工在队部门前紧急集合。此时，有些职工已经睡下了，有些刚刚下了四点班洗刷完毕。听到指导员的紧急集合令，不出两分钟，大家连跑带颠地集合了起来。

何春盛高扬着一份《人民日报》，用他那标准的四川口音激动地说：“同志们！报告大家一个好消息！”

大家被这突如其来的集合搞晕了，见指导员如此激动，想必是一个特大好消息，于是开始叽叽喳喳地议论起来。

“同志们！我刚刚从大队开会回来，带回了这张《人民日报》。今天的头版头条是《我国建起又一大油田——胜利油田》。”何春盛一字一句地念了起来：“新华社济南 1974 年 9 月 29 日电，在毛主席的无产阶级革命路线指引下，我国石油工人坚持‘独立自主、自力更生’的方针，在渤海湾地区建起了又一个大油田——胜利油田……”

“胜利油田幅员辽阔，资源丰富，距离我国一些工农业生产的主要地区比较近，海陆运输方便。它的开发、建设，对于高速发展我国的石油工业，改变我国的燃料构成和燃料工业布局，促进我国国民经济的发展，具有重要的意义。”

“胜利油田从 1964 年开始建设。英雄的大庆石油工人在大庆油田会战取得决定性胜利之后，挥师南下，和来自祖国西北、西南地区的石油工人一起，同山东地区原有的勘探队伍会师，集中优势力量，展开了勘探、开发胜利油田的会战。”

……

"在迎接中华人民共和国成立25周年的日子里，油田广大职工回顾过去，豪情满怀，展望未来，信心百倍。……"

何春盛越念声音越高昂，职工们越听情绪越激动，当念到最后一句时，他的声音已经沙哑，把那句"在毛主席的无产阶级革命路线指引下，团结战斗，把胜利油田建设得更好，为社会主义建设做出更大的贡献"拖得长长的。随后，一片掌声和欢呼声沸腾了整个小院。

代旭升心里十分激动，"十年磨一剑"，胜利油田的十年是艰苦卓绝的十年。在新中国成立25周年前夕，新华社第一次向全世界报道了胜利油田，胜利油田这个响亮的名字在开发建设十年后第一次向全世界公开。代旭升看到自己所在的油田能够取得这样的成绩，十分自豪。他在心里暗下决心，一定要用自己的行动建设好油田，建设好祖国的能量储备库。

就在代旭升还未平复激动的心情时，还没有结束学徒期的他被宣布担任永12班组班长，这在他们一批来的学徒工里绝无仅有，这让周围所有人都羡慕不已。这是他的骄傲，也是他的另一个重要起点。从此，他像一只展翅的大鹏被放飞到蔚蓝的天空一般，立志要在自己人生的天空里翱翔，在自己生命的舞台上演绎出一部惊天动地的剧目。

1975年初夏的一天，天刚刚亮代旭升就起床了。闲着没事，他便拿着书到水洼子边上翻读起来。6点30分，队部的喇叭像往常一样响了起来。听见喇叭响，他便慢慢悠悠地回到队部准备去食堂打早饭。

喇叭里又传出了播音员那甜美的声音，主要内容是说，7月17日，美国阿波罗宇宙飞船与苏联联盟19号宇宙飞船成功完成太空对接，两国宇航员在飞船上相遇。

就是这么几句简短的报道让代旭升直挺挺地戳在院子里思量了许久。他一边用手中的书拍打着额头，一边琢磨，这美国人和苏联人真是厉害，6年前美国的"阿波罗11号"宇宙飞船载着3名宇航员成功登上月球，今天就能在太空上对接。现在这科技一天比一天进步了，为啥我们这里还是这个样子，啥时候咱也能用上高科技啊！真是一个天上一个地下啊！在这鸟不拉屎的地方看来是不好办了，先糊弄饱肚子再说吧！他一边想着，一边向食堂走去。

宇宙飞船对接不对接那是人家的事，自己身边的事还是更重要一些，要是没有地球引力坠着他们，那还不得上天了？对啊！什么坠着？地球引力？重力？比重？灵感也许就是在这么一瞬间就有了。"太棒啦！有办法了。这么简单的事情我竟然研究了这么久！哎呀真是什么脑子啊！"还没走到食堂门口的代旭升立即转了弯，急匆匆地走向工具房。

当班长后操心的事也就多了起来。代旭升既想着和大家把活儿干得漂漂亮亮，又想着让大家少费劲多出活。清蜡是个费时费力的活，必须按要求操作，每次他带着大家清蜡都是等清蜡工具全部进入防喷管后，双手压紧钢丝，关清蜡闸门总圈数的 2/3 后放松，压钢丝探闸板 3 次，让清蜡工具碰击清蜡闸板，发出探闸板的响声，这说明清蜡工具已进入防喷管内，再压紧钢丝将清蜡闸门关死，开防喷管放空闸门，确认压力放完后松油杯 2 至 3 圈，卸掉堵头，取出清蜡工具。但最大的问题在于刮蜡片下放速度太慢，清一口井往往需要两三个小时。

永 12-9 井是一口自喷采油井，随着油井的见水，油井清蜡越来越困难，一天清三次，每次下刮蜡片还是很困难，无形中加大了工作量。代旭升考虑了很久，增加加重锤的重量是较简单的方法，但加重锤直径长度都无法改变，想来想去也没有想到好的办法。这次的灵感一现让他想到了办法，不同的物质比重不同，水银的比重比铅的大，将加重锤内的铅换成水银，重量不就增加了？有了想法就立即动手制作，原来灌铅的加重锤重 10.3 公斤，灌水银的重 12.4 公斤，重量增加了 2.1 公斤。

加重锤做出来后，第二天一早，代旭升便与班员一起扛着灌了水银的加重锤来到永 12-9 井。换好新加重锤，下放钢丝速度还真是快了很多，以前需要 1 个多小时才能下过的 300 米结蜡段，这次只用了 20 分钟。再往下，以前钢丝溜得很慢，现在则需要踩着刹车防止绞车转得太快钢丝跳槽，结果以前 3 个小时的工作，现在一个半小时就完成了。这真是知识就是生产力啊。

后来通过几次试验，在检查永 12-9 井刮蜡片时发现加重锤水银减少，原因是探闸板时用力过猛，将水银溅出。随后，经过几次改进和操作规程细化后，大家总结出，探闸板时一定要轻，一是防止用力过猛水银溅出，二是防止加重锤重量增加将清蜡闸门的闸板损坏。这项小改革后来应用到其他井上也取得了很好的效果。

一条新闻让代旭升突发灵感，靠着这一点灵感对刮蜡工具进行的一个小小改进，让他尝到了甜头。与此同时，他也认识到，不一定要去造飞机、大炮、原子弹，更不用去登月、搞宇宙飞船对接，在自己的岗位上，能把手头的活干好，干出个样子来，就是对“我为祖国献石油”的最好诠释。

宇宙、航天、高科技，看起来是那么的高不可攀，让代旭升没有想到的是，在这次由当时的两个超级大国航天竞赛引发的加重锤小革新过去 41 年后的 2016 年 9 月 18 日，代旭升真的和航天高科技结缘了，胜利油田“代旭升劳模创新工作室”和航天一院“王辉劳模创新工作室”合作，签署了战略合作协议。这次牵手实现了跨专业技术协同、跨地域管理互学、跨单位技艺对接的结对帮带。

人总是在思考中前行，在前行中总结经验。“挖大锨，撇大泥”不管在什么时候都是最累的活。从秦汉时期的茅草为屋，到元明时期的砖瓦为房，不管什么时候，最底端的劳动就是和土、泥巴打交道。代旭升在来油田之前怎么也没想到自己能和土打交道，更没想到土竟然成了衡量自己工作是否合格的一项标准。

对一个采油工来说，平井场再平常不过了。代旭升参加工作后，师傅首先教的就是平井场，用铁锹一锹一锹地把井场拍平拍直，还必须有棱有角，常常一干就是好几个小时，费时费力。代旭升当上班长后，曾想过一些办法来减轻这种和泥土打交道的劳动强度。

代旭升曾经想过在铁锹上做手脚，为了这个想法，他专门到材料员那里走后门，多领了三把铁锹，把这三把铁锹拿到永安镇让镇上的铁匠改造。他亲自在旁边指导，让铁匠把两边打齐，打齐了可以让拍出来的地面有棱角。打齐边角后一定要淬火，这样铁锹才能有韧劲，才好用。铁锹改造好后，他兴冲冲地拿回队上，并且把其中的两把分给了自己信任的两名班员，当然自己也留了一把。他还交代，铁锹在每一次用完之后一定要刷上一层柴油，以防生锈。

开头的几天，代旭升感觉铁锹用着很顺手，既能铲土又能拍平，有点得意扬扬，心想，这个改进有可能像加重锤一样引起不小的轰动。可是事与愿违，两个班员用了几天后抱怨连连，比起以前用的平头铁锹来似乎有所改进，但是天天擦柴油，浪费柴油不说，无形中增加了工作量。

在两个班员的抱怨声中，代旭升开始觉得这项革新有点不靠谱了。没过几天，那三把擦得油亮的铁锹就被束之高阁了。为了解决保养麻烦的问题，代旭升进行了更大胆的改进，直接把铁锹头换成了木板。木板头的面积比原有铁锹大，拍得快，但钉上的木把很容易掉下来，拍两个井场就要钉一次，比较麻烦，工效提高并不大，此外，干活时还要带着锤子和钉子。这次改进又失败了，这也标志着“放卫星”的革新夭折了。

代旭升不是一个轻易就放弃的人，只要他想做成的事就一定要想办法做成。前进的道路永远是曲折的，对，前进的道路永远是曲折的，说得太有道理了。走在路上难免会有坑坑洼洼，难免有横在路中间的大石头。难道说还不走了吗？难道说就不前进了吗？是把坑坑洼洼填平再走，还是用一双血肉之脚把路中间的大石头踢碎再走？那样成本太高了，也得不偿失。为何不绕着走呢？绕着走并不是害怕困难，而是为了节省时间，能够更快地前进。

解决井场平整的问题不一定要在铁锹上做工作，要跳出圈子看问题，视野最好放得更远一些。就这样，他的想法就像是天空中狂风裹挟着的云团，卷了一团又一团，他甚至想过用水泥浆来抹平井场，这样一来就一劳永逸了。可是，一旦用水泥抹平了，上作业修井咋办呢？难道还要砸开不成。一个个想法迸发出来，又一个个地被枪毙掉。

这次革新并不像加重锤那样灵感一现，经历了好几个月的思考，还是没能解决问题。

有一次，代旭升坐长途汽车回家探亲，正好赶上昌邑公路修桥，只好走乡村小路绕过去。车窗外的麦田大部分已经收割完毕，拉麦子的马车、对面来的汽车挤到小路上就走不动，长途车爬一样地在狭窄的路上一点一点向前移动。他只好看路边的光景：打麦场里脱粒机向天空喷出一道金色的弧线，非常漂亮，麦场里一头毛驴拉着一个石头磙子在铺满麦穗的场地一圈一圈地转。他自言自语地说，毛驴拉着个石头磙子在转圈这是在干什么？坐在旁边的一位老者说，农村脱粒机少，有的农户将麦穗用铡刀铡下来，再用毛驴拉着碌碡（即石磙）将麦粒压脱壳，用木锨一扬，在风的作用下壳与麦粒就分开了，打麦的场院那么平也是用它压的。说者无心，听者有意，能不能用它来平井场呢？代旭升心里琢磨着。

为了这个碌碡他想了一路。碌碡是中国农业生产用具，是一种用来碾压的畜力农具，类似圆柱体，中间略大，两端略小，宜于绕着一个中心旋转，用来轧谷物、碾平场地。不要小看这个笨重的石质农具，它是有通用规格的。选好花岗岩、石灰岩或片麻岩等石材，经放样后人工凿除多余部分，形成圆形的母胎，然后进行细部加工。可是，在胜利油田黄河三角洲这个地方根本就没有石头，这无形中又成了一个难题。怎样才能改进优化呢？代旭升的脑子里不停地闪现着一个又一个想法。说来这种东西在中国有着久远的历史，范成大《四时田园杂兴》诗之六：“治打时稍难，唯伏日用碌碡碾。系牛莫碍门前路，移系门西碌碡边。”可是，到现在为什么只能用它来压麦子，不能用它来干点别的事情呢？

说来也巧，这段时间油建工程公司正在更换输油管线。输油管线采用的是Φ325×400毫米的钢管，这种钢管外径像腰一般粗，壁厚也有小拇指头一般厚，做碌碡正合适。代旭升就像发现了宝贝一样跑到焊接管线的工地上跟焊接班的师傅们套近乎。当焊工们知道代旭升要改进采油生产工具后，竟然大方地找了一截50多厘米长的废料，并按照代旭升的要求进行了两头焊接。代旭升如获至宝，回来后用这截钢管装满沙土，两头一堵，然后用一寸细的钢管焊一个把手推着它，很省力地就把井场压实压平了。平日里复杂烦琐的工作一下子变得如此简单。

这个小革新一时间又在16队传开了，其他班组纷纷到代旭升的班里取经，再后来一传十、十传百，以至于油建工程公司的师傅们替换下来的废料都不够用了，代旭升也由此被同事们称为“小诸葛”“小神仙”。

要说起“小神仙”的称号，代旭升现在回味起来还是得意扬扬的。他说，自己当年被称作“小神仙”的时候还真的有些飘飘然，但是没过多长时间，他就用自己的另一项革新印证了什么叫作“小神仙”。

在代旭升被称作“小神仙”的初期，永12-1岗班组班长老张心里酸酸的。有一次，队上组织业务学习时，老张问代旭升：“哎，小代，小班长，你不是‘小神仙’嘛，你有本事把俺们班里的永12-1井水套炉点上吗？俺也不知道为啥，这破水套炉大半夜的老是熄火，害得我连个安稳觉都睡不好。”

代旭升知道他在叫板。冬是炉子，夏是电，水套炉熄火在冬天是再平常不过的事情了，甚至根本就不用解决，灭了再点上不就行了嘛！不过点炉子也挺麻烦的，近了还好说，远了就得一趟趟地提着小桶装上汽油去点火。但是代旭升身上有一股子倔劲，你要叫板我肯定不能服输。于是连一个磕巴都没打，他就爽快地答应了：“没问题，十天之内给你解决。”

代旭升喜欢琢磨已经是众人皆知了，但是谁也没想到这个年轻人竟然打起了大家都没有关注、又着实为之头疼的加热炉的主意。那个时候，油田采油经常会有些井油稠，油稠怎么办？聪明的油田人设计了一种给原油加热的加热炉，有了这种加热炉给原油加热，受热后的原油变得容易流动，所以输油问题也就迎刃而解了。这种解热炉叫水套加热炉，水套加热炉是以水为热载体给原油间接加热的一种炉具。它由水套、沸腾管、循环油管、火嘴和安全附件等组成，主要用于采油井场、输油干线上，为原油加热降低黏度、增加流动性。水套加热炉固然好用，但是到了冬天，水套炉的点火、灭火问题就显现出来了。风大了或是顺风向很容易把水套炉的炉火吹灭，火灭了又很难发现，等发现后，稠油往往已经堵了管线。

这个问题怎么解决？代旭升又把目光转移到了水套炉上。

代旭升这次的目标很明确，就是要解决水套炉灭火的问题，但是怎么解决自己心里一点数都没有。这让他很头疼，大话已经吹出去了，要想收回谈何容易？为了自己吹出的牛，他也只能硬着头皮往前冲了。这可不比孔明的草船借箭，眼看着十天的期限就要到了，他依然一筹莫展，“小神仙”也有办不了的事。没办法，憋着一股劲的代旭升冒着寒风守在了水套炉边上。

呼呼的西北风吹着哨子，刮在脸上就像是刀割一般。代旭升蹲在水套炉旁观察着。长时间观察后他发现，只要是风匀速地刮，一般没有问题，就怕是一股疾风，疾风一刮炉子就熄火。但是这种疾风一般也就是半秒钟或是一两秒钟时间，风一过立即恢复平静。有时候也会因为炉子太热，灼热了周围的气流，引起一阵旋风。观察到最后，他确定了，不管是疾风还是旋风都无所谓，时间都很短，如果能够保证火源就能解决这个问题。但是，火源怎么解决呢？总不能有个人时时刻刻拿着火柴在炉子边上等着吧？

思考，再思考。只要是动脑子就有解决的办法。能不能找到一种延时点火的方法呢？在那个年代，还没有电子打火装置，要解决这个问题只能靠土办法了。

真不愧是代旭升，他的脑子里永远有你想不到的东西。代旭升只做了一次试验就解决了这个问题。他跑到炊事班，从灶台里敲出了一块耐火砖，拿着这块耐火砖又跑到了水套炉边上。他抽出水套炉的引火管，用榔头把引火管前头敲扁，做成一个鸭嘴喷头，让天然气能够直线往前喷，然后把耐火砖放在火嘴前方七八厘米处，用于点火。这样一来，火嘴喷出的火焰直接喷在耐火砖上，耐火砖被烧红加热到1500摄 氏度到1700摄氏度。就算是疾风或是旋风把火吹灭了，火嘴还是会一直往外喷天然气，被烧红的耐火砖在一分钟之内会一直保持通红，完全可以再次点燃，如此一来，再大的风也不怕了。

当代旭升拉着大家伙来看这项改进的时候，老张佩服得竖起了大拇指，不好意思地握着代旭升的手连连说：“这次真的服了，真的服了，不愧是“小神仙”，这个水套炉就叫作‘神仙炉’吧！”

代旭升肯钻研的劲头在全队出了名。所以，有些新技术、新设备都会先交给他来研究试用。

1975年9月，永12井安装了一台苏6CK-2型游梁式抽油机。游梁式抽油机，也称梁式抽油机、游梁式曲柄平衡抽油机，指含有游梁，通过连杆机构换向，曲柄重块平衡的抽油机，俗称磕头机，从采油方式上为有杆类采油设备。

这种抽油机当时在中国的石油开采中被大量应用，原型来源于苏联。悬点额定载荷60千牛，连杆长2.5米，光杆最大冲程2.1米。

这是他们班上的第一台抽油机，代旭升也是第一次管理抽油机。从上到下，从前到后，他拿着说明书围着抽油机足足转了2小时。管好了那是应该的，管不好那就要丢人了。

这个班组也从自喷采油过渡到了机械采油，他们暗下决心，今后要在注水上下功夫。虽然管理的永12井上有气顶，下有活跃的边底水，也要注好水保持底层能量，延长油井自喷期。

要说管理好、管出经验来，哪有那么简单啊！以前说干个采油工一个星期就能学会，那是有师傅手把手教你才能做到，但是这种没有师傅教，全凭说明书和书本的摸索，就没那么容易了。可是代旭升依然咬着牙硬“啃”了下来。永12井自9月17日开抽以来，油井生产一直正常，动液面在100米，抽油机也在他们的精心保养下运转正常。这段时间，代旭升带着班员们学会了抽油机一级保养，学会了用钳形电流表测电流，学会了用CY611型水力动力仪测示功图和示功图分析以及理论示功图的计算，学会了用回声仪测液面和液面曲线的计算。

正在永12井正常生产的时候，一件令代旭升挠头的事情让他那逐渐膨大的自信心冷静了一下。

9月25日，班组职工在取油样时发现抽油机有轻微震动，职工把这个情况报告给了代旭升，但是这并没有引起他的注意。第二天，这名职工发现这种震动更加强烈了，又拉着代旭升来到井上观察。代旭升虽然感觉到有点儿不对劲，但是一时也没有办法。好强的他赶紧跑回办公室翻阅相关书籍，但是始终没有找到答案。

没办法的代旭升邀请班里的几名老同志展开了讨论，说是老同志，也就是比他早来16队几年而已，都是搞自喷井生产的，也没有接触过抽油机生产。他们在书上找答案，在观察中找办法，争取能自己解决。如果说抽油机减速箱出现故障，一般是因为缺少机油造成齿轮损坏、轴承磨损，但是刚刚生产了这么几天的新抽油机应该不会出现这种状况。难道是抽油机安装不水平，基础变形？或者是抽油机游梁或其他部件变形、损坏，平衡块松动？他们爬到抽油机顶上对各个部位进行了检查，甚至用水平管进行了测量，也没有查到原因。有个老师傅提议，是不是电机震动引起的呢？几个人守着电机观察了半天，这个问题也被排除了。

本来不想把问题上交的代旭升也只能缩起头来认输了，不得不去找老大庆刘队长。

队长听了代旭升的描述，思考了一下：“‘两论’指导我们，没有调查就没有发言权。走，我跟你去看一看。”

代旭升和刘队长来到了永 12 井场。刘队长看了看抽油机，背着手围着土台子转了一圈，伸出右手来往后面一指：“小代，用管钳把右后底座上的螺丝紧一紧。”

代旭升赶紧拿上一把 18 管钳把螺栓紧了七八扣。说来神奇，紧完这颗螺丝后，抽油机就停止了震动，恢复了正常。代旭升跳了起来，职工们也连称神奇，队长背着手转一圈抽油机就不震动了。

后来队长解释道：“我在大庆采油二厂管理了 5 年抽油机，多少有点经验。抽油机的震动无非就是那么七八种原因，刚才你们分析的几种原因都有道理，但是对于新安装的抽油机来讲，很有可能是螺栓松动产生的震动。这也不一定是安装的问题，有可能安装的时候是紧固的，但是经过一段时间的生产，螺栓松动了。”

这件事情以后，他们也认识到，还要继续努力，机械采油的技术需要学的还很多。代旭升意识到，自己需要提升的空间太大了，不能骄傲和自满，今后更要好好学习，理论联系实践，让自己成为一个技术上的强者，不断增强实力，自己能解决的问题绝不上交。

代旭升在三年的时间里，借着到技术培训班接受培训的劲头，在同志的帮助下，硬是“啃”完了高中课本和采油工艺、采油地质等书籍，使他的文化基础知识、采油基础知识、实际操作能力有了很大的提高。

1975 年 12 月，胜采指挥部采油二大队专门成立了工人升级考核领导小组。22 日，考核小组来到采油 16 队指导队上工人升级考核组工作。经过理论和实际操作考核，代旭升均达到优秀，圆满出徒成为一名一级采油工。

说到 20 世纪六七十年代，不得不说“十年浩劫”。十年之中，全国许多工厂停产、遭到破坏，但是这场浩劫对石油系统的影响并没有想象的那么大。而且，本着抓革命、促生产的原则，全国掀起了“工业学大庆”“农业学大寨”高潮，胜利油田也在这一运动中取得了不错的成绩。

代旭升来到采油 16 队以后感觉到，这里基本上就是与世隔绝，“班组——宿舍——食堂——厕所”四点一线，每天除了上班就是在宿舍里看书，实在闲得无聊了就到维修班看师傅们修工具。那时候他觉得，能为祖国多采油是最大目标，每天脑子里想的都是怎样干好工作，怎样提高产量。

从全国看，历年的原油产量稳中有升：1966 年原油 1455 万吨，比上年增长

28.6%；1967 年、1968 年两年经济下滑；1969 年原油 2174 万吨，比上年增长 36%；1970 年原油 3065 万吨，比上年增长 41%；1971 年原油 3941 万吨，比上年增长 28.6%；1972 年原油 4567 万吨，比上年增长 15.9%；1973 年原油 5361 万吨，比上年增长 17.4%；1974 年原油 6485 万吨，比上年增长 21%。

从胜利油田看，十年当中成立了水电厂、油田建设指挥部、钻井指挥部、运输指挥部，第一座 35 千伏变电站建成，东营至辛店输油管线竣工，输油管线穿越黄河，东营至孤岛输油管线竣工，胜坨油田投入全面开发，东辛、滨南、渤海、临盘油田投入全面开发，孤岛油田被发现、开发，石油大学迁入东营，第一口 5000 米深井完钻。

另外，胜利油田在 20 世纪 70 年代仅从 1971 年到 1975 年就打出了 8 口千吨井。它们分别是 1971 年 10 月 28 日义 11 井 1161 吨；1973 年 2 月 6 日义 47 井 1161 吨；1974 年 10 月 11 日通 61 井 1257.2 吨；1974 年 11 月 13 日滨 219 井 1161 吨；1974 年 11 月 18 日滨 197 井 1560 吨；1974 年 12 月 11 日滨 237 井 1042 吨；1975 年 5 月 3 日孤北 1 井 1310 吨；1975 年 5 月 23 日滨 229 井 1077 吨。这些千吨井时时刻刻鼓舞着奋战在一线的石油工人干好本职工作，为祖国生产更多的原油。

1976 年，采油 16 队超额完成了原油生产任务，还在二大队做了经验报告，获得了指挥部产量完成标杆基层队的荣誉。指挥部那一年对标杆队也给予了嘉奖，奖励给 16 队一台英雄牌 12 寸黑白电视机。

这台电视机一下子吸引了全队职工的注意力，好像从大喇叭时代直接进入了音视频高科技时代。电视拉来了，代旭升也很激动，但是打开后全是雪花点。大家把电视机搬到院里拉开天线，嗞嗞啦啦地能看到点人影，可是也不能老放在屋外啊？队上张罗着给电视机制作一根天线。一开始维修班用油管做了一根天线，效果不太好，一刮风还老是信号不稳，而且摇晃得很厉害。代旭升总觉得天线会倒下来砸到自己的宿舍。于是，他又开始动起了脑筋，准备改造天线。

不就是一根天线吗？能有多难，几根管子焊起来加上几根叉子不就行了？然而，事情并不是像他想象的那么简单。他只是琢磨着怎么能让天线竖得高一点、安全一点，而没有考虑到播放频段的问题。他想起 1973 年那年井喷的时候，油管虽然那么结实，但一旦连起来变长后就变成了“面条”。代旭升开始翻书研究材料力学，计算拉力、应力，最后他确定用报废的抽油杆焊接天线。焊接前，他从底架到拉筋画了一张详细的图纸。这张图纸对底座受力、钢材性质、天线尺寸都进行了详细的计算。

维修班的师傅觉得很可笑，一个天线需要搞得这么复杂吗？可是当看了代旭升

图纸上的数据后，敬佩之情油然而生。经过一个下午的焊接，新天线竖起来了，绷紧拉筋后，天线稳稳当当，再大的风也不受影响，而且信号质量得到了大大提升。

以后，采油 16 队换过好几台电视机，但是天线一直没有换。每一个到 16 队来的人都会惊叹：“你们队上的天线真高。”代旭升也会打趣道：“我们这里偏远，信号不好，不弄得高一点收不到，况且这里一年只刮一次风，一刮就从年头到年尾，不弄得稳一点，信号就被刮跑了。”

代旭升也没有想到，这次对材料力学、工程力学的研究为他以后的发明革新积累了一定的力学基础。

1977 年 8 月 12 日至 18 日，党的十一次全国代表大会在北京举行。出席大会的代表 1510 名，代表着 3500 多万名党员。华国锋代表党中央做政治报告，总结了同“四人帮”的斗争，宣告“文化大革命”结束，重申在 20 世纪把我国建设成为社会主义的现代化强国，是新时期党的根本任务。

代旭升所在的胜采指挥部从 1965 年 2 月 8 日打出了第一口千吨井日产 1134 吨后，接着在 3 月 21 日打出了坨 9 井，日产 1064 吨，但之后再也没有打出过千吨井。看着其他指挥部接二连三的捷报，指挥部的领导也开始着急了。既然不能从新井上取得突破，那就从现有的单井上做文章。

任务层层下达，产量级级拔高。指挥部给二大队下任务，二大队当然就要给各小队压担子，大队要求 16 队超产再超产。

代旭升感觉到巨大的压力。原油生产超产并不是一件容易的事情，它不像工厂生产，紧紧时间加把劲，实在不行开夜车，只要工件数量上来，自然也就超额完成任务了。油井的生产大不相同，地层压力就在那里放着，油井的产量就在那里摆着，要想超产只能靠技术。

代旭升梳理资料发现，永12-1井套压有所变化，尤其近几天上升得有点大，但油压、产量、汽油比等数据基本稳定。他再次查阅该井资料想找出套压变化的原因。这口井层间矛盾较大，用封隔器进行了分层生产，封上采下。通过管柱资料获知，现在套压上升说明上一层地层能量得以恢复，结合双管采油的先例，代旭升大胆地建议套管装上油嘴生产。队长请示上级后同意了这个建议，下午就装5毫米油嘴生产，日产油57吨，不含水。但是经过一段时间的生产，这口井套压越来越低，跟回压几乎平了，量油每天只生产3吨多但不含水，回压高达9个大气压。代旭升翻着书本查原因，和技术员、队长一遍遍地分析讨论。最后，他们认为，如果把回压降下来油井就会多出油，建议在井口上齿轮泵降低回压，让套管出更多的油。队上请示大队后，立即到供应站领来齿轮泵，安装到位后，开泵生产回压降至2个大气压，日产油量32吨。正是这样，从每口井抓起，一点一点地抠产量，才保证了胜利油田原油产量的不断攀升。从1964年投入大规模勘探开发以来，胜利油田广大职工艰苦创业，速战速决，到1978年，全油田原油产量上到1946万吨，跃居全国第二位。

油井的生产和人一样，也会生病，也会出现这样那样的问题。采油工就像是一名大夫，通过望、闻、问、切给油井开药方、做手术。代旭升是一名合格的油井大夫。他的这两个建议得到了大队领导的表扬，也萌发了他继续提建议、搞革新的念头。他的新目标是要做一名懂技术、善发现、能革新、肯吃苦、爱岗位的采油工人，做一名合格的“油井大夫”。

有时候，人是需要守得住清贫、耐得住寂寞的。没有基础的积累，不可能有一飞冲天的豪迈。

代旭升的成长过程中也遇到了瓶颈。他想搞一番事业，想一鸣惊人，但是，好多事情并不是像他自己想象的那样。沉静下来，他意识到，自己需要学习的东西还有很多，只有武装了自己的头脑，充实了自己的实力，才能做到展翅高飞。

代旭升当班长已经好几年了，有好多和他一起干班长的同事早已经成了队长或是指导员，但是他从一名小班长熬成了一名老班长。他回想起自己刚刚开始干班长那段时间的踌躇满志，再想想这几年在班长的岗位上也做得不错，可为什么还是没有起色呢？从心底里讲，他不是一个爱慕虚荣的人，更不是一个愿意当官的人，但是，他总觉得再这样下去自己就废了。

自参加工作以来，代旭升一直没有间断过学习，“只有掌握更多的知识，路才不至于越走越窄”。代旭升深刻地认识到，积累知识就是积蓄力量，应用知识才能产生力量。时间长了，他养成自主学习的习惯，笔记本不离身，随时记下学习中的难

题和稍纵即逝的灵感，并不断在实践操作中验证，加深理解，使理论变成自己独有的东西。

代旭升唯一参加的一次技术性比赛还是在1977年。由于他用心对待工作，不懂就问，不会就学，遇到难题非要弄个明白，渐渐地成了队上油水井管理的小能人。那一年，大队举办首届技术表演赛，代旭升经过理论考试、现场实际测示功图，给十个实际测示功图进行分析判断以及计算抽油杆断脱位置并提出整改措施等，荣获示功图的测试分析及计算比赛第二名。

1979年，油田开展了一次百问不倒油水井分析比赛。这次比赛面向采油队基层职工，参赛人员大多都是队上的技术骨干。代旭升当仁不让地报名参加了比赛。起初，胜采指挥部从各采油队选拔了一批选手参赛，代旭升作为首发选手被列入名单。但让他没有想到的是，这次比赛藏龙卧虎，自己这几年积累下来的经验根本拿不上台面。

由于油田开发建设一年一个台阶，一步一个脚印，每年都有新知识出现，仅仅掌握书本上的知识显然已经不够了。于是，代旭升找到了当年在培校教授他采油工程的老师进一步学习，一学习才知道自己已经被落下了很远。那个时候的技术比赛还没有成系列的参考书籍，只能靠自己平时的业务知识积累，再就是找一些当时能够找到的技术参考书籍。代旭升在老师那里拿到了几本参考资料，其中有一本就是《岗位练兵问答》。他如获至宝，一下子就钻到书里出不来了。

开始学习的代旭升又犯起了钻牛角尖的“精神病”，每天把自己锁在背题的空间里。上班、下班，不管在哪里，工友们都能看到他眯着眼在背名词解释。随着油田的不断勘探开发，地质名词的内涵也在不断延伸，他死啃硬背，不让一个他不懂的地质名词横在眼前。

经过三个多月的紧张准备，代旭升在指挥部预选中脱颖而出，并且代表胜采指挥部参加了油田的比赛。功夫不负有心人，在比赛中，他过五关斩六将，一举拿下了百问不倒比赛第一名，同年荣获胜利油田技术能手称号。这是代旭升参加工作以来获得的第一个油田级别的荣誉称号，是他对自己多年来工作的一个总结，也是挑战全新自我的一次大练兵，这也让他着实激动了一阵子。

那年年底，胜利采油指挥部总结表彰了 10 名油水井分析能手。当代旭升从李指挥手中接过证书时，他深深地鞠了一躬，感谢组织、领导对他的培养。

证书上赫然写着“代旭升同志，在油水井分析和管理中，做出了显著的成绩，被命名为一九七九年度油水井分析能手”。代旭升回到家后，拿着证书看了一遍又一遍。他深知，这是各级组织和各级领导对自己参加工作 7 年来在学习和工作上的认可，更是激励和鞭策。已经融入油田的代旭升知道不能船到码头车到站，他要继续努力下去，踏上一个新的征程，为自己创造一个光辉灿烂的明天。

1980 年 5 月，他和当年一同从青岛被同一个车皮拉来的吴晓萍结婚了。在那个年代，结婚很简单，两个人领了证，回到队上食堂里多加几个菜，就算办完了婚宴。

虽然说结婚后住在采油 16 队那个破破烂烂的宿舍里，两张床板一拼就成了婚床，唯一的家具就是一张三抽桌，但是新婚的生活让代旭升感到甜蜜，妻子总能在关键时刻给予他鼓励和支持。总结这几年来走过的路，他感到真的不容易，但是想一想留下的东西并不是很多，只是在同事之中被称为“小诸葛”“小神仙”，跳出圈子放眼看看，却没有什么能拿得出手的东西。

新婚的代旭升还没来得及过多地享受甜蜜，就和当时全国的石油工人一起在 1980 年接受了严峻的考验。

石油是支撑全国经济的命脉，没有了石油，飞机不会飞上天空，汽车运载不了人员、货物，坦克、军舰都会变成一堆废铁。面对石油发展复杂的新局面，石油需求不断增长的中国如何选择，将对中国的内政、国际贸易、环境以及全球安全都带来深远影响。

为了保住经济命脉，石油部动用了作为战略储备的喇嘛甸油田，加快了胜利、大港油田的开发，采用“稀井广探、稀井高产、稀井高质量”方针，成功发现并高速开发了任丘等潜山油田。从 1974—1978 年，原油年产量每年以 1000 万吨的幅度增长。

1978 年，我国石油产量首次突破 1 亿吨，达到 1.04 亿吨，这也在石油工业内外产生了有关“年产 1 亿吨原油能否稳住”的争论。而改革开放的春风刚刚刮起，进入 80 年代的首年，全国原油产量从 1979 年的 1.06 亿吨跌到了 1980 年的 1.05 亿吨，1981 年甚至到了 1.01 亿吨，眼看就要跌破 1 亿吨大关。

面对产量下降的事实，当时的中国石油工业内部也出现了意见分歧：一部分专家认为，中国现有储量足以支撑 1 亿吨产量；而反对者则认为，产量维持在 8700 万吨才是符合中国实际情况的选择。

国家在万马奔腾的大好形势下，石油的产量却往下降了，这可是关系整个石油行业的荣誉问题，是关系国家经济发展的大问题，也是关系党的中心工作能不能按计划前进的政治问题！

在80年代初期，石油行业经历了一次阵痛期，但通过从上到下的不懈努力，胜利油田的原油产量步步高升，特别是经过80年代中期的孤东、滨海开发建设会战，原油产量大幅度增长。1984年，产量突破2000万吨，1987年突破3000万吨，1991年达到3355.19万吨的历史最高水平。此后，在3000万吨水平上保持稳产至1995年。随后进入战略调整期，力保2700万吨。

党的十一届三中全会上，中央确定了一项大政方针：从1979年开始，用三年时间对国家的国民经济进行“调整、改革、整顿、提高”，而1980年是三年调整期的最后一年。“如果石油生产完不成1亿吨，整个国家的经济就要重新作调整，必须保住1亿吨关口不动摇。”国务院领导的魄力可想而知。

能不能保住1亿吨原油产量，这对当时的石油部是个严峻的考验，也是关系国家经济命运和战略的问题。这1亿吨产量从石油部层层分解到全国各大油田，再从油田层层落实到各会战指挥部。指挥部的领导也着急啊，连夜开会部署产量，商讨夺油上产措施。各大油田的各级管理者的压力可想而知。

1980年，胜利油田为了完成产量开始实行3年包干，坚持“在搞好稳产的基础上，立足于前进，立足于上产，不断发展”。各单位拿出了当年大会战的劲头，纷纷制订区块上产计划，制定单井增产措施，力争这一年超额完成上级下达的产量任务。石油前线干部职工的动力可想而知。

上有魄力、中有压力、下有动力，这事就好办了。代旭升经过这几年的学习和锻炼，明白了胜利油田开发建设的艰难处境，特别是被誉为“石油地质大观园”的东辛油区，地质构造极为复杂，断层密布，落差悬殊，像“一个盘子摔在地上，摔得粉碎，又被踢了一脚”。胜利油田的科技人员和职工“一分为二”认识断层，破除“断层有害”论，像查“楼房”、查“房间”一样，搞清断层和油层的特点，高水平、高效益地勘探、开发了

东辛、滨南、河口、临盘等地区的复杂断块油田。这就是代旭升充满动力的原因。作为一名基层石油工人，他有信心也有决心完成夺油上产任务。

代旭升带领班组人员主动请缨，其他各班组也立了军令状。他们要通过自己的细心管理让油井少出毛病多出油。为了增产增效，他们做了大量工作，加强设备保养，延长抽油机免修期；加大巡井巡线密度，提前发现管线穿孔，早发现早处理，减少原油损失；在此同时，更加严格了油井取样，必须按照取样标准先放空后取样，取样必须取够三斤，保证提供给技术人员的油样能够反映出油井的生产数据，以利于技术人员对油井生产正确分析，以确定下一步调参调冲次需要。

然而，屋漏偏逢连阴雨，正当代旭升带着班员们大干特干的时候，意外情况发生了，这几天队上好几个人出现低热、全身疲乏无力、食欲减退、恶心、呕吐等现象，这可急坏了队长、指导员。生产形势严峻，但人更重要。

队长、指导员抓紧时间安排身体不适的职工到胜利医院检查，没想到有 4 名职工查出了肝炎。指导员立即把这一情况报告给指挥部，指挥部联系油田防疫站火速赶到采油 16 队，将盛水大罐、食堂的水池、宿舍、岗位值班室等地方进行了全面消毒。这些工作做完后，为了防止肝炎大面积暴发，指挥部组织全队职工到胜利医院进行查体，情况还没有想象的那么糟糕，经过确诊，又查出了两名同志得了肝炎，其他人都没事。

队上查出 6 个肝炎，代旭升岗上就占两个，再加上 1 个因父亲病重请假回家探亲的同志，总共少了 3 个人。平时人多感觉不出来，一下子少了 3 个人，干起活来明显感到紧张了。

那段时间正是冬防保温的关键时期，今年工作量比以往都多，既有抽油机井，又有自喷井，生产的压力一下子就向代旭升压了下来。虽然他们是第一次包抽油机井口，但是基本的操作要求没有太大变化，干起来还算顺手。自喷井井口人少就不好干了，防喷管太高抹石棉灰容易掉，石棉灰弄到脸上奇痒无比，但这些困难也都被一一克服了。代旭升带着几个班员废寝忘食，一周的工作量 4 天就完成了。当队上组织冬防保温大检查时，通过各班班长评比，代旭升班组从保温到外观，再到玻璃丝布的缠绕和刷漆质量以及完成速度都在全队拿了第一，这也算是对他们这几天的劳动成果的肯定。

包井口的工作量还算不上大，论起大体力劳动肯定就是“撇大锨、甩大泥”了。永 3-1 井转抽，抽油机基础需要垫一米多高，工作量很大。1973 年干过支农挖过大沟的代旭升本着“滚石上山，迎难而上”的精神，一开始根本没把这点儿活儿放在眼里，但是一上手才发现，这上百方的土，3 个人 3 把铁锹垫起来真不是一个轻松的事，就连农村出身的老贾也犯起了愁。不过还是老王有办法，他向老乡借了两个独轮车，自己上土自己推，他和老贾一辆。代旭升没有推过这种独轮车，推这种车不但要有力气，还得学会推车的技术，掌握起来还真挺难，试了几次车都倒了。为了赶进度他让小班10点巡完井后到食堂帮他们打了饭送过来，3个人坐在井场边上狼吞虎咽地草草吃了点东西就又开始干了，从上午干到晚上11点多，终于将抽油机基础垫好，没耽误第二天上抽油机。

深夜躺在床上的代旭升已经累得浑身酸痛，可是怎么也睡不着。当迷迷糊糊睡着的时候天已经快亮了，听到队上的喇叭播放起了《新闻和报纸摘要》节目，他又硬撑着坐起来。军令状早已经立好，不能因为眼前的困难而倒下停滞不前，石油人的钢筋铁骨就是这么锤炼出来的，今天还有更多的任务等着自己呢。

这个时期的代旭升正处在储存能量期，平平凡凡的工作磨炼着他的耐性，繁重的体力劳动锤炼着他的意志，对美好生活的向往构筑着他的梦想。

“枝头且栖息，谋定而后动。一旦有良机，尽展凌云志！”

第四章

第一项发明

“天下之学者，孰不欲一蹴而造圣人之域。”没有人能随随便便就成功，代旭升也是人，当然也跑不出“天降大任于斯人也，必先苦其心志，劳其筋骨，饿其体肤，空乏其身，行拂乱其所为，所以动心忍性，曾益其所不能”这一过程。这种大环境锻造的过程是艰难的，必须经历破茧成蝶的煎熬。

20 世纪 80 年代初期的胜利油田还是坚持着“先生产后生活”的基调。采油 16 队地处偏僻，生活水平一直搞不上去，虽然这几年盖起了几间砖瓦房，外表上看起来不再是破破烂烂的了，但实质上并没有对生活起到多大作用。

由于队部离生活区实在太远，饮用水和蔬菜只能依靠运送。特别是冬天，有时候储存的大白菜、大萝卜吃完了，再赶上下大雪，不能及时运送，日子就不好过了。最糟糕的时候只能吃海带炖粉条应急，食堂里的大师傅用水把干海带泡几天，软了后切成丝，锅里放上豆油，用葱爆锅，放上切成丝的海带，加上水、粗粉条、酱油，炖上一会儿，放点盐就出锅了。第一顿倒还算好吃，第二顿、第三顿，就一顿比一顿难吃了。

代旭升结婚后住在队上，生活相当不方便，为了改善生活，

他们单独开了火，但是买菜要到五天才有一个集的永安镇去，骑着自行车要走十多公里的土路。不成家不知过日子的艰难，五天一个集，不可能逢集就去买菜，一旦没去买，接下来的日子就只能吃咸菜、白水加馒头。

16 队离最近的自来水干线也得十多公里，管线很难接过来，饮用水全靠水罐车送。有一年冬天，大雪封路，水罐车进不来，全队人盼星星、盼月亮地盼了好几天，最后还是没办法，只能熬雪水喝。等第一车饮用水送来的时候，他们已经吃掉一里多地的雪了。

1981 年 9 月初，8114 号台风袭击了永安油区。这是 1981 年对我国影响最大的台风，是由位于关岛附近洋面上的热带扰动发展而成的。受这次台风影响的地区，南始福建，北至辽宁，普遍出现了大风，遭受了严重的风灾。这次台风对山东半岛沿海产生的风暴潮是新中国成立以来罕见的。

风暴潮肆虐过后，通往采油 16 队的路全部被冲毁，队上的盛水大罐把底部排水阀全部打开也不见一滴水，他们只好到较大的水泡里打水。打回来的水，放点白矾也只能起到澄清的作用，咸涩的泡子水根本无法下咽，烧水时在水桶里放把大米还能好喝点。艰苦的条件持续了不是一天两天，冬天能吃雪，夏天不下雨就不好办了，喝不上干净水确实是个大问题。

代旭升的妻子吴晓萍已经怀孕 6 个月了，两个人的婚房是队上特殊照顾的——新盖的砖房。看着妻子也跟着大家一起喝澄清的泡子水，代旭升心里不是个滋味。都说代旭升鬼点子多，那也真不是吹出来的，这几天他就一直在琢磨，怎样能让妻子和队上的职工们喝上干净水。

烈日之下，代旭升盯着天上的白云发呆，偶尔有一朵云彩飘过来，能遮一遮火炉一般的骄阳。望着白云，他的鬼点子就来了。当然了，他总不能扯下一片云彩化成水喝，更不能把白云变成乌云下场雨解渴。他想到了白云的生成，云的形成主要是由水汽凝结成的。江河湖海以及地面水蒸发形成水汽，水汽从蒸发表面进入低层大气，这里的温度高，所容纳的水汽较多，如果这些湿热的空气被抬升，温度就会逐渐降低，到了一定高度，空气中的水汽就会达到饱和。如果空气继续被抬升，就会有多余的水汽析出。如果那里的温度高于 0℃，则多余的水汽就会凝结成小水滴；如果温度低于 0℃，则多余的水汽就凝化为小冰晶。在这些小水滴和小冰晶逐渐增多并达到人眼能辨认的程度时，就是云了。在水云中，当小水滴凝结增大到一定的程度时，就会下降到地面，形成降雨。

既然老天不下雨，那就自己下雨吧！想到这里，代旭升异常兴奋，赶紧跑回队上，到食堂找了口蒸馒头的大锅，挑了满满一桶盐碱滩上的泡子水倒了进去，并开火煮开。闷热的食堂像是一个大蒸笼，厨师老王看着代旭升忙前忙后的，乐得咯咯笑，说："人家都找地方乘凉，你倒好，跑到这里来烧开水，你这是要把自己蒸了啊？"

代旭升只笑不解释，让老王帮他用布条封死了锅沿，从材料员库房里找来一截干净的管子，用大铝盆装上大半盆水，盆里放个空铁皮桶，让水蒸气通过管子喷射到铁皮桶里面。老王一开始挺纳闷，不知道这个机灵鬼又在耍什么花样，但是看到最后就明白了——代旭升把泡子水加热后形成水蒸气，收集水蒸气后喷到冰凉的铁皮桶里面，水蒸气冷却变成水，一颗颗小水珠流到小桶底部。简直是太妙了！不到半个小时就接了小半桶，老王兴奋地竖起了大拇指。

当代旭升把一碗甘甜的水端到妻子面前时，妻子惊喜得差点掉下眼泪来。在等待送水车来的三四天里，老王用这种办法每天都能蒸馏一大桶干净水。

鬼点子多的人就是爱动脑筋的人，"办法总比困难多"是代旭升经常挂在嘴边的话。动脑筋和耍小聪明不一样，耍小聪明是为了个人利益而动的小算盘，而遇到困难爱动脑筋的人一思考就有可能轻而易举地解决问题了。

20 世纪 80 年代初期，油田基层单位的条件稍有了好转，为了减轻职工的体力劳动，虽然没有配上依法车，但一般也都给采油队配置了拖拉机。有一年冬天，代旭升跟着材料员开着一台 195 拖拉机去大队领材料。领完材料后，几个人趁着天还没黑匆匆往队上赶。那几天刚下完雪，路上又湿又滑，坑坑洼洼的土路都变成了泥巴蛋子。拖拉机行进得很慢，突然"咯噔"一声，不动了。几个人向前一看，发现拖拉机右边的小轮子掉了，再仔细一看，是羊角轴断了，拖拉机一头栽进了泥坑里。

这可愁坏了几个采油工，他们现在正好走到大队和 16 队半截腰上，到队上十来公里，到大队也是十来公里，进退两难。几个人束手无策了，只能找吊车将拖拉机吊回队里，可是那个时候大家都没有电话，得跑十来公里到大队求援。

小李是个急性子，看到这种情况急忙说："我去大队要吊车，晚上总不能冻死在这里吧！"

老孟说："我看算了，天快黑了，你们回队上去吧。今晚我在这里守着拖拉机，明天让队上定吊车来吊吧。"

老刘开玩笑地说："王铁人搬钻机，没吊车，人拉肩扛照样搬，咱们也要学习王铁人，没吊车也要把拖拉机搬回队。"

代旭升听着这些话觉得不靠谱，没发表意见，而是围着拖拉机转了几圈，暗自在心里盘算着。拖拉机后斗里装满了新领的材料，这些材料有管钳、闸门、丝堵，还有铁锹、扁担、扳手等小工具，这些材料加起来也有个几百斤，要是再加上这四五个人，一吨多不成问题，这一吨多压在斗子里，基本上就能让拖拉机翘起头来了。对！这个方法可行。

老刘看着代旭升转着圈圈琢磨着，知道这个年轻人的鬼点子又来了，便笑嘻嘻地问：“小代，你小子是不是又开始琢磨鬼点子了？你是要让拖拉机飞回去啊，还是让它自己长腿跑回去啊？”

代旭升一边思索着一边说：“我想让它三条腿走回去。”

小李说：“哎呀，代师傅！你不会让咱几个人抬着前边走吧？还有十多公里呢！不得累死啊？”

代旭升说：“我让它不仅自己抬着自己走，还得拉着咱们一起走。”

代旭升把自己的想法给大家说了，大家觉得也许可行，死马当活马医吧！在代旭升的指挥下，几个人把歪斜的拖拉机头用千斤顶弄正，用刚领的粗铁丝把粗扁担绑在拖拉机下面，经过一个多小时的捆绑后，拖拉机大致可以撅起头来了。为了稳妥，他们扒开雪窝找了点干土，装了大半斗子，给拖拉机压沉配重，然后挂上一挡，拖拉机还真走了起来，慢慢地移动到了队上。

这个小聪明说起来也很简单。拖拉机四个轮子，后面挂个拖斗。右前方的轮子断了，只需要在左后面施加一定的力，让它保持平衡就可以了，三条腿的拖拉机一样能走回去。

多年后，当代旭升的同事们再说起这件事的时候，还是觉得很惊奇，真想不到代旭升能想出这样的主意来。但现在回过头来想想也不奇怪，当一个人的知识架构形成后，他就会以这些知识为基础去思考问题、研究对策，所掌握的专业知识已经成为他考虑问题的主要出发点、分析问题的基本框架和评价问题的首要尺度，而且这种思维活动大多是在无意识的情形下做出的。也难怪几千年前，咱们的老祖宗对一件事物会有不同的认知，《周易·系辞上》就是这样理解的：“仁者见之谓之仁，知者见之谓之知。百姓日用而不知，故君子之道鲜矣。”

当动脑子成为一种习惯的时候，不论遇到什么问题，都会考虑是不是会有别的办法可以解决；当思考成了一种习惯的时候，就不会满足于现在的状态，迫使你为了更好的生活或是解放劳动力，去研制、发明新方法新设备。要是没有动脑子，福特发明不了汽车，瓦特发明不了蒸汽机，爱迪生发明不了电灯、留声机。如果只是安于现状、停滞不前，我们的祖先也不会创造出四大发明。

“我有一个好主意。”当一个人经常说出这句话的时候，这个人就具备了创造心理。代旭升满脑子都是能不能有个好主意，想得多了，自然就会在关键时刻比别人多想一点。这首先要有一双善于发现的眼睛，善于发现事物的内在规律，在发现过程中观察、想象、思考。当发现积累到一定程度时，就会进行发明创造。

在代旭升的日记里记录着这样一段话“……世上并没有用来鼓励工作努力的赏

赐，所有的赏赐都只是被用来奖励工作成果的。面对总书记的嘱托，我要用有限的生命去创造无限的价值，要在自己的工作岗位上发挥最大的作用。在新中国成立 40 周年之时，我也要献上自己的成果……”

1984 年，正值对越自卫反击战时期，这场战争是 1979 年开始的中越之战。越南在苏联的支持下，对中国采取敌对行为，中国采取自卫措施，在短时间内占领了越南北部 20 余个重要城市和县镇。这场战争令中越两国关系进一步恶化直至最低点。进入 20 世纪 80 年代，两国军事对抗继续，在罗家坪大山、法卡山、扣林山、老山、者阴山等地区相继爆发了边界冲突，时间持续达 10 年。

时任中国人民解放局总政治部主任的余秋里与总书记胡耀邦到南线看望自卫反击战的将士们。回来的路上，余秋里向胡耀邦提出建议说：“去一趟胜利油田。”

胡耀邦笑了笑，说：“怎么，还没有从油里跳出来？”

余秋里点点头说：“……我想请总书记去鼓鼓劲。”

“好嘛，我们一起去！”胡耀邦高兴地说。

于是，这两位亲密战友，临时改道，在回北京之前到了胜利油田。

1984 年 2 月 11 日，时任中共中央总书记胡耀邦在中央军委几位领导同志的陪同下来胜利油田视察，看望艰苦奋斗的石油工人，并在油田干部大会上发表重要讲话。他在讲话中高度赞扬了石油战线的广大干部、工人对整个四化建设、对我国的兴旺发达，立下了不可磨灭的功绩。他要求胜利油田在 1989 年建成第二个大庆，为开国 40 周年献礼。他在讲话结束时希望胜利油田职工做中华民族的优秀子孙，并改编了几句歌词赠送给胜利油田的职工：“黄河之滨，集合着一群中华民族优秀的子孙，四化的希望，能源的责任，全靠我们打头阵。”

胡耀邦同志还给全国石油战线和胜利油田题了词。给全国石油战线的题词：“一

部艰难创业史，百万覆地翻天人”；给胜利油田的题词：“建成第二个大庆献给开国四十年”。中央领导同志对胜利油田在过去几年里所取得的成绩非常满意。为使胜利油田在几年内建成我国第二个大庆，实现原油产量翻番的宏伟目标，中央领导同志作了具体的指示。当天下午，胡耀邦等中央领导同志来到永 3-24 自喷井和油田水利工程视察。胡耀邦同志步履矫健，神采奕奕，视察时详细询问了油井的生产和水利建设情况。

代旭升何尝不知，从他来的那一天，他就看到这里“萧萧四野尽荒凉”，野芦红柳杂生，狐兔蛇鼠出没，随处可见的水潦积洼，碱结凌花，人烟稀少，树木难活，真可以称得上是山东的“北大荒”。经过 20 多年的建设，英勇的石油人在这片“冬季白茫茫，夏季水汪汪，鸟无树做窝，人无树遮阳”的盐碱滩上建起了大油田，这里面也有他的一份奉献。

翻开这段历史，代旭升激动的心情久久不能平复。那一幕他此生难忘，胡耀邦同志和余秋里同志站着一起高唱“黄河之滨，集合着一群中华民族优秀的子孙，四化的希望，能源的责任，全靠我们打头阵”。这是老总书记和老石油部长对石油战士的关怀和期望，这是对扎根在荒原的石油人的最高褒奖。

永安镇地区的勘探工作始于 1965 年 7 月，至 1967 年，完钻探井 49 口，相继发现了永 2、永 3、永 35 断块，并开始试采，1969 年正式投入开发。代旭升从 1972 年来到永安，扎根 16 队，已经有 12 个年头了，也逐渐成长了起来。12 年前，面对大城市青岛和盐碱滩的落差，他选择了留下；今天，面对荒凉和寂寞，他选择了坚守。这 12 年中，他伴随着永安建成了生产能力 70 万吨的油田，熟悉了投产的 116 口油井和 12 座计量站。

代旭升还清楚地记着，自己见的第一口井的井号是永 12-2，他开始工作清蜡的第一口井是永 12-8 井，他在永 3-1 井发明了压井场的碌碡，在永 42 战井喷后递交了入党申请书，如今又在永 3-24 井听到了洪钟一般的歌声带来的鼓励。“一部艰难创业史百万覆地翻天人”，作为石油战线上的一员，他将牢记老总书记“建成第二个大庆献给开国四十年”的嘱托。

“水有源，故其流不穷；木有根，故其生不穷。”

20 世纪 80 年代，封闭的大门被打开，外面的世界使国人眼花缭乱，满大街既有喇叭裤、尖领衫的新潮涌动，又有张海迪、孙晋芳的典型引领。那是一个需要人才，而且产生人才的时代。历史前进的巨大动力，在于迫切需要变革的人本身。改革开放对于民众，不是一个理念，而是一种利益的驱动，是壮大自己的同时就壮大了国家的使然。

夕阳西下，代旭升经常站在 16 队外边的水泡子边上静静地发呆。有时候是在思考生产难题，有时候是在思考家里的大小琐事，有时候是在思考人生。每当夕阳染红天空的时候，他总是能在这抹灿红中找到些什么。这种红被他称为“旗红”，在颜色的分类中应该是找不到“旗红”的，代旭升只是觉得这种红就像是国旗、党旗上的红一样，那么惹眼，那么明亮。

代旭升向往这种红，也盼望着能够早日融入这种“旗红”当中。党的多年教育让他知道，一个在1921年只有50多人的政党，一个只有十二三名代表的大会，一群年龄最小不到20岁的人们，揭开了中国共产党翻天覆地变化的序幕，经过几十年的奋斗，这些人靠着坚定的信仰，让没落的中国重新屹立于世界之林。

代旭升走在追求理想的道路上，入党是一件极为神圣而崇高的选择。革命战争年代选择入党，就是选择生与死的考验、血与火的洗礼；和平建设时期选择入党，就是选择为党和人民多做工作、多做贡献。

现在的代旭升正身处“保家卫国”和“建设祖国”两列特快列车同时开进的年代。“保家卫国”的列车冒着炙热的火焰勇往直前地挺进。1984年4月2日，云南边防部队发起了收复老山、者阴山作战。4月28日、4月30日、5月15日，中国边防部队先后攻占了老山、者阴山、八里河东山，至此，老山地区被越军侵占的中国领土全部收复。另一列“建设祖国”的列车开足马力载着中国建设大军探索前行。放眼全国，我国首次发射一颗试验通信卫星“东方红2号”，国务院进一步扩大国营工业企业自主权，油田上下又掀起一轮火热的会战上产热潮。胜利油田勘探开发建设会战20周年时，累计为国家生产原油2.09亿吨、天然气124亿立方米，上缴利税129亿元。桩古10井日初产放喷原油3635吨、天然气36万立方米，成为我国当时单井日产原油最高的井。

一件件、一幕幕骄人的业绩在代旭升眼前闪过，自己来到油田已经十多年了。这十多年，他奋斗过、努力过、迷茫过、徘徊过，但是那份信仰就像天边的“旗红”始终不褪色。

1984年9月7日，是一个让代旭升终生难忘的日子。下午2点30分，东辛采油厂采油二大队采油16队党支部召开会议，研究讨论代旭升的入党申请。16队党支部共有正式党员9名，出席会议7名，缺席2名，袁书记主持会议。代旭升庄严地宣读了入党申请书，入党介绍人冯利民、宁鹏玺介绍了他的情况，没有人提什么意见，进行了举手表决，7名同志全部同意吸收他加入中国共产党。

1984年9月8日至1985年9月8日，是代旭升的中共预备党员阶段，预备期为一年。11月13日，代旭升面对中国共产党党旗，举起右手庄严宣誓：“我志愿加入中国共产党，拥护党的纲领，遵守党的章程，履行党员义务，执行党的决定……”

成为一名党员后，代旭升觉得肩上的担子更加沉重了，自己的使命更加神圣了。

代旭升谈到了1975年7月25日递交入党申请书时的心情，在此前一天，他的心情是受挫的。在永42井战井喷过程中，因为一句“共产党员跟我上”，让代旭升反思了整整一个晚上。他不是共产党员，没有资格冲在抢喷的最前沿，只能在很远的地方拉着棕绳配合抢喷。血气方刚的小伙子不能阵前杀敌、不能冲锋陷阵是谁都受不了的。那一夜，他坚定了自己的信念“我要入党，我要有资格冲在最前线，我要成为一名英雄”。在大队党委组织干事王宝航找他谈话时，代旭升吐露了自己的入党动机，他忠诚地信仰共产主义，把最终实现共产主义作为自己的最高理想，决心为了伟大的共产主义事业奋斗终生，全心全意为人民服务。

当代旭升一字一句地说完这些话时，王宝航敬佩地看着面前的这个年轻人，随后紧紧地握住代旭升的双手说道：“小伙子，你已经有了你自己的战场，入党的确是个人追求进步的途径，但是这种进步不应是为了面子和以个人英雄主义为目的，而是为了党的事业，为了个人能在历史进程中正确发挥作用，实现最大的人生价值。”

代旭升有点激动，声音也略略地提高了一些：“王干事，您说的有道理，但是我觉得一个人这一辈子要干些轰轰烈烈的事情，不能就这么无声无息地苟活着，我愿意为了党的事业而奋斗，但是我觉得我现在做的工作不可能成为英雄。”

王宝航说：“不想当将军的士兵不是好士兵，不想当英雄的年轻人不是进步青年。我给你讲个故事吧！你知道在那次战井喷之前的1973年9月21日，夜幕降临时分，河口指挥部32192钻井队在钻探时发生了井喷。强大的气流从2700多米深处，夹杂着大量泥浆砂石原油冲了上百米高。抢险人员上了一拨又撤下一拨，职工医院急诊室、手术室满满的都是抢喷的伤员，可这些被抢救者一苏醒过来就又要回去抢喷，几个人按都按不住。大家觉得这些人都是英雄，活生生的英雄就在眼前。但是，当最后一拨抢险人员冲到钻台上的时候，被眼前的一幕震惊了。那天的当班司钻吴玉田，在井喷发生时根本就没有撤离钻台，而是为了把井喷的损失降到最低，为了给其他同志的抢喷争取更多时间，他毅然决然地留在了最危险的地方，站在司钻操作台上，右手紧握刹把，如同一尊被天地聚集的雕塑，牢牢凝固在自己坚守的一方阵地上。就在发生井喷的前两天，吴玉田请好了探亲假，准备回革命老区山东莒县老家照顾将要分娩的妻子，细心的他把准备好的红糖、炼乳等营养品早早装进包裹行囊，这是他临行前上的最后一个班。吴玉田牺牲后的第三天，他的女儿出生了……”

说到这里，王宝航哽咽了，他抬起头来用深邃的目光望着窗外，一句话也说不出来。

代旭升被吴玉田感动了，他也听说过这次井喷，但是对于吴玉田的事迹却没有详细地了解过，他陷入了沉思。

王宝航说："代旭升同志，想要冲在最前线固然是好，但是不冲在最前线就不能发挥作用了吗？不是只有充满硝烟的战场和抢险的战场才能够让一个人成为英雄，只要拼搏，我们每个人都会在自己的岗位上成为英雄，你只需要把自己的岗位当作冲锋陷阵的战场就行了。"

一席话让代旭升萦绕在心头的英雄梦落地了。对啊！要想成为英雄，不一定非要到老山前线去扛枪杀敌，也不一定要天天盼着井喷时冲到井口，只要把自己的工作岗位当作战场，就能在黄河三角洲放飞梦想、收获理想。

成为一名光荣的共产党员后，代旭升的干劲更足了。他时刻以一名党员的最高标准要求自己，时刻让自己向优秀党员看齐。由于他工作认真负责，专业技术出类拔萃，1985 年胜采指挥部采油二大队党委经过研究，决定让他到采油 23 队任副队长。

在采油 16 队工作生活了 13 年的代旭升离开了永安镇，来到了人烟相对较多的八分场地区。

八分场这个地方很有意思。解放后，现在的东营市区内成立了几个农场，其中一个是永安镇的五一国营农场，五一国营农场下属的一些分厂，以数字编号，其中就有八分场。胜利油田开发时，在八分场建立了居民点，慢慢地，农场消失了，但名称留了下来。原农场中，有名的除了八分场以外，还有二分场、九分场，其他分场较少被人提及。五一农场后来划归胜利油田，先后叫作五七学校、农开院。你说它大吧，方圆也就几十公里，你说它小吧，在油田人眼里除了油田基地所在的西城和东营市所在的东城，剩下的东西城连接之间都能靠上八分场，甚至叫作"泛八分场地区"。所以，从 20 世纪 50 年代到现在，八分场一直是连接东西油城的枢纽地带，它已经从一个农场名称逐渐演变成了地域名称，承载了好几代人的美好记忆。代旭升从上班到退休一直生活在油区内，换的住房不少，但一直也没跑出八分场这个圈子去。

经过十多年的锻炼，30 岁的代旭升显得沉稳多了。结婚在 16 队，孩子出生在 16 队，这一说要离开，代旭升的心里还真有点不是滋味。代旭升的儿子这时已经 3 岁，也到了该上幼儿园的时候，16 队附近没有上幼儿园的条件，到八分场后这个问题倒是解决了，这也让代旭升舒了一口气。儿子生在荒原、长在荒原，这么多年，16 队附近一点儿变化都没有，除了高高的芦苇，就是一丛一丛的皇席菜，再就是遍地的水泡子。夫妻俩在那里生活倒是可以，但孩子咋办？孩子要上学、要成长，在 16 队是不可能的。还记得在孩子一岁多点的时候，他和妻子带着儿子到八分场办事，一岁多的孩子第一次来到人这么多的地方，显然很兴奋，拉着爸爸妈妈高兴地叫着。当来到八分场转盘附近的时候，孩子的一句话让两人差点落泪。儿子指着路边的柳树兴奋地说：“妈妈、妈妈，你快看，这些芦苇咋长得这么高啊！”妻子哭笑不得，想起儿子在16队根本就没见过树，更觉得满心的惭愧。

走上新工作岗位的代旭升快速地融入工作中，当时采油23队原队址被胜利采油指挥部作业三大队征用了，所以代旭升一家只能暂时住在用纤维板搭建的临时板房里。板房的条件很艰苦，当时正值雨季，屋外大下，屋里小下，屋外不下，屋里照下；晴天中午太阳一晒，室内温度就高达45摄氏度，电风扇开到最高挡也根本不起作用。当时辛68块滚动勘探开发正进入高潮，每天都有10多部钻机在钻进，有七八个作业队在作业施工，有一到两口井需要上抽油机或投产，真是一上手就忙得不可开交。

这个时候的代旭升工作热情极其饱满，为了保证油井修井质量，代旭升坚持每口作业井的重点工序必须亲自上井盯质量。有一次辛68-114电泵井施工，代旭升知道这口井套管有变形问题，在上井作业前已经叮嘱过作业队的师傅们，但他还是不放心，最后一天下完井电缆管柱，下午6点多在井上盯着下完了机组，匆匆忙忙地到队上吃了点饭，就又回到了井上。晚上9点多，下到1330米时，电缆阻值突然降低，三根电缆相间不平衡，代旭升最担心的事情发生了——晚上下电缆管柱受到光线所限很容易抻拉电缆，或是在下放管柱过程中造成电缆挤伤。这种情况一旦发生就不能再继续下了，即使下到井里也开不起机来。

代旭升和负责施工的作业队班长用万用表量了一遍，发现还是不平衡：“相间不平衡，这样下进去可不行啊！”

班长说：“代队长，没事的，数据上稍稍有点不平衡，应该没问题，保证能开机。”

代旭升说：“相间不平衡说明电缆有挤伤的地方，即使能开机也生产不了多长时间，何苦呢？到时候你们还得来返工。”

班长说：“代队长你说得太严重了，以我的经验没问题，放心地下吧，出了问题我担着。”

代旭升却说：“要是真的出了问题，不仅你要担着，我也跑不了责任。我知道大晚上的再重提电缆管，难度挺大，但是咱不能发现问题视而不见吧！”

班长说：“真服了你了，你也太认真了。井坏了修，修了坏，坏了再修，那是很正常的，何苦和自己过不去呢？”

代旭升却说：“咱这可不是和自己过不去啊，做了无用功，浪费了人力、物力，还耽误了产量，你说该不该较这个真？”

班长说：“可是……太麻烦了，都下了130多根了……好吧，在你手里我也算是认了。”

代旭升笑着说："麻烦就麻烦点吧，我去给你们蹬滚子。"

没办法，提吧。一百来根油管刚下进去就得提上来，一直忙活到凌晨 3 点多，代旭升也帮着作业队的弟兄们蹬了一晚上滚子。这个蹬滚子的活是最累的，那时候还没有电动支滚，好几吨重的电缆缠在一个一人多高的电缆滚子上，滚子往地上一架，提电缆管时要把电缆重新缠起来，全凭人的一双脚拼命地蹬。

查电缆这活更要命，电缆上已经全是原油了，滑溜溜、黏糊糊的，需要再架起一个空电缆滚子，把电缆一头缠在上面，两个滚子一滚一放，一段一段地用面纱擦干净电缆，仔细检查有没有受伤的地方。作业队一个班 6 个人，加上代旭升总共 7 个人，这 7 个人就像老太太纺棉花一样蹬了一晚上大铁滚子。

代旭升一边蹬，一边开玩笑地说："人说登天难，我看这蹬滚子更难，难于上青天，我这脚趾头都快磨秃噜皮了。"

班长说："你说你这不是找罪受吗？下进去非得提出来查电缆。不过啊，咱这电缆滚子是最抗造的生产工具，不费柴油、不费电，全凭烧人油，只要腿不断，就会咕噜咕噜地转。"

经过仔细检查，终于在 965 米处找到了挤伤的痕迹。代旭升看了看，和班长笑出了声。代旭升的笑是发现并制止了此质量隐患，班长的笑是苦笑里还带着一些惭愧。

电泵工砸断电缆，用电缆连接料接好电缆时，天已经亮了。

代旭升就是这么白天晚上地盯在井上，有时候连续好几天吃住在队上，和维修班的同志一块摸爬滚打，只有这样才能保证开井顺利，油井生产正常。虽然队部距家只有两公里，妻子电话询问好几次他都没回家，以至于妻子说他当时都快成大禹了，三过家门而不入。

1985 年，由于代旭升在辛 68 块滚动勘探开发会战中表现突出，记三等功一次。这让他非常高兴，这是参加工作 13 年来第一次立功，也是大队领导对他当副队长以来工作的认可，更是队上职工对他工作的支持和认可。

1986 年 1 月 10 日，胜利油田会战指挥部决定，为了生产经营发展的需要，从有利于油田开发管理的实际出发，从胜利采油指挥部分离出 3481 人组成东辛采油指挥部，包含原胜利采油指挥部采油二大队、采油三大队、作业三大队，董国永任党委书记，才汝成任指挥、党委常委。同时，还成立了孤东采油指挥部、胜利采油指挥部、纯梁采油指挥部、现河采油指挥部、油气集输公司，原胜利采油指挥部撤销。

东辛采油指挥部也于同年 1 月 29 日正式挂牌成立（1989 年 6 月 20 日更名为胜利石油管理局东辛采油厂）。代旭升所在的采油 23 队变更为东辛采油指挥部采

油二大队采油 2 队（1987 年 8 月更名为采油二矿采油 2 队）。重新划分后的东辛采油厂地处黄河东南岸渤海湾畔，跨东营、垦利两个区县，北依石油大学、西靠管理局机关、东临东营市府，位于东营市东西城之间的繁华地段，地理位置优越，交通方便。东辛采油厂管理着东辛、永安、广利、新立村和盐家 5 个油气田，辖区面积 1028 平方公里。

东辛采油厂有着光辉的历史。位于东辛油田的华八井于 1961 年 4 月 16 日放喷出油，是华北地区第一口出油井，也是胜利油田的发现井。同属东辛油田的营二井于 1962 年 9 月 23 日放喷出油，日产原油 555 吨，是当时全国日产量最高的油井，也是胜利油田的前身“九二三厂”的命名井。

东辛采油厂采油 2 队成立后，代旭升出任队长。采油队的队长就是石油战线上的兵头将尾，直接管理着全队一百多人的各方面工作，不光工作上累，责任心也必须很强。一年下来，管理的采油队有没有取得成绩，本队的产量有没有完成，队容队貌是否得到改观，都是衡量队长是否合格的标准。

代旭升当上队长后，最关心的就是产量。1986 年，东辛采油厂营 11、营 86、营 87、营 72 沙二、辛 109 断块全面投入开发，动用含油面积 17.64 平方千米，地质储量 2804 万吨，新钻油井 77 口，建成原油生产能力 56 万吨。其中，代旭升他们负责的辛 109 断块新钻油井 9 口，担负着 5 万吨的产能。

怎样才能提高产量？通过这几年的琢磨，代旭升觉得不仅仅要向管理要油，还得向技术要油。新断块的开发没有其他经验可借鉴，完全凭着摸索和实践前行。代旭升是个爱动脑子的人，更是一个喜欢用技术解决问题的人。不管什么问题，一旦被他盯上，就一定要解决掉。

1986 年 3 月 11 日，上午辛 109-36 井投产没成功，原因是油稠，从井口到计量站 500 米长的管线只走了一半就形成死油头，将管线堵死了。当天下午，用高压泵车处理，泵压高达 10 多兆帕，仍处理不通，只能分段进行处理。

最后，十多个人耗时 5 个小时终于将管线处理通了。

这口井油层很厚，预计产量很高，但由于油稠，一开井，管线就堵了，只好安排班组将井关了，把管线用气扫出来，这让代旭升很扫兴。

怎样才能解决稠油开采的难题呢？这个问题摆在了代旭升面前，他向书本找答案，但是收效甚微，原油的黏度不同，采取的开采方式也不同。采油 2 队辛 68 断块的原油能稠到什么程度？最稠的能达到 1 万毫帕・秒，也就是说，平常见到的原油都是流体，能在管汇中流动，放到地上能像水一样洒一地，但当原油的稠度达到一定程度时就凝固了，有口井井口流出来的原油能直接搓成个油蛋蛋，像个捏硬了的雪球一般。代旭升碰见的就是这种难题。

为了解决这一难题，代旭升主动向采油厂请示到其他单位去学习稠油开采经验。

采油厂很快回复了代旭升的请示，派他和郭新泉到辽河油田高升采油厂学习稠油开采。在辽河油田，代旭升发现他们油井的原油黏度比新 68 断块的要高，均在 5000 毫帕・秒以上，他们是将兴隆台采油厂的稀油引过来在井口掺入集油管线，防止了井口到计量站管线的堵塞。两个人用了 3 天时间，还学习了高压蒸汽的产生、怎样注气、稠油井的几种开采方法、注气井的施工工艺等，收获不小。由于学习时间短，代旭升觉得有些东西还没搞明白，需要回去好好结合现场学习和书本学习来消化吸收。

进入 5 月，代旭升队上虽然投了一口新井，上了 3 口措施井，但产量还差几吨才可以跟上年度计划。摸上产措施时，他突然想起 3 月投产不成功的辛 109-36 井。该井的问题是油稠进不了地面集油管线，他联想到辽河油田地面掺稀油的经验做法，但采油 2 队没稀油可掺，这可怎么办？

代旭升想到了平常在家刷碗的时候，经常烧上一锅热乎水，用温水刷碗就很容易刷掉油渍。温水刷碗能去油渍，掺水生产稠油应该也行，另外掺水有水源也好解决。想到这里，他还真有些小兴奋，立即找来水桶将水加热，扣了一坨稠油放入水桶内。水温 40 摄氏度时，稠油还是一坨，根据稠油的特性，继续加温到 55 摄氏度时，稠油开始熔化，65 摄氏度时，稠油彻底熔化，并变为薄薄的一层漂浮在水面上。通过这个试验，代旭升增强了掺水生产稠油井的信心。

5 月 11 日一早，代旭升集合各岗位上的大班和队上维修班 10 多个人一块搞会战，给辛 109-36 井接掺水流程，掺水管线直接在回压闸门下面与集油管线相连。

为了保证掺水温度，他们还多安装了一台干线炉。之后，立即通水、点炉、升温，掺水量控制在 40 立方米 / 天，进水温度为 70 摄氏度。

第二天，辛 109-36 班组将辛 109-36 井抽油机进行了认真地保养，计量站站后测量温度也由 30 摄氏度、40 摄氏度上升到 58 摄氏度，这证明管床温度已经建立，开井在管线内不会产生死油头堵塞管线。

8 点 30 分，他们请示大队领导后开井，油井出油，回压升至 1.0 毫帕 · 秒，下午便降至 0.8 毫帕 · 秒，掺水用水表计量，控制在 30 立方米 / 天，进水温度 70 摄氏度，计量站站后温度下午 2 点时是 55 摄氏度，量油扣除掺水，日产油 11 吨，不含水。这关键的 11 吨，让采油 2 队由欠产变超产。

在辛 109-36 井上搞地面井口掺水生产试验取得成功的基础上，他们又在辛 09-35 井、辛 68-23 井、辛 68-52 等井搞地面井口掺水生产，解决了辛 68 块以前被动生产的局面。以前别的采油队都戏称代旭升是“人愁油稠油不流”，而经过他这么一折腾，现在成了“水流油流人不愁”。

经过全体干部职工奋战，东辛采油指挥部成立当年就顺利完成了生产任务，全年完成原油产量 487.8661 万吨。

1987 年，中国的经济建设步入快车道，“一个中心、两个基本点”基本路线提出。一个中心，指以经济建设为中心；两个基本点，指坚持四项基本原则，坚持改革开放。它们都是为了更好地解放和发展生产力，统一于建设有中国特色社会主义的伟大实践。为了适应中国改革开放的大环境，人们的生产生活开始讲求质量，产业工人开始围绕着解放和发展生产力做工作。

身处改革大潮中，而立之年的代旭升满怀信心，怀揣着大干一场的梦想，迈开了新的步伐。

每个人都有梦想，梦想是支撑人们奋进和努力的一剂兴奋剂。你也许会梦想当一名教师，站在三尺讲台上为学生授业解惑；你也许会梦想当一名外科大夫，用自己手中的手术刀为病人解除病痛；你也有可能梦想当一名科学家，用自己的智慧改变人们的生活，让人们生活得更加美好。代旭升从儿时就坚定了自己的梦想，他看到父亲为了省钱，自己动手攒自行车，缩短了从家到工厂的距离，他就亲自制作了砸石子专用工具，有效地降低了繁重的体力劳动——他的梦想就是用自己的智慧“偷懒”。

代旭升的“偷懒”也算是远近有名了，从平井场专用碌碡到神仙炉都是偷懒的杰作。碌碡减轻了劳动强度，让采油工们干起活来又好又快。神仙炉解决了水套炉熄火难题，让采油工们不再大半夜提着汽油小桶去引火。可是算来算去，这些也只能算是小聪明，比起发明家来，只能算是“水塘里的泥鳅——翻不了多大浪”。

1987 年 2 月 28 日，国家经委、国家科委、国家体改委、国防科工委、国务院科技领导小组办公室向有关地区和部门提出《关于进一步推动科研与生产联合的若干意见》，指出：大力推进多层次、多形式的科研、设计与生产联合，促使大多数以技术开发为主的特别是从事产品开发的研究所逐步进入企业、企业集团或与企业实行紧密结合，应当成为今后经济、科技体制改革的一项十分重要的内容。

看到这则《意见》的代旭升心情开始澎湃了，技术革新的嫩芽在他心中逐渐舒展，一个跳动的音符告诉他“可以大胆地开始了”。

1987 年，代旭升已经干了两年的队长了，这两年来，他不断地思考所管理的辛 68 断块。辛 68 断块于 1962 年开始钻探，1963 年试采发现工业油流，1968 年、1969 年又钻探辛 68 井、辛 86 井，在沙一、沙二段均获工业油流，1984 年全面开发。这个断块地处东辛油田中部，构造上处于东营背斜与辛镇长轴背斜的交会处，断裂活动剧烈，构造相当复杂。沙二 1-14 油藏是一个典型多油层、中孔、中高渗、常温、常压、低饱和、以高黏油与普通稠油为主的复杂断块油藏。

代旭升通过查设计、找资料、和技术人员讨论，分析了 1986 年全年东辛采油厂机械采油的状况，采油厂原油生产除了个别油井自喷生产外，有机械采油井 742 口，除部分为电泵井生产外，大多数采用常规游梁抽油机生产。当时的游梁式抽油机以 CYJ8-3-53HB 型和 CYJ10-3-48HB 型为主，有 655 台，最大载荷只有 10 吨，最长冲程只有 3 米，这显然不能适应辛 68 断块稠油的开采。

随着稠油井的投产，代旭升和同事们发现，要满足稠油井生产需要、提高油井产量，应该采用一种驴头载荷大、冲程较长、冲次较慢的抽油机，目前这几种型号的游梁式抽油机显然不能满足稠油井开采的需要。为了提高油井产量，解决稠油井开采难的问题，代旭升来到了胜利油田采油工艺研究院。

采油工艺研究院主要从事胜利油田采油工程新工艺、新技术的研发，主导技术的集成应用、重大产能建设方案的编制以及采油工程规划的研究，是胜利油田勘探开发的重要技术参谋部。

院方听说代旭升他们需求一种驴头载荷大、冲程较长、冲次较慢的抽油机，就介绍他们到机械采油研究所寻找解决办法。在报纸上他们也曾看到过报道，胜利油田采油研究院机械采油研究所发明了一种长冲程、慢冲次的抽油机，通过所长的介绍，他们知道了长冲程抽油机叫链条式抽油机，是由研究院的高级工程师顾心怿发明的。

他们怀着激动的心情见到了顾心怿。顾心怿当时已经是高级工程师了，但平易近人、非常和气。这一次见面，代旭升更加了解了眼前这位传奇式的人物。在交谈中，代旭升也树立了向技术拔尖人才看齐的决心和信心。

1937 年 1 月，顾心怿出生在上海南市区的一条小里弄。尽管家境贫寒，父亲还是咬牙硬撑着让顾心怿读完了初中。

初中毕业后，顾心怿自己报名考入了知名教育家黄炎培先生创办的中华职业学校，吸引他的是该校开设的一个石油机械中专班。这个班可以不交学费，每月还发生活费和助学金，由当时的中央人民政府燃料工业部支付。在这里，顾心怿记住了黄炎培先生倡导的校训：手脑并用，敬业乐群。

1953 年，顾心怿毕业，当时的石油管理总局把他保送到了中国燃料工业部干部学校俄语专修班继续学习。3 年后毕业，顾心怿本可以留在北京工作，可是他却说："我学的是石油机械和石油专业俄语，北京虽然条件好，却没有油田，我还是去大西北吧。"

顾心怿在玉门的工作只进行了 3 个月。1956 年 10 月，在河北南宫县东南部一个叫明化镇的地方，华北地区第一口基准井——"华一井"正在钻探。因为用的是从苏联进口的气控钻机，有苏联专家在场帮助工作，所以顾心怿被上级以翻译的身份从玉门派遣而来。

这个时候的顾心怿刚满 18 岁，代旭升刚满周岁，在远隔几百公里的大城市青岛刚刚学会了爬行，他的生命里也许永远不会和这位后来成长为院士的顾心怿有一点半点的联系。那时候，代旭升的老父亲寄希望于这个儿子长大后能有一门好手艺，踏踏实实地做个和他一样的工匠。

1957 年 8 月，"华一井"发生井漏，苏联专家却突然奉命提前撤回。上级要求顾心怿和苏联专家一起回北京，然后留在北京工作。可顾心怿却提出自己要留下来打井，"除了专家，我是最清楚设备性能的人"。当时的石油工业部很快批准了他的请求，并任命他为机械技术员。他开始和工人们一起在山东、河北和河南等地钻井找油，从"华一井"一直找到"华七井"。

1961 年年初，东营"华八井"开钻。汇报到济南总部的消息说，钻井的泥浆里有油花，有气泡。身处济南石油机械厂的顾心怿异常兴奋，听说那里的钻井设备经常出故障，他马上拉上两台机床设备，带着工人开车前往东营。1961 年 4 月，东营出油了。这时，负责石油勘探的首长对顾心怿说："你别走了，留在东营吧，这里更需要你。"

石油工人是"哪里有油井，就到哪里去"，顾心怿是"哪里出了设备故障，就到哪里去"，现场实践给了他丰富的知识和经验。"华八井"在施工中曾多次取芯失败。有一天，井队队长对顾心怿说："你是搞机械的，能不能帮我取岩芯？"顾心怿知道，解决这个问题很重要，但很困难。于是他把钻井队的老工人召集起来，讨论解决方案。有个工人说："苏联产的岩芯管太细。"这一句话使顾心怿很受启发。没几天，顾心怿设计、制作出了比原先岩芯管断面面积增加了 4 倍的取芯工具。工人们用了顾心怿设计的这种大直径取芯工具，果然取出了完整的岩芯，为"华八井"的钻探

成功做出了重要贡献。该成果还直接推动了钻井取芯工具的技术进步。

1964年1月，石油勘探大会战开始，顾心怿被任命为工程师，并担任胜利油田采油攻关队队长。针对当时普遍使用的磕头式抽油机对稠油和深井采油效果不太理想的问题，1966年，油田要求研制一种新型抽油机，重担落在了顾心怿的肩上。顾心怿想到了当时的“解放式水车”，水车抽水的原理能否用在抽油机上面？可是，抽水的水井只有几米深，油井却有几千米深，用水井的抽水方法来抽油是行不通的。顾心怿又想，水车那样的链条轨迹运动能不能带动抽油杆……整整半年，顾心怿的大脑里除了抽油机还是抽油机。可就在这时候，“文革”开始了，顾心怿受到了批判，刚刚成型的“链条抽油机”被扔进了垃圾堆。

从此，发明抽油机的工作搁浅了。也就是在这个时候，代旭升来到了胜利油田，开始了他的石油生涯。也许他和顾心怿有过擦肩而过，也许两人曾经为了同一个生产难题想到过同样的问题，也或许两人在哪次会议上碰过面。但是，在那个信息闭塞的年代，在几十万石油大军里，一个基层“点子大王”“小神仙”和采油研究院的高级工程师还是很难产生交集的。

“靠边站”的日子里，顾心怿变得彷徨、迷茫，后来他想，不管怎样，学习总是有用的，不能做试验，那就读书。随着胜利油田勘探开发工艺研究所成立，抽油机的研制工作再次浮出水面，并正式立项。而此时的顾心怿光从油田科技图书馆借阅的图书就达257本，“靠边站”时积累的大量科技知识，让重新出山的顾心怿如虎添翼。

1978年，自主发明、设计先进的链条抽油机终于在胜利油田问世。这种抽油机不仅在国内首创，在世界上也是独一无二。

代旭升对顾心怿这项发明崇拜得五体投地，他也梦想着自己能够像顾高工一样拥有自己的发明，去改变石油的开采史。

1987年，50岁的顾心怿看着眼前这个32岁的小伙子，想到了自己当年的那股劲头。这一天，一个在石油行业里拥有钻井平台、链条式抽油机、液压蓄能修井机等具有历史性意义发明的大师，和一个只有水银加重锤、压井场的滚子、神仙炉小打小闹的基层队长擦出了火花。而这个火花最终将燃起熊熊烈火，把这个只有初中文化的年轻人推向大国工匠的圣坛。

有一个美国石油考察团到中国访问，看到顾心怿设计的链条抽油机后，感到十分惊讶，难以相信中国竟然有如此先进的抽油机。不过美国人是很聪明的，在看到这台抽油机后，就想到了自己也复制一台。那个年代，对知识产权的保护意识还没形成，更不要说申请专利了。所以后来，顾心怿的链条式抽油机设计图纸被一些别有用心的人贩卖到了美国人手中，美国的石油机械专家对这种链条机进行了改进，返回头来又出口给中国的石油企业。这就是为什么有些人把这种站着抽油的机器叫作“美式抽油机”的原因吧。

代旭升是带着使命来的，他要彻底地了解这种抽油机的性能，然后形成报告递交到采油厂领导手中，所以这一次他看得仔细、学得认真。在顾心怿的介绍下，他看到这种抽油机是一种链条传动无游梁抽油机，采用轨迹链条换向机构，把动力机的旋转运动变成往复运动。打破了游梁式抽油机采用四连杆机构，将旋转运动变成往复运动。

它由五部分组成，机架部分、传动部分、换向部分、平衡部分、悬挂部分。这种抽油机采用立式结构，机架顶部装有天车轮，底部有底座，传动系统安装在底座上。机架为立体箱式，换向机构安装在箱内，平衡装置与机体连在一起。换向机构是一种把轨迹链条的周转运动转化为长距离往复运动的机构，其环形闭合轨迹链条上，有一个特殊链节，一端连接着轨迹链条，另一端与滑块的主轴销子相连，滑块在矩形往返架的两根滑杠上水平滑动。往返架上装有导向滚轮，与机架的导轨相吻合，做匀速运动和间歇运动相结合的长行程垂直往复运动。轨迹链条绕垂直布置的上下链轮做匀速直线运动和半圆匀速圆周运动相交替的环形运动。调节上链轮的位置，即可调节抽油机冲程长度，设计相当巧妙。

平衡装置为一个倒置的柱塞，与平衡缸相配合，平衡缸下端装有扶正套和密封圈，当密封液有少量漏失时，储油包可通过连通管自动补足；当压缩空气有漏失时，可由压风机补充。柱塞下端与平衡链轮相连，平衡链条一端连接在机架上，另一端绕过平衡链轮连接在换向机构一往返架上，与换向机构协调地配合，使其平衡力起作用。

由于采用了先进的换向和平衡技术，所以使整机运转平稳，电流波动小，电机容量、实测电流、实耗无功电度都比同型的游梁抽油机低。更加让代旭升感到惊奇的是，与同型游梁抽油机相比，每台链条抽油机每年节电约两万度。

链条式抽油机的用途广泛，不仅能抽油抽水，而且低含水、高含水、稠油、大排量等油水井都可以使用，尤其适用于稠油、高含水、大排量的采液井。为了让链条式抽油机发挥最大作用，研究院还开发了配套的长筒泵。

随后，代旭升又跟着机械所的应华素所长、孙东平高工一起来到现场，看到一台台链条式抽油机屹立在大荒原上的壮观景象，他和值班师傅进行了交流，获知了一些现场使用情况。

从采油院回到单位后，代旭升立即给厂领导写了一个考察报告，建议辛 68 块稠油井使用目前驴头载荷大、冲程比较长、冲次比较慢的链条式抽油机，以满足油井机、杆、泵的配套，实现油井高产稳产。厂领导采纳了他们的建议。

1987 年 5 月 21 日，第一台链条式抽油机在采油 2 队管理的辛 68-9 井安装使用。这是 1987 年 3 月 12 日投产的一口新井，当时安装了 CYJ10-3-48HB 型游梁式抽油机，采用 Φ56 毫米普通管式泵，冲程 3 米，冲次 4 转每分，日产油 12 吨，不含水，泵效低，每天向着井内加降黏剂光杆，还经常出现滞后。

5 月 18 日，该井上作业下了 Φ56 毫米长筒管式泵，在胜利油田采油工艺研究院机械所宋协胜工程师的指导下，采油 2 队顺利地将链条机保养调试好，22 日采用 Φ56 毫米长筒管式泵，冲程长 5 米，冲次 2 转每分，日产油 18 吨，见到了日增油 6 吨的好效果。大队又先后在 10 口稠油井上安装了链条式抽油机，代旭升所在采油队装了 7 台。

就像是 1977 年在采油 16 队一样，自喷井转抽油井新安装游梁式抽油机后，代旭升就研究了好长一段时间，总结了一系列管理经验，这次新上链条机也是一个不小的挑战。

链条式抽油机不像游梁机有几十年的使用历史，用了短短两个月，代旭升就发现了很多问题。他把这些问题反复研究，形成了一份试用报告。

大箱门漏机油；轨迹链条容易松弛，要定期拧紧上链轮架的顶丝；机架的导轨的固定螺丝容易松，要定时拧紧；尤其是平衡装置机械补油系统的 YBC12/80 齿轮泵，存在着五大不上油因素；配备的 1.1KW 电机一台，电控箱内专设补油线路一套，辅助设备多，电控箱内线路复杂；平衡装置为一个倒置的柱塞与平衡缸相配合，平衡缸下端装有扶正套和密封圈，需要用机油来润滑、冷却柱塞，减少柱塞与扶正套和密封圈的摩擦，起到密封液的作用。柱塞每天往返 5760 次，行程 28800 米的摩擦，造成机油漏失比较严重，添加机油成了工人每天必干的工作。机油来自距地面 4 米多高、位于平衡缸上部的储油包，储油包是一个直径 500 毫米，长 600 毫米，两端用蝶形封头封堵的密封铁罐，由进油口、出油口、联通管和玻璃棒式液位计组成。正常时，齿轮泵将油底壳的机油通过进油管打入储油包内。如果齿轮泵坏了，工人们就要人工添加机油，机油储油包 4 米多高，工人需要一手抓着梯子，一手提着 10 多公斤重的机油桶向上爬，不但劳动强度大，还存在着严重的事故隐患。

代旭升试用发现的这些问题，确实也给采油工日常保养抽油机造成了不少的麻烦。这些麻烦是摆在面前的问题，是摸索一套全新的巡回保养规范，还是给抽油机动点小手术，他还没有想好。他想再使用一段时间，摸准了它的脾气再动手解决。

人这一辈子说起来也很短，从呱呱落地到深埋土地，总共加起来也就是几十年，“十年磨一剑”，有几个十年能用来挥霍呢？从 20 世纪 70 年代中期到 80 年代中期，代旭升从一名学徒工到一名正式工，再从班长到技术员，最后成长为一名队长。这期间的喜怒哀乐，又有谁能够理解呢？ 1987 年，代旭升完成了自己人生中的第一个真正意义上的发明革新，这项革新被东辛采油厂写进了厂志，被胜利油田列入了重点技术革新。我们现在重看历史，可以感觉到它的分量之重，但是对于当时已过而立之年的代旭升来讲，这个成果来得太迟了。

代旭升的工作记录本里记录了这样一件事：“辛 68-2 井链条式抽油机加机油的齿轮泵又不打油了，打开泵一看是齿轮磨损所致，虽然天降小雨，储油包缺油，但是如果不及时添加就要停机关井，其一影响油井产量，其二造成集油管线的堵塞，我们队上采油工小李在给这口井链条机补油时不慎摔伤，我决定要对这个补油系统动个手术。”

给补油系统加油确实是一件很麻烦的事，采油工必须一手提着机油桶，一手抓着焊在链条机机架外壳上的用粗钢筋制作的梯子，还不时要用提着机油桶的手辅助自己向上爬。圆形钢筋蹬沾有机油，雨水落在上面，湿滑程度是很大的，一不留神就会连人带油桶从两米多高处摔下来。在此之前，这样的事故发生了不止一次两次，为了同事们的安全，代旭升做了一个改变他人生的决定——改造加油包。

有了想法就要立即实施，但是回头一想，设计者采用机械式加油一定有这么设计的理由，如果擅自更改会不会产生别的影响呢？这种链条式抽油机刚刚在 3 月 25 日获得国家发明专利授权，一个工人来改进它，能行吗？

代旭升带着疑问，来到采油院找到顾心怿说明了情况，没想到顾高工相当支持，语重心长地和代旭升交谈了起来：“小代，你只要有想法就可以大胆地试，不试试怎么知道行不行呢？而且，要勇于挑战人们的固有思维。1975 年，咱油田在渤海边发现了石油，由于钻机不能在海上打井，只好修堤筑坝，把海水赶走后再打井采油。

就为了拿到这点石油，上万人的队伍集聚黄河入海口滩涂，用手推车运土筑坝。当时我就在想，用这样的方式打井，代价也太大了，要是能设计出能到海上打井的船该有多好。当时，坐底式石油钻井船的设计在国内尚属空白，国际上也只有美国能够制造。我为了'梦想中的船'，抓紧时间学习造船知识，并开始着手研究浅海石油钻井。几年后，在济南船厂、烟台船厂和天津大学的帮助下，设计建造出了咱们国家第一条浅海坐底式石油钻井船——胜利 1 号钻井船。我连大船都敢造，你还有什么顾虑呢？"

代旭升说："我还是不敢挑战您的权威，我怕会不成功。"

顾心怿说："哪有人生下来脑门上就写着成功二字啊？你大胆地改吧，不成功也没关系，需要我帮忙，你就说一声，这样才能使链条式抽油机更加完美啊！"

得到授权的代旭升异常兴奋，同时感觉压力也更大了。那些日子，他白天在井上观察，晚上就在家里翻阅各种资料，详细了解平衡系统和储油包的工艺流程、结构原理。由于没有现成的模式可以借鉴，设计在很大程度上靠想象，一直没有找到各项结构参数的最佳组合，一连 100 多个日日夜夜没有任何进展，他心急如焚，情绪低落。

起初的热情一下子降了下来，代旭升觉得自己可能不是搞革新的料。妻子看到代旭升无精打采的样子，说："要想干成事，就别怕困难。别说是搞革新，就是过日子，也没有一帆风顺的。"听着妻子的话，想想同事们提着油桶颤颤巍巍、爬上爬下的情景，他的革新热情又高涨起来。

一开始，代旭升想的是怎样解决一手提桶、一手抓梯子这个问题。在安装天车轮的平台上装一个定滑轮，用绳子先将机油桶拉至储油包处，人空手爬上去就行——这个最初的想法看来还是太浅显了，经过试验证明，还是没有解决根本问题。手套上有机油，摸到梯子、蹬在圆铁棍上，脚一踩还是滑，再者每次向储油包加油，还要将玻璃棒式液位计卸下来，从直径 50 毫米的圆口向里倒油，稍不留神就会倒到储油包外面，即使擦干净了，大风一刮也会满机身都是土，虽然这样加油时不用提着桶向上爬了，但并不是他想要的结果，甚至他自己也觉得虽然不是"脱了裤子放屁"，但也是个"狗尾续貂"的东西。

回过头来，代旭升开始研究整个链条机的各部工作原理和相互关联的关系，看看能不能在它自己身上打开一条路子。他重新调整思路，反复推敲修改图纸，又是几十个日日夜夜，他将各系统间相互的关联研究得透透彻彻，发现该机采用的是气压式平衡的原理，在有一台空气压缩机给它补气、有充足的气源、气压高达 2.5 兆帕的情况下，能不能将齿轮泵去掉，由机械式加油改为气压式加油呢？

"眼是埋汰神，手是好家伙"，你眼睛看到的事愁死人了，这怎么办？动手做！

一动手，这个事情慢慢就解决了。光用脑子想，有一万个不可能，只有动手干，梦想才变真。然而，真正付诸实施，却完全没有想象的那么简单。

气压式加油包感觉挺简单的，但是一上手改造却不是那么回事。从腹稿到图纸，从图纸到加工，代旭升和维修班的同志们经过反复试验，一个加油包的雏形制作完成，装上水，关好控制闸门，用打气筒向油包内打气，打开出口控制闸门，包内清水喷射而出。

维修班长钱茂胜一看，扔下打气筒高兴得跳了起来说：“队长，这回没问题，你的这种想法肯定可行。”

他们又立即分头行动，骑上自行车，一个到 6 公里外的油建六大队找管子，一个到 8 公里外的预制厂买蝶形封头，天黑前总算将 Φ325 毫米 ×0.5 米的钢管和蝶形封头带回队里。主要材料有了，明天就可以动手干了。

在大队维修队车工班的帮助下，经过 3 天的努力，气压式加油包终于制作完成。几个人连拉带扛，立即在添加机油比较频繁的辛 68-9 井链条式抽油机上安装试用。连接好出油管线和进气管线，打开加油漏斗控制闸门，向加油包里加机油 20 公斤，关闭加油漏斗控制闸门，打开储油包进油闸门，缓慢打开加油包进气闸门。当加油包上的压力表显示包内压力为 2.0 兆帕后，缓慢打开加油包出油闸门。

代旭升和几个人眼巴巴地看着液位计，1 分钟，2 分钟，3 分钟……时间一秒一秒地过去，人们的热情也一点一点褪去。30 分钟后，他们从加油包上的液位计看到包内机油只压出了一半，剩下的就再也没动静了。

这次试验算是没有成功，加油速度太慢，

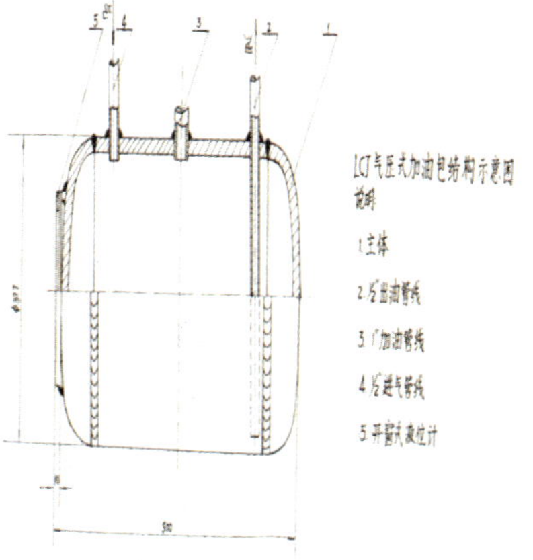

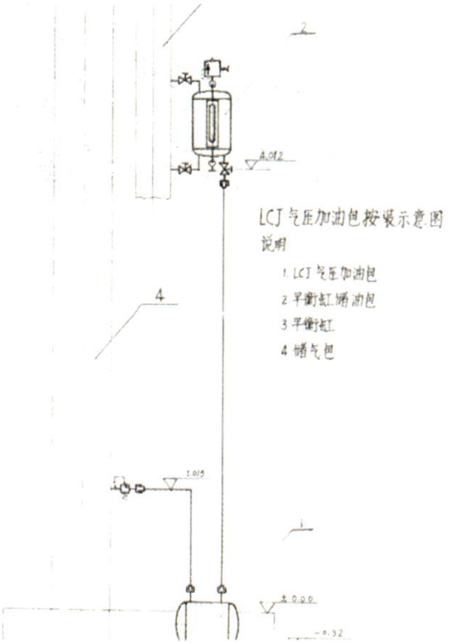

根本没有达到预期的效果。

“一个小小的初中生，不知天高地厚，还想搞革新，真是癞蛤蟆想吃天鹅肉。”

“还真以为造导弹的不如卖茶叶蛋的，拿手术刀的不如拿剃头刀的。这小子还想当科学家不成？你就是个采油工，现实点吧！”

看着代旭升“不切实际”的想法，有人从背后吹来冷风，让他的心情降到了冰点。

“小代，别灰心，做成一件事哪能这么容易，坚持到底一定能成功！”

“燕雀安知鸿鹄之志，只要你自己干了，别管嫉妒你的人怎么说。”

在一些好心的老师傅们的鼓励下，代旭升又振作起来。他重新调整设计思路，方案做了十几个，图纸画了上百张……经过反复试验，找出了加油慢的原因。原因找到后，代旭升按照新设计，重新加工了第二代气压式加油包。对于这个设计，他信心满满。

再次来到辛 68-9 井链条式抽油机上试验，20 公斤机油只用 10 分钟就加完了，试验获得成功。

随后，采油 2 队在 10 台链条式抽油机上安装试用都获得成功，代旭升请采油院机械所的应所长、孙高工现场给予了鉴定——他们认为结构合理，原理可行，弥补了链条机加油装置的缺陷，值得推广应用。

1988 年，采油 2 队在链条式抽油机的使用和管理上受到东辛采油厂领导的表扬和奖励。采油工艺研究院同时在 5 台链条机上进行了使用验证，同样获得了很好的效果。1988 年 6 月，胜利油田采油工艺研究院将 LCJ1250 型链条式抽油机补油装置制作图进行了完善，将原机械式加油装置去掉，改设计为气压式加油包。

该成果于 1987 年 2 月获东辛采油厂技术改进二等奖，代旭升也因此荣立油田三等功一次。1990 年，气压式加油包获管理局技术改进四等奖，并很快在全油田推广应用。两年内，300 多台链条式抽油机采用了气压式加油包，台台使用良好、次次加油正常，年创经济效益约 50 万元，累计 100 多万元。

1988 年 9 月 5 日，邓小平同志在会见捷克斯洛伐克总统胡萨克时说："世界在变化，我们的思想和行动也要随之而变。过去把自己封闭起来，自我孤立，这对社会主义有什么好处呢？历史在前进，我们却停滞不前，就落后了。马克思说过，科学技术是生产力，事实证明这话讲得很对。依我看，科学技术是第一生产力。"

邓小平同志的论述仿佛给代旭升打了一针兴奋剂，气压式加油包的成功设计，在代旭升的心中燃起了科技攻关的火焰，这把火越烧越旺。

代旭升每天跟油井直接对话，倾听油井的述说，解除它们"感冒发烧、胃痛腿胀、肠子梗阻"的痛苦，心里有说不出的愉悦。第一次真正意义上的革新成果，成为代旭升成就梦想的基石。从此，代旭升在广袤的荒原上，在火热的石油生产场景中，不断构筑着一个个新的梦想，并为此坚持不懈，执着前行。

1988 年 9 月，代旭升回炉深造，参加油田第二批采油技师培训班学习。

1988 年 12 月，他以优异的成绩通过了采油技师的考核，获得了国家认可的采油技师任职资格。

1988 年，他因天然气流程改造获东辛采油厂度技术改进成果三等奖。

1989 年 3 月 11 日，他被调任大队采油工程管理组工作，管理分布在 200 平方公里的 11 个采油队、600 口油井、70 座计量站、750 台（套）设备和 150 公里长的输油干线。

1989 年 10 月 6 日，他被东辛采油厂聘为采油技师，聘期 5 年。

1989 年，他因辛 68 块流程改造获采油厂合理化建议技术改进成果三等奖。

1990 年，他被评为油田合理化建议积极分子。

1991 年上半年，他研究的光杆扶正器获采油厂技术改进成果四等奖；螺旋顶销器获采油厂技术改进成果四等奖；断杆防喷器获采油厂技术改进成果四等奖；辛二站余气回收流程获采油厂合理化建议技术改进成果四等奖。

1992 年，他因电热解堵装置改进及推广应用获胜利石油管理局合理化建议技术改进成果四等奖。

1992 年，他研制的特殊管卡获采油厂技术改进成果四等奖；皮带松紧调节器获五等奖。

……

一个个成果，一项项革新，如雨后春笋般，从代旭升的手上应用到生产现场。

1992 年 11 月 7 日，《山东工人报》的一则报道完全能够说明代旭升这几年来的成绩，在报纸的中间位置，一行大标题《不以事小而不为，点点滴滴见精神——代旭升搞革新提建议 3 年创利百万元》跃然纸上。“本报讯：胜利石油管理局东辛采油二矿工人技师代旭升，立足岗位搞革新，自 1989 年至今，共搞革新和提合理化建议 32 项，被采油厂和采油矿采用 19 项，其中有 12 项获各种奖励，创经济效益 100 万元……”

“什么是天才？天才就是集中精力，就是专注。”每当有人称赞代旭升是革新的天才时，他总是这样说。

对啊，就是要集中精力，就是要专注。这就是父亲 20 年前给他说的那句质朴的话“做一个合格的老工匠”。

这是一种认真精神、敬业精神。代旭升不是把工作当作养家糊口的工具，而是树立起对职业敬畏、对技术革新、对工作执着，极度注重细节，不断追求完美和极致的工作要求。他将一丝不苟、精益求精的工匠精神融入每一寸肌肤，注入每一个环节中。

还记得代旭升刚到油田时对父亲的承诺吗？“爸爸请您放心，我一定要做一个优秀的工人，一定会扎根在荒原，成长在荒原的。”

他做到了。

还记得代旭升写在日记里的那句话吗？“面对总书记的嘱托，我要用有限的生命去创造无限的价值，要在自己的工作岗位上发挥最大的作用。在新中国成立四十周年之时，我也要献上自己的成果。”

他做到了。

还记得代旭升入党时的承诺吗？“要想成为英雄，不一定非要到老山前线去扛枪杀敌，也不一定要天天盼着井喷时冲到井口。只要把自己的工作岗位当作战场，就能在黄河三角洲放飞梦想、收获理想。”

他做到了。

第五章

"句号行动"

1992年，参加工作整整20年的代旭升迎来了他一生中较为辉煌的阶段。技师、先进工作者、积极分子一个个荣誉接踵而来，扶正器、防喷器、调节器一个个技术成果先后获奖，也算是小有所成了。领导的赏识和同事的羡慕让他自己也觉得相当自豪。1993年，步入青壮年时期的代旭升被聘为油田采油高级技师，全油田只有9人能达到这个高度，干采油工这一行他也算是闯入了前十强。

身边好多同事劝代旭升，忙碌了这么多年也该歇歇了，拼来拼去为了个啥？革命事业不是一蹴而就的，也不是因为你一个人的努力就能实现的，忙到啥时候是个头啊？更有一些供货厂家找他套近乎："天天闷在油井上，拴在管线上多无聊啊！喝喝酒，打打牌，何不潇洒走一回呢？"

然而，这完全不符合代旭升的性格，手里拿着采油高级技师的聘书，他感到更多的是巨大的压力。

这种压力来自于多个方面。代旭升是个责任心很强的人，他知道自己的一份努力就会给祖国的建设事业添上一把炉火。20世纪90年代，东欧剧变，两极格局瓦解，世界变成了以美国一个超级大国、多个强国共存的"一超多强"的局面，中国的发展开始突飞猛进。90年代是改革开放进一步深入的年代，是社会加速发展的年代，对于中国而言，信息化时代开启，知识经济崛起，为了追求美好生活，人人憋着一股劲。

这股憋足了的劲让代旭升对美好生活充满了向往，让他觉得手中的技师聘书分量沉重，也把他心中的那团创新的火焰燎得越来越旺。年富力强的他睡着觉都会乐醒，这世界变化快、发展快，不仅生活上要和国际接轨，家里的黑白电视机要换成平面直角大彩电，还要装上一部程控电话机，在工作上也要管好辖区内的几百口油水井，用自己的所知所学联系实际，降低职工的劳动强度，做一个当之无愧的采油高级技师。

有些追求很快也很容易就实现了，大彩电、电话机自然不必多说。还有些追求在前进的路上一次次被推翻，一次次被升华。从代旭升发明的第一项工具“碌碡”到“气压式加油包”，都是为了减轻繁重的劳动。因为他看到采油工的工作实在是太苦了，本来可以靠技术吃饭的堂堂石油工人却要凭体力工作。现在，作为位列“前十强”的他立志要通过先进的施工技术、材料、机械改造，降低施工难度，缓解工作劳动强度，解放生产力。

“昨晚想想千条路，今早醒来走原路。”他也认识到，光有想法和说辞而不做是行不通的，行胜于言，要成功必须付诸行动。

如果说 1984 年他在日记本中写到的“在新中国成立四十周年之时我也要献上自己的成果”只能算是表决心的话，那么十年后就是他制订的第一个长远的大计划。要想让自己的行动师出有名，就必须给这个行动冠以一个响亮的名字，这个行动叫“霸王行动”“烈日行动”“霹雳行动”显然不合适，一定得体现出所想、所感、所做。

这个行动代号几年前就已经在他的脑海里形成了雏形，这么多年的努力工作就

是为了解决在他负责的技术服务范围内的所有技术、设备问题，即使再棘手、再麻烦，都要努力攻克，用他自己的话说就是问题到他手里画句号。画一个句号，就是一段艰辛的旅程；画一个句号，就是解决了生产中的一个难题。

在那个夏天，代旭升不假思索地就给自己将要做的这件事赋予了一个响亮的代号——“句号行动”。

“句号行动”提出以前是自主自发地搞革新，现在是生产问题倒逼着搞革新，这一转变带来了不小的压力。不过在代旭升看来，“每一道生产难题背后，都隐藏着一个革新的金点子。‘句号行动’就是要终结生产中的每一个疑难杂症”。

“小代真有魄力，勇于挑重担，是个好同志。”

“不愧为高级技师，英雄就要有用武之地，好样的！”

“采油生产确实太难了，就得有这么个人挑起头来解决生产技术难题。”

……

来自各方各面的表扬让代旭升动力十足，他也相信自己能够和抱着相同意愿的同事一起干好这件有意义的事。

“小马乍行嫌路窄，大鹏展翅恨天低。不就是个技师嘛，二矿还装不下你了是不是？”

“咱一个破采油工，安分踏实点比啥都强，浑身是铁打得多少钉儿？”

“还‘句号行动’呢，人家都解决不了的问题你就能解决了？到时候别溜号就行了。”

……

来自旁观者的不同声音也让代旭升压力十足，但既然决定了前行就不必担心路人的闲言碎语，迈开步走自己的路，只把这些当作风景。

20 世纪 90 年代中期，中国石油工业在原有岗位责任制的基础上，逐步建立了责、权、利相结合的企业承包经营责任制，对各油田普遍实行了“两定、两自、一挂钩”的政策。这项政策核定油气统配量，核定上缴利润和储量有偿使用费；生产经营自负盈亏，建设资金自求平衡；工资总额与企业增加值、实现利润挂钩浮动。这项政策对各大油田最显著的影响就是必须依靠科技进步，挖掘内部潜力，扩大再生产，才能实现发展。

“前途是光明的，道路是曲折的”，科技进步、科技创新、技术攻关被推上了风口浪尖。当时，采油二矿管理着东辛油田的东部，开油井 291 口、水井 147 口，有 47 座计量站、37 座配水间、1 座联合站。面积之大，油井之多，管线之长，每时每刻油井都会出现这样那样的问题。一个“句号行动”要把这些问题结束在自己手里，也真不是一件容易的事。代旭升暗下决心：万事开头难，长征总需要迈出第一步，既不能让关心我的人失望，又不能让小看我的人看笑话。

这个第一步要想迈出去确实挺难。以什么为突破口呢？如果选择的课题太难，开局不利，“句号行动”碰到的第一个问号就没有解决好，那接下来就只能叫“逗号行动”了。如果选择的课题太简单，虽然开局顺利，但很有可能就会成为知难而退不解决实际问题的“片儿汤”工程，接下来也只能叫“省略号行动”了。

要啃就啃硬骨头！思来想去，在一次生产会上，代旭升把目光瞄准了抽油机上那块他想动又没敢动的“鸡肋”。

这块“鸡肋”就是电机皮带轮，东西不大但是采油工花在它身上的劳动强度倒是不少，扒皮带不仅费时费力，而且要反反复复地做。

想动它的念头不是一天两天了，一年前采油 2 队辛 9-2 井抽油机作业完后要开井，四五个职工在那里吆喝着费力地用拔轮器将电机皮带轮扒下。正要去二队查井史资料的代旭升路过这里，随口问道：“这是要做什么？”

“我的代师傅啊，我们在啃皮带轮。”一名采油工停下手中的活笑着说。

这一句玩笑话却让代旭升记在了心里。

因为还要去落实井史资料，代旭升没有停下脚步，只是略有所思地点点头说：“这样干是不是太费事了，你们有没有想过革新一下？”

那几个人听了代旭升的话，又笑起来：“早就想了，可是没做出来。要不，你给试试？我们的脑子不好使，还得请大技师帮忙啊。”

代旭升本能地应了一句：“好，我试试。”

给游梁式抽油机调冲次，一般都是将电机皮带轮用拔轮器扒下，再装上；调一次，扒一次，再装一次；反反复复，费事费力，效率极低。以前代旭升曾经想过改进一下皮带轮，但是改与不改好像没有太大的作用。

就在代旭升刚刚走出井场的时候，班长王大吹在后面酸酸地跟了一句：“你就等着吧，人家大技师忙着呢，谁会在乎咱这小采油工的辛苦啊！”

代旭升脸上微微一热，转过身来想说些什么，但又觉得说什么也不合适，就点了点头离开了。

其实这句话对代旭升的刺激很大，他曾经想过一定要想办法改进一下，一方面减轻职工的劳动强度，一方面提高职工的劳动效率，再就是给自己挣回一点面子。再后来，代旭升通过琢磨，也设计了几种改进方案，但衡量后总觉得一个皮带轮改与不改意义不大，时间长了也就放在脑后了，而这一放就是一年多。

这段时间，夺油上产吆喝得一天比一天紧。开生产会的时候，几个采油队队长总是抱怨队上人手不够，生产难以保障。

听到有位生产办主任埋怨队里干活磨叽，开井调个冲次都要浪费大半天时间，耽误了产量，有位队长不愿意了，拍着桌子指着生产办主任的鼻子说：“你别昧着良心说话，你又不是没干过采油工，调冲次最少得要 4 个人干四五个小时，我们队上昨天连开两口井，6 个人分两拨交叉作业，不到 3 个小时干完了你还不满意？要人没人，一来个任务就是急的，这活儿没法干了。”

生产办主任也急了：“我不管你有没有人，耽误一个小时就耽误一个小时的产量，剩下的自己想办法去。”

说者无心，听者有意，坐在生产办会议室角落里的代旭升仿佛被人掐了一下，又想起了一年前井场上那句酸酸的话。他大致算了算，若 1 口井日产 10 吨，光开井调冲次耽误的 5 个小时就影响 2.08 吨产量，像昨天这个队连开两口井那就是耽误 4.16 吨，全矿多了不用说，10 口井就是 20.8 吨，全厂将近 2000 口井，一天上百吨的产量可能就在皮带轮上耽误了。代旭升越算越不敢算，全油田呢？全国呢？

“句号行动”的第一块硬骨头就是它了，既要节省时间，又要节省人工，他要在皮带轮上抠产量、抠效益。

这个考虑了一年的皮带轮没辜负他的“期望”，真是一块硬骨头。改动大了没必要，改动小了不见效。

代旭升卸了两个皮带轮放在办公室里，翻过来覆过去总是找不到切入点，急得满嘴燎泡。这样下去不行，面对前进路上的大石头，你是玩命地把它踢碎、踢开，还是绕过去另辟蹊径，这很关键。冷静了下来，他决定多想几个解决方案。

最好的解决方法肯定不在办公室里，不在写字台上，而应该在现场。代旭升拿起笔记本来到采油 2 队辛 9-2 井，围着抽油机转了一圈又一圈，蹲在底座旁图纸画了一张又一张。

两天，三天……

念念不忘必有回响，有一口气点一盏灯。

无意中代旭升想到了 CY611 水力动力仪，它的减齿轮大小是根据抽油机的冲程长度研制的，分别有 1/15、1/30、1/45 三个范围。抽油机皮带轮工作能不能也像水力动力仪的减齿轮一样，很轻松地套进去，不用来回扒下再装上，只是这么轻松地换个位置就可以？

开始的时候，代旭升设计得很简单，就是做了一个轮子装上了，用了 3 个螺丝固定住，但皮带轮不同心，“当当当”地跳。他反复找原因，后来又用了 6 个螺丝，还是不行。

由于不是专门的研究机构，配件的加工全凭代旭升自己，有时候他还得到废料堆里找合适的材料。一天傍晚下班后，代旭升转悠着到矿维修班废料堆看看有没有能用的配件。就在他左翻右找的时候，几个人风风火火地赶了过来。

跑在前边的是一个年轻的小伙子："就是他，肯定是来偷废铁的。"

代旭升一听差点笑出声，再看看后面那人是维修队指导员刘敏杰。

代旭升调侃道："嗯，偷两块废铁回去换酒喝。"

刘敏杰听出了是代旭升的声音，赶忙拉着刚才的年轻人走过去解释："嗨！代师傅，果真是你，我就说嘛，偷废铁你也不蹬个三轮车。你别往心里去，这是我们队上刚来的小王，他不知道情况。"

打那以后，代旭升就逐渐和维修队的人熟悉了起来，还经常利用业余时间到维修队加工一些配件，有时，为了一个配件又是刨，又是铣，一弄就是大半天。

后来，代旭升又发现钻头用 3 个螺丝就能固定住，这是因为这三个爪带锥度，能使钻头加固。于是，他改为三个带锥度的，夹紧，使之同心旋转。然后，根据钻头结构有主轮副轮，他在主轮上加倒角，45 度，不行。又继续摸索，跟进，改为 30 度，还是不行。最后，他发现关键问题是主副轮之间接触面太紧，于是在主副轮之间加了 4 毫米的间隙，使副轮扒到主轮上既能松动还能拉紧，这时候效果已经不错了。运行几天，他又觉得 6 个螺丝的结构太复杂了，本着解决问题用最简单的方法，尽量给职工减轻负担，他将 6 个螺丝减为 3 个螺丝，效果一样好，这才确定研制用 3 个螺丝的组合式皮带轮。

组合式皮带轮终于研制成功，游梁式抽油机调冲次只要一个人用一把扳手 10 分钟就能调好，真正解放了生产力，提高了劳动效率。当代旭升带着他的新式皮带轮到采油 2 队王大吹班组上的辛 9-2 井安装时，王大吹红着脸一个劲儿地向代旭升道歉。

“代师傅，真对不起，那次我知道我说话不好听，虽然当时你没训我，但我老觉得心里不是个事。”

“王班长啊，我还要好好感谢你呢，要不是你那句话我也动不了改造皮带轮的念头，这不，应你的要求改造完毕了，请首长来检验一下吧！”

一句话说得王大吹更不好意思了，握着代旭升的手摇个不停。

“您别开玩笑了……”王大吹不好意思地说道。

“王班长，你是个老采油工了，我还要拜托你一件事，有些事情我考虑得不一定周全，以后要是在生产中再碰到什么问题尽管给我说，我想办法给你解决。”代旭升笑着说道。

从此以后，代旭升不仅在二队安插了“句号行动”的线索“侦探”，还慢慢扩展到了整个矿区乃至整个采油厂，组合式皮带轮也先后在东辛几百口油井上使用。1993 年，“组合式皮带轮的研制与应用”获胜利石油管理局合理化建议技术改进成果四等奖。见到组合式皮带轮初见成效，代旭升又把皮带轮的资料放在网上，全油田共享，孤岛、孤东等采油厂也都相继使用，缩短了开井时间，节省了大量的人力物力，被职工交口称赞。

“句号行动”初战告捷!

同年，代旭升的“辛 100 计量站站内流程改造”“无铅悬绳卡”分别获得东辛采油厂 1993 年度合理化建议技术改进成果四等奖、五等奖，他本人荣获东辛采油厂 1993 年度双文明先进个人光荣称号。

1999 年 6 月 2 日，“组合式皮带轮”获国家实用新型专利。

自从开展“句号行动”以来，矿上的大事小事、大问题小问题都集中在了代旭升的面前。他把这些问题逐一罗列进行排序，区分轻重缓急挑拣重点项目依次展开攻关。他给自己制订了详细的攻关计划，什么时候解决什么问题跃然纸上。

不到一年的时间，代旭升就攻克了技术革新项目 4 个，提合理化建议 9 条，荣获技术改进成果两项。1994 年 3 月 17 日《胜利报》第二版以《革新能手正年轻》为题，报道了他 20 多年一直奋斗在一线采油生涯的革新历程，搞技术革新和提合理化建议 35 项，被采用 20 项，有 15 项获奖，创经济效益上百万元。

在荣誉和光环面前，代旭升觉得肩上的担子更重了。他把这张报纸剪下来压在办公桌的玻璃板底下，不是为了炫耀，而是为了鞭策，鞭策自己向着更高的巅峰攀登。

到了 1994 年的夏天，代旭升提出“句号行动”已经整整一年了，望着窗外的细雨，回想起这一年的摸爬滚打，他的心里充满了辛酸。看着本子上密密麻麻记录的待解决问题，他又充满了斗志。看着玻璃板底下的剪报，一股强劲的动力遍布全身。

透过窗外的雨，代旭升一遍遍地思考着一年来技术攻关的重点，原油上产中的难点就是技术攻关的重点，生产中出现的问题就是革新创造的课题。彻底解决好油井生产中出现的“疑难杂症”，降低劳动强度，提高工作效率，降低生产成本，提高原油产量，这是“句号行动”的使命。

代旭升的思绪突然被楼道里一阵杂乱的脚步声和叽叽喳喳的谈话声打断。

“什么？怎么会是张长金？”

“辛 68-23 井上完作业后开机，接线盒漏电，所以……”

“马上去现场。”

代旭升感到一道霹雳就在耳边炸响，没有听错，采油 2 队副队长张长金刚刚在开机过程中因为接线盒漏电而触电身亡。

没等到救护车来，张长金已经没有了心跳，一个活蹦乱跳的人就这样突然离去，代旭升突然感觉人生是如此无常，心中悲痛万分。尤其是当他看到张长金的妻子哭得死去活来，悲天抢地，看到张长金的老父亲老泪纵横，蓬乱的白发在风中飘舞，老人的一句话“老天爷呀，你让我把儿子换回来吧”，像刀一样扎到自己的心中。当他看到张长金的孩子背着书包，跪在地上不起来时，眼里噙满了泪水。家里的顶梁柱倒下了，这上有老下有小的，让张长金的妻子如何担起这沉重的负担?

想到这里，代旭升的心里一哆嗦，突然害怕起来。像这种接电盒，仅一个采油二矿就有上百口井在用，东辛采油厂五六百口电泵井，那么全胜利油田呢，那就是上千口、上万口啊。

这个安全隐患让代旭升不寒而栗，面对电老虎，不仅仅是企业失去了一个好职工，更让一个家庭失去了丈夫，父母失去儿子，儿子失去了父亲。这是对几代人的打击，不能再想下去了，不能再发生悲剧了，一种巨大的责任感在代旭升心中蓦然升起。

人的生命只有一次，没有安全一切都是零。“安全大于天，责任重于泰山”，这绝不是一句口号，这次事故就是血的教训，是一堂沉重的安全课。作为高级技师，代旭升感觉自己有责任排除这个安全隐患，不仅仅是为了朋友，更是为了更多的兄弟姐妹不再有危险。

接连几天，代旭升总感觉有个声音在时刻提醒自己，心中的想法也渐渐清晰起来。他要改变这种潜在的隐患，要把这颗埋伏在井场上的“地雷”拔出来。

先从事故原因查起，代旭升找来电泵井接线盒，仔细研究着每一个隐患点。

传统的电泵井接线盒，在安装的时候要将电缆的保护层拨掉，只剩下一层绝缘

层，而且还露在接线盒的外面，因此线头极易老化损坏，雨雪天会造成电缆进水发生爆炸，如果线头与接线盒外壳相接还会发生漏电事故。这是造成安全事故的直接诱因，也是技术改造点。

“就从这里改起，一定要改变现有的工作状态。”代旭升的信念更坚定了。接下来，就是要研制一个既安全又适用于生产的防漏电接线盒。

代旭升像着了魔一样，走路、回家、上现场都在考虑这个问题，有时吃着饭就把筷子放在嘴边想这事，有时饭也忘了吃，他要给自己的兄弟一个交代。

电缆老化是导致事故发生的原因，怎样避免或者减缓电缆老化，是这次改进的焦点问题。接线盒内部的电缆和盒外的电缆要有不同的处理方法，接线盒的密封性也需要改进，这些问题在代旭升的脑海里不断地闪现，也逐渐清晰。

办公室里，一套电泵井接线盒在代旭升的手里拆了装、装了拆。绘图室里，一张张草图不断勾画、不断改进，渐渐有了雏形。

人如果透支了精力，就会被压力压垮。就在这时候，代旭升突然发起了高烧，一连几天不退，嘴上也起了一个个燎泡。起先，他吃了点退烧药，以为自己身体好能扛得住，还坚持上班跑现场搞实验，可是同事们眼看着他脸烧得通红，嗓子早已说不出话，硬是把他送到胜利医院检查。医生检查是病毒性感冒，让他住院治疗。他说："时间就是生命啊，哪里有时间住院？"硬是让医生给开了几天吊瓶，拿回来在单位的卫生所输液，一天也没有耽误实验进程。

最终，代旭升为这项技术难关找到了答案。他把电缆的三相线在箱内进行分头，防止了绝缘层老化，接线盒外壳不会再带电了；他把接线盒的电缆进出线孔装上电缆缩管，防止雨水沿电缆进入箱内，避免电缆发热爆炸事故发生；他把盒盖的密封结构设计为凹凸双面密封，解决电泵井接线盒用塑料布包扎防雨雪这一问题。

"防漏电接线盒"研制成功了。

代旭升带着新设备亲自装到那口井上的时候，感觉了结了一桩心事。他半跪在地上一边安装，一边在心里默念着："兄弟，你放心吧，这个东西是安全的，再也不会发生危险了。如果你在地下有知，请你祝福我们。"

一旁也在安装新设备的职工们掩饰不住自己的情感："代师傅，你知道么，自从上次张队长出了事，我们每次上井都是小心翼翼，战战兢兢，唯恐再出现什么纰漏，每天都提心吊胆地上井。现在装上这个'防漏电接线盒'，以后我们上班就无后顾之忧了，太感谢你了代师傅。"看到职工们露出了信任的微笑，代旭升的心也踏实多了。

代旭升可以用这项成果告慰自己兄弟的英灵了，这项成果是哭着拿下的，也让更多的人免除了更多的哭泣。

从那一天开始，代旭升的"句号行动"又加上了一个重要的使命，那就是要解决生产中的安全问题。

20 世纪 90 年代，中国的发展呈现"井喷"态势，进入一个粗放型的经济增长模式。大量的国内外资金投入和大批廉价劳动力追加，资源浪费问题比较突出，甚至一度形成了"钱不值钱，人工更不值钱"的尴尬局面。

创新是一个民族进步的灵魂，是国家兴旺发达的不竭动力。代旭升是个初中毕业生，没有学过资源管理，更没有学过经济学。但是他比谁都明白，如果不依靠技术创新重组生产要素提高资源利用率，油田的发展将会滞后。他要用"句号行动"，解决自己一亩三分地里的资源浪费问题。

1996 年冬天，代旭升所在的油区打了 4 口新井，因为没有气源对原油加温，管线常常被堵。那一次正好是大年初三，几口井相继被堵，人工疏通了一天一夜才通开。大过年的，矿上的干部职工辛苦地在现场干了一天一夜，天寒地冻，很多同事因为寒冷被冻得感冒发烧，不仅影响了大家的身体健康，还严重地影响了原油生产。

代旭升当时也一直盯在现场，虽然也被冻得鼻涕直流，但还是把这件事记在了心上，这事也成了他的下一个攻关内容。

这时候，时任矿长蒋积彦找到代旭升，希望他能利用自己所长，带领几个革新能手，一起攻关解决加热问题。这正合代旭升心意，他立即答应下来，下决心要研制出一种装置，解决这个被称为“灌香肠”的难题。

消息一传开，有好心人劝代旭升：“单井管线冬天易堵，这问题就连油田的专家都没能解决，你一个工人技师能行吗？”

代旭升说：“总得有第一个吃螃蟹的人吧，不试试怎么知道不行呢？”

在和矿长的讨论中，代旭升确定了攻关方向。

蒋积彦说：“这个东西不好弄吧！”

代旭升思考后说：“不好弄，好解决的话，这么多专家不早就解决了吗？”

蒋积彦说：“冬天单井堵管线确实是个难题，这段死油不仅堵在管线里，还堵在我心里。必须找个解决方案出来。”

“是啊，我心里也堵着呢。疏通一次管线，连人力带物力不是个小数目啊！”代旭升回答道。

蒋积彦说：“没错，以前那叫正常工作，没有人觉得有什么不妥。但是现在不同了，你要对你的‘句号行动’负责，我现在向你提出了问题，来解决吧。”

代旭升说：“我以前搞过掺水流程，但不适合单井，要是用天然气加热倒是可以，但是单井接天然气成本太高。要是每口井都重新敷设天然气设备，得不偿失。”

蒋积彦说：“这就是问题的关键，不能因为解决一个问题而产生其他更大的问题。我们不能干投入大收益小的傻事，我和你要的是个一本万利的大买卖。”

这个“买卖”确实不小，要一本万利，一劳永逸。太难！

难也得干，只要干成这桩大买卖，要人给人，要钱给钱。这是蒋积彦给代旭升的承诺。

经过讨论，代旭升把主攻方向放在了每口单井都有现成的、成本较低的电上。

从那天起，代旭升专门找了个空白笔记本，在第一页写上了“一本万利大买卖”，希望自己的这项革新能获得最高实用价值。那段时间，他满脑子都是电加热装置，白天跑现场、忙投产，晚上出设计、搞实验，甚至连做梦都在搞实验组合。

不过，代旭升的实验一开始很简单，甚至有些简陋。

代旭升先在原来的水套炉外壳上挖了 30 多个眼，焊一个套，从商业街上买来电热棒，就是暖水瓶里加热的那种。他把加热棒装在套里，在里面装上导热油，再把这些电热棒插在那 30 多个孔处加热。

但在实验过程中，代旭升发现热传导不行，温度上不去，效果差。他就把套去掉，直接把电热棒插入水中，但因为水导电，怕出现问题。他去油田图书馆查资料，资料查阅了一大堆，回去一一实验都不理想。折腾了半天的代旭升有些急了，“不换思想就换人”，自己搞不定就找专业人士。于是，他去请教专家用什么介质好，石油大学的教授给出了“水 + 酒精 + 化学药品”的模式。

做实验不是那么简单的事。爱迪生为了一个灯泡经历了 13 个月的试验，试用了 6000 多种材料，试验了 7000 多次。代旭升决定和这传导介质杠上了，在办公室里做实验不合适，索性把自己的量杯烧瓶等瓶瓶罐罐搬到了自家地下室。在实验的过程中，仅化学药品比例的实验就进行了几百次。那段时间，代旭升就是到处寻找化学药品，水加多了添酒精，酒精多了再加水，一遍遍地试，一遍遍地改，一遍一遍地记。

代旭升把每一次接近成功的配比溶液装到一个小瓶里，以便返回头来对比研究，并详细地写明酒精、水、化学溶剂的百分比。时间长了，地下室的货架上竟然积攒了好几排。

酒精虽然不导电，但它是一种挥发性很强的液体。每次代旭升调配溶液的时候，都会有一股强烈的酒味弥漫在地下室，有时候都感觉要被熏醉了。

一个下午，就在代旭升热火朝天沉醉在他的小实验室时，他所在的家属区爆了一条大新闻。

下午两点多，市工商局接到市民举报后，在当地质监、卫监、公安等相关部门的配合下，围住了代旭升居住的楼道。油田小区除了时有警车巡逻外很少能见到质监局和卫监局的执法车，这次还来了好几辆，好奇的居民们也围了过来。

还在地下室忙着分析数据的代旭升，被破门而进的执法人员堵了个正着。

“您好，我们接到市民举报，这间地下室里正在生产假酒，请您配合检查。”

两名公安人员不由分说地向代旭升靠拢了过来。

楼道里边，有人叽叽喳喳地开始了各种议论。

“他不是高级技师吗？咋能干这种勾当呢？”

“咋不可能？技师就都是好人了？”

“我早就觉得不对劲，老是闻到有股刺鼻的酒味，原来如此啊！”

“别瞎说，假酒哪能说造就造的啊！”

“别说假酒了，冰毒都能从实验室里造出来。”

……

执法人员看着一排排写着标签和日期的瓶瓶罐罐，一边拍照一边询问。一时之间，代旭升竟然不知道该怎么解释好了。

说自己在配比水、酒精、化学药剂的液体？你让谁听也是在配假酒啊！

说自己在搞发明？倒不如说是调酒师练调酒可能更靠谱！

说是自己鼓捣着玩？这么大年纪了不去打打球、钓钓鱼，玩这个？

浑身是嘴竟然解释不清了，但也得尽力解释啊。代旭升从热传导解释到电加热，从电加热解释到油井堵管线，似乎对方快听明白了，一场误会可能也就消除了。

可是，当执法人员拿起代旭升的笔记本，上边写着的“一本万利大买卖”这几个字，他刚才的解释都被归结为零了。

那这个事到底是怎么解决的呢？当然了，代旭升不可能被工商执法人员带走。后来，蒋积彦带着单位的领导和保卫干事，从代旭升办公室拿上他的采油高级技师证书赶到这间地下室，出示了工作证，解释了半天才算消除误会。

“没有创新何谈生产力。”经过几百次试验，代旭升和他的同事们研制成功了“电加热器”，终于完成了领导交给的任务，在没有天然气的情况下给油井原油加温，减低油井回压，保证了油井的正常生产。

这种新式电加热器是由外壳、电热棒、盘管等部分构成，电热棒、盘管都位于外壳形成的空腔内，盘管是在空腔内均匀分布的蛇形管，较好地解决了当时技术存在的耗电量大、热传导效率低、加温效果差、使用寿命短的问题，是一种适合于油田罐储原油或其他液体的加热使用的较为理想的电加热装置。1998 年，该电加热器获国家实用新型专利。

警察和小偷的故事从来都是人们津津乐道的，在石油的生产过程中也有猫和老鼠的斗智斗勇。随着我国城市化提速和大规模人口迁移，社会管理滞后的问题逐渐凸显，犯罪率持续攀升。

东营地区为中国第二大油田胜利油田的所在地，涉油犯罪问题由来已久，主要以贪财图利型犯罪为主，犯罪人员主要是文化程度较低的青壮年农民。由于城市化的不断发展，东营地区城乡差异逐渐拉开，油区附近村落生活水平和油田差距明显，对同处一域的青壮年农民造成心理落差。另外，“三小一点”即非法小炼油厂、小轧钢厂、小化工厂以及非法废旧物资收购点遍地开花，为不法分子提供了销赃渠道。

东辛采油厂综合治理工作难度更大，油区遍布东西城之间，所辖油区涉及 10 个乡镇 96 个自然村，油区面积达上千平方公里。有些靠近村落的油井，甚至到了“白天产量是油田的，晚上产量是俺村的”程度。在这种情况下，东辛采油厂组织

有关部门按照“油地结合，联防联治，综合治理”的要求开展严打斗争，耗费了大量人力、物力。代旭升早就把这个问题盯在眼里了，东辛油区点多、面广、线长，管理工作难度大，少丢一吨油就是多产一吨油。

1997 年 12 月初，东辛采油厂油区工作办公室刚刚成立，王德洪主任就找到了代旭升商量原油防盗问题。王德洪把一张报纸放在了代旭升办公桌上，其中的一篇文章是讨论的重点。报纸上是这样写的，“1997 年 12 月，长庆油田二厂女工罗玉娥与同事在巡查井站的设备时，发现有不法分子偷油。她立即奋不顾身追过去，一面大喊‘捉贼’，一面和歹徒搏斗。歹徒人多势众，对她拳打脚踢，直到把她活活打死。罗玉娥用她 27 岁的生命谱写了一曲可歌可泣的人生壮歌”。甘肃省妇联追授罗玉娥为甘肃省“三八红旗手”荣誉称号，原总公司党组授予她“英雄女采油工”光荣称号，中华全国总工会授予她“全国先进女职工”光荣称号，全国妇联追授她为“全国三八红旗手”光荣称号。

代旭升从报纸上看到罗玉娥的事迹，被她勇斗歹徒的精神所感动，同时又对穷凶极恶的歹徒恨之入骨。如果我们的防盗措施到位些，再到位些，是不是就能减少一些牺牲，就能减少一些损失？

防盗装置怎么搞？搞成什么样？代旭升心里曾经酝酿过好几个方案，但总觉得不成熟。为了少走弯路，1997 年 12 月 29 日，他和时任采油二矿矿长蒋积彦、机动干事杨立民前往临盘采油厂采油一矿，参观学习刚刚去世 3 个多月的王为民研制的井口防盗锁。

王为民（1949—1997），生前是临盘采油一矿副矿长，先后获得全国劳动模范、胜利石油管理局优秀共产党员、劳动模范、先进生产者和“双文明”标兵、山东省劳动模范、“铁人式的好工人”等荣誉称号和首届中华科技大奖；1993 年当选为八届全国人大代表；曾先后四次受到邓小平、江泽民、李鹏等中央领导同志的接见。1997 年 9 月 14 日，在革新试验现场不幸因公殉职。王为民的“敬业、爱民、奉献”精神，深深地感染着代旭升。

代旭升先去了王为民的办公室，里面还保持着主人生前的样子：办公桌上有几本和采油有关的书籍，墙上挂着浸了原油的杠杠服。代旭升默默地把在来的路上采摘的几朵小黄花，插在随身带的玻璃瓶里，小心地放在桌子上，朝着工衣鞠了鞠躬，然后悄悄地退了出去。

随后，他们来到临盘一矿的油井上参观学习王为民研制的井口防盗装置。

王为民的防盗装置，是将报废的 250 万大卡水套加热炉一割两半，开个门，用济南出的十字通心锁，将其扣在井口。这个装置看起来简单，也容易学。

回来后，他们就和当时的修保厂取得联系，修保厂的技师李兆清也参与了研制，先是照葫芦画了个瓢，做出来后在盐 16 井上试用。

这第一套装置非常简陋，铁皮薄，合页都装在木门上，用了不几天，就从井场上反馈回来信息，合页被整掉了，铁皮被撕烂了，防盗装置被不法分子破坏了，井口又露出来了。

等代旭升再到修保厂去找李兆清的时候，李兆清已经离开修保厂，去了当时的新大公司当销售部的经理，跑外部市场去了。

好歹有个技师可以帮着研究改造，这下好，人家调走了，采油厂再没有人有这个能力帮助自己了。代旭升有些垂头丧气地回来了。

一筹莫展的时候，代旭升在矿长蒋积彦的办公室里遇见了两个年轻人，一男一女。据说这两个人的能量很大。听说代旭升要做的这个防盗锁无人能做时，两人来了精神，说他们就是加工厂的，什么繁琐的机械都能加工，这个防盗装置对他们来说简直就是小菜一碟，只要有图纸，一切都好办。

正当代旭升在心里嘀咕怕他们是骗子时，两个人也看出了他的顾虑，不相信？没关系，先不用给钱，做好了，用好了再给钱。

痛快！这真是山重水复疑无路，柳暗花明又一村，当时的代旭升心里别提有多高兴了。如果修保厂做的防盗锁是第一代，那么这两人做的就是第二代了。

尽管设计之初，代旭升把能想到的都想到了，但现在看来，那时的设计还是非常简陋。很快，新装置在永安地区的油井上试用，初期防盗效果不错，但不多久设计缺陷就暴露出来，密码锁被拆开。不服输的代旭升又对防盗箱进行防盗开的技术改造，这就是他后来研制的四盘密码锁。

整个防盗装置由箱体和密码锁组成，箱体把油井井口全部罩住，使不法分子无法对井口进行操作。箱门由密码锁控制开启，密码锁由 4 个密码盘和锁头抽块、锁舌组成，密码盘之间靠传动销带动，更换密码时就调整传动销的位置。当箱门关闭后，扳动锁舌手柄，使锁舌处于启用状态，转动密码盘使开口错开，此时，锁头抽块被密码盘阻挡无法缩回，箱门被锁住。开启箱门时，转动密码盘，对好设定的密码数据。此时，4 个密码盘开口重合，扳动锁舌手柄时，锁头抽块缩入密码盘开口内带动锁舌动作。

这个密码盘虽繁琐难以破译驾驭，但不久还是被破译了。

据说不法分子拿来了听诊器，就是医生给病人听心脏用的听诊器。每转动一次，到了卡槽处，就发出“咔哒咔哒”的声音，他们利用声音的细微差别破译了密码。也许，代旭升早就料到对手也不是“无能之辈”，所以在密码锁上加上了塑料套管，这样，任不法分子用听诊器还是什么高精尖的仪器，也听不到密码锁进槽相碰的声音，就真的再也打不开这个密码锁了。

想从井口盗油发财致富成为不法分子的一枕黄粱美梦，一把密码锁将其牢牢锁住。2000 年，“四盘密码锁”获采油厂技术改进成果三等奖。

5 年后，“句号行动”的“业务范围”早已经从采油二矿拓展到了全采油厂，行动参与人员也从自己单打独斗变成了群策群力，研究课题也从单一工具攻关降低劳动强度提升到安全管理、综合治理范围内，并且根据上产需要涉及整合各类资源，提高采收率，挖潜能增效益。

1998 年，世界经济增长减缓使全球石油需求下降，OPEC 却不适时宜地增产，供大于求的矛盾更加尖锐，再加上亚洲金融危机的影响，国际油价大幅下跌，布伦特原油价格从 1997 年 1 月的 24.53 美元 / 桶一路降到了 1998 年 12 月的 9.25 美元 / 桶。另外，过量进口和走私的冲击让石油石化行业生产经营面临着很大的困难。1998 年一季度，全国有 3700 多口油井关闭停产。3 月 16 日，胜利油田第一次因原油销售不畅限产，关停油井 1500 多口，累计限产 18 万吨。1—5 月，石油石化行业首次出现亏损。

面对严峻的形势，代旭升说，我们做一件事情，往往会有四种结果：做了、做完、做对、做好。很多人做事仅限于做了，其中大部分人比前者努力一些，将事情做完了，只有很少一部分人考虑如何把事情做对，真正能够把事情做好的人不多。思考如何把事做对的人，往往能更快地做出成绩，真正把事情做好的人会成为精英。

在低油价和关井限产的形势下，保证现有生产井高效生产尤为关键。为了减少冬季堵管线的概率，减少石油工人的劳动强度，保证油井正常生产，1998 年 3 月，代旭升代表采油二矿作为甲方，负责永 8 块掺水计量站投产的具体事宜。也就是根据他提出的建议，在永 8 块的每座计量站同时建一座掺水间并配备掺水加热炉，每口油井安装一条掺水管线，可以使 70 摄氏度热水直接给油井出来的原油加温，增加原油的流动性。

根据设计好的图纸，代旭升和东辛工程科的温工还有胜利设计院的闫立宝高级工程师、胜利油建劳动服务公司的赵吉民经理、公司项目经理胡海昌以及技术员郑长玉等人来到油井现场查看实际现状。设计方案好与不好，重在能落实到生产中，能真正起作用。经过全部油井现场实地观察，大家一致认为掺水管线井口连接方式直接在井口的回压闸门下，装上单流阀，不会影响取样化验油井含水。

这个工程是代旭升第一次负责的施工项目。他对自己要求非常严格，坚持每天到现场，每个隐蔽部位都要检查。

经过油建劳动服务公司、设计院、东辛采油二矿、东辛采油厂采油科、东辛采油厂工程科 20 多天的准备工作，工程正式开工。这项工程中测量需要安装掺水管线的单井管线，精细的准备工作为后期工作作了铺垫，是保证工程顺利完成的前提，为此，代旭升和相关配合单位仔细测量了每一根管线。

为了工期，代旭升放弃休息，一次次地和工程技术人员到永 8 块现场落实单井管线中的掺水管线和油管线的走向布置问题。经过现场考察、分析、核实情况，结合当地水利部门的建议，决定采取河面以上跨越的方式过河，河两岸做基础支墩，两侧埋地管道做固定管墩，这样免去了穿越的工作量，还避免了管线在水中穿过易被腐蚀的缺点，也不妨碍河流今后清沙等工作。

6 月 28 日上午 9 点，20 吨大吊车在经理胡海昌的指挥下，缓缓将永 8 块来油

大阀组吊起，准确地放置到事先打好的水泥基础上，4 个电焊工同时开焊，永 8 块现场来油阀组安装成功，这就意味着此项工程进度已安全顺利地过半。在现场，代旭升发现设计图纸与实际情况需要变更一下，有利于以后设备管道维修，也便于日后采油工人操作和管理。代旭升和胡海昌等人反复查看现场、测量协商，决定根据代旭升的建议和实际情况，变更掺水计量撬的来水计量支管位置，以便于今后更好地维修和操作。为确保变更施工的安全准确，他们几个负责人一起等到流程变更完毕才离开施工现场。

从 3 月 2 日开始，一直持续到 8 月 28 日，历时 5 个多月，永 8 块掺水计量站终于正式碰头投产了。每一次施工，代旭升都在现场，认真仔细检查，查看有无疏漏和不合理的地方，如有立即整改。代旭升一丝不苟的工作态度和严谨的工作作风给施工方留下了深刻印象。

如此严细认真的工作态度和工作作风，保证了永 8 块掺水计量站投产的顺利进行。8 月 28 日，代旭升又一次早早来到施工现场。扫线、开口、焊接，当倒进计量间油流的声音在管线里“哗哗”悦耳地响起时，油井出油正常，井口回压正常，掺水压力正常，掺水温度正常，掺水量控制正常，本次投产一次成功。施工方也将项目正式交接给采油九队管理。

按说这个事情到此该结束了，但是，实际上并没有。正是因为代旭升参与了整个永八断块掺水计量站投产的过程，他是甲方监控，每一步他都严细认真检查、求证，此这过程中，他发现了永 8 块通过了掺水装置，却忽略了其中的一个细节问题。原油从井口出来到地面，从地面到计量站，从计量站到永一站，但没有解决量油的问题。因为掺上水之后，并没有气，分离器量完油之后不能借助气把油压下来，分离器的油就无法排净，这可怎么办？施工期间，代旭升一直在琢磨量油的问题。

刚施工完，代旭升就提议设计院，给上台齿轮泵，代旭升把自己提前设计的图纸拿出来给设计院的工程人员看，并把自己的想法和思路一一告诉对方，就是想把分离器的油取出来。施工方按照代旭升的设计思路，在分离器上加了个齿轮泵，这样就把分离器的油抽出来了。代旭升说，抽出来后排油就快了，也就几分钟的时间，如果不加齿轮泵，靠它自身的重力，得两三个小时才能排净，才能第二次量油。经过改进后，一天可多次量油，也增加了资料的真实性。

代旭升因为用心，在整个永 8 块上掺水流程时，及时发现问题，又及时解决问题，受到大家的刮目相看和称赞，他研制的“永 8 块取资料装置”，解决了永 8 块因油稠气量小，分离器量油后靠本身排油慢的问题，为能及时取全、取准油井资料提供了可靠保障。

“一个篱笆三个桩，一个好汉三个帮。”经过几年的实施，在代旭升的带动下“句号行动”已经成为一张闪亮的名片，成为采油二矿的一个亮点，采油七队也成为“句号行动”名副其实的“实验基地”。

采油七队离二矿办公楼比较近，代旭升的革新、发明、实验都是就近到油井上和维修班去加工、实验。对此，采油七队队长车胜深有体会。他说：“作为代旭升的同事，我有幸目睹了他痴迷技术革新，潜心研发技术成果的点点滴滴。在他身上展现的是不畏艰难、矢志攻关的探索精神，在他心中承载的是爱岗位、爱油田、爱国家的报国之志，这深深地激励和感染着我们每一个人。可以说，代旭升把我队作为实验基地的几年，也是我们倍感受益的几年。他那执着的身影、鼓励的眼神和谆谆教诲，让我们在革新路上受益匪浅。”

2002 年，采油七队的 31 段块投入开发，先后有 12 口油井投产，日产油 180 吨。该断块油井分布较散，井距较远，单井管线长，均在 1000 米以上，有的井达到 1600 米，而且该断块还具有油稠、结蜡、含水低的特点，造成了干线压力高达 1.7 兆帕，导致油井管线频繁穿孔，油井不能正常生产。为了降低回压，他们采用加药、热洗、上掺水等特殊管理措施均不见效，特别是到了冬季，油井因管线压力高根本无法正常生产，也无法计量，给原油开采带来了非常大的困难。

班长刘强在代旭升来指导工作时谈起了这一问题，刘强提出了“利用药剂泵加药降低输油管线压力的设想”，没想到代旭升连声说：“行行行，这个想法好，如果能实施，效果一定很好，如果有什么问题，咱们一起解决。”代旭升的话让刘强眼前一亮，因为这个想法在他心里已经很久了，有许多难题他一时想不出解决的办法，想找代旭升请教，可又怕他太忙，一直没好意思开口。这下好了，代旭升的话让刘强有了信心。

接下来的几天，刘强就开始着手制作药剂泵，他的想法是将两台药剂泵并接在 4 分管线上，每一台泵都有闸门控制，每台泵都可以单独使用，也可以两台泵合用，视泵入药剂量的多少而定。可在制作过程中，中间的连接成为一大难题，工作被迫中止。就在这时，刘强接到了代旭升的电话，他把遇到的问题说了一遍，代旭升安慰他说："别灰心，问题一定能够解决。你再想想，我也帮你琢磨琢磨。"

第二天，刘强正在计量站围着实验用的药剂泵转来转去的时候，突然发现了代旭升。刘强激动地大喊一声："代师傅你怎么来了？"刘强怎么也没有想到，代旭升会这么快来到队上。

代旭升兴冲冲地走到刘强面前，把一根软管交给了他。

刘强望着软管，有些丈二和尚摸不着头脑，说："代师傅，你这是？"

代旭升看着疑惑不解的刘强，微微一笑说："堵不行就疏。"

"还真是，我怎么没想到呢。"听了代旭升的话，刘强恍然大悟，接过代旭升手中的软管将泵和 1.5 方药剂罐连接起来，问题迎刃而解。

事后，刘强才知道，代旭升正在外地参加技术培训，可他怕刘强遇到问题不好意思说出来，就打电话询问一下。得知情况后，为了鼓励刘强发明创新的热情，怕他着急，便连夜查找资料，想办法解决，直到深夜才完成。第二天，处理完学习的事情，不顾培训方的多次挽留，他马不停蹄地赶了回来，回来后没有回家，也顾不上休息，直奔采油七队，和刘强一起投入工作中。

在代旭升的指导下，刘强发明的"利用药剂泵加药降低输油管线压力装置"制作完成，并且很快投入使用，取得了很好的效果。在实施后的几天里，代旭升每天都去现场查看，每个细小的数据变化他都记在笔记本上，油井外输压力下降了，输油能力提高了，代旭升高兴得像个孩子，比自己成功了还高兴。

那天，代旭升又给刘强鼓劲，夸他这个想法又好又实用，鼓励他继续努力，多为生产献计献策，多发明、多创新。

刘强也很高兴，就问代旭升："我偶尔有个革新、有个想法比较正常，但像师傅你，一转身就是一个点子，一琢磨就是一个创新，这也太神奇了吧？"

代旭升说："创新没有那么神奇，只要你有想法，再去付诸行动就行了。你看，我们的革新不都是在平时的工作中留心观察，用心思考的结果么？哪一个离开平时的工作了？我们常说要爱岗敬业，履职尽责，那什么是'爱岗敬业、履职尽责'呢？我觉得呢，要想做到履职尽责就必须爱岗敬业，要爱岗敬业就必须明白自己岗位的职责。知责之心是尽责的前提，工作就意味着责任，每一个职位所规定的工作内容就是一份责任。对我们来说，就是要搞好每一项维修，做好每一次巡检，填好每一张记录，算准每一个数据。古人云：不积跬步，无以至千里，不积小流，无以成江海。把每一件工作中看起来很小的事情做好、做精、做细，这就是爱岗，这就是敬业！"

刘强听了不住地点头，他的心里也早已有了主意。这之后，代旭升的"句号行动"队伍中又多了一名队员。

“三十而立，四十不惑，五十知天命”，人到中年，不知不觉中学会笑看世事繁华，心态淡定，不求不可取，不求不可得，随遇而安，诸事顺其自然。

成就满满的代旭升应该也可以高枕无忧了，甚至可以闲下心来打打球、钓钓鱼，享受一下美好时光了。可是代旭升却像一个上满发条的机器，一刻也停不下来。作为“句号行动”的“实验基地”，队长车胜说采油七队也伴随着他走过了一段坎坷的创新之路，代旭升的成功不仅为采油七队增添了技术兴油的生机和活力，也让他们收到了实实在在的效益。

“这种老办法用了这么多年，就没想着改进一下？”2003 年 2 月的一天，代旭升正在实验基地东辛采油七队各个油井上转悠，看到几个年轻工人正站在 2 米高的曲柄上，给抽油机调平衡，觉得这种老办法既危险又费劲，便忍不住和工人们攀谈起来。

“要能改，不早改了。”正在干活的小年轻不以为然地回着话，手中的活并没有停下。

“你们每次调平衡都得站这么高，多危险呢，得好好琢磨琢磨怎么改。”说完，代旭升就站在一旁细细观察调平衡的每个工作环节，想从中找到破解秘诀。

打那以后，代旭升有空就拿着图纸到井上转，听说哪口井要调平衡，他总是第一个到现场等着，一边看还一边在图纸上勾画，像是写生一样，不放过任何一个细节。

没过几天，他真带着最新研制的设备到井上做试验了，可试验并不成功。由于工具太笨重，在井上足足搞了一个多小时也没弄出个名堂来。

“老办法都用那么多年了，哪有那么好改。”“我看这次的改进，悬。”看着代师傅白忙活了半天，职工的疑虑渐渐多了起来，对代师傅的这个新想法更是信心不足，大家都在猜想，这次代师傅肯定要放弃了。

“小车，帮我在队院腾个地儿，放个抽油机减速箱。”代旭升哪是那么容易服输的人，干脆在现场办公，一有空就在抽油机减速箱上摆弄那套液压工具。

寒冬时节，天气总是时好时坏，就算头上有大大的太阳，在外面待久了，寒风还是会吸走身上每一寸的温度。代旭升就常常站在设备旁边，倔强地和寒风对抗，脸冻僵了就用手搓搓，手冻麻了就哈哈热气，一忙活就是几个小时。

代旭升的倔强不仅战胜了寒冷，更攻克了技术难题，新型平衡块液压移动装置终于研制成功并投入使用，以前几个小伙子都要费很大力气才能完成的工作，现在两个女工就轻松解决了。

还有一件事是车胜经常提到的，干过采油的人都知道，冬季生产最怕的就是堵管线，不仅影响产量，还会带来很大的工作量。采油七队当时有几口井油稠，采取了很多措施，效果都不理想。正在他们绞尽脑汁想办法的时候，代旭升建议他们用

煤加热炉给这些井的管线升温。

对他的这个想法，队长车胜很惊讶。他知道代旭升这么多年当过“偷废铁的”，也干过“造假酒的”，不过这次要当个“烧锅炉的”还真有点儿想不通，搞石油的要用煤炉子，这不是笑话么？想都没想过。而且管线那么长，那得要加几个啊？

当时车胜以为他只是随便说说，也没放在心上。可没过几天，代旭升真的来到队上开始了他的试验，有空就把车胜叫来一起琢磨。起初由于气温还高，效果不明显，在井上搞了几次也没弄出个名堂来，只好开井继续生产。车胜心下嘀咕，“用煤炉子加热，这是在回归传统么？好好的天然气咋不用呢，真是想不通。”仅过了几天，代旭升又打电话对车胜说：“天气预报说了，这几天要大幅度降温，我们好好准备准备，继续实验。”

立冬这天，代旭升又来到他的实验基地实验井上，开始了新的实验。

车胜虽然满脸疑惑，但还是跟着代旭升一起吊炉子、连流程、加煤块，当他们开井时已是晚上 6 点多钟了。

车胜对代旭升说：“天气预报说今晚要下雨，看现在天气的样子，也差不多，今晚我值班，您放心回去吧，到时我多来看几趟，把数据都记下来。”

可代旭升为了拿到试验的第一手资料还是坚持留在了现场。

晚上 7 点 30 分，当车胜巡逻到该井时，发现代旭升还在井上。他看了下井口压力表后对代旭升说：“压力降下来了，代旭升，你赶紧回去吃饭吧。”代旭升笑笑，指着包说：“我有吃的，别担心我啦，你忙你的，我这就走。”

哪承想，车胜晚上 9 点半来巡井的时候，代旭升还在井上，他正在看井口的压力，两道眉头锁成了一个疙瘩。

车胜知道，代旭升的实验并不顺利，虽然前期做了很多准备，也排除了很多不成熟的做法，但还是遇到了困难。车胜很关切地说：“这么冷的天，这么晚了，代师傅你还是先回去吧，想好了再整改，别冻坏了身体。”

代旭升抬头看了看车胜，车胜看到代旭升的眼睛里有血丝，脸色也很苍白，紧咬着嘴唇，车胜再一次对代旭升说：“代师傅，我看你是不是很冷啊，千万别冻伤身体，还是先回去吧。”

代旭升摇了摇头说：“现在正是实验的关键时刻，我怎么能走呢。走了，不就功亏一篑了吗？不就白付出了？我们不能一遇到困难就后退，一遇到挫折就打退堂鼓。困难和挫折就像湍急河水里湿滑的石头，一不留神就有可能让你滑倒。然而，了解了这些困难，战胜了这些挫折，却又可以摸着‘石头’过河，它们就会变成帮助你渡过河流的助力。杨利伟曾说，当一件事快要坚持不下去的时候，实际上就接近成功了。最有希望的成功者，往往不是才干最出众的人，而是能够坚持到最后一秒的人。”

车胜听着代旭升的话，不禁又感动，又敬佩，又心疼。

深夜 11 点半的时候，气温骤然降到两三度，凛冽的北风夹着细雨，打在脸上如刀割般疼痛，让人感到阵阵寒意。当车胜顶风冒雨来到井上时，代旭升还在那里。在黑暗如漆的夜色中，火红的炉火映出代旭升坚毅的身影和专注的神情，他如雕像般屹立在井场荒原。

看着代旭升身上湿漉漉的衣服，车胜不禁感慨万分，眼里不知是泪水还是雨水。车胜说，那一刻，他真切地感受到了老一辈石油人“三老四严”的作风和爱岗敬业的光荣传统。第二天全队职工得知这件事后，都被代旭升这种敬业精神深深地感动着。

再次实验的时候，采油七队的职工都纷纷要求自己也来参加实验，这样，他们可以提前带好厚厚的衣服，带上吃的，以防晚上太冷和半夜肚子饿得“咕咕”叫。七队职工的关心和体贴，让代旭升感到温暖，他不再寒冷和孤独，感到革新创新更加有意义，也感到自己身上的责任更重了；七队职工则从代旭升身上确实感受到他的严谨、严细、认真和责任心。

维修班班长林军跟代旭升一起做过几次实验，他说：“其实我们每个人都可以成为代旭升，就因为我们缺乏代旭升那种强烈的责任心。作为一名一线职工，我们要像代旭升那样，干一行、爱一行，通一行、精一行，把‘小’岗位当作大舞台，立足岗位钻研新技术，开创新方法，努力成为岗位上的行家里手。”

代旭升和采油七队职工的辛苦没有白费，经过几天的反复实验，用煤加热炉给这些油井的管线升温成功了，彻底解决了冬季油稠井易堵的难题。代旭升的这项成果给采油七队带来了巨大的经济效益，他们队的三口井应用了煤加热炉后，整个冬季，产量未降、没堵过一次管线，创效 30 万余元。后来，这个成果又在全矿推广，受到职工的好评。

采油七队职工在享受成果的同时，更被代旭升精神极大地鼓舞和激励着，一支队伍一旦有了精神引领，它就会生机勃勃，所向披靡。采油七队的大部分职工成为代旭升的“追星族”“粉丝”，全队涌现出许多优秀的技术人才和爱岗敬业、吃苦耐劳的好职工，管理水平大幅度提升。

尤其是队长车胜，在代旭升的鼓励和指导下，也走上了创新之路。车胜带领采油七队职工先后完成了“关于制作高架罐液位计的建议”和“注水优化运行与辅助决策系统”两项成果，分别获采油厂科学技术与合理化建议三等奖和胜利油田科技进步推广三等奖；相继完成了“螺旋可调式闸门装卸器”“井口取样防盗闸门”“光杆闸门”“油井出油管线掺水装置”“齿轮式电机皮带轮拔轮器”等革新成果并投入

使用，不仅解决了生产上的难题，也降低了职工的劳动强度。2002 年到 2006 年，采油七队共有 33 项成果获厂级以上合理化建议与技术革新成果奖，成为全矿涌现创新成果最多的基层队，并且采油七队的管理水平也大幅提升，从优秀队到一强队、名牌队、中石化银牌队，他们一步一个脚印，踏踏实实地向着管理高峰不断攀登，采油七队成为代旭升“句号行动”中最强大的“实验基地”。

“句号行动”的主攻方向一遍遍地升级，这场一个人的战斗慢慢地变成一场集团军作战，再从集团军作战扩大到一场战役，甚至是一场战争。“句号行动”的宗旨从最初的减轻职工劳动强度，提高劳动效率，到随后的以人为本提高安全系数，再到综合生产要素提高断块产量、节能减排、保护环境以至于承担社会责任，一步步与时俱进把热点问题、难点问题统统纳入其中，“句号行动”的境界也越来越高，越来越受到职工和石化系统的称赞和好评。

不过，代旭升说，刚开始革新的时候，还没有想到节能减排，在那个粗放式管理的年代想到最多的是增加效益，但国家《“十一五”规划纲要》提出“节能减排”后，代旭升就把“节能减排”融入“句号行动”中自觉行动。

说起来，代旭升的减排情结由来已久。20 世纪 90 年代，他就已经瞅着注水井洗井的外排水“不顺眼”了。有资料记载，1997 年，6 月 29 日胜利石油管理局合理化建议和技术改进成果评审小组授奖公报上，代旭升有两项成果获奖。

其中的一项就是“关于注水井洗井液不外排降低成本费用的建议”获胜利石油管理局合理化建议技术改进成果二等奖。代旭升谦虚地笑着说：“你看题目‘关于注水井洗井液不外排降低成本费用的建议’就知道，当时确实是为了节约成本降低费用的，至于环保、节能减排，那时是属于额外的收获。”但后来的众多革新发明，却是代旭升有意为之。

油田进入开发后期，许多油井因受各种因素影响关井停产，面临报废。但有些油井在停产的过程中，压力又逐渐恢复，原油慢慢从井口溢出来，不但造成环境污染，还给管理带来困难。对此，代旭升在心里琢磨，溢出的原油虽然不多，却造成了管理上的脏乱差，如果能把这些报废井中的残余油提出来，不仅能实现节能增效，还能节能减排，保护环境，这个问题代旭升思索了很长一段时间。

2002 年的冬天，代旭升 80 岁的老父亲和 70 多岁的岳母正在他的家里过冬。代旭升因忙于研究报废井捞油的问题，时常感到心有余而力不足，就嘱托妻子多替他尽点孝道，好好照顾两位老人。为使这些油井发挥作用，白天忙了一天的代旭升，晚上还要工作到深夜。看到即将 50 岁的儿子还像个小学生一样，每天拿着书本忙得不可开交，老父亲非常心疼。而代旭升上大三的儿子放寒假也在家，看到爸爸这么忙，就调侃说：“老爸，你都快退休的人了，干吗还这么辛苦，差不多就行了。”

代旭升看着儿子，意味深长地说：“你老爸从一个初中毕业的学徒工成长为采油厂的高级技师，是企业培养了我，是企业给了我一片广阔的大舞台，我要感恩啊，我是全心全意地爱这个企业，我要把自己的聪明才智全部奉献给这个企业。你也看到了，我一天恨不得工作 48 小时，这都是你爷爷当年给我套上的紧箍，让我这辈子当个合格的老工匠，不过啊，我现在还差得远呢。”

一旁的老父亲静静地听着，不住地点头说：“我那个时候真怕你坚持不下来，现在我看你还真是个听话的好孩子，只是不知道我这孙子今后能不能像你一样。”

代旭升的儿子早已经听出了弦外之音，他说：“爷爷你放心好了，我不会像我爸那样钻到地底下出不来，但是我也不会轻易放弃，我爸是我从小的偶像。”

代旭升越听越觉得儿子长大了，自己这辈子没白忙活。

对于如何从废油井里捞油，代旭升白天夜里都在琢磨。经过一段时间的摸索，代旭升加深了对捞油的认识。随着能量的恢复，地层的原油渗到井筒，就会顺着油管举升到一定高度。此时一般会采用下抽子到井筒，用提捞的方法采油。可是，一旦抽子不慎下井过深，负荷就会急剧增加，要么卡死在井筒，要么拔断钢丝绳，不但捞不到油，还可能造成事故。代旭升的思索进入了瓶颈。

一天夜里，代旭升在梦中乘着小船，顺着井筒的方向，到了千米之下的油层，终于见到了地下的“油龙王”。灵感来了！设计一个泄油孔，抽子上部的负荷不就降下来了吗？他赶紧披衣下床，麻利地画了起来，一张“自动泄压式凡尔抽子”的图纸很快展现在眼前。

功夫不负有心人，代旭升终于研制出了“自动泄压式凡尔抽子”，一举解决了停产井捞油的难题，还减少了污染，这一新技术被职工们称为“四次采油”技术，每年能捞到原油 800 多吨，创经济效益上千万元。2006 年“自动泄压式凡尔抽子”获国家实用新型专利。

在石油开采行业，随着环保理念深入人心，注重环境保护、注重环境治理已成为职工的共识。对此，代旭升有着独到的理解：“治理环境固然重要，最大限度地减少污染才是关键。”他心中有个情结，那就是“让原油不落地、污水不外排、废气不上天。”随着时间的推移，这个情结在代旭升心里越来越清晰。

这几年，围绕节能减排，代旭升没少动脑子、费心思。过去采油计量站后面都有一个就地挖掘的放空池，发生管线故障等问题时，计量站内无法排出的原油就需要排到放空池中，既不美观，也不环保，尤其是夏天，一池原油很难闻，更难处理，还容易引发火灾。

2004 年夏天的一个晚上，代旭升一边吃饭，一边听收音机，一家人围坐在桌边，其乐融融。这时，收音机里突然传出某油田发生火灾的报道。

代旭升立即警惕起来。

原来，这个火灾事故还真的跟原油放空池有关。起火的原油放空池在某油田一个比较偏远的计量站后面，因为这些原油无法进管线，就由当地的老乡捞回去卖钱了。因为有利益，老乡们就天天盯着这些污油池，有时候，还因为抢原油相互打起来。他们虽然知道这种地方是不能有明火的，不能吸烟，可是天天待在这里，也就习以为常了，下意识地点烟，好像也没出现过什么情况。这天，天气太热，温度极

高，捞油累了，老乡王某下意识地想点支烟解解乏，不想，刚一划着火柴，“轰”的一声，污油池起火了。瞬间，黑云翻滚，火光冲天，多亏王某跑得及时，但还是严重烧伤，计量房严重烧毁，这次火灾，不仅给国家造成严重损失，王某的人生也从此暗淡下来。

代旭升的老伴听到后，也不禁叹口气说：“是呀，好好的一个人，就因为这些落地的原油毁了，不仅他一个人，整个家庭也从此背上了沉重的负担。唉，真是可怕啊。”

听到这里，代旭升也倒吸了一口凉气说：“是呀，你知道我们二矿有多少这样的放空池吗，整个胜利油田又有多少？想想，真是可怕啊。”

代旭升一边唏嘘着，一边想“井里采出的原油能进罐，管线中排出的原油就一定也能进罐。”一场火灾就是一次警告，前车之鉴，后车之覆啊，一定要防患于未然。

代旭升为处理这些放空池里的原油想起了办法，“制作一种储存放空油大罐”的想法，在他的头脑中越来越清晰。

心中有想法，技术来保障。罐体怎么设计？什么材料更适合？排进罐内的原油如何清出？这一系列的难题在他脑子里纠缠、环绕，代旭升咬定问题不放松，反复做着试验，调整着设计方案。

在材质的选择上代旭升颇费了一番脑筋，最终选择了胜利油田新大公司的玻璃钢材质。因为这个储油罐需要耐腐蚀，即对大气、水和一般浓度的酸、碱、盐以及多种油类和溶剂都要有较好的抵抗能力，而玻璃钢具备这个优势，已应用到化工防腐的各个方面，正在取代碳钢、不锈钢、木材、有色金属等。

这个储油罐的拉伸强度也要好。玻璃钢的相对密度在1.5—2.0之间，只有碳钢的1/4—1/5，可是拉伸强度却接近，甚至超过碳素钢，而强度可以与高级合金钢相比。因此，在航空、火箭、宇宙飞行器、高压容器以及其他需要减轻自重的制品应用中，都具有卓越成效。

这个储油罐的电性能要好。玻璃钢是优良的绝缘材料，常用来制造绝缘体，高频下仍能保持良好的介电性。微波透过性良好，已广泛用于雷达天线罩。

这个储油罐的热性能要好。玻璃钢的热导率低，室温下为1.25—1.67kJ/(m·h·K)，只有金属的1/100—1/1000，是优良的绝热材料。在瞬时超高温情况下，是理想的热防护和耐烧蚀材料，能保护宇宙飞行器在2000摄氏度以上承受高速气流的冲击。

玻璃钢还具有可设计性好的特点，可以根据需要，灵活地设计出各种结构产品，来满足使用要求，可以使产品有很好的整体性，且工艺简单，可以一次成型，经济效果突出，尤其对形状复杂、不易成型的数量少的产品，工艺上的优越性更突出。

经过一个多月的反复试验，集原油回收、防火、防盗等多项功能于一体的“计量站玻璃钢污油储存罐”终于问世了，该装置有调节压力的呼吸口，有防止罐体破裂的加强筋，还有起固定作用的地锚器。

在现场，计量房后，看着自己设计的储存罐不仅回收了原油，增加了产量，还减少了污染，消除了火灾隐患，代旭升很高兴，像每一次发明创新一样高兴。该成果2004年获东辛采油厂科技成果二等奖，同年获国家实用新型专利。很快，这项技术在胜利油田普及，并在国内众多油田推广使用，仅胜利油田当年就创效益100多万元，从此油田用了近40年的露天放空池，被“打包”放到了地下，真正做到了原油不落地。

“计量站玻璃钢污油储存罐”也成为文明采油的一个里程碑。

有人说责任是上瘾的，有人说发明创造是上瘾的。而已过“知天命”之年的代旭升说责任和发明创造加起来也会上瘾。对于一个企业来讲，要讲求效益，还要讲求社会责任，也就是说在讲求经济效益的同时还要考虑对社会的长期和短期影响。说的具体一点就是不能为了自己的发展而忽视了身边群众的根本利益。

1999 年 1 月，在瑞士达沃斯世界经济论坛上，联合国秘书长安南提出了“全球协议”，其中有一条就是“绝不参与任何漠视和践踏人权的行为”。这句话好像离代旭升太远了，但是细细想来则不然，他在企业内部是一名员工，走出企业他代表的就是胜利油田，就是中石化，乃至于整个国企的形象。不仅是他，我们每个人都是如此，走出国门你的形象就是中国的形象。

随着油田开发建设的逐步发展，以前是油井包围城市，现在是城市包围油井。油井附近就是居民区，这很正常。有一次代旭升走过小区边上的一口油井时偶尔听到的一句话引起了他的注意。“可吓死我了，这抽油机没遮没拦在身边转悠，一个看不着就得出事。”原来是一个孩子因为顽皮跑到了抽油机护栏内，孩子的奶奶正和几个邻居发牢骚。

抽油机上旋转的平衡块、飞速转动的电机皮带，这些都是最危险的安全隐患，要时刻注意。作为采油工，一入厂就会接受安全教育，但生活在油区周围的居民，尤其是孩子对这些隐患的认识就没那么深刻了。

游梁式抽油机在出厂时曲柄、皮带轮、平衡块等运转部位裸露在外，都没有设置安全防护装置。就像是咱们买的汽车，各项安全标准都有，但不赠送宝宝安全座椅。当时油田为了防患于未然，在抽油机附近也增设了隔离围栏，这种围栏一般都是自己加工的水泥护栏、油管焊制护栏，不能起到全密闭作用，周围居民一旦进入旋转区极易发生伤亡事故。与此同时也对抽油机巡检、作业人员的生命安全造成了一定威胁。

2006 年，中国石化集团公司还专门下发了《关于遏制油田企业抽油机人身伤害重复发生的通知》（中石化安油〔2006〕23 号文件），但当时的防护措施无非也就是 80-90 厘米高的护栏，防护效果较差，更难防护住调皮捣蛋的孩子。

要让孩子更安全，让居民更安心。代旭升下定决心解决这个埋藏在居民区的“地雷”，让孩子无忧无虑地玩耍，让家长不再有抱怨。

为了解决好这个问题，代旭升想了很多办法。那段时间，他就像住在井场上一样，饭不按点吃，班不按时下，睡觉前还要拿着抽油机的模型琢磨半天。图纸画了擦、擦了画，设计出了改、改了还要更精确，方案一个个地推翻，想法一遍遍地更新，他要用最好最全面的设计保护身边的居民，他要让孩子们的天地变得更宽广。

抽油机的平衡块不停地旋转，就像两个巨大的翅膀，可不让它转动，油井就不能正常生产。飞速旋转的电机皮带轮，更像快速转动的剪刀，可它就像抽油机的心脏，一刻也不能停。怎么才能让这两个最接近地面的隐患“与世隔绝”，难道要把抽油机罩起来不成，代旭升的思路像时刻等待破茧而出的蝴蝶，一点一点地向外涌动。

一个发明的出炉并不是件容易的事，有时候他也在想，自己只是个采油工，干好自己的事情就行了，干嘛要干那些咸吃萝卜淡操心的事呢？可是责任心告诉他，该操心的事情一定要操心，有时候搞革新并不一定是为了经济效益，更是为了不听到哭声和骂声。另外，找不出解决问题的办法只能说明自己没有这个能力，找理由是懦夫的表现。

熬过一个个难眠的夜晚，换过一次次设计方案，“封闭式玻璃钢护罩”终于破茧成蝶，保护着每一个靠近抽油机的人。

“代师傅，谢谢你，以后我们再也不用担惊受怕了。”

“还是代师傅想得周到。”

抱怨声不见了，换来的是油区周围居民赞不绝口的感谢声。

毛泽东同志在《不搞科学技术，生产力无法提高》中指出：科学技术这一仗一定要打，而且必须打好。过去我们打的是上层建筑的仗，是建立人民政权、人民军队。建立这些上层建筑干什么呢？就是要搞生产。搞上层建筑、搞生产关系的目的就是解放生产力。现在生产关系是改变了，就要提高生产力。不搞科学技术，生产力无法提高。

“句号行动”提出以后，1993 年至 2006 年，代旭升先后解决技术难题和排除设备故障 2000 多个，他发明的“电加热器”“抽油机计量控制柜”“角式单流阀”“低压真空开关”“增压泵软连接装置”“组合式皮带轮”“卡扣式电泵井井口防盗压盘”等，为破解生产难题、安全问题、以人为本问题、环境保护问题提供了设备保障和技术支撑。

一个“句号行动”就是一面科技创新的旗帜。代旭升用他的所知所学，在特定的环境中改造或是创造了新的生产工具，提高了劳动生产率，提高了油井生产效率，获得了高效的经济利益和社会效益。

一个“句号行动”对于代旭升本人来讲是一辈子轰轰烈烈的富有意义的行动。但是这个行动的现实意义远远超过了一个人十多年的努力，它就像一颗火种，点燃了身边人革新创造的热情；它就像一根导火索，引爆了全油田几十万职工的技术上产动力。

当我们再一次站在历史的原点看待这个行动的时候，我们为之惊叹。“句号行动”不仅仅是把生产中的难点问题做了终结，还把一个个不可能变成了现实。代旭升用他的一腔热血破解着一个个难题，“句号行动”不仅仅是在画圈，它是用一个圈把一个个问号拉直成了一个个感叹号！

第六章

烧旺创新之火

2005年8月14日。对于这个日子，代旭升有着特别的记忆。从这一天起，代旭升的人生事业迈向了新的高峰：他在黄河三角洲这片广袤的大地上，让“导师带徒”的行动演绎出更多的精彩，让创新的火焰燃烧得越来越旺，让石油精神和石油石化优良传统更好地传承……

代旭升对于这一天的记忆，缘于一个故事。他在《百科知识》杂志上看过的一个关于“飞机”的故事。

“在很多人的印象里，莱特兄弟是无可争议的‘飞机之父’。”代旭升说，他看到的记载都是说，1903年12月17日，美国的莱特兄弟在北卡罗来纳州小鹰镇郊外的一处旷野中成功试飞了他们发明的“飞行者”1号飞机，开创了人类飞行新时代，莱特兄弟也获得了“飞机之父”的美誉。

可是最近一些世界航空史专家宣称，将“飞机之父”的头衔授予莱特兄弟其实是一个“历史的错误”。莱特兄弟在1903年的驾机试飞，事实上并不是人类历史

上的首次成功飞行！

早在 1901 年 8 月，怀特海德就在美国康涅狄格州布里奇波特市的一处旷野中，成功试飞了他自己发明的“秃鹰”号飞机，整整比莱特兄弟的首次成功试飞早了两年时间。

《简氏全球飞机》主编保罗·约翰逊在文章中写道：“可靠的历史证据显示，1901 年 8 月 14 日凌晨，怀特海德和他的雇员以及一个被邀请的客人驾驶着‘秃鹰’号飞机缓缓驶过康涅狄格州布里奇波特市黑暗的街道。拂晓时分，飞机驶到了距市区 24 千米外的一片开阔空地上，‘秃鹰’号飞机的机翼展开，在空地上成功进行了两次试飞。第二次试飞尤其成功，飞机以距地面 15 米的高度飞了大约 2400 米远的距离……”

约翰逊称，怀特海德发明的“秃鹰”号飞机远比莱特兄弟两年后发明的飞机更加灵活机敏，因为“秃鹰号”飞机不但能自己在陆地上驱动行驶，还能在空中“转向”，而莱特兄弟发明的“飞行者”1 号飞机在 1903 年 12 月 17 日试飞时，显得相当笨拙，它不但需要借助人力从仓库中推到空旷的地面上，而且在当天的几次试飞中只能直线飞行几十米远的距离，比“秃鹰号”飞机第二次试飞时飞行的 2400 米差了一大截。

时隔 104 年的 8 月 14 日，塞浦路斯太阳神航空 522 号班机在雅典东北方的马

拉松及伐那法斯之间的一个山区小村葛拉玛提克坠毁，机上 115 名乘客及 6 名机员全部罹难。塞浦路斯政府为此次空难举国哀悼 3 天。

代旭升从报道中了解到，当时飞机起飞不久，就报告说空调系统出现问题，10 时 30 分与地面失去联系。11 时 18 分，希腊空军派出的两架 F-16 战斗机飞行员在 34000 英尺高空发现飞机，并看到班机副机师趴在驾驶舱的仪表板上不省人事，而另一名驾驶员不见踪影，但有一个身份不明的人士正在试图操纵飞机。12 时 04 分，飞机的两具引擎陆续因燃料耗尽而停止运转并最终坠毁，这一事件也被人们称为“最诡异的空难”。

而就在 8 月 14 日这天上午，由代旭升担任副会长的东辛采油厂工人技术创新协会正式成立。这标志着代旭升“导师带徒”迈上了更高的层次。

代旭升之所以对上述两个事件印象深刻，是因为在他的内心世界里始终隐藏着一个“航天”梦想，而且这一梦想在他的心底不断地发酵。时隔多年之后，他终于与中国航天结缘，这是后话。

无论是“飞机之父”事件，还是“最诡异的空难”事件，与技术创新协会的成立完全是一种巧合，没有内在的必然联系，也没有任何因果关系，或者说是风马牛不相及。况且，代旭升是坚定的中国共产党党员，还是山东省优秀共产党员获得者，他打心底里就没有唯心的东西。可是，这一天，却让他久久难以平静下来。

代旭升知道，戴上协会“副会长”的头衔，是一种责任，也是一种担当，就像飞机上的机长，是操作师，也是领航者。“工人技术创新协会”的飞机到底飞向何方、飞得多高多远，他虽然有着纲目式的勾画，但结果如何，他心里也没有底。

代旭升更知道，协会是工人发明创造的组织，从此创新不再是一种个人行为，而是在组织领导下形成的一种学习、创新行动，更是组织对他的一种信任，也是组织“尊重劳动、尊重知识、尊重人才、尊重创造”的具体体现。

在成立大会上，东辛采油厂的领导同志希望协会技术骨干要充分发挥“辐射源”作用。像代旭升等多位在生产技术研究创新方面多有建树的同志，不仅要“百尺竿头，更进一步”，还要通过导师带徒、技能培训等多种形式，满腔热情地引导和培养广大年轻职工热衷技术创新的兴趣，努力把他们培养成高素质的技能人才，促进技能人才队伍由“人才高峰”到“人才高原”的转变，形成人才辈出的生动局面。

责任重大，使命光荣。这天晚上，代旭升辗转反侧，久久难眠。他认为，“技术工人技术创新协会”刚刚成立，就像是他自己驾驶着飞机刚刚起航，虽说有了预定轨道、预定目标，但运行过程中难免有风雨、有雾团、有暗流，如果驾驭不好，协会组织要么沦为一个空壳，要么刚刚“启航”就会“夭折”。这是代旭升不愿意看到的。他要利用好这个平台，让技术创新的种子生根发芽，让导师带徒的传统得以弘扬和传承……

在这次技术创新协会成立大会上，还同时举行了导师带徒签字仪式，7 名年轻职工签约成为代旭升的徒弟。钟晖便是其中之一。

钟晖说，1986 年 10 月，代旭升还当队长的时候，她被分到采油 2 队，待了一段时间后，她就找到代旭升，希望拜他为师，非常荣幸的是，代旭升没有嫌弃她，只是当时还没有正式签约，算是一个编外的徒弟。

“师傅不仅自己努力学习，刻苦钻研，为原油上产奉献知识、奉献智慧、奉献技术，而且以宽广无私的胸怀，毫不保留地把知识和技术传承给我们新一代石油工人。”钟晖说，20 多年来，她亲身感受到了代旭升言传身教、严格要求、严细认真、敬业奉献的精神。

钟晖说，代旭升的严不仅体现在技术创新的每一个细节上，同时也体现在教育徒弟如何为人处世上，每一次技术比赛集训，几乎严到了像训练军人一样的地步。理论题不仅天天考，就连吃饭时都会冷不丁让你回答个问题。遇到实际操作的项目，代旭升总是第一个来到训练场地，给徒弟们设计几套障碍题。如果发现谁的操作不规范，一个动作保准要练上几遍甚至几十遍，直到他满意为止。

有一次，为备战全国企业职工技能大赛，代旭升专门给参赛的徒弟们加练，还进行模拟比赛。李宁由于紧张，出现了一些失误。模拟赛一结束，代旭升就找到李宁说：“这么高水平的比赛，不光手里的活要拿得起放得下，心理素质更要过关啊！”李宁觉得很对不起自己的师傅，直抹眼泪。代旭升帮李宁认真分析失误的原因，语重心长地说：“学技术不能有半点马虎，平时不严格要求，工作时就可能捅娄子。”

2006 年，代旭升刚刚做完心脏手术，身体还没有完全恢复，就赶上了中央企业职工技术竞赛集训。当时正值盛夏，炙热的阳光烤得操作台直烫手，可是为了指导好每名徒弟，代旭升不辞辛苦地跑前跑后。

钟晖说，那段日子里，蒸笼似的训练场上，常常看到代旭升汗流浃背、疲惫不堪的身影。由于手术后身体比较虚弱，代旭升示范一两个动作就汗流不止，说不了几句话就气喘吁吁。大家都很心疼他，劝他回去休息。他却说：“没事，我能撑得住！”此时此刻，大家既为他担心，又被他感动，更为有这样的师傅感到骄傲和自豪。大家铆足了劲，更加刻苦地训练，决心用最好的成绩回报师傅。

整整四个月，代旭升和徒弟们吃在一起、住在一块，大家的心也紧紧地连在了一起。

付出终有回报。那次大赛，参赛的 12 名选手，有 4 人获得银奖，2 人获得铜奖。公布成绩的那一刻，大家百感交集，热泪盈眶——这泪水饱含着艰辛与喜悦，更饱含着对代旭升呕心沥血的感激！

后来，在代旭升的激励下，钟晖先后考取了采油工技师、采油工高级技师，并竞聘到副队长岗位和政治指导员岗位。钟晖说，自己的点滴进步都是得益于师傅的激励。

“小钟，哪不舒服吗？干吗总是捶腿捏胳膊的。”2007 年春节前夕，钟晖提前来给代旭升拜年。可是，钟晖坐立不安的样子引起了代旭升的注意。

“没什么，可能是前两天受凉了，胳膊、腿的关节有点难受。”钟晖轻描淡写地回答。

“是不是发烧了？”一听这话，代旭升立刻紧张地说，“关节疼也不是小事，得上医院看看才行，过了年去趟医院吧。”代旭升仍不放心。

“去医院看了吗？”没过两天，代旭升又打电话催钟晖去医院检查身体。

禁不住代旭升的再三催促，钟晖去医院做了检查。检查结果着实把钟晖吓了一跳——“类风湿性关节炎”。拿着诊断书，听着医生的叮嘱，钟晖才意识到问题的严重性。可是一直大大咧咧的钟晖并没有把病放在心上，照常上班，照常训练，照常跟师傅学技术，只是到了晚上比较难挨，有时会疼得睡不着觉。赶上哪天晚上休息不好，第二天的工作、训练都会受影响。

看着平时训练场上最活跃的徒弟突然变得没精打采了，代旭升提醒钟晖要注意休息，别硬撑着：“身体是革命的本钱，只有把身体养得好好的，才能更好地工作，有哪里不舒服就去休息，学技术不在这一会儿半会儿的。”

“小钟，听说这药治类风湿挺灵，我买了一些，你先吃吃看。”代旭升到北京出差，专程给钟晖买来了治类风湿的药。

后来，钟晖才知道，代旭升就一直把他得病的事记在心上，还四处打听治疗类风湿的偏方，当听说北京有个医院专治这种病时，就趁出差的机会买了几个疗程的药。

“代师傅，谢谢您！”钟晖突然感受到了一种久违的父爱，情不自禁地流下眼泪。

2009 年，钟晖有幸成为代旭升巡回事迹报告会成员，随行巡回报告代旭升的敬业事迹、带徒故事。“旭升精神”就像东升的旭日，使大国工匠的创新力量不断蓬勃……

王刚与钟晖一样，也是 2005 年 8 月 14 日拜代旭升为师的。

王刚于 1994 年毕业于胜利油田石油开发技校。刚走上工作岗位不久，就与代旭升有了密切的接触。

有一次，一口抽油机井密封垫损坏造成井口喷油，王刚很勇敢地冲了上去，但由于缺少经验，费了九牛二虎之力也没有制服井口喷油，反而弄得满身是油，就像是一个“油葫芦”。

这时候，代旭升赶过来了。他现场布置：“一个人停井、一个人回计量站放空……”不一会儿，油井井口就不喷油了。

王刚暗暗想：“我都恨不得像黄继光一样，拿胸口堵住井口了，可是力费了不少，竟然无济于事，老师傅一来，这么简单就解决了？”

“小伙子，咋弄成这样了！其实这活一点也不复杂，得好好学习啊，让理论和实践结合起来才行啊！”王刚还未从惊愕中缓过神来，代旭升就向王刚介绍着处理这次井口喷油的要领和关键。

那时，王刚不仅记住

了代旭升的名字，更决心要做一个像代旭升那样有技术的石油工人：“一定要脚踏实地，一定要勤学苦练，尽最大可能弥补知识不足，成为一名技术过硬的采油工。”

1996 年，也就是两年后，王刚走上了东辛采油厂采油 15 队永 80 岗班长岗位。

这年 10 月，矿上组织岗位大检查，代旭升来到王刚所在的岗位。正在别的井场干活的王刚，急匆匆地往回赶，一不小心自行车压上了一块石头，失去平衡后倒了，挂在车把上的灰漆、绿漆、红漆溅了王刚一身，衣服被染得五颜六色，让王刚十分狼狈。

“都是我的错，我一来，就让你穿上迷彩服了！”代旭升急忙赶过去，一把扶起王刚，化解了王刚的尴尬。

代旭升走到库房时，发现库房内有许多废旧的玻璃管，就问王刚：“伙计，岗上分离器的玻璃管常爆吗？”

“我们想了很多办法，可就是不管用，用不了几天就要爆裂，弄得计量间脏兮兮的，添了不少工作。”王刚无奈地点点头说。

“玻璃管的安装是有窍门的。”代旭升仔细观察地上横七竖八的废旧玻璃管，指导王刚说，“玻璃管安装首先要上下考克同心，安装时不要伤害玻璃管；再就是不要对着玻璃管内壁吹气，人的口气中含有动物油，在玻璃管壁上会形成不均匀的膜，这样承压后易爆……”

接着，代旭升表扬王刚：“我仔细检查了岗上的几口井，感觉你挺能干，但还不会干，一定要多看书、多动脑子。”

王刚想：“是啊！自己整天忙忙活活、疲于应付，往往是按下葫芦起来瓢，不是这事就是那事，就是忙不出个头绪来。”代旭升的这几句话，让王刚心服口服。

代旭升走后，岗位上的老大姐告诉王刚，代旭升曾是这个队的队长，是很厉害的采油高级技师。王刚暗下决心，自己也要当技师！

经代旭升指导后，王刚更换的分离器玻璃管再也没有爆过……

一来二去，代旭升与王刚的接触越来越多。代旭升看到小伙子为人实在、有干劲、脑子也不笨，从心里喜欢上了王刚，就鼓励王刚说：“去参加技能竞赛吧，既锻炼技术，又能和其他高手交流学习，多学习和借鉴别人的经验，把别人的知识装进你的脑袋，你就是最棒的采油工！”

怀揣代旭升的激励，王刚铿锵前行。2000 年，王刚参加胜利油田管理局第十一届技能竞赛，取得采油工组第三名的成绩。

赛后，当王刚沉浸在获奖的喜悦中时，代旭升与王刚进行了一次深谈，在王刚的成长之路上播撒了希望和创新的种子。

“成绩很好！不过，以后得多出成果！现在国家、企业对技术、对革新越来越重视了。”代旭升激励王刚说，“再说了，把你们培养出来干什么？不是只为了拿名次，那是为了更好地服务于生产。”

王刚认真地听着，牢记代旭升的话，感觉肩上的担子沉沉的。

“其实革新说难不难，说不难也很难，这要看你留意不留意，平时要多观察、多收集、多思考，想到别人想不到的，俗话说‘好记性不如烂笔头’，有什么想法和发现就记下来，积累到一定程度，就自然出成果了。”代旭升看王刚一脸凝重的样子，便放缓语调、轻松地说。

“当然，成功也不是那么容易，就像技能竞赛一样，得不断学习、不断付出，才会有收获！”代旭升接着说，“这‘油井’两个字好写也好记，可要想把油井管好，让油井平稳生产、多贡献原油、不发生各类事故，即便发生问题又能及时排除，实在不是一件容易事。”

王刚若有所思地点点头，仿佛看到了希望，一颗创新的火种在心中燃烧。

“竞赛已经过去，要赶快忘掉，还得不断去学习！”代旭升鼓励王刚说，“都说钳工是万能工种，采油工其实也不简单，地面的、地下的，地质、机械、电气焊等，需要学习的知识涉及面很广，扎实的基本功是做好合格采油工的基础。你回去后不要放下，要多努力，有什么问题就问我，这是我的电话……”

打那以后，王刚遇到弄不通的问题，就向代旭升请教。而代旭升也会不厌其烦地讲解，直到王刚弄懂、弄会、弄通为止。

在代旭升的鼓励下，王刚于2003年取得了采油工技师资格，2005年在东辛采油厂牵头组织的导师带徒活动中，正式拜油田技能大师代旭升为师，从此掀开了技术创新的崭新一页。

“最开心的时候就是和代师傅一起搞创新研究。”王刚说，“虽说代师傅只是初中

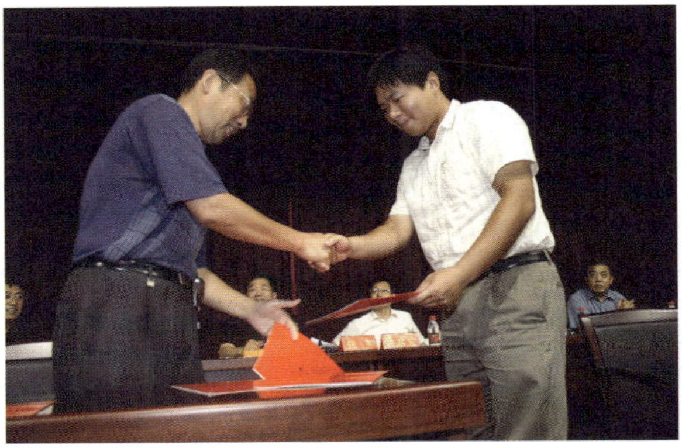

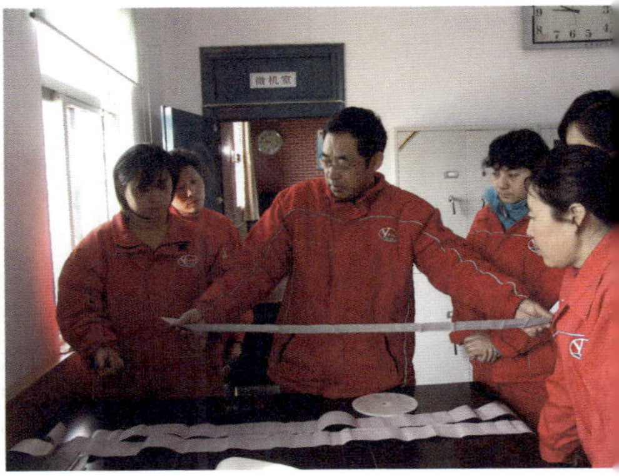

毕业生，但他喜欢琢磨，工作里遇到的困难，别人摇摇头绕道而走了事，他却把困难作为创新的好素材，作为创新发明的灵感。”

抽油机刹车失灵，就无法制动抽油机，更难以保障操作人员的人身安全。为突破这一问题，代旭升于 2008 年带着王刚一起研制抽油机防溜车锁装置。

当时，胜利油田常用抽油机型号有 8 型、10 型和 12 型，代旭升让王刚去落实各个型号的抽油机刹车轮尺寸数据，王刚很快就测量完毕，并按照要求绘制好图纸。

“怎么这么快？”王刚把图纸交给代旭升的时候，代旭升的眉头一皱。

王刚说：“我量了 8 型、10 型、12 型抽油机各一口。”

代旭升说：“那怎么能行，光抽油机生产厂家就有四五家，每一家的刹车轮结构尺寸都不一样，你的数据太少，没有代表性，去重新量，并发动其他采油厂的朋友去测量各种型号的抽油机。”

“图纸都有了，还量个啥？”王刚心里不服气地想，“既然是型号一样的抽油机，零件应该是通用的，用得着挨口测量那么仔细、那么麻烦吗？”不服气归不服气，王刚还是按师傅的要求执行下来。

经过一个多月的统计，王刚真正佩服了代旭升的先知先觉，他说：“各个厂家的抽油机数据相差很大，如果按原先的图纸设计，即便研制出工具，也不利于现场应用！”

“为什么让你主导去做这件事情，就是让你在测量过程中明白创新是很严肃的事情，不仅要用心做好，还要动脑子思考，想办法如何做好、做精。”看到王刚领会了自己的意思，代旭升继续耐心地指导着。

“一次装置的研制，也许算不上什么大发明，但让我深切感受到师傅的细致与严谨，让我从实践中获得了书本上难以找到的宝贵经验。”经过这次装置的革新，王刚变得更加踏实，更富有韧劲。

2016 年，王刚被聘为东辛采油厂首席技师。目前，他已成为东辛采油厂首席技师，也有了自己的创新工作室，已带出签约徒弟 23 名，也成为胜利油田小有名气的技术“大拿”。

其实，在 2005 年 8 月 14 日这一天，和王刚一样拜代旭升为师的还有吴吉林。让代旭升没有想到的是，自己荣获“全国劳动模范”5 年后，吴吉林也捧得“全国劳动模范”的荣誉证书，师徒俩一起参加了全国劳动模范暨先进工作者表彰大会，接受了习近平总书记等党和国家领导人的接见。

2007 年 11 月 30 日，吴吉林被确诊患有非霍奇金氏淋巴瘤。当时医生说，吴吉林还有半年的生命时限。

“我才 30 多岁啊！在家庭中，是上有老下有小的顶梁柱；在事业上，单位建起了以我名字命名的工作室，我自己还有很多事要干……生命到此画上句号，怎么能闭得上眼睛啊！”吴吉林很是苦闷。

“这是多么好的小伙子啊，咋就得了癌症呢？”代旭升得知吴吉林患癌的消息后，震惊之余，最担心的就是吴吉林想不开，生怕他做出什么傻事。

“办法总比困难多！况且现在医疗技术这么发达，既然无法改变，咱们就要勇敢面对，一起想办法，把癌细胞彻底打败。”代旭升劝慰吴吉林说，“原来没有条件创造条件，咱们不照样拿下了大油田，原来采不出的原油，通过采用新技术，不也采出来了吗？咱们石油工人哪有让困难吓趴下的。”

“当时我也苦闷，也抑郁，也无奈，真想躺到床上啥也不想了，但想着关心我的家人，想着队上的工友们，想着一直激励我、关心我的代师傅，我反而坦然了、镇定了。”吴吉林说，“在刚查出患癌的日子里，多亏了代师傅对我的关心，特别是精神上的激励。”

“要对得起家人、对得起工友、对得起代师傅、对得起关心自己的每一个人。”吴吉林下定决心，“人怎样活也是一辈子，与其让病魔吓倒，还不如振作起来做点有价值、有意义的事，活不出生命的长度，那就活出宽度和厚度。”

“代师傅有写日志的习惯，受代师傅的启示，我也要好好规划自己的每一天、每一分、每一秒。”吴吉林说，在代师傅的激励下，他对生活进行了重新规划：专门制定了一份考评表，以月为单位进行考评，每月的每一天必做的每一件事情，都用一个简练的字来概括。

比如，“练”字代表着在规定时间锻炼身体，不管刮风下雨都要坚持；“药”字代表着每天都要遵医嘱按时服药，不得中断；而“书”字，就是每天必须看书，学习钻研专业知识。吴吉林觉得自己底子薄，发明创新中蹦出个问题就会绊倒自己，只有不断汲取知识的养分，生命才会不断注入活力。

“代师傅的创新精神一直激励着我，我觉得‘创新’就是我遏制癌细胞的一

味药。”为此，吴吉林在考评表中特别重视“创”字。

吴吉林说，“创”就是创造和创新的意思，人活着就是要“创”，每天都要“创”，只有创造出价值，生命才会有意义。也正是这个“创”字，成为吴吉林战胜癌魔最有力的精神支撑。

“吴吉林是我的徒弟，但在某些方面他也是我的老师，他的精神让我丝毫不敢懈怠。”代旭升说，吴吉林为了这个“创”字，把每一天都当成一场硬仗来打，克服疾病带来的种种不适，咬着牙坚持读书，咬着牙坚持上网查阅资料，咬着牙把构想的东西一点点变成图纸和数据……实在令人钦佩。

“看到吉林脸色已经呈现黑紫色，身体非常消瘦，我很是担心。”代旭升说，他到胜利

油田中心医院住院部探望吴吉林时，看到自己的徒弟在病床上仍然坚持学习，他很是感动，但更多的是心疼：“吉林，好好养身体，咱们的路还长着呢！等你养好了身体，师傅陪你一起选课题，一起搞创新。”

面对师傅的关心，吴吉林感动地说：“师傅，我一定要战胜病魔，跟您继续学习，跟您一起创新。”在代旭升等人的关心激励下，吴吉林凭着坚定的信念，坚强地挺了过来。

得到吴吉林身体指标转好的消息，代旭升长长地松了一口气，爱徒几次与死神擦肩而过，让他一直记挂。“吉林啊，一定要保重好身体。身体好了才有劲学习和工作，才有劲享受创新的快乐啊！”

“师傅，我想设计一个‘减速箱机油防盗装置’，不知道行不行！”2008 年春天，吴吉林刚走出医院的大门不久，就琢磨着创新的事，并打电话征求师傅的意见。

代旭升立刻回应吴吉林：“机油被盗损失的是效益，机油落到地上带来的是污染，解决了这个问题可谓一举两得，这是个不错的创新点子，但一定得注意身体！”

吴吉林认为抽油机减速箱的盖板存在缺陷，导致里面润滑的机油时常被盗，有好几台抽油机减速箱的齿轮都因此被磨坏了，生产也受到了影响，于是便有了攻克这个难题的想法。由于考虑不够成熟，忙活十几天，草图画了几十张，实验做了十几次，都没有成功。

看到吴吉林疲倦的样子，代旭升给吴吉林支招说：“吉林啊，你带着病这么折腾，实在不是个事，得集思广益，挖掘大家的智慧。”

随后，吴吉林在矿上的帮助下，组织技术人员一块讨论，及时调整思路，经过反复试验，终于研制出抽油机减速箱盖板防盗装置，解决了困扰工友们的一个难题。

2009 年，吴吉林做完肝穿刺手术才 3 周，便骑着自行车去营 17 斜更 51 井作业现场进行工况分析，因为他发现出油量低了，抽油泵的泵效只有 25%。

对于这一发现，吴吉林一时也拿不准，便向代旭升请教：“师傅，多口油井都存在泵效不高的问题，应该怎么办？”

“其实在其他单位，包括其他油田，都不同程度地存在着部分油井泵效低的问题。”代旭升笃定地说。

吴吉林说：“师傅，我简单算了一笔账，咱们东辛采油厂共有油井 1500 多口，平均泵效也就在 60% 左右，而泵效在 30% 上下的大约占到 1/3，在整个胜利油田，乃至全国的油田，低效井更多。泵效如果能提高一个百分点，那就是一个巨大的数字，就能多采出不少的石油啊！”

“吉林，你的想法很好，只要身体允许，就大胆去做吧！”代旭升听了吴吉林的分析，深深地被徒弟的执着感染，并鼓励吴吉林要打开视野，多论证、多求证，争取在提高泵效上有所突破。

想着师傅的激励，吴吉林下决心要攻克这一难题。可机械类、制图类的专业书籍生涩难懂，加上底子薄，吴吉林学起来非常费劲，后来他就把想到的关键技术环节记下来，再向代旭升请教。

其实，代旭升知道，吴吉林的身体还很虚弱，不能太过劳累，但他又不能扼杀这种创新创造的热情，便给吴吉林发去很多有关的资料和书籍，教吴吉林怎么画三视图。“自己的创新，市面上是买不到零件的，需要自己去设计，才能加工出来。如果想设计一个零件图，机械制图必须扎实才行。机械制图是最直观的说明要求，你的图画得精准，做零件的师傅才会做得到位、做得精密！”

吴吉林拿着师傅给的书，自己对照着揣摩消化，再一张张地画图，终于设计研制出了“多功能抽油井增效装置”。

2010 年 3 月，吴吉林邀请代旭升参加研发成果试用。“代师傅，我发明的多功能抽油井增效装置要在营 8-36 井投入试用，请您一起在现场鉴定仪器的使用情况。”

“油井泵效由原先的 28% 提高到 43%，整整高出 15 个百分点。”代旭升赞许徒弟的进步。可看着日渐消瘦的吴吉林，他心里有着说不出的滋味。“吉林啊！馒头要一口一口吃，步子要一步一步迈，留得青山在，不怕没柴烧，一定要注意身体啊！”

随后，在代旭升的帮助下，“多功能抽油井增效装置”在东辛采油厂100多口油井陆续应用，平均增效提高11%以上。

2010年7月8日，吴吉林参加了在成都举办的全国QC质量管理评选发布会，“多功能抽油井增效装置”从217项参评成果中脱颖而出，夺得全国成果一等奖。当代旭升接到吴吉林报喜的电话，从内心里为徒弟感到骄傲：“祝贺你，吉林！咱们胜利人，好样的！”

在代旭升的激励下，吴吉林不仅活出了生命的厚度，也在延展着生命的长度……2014年，吴吉林先后获得“全国最美职工”、全国“五一劳动奖章”的荣誉，并于“五一”前夕，走进人民大会堂，做了“吴吉林先进事迹报告会”。

“师傅，我要去北京做报告了，我觉得特别紧张。”当吴吉林获知自己要去北京人民大会堂领奖做报告时，赶紧给代旭升打了电话。

代旭升高兴地激励吴吉林说：“吉林，你是胜利人的骄傲！不要紧张，拿出我们胜利人的精神来，相信自己，你是最棒的！”一席话，让吴吉林不再忐忑。

一路走来，代旭升、吴吉林靠创新创造结缘，靠创新创造收获情谊，更是靠创新创造成就着人生梦想。师徒二人都获得了全国道德模范提名奖，2015年，师徒二人还一起走进人民大会堂，参加庆“五一”国际劳动节暨表彰全国劳动模范和先进工作者大会。

2005年8月14日，跟代旭升签约的徒弟中，还有一对痴迷创新的“夫妻档”——张建国、于春荣。他们俩因爱好结缘，也因爱好同时拜在代旭升门下，成就了一段佳话。

“说实话，搞革新是一件挺辛苦的事，有时候思路进了死胡同，想上几天几夜也理不出个头绪来，那个时候很容易挫伤积极性。”张建国说，自从拜代旭升为师，他逐渐找回了搞革新的自信心。在代旭升的帮助下，张建国不仅找到了破解难题的思路，而且还在思想上克服了畏难情绪，并能够在革新的路上坚持走下去。

“拜师之前，在工作和学习上遇到不明白的问题，一般都会到书本上和网上去寻找答案，可辛辛苦苦找到的答案，很多时候又解释不通遇到的问题，这让我很苦恼，总是有一种过河摸不到石头的感觉。”于春荣说，“自从拜代旭升为师后，师傅总会结合实际问题进行深入浅出的讲解，让很多问题都变得简单起来。”

1990 年 9 月，张建国和于春荣一起分到东辛采油四矿采油 11 队，荒原风、采油树让他们联系在一起，共同的兴趣爱好让他们成为比翼齐飞的“夫妻档”。

“我们俩因为革新走到了一起，可是在革新的过程中总有很多困惑，正好厂里组织导师带徒活动，我们便一起申请拜代旭升为师，没想到我们俩都通过了。”说起他们夫妻俩都能拜代旭升为师这件事，于春荣眼里闪烁着激动的光彩，“这辈子感到最荣幸的事，就是都拜代师傅为师，师傅创业创新奉献的精神，时刻激励着我们，真是一辈子也受用不尽啊！”

2005 年 10 月，张建国在向代旭升请教一些现场问题时说，在采油过程中，偏远井的产油量、计量问题一直是困扰采油工人的一大难题。油井现场标产以前是使用大型罐车，从油嘴套处安装一个控制阀门，接水龙带至罐车罐口，标产时由专人负责控制阀门，通过阀门控制油压，但问题是油井间隙出油时，压力忽高忽低，须随时调节控制阀门，而压力控制非常困难，因此要求操作者有一定的经验和认真的态度，才能保证安全操作。就算这样，也会经常导致标产不够准确。没有准确的资料，就很难对油井提出合理的措施，并会影响开发方案的制订。

“生产过程的难题就是我们要攻关的课题，发现问题的存在就等于找到了解决问题的方向……”代旭升激励张建国和于春荣，一定要想办法克服这一难题，并且指导张建国一定要解决好三个问题：一是彻底解决标产问题；二是要便于操作，安全可靠；三是要降低劳动强度，便于推广应用。

怎么才能设计出成本低、可移动、便于操作的标产装置呢？接下来的时间里，代旭升带领张建国反复合计、推敲，一个个无眠的深夜换来了设计图纸，并焊接了一个可装卸油的方形罐。

方形罐的大小正好可以放进农用车的后斗里，可随时吊装，罐的下面安装一个电子秤，可以直接称重读取重量，一端安放两个千斤顶可以顶起罐的另一端便于将罐内的油卸出，这样就算是有了一个移动式标产装置。

然而，每口井的油质不一样，稠油井尤其不好卸出来，于是代旭升带着张建国在罐底设计了电加热，保证了原油的装卸。

可是，通往油井的路往往坑坑洼洼，车辆颠簸十分严重，很容易造成电子秤损坏。为此，他们又在罐底用角铁焊接安装了一个固定装置，每四个角安装一个减震弹簧，保证了电子秤的准确度。

但是在标产过程中，油嘴套连接还需要停井，降低了油井生产时率。如何才能不耽误油井正常生产呢？代旭升和张建国又改造了连接油嘴套。

应用时，将装置安装在油嘴套处，流体进口有外螺纹，与油嘴套的内螺纹配合使用，流体出口通过水龙带连接罐车。

标产时，根据回压的高低，把压力调整到标产压力和回压相同的压力。当油井出油时，压力上升。压力高于标产的压力时，原油从出口流出，经过水龙带进入罐车，当油井间隙出油时，压力降低到标产设定的压力，由于弹簧的压紧作用，出口不出油，并保证压力平稳，达到定压标产的目的。

2007 年 9 月，在代旭升的激励下，“油井现场标产定压装置”这一成果参加了山东省职工成果评审。

2007 年 9 月 29 日，代旭升、张建国身披彩绸，登上了山东省职工技术创新成果表彰大会的领奖台。红彤彤的荣誉证书、熠熠生辉的奖杯，定格成辉煌的瞬间——代旭升发明的专利“移动式套管气回收装置”问鼎山东省职工优秀技术创新成果一等奖，他同时被授予“山东省职工十大发明家”和“富民兴鲁劳动奖章”荣誉称号；张建国研制的“油井现场标产定压装置”荣获山东省职工优秀技术创新成果二等奖，同时他被列入“山东省职工优秀发明家”行列。

2008 年，油田举行名师带高徒活动，张建国有幸成为油田层面为代旭升筛选的“高徒”。也就是从这时起，在代旭升的帮带下，张建国创新成果层出不穷，并成长为名副其实的“高徒”。

有段时间，张建国萌生一个想法，想研制一种“气液双向表”，以解决气与液的双向计量问题。

设计之初，张建国阅读了大量的资料，想设计一个旋起拔式流量计。在代旭升的引导下，他确定了“在闸门的一侧设计一个重锤，流量越大，重锤的开启角度越大；流量越小，开启角度越小”的思路。

很快，张建国把新设计的流量计安装在井上进行试验，发现计量效果非常好，可是应用一段时间后，精准度变得越来越差。多次试验下来，还是无法解决精准度问题，他将仪器拆开分析后发现，油井出砂结蜡成为制约气液计量的致命“瓶颈”。

迷茫、痛苦、绝望伴随着张建国和于春荣。“不行，还得请师傅来！”张建国决定请代旭升出山帮忙。

“你们的想法非常好，但是态度不好！失败了怕什么？没有失败就没有成功，哪有革新一次就能成功的？你们这才失败了几次就灰心丧气了！不要怕失败，我和你们一起干！”代旭升看着张建国、于春荣等人组成的团队很愁苦，赶紧给他们打气。

在代旭升的指导下，张建国创新团队推倒以前的方案进行重新设计。代旭升还给张建国建议说：“建国，你先学习力压差式流量计、浮子式流量计以及蜗轮蜗杆式流量计的特点，之后再进行设计。”

按照代旭升的思路，张建国开始了新的攻关。在一次聊天中，张建国和于春荣突然想起了小时候玩的一个游戏：用一个吹管，吹着一个小球上下浮动，用力大，球吹得就高；用力小，球就落下来……

能不能用这种方法解决这个问题呢？张建国立刻给代旭升打电话。代旭升说：“这个想法非常好，可以去试试。”张建国再次调整实验设计，一举获得了成功。

2014 年 12 月，张建国被聘为胜利油田技能大师。2015 年，“旋起拔式流量计”获得胜利油田技能人才技术创新成果一等奖。站在台上领奖，张建国感慨万千地说：“如果没有师傅的指点，我就不会在今天的领奖台上领奖。”

然而，随着实验的推进，张建国发现，旋起拔式流量计安装至少需要 4 至 5 人，如何设计一种小巧轻便的仪表？但此时，革新经费成为困扰。

创新薪火离不开组织的大力支持，东辛采油厂工会、胜利油田工会、山东省工会、全国总工会，都向张建国伸出了援助之手，该项目于 2015 年被评为全国总工会职工创新补助资金项目。

张建国非常感激领导们的大力支持，兴奋地给代旭升打电话说：“师傅，创新资金批下来了！”

“好啊，组织的支持是咱们创新最大的动力，继续加油干吧！”代旭升、张建国与工作室人员经过 3 个月的努力，终于设计出了便于安装的新型多功能油井井口气液计量装置。

发明的路上总是荆棘丛生，但是难不住善于钻研、不怕困难、持之以恒的人。2016 年 6 月 18 日，代旭升和张建国师徒俩带着该装置代表胜利油田分公司参加海峡两岸职工创新成果展，受到了全国总工会、福建省总工会领导的一致好评。

其实，早在这次技术创新协会成立之前，代旭升已经意识到，人才在企业可持续发展中具有举足轻重的作用，尤其是在采油方面。当时，由于就业的压力，青工中出现了青黄不接的断代现象，热爱采油工作，愿意扎根一线，安心做一名优秀采油工的职工已经不多，这与整个社会的浮躁现象有关，也与油田本身的一些机制有关。

尽管如此，代旭升还是决心把传授技艺、精心带徒作为自己义不容辞的责任，他始终有着这样一个理念：开发油田必先开发心田，多采技术才能多采油。

截至技术创新协会成立之时，代旭升已经有签约徒弟 59 名，其中 2 人在全国采油工比赛中获奖，5 名晋升为高级技师，29 名晋升为技师，还有的走上了领导岗位，已是桃李芬芳。

1998 年，代旭升签下了第一个有师徒合同的徒弟——任学刚，他现在是胜利油田东辛采油厂技术管理科副科长。

“1998 年 4 月 16 日，在黄河以北的河口采油厂，我正式成为代师傅的徒弟。”任学刚说，在签约仪式上，自己给代师傅深深地鞠躬，成就了这段师徒情。

“跟师傅学到的不仅仅是技术，更重要的是做人做事。”说起拜师的情景，任学刚两眼闪烁着耀眼的光辉，充盈着满满的感激。

任学刚说，1990 年从胜利油田石油开发技校毕业走上工作岗位，就知道代师傅的大名了，当时最想做的就是，能像代旭升那样学好技术、练好本领，做一个合格的采油工人。

1991 年，任学刚有幸参加了厂里的技术比赛，获得采油工比赛第五名，并在 1992 年参加了全国采油工大赛培训班。当时全油田共有 25 人参加培训，培训采取末位淘汰制，最终任学刚参加了全国大赛。大赛回来以后，他又考入职工大学的采油专业，脱产学习 3 年。

1995 年 2 月，任学刚学成归来，被分配到东辛采油厂采油 2 队辛 69-2 站当班长，这才有了与代旭升见面的机会。任学刚说，当时自己一遇到工作上的困难就向代师傅请教，没想到时隔 3 年，自己真成了代师傅的签约徒弟。

1998 年 4 月 16 日，胜利油田河口采油厂会场上彩旗招展、一派祥和。代旭升和任学刚胸前都佩戴着大红花，缓缓步入会场。

任学刚低头摸着大红花，看着代旭升和油田广大采油厂的高级技师们握手，想想自己即将拜代旭升为师傅，更是内心澎湃，激动异常。

任学刚紧跟代旭升登上主席台，在“导师带徒”的合同上郑重签下自己的名字。合同不仅明确了师傅和徒弟的职责，还明确了师带徒的方向，明确了合同期限的目标任务：一是指导任学刚当年达到高级工水平；二是两年内达到局级技术能手水平；三是五年内达到总公司技术能手水平。

代旭升握着任学刚的手说：“学刚，今年以来，受亚洲金融危机影响，国际油价大幅下跌，石油石化行业都面临很大的困难，咱们一起好好加油吧！”

“师傅，我一定努力，好好跟您学习！”看着代旭升坚毅的目光，其中有勉励，有信任，有期冀，更有着对未来的憧憬与希望，任学刚顿时理解了师傅，仿佛一下子读懂了师傅的博大胸襟，赶紧连连点头表态。

在代旭升的帮带下，任学刚就像拧紧的发条，在实践中锻炼，在锻炼中实践，很快成为单位的技术骨干，并从工人岗位走上了采油 31 队工程技术员岗位。

“与任学刚在一起，最难忘的就是鏖战永 8 断块的日子。”代旭升说，永 8 断块是高勘探风险区块，1998 年以来，油气勘探取得了重大突破，含油面积 1.2 平方千米，地质储量达到 1214 万吨，单井产量很高，但是油稠结蜡严重，把原油开采出来不容易，他和任学刚想了很多办法。

“永 8-7 计量站投产，让我学到了代师傅严细认真的态度，学到了他身上那种‘没有条件上，创造条件也要上’的劲头。”任学刚说，永 8-7 计量站是胜利油田第二座复合式计量站，比其他计量站要大得多，光管线就铺得密密麻麻的，任何一个地方想不到都会影响投产质量。

“计量站投产那天，我是坐班车到单位的，可没想到代师傅早已换好工衣在等候。”跟同事们了解后，任学刚才知道，为了不漏掉投产的细节，代旭升在队上待了整整一个晚上。

“不管做什么事情，只有坚持未雨绸缪，才能做到‘手里有粮，心里不慌’，才能更好地发现问题、解决问题。”代旭升叮嘱任学刚，铺设管线的时候，一定要盯在现场，标记好管线铺设顺序、走向和过沟过坎的位置，方便管线铺设覆盖后的查找。

代旭升还带着任学刚一口井一口井地跑，落实每口井的井口回压资料，以便准确设定掺水量，并告诫任学刚，工作上容不得半点儿马虎，不能偷半点儿懒，必须丁是丁卯是卯，才能保证不掉链子、走在前面。

就在年三十的下午，单位的人都陆续赶回家过年去了，留下的人很少。因为巡线不及时，水套炉里燃烧的天然气里面有水没有被及时发现，造成气量小，燃烧温度不够，最终导致管线堵塞，井口回压持续上升，如果不尽快处理，管线势必会爆裂……

“代师傅，我们队外输管线堵塞，请您帮忙想想办法！”任学刚焦急地给代旭升打电话求助。

代旭升得知消息后立刻赶往现场，带着任学刚跑原来管线掩埋低洼的地方，采取“在管线中间加闸门，一节一节处理”的办法，持续点火烧冻堵的管线，不断地观察压力变化，一点一点地疏通……

经过3个小时的努力，压力回落到正常数值，管线终于被疏通了，可矿上送来的饺子早就粘成了一坨！

那一刻，任学刚彻底折服了，也终于明白代旭升的苦心。他一下子回忆起管线铺设时的场景，正是师傅严细认真地盯现场，才有了今天管线疏通的顺利。

后来，在代旭升的鼓励下，任学刚于1999年走上东辛采油厂采油9队副队长岗位。

“代师傅不仅教技术，还时时处处关心着徒弟们的生活。”任学刚说，自己的妻子在疗养院工作，两人常年两地分居，常为这事闹矛盾，而且有了心结，工作劳累或者不顺的时候，他经常会跟师傅发发牢骚。

代旭升没有站在任学刚这边，而是语重心长地劝慰道：“工作要扎扎实实地干，这是对单位负责，对自己负责；夫妻之间一定要多理解、多体谅、多包容，这是对妻子的负责，也是对家庭的负责。”

“只有家和，才能万事兴啊！”代旭升还安慰任学刚，“作为男人、丈夫，就要多体谅对方的不容易，她一个人远离油田也不容易，不要老是一味地强调自己的感受，要多站在对方的角度想问题、做事情。”

代旭升善解人意的话，让任学刚感受到了如沐春风般的温暖，现在说起来，他仍然对师傅充满了感激：“师傅教给我们的不仅是技能和技术，更重要的是严谨做事的态度，让我们更加懂得了怎么做人、做事，正确对待得与失、荣与辱。”

赵海英是代旭升于2001年签约的徒弟。1993年，赵海英获得胜利油田东辛采油厂技术比赛第三名；2000年，获得东辛采油厂技能竞赛采油工第三名，胜利油田采油工女子组第一名。

2002年，适值全国中石化企业职业技能大赛，代旭升便找到赵海英说：“你有这么厚的底子，趁年轻去参加全国竞赛吧！”

“作为采油女工，本身在体力上就处于劣势，再者我拖家带口的能行吗？”赵海英犹豫地说。

“毛主席教导我们说，‘不怕困难，不怕挫折，坚持奋斗，努力学习，就能获得进步与成功’。”代旭升激励赵海英说，“现在咱还年轻，还没到享清福的时候，还是让我们在奋斗中体现价值吧！”

有了师傅的激励，赵海英勇气倍增，决心不辜负师傅的期望。

当时，竞赛的实操有一项“铰板套扣”项目。而项目最重要的就是板牙质量，这关系到套出来的丝扣是否符合标准、试压时能否做到滴水不漏，而且要求选手自带板牙。

赵海英转遍东营的很多五金店，也没买到一副好的板牙，训练时便老是走神，不能安心。

一次，代旭升打电话关注赵海英的训练情况，听着话筒里的赵海英支支吾吾、语焉不详，便知道她遇到了困难。当了解到她是为了板牙的事着急时，代旭升便把找寻板牙的事揽了下来：“你好好训练吧，板牙的事情我去办！”

代旭升的话，让赵海英一下子吃了定心丸，训练场上都传遍了：“胜利油田来了一个女汉子，干起活来又快又好！”

2002 年 9 月，赵海英在大庆竞赛一路过关斩将，终于获得了好名次，便高兴地给代旭升报喜：“代师傅，全国大赛我得了第十，是唯一一个进前十名的女选手！”

听到这一消息，代旭升也非常开心，连说：“好！好！好！争气了！”

后来，赵海英听一位经常和代旭升打交道的朋友说，为了给她买这副好板牙，代旭升辗转求了好几个人，专门跑到济南才买回来。赵海英想，原来师傅为了她，竟然花了那么大的心思，费了那么大的劲，对师傅十分感激。

可是，当赵海英回到工作岗位后，代旭升并没有过多褒奖，而是平静地告诉她：

“学知识、参加比赛，都是为了学以致用！”他还激励赵海英立足岗位、发挥技术优势，多搞革新创造，多解决生产问题。

随后，代旭升便带着赵海英设计了“多功能油井热水循环洗井装置”，并准备在胜利油田东辛采油厂采油三矿营13平14井试用。

2002年9月13日，营13平14井原油黏度在5000毫帕·秒以上，属于稠油井，化验含水仅有11%，因为液量低、含水低、原油黏度大，日常掺水已不能保证油井的正常生产，开井3天以来已停井4次。因此，代旭升决定在这口井上试用这套装置。

代旭升连接好流程以后，上午9点开始正常使用，待水温达到了90℃时，就将降黏剂加入加药桶内。代旭升叮嘱赵海英做好记录，随时观察电流以及载荷的变化情况。

下午2点，根据油井的变化情况，代旭升安排赵海英再次调整加药量，到下午4点，电流与最大载荷均发生了变化。

“这说明热洗已经开始见效，但要保证温度和药效的作用，还得较慢循环，必须继续观察实际效果。”代旭升一边观察，一边指导着赵海英。

最终，“多功能油井热水循环洗井装置”试验成功，这也让赵海英目睹了师傅的严密认真，深刻理解了师傅成果创新的艰辛与不易，深刻明白掌声背后的坚守与坚持……

2010年10月，东辛采油厂采油二矿采油18队有一口自喷井要清蜡，赵海英那天正在家里休息，代旭升给她打电话说：“今天我要去给自喷井清蜡，你如果没有什么重要的事情，就过来学学吧！”

赵海英知道，这是师傅想让她多学点知识。随着老油田开发时间的延长，油田自然递减加剧的矛盾越来越突出，自喷井越来越少见了，清蜡的技术几乎要失传了。

赵海英二话没说就赶到了采油18队。代旭升详细地给赵海英讲解如何打绳扣、如何盘钢丝、如何下井等操作，等做完一遍已经是中午12点多了。

赵海英和代旭升是一个单位的，代旭升的严厉和严谨基层队的职工都深有感触，只要代旭升下去检查工作，从来不放过一丝一毫的过错，开始的时候大家都比较抵触，觉得代旭升这个人过于严厉苛刻。但是时间长了，大家发现，按照他的要求和建议改进之后，后续工作起来反倒轻松了不少，有很多活都不用一再重复地去干了，基层工人尝到了甜头，也都认可了代旭升的严厉苛刻，甚至盼着他来检查时顺便给指点指点。

这次清蜡也是采油 18 队发出的邀请，并且又给赵海英上了一课。

清蜡结束的时候，代旭升还不忘给赵海英上课："每个人都有自己的特点，你应该针对自己的情况进行分析，克服自己的弱项。比如，你晚上拿着遥控器，对着电视换来换去，没有什么好看的节目的时候，不如看看书，想一想还有哪些是自己不会的，想一想工作上还有哪些未解决的困难，要想成功就得比别人多付出、多奉献。"

在代旭升的激励下，赵海英从 2006 年起被聘为东辛采油厂首席技师，2013 年又被评为山东省首席技师。虽说赵海英取得了好的成绩，但代旭升始终没有放松对她的要求，仍不断提出更严格的要求："任何时候都不能停下脚步，只有不断前行，才能解决想要解决的问题，才能实现自己的梦想……"

驻足东辛采油厂，从机关到基层，从后勤到一线，从班组井站到车间泵房，从偏僻的广利油田到繁忙的东辛油区，代旭升的徒弟遍布各个行业，其中很多徒弟已经开始收徒，演绎成"滚雪球"效应……

马珍福是 2006 年毕业于中国石油大学（华东）油气田开发工程专业的硕士研究生，一直从事油田注采工艺新技术研究和推广应用。2009 年，在胜利油田开展的第四届"名师带高徒"活动中，他执意申请拜代旭升为师。

硕士研究生拜只有初中文凭的工人为师，这在胜利油田成为一段佳话。其实，不仅在东辛采油厂，也不仅在技能操作层，代旭升与硕士研究生签约的故事在整个油田都广为传播。

"跟代师傅学习，主要是学习他那种干事搞研究的精神，学习他精益求精的工作态度，我感觉这个是很重要的。"说起拜代旭升为师的初衷，马珍福如是说。

结为师徒后，两人除了通过电话和网络交流，还一起跑现场和实验场房。

2010 年年初，马珍福还在设计院做技术员，钻井作业打的探井还没有能做到立即油水分离的计量设备，光录取资料就有很多工作要做，很是麻烦。

"师傅，我最近正在研制一种'探井试油在线计量装置'，想快速得知地质储量情况，但我是第一次负责地面装置的设计，方法欠缺，思路很不明确，想请师傅教教我地面装置的设计方法。"基于地面设计上的困惑，马珍福打电话请教代旭升。

从电话中，代旭升感受到了马珍福的热切，感受到了他研究最终目标的明确，也感受到了年轻技术人员的激情……因为采油现场经验不足，不知道从何处下手，这也是大多数没有在基层工作过的年轻技术人员都会遇到的问题。为此，代旭升决定帮助马珍福尽快走出瓶颈期。

马珍福向师傅提出："师傅，我特别想听听您'移动式套管气回收装置'的设计过程，想从中汲取一些经验。"

代旭升就从当时设计"移动式套管气回收装置"的初衷、总体方案的设计、关键技术的调研设计、关键技术的试验、整体装置的试验和现场的试验推广等几个环节进行了详细的讲解。

马珍福是石油大学研究生，很容易听懂创新制造理论。而针对马珍福缺少采油现场经验的实际，代旭升特别对项目中如何实现油气水分离、在线单独计量等关键技术难点进行了分析。

"首要任务是调研确定油气水快速分离和单相实时计量的方法，其次才能确定项目总体的技术方案和详细的结构设计，就像蛋清和蛋黄分离开了，才好针对性地炒某个菜。"代旭升毫不保留地指导马珍福，做到知无不言、言无不尽。

代旭升形象的比喻让马珍福很快就明白了。"师傅的讲解，让我明确了自己该从何入手，下一步该如何衔接，思路一下子豁然开朗了。"马珍福兴奋地说。

依托研究院所的科研氛围和科研条件，马珍福从问题的提出到产品的现场试验，仅用了半年多的时间就研究出了油水两项分离装置，井下油流通过分离包将油气水分离后再进入计量装置，油、气、水以及产量和含水率都能立即得出了，能快速建立资料档案。

可是，在后来的应用过程中，装置遇到稠油就不好使唤，马珍福又遇到了瓶颈，一下子失去了当初的兴奋劲。

2006 年 5 月，马珍福利用油田组织参观代旭升工作室的机会，专门和师傅探讨了这个事："师傅，'探井试油在线计量装置'应用到钻井了，很实用，在室内试验的效果非常好。但在现场试验过程中又发现了一些新的问题，特别是冬季产出液进入计量装置后黏度升高很快，干线回压很高，甚至停井时间长了，装置内的油因为黏度高会凝固或结冰，无法重新启动计量，能不能现场实时在线电加热？我该怎么做？"

"前几年，我跟别人交流，了解到一些快速电加热的技术，可以给你提供一些帮助。"一连串的问题摆出来，代旭升一条条做着解答，"建议在停井时，最好能用空气压缩机进行流程内的扫线，防止长时间停井导致产出液结冰。"

"研究创新不能一蹴而就，遇见问题很正常，关键是不要泄气，这些失败的经历，将来都会变成人生的财富。"代旭升看着马珍福无奈而焦急的模样，为他打气激励，“一定要用你的学识多创新，为石油事业增添力量！”

代旭升生怕马珍福遇到困难就失去了锐气，便语重心长地开导他说：“什么叫工作，工作就是斗争。我们是为了解决困难去工作、去斗争的。越是困难的地方越是要去，这才是好同志。”

代旭升的一席话让马珍福深深感受到了师傅的高风亮节，特别是被师傅那种“越是困难越向前”的精气神所感动，使劲点点头。

马珍福深感自己缺少的正是师傅身上接地气的“现场经验”，并决心像师傅那样创业、创新和奉献，先开发心田再开发油田，将技术创新作为自己的责任和使命。

2010 年 8 月，马珍福再一次找到代旭升，请教自动化抽汲问题：“我在钻井现场发现，钻井队每次打井的时候，现场会有很多的车辆连接错综复杂的管线，探井抽汲液体排液时用很原始的通井机带动胶皮抽子，导致不能连续作业，还需要人工值班守护。师傅，井下采用皮碗抽子抽汲使井口时不能密封，而且抽子易损坏，抽汲效率低、周期短，设备频繁搬运，运输费用太高，能不能用一体化的思路解决呢？”

一连串的发问，让代旭升陷入深深的思考，随即说：“钻井队每次确实会使用很多车辆，这么庞大的设备组合在一起使用有难度，叫上建国咱们一起设计一下吧，看有什么好办法。”

张建国听了马珍福的思路后说：“师傅，咱们能不能把设备设计得小一点，用上次标产装置的思路，能用车把设备一次背走，就能省好几台设备的运输费用，一车拉好几台设备，来去容易，使用方便。”

代旭升欣慰地点点头，前期他与张建国解决标产问题，也是技术集成的问题，现在在钻井现场同样适用，但还需要在细节和改进上下些功夫。他说：“再用钢丝绳带动抽油泵，钢丝绳密封装置可以实现井口密封，井下抽油泵可以连续抽汲，抽汲管柱可与压裂或酸化管柱成为一体化管柱，还减少部分起下管柱的工序。”

听着师傅和师兄的“一唱一和”，马珍福恍然大悟：“钻井队不缺斯太尔，用斯太尔车做运输底盘设备吧，一车就能把指重系统、减速系统、拖动系统、控制系统、制动系统、安全防护系统和操作台都整装带走，太方便了！”

代旭升点头称赞道：“就叫‘连续抽汲车’如何？”

连续抽汲车生产出来后，代旭升带着两个徒弟来到长庆油田杏 44-27 井进行现场应用，下泵深度在 1200 米，抽汲了 30 个小时，其间测了两次动液面，动液面稳定，实验大获成功。长庆油田的现场负责人当即要求："给我们留下吧，我们正需要这样的高科技设备。"

近年来，在代旭升的帮带下，马珍福积极参与技术攻关研究，参与完成了《油水井不压井作业技术研究》《液压举升快速返排系统研制》等 7 个课题项目，先后获得中国专利优秀奖、山东省安全科学技术进步二等奖、山东省情报科学技术进步二等奖和分公司科技进步奖。

如今，马珍福走上了胜利油田工程研究院副总工程师、注水研究所所长岗位。

2010 年，胜利油田再次举行"名师带高徒"结对活动，孟向明报名拜师，通过油田层层选拔与考核，与代旭升签订了师徒合同，正式成为代旭升的徒弟。

看着代旭升和蔼的笑容，紧握着他那宽大有力的手时，孟向明感受到了代旭升血脉里奔涌的石油精神。

其实，1993 年 9 月从胜利石油开发技校毕业后走上工作岗位的那一天起，孟向明就在心里树立了一个目标：要做代旭升式的有技术、有力量的石油工人。

代旭升一直是支撑孟向明的精神力量，特别是随着时间的推移，代旭升的名气也越来越响：不仅拥有山东省首席技师、油田技能大师的头衔，更重要的是在创新创造上有着很高的建树，还登上了高阶科技进步奖的领奖台。孟向明暗下决心要向师傅好好学习，以师傅为榜样，希望在技能创造上有新的发展与突破。

"知识都是自己主动自学来的。"代旭升经常这样激励孟向明，"学习了知识，就要用在实处，而创新是知识的延伸。我们这些技师一定要担负起油田建设的担子。"

在师傅的感召下，孟向明也开始关注用创新办法解决生产中遇到的难题。

2011 年，代旭升在给孟向明等徒弟上课时说："创新一要靠知识的积累，二要在工作中多观察，只有用心才能更好地解决生产疑难问题，才能真正为油田做出贡献……"

孟向明反复琢磨师傅的话，发现调平衡操作时，一个人要站在平衡块上抡大锤，而为了防止死扳手飞出，需要另一个人手扶死扳手，但由于减速箱和平衡块之间的空间狭小，扶死扳手的人会有被抡大锤的人砸伤的危险。

孟向明向代旭升请教怎么降低风险，他说："师傅，怎样才能降低扶死扳手的人被砸伤的风险呢？"

"如果用一个工具代替人手扶扳手，不用这个人手扶了，当然就不存在操作危险了。"代旭升直截了当地说，"很多事其实并不难，关键就看你能不能想得到。"

接着代旭升又打了一个比喻。"就像现在食品包装袋上的那个小缺口，以前大家都是费尽周折地拆包装袋，现在这个很不起眼的小缺口，却能让人轻而易举地把包装袋撕开，其实就是那么一点点改动，结果却大相径庭。"

就这一句话的点拨，让孟向明一下子明白了代旭升的意思。很快，孟向明就发明了不用手扶的"调平衡专用扳手"，让抡大锤的操作者可以放心操作，不再分心，不但提高了工作效率，而且大大提高了安全操作系数。

2015 年，油田组织技能大师下基层，大师们来到了现河采油厂采油 16 队，先参观了青年科技示范园的练兵场和成果展示。

孟向明一直跟在后面，他发现参观时，代旭升手里拿着照相机，照了许多创意成果和培训设施的照片。

会议结束后，孟向明好奇地追上代旭升问："师傅，您的照相机都是随身携带的吗？"

"是啊，我拍照是为了学习，多看多学能够激发我的创新灵感，同时也能够发现问题，为下一步的创新提供课题。"代旭升一边翻看着照片，一边跟孟向明交流着。

孟向明感叹道："师傅都是大师了，还走到哪学到哪，真是值得我们学习啊！"

2015 年 3 月，胜利油田技能竞赛即将开始，已是现河采油厂首席技师的孟向明和代旭升都是培训教练，由于组装管路没有做好，选手们没有训练设施，承办方表示两周之内争取焊好训练设施。

"时间相当紧迫，不能等两周的时间，如果焊接管件人手不够，我们教练组可以帮着一起焊接，好让选手们早点上手练习。"为了不耽误选手们训练，代旭升提议由教练组承担管件的焊接任务。

人心齐泰山移。在代旭升的带领下，大家一起选管材、量尺寸、铰板套扣、组装管路，仅用了 5 天就焊接好了训练设施，大大缩短了工期，增强了训练实效。

一次，孟向明回宿舍拿东西，却无意间发现了师傅的一个"秘密"：他看到代旭升正在宿舍里吃药，这才知道师傅是带病和大家一起坚持工作。

"不要跟大家说我生病的事，任务很紧，不要让大家因为照顾我而分心，只要我调整好心态，加上适度锻炼，加班是没有问题的，赛前咱们一定要把选手的技能提上去，争取让大家都拿到名次，高高兴兴地回去。”代旭升要求孟向明不能透露消息，让大家积极备战。

在调平衡训练项目检查时，孟向明发现以往训练都需要锁死刹车，以保证操作者人身安全，但锁死刹车只是固定在减速箱尾部的一根可以左右移动的钢管。

孟向明向师傅汇报了这个情况，代旭升提出刹车存在的缺陷：一是比较笨重，每台抽油机都必须安装一套锁死刹车，成本太高；二是锁死刹车是用两条 M24 的螺栓固定在减速箱尾部，不够牢固；三是锁死刹车后，一旦发生溜车，减速箱皮带轮辐和锁死刹车都将因承受巨大的扭矩而损坏……

在赛后不到十天的时间里，代旭升一直牵挂着这个隐患，他告诉孟向明：“一定要想办法尽快解决这个问题，这可是关系人身安全的大事！”

很快，代旭升加班加点设计出了重量轻，体积小，携带、安装方便，性能可靠的刹车锁，并叫上孟向明一起现场试验，最终使这个刹车锁的性能、指标均满足了生产的需要，保障了操作者的安全。

孟向明每每想起这事都感叹不已：“师傅在竞赛结束这么短的时间内，而且还是在身体不适的情况下，就完成了这一项成果，让我真正明白啥叫敬业和专业！”

事后，代旭升与孟向明交流道：“作为一名高技能人才，怎么去发现问题？怎么去解决问题？机会对于每个人都是平等的，首先是要积攒能量，当机会来临时才能抓住机会；如果平时缺少知识储备和积累，即使机会来临也无法抓住，所以我们不管到啥时候都不能忘记学习、学习、再学习！”

在代旭升的帮带下，孟向明被评为山东省首席技师，并竞聘成为胜利油田技能大师，被评为中国石化劳动模范，又获得了国家技能人才培育突出贡献奖。站在绚烂的领奖台上，手捧荣誉证书和奖章，孟向明不禁感念师傅“个人的价值是在不断的创新过程中体现出来”的谆谆教导。

孟向明决心一定要在以后有限的生命里，燃烧自己的光和热，传承师傅传递的“我为祖国献石油”这一朴素的工匠精神，从创业走向创新，从胜利走向胜利，不辜负这个光荣的时代！

如今，在胜利油田，名师带高徒已经成为高技能人才培养的重要途径，成为高技能人才脱颖而出的“催化剂”“加速器”。继孟向明之后，油田范围内其他采油厂的高级技师们陆续与代旭升签约。

“清清白白做人，踏踏实实做事，在成才路上切不可因贪图名利而忘记做人的根本。”桩西采油厂杜国栋说，在 2011 年 4 月胜利油田举行“名师带高徒”签约仪式时，代师傅的这句教导让他久久难忘。

因材施教、因人受教是代旭升长年坚持的带徒方法和原则。代旭升常说：“作为一名石油人，不仅自身要有过硬的技术，更重要的是，要将经验心得传授给他人，帮助油田培养一批更优秀、更有思想、更有技术的员工，这也是我对油田最有价值、最有实际意义的回报。”基于杜国栋的特点、特长，代旭升鼓励杜国栋把眼光投向推陈出新和出奇制胜上。

杜国栋所在单位管辖的油井地理位置复杂，油井单井输油管线周边为海滩地区、盐场、养虾池、苇场等区域，一旦管线穿孔、渗漏处理不及时，不仅容易造成油井管线冻堵、抽油设备设施损坏等问题，更重要的是会造成环境污染。

对于这种情况，桩西采油厂的领导们劳心费神，杜国栋也很头疼。

为此，代旭升给杜国栋提出了一条思路：“管线破裂，井口压力肯定有变化，能否设计一个感知井口压力的设备，当压力变化时，油井自动停井，最大限度遏制油污。”

在这一思路的引导下，杜国栋研制了“油井压力突变自动停井装置”，有效减少了因管线破漏造成的产量损失，该成果荣获胜利油田合理化建议一等奖。

2014年，代旭升还依托以自己名字命名的工作室，指导杜国栋成立了桩西采油厂工作室联盟，加快封闭式创新向开放式联合创新转变，并指导杜国栋工作室完成了“减速箱内部清洗加油装置”，一举突破了皮带式抽油机减速箱清洗难的问题。

“作为技术型工人，要敢于挑大梁、担重任，多为石油事业做贡献，回报组织对你的支持和信任。”2016年，在代旭升的引导下，杜国栋工作室联盟承担了中石化科技立项《油井防盗油系列的研发》项目。代旭升从前期的项目调研、攻关方向确定等方面都参与其中，形成了一整套油井井口防盗技术，其中的套管抽吸装置、四化丝堵防盗装置填补了油田科技空白。

2011 年 4 月，与代旭升签约的徒弟还有胜利油田孤岛采油厂的吴法旺。

有一次，吴法旺有两个实用新型专利材料，以及论文、QC 成果需要上报，但他总觉得哪里不妥，又不知该如何修改完善，就专程找到代旭升请教。

代旭升看完吴法旺的材料，便问："现场使用问题资料是你自己录取的吗？怎么录取的？为什么用在这里？"

面对代旭升一连串的发问，吴法旺突然脸红了。

的确，这些数据吴法旺没有现场落实，只是打电话问一下，就直接拿来用了。也正是因为这些数据不准确，导致革新改造后出现一连串问题。

"作为一名技术人员，对数据一定要敏感，更要有实事求是的态度。"代旭升毫不避讳，带着吴法旺跑了 6 个油井现场，对结蜡点、矿化度、生产参数等问题进行了问询落实，并告诉他："法旺啊，创新是个严肃的事，容不得半点懒惰，数据一定要真实可靠！"

代旭升严细认真的态度，让吴法旺很是惭愧。回去后便重新落实资料，充实成果研究资料，终于成果问世，不仅解决了生产问题，还摘得了油田技术创新奖。

"莱特兄弟当初如果只是坐在家里空想怎么飞翔，飞机怎么可能会飞上天呢？"在创新过程中，代旭升还时常引导吴法旺，"要接地气，要多跑生产现场，要多问班组里的困难，没有一个创新是空想就能完成的，灵感都来自于生产现场，多问几个为什么，也利于疏导创新思路。"

吴法旺铭记代旭升的话，坚持到现场落实每一个疑难问题。从 2011 年以来，吴法旺共取得"抽油机减速器机油液位显示计"等 8 项国家实用新型专利，在国家核心期刊发表论文两篇……

时间如车轮碾过，代旭升导师带徒活动仍在继续。

传技术，播种希望。代旭升常说："搞创新，个人作用固然重要，但一个人就是浑身是铁，也捻不了几根钉。"他自觉弘扬石油石化传统、身体力行"传帮带"，在单位的支持下，建起了"代旭升创新工作室"，为创新爱好者提供了交流平台和创新场地，让更多的年轻人热爱技术和革新。他自主创办的"胜利油田采油技能大师网"，把老传统带到年轻人的"新世界"中，成为青年工人的"技术家园"。

带作风，弘扬精神。通常人们认为，创新、发明是"学院派"专家的"专利"，而只有初中文凭的代旭升却先后研发了 96 项油田级以上创新成果，累计创效 2.8 亿元，成为一种精神引领，他的徒弟们也利用自己的创新工作室，像师傅一样带徒弟、搞创新，在胜利油田演绎出"滚雪球"效应。如今，胜利油田已建起创新工作室

100 多个，不仅实现了石油工人技能素质的提升，也营造出万众创新的局面。

2016 年 4 月 6 日，许振超到“代旭升创新工作室”调研，了解到工作室成员从 300 人发展到 1500 多人，代旭升培养的具有师徒合同的徒弟有 101 名，其中 88 人晋升为技师、高级技师，累计创出 1000 多项革新成果时，对代旭升导师带徒和创新创效的行动给予了高度评价。

代旭升 60 岁生日之际，孟向明以一封长长的信笺，道出了徒弟们对他的爱戴，道出了徒弟们对“工匠精神”的敬仰：

尊敬的师傅：

您好！

再过几天就是您 60 岁的生日了，徒弟有好多话想对您说，又不知从何说起。尽管也有过很多次上台领奖的经历，但有一个场景是我毕生难忘的；虽然也有很多头衔和光环，但有一个称呼是我始终珍惜的。2010 年，作为油田首席技能大师的您与我签订了师徒合同，我正式成了您的徒弟。当我紧握您那宽大有力的手时，我感受到了一名石油工人的责任和使命。

事实上，在拜师之前，您的名号早已响彻油田、闻名全国，您就是石油工人的一块丰碑，激励着像我这样的年轻人不断地学习和进步。第一次听闻您的名字，那是 1998 年，那时候，我在现河采油厂采油 19 队做采油工。偏远的环境、繁重的工作、复杂的生产难题……有时候，我常常想，咱们技术工人要怎样才能更有价值？直到听闻您的故事，以及您那句“多采知识才能多采油”，我的心灵深深地受到了震撼！

“多采知识才能多采油”，犹如一盏明灯，指引着我的成长之路。为了提高技能水平，我埋首于班组的每一件工作之中，向师傅请教，自己琢磨研究，井上有活儿总是主动请缨，多争取动手实践锻炼的机会……1994 年，我参加了人生中的第一次技术比赛，遗憾的是，这一次，我没能在油田比赛中获得名次。

找到差距，也就有了学习的方向和动力。我利用休息时间，学习各种理论知识，婉言谢绝朋友们一起游玩的邀请。当时条件艰苦，简单的上下床、一顶蚊帐和一个塑料的小风扇，陪伴了我学习的全过程。没有专门的训练基地，我白天骑着自行车到现场进行实际操作，晚上就拿个手电筒躲在蚊帐里看书。夏日的夜晚格外难熬，头顶上的那个小风扇丝毫不能缓解燥热，一滴滴汗水落下浸湿了书籍……

支撑我的，是对知识的渴求，是对“我为祖国献石油”的向往。那时候，我参加各种比赛，弥补不足，提高技艺。在与各个层面的“高手”的过招、交流中，我越来越感觉到自己知识的匮乏。白天工作太忙，我就利用晚上的时间自学了计算机中级、CAXA 绘图软件的应用、《材料力学》《机械设计基础》等知识。

知识的积累奠定了我成长的基础，我在工作中逐渐得心应手，也开始关注用创新解决生产难题。特别是在 2010 年有幸成为您的徒弟后，您带着我们完成的“新型曲柄平衡块移动工具”的集成，让我深刻地体会到搞创新，不仅需要知识，更需要您所说的“钻劲、韧劲”。

这些年，我发明的“电动机皮带轮拔出器”“抽油井盘根自动压紧装置”“稠油井放喷输油自动控制装置”“压力管道带压打护管装置”等 39 项成果获得了国家专利；“油井双向保护阀”等 3 项成果获得了国家级奖励，“一种防盗阀门”获山东省第四届职工优秀技术创新成果奖；“电动机皮带轮拔出器”等 3 项成果获胜利油田技能创新成果集成优化推广奖；另外还有 50 多项创新成果获得了局级奖励。这些成果在提高工作效率、安全环保和经济效益等方面发挥了重要作用。

“向明工作室”成立后，我充分利用工余时间，带领工作室成员广泛征集生产难题，刻苦攻关，其间您也多次到工作室进行指导，给了我们无数启发和动力，攻克了难题 181 项。在工作室的带动下，单位职工积极进行技术创新，先后创造出 43 项绝招、窍门、金点子，这些成果不仅提高了生产效率，降低了成本支出，而且有效地保证了安全生产，工作室也被评为油田“创新示范工作室”和“优秀技能人才创新工作室”。

“一个人浑身是铁能打几颗钉？油田培养了我，我回过头来帮助年轻人少走点弯路，尽快成长起来，也是应该的。”您说过的这句话，常常在我脑海萦绕。作为油田技能大师、山东省首席技师的我渐渐明白，只有让自己的技术无限辐射，才能发挥更大的作用，这是您作为全国劳动模范、全国高技能人才楷模传承给我的精神启示。

2006 年，我担任油田“导师带徒”活动导师以来，全身心投入创立了“三级四步”导师带徒法，共带徒 63 人，3 名徒弟在中石化技能竞赛中获奖，21 人在油田竞赛中获奖，3 人竞聘成长为首席技师；多次出色地完成采油技师、高级技师以及油田竞赛技术文件的制定和考核工作，12 次担任了油田竞赛的裁判工作，4 次担任了裁判长；多次担任了中石化采油高级技师、技师的考评组组长，还受聘担任过中国石化西北石油局技能竞赛的采油工裁判长，徒弟贾鲁斌连续两届被聘为中石化技能竞赛赛前培训班教练，在竞赛中均以优异的成绩获得团体第一。

担任油田“胜利名师”“导师带徒”活动导师、胜利职业学院客座教授、高技能人才首席培训专家和油田采油培训中心兼职培训师等职务时，我多次应邀到胜利油田高培党校、胜利职业学院、采油培训中心、现河培校等院校授课，累计授课 256 课时，参加“技能大师下基层”和“劳模事迹巡回演讲报告团”等活动 31 次，帮助一线职工解答、解决问题 300 多项，用自己的技术和事迹去影响带动广大青工爱岗敬业、无私奉献，形成了学技术、练本领、创效益、多贡献的良好风气。

桃李不言，下自成蹊。能成为您的徒弟，是我的骄傲。而师傅您传递给我的，更是一种家国情怀，胜利油田从一无所有到成为全国第二大油田，靠的正是“宁可少活二十年，拼命拿下大油田”这样一种无所畏惧、不屈不挠的奉献精神！从王进喜到郭孟和，从王庆忠到您，正是一批又一批的石油英雄们的激励，鼓舞着我们不断前行。

再次忆起这几年的成长历程，真是师恩难忘！拜师一年后我被评为了山东省首席技师，两年后获得胜利油田技能大奖，并竞聘成为油田技能大师，三年后被评为中国石化劳动模范。近日，我又刚刚获得了国家技能人才培育突出贡献奖，真是一年一个台阶，这些成绩和荣誉都是您对我的关心、帮助、指导的结果，再次跟师傅您说声谢谢！我也决心在以后有限的生命里，燃烧自己的光和热，继续秉承“我为祖国献石油”这一朴素的工匠精神，从过去走向未来，从胜利走向胜利，不辜负您，不辜负油田，不辜负这个时代！

诸荷优通，再表谢忱。多劳费心，至纫公谊。高谊厚爱，铭感不已。敬祝师傅身体健康！

此致

敬礼

您的徒弟：孟向明

2015 年 4 月 2 日

导师带徒，烧旺了创新之火；技术帮带，带出的是生生不息的工匠精神；薪火传承，传承的是民族希望和中国梦想。正如工程院院士顾心怿所说：

“在我看来，代旭升是胜利油田文化培养出来的优秀人才。胜利油田有着优良的传统，形成了自己的胜利精神、胜利文化。这种精神和文化，激励着一代又一代胜利人，也让先进人物、劳动模范不断涌现。他们是胜利油田的骄傲。

“我们石油工人历来有个传统，那就是视祖国利益高于一切，为国家始终走在前面。这个传统从王进喜开始，一直传承下来。代旭升传承和发扬了优良传统，同时也是这种优良传统的受益者。他具备了‘铁人’身上的优良品质，否则，就不会取得这么大的成就。我愿意和代旭升一起交流，共同为国家和石油事业做出贡献……”

第七章

走进人民大会堂

四月的夜晚，窗户紧闭了一个冬天，此时又可以打开窗户享受春天和煦的气息了。在宁谧的深夜，代旭升再一次难以入睡，此刻的辗转反侧不是因为套管气回收等工作难题，而是他要前往北京，要去人民大会堂参加“五一劳动奖章”的颁奖大会。

想着密密麻麻的行程安排，代旭升内心时而平静、时而激动、时而兴奋，在几种情绪的夹杂中，他渐渐入睡。在睡梦中，他隐隐感到：春天已渗透土壤，而当人们惊呼着春的来临时，风早已丝绸般柔软。

4 月 26 日上午，胜利油田东辛采油厂办公楼前，彩旗飘扬、锣鼓喧天。东辛采油厂举行隆重仪式，欢送全国“五一劳动奖章”获得者代旭升赴京受奖。

53 岁的他，从来不曾想到自己还能在年过半百之年，获得如此殊荣。看着眼前热火朝天的热闹场面，面对采油厂领导的关怀嘱托，代旭升在接过献花的那一刹那，仿佛接过了希望与重担。代旭升跟送行领导和人员一一道别，坐上了前往省城济南的汽车。

坐在车上，他的心久久不能平静，“踏着铁人的脚步走，雄赳赳，气昂昂，泰山压顶不弯腰……”学习铁人的情景反复在他的脑海出现，30 多年来与油井为伴的点点滴滴也如同电影在他脑海里浮过……

4 月 26 日下午，山东省委副书记刘伟出席欢送仪式并讲话，代表省委、省政府向全省广大职工群众致以节日的问候，省人大常委会副主任、省总工会主席刘玉功出席欢送活动。

山东会堂二楼东营厅气氛格外热烈，省领导热情洋溢的祝福、殷切和期望，给予代表们很大鼓舞。大会上，山东省共有 58 人荣获全国“五一劳动奖章”，20 个单位荣获全国“五一劳动奖状”。全国劳动模范、青岛港务局前湾集装箱码头有限公司桥吊队队长许振超，全国“五一劳动奖章”获得者、中石化胜利油田分公司东辛采油厂采油二矿高级技师代旭升等 8 位同志，将作为代表进京参加表彰大会。

刘伟在讲话中希望，进京参加表彰大会的先进集体和先进个人代表要以饱满的热情和良好的精神状态，集中展现山东工人阶级的崭新风貌，认真学习和领会好大会精神，把会议精神带回来，努力落实到工作中去。

代旭升听到省委副书记的殷切希望，顿时思绪翻涌、心潮澎湃，特别是想起自己还要在“五一”国际劳动节上宣读倡议书，不免有些紧张起来，这次他不仅仅代表的是东辛采油厂、胜利油田、中石化，更代表亿万产业工人的形象！

“要做勤奋学习的模范，不断学习新知识、掌握新技能，增添新本领，努力争做生产能手、技术能手、科研骨干和管理专家。要做勇于创新的模范，大力推进科技创新、管理创新、机制创新，带头提高自主创新能力，形成鼓励创新、尊重创新、支持创新的良好氛围，加快转变经济发展方式。”省委副书记刘伟这段讲话，深深地印入了代旭升的脑海。他一边听一边详细地做着笔记，并在学习和创新这两个词上画了一个大圈。

根据会议安排，代旭升作为山东省众多优秀产业工人代表还做了表态发言：作为赴京代表，不仅代表了石油工人的形象，也体现着山东工人阶级的风貌，自己一定会认真学习和领会好大会精神，把会议精神带回来，更好地干好本职工作。

会后，代旭升紧张的心情依旧没有平息。“干活咱行，搞技术也能凑把手，但这上台宣读倡议书还是头一回，我做梦也想不到会有这种机会登上人民大会堂，心里真的是忐忑不安啊！”代旭升与随行人员交流自己的心情。

其实在荣耀的背后，只有代旭升自己知道，30 多年扎根一线，30 多年与油井相伴，30 多年执着创新，这些青春年华蕴含着他对石油石化事业的挚爱，他没有想过回报，所以当一切来临时，这位老石油人真的有些受宠若惊。

4 月 27 日上午 7 时 45 分，代旭升乘坐动车组 42 次和谐号北上。7 号车厢里，代表们相互叙谈，共话赴京感想。中石化胜利油田临盘采油厂党委书记张云星是“五一劳动奖状”代表，与代旭升坐在一起交谈着。

“第一次乘坐动车组，车厢清洁干净，不愧是‘和谐号’啊！”代旭升兴奋地说，“如果我们全国的火车都能这样，那就太好了。”

11时左右，“和谐号”载着山东赴京代表缓缓驶进北京站。沐浴着和煦的春风，带着喜悦的心情，代表们顺利到达会议报到地点，也就是地处西长安街畔，紧邻金融街，距天安门仅有2.5公里的中国职工之家。

4月28日，春天的北京风和日丽，碧空如洗，一片祥和。雄伟的天安门城楼一如往常，迎接着来自四面八方的如梭游人。

上午8点30分，城楼喧闹起来，身披红色绶带的“特殊”参观者列队登楼，构成一道亮丽的“风景”，他们就是来京参加“五一”国际劳动节庆祝活动的劳模代表、全国工会系统先进集体和个人代表。

代旭升作为出席“五一”劳动节大会300名代表之一登上天安门城楼。在晴朗的天空下，天安门城楼显得格外清新，一个个代表的笑脸在天安门城楼定格。大家彼此交流着，纷纷合影留念。

这是代旭升第四次登上天安门城楼了，可是以全国“五一劳动奖章”获得者的身份登城楼还是第一次。他抚摸着城楼上的汉白玉栏杆，俯瞰金水桥上游人如梭，长安街上车流不断，古都新貌，气势磅礴，人民英雄纪念碑巍然屹立，人民大会堂上国徽熠熠闪光，天安门广场上五星红旗迎风飘扬，神圣的自豪感在他心中荡漾。

“登上天安门城楼，看到了首都的无限春光，也看到了祖国的欣欣向荣、繁荣昌盛，更感受到了全国人民同心同德、开拓进取，全面实现小康社会的信心和决心。”代旭升兴奋地说。

进京前，作为普通的石油工人，他在心中设想了无数回身披绶带登天安门城楼该是怎样的情景、怎样的心境，当这一刻真正来临时，他拿着手机的手竟因激动止不住颤抖：“我做梦都没有想到，自己有一天能作为全国‘五一劳动奖章’获得者站到这个神圣的地方。”

代旭升站在天安门城楼上，心情激动不已。他还来不及平复心情，就被人民日报社的记者叫住。

“代师傅，我是人民日报社的记者，可以采访你吗？”

“嗯……好的，好的。”

代旭升一听到“人民日报”这几个字，停顿了几秒才反应过来。在他心里，清楚地知道，《人民日报》是中国共产党中央委员会机关报，毛泽东主席还亲笔为人民日报题写报名，能被人民日报社的记者采访，并登上《人民日报》的版面，是何等的荣耀！

他小声清了清嗓子，激动地表达了自己的感激之情：“自己只是尽到了一名工人

的责任和义务，可领导却给予很高的荣誉。”

代旭升在描述此次进京的心情时说道：“来北京参加会议，并登上天安门城楼，这是党和国家给予的巨大荣誉，充分体现了党和国家领导人对工人阶级的关心、关怀和厚爱。”人民日报社记者认真地记录着代旭升的回答。

“窦师傅，可不可以跟您合个影？”荣获今年全国“五一劳动奖章”的窦铁成俨然成为明星人物，想与他合影的劳模排成了队。

“刚登上城楼，我一眼就认出窦师傅了，一直仰慕他，终于有机会近距离接触了。”代旭升站在人群外静静地等候，并喃喃自语。

说起窦铁成，代旭升心里早已把他当成自己学习的榜样。窦铁成也被媒体誉为新时期专家型技术工人。窦铁成与代旭升一样，同样是只有初中文化程度的普通工人，但是通过自身不断地努力学习，刻苦钻研，通过自学掌握了大量电力学知识。窦铁成几十年如一日，在学中干、在干中学，记下了 60 余本、百万余字的工作学习笔记，最终成长为一位掌握精湛技术、极具创造精神的高级工人技师，为企业挽回经济损失及节约成本 1380 万元，被工友们称为“电力专家”。

与代旭升相仿的年龄，与代旭升相仿的学习背景，在窦铁成身上代旭升仿佛找到了自己努力的方向。“如果说技术工人是国家发展的基石，那么技术创新则是国家发展的原动力。”窦铁成这句话早已经成为代旭升的座右铭。

“真想跟窦师傅多聊几句，我啊，还有很多不足的地方，希望窦师傅多多指点。”代旭升悄悄跟一同来领奖的胜利油田临盘采油厂党委书记张云星说。

在一旁静静等候窦铁成的代旭升终于得偿所愿，与窦铁成在天安门城楼上留下了珍贵的合影。

代旭升激动地握着窦铁成的手说：“你是我们技能工人的楷模，我要向你学习啊。”

窦铁成诚恳地看着代旭升，用力握了一下代旭升的手，两人四目相对，表达着对彼此的尊重。

代旭升久久不愿放开窦铁成的双手，这两个代表，虽然来自不同行业，处于不同岗位，但是他们对企业的热爱、对创新的追求却是一样的。

短暂参观之后，根据行程安排，代旭升和与会劳模代表来到国家大剧院参观。“我们的祖国更强大了。”在参观国家大剧院时，劳模们纷纷感慨道。

代旭升来过北京许多次，好几次从国家大剧院门口经过，却总也没有时间进去转转。这次作为全国“五一劳动奖章”获得者，他终于如愿以偿地走进这座向往已久的“艺术殿堂”。

面对雄伟的建筑，置身在音乐厅之中，代旭升十分激动。“你看那水下长廊、巨大的玻璃幕墙、钢结构壳体，全都是世界一流的，这背后需要多少优秀技术人才的贡献呀。”

在倾听了讲解员的介绍后，代旭升啧啧称赞：“自己能够生活在一个文明祥和、和谐发展的国度真是自豪！”代旭升轻抚用丝绸装点的墙壁，感慨设计者独具匠心的民族文化意识，感叹劳动工人的智慧和伟大。

跟随代表团的步伐，代旭升来到了北京航天城，作为一名奋战在石油石化行业多年的老石油人，对祖国的航空航天事业有着不可言语的情愫。在他看来，摘掉“贫油国”的帽子，用“铁人”精神建设出大油田是石油人的骄傲，而嫦娥奔月、敦煌飞天这些古代传说，如今变为现实，更是预示着中华民族的昌盛与崛起。

中国人民不曾忘记，新中国成立后，百废待兴，刚刚站起来的中国人民，受到来自各方面的压力与挑战，特别是西方敌对势力的封锁和肆无忌惮的“核讹诈”。面对千难万险，党的第一代领导人高瞻远瞩，审时度势，决心创建中国自己的战略力量，成立了战略研究机构，开辟中国的航空航天事业，为探索浩瀚宇宙，发展航天事业，建设航天强国奠定坚实的基础。

代旭升怀着敬畏的心情步入航天城，他用心体会几代航天人在这里付出的心血，就如同想到老一辈石油人战天斗地找石油的豪迈情怀。他所来到的北京航天城是世界三大航天员中心之一的中国航天员科研训练中

心所在地。航天城位于北京西北郊，是中国空间技术研究院、北京航天飞行控制中心所在地，是中国第一个也是世界第三个具有透明控制能力、可视化测控支持能力、高精度实时定轨能力、高速数据处理能力、自动化计划生成能力和清晰图像传输能力的现代化飞控中心。

聆听着这座建筑的光荣历史，代旭升感到莫名的安静。一个偌大的航天城，身处其中，只闻花香静谧，鸟语声声。远处红墙绿水交相辉映，近处特色建筑错落有致。“搞创新是需要耐得住寂寞，沉下心来，就像这航天城，繁华中总让人心静。”代旭升喃喃自语。

代旭升沿着航天城继续前行，忽然眼前出现了几座现代化的建筑物，上面还镶嵌着一块巨大的岩石碑，石碑上写着“中国航天员中心”几个金灿灿的大字。代旭升想起了：杨利伟、费俊龙、聂海胜、翟志刚、刘伯明、景海鹏和刘洋这些响当当的名字。

“咱们国家真的是强大了，这航天城的规模让人惊叹，培养出来的航天员更让人敬佩！”代旭升情不自禁地说道。

代旭升永远记得：2003 年 10 月 15 日北京时间 9 时，杨利伟飞天成功那一幕。当时杨利伟乘由长征二号 F 火箭运载的神舟五号飞船首次进入太空，象征着中国太空事业向前迈进一大步，起到了里程碑的作用。

当年，代旭升响应胜利油田节能减排的号召，围绕减少废弃物和环境有害物（包括三废和噪声等）排放，动脑筋、搞革新。油井套管气因压力低无法进入集油干线，长期以来都是排入大气中，既严重地污染了大气环境，又浪费了不可再生的天然气资源。代旭升首先把天然气回收作为自己的攻关方向。

可是在天然气回收的实验过程中，代旭升遇到了很多阻力，如何解决回收装置的密闭情况？如何保障回收天然气的安全放置？如何将回收的天然气进行收集后再投入使用？这一个个亟待解决的难题阻挡了代旭升创新的步伐。

正当代旭升犹豫不决，开始怀疑自己的创新方案时，杨利伟进入太空的壮举深深触动了他。代旭升暗暗下定决心：嫦娥奔月都可以实现，在创新创效的道路上还有什么做不到，让废气不上天、废水不外排、废渣不落地这个想法一定能够实现。

终于，代旭升在2003年研制出了《移动式套管气回收装置》并获国家专利，装置陆续在东辛、胜利、现河三个采油厂的37口油井相继安装投产，日收天然气约20000立方米，年创效益上千万元。

正是怀着坚持不懈的信念，代旭升一路走来，走到了北京，走到了航天城，能够亲临其境感受英雄的伟大，他顿时感到技术创新的力量。回程的路上，代旭升久久不能平静，心里犯着嘀咕：自动化技术如此普及广泛，原来设计的套管气回收装置已经逐渐跟不上油田信息化建设的要求，回去还得改善，还要融入新的技术……

4月28日晚18时，庆祝"五一"国际劳动节招待会在中国职工之家B座三层多功能厅举行。进京劳模代表和香港、澳门工会代表团成员参加，时任中华全国总工会主席王兆国同志和全国总工会领导同志出席招待会。

代旭升怀着无比激动的心情参加了招待会。在现场，他看到了许多自己心中的劳模英雄。此时此刻，他依旧还恍惚：自己真的来到了北京，自己真的能够接受国家领导人的接见……

招待会结束后，代旭升回到职工之家，打开手机，看到了徒弟钟晖的短信：师傅，你太棒了，今晚你上了"新闻联播"，我们感到很光荣，更为师傅感到骄傲和自豪。

4月29日清晨，代旭升一大早洗涮完毕。他仔细整理带来的资料，并翻阅着自己这几天手抄的笔记，脑子里反复在梳理自己想要表达的观点。今天他要与中铁一局电力工高级技师窦铁成、上海外高桥造船有限公司加工部部件电焊A班班长（农民工）洪刚做客强国论坛，与网友畅谈技术创新。

在论坛现场，面对网友的问题，代旭升表示，技术创新都是由易而难，要善于

大众日報

中共山东省委机关报
1939年创刊
大众报业集团（大众日报社）出版
国内统一刊号：CN37-0001
邮发代号：23-1

2008年5月1日

完成技术创新80多项

初中生代旭升成技术能手

本报东营讯 4月29日，记者在胜利油田牛172斜2井上看到，一套"移动式套管气回收装置"安装在井口上。工人们告诉我们，这套装置解决了采油时伴生的少量天然气直接排入大气的问题，填补了国内技术空白，至今已回收天然气700多万立方米，年创经济效益1000多万元，并在全国节能减排成果发布会上推广。创造这一成果的是胜利油田一个普通的石油工人——代旭升。

1972年参加工作的代旭升只是一个初中生，他立志搞技术革新，只要有空就学习理论、钻研技术，工余休息十分钟也利用起来，理论技术水平迅速提高，并在油田组织的"百问不倒"活动中获得"技术能手"称号。

生产的实际需要，就是他的革新目标。冬天，一些边远地区的管线因低温原油凝固，隔三差五"[illegible]"，影响正常生产。为解决这个问题，代旭升冒着严寒，骑着破旧的自行车，穿梭在一口井和另一口井之间。夜深人静，他一个人躲在屋里构思、研究，设计草图。经过90多个日日夜夜，经过上百次的计算、设计和试验，"JN－150型节能电加热器"问世了。这项革新也成为代旭升的第一个国家实用新型专利。随后，"气压式加油包"、"液压式调平衡装置"等一系列革新成果相继诞生。

为了寻找井筒捞油的方法，代旭升成了图书馆的常客，还专程到采油院、设计院拜访专家，克服了无数的困难和问题，"自动泄压式[illegible]"研制成功，仅他所在的东辛采油厂，就已经从报废井中捞油2370多吨。

到目前，代旭升先后完成技术创新80多项，其中13项获国家实用新型专利，1项申报国家发明专利，1项获国家技术成果奖，累计创效1亿多元。五一前夕，他被全国总工会授予"五一劳动奖章"。

观察、发现生产当中的问题，同时，他还着重指出要做到“三要”。一要经常学习积累知识；二要深入基层，这样才能善于发现问题，不管大小问题，都认真解决，只要坚持下来，就有创新成功的希望；三要当成乐趣，别认为创新是负担，一旦是负担，就会形成压力，有了压力，就很难创新了。

代旭升还表示，不论难题大小都要认真对待和解决。小问题的解决属于合理化建议；大问题就可以进一步报厂、局技术革新成果，技术含量高的，可以申报国家实用新型专利和发明专利。

在论坛现场，很多网友对代旭升的革新成果感兴趣，为了让众多网友更了解油田，他还举了例子：角式单流阀，是一种防止原油在集油干线压力下，倒灌到井内的一种装置，该装置虽然结构简单，但在研制中对解决凡尔球撞击损坏的问题，进行了长达两个多月的研究，反复改进，最后加长了脖腔，解决了凡尔球撞击损坏的问题，实现了凡尔球在阀内的悬浮，延长了使用寿命，因此获得了国家实用新型专利，在胜利油田广泛推广应用。

他对技术创新由浅入深的解释，得到了在场两位代表和主持人的一致好评。窦铁成更是在一旁频频点头。一场访谈下来，代旭升与窦铁成心照不宣，成了好友。两人并排走出论坛现场，争分夺秒讨论着各自在学习、创新上的所思所想，这场相见恨晚的交流紧紧停留了十几分钟，而后他俩都要参加下午的“五一”劳动节大会，两人依依不舍，相互道别。

中午 12 点 20 分，代旭升与代表坐车来到人民大会堂参加庆祝“五一”国际劳动节大会。

会前中共中央政治局委员、全国人大常委会副委员长、中华全国总工会主席王兆国在人民大会堂亲切接见了获得全国“五一劳动奖章”和全国“五一劳动奖状”等荣誉称号的代表。代旭升被安排在第一排中间位置，合影留念。

下午 15 时，庆祝“五一”国际劳动节大会在人民大会堂小礼堂举行，邀来京参加庆祝活动的所有人员和首都各行各业的职工代表参加了大会。

会上，宣读表彰决定，命名首批全国“工人先锋号”，颁发奖状、奖章和奖牌；抗冰雪先进集体、全国“五一劳动奖状”获得单位代表，全国“工人先锋号”代表发言；全国“五一劳动奖章”获得者代表向全国职工发出倡议书；中央领导同志发表讲话。

“认真贯彻落实科学发展观，以主人翁精神投身社会主义现代化建设；努力学习新知识，提高技能水平，争做适应时代发展新要求的新型劳动者；发扬工人阶级识大体、顾大局的优良传统，增强政治责任感和敏锐性，在促进社会和谐、维护社会稳定中做国家政权的坚强柱石……”铿锵有力的声音，从人民大会堂小礼堂荡漾开来，传递到各行各业的工人群体，也震撼着代旭升。

不一会儿，轮到代旭升上台发言了。只见他缓步走上发言席，向领导、代表鞠躬后，代表亿万产业工人宣读出《倡议书》，声音响亮、铿锵有力。

倡议书

全国各行各业的职工同志们：

在全世界工人阶级和劳动者的共同节日——“五一”国际劳动节即将到来之际，我们有幸来京参加庆祝大会，倍感光荣，深受鼓舞。今年是全面贯彻党的十七大精神的第一年，实现全面建设小康社会的新要求是全国各族人民共同的奋斗目标，也是时代赋予工人阶级光荣而神圣的使命。在此，我们全体进京劳动模范和先进人物代表向全国职工发出如下倡议：

一、自觉高举中国特色社会主义伟大旗帜，牢固树立走中国特色社会主义道路的坚定信念，把思想和行动统一到党的十七大精神上来，把智慧和力量凝聚到党的十七大战略部署和目标任务上来，积极推动社会主义经济建设、政治建设、文化建设、社会建设，在建设中国特色社会主义伟大事业中充分发挥工人阶级主力军作用。

二、认真贯彻落实科学发展观，以主人翁精神投身社会主义现代化建设，积极参加“当好主力军、建功‘十一五’、和谐奔小康”主题竞赛，创建“工人先锋号”和“我为节能减排做贡献”等活动，坚定地站在改革发展前列，自觉支持和参与改革，做到立足本职、爱岗敬业，顽强拼搏、甘于奉献，勇于进取、争创一流，在建设创新型国家和建设资源节约型、环境友好型社会中建功立业，为促进经济发展方式转变，实现国民经济又好又快发展贡献智慧和力量。

三、不断提高自身素质，进一步发展工人阶级先进性。坚持用马克思主义中国化的最新成果武装头脑，自觉树立社会主义核心价值观，努力践行社会主义荣辱观，用工人阶级的先进思想引领社会风尚。努力学习新知识，提高技能水平，掌握现代化的科学技术和管理知识，不断增强学习能力、创新能力、竞争能力、创业能力，争做适应时代发展要求的新型劳动者。

四、发扬工人阶级识大体、顾大局的优良传统，正确对待各种利益关系调整，自觉维护职工队伍和社会政治稳定。树立和谐理念，倡导和谐精神，积极投身社会主义和谐文化建设和劳动关系和谐企业创建活动，做社会和谐促进者，以昂扬向上的精神风貌和共建共享和谐社会的生动局面迎接北京奥运会，向全世界展示工人阶级时代风采。

五、珍惜祖国发展稳定的大好局面，坚决维护祖国统一，维护民族团结。站在巩固党的执政地位、维护社会主义国家政权的战略高度，时刻保持清醒头脑，增强政治责任感和敏锐性，反对一切形式的分裂行为和煽动行为，坚决捍卫国家主权和领土完整，同一切危害民族团结、社会稳定和国家安全的现象作斗争，在促进社会和谐、维护社会稳定中做国家政权的坚强柱石。

职工同志们，回顾往昔岁月，祖国日益昌盛；展望未来发展，我们重任在肩。让我们在以胡锦涛同志为总书记的党中央的领导下，高举中国特色社会主义伟大旗帜，同心同德，开拓进取，扎实工作，争创一流，为实现全面建设小康社会奋斗目标，谱写人民美好生活新篇章而不懈努力、再立新功！

大会结束后，代旭升一走出人民大会堂就被等在门口的电视记者拦住，被要求谈几句感想。

代旭升对着摄像机说出了当时的心情："我只是在自己的本职岗位上做了很普通的工作，中石化、胜利油田却给了我莫大的尊重和肯定，让我感到只要在本职岗位上坚持努力、坚持创新，就一定会有所作为。"此刻，代旭升的脸上散发着自豪与满足的光芒。

在人民大会堂门口停留片刻后，代旭升匆匆赶回职工之家，他作为受邀赴京的全国"五一劳动奖状、奖章"获奖代表，将受到集团公司党组副书记、副总经理周原的亲切会见。

"这既是获奖单位和个人的荣誉，也是中国石化广大职工的荣誉。获奖单位和个人是中国石化 66 万员工的优秀代表，也是中国工人阶级先进生产者的代表。集团公司党组为他们取得的成绩而高兴。"周原代表集团公司党组向受到表彰的单位和个人表示祝贺。

在这次小型座谈会上，代旭升与周原并肩共同坐在一张双人沙发上。虽然是第一次见面，但代旭升却感到十分亲切，没有任何距离感，整个座谈在亲切自然的氛围中进行着。

周原紧紧握着代旭升的手，语重心长地说："中石化发展到今天，离不开像代师傅这样的老石油人，全体职工要向你们学习，学习你们敬业、创新、奉献的精神！"

"我只是干好自己的本职工作，能得到各级领导的认可，给予我这么高的荣誉，我感觉受之有愧，回去之后，我会一如既往，立足岗位，高水平高质量完成各项工作。"代旭升真切地说。

座谈会后，夜幕已经降临，代旭升便匆匆赶往《向祖国报告》的录制现场——中国剧院。

代旭升一边在后台候场，一边啃面包，没等到嚼碎，马上就喝一口牛奶。周围的舞蹈演员，看着这个饥饿的代表发出“咯咯”的笑声。

“行程紧，一天没正经吃东西，吃点，补充点能量。”代旭升向周围工作人员解释道。

随后，代旭升被工作人员领到上台准备区，他将作为第一组劳模代表上台亮相。此时，舞台上星光熠熠，湛蓝的幕布下群星闪烁，以“向祖国报告”为主题的2008年庆祝“五一”国际劳动节在高亢的背景音乐声中拉开帷幕。

晚会现场，中共中央政治局委员、全国人大常委会副委员长、中华全国总工会主席王兆国和全国政协副主席孙家正，全国人大常委会原副委员长、中华全国总工会原主席倪志福等一同出席并观看演出，坐在现场前排的还有全国“五一劳动奖状、奖章”获得者，全国“工人先锋号”，全国工会系统先进集体以及全国模范职工之家、模范职工小家、全国优秀工会工作者、优秀工会积极分子、优秀工会之友、香港以及澳门工会“五一”代表团等成员。

“我们带着改革开放30年的累累硕果，带着抗击冰雪灾害的胜利喜悦，带着奥运圣火传递点燃的激情欢聚在一起，为五月放歌，向祖国报告……”一曲气势恢宏的歌舞《向祖国报告》激荡着观众的心绪，拉开了晚会的序幕。

嘹亮的号角响起，舞台变换，在儿童和鲜花的簇拥下，代旭升作为第一组代表，和其他9位代表首先在《向祖国报告》晚会上亮相，中国剧院热烈的掌声连绵开来，仿佛正在礼赞五月的姗姗而来。

“向祖国报告！当代工人阶级是改革开放和现代化建设的主力军，在春天的故事里，永远记载着我们创造的辉煌篇章！”全国劳模许振超的自豪宣言在大厅里久久回荡，代旭升就站在许振超旁边，在舞台现场的灯光映射下，他胸前的奖章在灯光的照耀下熠熠生辉。

看着旁边的许振超，代旭升何曾想到能与他站在同一个舞台！这位

青岛老乡，早已经是代旭升家乡家喻户晓的产业工人代表，在代旭升心里，许振超是位创新的探索者。许振超发明的“一钩准”“一钩净”“二次停钩”等创新成果对代旭升有着很大的触动，此刻这位产业工人作为十一届全国人大常委站在这个舞台上，代旭升发自内心感受到了知识、创新对于产业工人的重要性。

号角再次响起，全国五一劳动奖章获得者李久林，与为奥运建设做出突出贡献的劳模、青年突击队员和农民工代表缓步登台，向祖国报告奥运建设者的心路历程：“我们创造了众多建筑奇迹，为祖国争光，为奥运献力。”

李久林一上台，立即引起了代旭升的注意。

“李久林是鸟巢的总工程师啊！”周围不知谁说了一声。

代旭升凝视着李久林的一举一动。他心里明白，能完成“鸟巢”这样庞大工程的带头人，就是当代的英雄人物。代旭升不免想起自己在研制套管气回收装置时，曾经为材料和装置的密闭性发愁，那时无意看到了李久林在钢结构合龙和卸载方面的科学方法，代旭升如醍醐灌顶，便仔细研究了从钢材试生产到焊接性试验、从焊接工艺评定到应用的一整套流程，随后套管气回收装置的雏形便诞生了。

代旭升来不及多想，在热烈的掌声中，号角第三次响起，新时期的劳模、优秀工会干部代表手捧鲜花登台亮相。“向祖国报告！知识改变命运，岗位成就事业。踏着时代的节拍前进，我们要永远做人民美好生活的创造者！”全国“五一劳动奖章”获得者、专家型工人窦铁成代表亿万职工庄严宣誓。

整场演出精彩纷呈、高潮迭起。每一个节目都直入代旭升脑海，让他浮想联翩。

歌曲联唱《春天的旋律》唤起了代旭升对工作与生活的美好回忆；特别是听到配乐诗朗诵《我们一起走过》时，代旭升想到了黄河入海口，这个碱的连树木都难以生存地方，却承载了他的青春与心血，30 多年，他在这片荒凉的土地上摸爬滚打，辛勤耕耘，凭着自己的一腔赤诚呼唤着地下一条条油龙喷涌而出。看着感人的节目，想着 30 多年的风风雨雨，从黑发到霜染双鬓，代旭升更加坚定了自己当初的选择，他要把自己的生命融入那滚滚的油流之中，无怨无悔为油奉献！

晚会节目异彩纷呈，处处洋溢着对劳动人民的尊重与崇敬，代旭升无时无刻不被这感人的旋律和故事情节所感染。这台晚会是由中华全国总工会、中央电视台共同主办，浓缩了演职人员和劳模代表的心血与付出。晚会之后，代旭升刚刚走出剧院门口，又感到一阵心慌，便小声跟随行人员说了一句："咋老感到心慌？"

跟他一起来的工作人员笑着说："代大师，你一天只吃了一顿饭，这都晚上 9 点了，我们年轻人都要加餐，不然也心慌！"

这时，代旭升才恍然大悟，来北京三天，他基本没有正常吃过三顿饭，一切劳累与饥饿都在极端的紧张与高度的责任感下荡然无存，直到今晚，代旭升才如释重负，饥饿感也在濒临极限的时候发出了信号。代旭升回到中国职工之家，泡了一包方便面，还在里面加了两根火腿肠，不知怎的，那包方便面他觉得格外香。

4 月 30 日早上 4 点 50 分，代旭升来到天安门参加升旗仪式。迎着东方的晨曦，怀着赤诚的敬意，代旭升静静等待天安门国旗护卫队的到来。此刻，代旭升感觉自己不仅仅是等待国旗升到天空的刹那辉煌，更在等待使命与责任。

代旭升和前来观看升旗仪式的人们都目不转睛地盯着武警战士，从天安门城门排着整齐的队伍走出，走过金水桥，步调一致，整齐划一。

当国旗在国歌声中缓缓升起，全场观众屏气凝神，目光齐刷刷地盯着国旗，这时代旭升更深刻地感受到祖国的伟大。

代旭升沉浸在国歌声中，久久不愿离开，他想多看看那飘扬在天空中的五星红旗。鲜艳的五星红旗，左上角镶有五颗黄色五角星，四颗小五角星环绕在一颗大五角星右侧呈半环形。五星红旗，它是那样地庄严、美丽，那样地鲜艳夺目。对于它的设计，很多人认为，如此高水平的巧妙设计，一定出自一位闻名遐迩、才华横溢的美术大师之手吧？其实不然。

代旭升很早就知道五星红旗的设计者是曾联松，是一名来自浙江瑞安的普通工人。探其缘由，还要追溯到他刚刚来到胜利油田的时候。代旭升是青岛人，从美丽的海滨城市来到被称为山东“北大荒”的东营，那时的东营只有一座座小土房子坐落在荒碱滩上，周围没有树，也没有水，更看不到一片庄稼地。

代旭升当时很沮丧，他觉得，油田环境恶劣，自己的文化水平又不高，不知道还有没有出路？利用回家探亲的机会，他跟父亲倒苦水。

父亲和蔼地问他：“你知道五星红旗是谁设计的吗？”

“不知道，应该是个有名的艺术家吧？”代旭升马上回答道。

“孩子，不是，五星红旗的设计师就是一个普普通通的工人。”

“不可能吧？怎么可能？”代旭升不相信地询问。

“没有什么不可能，只要你热爱，就没有做不到的。”父亲斩钉截铁地说。

代旭升回到胜利油田以后，没有忘记父亲说的话，他通过阅读报刊书籍了解到，新中国成立后，上海人民沉浸在胜利的喜悦之中。一连数日，人们敲锣打鼓，燃放鞭炮，走上街头游行、扭秧歌，欢庆胜利，欢庆解放！不久，《人民日报》《新华日报》《解放日报》等刊登了征求国旗图案的通知。

曾联松反复阅读，认真思索后，决定投身到这一具有伟大意义的设计工作中去。1949 年 7 月的上海，正值酷暑。曾联松为设计国旗图案夜以继日，挥汗如雨，伏案描摹，似痴如迷。

面对大家的质疑声，曾联松曾这样解释：“我不是艺术家，也不是从事美术设计的，当时之所以不量力度德，亦不计工拙，想到去设计国旗图案，实在是一种欢呼新中国诞生的喜悦，一种热切爱国的激情使然。”

曾联松这句话深深地影响了刚刚上班的代旭升，他豁然开朗，明白了父亲的用意。

此时此刻，30 多年后，代旭升身披全国“五一劳动奖章”的红色绶带站在天安门广场，看着迎风招展的五星红旗，回忆着父亲当时的音容笑貌，不禁感叹父亲的良苦用心，更加感恩自己赶上了好时候，可以在技术创新的道路上越走越远。

“代大师，来不及了，上午你还有个座谈会呢！”工作人员说道。

“嗯，嗯，好的。”代旭升的思绪被催促声打断，他一步一回头，走出了升旗仪式的现场。

上午 8 点 30 分，代旭升到人民大会堂参加中华全国总工会和中宣部召开学习宣传窦铁成同志先进事迹座谈会。

“广大职工要不断用新知识解决新问题，用新技术创造新业绩，努力成为学习型、知识型、技术型、创新型人才，为夺取全面建设小康社会新胜利多作贡献。”座谈会上不断传递着技术创新的重要性。

会议指出，建设创新型国家不仅需要一大批具有世界前沿水平的高级知识分子和专家学者，也需要千千万万窦铁成式的掌握精湛技艺和高超技能的技术工人。广大职工要以先进模范人物为榜样，勤于学习新知识、善于掌握新本领、勇于钻研新技术，努力成为适应时代发展要求的新型技术工人，在推动经济又好又快发展中争创一流业绩。全社会要进一步加强高技能人才的培养工作，为高技能人才的健康发展、创新创业提供更加有利的环境和条件。

代旭升一边听，一边按捺不住内心的兴奋。他感受到了党和国家对创新型技术

的尊重，更加感受到了知识、技术对于工人的重要性。他暗自回想这些年的创新路，心里觉得真的值了！

座谈会由时任中宣部副部长翟卫华主持。时任全总副主席、书记处书记徐振寰、倪健民出席会议。时任全总副主席、书记处第一书记孙春兰在座谈会上讲话，高度评价了窦铁成同志忠于职守、爱岗敬业，勤奋学习、刻苦钻研，锐意进取、开拓创新，艰苦奋斗、甘于奉献的新型技术工人的时代精神。

窦铁成介绍了自己从一名只有初中文化程度的普通工人成长为中铁一局电务公司掌握现代电力技术的新型技术工人的感人历程，以及“为做一名新时代的好工人”29 年来孜孜以求、刻苦钻研的心路历程。

代旭升认真聆听窦铁成报告的每一个字。窦铁成从一名只有初中文化程度的普通工人成长为新型技术工人的感人历程，让代旭升备受鼓舞，听着窦铁成的报告，代旭升宛如找到了指路明灯。他暗暗下定决心：回到单位，一定要学习、学习、再学习，用知识武装自己，用创新提升价值！

青岛港务局前湾集装箱码头公司高级技师许振超、上海电气液压气动有限公司工段长李斌、天津港煤码头公司操作队队长孔祥瑞、江苏黑牡丹集团公司班长邓建军、一汽大众汽车公司高级技师王洪军先后发言，结合各自的成长经历和工作岗位，畅谈了学习窦铁成先进事迹的体会，纷纷表示要争当新型技术工人，以自己的实际行动唱响“工人伟大，劳动光荣”的时代强音。部分进京参加“五一”庆祝活动的劳模代表和产业工人代表共 50 多人参加会议。窦铁成同志先进事迹座谈会是代旭升此次进京之行的最后一站。

在“五一”国际劳动节前后，“代旭升”成了国内各大媒体出现频率比较高的名词。这名来自油田生产一线的技术工人，靠自己的创新成果和奉献精神，成了各大媒体关注的新闻人物。

在代旭升进京领奖期间，也就是 4 月 28 日，新华社播发稿件《代旭升——只有初中学历的工人发明家》，被《中国青年报》等多家传统媒体采用，多家著名网站予以转载。同一天，中央电视台“新闻联播”的“劳动者之歌”栏目，以《工人发明家——代旭升》为题，播出了代旭升的事迹。

4 月 29 日，《人民日报》刊发《劳动者之歌——从普通工人到“技术大师”》。《工人日报》《科技日报》等媒体也以《做一名最好的工人》《一生奉献给石油》等为主题，对代旭升的事迹予以报道。

实际上，自 4 月中旬以来，十余家国内主流媒体的记者云集胜利油田，对胜利油田技能大师、东辛采油厂高级技师代旭升进行了采访。他的先进事迹在东辛 6000 多职工中引起强烈反响。特别是代旭升进京接受颁奖的消息传到胜利油田，职工们无不为之骄傲。

载誉归来的代旭升马上就进入了紧张的工作状态。5月2日，东辛采油厂党委专门下发《关于开展向“新时期创新型产业工人代表”代旭升同志学习活动的决定》，动员广大职工学习代旭升立足岗位、刻苦学习、孜孜以求的进取精神，学习他恪尽职守、严细认真、奋发有为的敬业精神，学习他迎难而上、敢为人先、勇于攀登的创新精神，学习他服务企业、履职尽责、敢为人梯的奉献精神，全厂呈现出“学习代旭升、争做代旭升”的浓厚氛围。

5月9日，管理局党委作出《关于开展向“新时期胜利人的楷模”代旭升同志学习活动的决定》，东辛采油厂迅速贯彻局党委的决定，并利用政工简报、宣传栏、网络、电视等手段宣传代旭升的精神，把学习代旭升的活动不断推向深入。

关于开展向“新时期胜利人的楷模”代旭升同志学习活动的决定

4月29日，胜利油田采油技能大师、东辛采油厂高级技师代旭升同志荣获全国“五一劳动奖章”，并作为全国亿万产业工人的代表，在人民大会堂宣读倡议书，受到党和国家领导人的亲切接见。新华通讯社、《人民日报》《光明日报》《经济日报》《科技日报》《工人日报》、中央电视台、中央人民广播电台等中央主要新闻媒体，对他的先进事迹进行了集中报道，在全国特别是在石油石化行业引起强烈反响。

代旭升同志今年53岁，中共党员。参加工作36年来，他始终扎根采油一线，立足本职勤奋学习，大力开展技术革新，在平凡的岗位上创出了不平凡的业绩。1997年荣获中国石油天然气总公司技术能手称号；2003年被授予“胜利油田杰出技能人才”和“山东省有突出贡献技师”荣誉称号，2005年被聘为胜利油田采油技能大师和山东省首席技师；2006年被授予“全国技术能手”荣誉称号，2007年被授予“富民兴鲁”劳动奖章荣誉称号。参加工作以来，他先后完成革新成果80多项，其中60多项获油田和采油厂革新成果奖、13项获国家实用新型专利，累计为企业创造经济效益1亿多元，被评为“山东省十大工人发明家”。在他的身上，集中体现了当代石油工人爱岗敬业、刻苦求知、锐意创新、无私奉献的优秀品质，昭示了新时期产业工人以国为重、和谐兴企的价值取向，展示了新时期劳动者的优良品质和精神风貌。为此，管理局党委决定，在全油田广泛开展向“新时期胜利人的楷模”代旭升同志学习的活动。

向代旭升同志学习，就要学习他恪尽职守、严细认真的敬业精神。1972年，代旭升招工来到胜利油田，置身于石油工人不畏艰难、战天斗地的劳动场面，感受着大庆精神、胜利精神和铁人精神的哺育熏陶，树立了为祖国石油事业拼搏奉献的雄心壮志，确立了“学技术、练本领，做一名合格采油工人”的人生追求。当采油学徒工期间，他从最简单的拴刮蜡片开始学起，虚心向师傅请教，努力练好基本功，很快就能独立当班了。成为技能大师后，代旭升负责东辛采油厂采油二矿300口油井、50口水井、30多个计量站的技术保障工作。为了不让一口油井因为技术设备故障而影响生产，他响亮地提出了“句号行动”，向采油厂郑重承诺，在他负责技术服务范围内，发生的所有技术、设备问题，即使再麻烦再棘手，都要做到迅速、准确、圆满地解决，决不把问题上交到采油厂。“句号行动”开展以来，代旭升共自行解决技术问题和排除设备故障2000多个。在油田工作三十多年来，他常年工衣不离身，革新工具不离手，整天忙忙碌碌，埋头苦干。他非常疼爱自己的妻儿，却没有时间照顾；他非常孝敬自己的父亲，可老人临终之际却没能见到儿子。他把工人阶级的主人翁意识，内化为爱岗敬业的模范行动，干一行、爱一行、精一行，以自己的实际行动为我们树立了一面光辉的旗帜。

向代旭升同志学习，就要学习他自强不息、刻苦学习的进取精神。代旭升同志刚参加工作时，只有初中文化程度。在火热的工作实践中，他逐渐认识到了知识的重要性，“多采知识才能多采油，开发油田必先开发心田”成为他一生坚守的信条。他三十年如一日，坚持在学习中增长知识，在实践中锤炼技能，系统学习了《采油工艺》《采油地质工》《机械制图》等几十本业务书籍，熟练掌握了日常所需的理论和操作技能。在油田组织的“百问不倒”岗位练兵活动中，他以优异成绩夺得“技术能手”称号，成为远近闻名的业务技术骨干；1993年，他凭借过硬的理论素养和操作技能，成为胜利油田首批采油高级技师；2005年10月，又从1.8万名采油职工中脱颖而出，一举摘得胜利油田“采油技能大师”桂冠，实现了从一名初中生到专业技能拔尖人才的跨越。向代旭升同志学习，就要学习他坚持不懈、奋发学习的进取精神，像他那样孜孜以求、锲而不舍地刻苦钻研专业知识和技术，熟练掌握过硬的操作技能，在企业发展中实现自己的人生价值。

向代旭升同志学习，就要学习他敢为人先、追求卓越的创新精神。敢为人先、创新超越，是代旭升同志的不懈追求。他在工作中善于观察、勤于思考，敢于突破传统的思维模式，把本职工作和油田生产中的疑难问题作为自己攻关、革新的选题，努力用自己的智慧和汗水成就一项项革新成果，最大限度地减轻岗位劳动强度，提高工作效率，提升经济效益。1987年，他负责管理新安装的链条式抽油机。这种抽油机的平衡缸加油时，工人们要爬到4米多高的地方，费时费力危险大。经过100多个日夜努力，他成功地研制出了气压式加油包，在全油田推广应用。1998年，一口电泵井因井口压盘被盗造成井喷，在治服井喷的过程中，他想到了如何防止压盘被盗的问题，经过苦心钻研，发明了“卡扣式防盗压盘”，获得油田2000年度技术革新一等奖。长期以来，由于油井套管气压力低，套管气都直接排入大气中，既造成巨大浪费又污染了环境。他又主动承担了这一技术难题，经过3个多月的刻苦攻关，终于研究成功了“移动式套管气回收装置”，填补了国内技术空白，并在油田进行了大面积推广，年创经济效益1000多万元。该项成果先后获得全国职工技术创新成果三等奖和全国百佳节能减排创新成果，并在全国节能减排成果发布会上做了专题介绍。在各级党政组织的关怀培养下，他先后完成技术革新80多项，有60项获油田和采油厂革新成果奖，节能电加热器、组合式皮带轮等13项革新成果获国家实用新型专利，累计为国家创效超亿元。代旭升的实践证明，创新不仅仅是科学家和广大科技工作者的“特权”，广大产业工人只要做“有心人”，也一定会在创新天地里大有作为。向代旭升同志学习，就要像他那样以国家利益和企业发展为重，敢为人先、勇于创新，努力研究解决影响企业发展的技术难题，在推动油田发展中贡献自己的聪明才智。

向代旭升同志学习，就要学习他甘为人梯、诲人不倦的奉献精神。参加工作以来，代旭升攻克了一道道技术难关，取得了一项项革新成果，但他从不满足于个人取得的成绩。为了让自己的聪明才智和娴熟技艺在更大范围内发挥作用，他以东辛采油厂工人技术协会为阵地，积极开展导师带徒活动，将自己多年的实践经验和创新体会毫无保留地奉献出来，激发和调动青年技能人才的积极性和创造力，共同为企业发展创新创效。为方便青工学技术、练本领，他自主创办了胜利油田采油技能大师网站，实施网上助

学助教活动。大师网站开办一年多来，点击人次已达12万，成为青年工人学习新技术、解决疑难问题的崭新平台。技术协会目前已经拥有会员百余名，取得了72项创新成果，其中52项在生产中推广应用，获得了明显的经济和社会效益。在与代旭升正式签订师徒合同的65名徒弟中，有4人在全国技能竞赛中获奖、7人晋升为高级工人技师、52人晋升为技师或取得油田以上技术能手称号。他们中有的成为生产技术骨干，有的走上了管理岗位。代旭升用自己的实际行动为油田技能人才队伍由“人才高峰”向“人才高原”转变做出了突出贡献。向代旭升同志学习，就要像他那样无私奉献、乐于助人、甘为人梯，努力为青年成材搭建平台，让更多“有责任、有技术、有绝活、有贡献”的职工脱颖而出，为胜利油田的持续稳定发展奠定雄厚的人才基础。

代旭升同志是在油田一线艰苦岗位上成长起来的优秀代表，是在中国石化集团公司开展的“双促”主题活动中涌现出来的先进典型。当前，在油田改革发展稳定任务十分繁重的情况下，管理局党委号召油田广大干部工人深入开展向“新时期胜利人的楷模”代旭升同志学习的活动，认真学习和大力弘扬代旭升同志“恪尽职守、严细认真的敬业精神，自强不息、刻苦学习的进取精神，敢为人先、追求卓越的创新精神，甘为人梯、诲人不倦的奉献精神”，努力做代旭升式的好党员、好工人，对于培养和造就一支知识型、技能型兼备的高素质职工队伍，推动油田科学发展、创新发展、和谐发展具有重要的现实意义。

油田各单位、各部门要把开展向代旭升同志学习活动作为深入开展“双促”主题活动的一项重要内容，充分利用电视、报纸、网络、宣传栏、黑板报等阵地，通过组织报告会、演讲会等形式，广泛学习宣传代旭升同志的先进事迹，大力营造工人伟大、劳动光荣、知识崇高、人才宝贵的舆论氛围，形成尊重知识、尊重劳动、尊重人才、尊重创造的良好风气。要把学习活动与油田生产经营工作结合起来，与职工队伍建设结合起来，引导职工群众爱岗敬业，刻苦自学，锐意创新，忠诚奉献，掀起一个人人争当学习型、知识型、技能型、专家型职工的热潮。要及时总结宣传学习活动中涌现出来的先进典型与成功经验，把广大职工群众在学习活动中焕发出来的积极性、主动性和创造性，引导到完成油田“三稳一保”的发展目标上来，激励广大干部职工在实现油田科学发展、创新发展、和谐发展的伟大实践中做出新的更大的贡献。

决定下发后，胜利油田上下迅速行动起来。5月10日上午，管理局党委理论学习中心组带头学习代旭升的先进事迹。理论学习中心组成员集体收看了有关代旭升事迹的纪录片和新闻报道。管理局党委号召油田干部工人深入开展向“新时期胜利人的楷模”代旭升同志学习的活动，认真学习和大力弘扬代旭升同志“恪尽职守、严细认真的敬业精神，自强不息、刻苦学习的进取精神，敢为人先、追求卓越的创新精神，甘为人梯、诲人不倦的奉献精神”，努力做代旭升式的好党员、好工人。

5 月 11 日，东辛采油厂举行首场代旭升先进事迹报告会。代旭升的同事和徒弟代表从不同角度、不同侧面讲述了代旭升的创业、创新历程。一个个鲜为人知的动人故事展现在人们眼前，使职工群众深受感染。

首场报告会引起了全厂职工的广泛反响。听完报告会后，采油五矿工人技师王刚颇有感触地说：“自己作为一名技师，感觉与代师傅的差距很大，学习代旭升的精神，就要立足本职、扎实工作，成为有技能、有责任的创新型石油工人。”

“能够创出一项革新成果不容易，能够常年坚持创新更令人钦佩。”采油 30 队副队长张芳说：“代师傅 36 年坚守生产一线，坚守着技术创新，有着善于发现问题的眼睛，还有‘不攻克难题不放松’的劲头，对待徒弟们更有火一般的热情，他的人格魅力令人敬重。”

“代师傅就工作生活在我们身边，他的事迹并不陌生，学习起来更实在，更具体，更有动力。”东辛采油厂采油二矿职工李洪涛说。

李洪涛与代旭升是多年的同事，很了解代大师日常的工作状态。观看完这场报告会后，李洪涛忍不住向会场的年轻职工介绍道：“代旭升是采油矿生产组的一员，他的创新成果真的是跑现场跑出来的，解决了很多困扰大家的生产难题，他为企业分忧、为国分忧的精神值得每个人学习。”

通过集中宣讲，在东辛采油厂，从后勤到前线，从机关到基层，从班组到泵房，学习代旭升活动蔚然成风……

接连一个月的忙碌，让代旭升有些喘不过气来。可是没有想到，一个举国悲怆的噩耗让他陷入不安。

2008 年 5 月 12 日 14 时 28 分 04 秒，四川汶川、北川，8 级强震猝然袭来，大地颤抖，山河移位，满目疮痍，生离死别……西南处，国有殇。这是新中国成立以来破坏性最强、波及范围最大的一次地震。此次地震重创约 50 万平方公里的中国大地！党中央、国务院非常重视，迅速部署抢险救灾工作。全国各地都在通过不同方式，纷纷为灾区捐款捐物。管理局党委研究后表示，胜利油田应该为灾区人民做些力所能及的工作，号召干部工人为灾区人民奉献爱心。

5 月 14 日早晨，油田机关党委率先在油田机关范围内下发《关于向四川地震灾区捐款的紧急通知》。通知号召，油田机关干部工人要踊跃参与，各部门要认真组织。

看到灾后满目疮痍的场景，尤其是电视上的这一幕：在北川县山区小学的废墟

前，一个微弱的声音传进救援队员的耳朵里，他们立即在废墟中不停地挖，逐渐挖出一条缝隙，缝隙越来越宽，队员们发现，一名男孩浑身是血，躺在几名孩子的尸体旁，就在大家将救援的手伸向他时，孩子却坚决地拒绝：“叔叔，我不紧张，你先救他们吧。”孩子的一句话，当即让救援队员热泪盈眶。随后，队员们果然在旁边的隔层中发现了十多名被困的孩子。几个小时后，直到其余孩子全被救出，男孩才最后一个钻出……

一个个痛彻心扉的事迹让代旭升泪如雨下，这场灾难让多少人失去了亲人，多少家庭变得残缺不全，多少人无家可归；这场灾难揪紧了代旭升的心。

躺在床上，代旭升辗转难眠，一双双绝望的眼睛，一声声撕心裂肺的哭声，一个个接近绝望的神情都让他久久不能平静。

他想起了小时候三年自然灾害时期。饥饿席卷中华大地，代旭升的家乡也是个重灾区。家家户户都以野菜和树皮充饥填饱。想起小时候没粮下锅、没钱看病的日子，代旭升深深地明白这些深陷困境的灾民是多么需要帮助。

第二天一大早，几乎一夜未眠的代旭升起身打开电视机，迫不及待地了解最新的灾区情况。

《面对孩子们的呼救声，无能为力的特警号啕大哭》《叔叔，别锯我的腿！》《他算不清自己死了多少亲人》，看着一条条发自灾区现场的新闻报道，他实在坐不住了，他起身在屋里徘徊，从客厅走到卧室，从卧室走到客厅，几个来回后，他拿起了电话。

老伴闻声赶过来说：“现在才 4 点 30，你给谁打电话？”

“你看看电视上播的这些灾区新闻，太可怜了，我要帮他们，我要让更多的人帮他们！”

“好，好，可现在太早了，大家都在休息，等等再打电话好吗？”

想起老伴的话，看到钟表刚刚才 4 点多，代旭升放下了电话，冲着老伴摆摆手说：“你快再睡会儿吧。我睡不着了，坐会儿。”代旭升坐在客厅的沙发上，静静地

等待时间过去。

等到太阳升起，窗外行人渐多，代旭升拨通了窦铁成的电话，“窦师傅，你好啊，我是胜利油田的代旭升。”

“代大师你好啊。”窦铁成在电话里传来了高亢的问候声。

“你在电视里看到汶川大地震的灾情了吗？”代旭升问道。

“看到了，太惨烈了！”

“咱们应该为灾区献一份爱心啊。”代旭升说。

谈话沟通之后，两位劳模代表率先向灾区各自捐款1万元，在他们的带领下，参加“五一”劳动节大会的代表纷纷捐款献出爱心。随后代旭升还缴纳特殊党费2000元。中华全国总工会、中共中央组织部给代旭升颁发了捐赠证书和党费收据。中华全国总工会、中华全国总工会经济技术部发来感谢信：

感谢信一

代旭升同志：

5月12日下午14时28分，四川汶川县发生7.8级强烈地震。党中央、国务院高度重视，胡锦涛总书记立即作出重要指示，胡锦涛总书记、温家宝总理亲赴灾区现场指挥抗震救灾工作。中共中央政治局委员、全国人大常委会副委员长、中华全国总工会主席王兆国同志对全总和各级工会认真贯彻党中央的部署，全力做好抗震救灾工作提出明确要求。5月13日，全总下发《关于全力做好抗震救灾工作的紧急通知》，要求各级工会在党委的领导下，深入灾区企业和职工开展帮扶救助，配合有关方面保障灾区职工生命安全，切实维护社会稳定，并部署开展向灾区捐款活动。

灾害无情人有情。广大工会干部和职工带着对灾区人民群众的深厚感情，献爱心、表心意、鼓斗志、强信心、有钱出钱，有力出力，有物出物，积极参与抗震救灾，以实际行动有力地支持一线的抗震救灾工作，充分体现了工人阶级的高尚品质和无私奉献的政治觉悟，体现了社会主义大家庭“一方有难、八方支援”的温暖，体现了工会组织互相帮助、互相救济的团结友爱精神。你们积极响应全总号召，及时伸出援助之手，急灾区职工群众之所急，解灾区职工群众之所难，慷慨捐款，在抗震救灾的关键时刻充分表达了工人阶级的无私奉献和对受灾职工的深厚情谊。对你们的爱心，全国总工会谨代表灾区广大工会干部和职工并以全总名义向你们表达衷心的感谢！我们坚信，在党中央的坚强领导下，全国人民、灾区人民万众一心、众志成城，迎难而上、百折不挠，一定能够夺取抗震救灾斗争的最后胜利！

中华全国总工会

2008 年 5 月 16 日

感谢信二

一方有难，八方支援，涓涓细流，终成大海。面对突如其来的四川省汶川县大地震，你们积极响应党中央、国务院的号召，怀着对灾区人民的深情厚谊，奉献爱心，率先垂范，踊跃捐助，共克时艰，集中体现了先进企业和劳动模范忠于祖国、热爱人民的伟大情怀。对你们的爱心，我们表示深深的敬意！

我们坚信，在党中央、国务院的坚强领导下，全国人民万众一心，众志成城，一定能过夺取抗震救灾斗争的全面胜利！

感谢对全总经济技术部工作的大力支持！

中华全国总工会经济技术部

2008 年 5 月 21 日

在情系灾民的同时，代旭升心里仍时时刻刻地装着他的革新发明。

7 月 9 日，代旭升一大早来到东辛二矿采油七队的实验井场上，他一路琢磨套管回收装置的改进空间，如何把先进的自动化技术引入这个装置中，他从参观航天城的时候就有了这个念头，直到现在也在不断尝试与验证，正当他在实验基地测试天然气回收情况的时候，电话铃声响了。

“代大师，你快回单位领奖吧！”

“什么，在井场呢！”

“祝贺你啊，代大师，你荣获山东省优秀共产党员称号了，快回来吧。”

代旭升赶回单位，时任胜利油田组织部副部长董杰、组织部组织科副科长郑强为代旭升颁发山东省优秀共产党员荣誉证书。看着荣誉证书上共产党员几个大字，代旭升感慨万千：“谢谢组织培养了我，我做的很少，组织给予我的太多，惭愧之余，我只能加倍努力，努力工作，努力学习，为油田多作贡献！”

一直以来，代旭升认为自己就是个工人，是个平凡的不能再平凡的工人，可是这一个月，从济南到北京，他感受了太多荣誉与赞美，特别是优秀共产党员的称号，让他在压力倍增的同时，也让他充满信心投身到接下来的工作中。

代旭升从北京回来后，从早到晚醉心于套管气回收装置的改进研究，奔波于油井、办公室和家三点之间。就在他沉迷于创新工作的同时，油田掀起了新一轮学习代旭升事迹的热潮。

8 月 1 日下午，黄河饭店大会议室里掌声雷动，代旭升先进事迹首场报告会在这里举行。这次报告会同时也是局党委理论学习中心组 8 月学习的重点内容之一。此后，报告团行程近千公里，为 20 多个单位、3000 多名干部职工作了精彩的报告。

8 月 5 日，代旭升报告团来到胜利采油厂，在这里，代旭升遇到了老朋友——胜利油田首席技能大师陈景世，两人一见面，便把双手紧紧握在一起。

“代师傅，你读的倡议书，句句说到咱们工人阶级的心坎里啊，你现在是我们学习的楷模啊！”陈景世拉着代旭升的手说。

代旭升听完后，一直摇头，在他心里，陈景世年龄比他大，技术娴熟，创新点子多，自己在陈景世面前还应该是个徒弟。听到这样的赞美，代旭升觉得有些惭愧，再一次紧紧地攥着陈景世的手说：“您才是大师啊，在我心中，您是大师。”

报告会上，来自胜利采油厂 400 多名基层的干部职工认真聆听了代旭升同志的先进事迹。陈景世坐在前排认真聆听报告会，眼睛中投射出溢美的神情，宛如在这场报告会上找到了志同道合的战友，可以并肩作战。

8 月 7 日，“新时期胜利人的楷模”代旭升先进事迹报告会在孤岛招待所举行。孤岛采油厂、孤岛社区领导以及 210 多名干部职工，认真聆听了代旭升同志的先进事迹。

报告会后，代旭升一行来到注采管理 201 站，参观了该站采油作业实物培训室、网络教育室和实践练兵场。座谈中，代旭升就如何治理减速箱漏油、如何解决井口密封不严等设备维护方面的问题与干部职工进行了交流。

隔日，由孤东采油厂承办的代旭升先进事迹报告会在仙河影院举行，孤东、桩西、海洋三家采油厂和仙河社区等四家单位干部职工 750 多人聆听了报告会。

代旭升一行还来到采油 19 队，参观了职工技术创新展厅，对各项革新成果进行了交流。在该队会议室，采油厂各采油矿的技术骨干借此机会就生产中的难题同代旭升大师进行了面对面的交流。

报告团休整 6 日后，于 8 月 14 日下午 3 时 30 分，为河口采油厂 200 多名干部职工作了一次精彩的报告，来自基层单位的技术能手以及在油田或采油厂获得过技术比赛名次的百余名职工也参加了此次事迹报告会。

第二天，代旭升先进事迹报告团又来到现河采油厂，为来自现河采油厂、东胜公司、鲁明公司、胜南社区等四家单位的500多名干部职工作了一场精彩的事迹报告。

报告会结束后，代旭升来到中石化金牌队现河采油16队参观。听说技能大师来到现河，这个厂30余名基层技术骨干会聚采油16队，与代旭升大师展开了热烈的座谈交流。

“现河采油29队的‘三低一长井’和结蜡油稠井，每当进入冬季管理后，都会直接制约着原油生产，请教代大师，在无天然气的情况下，如何提高整个区块的液量温度？”采油一矿主任技师李西江首先抛出问题，他说，“难得有与大师面对面的机会，所以这次我是带着问题，专门前来请教的。”

有这种想法的，并不是李西江一人，随后厂首席技师李林厂、孟向明及基层的技术骨干们纷纷结合各自在工作中遇到的难题向大师进行请教。代旭升也逐一进行了耐心细致的解答。

代旭升在回来的路上，已经口干舌燥，衣服就像从水里提溜出来的，紧紧地贴在身上，但他心里还是美滋滋的，因为想着在基层还有这么多的员工扎根岗位，热衷创新，还在想办法，动脑子，他就浑身充满干劲。

8月18日，代旭升事迹报告团在滨南采油厂也受到了来自采油厂和滨南社区的领导及有关人员共200多人的热烈欢迎。代旭升的敬业精神、进取精神、创新精神和奉献精神，令在座的每个人备受教育和鼓舞。听说滨南采油厂基层基础建设做得非常好，报告会后，代旭升还到这个厂采油二矿206队9号计量站参观。

次日，代旭升事迹报告团来到临盘采油厂，为采油厂和社区的300多名干部职工作了报告。这位新时期产业工人代表的事迹深深打动了每一个人。当代旭升作完报告时，全场听众起立鼓掌。

报告会后，代旭升来到了王为民纪念馆。代旭升不止一次来过王为民纪念馆，但作为巡回报告会的主讲人，来到这里，他不禁感慨万千。

代旭升一直认为，王为民就是胜利油田的雷锋、王铁人。每一次来，王为民的事迹和精神就像过电影一样在代旭升脑海里闪过。那一幕幕看似微小却又感人肺腑的事迹，立马浮现在代旭升眼前。

在代旭升的脑海里，隐隐记得：王为民早早白了发，褐色的脸上刻着深深的皱纹，手掌粗糙有力，掌心像砂纸。除了这充满力量的双手，最打动代旭升的是王为民立足一线岗位，不断奉献的执着精神。比如，打扫院子，打从王为民 1981 年调到临盘采油三队，每天早上 5 点，人们就会准时看到王为民抱着齐头高的大扫帚在哗啦哗啦地打扫院子，这一扫就是 11 年。每每想到这儿，代旭升都感叹："这真的是一个执着奉献的人啊，能坚持义务服务他人 11 年，不简单！"

代旭升明白，学习王为民不仅仅要学习他执着奉献的精神，更要学习王为民学习"干事业不要命"的劲头儿。代旭升曾经阅读过王为民的大量事迹材料，他清楚地记得，王为民是 1981 年开始学电焊，学习不久焊起活来就得心应手，五年升到八级。光电焊不算，维修工、电工、采油工，样样拿得出手。在学习技术、掌握本领方面，代旭升对王为民很是佩服。

王为民也是初中毕业，为了搞革新，《机械制图》《设计原理》《金属工艺》，见技术书就买；夜校、培训班、速成班，有学习班就上。见到个戴眼镜的就缠上去问个没完没了，就连上中学的儿子也指指点点当了王为民的老师。功夫不负有心人，王为民终于成了全国石油战线第一批工人高级技师，革新成果已达 17 项，其中两项获得国家专利，每年创造直接效益上百万元，单是那个小小的原油加热炉安全阀，就杜绝了油田年年都要发生的加热炉爆炸事故。

想着王为民一幕幕感人的事迹，看着王为民纪念馆，代旭升表示，自己与王为民的差距还很大，在以后更要实实在在地工作，踏踏实实地做人，真正把为民精神融入日常工作。

此后，报告团又先后来到油气集输总厂、井下作业公司、供水公司、胜中社区、胜利医院、物资供应处、海洋培训中心等单位，所到之处，代旭升报告团受到热烈欢迎，全油田掀起了学习"新时期胜利人的楷模"代旭升同志的热潮。

第八章

京西宾馆

2008 年 12 月 3 日，胜利油田百里油区寒气袭人，人们早已换上厚重的冬装，代旭升看着手中红纸黑字的《决定》，浑身泛着暖意，京西宾馆、中华技能大奖、人力资源社会保障部……一行行，一字字映入眼帘，他清楚地知道，这是党和国家又一次给了自己莫大的荣誉和鼓励，摘下眼镜，他想赶紧把这个好消息告诉家人。

“祝贺你啊，代大师，我知道你肯定行，早晚会有这一天。”正想拨电话，那头传来吕幸端的声音，“马上要进京了，好好准备吧。”能得到老朋友的祝贺，和吕幸端同龄人的代旭升非常高兴。2007 年 9 月 29 日，许振超观摩代旭升技术协会时，曾为他题词：刻苦钻研新技术，努力练就新本领，向敬业报国的中国新一代石油工人致敬！“好，谢谢，我一直以你为榜样，现在终于实现了，有机会还得向你请教啊。”

早在 4 年前，代旭升就和吕幸端有一个“私下约定”。代旭升在电脑方面是个门外汉，特别是电脑机械制图一直困扰着他。2004 年 12 月 17 日，吕幸端获得第七届中华技能大奖后不久，代旭升带着问题，多次到测井公司资料解释研究中心计算机室，向老朋友请教，这件事代旭升仍记忆犹新。

吕幸端是一名具有计算机软件研发能力的专家，紧跟世界前沿技术，完成技术革新和技术改造 96 项，主要参加完成了 27 项科研成果。其中，他发明的《声波全波测井数据处理方法研究及软件系统开发》获国家级科技成果奖，并填补国内空白。“下棋找高手，弄斧到班门。”代旭升知道找他准没错。

“我上高中时，正是‘文革’时期，知识十分贫乏，为了适应岗位需要，就一直坚持自学。”两人见面，开门见山，吕幸端很高兴地跟代旭升讲起了自己的过去，“为了学习，我在平房宿舍的厨房里支起床铺，小木箱当课桌。”

“是啊，真是不容易，再说说你总结的‘纲举目张’的办法吧。”两人有相似的经历，有着更高的追求，越说越投机，一讲就是半天时间，吕幸端毫无保留，对代旭升一一道出。谈到获奖时，他小心地拿出了精美的技能大奖证书和奖杯，代旭升爱不释手，看着吕幸端幸福的表情，他坚定地说：“你能行，我也行！”那一刻，代旭升心里再次燃起刻苦学习努力创新的火焰。“好，我支持你，咱们一言为定！”就这样，两人成了创新路上的好朋友。放下电话，代旭升赶紧准备自己在表彰大会上的发言稿。他想到了盐碱滩、干打垒，想到了红柳与芦苇，想到了一个个创新灵感，他明白能够获得中华技能大奖，并不是自己一个人的功劳，是胜利油田这片热土养育了他，是火热的会战历练了他，是领导同事们托着他，他心里想着，思绪涌动，双手飞快地敲击着键盘，在重要的发言时刻，他要把当代石油工人的风貌展现出来。

“老伴儿，我回来啦。”晚上，代旭升下班回到家，没有了往常眉头紧锁的样子，满脸堆笑，进门就喊，“快看，我又要去北京了。”

“你说什么？”妻子吴晓萍听到代旭升的声音，连忙从厨房出来，手里举起的铲子停在半空。“这是人力资源和社会保障部发的决定。”“还真有你的！”吴晓萍笑着接过决定，仔细端详。

“你歇会儿，让我来。”代旭升一把拿过老伴儿手里的铲子，来到厨房，伴着“嗡嗡”转动的油烟机，熟练地炒几个拿手菜，他心里清楚，这么多来年，多亏了妻子背后默默地支持和付出。

用爱心经营着自己的小家，用行动营造家

庭的和谐之美，对于工作代旭升呕心沥血，对于家里的事，他也有着自己的理解：家里的活只要抢着干，大活就变成小活，多理解、多关心、多问候就能和和睦睦。每逢下班，他便急匆匆往家赶，主动取下老伴儿的围裙，总是那句话，“你熏了一把，让我再熏一把”。

“来，看完没？尝尝味道怎么样。”一会儿工夫，几个色香味俱全的热菜端上桌来，“这应该是第三次进京了，军功章有我的一半儿，也有你的一半儿。”

“咱是一个普通工人出身的孩子，能有今天已经非常知足了。”老伴儿和颜细语地说，“你都 53 啦，光想着军功章啊，都是你的！”代旭升为妻子夹了点菜说：“多吃点儿，咱得向奥运健儿看齐，为国争光，多荣耀啊！”

晚上 7 点，《新闻联播》是代旭升最爱看的节目，也是他的精神食粮。代旭升准时坐在电视机前，一条新闻引起他的关注：12 月 4 日至 5 日，第五次中美战略经济对话在北京举行，中美双方将围绕“奠定长久的中美经济伙伴关系的基石”这一主题，就管理宏观经济风险、促进经济平衡增长战略、加强能源与环境合作、应对贸易挑战、促进开放的投资环境以及国际经济合作等议题展开讨论。

是什么力量让中国飞速发展？一个超级大国为何要与发展中国家对话？代旭升沉思起来，一杯热水，轻轻放到代旭升面前，妻子没有打扰他，回到卧室，帮他整理明天出行的衣物。

代旭升的思绪回到了 40 年前，他想到了 1978 年 3 月 18 日，邓小平同志在全国科学大会开幕式上的讲话，在报纸上，他曾经多次阅读思考，因为他青少年时期，正处在“文化大革命”的动荡年代，20 来岁的他渴望求知，渴望光明大道。

那个年代，“四个现代化”深深烙在一代人的心里，代旭升从报道了解到，四个现代化，关键是科学技术的现代化。没有现代科学技术，就不可能建设现代农业、现代工业、现代国防。没有科学技术的高速度发展，也就不可能有国民经济的高速度发展。邓小平重申了“科学技术是生产力”这一马克思主义基本观点，打开了“文化大革命”以来长期禁锢知识分子的桎梏，迎来了科学的春天。

代旭升知道，那次大会是国家百废待兴的形势下召开的一次重要会议，也是中国科技发展史上一次具有里程碑意义的盛会，后来被人们誉为“科技的春天大会”。

“认识落后，才能去改变落后。学习先进，才有可能赶超先进。”代旭升把这句话深深记在脑海里，任何一个民族、一个国家，都需要学习别的民族、别的国家的长处，学习人家的先进科学技术。代旭升想，作为一个国家是这样，作为一个个体，自己又何尝不是这样呢？他一直思索着，实践着，追求着。

代旭升深深地感到，那次大会一直在激励着他，给他埋下了求知求学的“欲望”和“种子”，他庆幸自己赶上了好时代，他更庆幸自己来到胜利油田这片热土。40

年来，国家科技队伍不断壮大，涌现出大批优秀科技人才。而就在40年后，种子经过不断萌芽、成长，代旭升也迎来自己创新发展的春天。正是因为国家经济腾飞了，才引起世界的尊重！

“东西都准备好了，你再看看还缺什么。”吴晓萍最了解代旭升，当天的事不弄利索，半夜他又得起来折腾。

“不是都准备好了吗，你怎么又起来了？”果然不出妻子所料，听到代旭升起床的声音，吴晓萍轻声地问道，“明天还得赶路呢。”怕影响老伴儿休息，代旭升轻手轻脚，但还是被妻子感觉到了，老两口这么多年，彼此太熟悉了。“没事儿，你睡吧，我一会儿就好。”代旭升摸黑来到书房，打开电脑，时钟指到午夜12点10分。临行前的那个晚上，躺在床上1个多小时，代旭升一直没有入睡，从得知去京西宾馆的那一刻，像着了魔一样，他渴望早一些进入它的怀抱。

在这之前，代旭升曾经在《京西宾馆那些事》一书序言中，看到曾经分管过京西宾馆的解放军前副总参谋长张黎上将，称其为北京“最难进”的宾馆，安全保密措施最严格，定期进行保密安全检查，任何危险品、窃听设备都无法藏身；对人员出入检查严格，没有会议证，任何身份证、工作证都不准通行，只有会议保卫人员通知，会务组或宾馆工作人员到门口迎领才能进入。它还是北京唯一不直接接待散客、外宾的宾馆，散客或外宾入住必须报经上级部门或领导批准。

代旭升还知道，时任中国党建网编辑委员会、中国党建党史报社中南区财务总监的朱思群同志，曾这样描述京西宾馆：京西宾馆系五星，内外嘉宾齐赞称。三中全会载史册，军事管理服务新。这些都为京西宾馆披上了神秘的面纱，大多数普通中国人并不了解它真正的样子。

“京西宾馆”，代旭升迫不及待地输入百度，资料显示，京西宾馆是北京的一个政治地标，在《新闻联播》画面里经常出现。1978年12月22日，党的十一届三中全会就在这里召开，有着中国“会场之冠”的美誉，具有同人民大会堂、钓鱼台国宾馆等建筑同等政治意义。由于京西宾馆安检严格，诗评家吕进曾撰文回忆：中国文联每年都要在北京召开一次全委会，我担任全委委员的那些年，会议总是在北京的京西宾馆举行。这家宾馆隶属于解放军总参谋部，这可能是安保措施最严格的宾馆，到处都有解放军战士执勤。来客很麻烦，警卫要先电话征得受访人同意，然后，客人经过层层关口，才得进来。

党的十一届三中全会选择在京西宾馆召开，也是它“安保严密”和“限制人员流动”的历史必然，代旭升不由得站了起来，三中全会精神犹如寒冬里的一股春风，吹遍大江南北，人们的生活开始发生了翻天覆地的变化。

春风又绿江南岸，天翻地覆慨而慷。代旭升感谢这个伟大的时代，那是一首用

改革的春风奏响的时代赞歌。邓小平曾说过："我是中国人民的儿子，我深情地爱着我的祖国和人民。" 40 年后，祖国富强了，人们的物质生活和精神生活都富裕了，不再过贫苦的生活。

他想到了在汶川荒凉的废墟上，举国上下的中华儿女，心连心，同生死，共患难，凝聚了一股百折不挠的中国魂！他想到了在北京鸟巢的欢呼声中，中华民族的体育健儿，在赛场上挥洒着汗水，为祖国赢得一个个金灿灿的荣誉！他想到了胜利油田火热的会战场面，来自大江南北的热血青年，战天斗地，发扬铁人精神、为民精神，为祖国奉献石油，把贫油国的帽子甩到了大西洋里……

"怎么样，忙完没？"老伴儿轻轻地推门进来，代旭升才知道时间不早了，"你怎么没睡着啊？""你不睡，我也睡不踏实。"他赶紧接过老伴儿递来的温开水，不知不觉，已是凌晨 3 点，那一晚睡眠时间虽短，但代旭升却睡得很香。

12 月 4 日一早，代旭升如约见到了高级技师王天正，他被评为全国技术能手，一同进京，参加表彰大会。离送行的人群还有一段距离，代旭升便认出了老朋友。

临行前，油田领导同他俩亲切握手，预祝他们开会取得圆满成功。每次进京或回来，领导都高接远迎，代旭升连连点头，一次次感到了组织的关怀和厚爱。

"我和代大师已是十多年的老朋友了。"挥手道别，送行的车辆刚启动，王天正和代旭升攀谈起来。

"是啊，祝贺你获得技术能手称号。"代旭升紧紧握着王天正的手，"你工作室墙上'天天学习，正在创新'我一直都记着呢。"

那年 8 月，代旭升来到现场参观王天正工作室，各类井下工具，一排排、一件件，让他目不暇接，有的是新研制的，有的被解剖开供人学习，"你这里就像个井下工具'大观园'啊"！

"这是钢丝绳连接器吗？"代旭升对培训室门口摆放的一件器材产生了兴趣。

"对，它由 16 根游丝绳组成，利用平行四边形的原理，使用时将连接器套入所要连接捆绑的钢丝绳上，只需往外一拽，连接器便瞬时紧缩。"王天正边说边做示范，它主要是解决新旧大绳在井架上不易更换连接的问题。

是啊，处处留心皆学问，小器材照样能解决大问题，代旭升明白，采油的岗位虽然在地上，可研究对象在油层，这里面有不可分割的联系，这些井下工具既简单，又有创意，青年职工学起来就容易懂、容易会，这让他耳目一新。

"下一步有什么打算？"车辆行驶在高速路上，风驰电掣，车内老友相见，谈笑风生，听到代旭升的问话，王天正说："随着油田进入开发后期，油水井出沙，水淹程度日趋严重，井况也日益复杂，我们就是要瞄准修井行业存在的技术难题，不断攻关，开发出更多具有自主知识产权的高新技术和产品来。"

"很好，多解决技术难题，多培养年轻职工。"代旭升不忘鼓励老朋友。

4 日 10 时 10 分，车辆已进入市区，速度明显慢下来，一座座立交桥纵横交错，川流不息的车辆，林林总总的高楼大厦，宽敞的大道、宏伟的宫殿，一幕幕映入代旭升的眼帘，一切的一切都像在诉说遥远、漫长的历史故事。代旭升看到的、感受到的不仅是古老帝都的雄伟庄严、厚重沧桑，还有现代大都市的时尚繁华、高速便捷，刚踏进京城，代旭升便感觉到浓重的现代化气息扑面而来，联想到第 29 届奥运会的举行，北京再一次将它迷人的魅力展现在世人面前。

代旭升知道，北京是有着三千年历史的历史文化名城，曾为六朝都城，在从燕国起的 2000 多年里，建造了许多宏伟壮丽的宫廷建筑，北京故宫，明朝时叫大内

宫城，清朝时叫紫禁城，原为明、清两代的皇宫，住过 24 个皇帝。

一座城市的历史就是一个国家的历史，历史并不是那么容易被淘洗干净的，从清末到 21 世纪，100 年光阴，万象幻灭重生。1937 年日本侵略军入侵，古城在血与火中苦熬了 8 年，苦难、屈辱、血泪，终于使人民奋起而抗争，代旭升认为那是一段屈辱的历史，圆明园给中华儿女留下无法抹去的创伤，但让他自豪的是 1949 年 10 月 1 日，中华人民共和国成立，北京已成为中国政治、文化、交通、旅游和国际交往的中心。他热爱祖国、热爱北京、热爱人民、热爱共产党，就像他唯有全身心投入他热爱的工作中一样。

“赫赫京都千百年，钟灵毓秀萃龙渊。始由金国迁燕地，及至赤都照蓟川。北海清波浮画舫，香山红叶染霜天。华夏血脉情相系，九州同心亿众欢。”“自古帝王地，由来车马喧。柳掩昆明湖，高楼趋日边。云蒸又霞蔚，气象自万千。”一首首诗句涌入代旭升的脑海，但是在他的脑海里，更多的还是那首他熟悉的歌谣：“我爱北京天安门，天安门上太阳升，伟大领袖毛主席，指引我们向前进！”

代旭升一行人来到北京的第一站，是位于朝阳区朝阳门北大街 22 号的中国石油化工股份有限公司总部。

当天下午 3 时 30 分，集团公司党组成员、副总经理李春光，集团公司（股份公司）人事部主任周世良，集团公司思想政治工作部主任、企业文化部主任张殿国等领导，接见进京的代表们。

在会议室等候接见时，他见到了老朋友，“代大师，又见到你了。”“左大师，革新专家，没想到咱们在这里见面了。”代旭升看见左金海喜出望外。“咱当不了专家，也就能解决点实际问题。”金海谦虚地说。代旭升赶紧起身迎上前，两人双手紧紧握在一起。

左金海比代旭升大两岁，也只有初中文化程度，靠着不服输，肯钻研的韧劲，创造出了一项又一项业绩，荣获了“首都劳动奖章”“中央企业知识型先进职工标兵”等荣誉称号，发明的“左金海油气回收罩”，在燕化炼油厂每年回收油品上千吨，为守护首都北京碧水蓝天作出了贡献。到了 2010 年，左金海荣获全国“五一劳动奖章”等荣誉称号，代旭升一直为有这样的老朋友而引以为荣。

“听说你发明的油气回收罩，是用你的名字命名的，了不起！”交流中，透露着代旭升对老朋友的敬意。“你的移动式套管气回收装置，我也听说了。”左金海一直想看看这个让代旭升成名的成果，“我们离这儿最近，先到我那里去一趟，要尽地主之谊啊。”

受到老朋友诚恳的邀请，代旭升爽快地答应下来，除了向老朋友取经外，他还想学习一下燕山石化精细管理的经验，可由于日程安排繁忙，去燕山石化的事一直没有达成。没想到，时隔一年后，代旭升便来到燕山石化作报告。

“代大师您好，到时我想去您工作室看看。”江汉油田技师韩萍也加入他俩的交流中来。大家热切交流，互通有无，相互留下了联系电话，代旭升意外收获了许多深层次行业知识和友情。

“这么热闹，欢迎大家来到北京。”15 时 30 分，集团公司党组成员、副总经理李春光准时到来，会议室立即静了下来，大家目光集中到前台。

“今天受表彰的有，胜利油田采油工高级技师代旭升，荣获第九届‘中华技能大奖’，胜利油田王天正、燕山石化左金海、茂名石化孟照锁、江汉油田韩萍、茂名石化李刚荣获‘全国技术能手’称号，还有江汉油田荣获‘国家技能人才培育突出贡献奖’。”李春光微笑着向大家一一介绍。

李春光说，“中华技能大奖”和“全国技术能手”是 1995 年开始对全国优秀技能人才设立的表彰奖励，是我国政府对技术工人技术、技能水平的最高奖励。1998 年，国家又增设“国家技能人才培育突出贡献奖”，表彰对在技能人才培养方面作出贡献的单位。截至目前，集团公司已有 6 人获得中华技能大奖，有 59 人荣获全国技术能手称号，先后有胜利油田、中原油田、茂名石化、江苏油田、燕山石化、江汉油田等 6 家单位获得“国家技能人才培育突出贡献奖”。

听到李春光的介绍，代旭升为胜利油田感到自豪，感谢油田给他提供的平台，没有组织上的指导关怀，就没有自己的今天。

“这么多年来，中石化各条战线涌现了一批高技能杰出人才，今天，受到表彰的代表，有素质过硬、技术精湛、业绩突出的技术专家，有大胆创新、勇于实践、取得重大科技成果的专业学科带头人，是广大干部职工学习的榜样，特别是代大师，今年，荣获了五一劳动奖章后，又获得了中华技能大奖。”听到这里，代旭升连忙起身深深鞠躬，随即响起热烈的掌声。

“我代表集团公司党组，对各位代表表示热烈的祝贺，你们精湛的技术为公司创造了物质价值，也创造了精神价值，感谢你们为公司带来了荣誉，公司为你们自豪。”李春光对获奖者表示简短的祝贺，勉励大家以这次表彰大会作为新的起点，永不满足，不断努力，精益求精，影响和带动身边同事提高技能水平，把技能操作队伍建设成为中国石化发展的中坚力量，为提高企业竞争力作出更大的贡献！

会议结束时，大家起身鼓掌，热烈而喜庆的气氛充满整个会场，代旭升更加相信，有领导的关爱，有组织的支持，咱们工人只要学技术、肯钻研，一定会有更加广阔的舞台。

12 月 4 日 16 时 50 分，根据行程安排，代旭升准备前往京西宾馆。集团公司总部距离京西宾馆只有 5 公里多的路程，代旭升的心情激动而兴奋，感觉这一刻那么遥远，来得又是那么快，他清楚地记得，1978 年 12 月 18—22 日，京西宾馆召开了党中央十一届三中全会，开启了历史新时期，从此，中国走向了发展的快车道。

很快，车辆前行来到天安门，代旭升看到城楼在灯光照射下光彩夺目。广场四周，彩灯勾画出一幢幢高大建筑物的雄伟轮廓，长安街变成了灯的海洋、光的世界。

“不但文化底蕴深厚，更有现代气息！”“这条路就是条阅兵大道。”代旭升和随行人员高兴地聊着，车外寒气袭人，车内暖意融融，他不停地用手擦去车窗玻璃上的水汽，车外路边行人匆匆而过，在观赏京城的同时，满眼找寻着让他魂牵梦绕的地方——京西宾馆。顺左手边看去，是军事博物馆，近了，再近点儿，仿佛这一刻会转瞬即逝，他知道这里离宾馆很近了。

“京西宾馆快到了，听说是当年军委秘书长罗瑞卿，根据它的地理位置命名的。”代旭升兴奋地对身边司机说，“设计之初，西楼有 13 层，是当时北京市最高地标性建筑。”“代大师你功课做得真足啊！不光是技能大师，还是个宾馆通。”两人看了眼对方，会心地笑了。

“到了，到了”，代旭升晃了晃身子，两眼直盯着前方，200 米，100 米，送行的车辆很快来到羊坊店路和复兴路的交叉口。在华灯光照下，代旭升注视着眼前几栋看上去“发黄”的苏式建筑，犹如一位慈祥的长者，迎来送往。

80 米，50 米，距离越近，代旭升越发感觉到自己热血上涌，“这就是京西宾馆，咱们到了”！司机停稳车辆，代旭升连忙下车，一阵寒风吹来，顿觉清爽了很多，也踏实了很多。他看到挂着“羊坊店路 1 号”门牌的大院前，有两组持枪的卫兵相对而立，一排高大的杨树沿着长长的蓝琉璃围墙并立，挺拔得如同门口的卫兵。

京西宾馆大楼沿街而建，12 根高大的方形柱子，擎起宽敞威严前厅，前厅两侧分别镶挂着两行红色黑体大字，代旭升目不转睛。左侧：中国共产党万岁；右侧：中华人民共和国万岁。在茂密的翠林映衬下，像一幅美丽的图画。作为一名老共产党员，他早已把这两句话烙在了心里。

“京西宾馆”，代旭升凝视着上方，四个

繁体金色大字，格外醒目，真的是这里吗？看到四个大字的那一刻，他仿佛置身梦境一般。代旭升抬头仰望着天空，繁星点缀着这座千年古都，心里有一种声音在呼喊，“我来了，天上的星星做证吧！”

代旭升看着眼前静静伫立的京西宾馆，与中华世纪坛、中央电视台、军事博物馆隔路相望。虽然和其他宾馆相比算不上富丽堂皇，但眼前这座先后高质量、高标准完成了数十次人代会、党代会和中央全会保障任务的宾馆，此时此刻，已定格在代旭升的脑海里。

“代大师，请到这边来，准备进门了。”听到招呼，代旭升回过神来，赶紧来到门口排好队，“请拿好证件。”宾馆大院西门设有岗哨和接待室，哨兵逐一检查入内人员及车辆。

等候检查时，代旭升看到有几位拖着行李箱的人被挡在大门外，只好到传达室求助。“你们开哪个会议？负责人是谁？”经自报家门、电话核实，工作人员方开条准入。站岗的卫兵，除了毫不通融的严格之外，堂堂的仪表和高大威武的形象给代旭升留下了深刻印象。

代旭升仔细看了看传达室墙上挂着的“住馆宾客会客程序和规定”，上面写着凭会议组织单位核发的会议通知、请柬、会议证等有效证件方可进入。代旭升按规定出示了会议证，门卫哨兵同样对他进行了严格检查，一个标准的敬礼之后，告诉他应该从哪个门进，从哪个门出。从哨兵标准的动作，到礼貌严谨的态度，代旭升更加感觉到京西宾馆的威严和神秘。

“代大师，再见。”代旭升和随行人员告别后，只身一人来到京西宾馆的院子里。大院里车位很多，大小车辆分别整齐排列，一棵棵冬青树点缀其间，两侧粗壮的苍松透露着宾馆历史的年轮，一切看上去都那么整齐划一。蓝色琉璃围墙的内侧设置了大型广告宣传栏，为一向有政治承载的宾馆吹进了些许商业气息。从外观到内部，从上到下，由外及里，代旭升一刻不停地搜集着它的信息。

接下来，便是到指定宾馆楼住宿，代旭升边走边用心观察，他不但看重结

果，更注重过程，这么多年，他已经养成认真精细的习惯。来到住宿的宾馆西楼，一股暖气迎面而来，内部平静如常，没有花篮，也没有横幅。长长的过道，铺着厚厚的红地毯，过往的人大多保持安静，和熙攘嘈杂的街道形成鲜明对比。代旭升拉着妻子为他准备好的行李箱，来到指定的房间，宾馆内的布置看起来十分的舒适，床不软不硬，枕头、床罩干净整齐，中央空调温度适宜，屋内的设施不多，但足够用。

放置好行李等随身物品，代旭升没顾上喝水，也不顾一天的奔波劳顿，一心想着要去会议楼看看，他知道会议楼的第一会议室，是当年中国老一辈革命家思想风雷激荡的地方，于是带好房门，脚步不停地向会议楼走去。

12 月 4 日晚上 8 点，代旭升来到苏联风格建筑的会议楼，对门口卫兵点头示敬，卫兵还一个举手礼。楼内前厅灯光辉煌，戒备森严，走廊内有解放军战士守卫，他看到一名大校军官，带领卫兵不时进行巡视查看，代旭升身临其境，感受到整栋会议楼庄严肃穆，让他肃然起敬。会议楼每层都有数十间大小不同的会议室，他看到部分会议室顶部装饰有巨大的五角星，墙上挂着巨幅国画，庄重大气。

三层第一会议室，是这座楼里最神秘的所在，代旭升知道党的十一届三中全会正是在这里召开的。

他屏住呼吸，轻轻来到会议室，生怕像要打扰里面的会议一样。对面的墙上，“自力更生、艰苦奋斗”八个大字，透着历史沧桑，犹如会议刚刚散场，代旭升感受到一种力量在升腾。会议室里从椅子到喝茶的玻璃杯样式等，都保持着原样，他弯下腰来，发现领导们的专属杯子号码从 1 排到 44，都是用红漆写在杯把的下面。

代旭升来到会场前方位置上，他从资料中了解到，当年，邓小平同志就是在这里发表了著名的讲话《解放思想，实事求是，团结一致向前看》，自己离伟人那么远，又是这么近，代旭升看着眼前的一切，回想着中国改革开放总设计师的铿锵之言，“一个党，一个国家，一个民族，如果一切从本本出发，思想僵化，迷信盛行，那它就不能前进，它的生机就停止了，就要亡党亡国”！ 40 年了，穿越时空，代旭升仍强烈地感到振聋发聩！他久久地站在那里，一动不动。

代旭升知道，党的十一届三中全会前，在京西宾馆召开了历时36天的中央工作会议，党的许多老一辈革命家和领导骨干，对"文化大革命"结束后两年来党的领导工作中出现的问题提出了批评，对党的工作重点转移到经济、政治方面的重大决策，党的优良传统的恢复和发扬等，提出了建议，为随即召开的党的十一届三中全会作了充分准备。

那天会议开幕时，北京城瑞雪漫天，滴水成冰。共和国决策层的思想开始破冰，"春天的故事"呼之欲出。党的十一届三中全会标志着中国共产党冲破了"左"倾的观念，端正了党的指导思想，使广大党员、干部和群众从过去的个人崇拜和教条主义中解放出来，在思想上、政治上、组织上全面恢复和确立了马克思列宁主义和毛泽东思想的正确路线，结束了1976年10月以来党的工作在徘徊中前进的局面，将党领导的社会主义事业引向健康发展的道路，实现了新中国成立以来党的历史上具有深远意义的伟大转折。

代旭升记得卢梭说过，"人是生而自由的，却无不在枷锁之中"。《国际歌》中唱道："让思想冲破牢笼，快把那炉火烧得通红，趁热打铁才能成功！"正当我们让思想冲破牢笼，去掉身上的枷锁之时，西方媒体不屑地说："中国这样的大国要改革开放，想180度大转弯，如同让航空母舰在硬币上转圈。"

西方旁观者的非议、质疑，丝毫不影响中国巨轮的航向。多年后，党史专家评价说，这次会议是我们从乱到治、推陈出新的一次"遵义会议"，也是党的历史上一次伟大的觉醒、革命和创造。此后的中国政治语系中，"三中全会"成为改革开放的代名词。

22时40分，代旭升看了看手表，时间不早了。他走出会议楼，穿过灯火通亮的院子，原路回到自己的房间，从宾馆向外望去，看到北京的夜空被灯光照得通亮，

他想，这个时候东营的大街小巷已经进入睡眠模式，但对于北京来说，夜晚才刚刚开始。

“收获太大了，喝点水。”代旭升自言自语，坐到床边古铜色的圈椅上，他感到口渴了。宾馆的杯子，一直保留着原有的风格，简单而朴素，他端起桌上印着兰花的白瓷杯，破例加了点儿茶叶，一股热气伴着茶香冉冉升起。

茶叶在开水的冲击下，上下翻滚着，看着漂浮又沉落的茶叶，回想着刚才的一幕幕，代旭升心情仍未平静，他想，其实人就像杯里的茶叶，当如沸水一般的困难来袭时，有的抗争不息浮在水面，有的躲避屈服沉入杯底；茶又像是人，初沏的茶色浓味香，展现青春的活力，久喝的茶色淡味寡，就像暮年一样衰老。他不知道自己是哪种茶，或许是老树又逢春吧，想到这里，他笑了。当一口茶水缓缓流入喉咙时，他感到一种清香的回味，甜甜的，有一种豁然开朗的感觉。

他没有困意，他决定把看到的一切、想到的一切都写在日记里，回去和老伴儿好好分享。他随即从行李中掏出笔记本，边记边想，边想边记，又度过了一个不眠之夜。

2008 年 12 月 5 日，对于代旭升来说是一个喜庆而特殊的日子。当天，第 9 届全国高技能人才和农村优秀人才表彰大会，在北京京西宾馆隆重举行。人力资源与社会保障部，对第十二届中华技能大奖的 30 名获奖者和 300 名全国技术能手进行表彰，并对为国家技能人才培育工作做出突出贡献的 84 家单位和 80 名同志给予表扬。

会前，代旭升认真整理好着装，佩戴好红色绶带，皮鞋擦得锃亮。早上不到 7 点，他就早早来到会议楼一层大会议室指定位置，等候合影，一眼就看到了左金海。“代大师，听说你昨晚睡得很晚啊。”“还行，你休息得好吧？”“挺好的，没待够的话，到时我带你到北京转转。”左金海关心地问道，还没忘了提醒昨天彼此的约定。“好，左大师，给你介绍一下。”代旭升拉着左金海来到前面，“这是我们一块儿来的王天正大师，昨晚在齐鲁石化住下的。”“你好，还得向你学习啊。”在代旭升的介绍下，两人握手祝贺。

7 时 30 分，代旭升和代表们，在工作人员的带领下，集体来到礼堂前厅照相地点，合影用的架台已经布置好，乳黄色地板砖一尘不染，映衬着人影。迎门墙壁上 20 多米宽的大型《江山万里图》，层峦叠嶂，云雾缭绕，气势恢宏，吸引了代旭升的目光。300 多名代表很快按次序排好，等候党中央国务院领导同志与全国高技能人才和农村优秀人才表彰大会代表亲切合影，代旭升很快找到了第 2 排的中间位置。

随着热烈的掌声，中共中央政治局委员、中央书记处书记、中央组织部部长李源潮，中共中央政治局委员、国务院副总理张德江来到礼堂前厅，和大家挥手致意，代旭升用力地拍着双手，那一刻唯有使劲地鼓掌，才能表达他激动的心情。

李源潮、张德江和前排代表依次亲切握手，代旭升双眼不眨，紧紧跟随着领导的身影，他感到两手在发热，心里有些紧张起来，那是他盼望已久的一刻。

当领导走到跟前时，代旭升提前伸出双手，用力握住了领导的右手，上下晃动着，片刻握手和眼神交流，代旭升感到浑身像充了电一样。

这一握，握出了力量。代旭升明白这种力量是“咱们工人有技术才能更有力量”，在组织的支持下，他牵头成立了工人技术创新协会，技术创新、技能竞赛、互动合作、成果展示、考核评估、表彰奖励环环相扣，在这种力量的推动下，创新成果层出不穷，技能人才脱颖而出，也让更多基层职工感受到了技术创新的力量。

这一握，握出了信心。代旭升清醒地认识到，胜利油田进入“三高”开发期，搞革新仅靠个人的智慧和力量是远远不够的，油田发展需要一大批掌握先进技术的人才来支撑，让他信心满满的是，他工作在一个崇尚创新、激励创新的时代，尊重知识、尊重人才、尊重劳动、尊重创造达成了共识，对于推动形成从“个体创新”到“集体创新”的新局面，他充满了信心。

这一握，握出了畅想。代旭升知道自己 53 岁了，离退休还有 7 年，时间不等人，他想培养出更多具有较高理论水平、较强创新创效能力的新型技能人才，为实现“共创百年胜利，共建和谐油田”的美好愿景发光发热，他畅想着，如果有可能，还想第四次、第五次来北京领奖，证明石油工人的价值。

礼堂内，掌声持续不断，随着相机快门的闪动，为他留下了永恒而难忘的一瞬间。

表彰大会由中央组织部副部长、人力资源和社会保障部部长尹蔚民主持。中央组织部副部长王尔乘，人力资源和社会保障部副部长张小建、王晓初等领导同志出席了大会。部分获奖代表，党中央、国务院有关部门负责人，各省、自治区、直辖市和新疆生产建设兵团人事、劳动保障、农业厅（局）以及有关企业、协会的代表参加了会议。

会场内座无虚席，灯光灿烂，顶部环绕的五星，犹如一双双明亮的眼睛见证着这一刻。会上，中共中央政治局委员、国务院副总理张德江发表了重要讲话《培养造就数以千万计的高技能人才和农村实用人才》，会场内不时传来阵阵掌声。

张德江指出，受到表彰的个人和单位，要珍惜荣誉，不骄不躁，再接再厉，创造新业绩，作出新贡献。广大职工和农民群众要向高技能人才和农村优秀人才学习，崇尚知识、钻研技术、岗位成才、勤劳致富，争做技术能手和致富能手，为国家和社会作出新的更大贡献。

聆听着张德江的讲话，代旭升明白，各行各业优秀人才都值得自己学习，作为一名从工人中成长起来的高级技师，他始终认为，当技师就要多出成果、就要多奉献，就像农民一样，多种地、科学种地才能多打粮。这句话始终激发着他，也成为他产生巨大创造热情的动力源泉。作为一名党员，他更感到有义不容辞的责任，带出更多能够超过自己的技术人才，培养更多的革新能手，帮助他们在各自的工作岗位上，创出更多更优秀的技术成果。

张德江强调，加快推进社会主义现代化、实现中华民族伟大复兴，迫切需要数以千万计的高技能人才和农村实用人才。我们要深入贯彻落实科学发展观，实施人才强国战略，坚持科学的人才观，牢固树立人才资源是第一资源的观念，牢固树立人人都可以成才的观念，牢固树立尊重、培养、关心高技能人才和农村实用人才的观念，创新工作机制，加大培训力度，健全评价体系，营造良好氛围，促进更多高技能人才和农村实用人才快速成长，推动我国高技能人才和农村实用人才工作再上新台阶。

代旭升一边听着，一边在随身携带的笔记本上记录着，技能人才是一个企业的核心竞争力量，技能人才是一个国家强大的基本保障，作为当代产业工人，代旭升认为，不仅要靠汗水建设油田，更要靠科学技术创造财富，用聪明才智体现石油工人的力量。回到岗位后，他想着自己要持续办好“胜利油田采油技能大师网”，充分发挥“传、帮、带”作用，毫不保留地传授给年轻人，让更多的技术工人练好一身本领，为企业的繁荣，为国家的昌盛，贡献出自己的全部力量。

表彰大会结束后，12 月 5 日下午，紧接着召开 2008 年中华技能大奖闭幕式和高技能人才座谈会，代旭升作了题为“在创新中展示技术工人的风采”的精彩发言：

尊敬的各位领导、同志们：

我叫代旭升，来自中国石油化工集团公司胜利油田，是一名普通的石油工人。今天，作为获奖代表发言，我感到无上光荣，这不仅是各级领导对我的亲切关怀和鼓舞，更体现了党和国家对我们技能人才的高度重视和尊重！在此，向各位领导和来自全国各条战线的代表表示衷心的感谢和崇高的敬意！

我所在的胜利油田是我们国家的第二大油田，在国家能源战略中担负着重要任务。我的工作就是管理好油水井，并把地下几千米的原油开采出来，为祖国的发展提供能源。石油工人的工作虽然平凡，但平凡中流淌着滚滚石油，衍生出动力，孕育着创新。

参加工作 36 年来，在各级组织和同事们的关心、帮助下，我先后自主完成技术革新 80 多项，13 项获国家实用新型专利，1 项申报国家发明专利，1 项获国家技术成果奖，60 项获革新成果奖，累计为企业创经济效益 1 亿多元。

回顾走过的历程，我深深地感受到，作为一名石油工人，只有多采知识才能多采原油，开发油田必先开发心田。1972 年，我从海滨城市青岛来到胜利油田，成为一名石油工人。面对胜利油田轰轰烈烈的会战场面，置身石油工人战天斗地不畏难的热烈氛围，我被深深地感染了，“学技术、练本领，做一名合格的采油工人”成为我最初的动力。工作中，脏活累活抢着干，不懂的问题就向师傅请教，遇到技术难题，从不轻易放过。我懂得，要做好一个技术工人，就要熟练掌握操作技能和业务知识。从那时起，技术资料我随身带，工余休息时就一点一点地“啃”，不到两年时间，我学完了《采油工艺》《岗位练兵问答》等十几本技术资料，并在油田组织的“百问不倒”活动中，获得“技术能手”称号。

工作实践告诉我，一个人只要勤学苦练，干好本职工作并不难，可要想发明创造、多出成果，就要有丰富的知识和不怕困难、百折不挠的毅力，更要有责任心和使命感。党和国家提出的国民经济翻两番、建设小康社会、落实科学发展观、构建和谐社会等一系列宏伟目标，得到了全国人民的拥护。作为一名石油工人，高效开发油田是我们的责任，为国家奉献清洁能源、为子孙后代留下蓝天碧水，是我们更大的使命。在油田工作过的人都知道，油井套管气因压力低无法进入集油干线，长期以来都是排入大气中，既浪费了资源，又污染了环境。油田虽然采取过一些办法，但效果都不理想。为此，我研制出“移动式套管气回收装置”，有效解决了油田开发与环境保护的矛盾，填补了国内技术空白。去年 10 月，该成果被评为山东省职工创新成果一等奖。目前，这项装置已在国内部分油田推广使用，仅在胜利油田每年就可创经济效益 1000 多万元。

在创新过程中，我常常在想，搞创新个人作用固然重要，但一个人就是浑身是铁，又能捻几根钉，油田要想更快更好地发展，就必须有更多的技能人才。自己必须发挥好“传、帮、带”作用，带出更多的技能人才。多年来，我共带徒弟 65 名，有 4 人在全国技能竞赛中获奖，7 人晋升为高级技师，52 人晋升为技师或取得油田以上技术能手称号，都成为支撑油田发展的骨干力量。我还在油田内部网络上自主创办了胜利油田采油技师“博客”，实施网上助学助教，开办近两年来，点击数已达 11 万人次，成为青年工人请教疑难问题的“技术家园”。在各级领导的大力支持下，我还牵头创立了工人技术创新协会，以协会为阵地，带领工人一起寻找制约生产的疑难问题，一起探讨创新方法、革新途径，使一批困扰生产管理的难题得到有效解决。协会成立 3 年多来，已推出创新成果 200 余项，年创经济效益上千万元。越来越多的职工也认识到，学技术、强素质，搞革新、创效益的重要性，纷纷要求加入协会，目前协会在册会员，已从成立初的 300 多人增至 1000 多人。

自己在平凡的工作岗位上虽做了一点儿工作，组织上却给了我很高的荣誉，先后被授予集团公司技术能手、山东省有突出贡献技师、山东省富民兴鲁劳动奖章、山东省十大工人发明家、全国技术能手、全国“五一劳动奖章”等荣誉称号。今天，又获得中华技能大奖，使我备受鼓舞、倍感光荣。新的荣誉意味着新的起点，新的责任、新的使命，我将更加珍惜荣誉，加倍努力工作，立足本职岗位，继续努力创新，为国家能源建设、为建设创新型国家，奉献自己的全部能量。

发言结束后，会议室再次响起热烈的掌声。

奇迹是什么？歌德说，“奇迹是信仰最宠爱的孩子”。代旭升把工作当信仰，把创新当追求，能够获得中华技能大奖，对于一个只有初中学历的普通石油工人来说，不能不算是一个奇迹，可是代旭升感到，在京西宾馆，他展现的是一个属于千万个石油工人为祖国献石油的梦想和奇迹。

12 月 6 日上午，代旭升和大家一一道别，走出见证“中国奇迹”发生的地方，再次步入西长安街，眼前的繁华景象令代旭升感慨遐想，这些为共同目标奔波的人们，不都是创造“中国奇迹”、续写中国辉煌的播种者吗？看着眼前的一切，会议的场景和领导讲话依然在代旭升脑海中萦绕，他暗下决心，一定要为祖国石油开采贡献更大的力量，拿出过硬的创新成果，再创造夺取下一个新的奇迹。

6日16时，在彩旗、鲜花和掌声中，代旭升赴京领奖载誉归来，受到胜利油田党委副书记、工会主席李中华，党委常委、副局长许卫华等领导的亲切接见和欢迎，专门召开座谈会，进行立功受奖。代旭升记个人一等功一次，王天正记个人二等功一次。

李忠华说：“技能操作队伍是油田生产建设的主力军，是为油田直接创造产值和效益的骨干力量，两位同志体现出的爱岗敬业、刻苦求知、锐意创新、无私奉献的优秀品质和精神风貌，正是全体油田职工以国为重、和谐兴企价值取向的集中体现。”

“感谢国家给了我这么大的荣誉！几十年来，是胜利人的精神感动着我，鼓舞着我，激励着我，使我不断创新。”代旭升对进京授奖发言的过程进行了详细的汇报：“这一切的荣誉和成绩，归功于胜利油田，归功于油田18万职工，是各级领导关心帮助支持了我！”代旭升表达着感激的心情，他决心要把荣誉化为动力，报答各级领导的关心厚爱和支持。在代旭升恳切的言语中，流露着他的谦虚与自信。

2008年12月7日，从北京返回油田的第2天是个周末，代旭升依然来到东辛采油二矿调度楼办公室，这么多年来，他已经习惯性了没有了节假日的生活。代旭升清醒地认识到，成功和荣誉只代表过去，他要把一切都归零，给自己一个新的开始，新的起点。

“代师傅，到上面会议室来一下吧。”刚打开电脑，桌上电话响起来，一个声音熟悉又陌生，是小钟感冒了吗？代旭升一边自言自语，一边来到了二楼。

“代师傅，祝贺您赴京载誉归来！”代旭升刚推开会议室的门，众徒弟异口同声，手捧鲜花递到了他的面前，着实让代旭升吃了一惊，随即脸上乐开了花，“谢谢！谢谢大家！这比我进京领奖还高兴”。得知代师傅回来的消息后，徒弟们便商量着要给师傅一个惊喜。“刚才是我打的电话，没听出来吧。”女徒弟钟晖不打自招，“我还以为你感冒了呢”。代旭升和大伙儿爽快地笑起来，他心里装着徒弟，徒弟们更知道感恩师傅。

“师傅，您现在是名人了，没把我们忘了吧？”徒弟赵海英快人快语，“下一步有打算了吗？”谈到师徒关系，在中国石化，在胜利油田，代旭升技术好，口碑更好，时间长了，代旭升和师徒之间无话不说，听到赵海英的话，代旭升认真地说：“以后别整这花样了，要想成为名人，就要多出成果，多解决生产难题。”说话间，大家围坐在会议桌旁，他还没有去品味荣誉带来的喜悦，就很快投入新的革新中。

“代大师，我是小马，祝贺您又一次进京授奖！”代旭升正和大家交流，手机响起，“谢谢小马，你也会有机会的。”电话中，马珍福说出了想拜师学艺的心愿，“太好了！我们又多了个师弟”。徒弟们看到师傅欢喜的表情，高兴地鼓起掌来。

2009年1月10日，从中国石油大学研究生毕业3年的马珍福，正式成为代旭升的徒弟。研究生拜工人为师后来在油田成为一段“佳话”，代旭升既骄傲又高兴，马珍福却说：“能给大师当徒弟，才是我的骄傲。”

因为徒弟们的水平不一样，代旭升总结出“因人施教、一人一策”的培训方法，对刚收下的徒弟，他从基本功教起，手把手传授技巧和心得；有的徒弟在理论上有解不开的疙瘩了，他就循循善诱讲原理，一个一个地解疑难；遇到徒弟在搞革新时碰到“拦路虎”了，他会尽心尽力帮助找资料、出主意、想点子。徒弟有擅长的知识、特长，他一样会虚心请教，刨根问底。

从“油井地面降压装置”研制过程，便能看出代旭升带徒创新的良苦用心。

2009年10月初秋，围绕降低油井井口压力的问题，代旭升展开了课题攻关。他知道他所在的东辛采油二矿，稠油井占到油井总数的30%以上，在日常生产中，要解决稠油井地面输送问题，一般采用掺水伴送的方法，将注水干线16兆帕的高压水，经水嘴节流减压直接掺入油井地面管线，没有把高压水的动能作用真正发挥出来，浪费了高压水的能量。

“能不能改变原来进入油管线的水和油伴着走，变为推着油走。”代旭升专门找来几名徒弟，边琢磨边讨论。“不可能实现吧，有理论依据吗？”徒弟李洪涛提出了自己的疑问。代旭升耐心解释说，“就是想办法，使掺入油管线的高压水产生负压，抽吸管线原油，像一只小船，在管线里载着原油往前走，起到‘顺水推舟’的作用。”

师傅的形象比喻，让徒弟们茅塞顿开，为了把高压水的压能转化为动能，使油井回压降低，代旭升进行了大胆的设想，他常说，有思路就会有出路。徒弟们帮他找来大丝堵、可调试水嘴、喉管及扩散管等部件，代旭升反复推敲修改图纸，几十个日日夜夜，全身心扑在了这项攻关上。

人们说，代旭升对技术的热爱来源于血脉中，因为他有一个聪明的头脑。可代旭升说，“对于技术而言，自己并不比别人聪明，只不过我平时注意用心观察、用心琢磨，时间长了也就琢磨出点东西来。”

每当遇到困难，代旭升总感觉到背后有领导激励的眼神、有组织支持的力量、有妻子鼓励的话语，“既然想要干这件事，就别怕困难。别说是搞革新，就是过日子，也没有一帆风顺的”。他铆足劲，重新调整思路，无数次到油田生产现场攻关试验，终于研制出了《油井地面降压装置》。

2010 年 1 月 17 日，西北风像刀子一样吹在代旭升脸上，他和徒弟以及车胜、张建新等几名工友，一同来到辛 24X27 油井。“不能白忙活啊，今天就是见证成功的时刻。”想到应用后产生的效果，代旭升不忘调侃几句。停井、关闸门、挖操作坑、切割、焊接，大家齐动手，2 个小时后，他们顺利把装置安装在井口管线上。“这就是‘水伴油’与‘水推油’的区别。”“成功了！”启动抽油机后，看到井口回压较原来降低了 0.6 个兆帕，大伙儿由衷地替师傅高兴，也从中学到了革新的方法与技巧。

2010 年 4 月，代旭升自主研制的《油井地面降压装置》，已在东辛采油厂 25 口井成功应用，创效 560 余万元，并获国家实用新型专利。这件事，再次让他深深体会到，搞革新，努力了，不一定成功，不努力却永远不会成功。

在胜利油田，人们这样评价代旭升，一个追求技术革新、致力于破解油田开发难题的创新型技能人才、一个为油田创造效益超过亿元的采油技能大师、一个为油田培养 60 多名高技能人才的青年导师。

2010 年，对于代旭升来说注定又是不平常的一年，他记得一位法国诗人曾这样吟诵，“生命是多么迂回，希望又是多么雄伟”。11 月 9 日，时隔“中华技能大奖”两年后，代旭升又一次登上生命中一个新的高度——荣获中国高技能人才楷模称号，实现了他两年前摘得中华技能大奖后，“再次创造新奇迹”的目标愿望。

而那一天，能让代旭升一直铭记在心的，缘于另一个重要历史事件——“太原保卫战”，11 月 9 日，正是太原失守的日子。

时间推到 73 年前，1937 年 11 月 2 日至 9 日，为保卫太原城，第二战区司令官阎锡山组织了太原战役。10 月下旬，娘子关失陷后，日军进占阳泉、寿阳，逼近榆次，威胁太原。阎锡山命卫立煌部撤出忻口阵地，回防太原外围，协助傅作义部固守太原。卫立煌部后撤时，遭日军主力追击，损失重大，无法组织新防线，被迫退到汾河西岸。

负责守城的傅作义部，6 日开始与日军交火。8 日，日军东、北两路兵团主力汇集太原城下，发动总攻。在日军飞机的轮番轰炸和炮火的猛烈轰击下，太原东、北两面城墙多处塌陷，日军突破中国守军阵地。中国守军誓死不退，反复拉锯争夺，死亡异常惨重。9 日，太原城防总司令傅作义见局势已无法挽回，下令所部向西突围，太原遂告陷落。

2010 年年初，电影《太原保卫战》上映后，代旭升特别重温了那场激烈的战役，虽然失败了，但代旭升打心里一直尊敬和佩服那些死守在最后一刻的军人们。铭记历史，不忘国耻，在历史资料和电影中，他了解到，1937 年太原一战历时两个月，是抗战初期华北战场上规模最大、战斗最激烈、持续时间最长、战绩最显著的会战。日军参战总兵力约合 4 个半师团共 14 万人，伤亡近 3 万人；中国军队参战总兵力 6 个集团军计 52 个师（旅）共 28 万余人，伤亡 10 万人以上。八路军在会战中有力地配合友军作战，平型关伏击战，打破了“日军不可战胜”的神话。忻口会战大量消耗日军有生力量，牵制了日军沿平汉铁路南下的作战行动。唯娘子关方面防范疏漏，被日军乘虚而入，致会战失败。

一个失守，一个获得，代旭升渴望战争胜利，但他更注重在失败中总结教训，他说，“成功与失败其实就一步之差，成果革新就像作战一样，你使九分九的力气可能不成功，但你使到十分、十一分的时候就可能成功了，你的成功就是比别人多爬起来一次。”代旭升时常告诫徒弟，只要像抽油机那样不知疲倦，问题再难也有克服的那一天。

2010 年 11 月 9 日，代旭升在无数次失败中，再次获得了成功，中共中央组织部、人力资源社会保障部、教育部、财政部、科技部、工业和信息化部、国资委、全国总工会、共青团中央、全国妇联等 10 部委联合下发《关于开展学习第二批中国高技能人才楷模先进事迹活动的通知》，决定在全国开展学习王洪军、代旭升、孔祥瑞、窦铁成、杨杰、张全民、赵大坪、郑启湘、苗俭、刘生友等 10 名第二批中国高技能人才楷模先进事迹活动。

决定指出，高技能人才是我国人才队伍的重要组成部分，是兴企强国的生力军，在我国经济社会发展全局中具有十分重要的地位和作用。2006 年，原劳动保障部等部门联合在全国开展了学习王为民等 10 名中国高技能人才楷模先进事迹活动，对引导社会各方面关注和支持高技能人才培养工作起到了良好的作用。近年来，在我国各行各业中继续涌现出一批知识型、创新型、专家型优秀的高技能人才，他们在平凡的工作岗位上踏实敬业，潜心钻研技术，勇于创新实践，充分反映了我国高技能人才队伍建设的成果，王洪军等 10 位同志，是近年来高技能人才队伍中的优秀代表和先进楷模，各地、各部门要充分发挥其榜样示范带头作用，通过宣传他们的先进事迹，引导和推动全社会继续重视和关注技能型人才，激励广大劳动者学习楷模、争当楷模。

“代大师，祝贺你啊，这是送给你的礼物！”12 月 12 日下午，代旭升刚上班，胜利油田为代旭升送来了“十大楷模挂历”。“谢谢，我得好好保留着！”代旭升双手捧着挂历，当看到自己的照片时，他想起两个月前，那天拍照时的情景。

10 月 12 日，代旭升换好红色工衣，早早来到单位附近一家美容美发店。“这不是代大师吗，怎么今天有空了？”“帮我理个发，再化个妆。”代旭升解释说，今天有重要的事情，我得认真对待。得知代大师到来，老板挑选了技术最好的员工，为他精心化妆，“您可真是个忙人啊，有好多来找您的。”店员边忙边说，“有时候，还跑这儿问路呢。”

“比我结婚时还隆重！”看着自己的形象，代旭升很满意，油田摄影人员专门为代旭升拍了一组照片，成为他“高技能人才楷模”的宣传标准照。至今，他还珍藏着那份挂历。

2010 年 12 月 21 日，集团公司发出通知，对国家级优秀技能人才、先进单位和集团公司 2009—2010 年度技术能手进行表彰。代旭升和“第十届中华技能大奖”获得者，江汉油田测井仪器仪表修理工高级技师龙景庆；“第十届全国技术能手”获得者，中原油田采油工技师卢建强、江汉油田气焊工高级技师凌振忠、江苏油田测试仪表工高级技师田明、荆门石化仪表工高级技师侯振林、川维厂化学分析工高级技师罗莉等 5 人；“第十届国家技能人才培育突出贡献奖”获奖单位，齐鲁分公司；“第十届国家技能人才培育突出贡献奖”获得者，胜利油田焊工高级技师王绍智，受到集团公司隆重表彰。

也许肩上越沉重，信念越巍峨，创新越坚定。代旭升更加坚定了自己的信念：心中有油田，创新解疑难！

12 月 22 日，东辛采油二矿特意召开“向楷模学习，做代旭升式的好干部好工人”座谈会，代旭升得到 40 多名与会人员的热烈掌声。

“真正的创新是智慧和经验的结晶，创新不容易，但代大师成功了。”矿上党

委负责人开篇见题，“代大师就在我们身边，看得见、摸得着，应该向代大师学习什么？”

大家围绕“我的技术在哪里？”“我的绝活是什么？”“如何向代大师学习？”等议题展开深入讨论。“这么多年来，师傅给了我很多帮助和支持，作为徒弟，不仅要学习他这种创新精神，更要学习他勇于挑战、迎难而上的工作态度。”钟辉说，“我觉得，他的这种精神，更是我们应该传承的。”

“说起来，代大师跟我们都一样，走在大街上也看不出什么特别的地方，没有什么三头六臂，更没有火眼金睛，可与他待在一起就能感觉到一种特别的力量。”赵海英说，“我觉得应该把学习活动同本职岗位相结合、同创新创效相结合、同精细管理相结合。”

“2007 年，我有幸成为代师傅的徒弟，使我的知识面拓宽了许多，并且运用到了考试、比赛中，取得了不错的成绩。”徒弟中，年龄较小的王新龙说，“我感觉学习是不能偷懒的，是没有尽头的，今年我想在师傅的指导下，在小改革、小创新上有所突破。”

徒弟李洪涛接着说：“作为一名技术人员，就要像代师傅那样，干一行、爱一行、精一行，把小岗位当作大舞台，立足岗位钻研新技术、新工艺，努力成为行家里手。”

其实，这样的座谈会很多，代旭升从内心感谢党委的重视，听着大家的发言，代旭升深知成功背后离不开组织上的支持，离不开这么多好徒弟、好同事，为了让他多出成果，矿上不仅提供了各种便利，还专门把采油 7 队作为革新试验基地。

座谈最后，代旭升站起来，向与会人员深深鞠躬，他没说如何创新，而是意味深长地讲起了一个小故事，这个故事也让他自己受益匪浅。他说，美国有个叫杰福斯的牧童，他的工作是每天把羊群赶到牧场，并监视羊群不越过牧场的铁丝，到相邻的菜园里吃菜就行了。

有一天，小杰福斯在牧场上不知不觉睡着了。不知过了多久，他被一阵怒骂声惊醒了，老板怒目圆睁地吼道：“你这个没用的东西，菜园被羊群搅得一塌糊涂，你却在这里睡大觉！”小杰福斯吓得不敢回话。

这件事后，机灵的小杰福斯就想，怎样才能使羊群不再越过铁丝栅栏呢？他发现，那片有玫瑰花的地方，并没有牢固的铁栅栏，但羊群从不过去，因为羊群怕玫瑰花的刺。“有了”，小杰福斯高兴地跳了起来，“如果在铁丝上加一些刺，就可以挡住羊群了”。

于是，他先将铁丝剪成 5 厘米左右的小段，然后把它拧在铁丝上当刺。拧好之后，他再放羊的时候，发现羊群起初也试图越过铁丝网去菜园，但每次都被刺疼后，惊恐地缩了回来，被多次刺疼之后，羊群再也不敢越过栅栏了。

小杰福斯成功了。半年后，他申请了这项专利，并获批准。后来，这种带刺的铁丝网便风行世界。

“实际上，我们经常把创新想象得太高深、太神秘、太复杂了，并因此阻碍了创新。创新往往是在不经意间获得的，所以，很多伟大的创新往往是很简单的。”几十人的会议室里鸦雀无声，见大家听得认真，代旭升趁热打铁，“以前工人就是埋头干活，工人的出路在哪里？理想和奋斗目标又是什么？现在不同了，有技术、干得好，工人一样可以拿奖章、戴红花，这是工人价值的体现。”话间刚落，会议室爆发出热烈的掌声。

追寻代旭升的足迹，人们发现，他的成功来源于他对这片土地的热爱，来源于一个工人对企业最朴素的情感，来源于他对自己的永不满足和自我超越。

2011 年 2 月 17 日晚，代旭升听到室外鞭炮声、礼花声不绝于耳，正当人们欢度元宵佳节时，他却开始围绕如何提升单井计量准确率，展开课题攻关。

他查阅了东辛采油二矿所有掺水井、合走井、低液井，共有 68 口，占生产油井数的四分之一。这部分井难以单独计量，他明白采油队一般采用罐车或自备大桶来标产计量，停井后由 2 名职工进行操作，油水液很容易喷到身上，还污染环境，不但耗时费力影响产量，而且计量误差大都在 50%—70%，如同“雾里看花”。真实准确的资料，是确保油井稳产的可靠依据，他认为如果这个问题不解决，就难以摸清油井的生产底数。

能不能消除标产误差？如何实现掺水、合走、低液井的准确计量？代旭升不停地搜集思路灵感，几天前，他便和矿上技术人员，对原来的油罐及标产手段进行潜心研究，看着电脑中的图纸，他一会儿敲击键盘，一会儿移动下鼠标，只要全身心投入，他便能排除外界一切干扰，他想尽快定下革新方案，将创新成果绽放为美丽的礼花。

“真是做梦都在想。”回忆起“油井单井计量装置”的研制过程，代旭升睡梦中都在研发，对于他来说是常有的事，有时灵感来了连觉都不睡，一干就是一夜。“搞研究就是这样，一旦钻进去，心里总想着它，根本没有时间概念。”

2011 年 4 月 25 日，前后经过 2 个多月的摸索、研究，代旭升和他的工友、徒弟成功研制了“油井单井计量装置”。当天，他们以辛 1X28 井作为试验对象，代旭升详细记录下每一个试验数据，油井停掺水一小时后，量油时间为 21 分 24 秒，测得实际液量为 13.7 吨；使用“油井单井计量装置”标产一小时，标产重量为 570.83 千克，折算后所得液量数为 13.7 吨，两种计量方式量得的液量差值为“0”。而之前该井采用大桶常规计量时仅为 5.8 吨，与实际液量差了 7.9 吨。

随后几天，代旭升连续作业，组织人员对36口井进行了计量，单井计量实现“零”误差，为“老大难”问题画上了圆满的句号。

“人生有多种过法，代旭升是在破解难题中实现人生光彩，他是新时代工人阶级有智慧、能创造的代表。”一时间，代旭升受到众多媒体的褒奖。

“代旭升是胜利油田20万产业大军的优秀代表。”胜利油田分公司副总地质师、东辛采油厂厂长荣启宏说，“凭着他不懈的追求和过人的毅力，攻克了一个又一个制约油田开发的难题。相信随着一个个代旭升式技能人才的涌现，油田和谐开发的路子定能越走越宽广。”

一位石油诗人为代旭升写下了这样的诗句。

你，是一粒种子，在寸草不生的盐碱中挣扎开放
你，是一枝红柳，四季的渤海风让你更加坚强
你，是一捧盐碱土，筑起简陋的干打垒抵御雪雨风霜
你，是一棵采油树，伴随着胜利勘探的脚步成长

因为你，探索者的脚步不再无助中迷茫
因为你，为腾飞的黄河三角洲增添一抹阳光
因为你，让创新成果与胜利精神交融生辉
因为你，让铁人精神在新时期创业中再展辉煌

你不是铁人，却有铁人般的意志
你只有初中学历，却在中国科技之巅引吭歌唱
无论风雪雨中，你仍像抽油机一样不知停歇
无论严寒酷暑，你依旧在一线扎根成长……

第九章

摘得“奥斯卡”

2009 年 1 月 9 日，在代旭升的人生历程里，注定是一个惊叹号式的节点。

追溯到 1896 年的这天，恰恰是桥梁工程专家茅以升的诞辰。

茅以升是中国铁道事业的奠基者，是倡导土力学学科在工程中应用的开拓者，主持修建了中国人自己设计并建造的第一座现代化大型桥梁——钱塘江大桥，成为中国铁路桥梁史上的一块里程碑；新中国成立后，茅以升又参与设计了武汉长江大桥，为铁道科学技术进步做出了卓越的贡献。

在代旭升童年的记忆里，茅以升就是他内心的一面旗帜、一座高山，让他有着无限的向往，特别是当了技能工人以后，茅以升成了他追赶的偶像。他认为，自己或许不能成名、成家，但可以朝着茅以升的高度攀登。因为在代旭升的记忆里，他始终忘不了茅以升刻苦学习的故事。

代旭升知道，茅以升从小酷爱读书并善于读书，为了锻炼记忆力，他每天早上就站在河边背诵古诗、古文。河面上，风帆往来，渔歌阵阵，他视而不见，听而不闻，完全沉浸在自己所需要的知识海洋里。

日久天长，茅以升不仅背熟了许多古诗、古文，而且有效地增强了记忆力。一天，茅以升的爷爷用毛笔抄写古文，他站在一旁默记。等爷爷搁下毛笔，他竟然能把一篇《京都赋》一字不漏地背出来。

茅以升的故事，一直埋藏在代旭升的心底，让他逐步从潜意识的模仿到有意识地向着偶像靠拢。

或许是历史的巧合，在茅以升诞辰的日子，代旭升攀上了自己人生的新高度。

2009 年 1 月 9 日，人民大会堂大礼堂里灯光璀璨、鲜花竞艳，气氛庄重而热烈，我国最高级别的科学技术奖励大会正在举行。

中共中央、国务院在北京人民大会堂隆重举行国家科学技术奖励大会，表彰 2008 年度对中国科学技术事业做出重要贡献的科技工作者。党和国家领导人出席大会并为获奖代表颁奖。

领奖台上出现了一个工人的身影，他就是来自中国石化胜利油田的代旭升。

代旭升获得了国家科技进步二等奖。一个只有初中学历的工人，一项国家级别的科技大奖，二者似乎不搭界，但在代旭升身上却结合得如此完美。

“工人获得国家科技进步奖，了不起！”这是人们最多的感叹。

“胡总书记的手非常有力，我们握手的那一刻，我感受到的是温暖和力量。”那历史性的一次握手，代旭升每每回忆起来，总是激动不已。

这天上午 9:30，代旭升和其他 430 名获奖者受到党和国家领导人接见并合影留念。10:00，大会开始颁奖，代旭升作为获奖代表上台领奖。之前只能在电视里见到的党和国家领导人现在近在咫尺，代旭升的心跳在加快。

时任中共中央政治局常委李长春为代旭升颁奖。代旭升接过证书，与李长春握手。李长春问他：“你是什么单位的？”代旭升回答：“我是胜利油田的。”李长春向他表示祝贺。

就在与李长春握完手转身的一刹那，代旭升看到时任中共中央总书记、国家主席胡锦涛正在看着自己。他向总书记点头致敬。

突然，胡锦涛停止了鼓掌，向代旭升伸出了手。代旭升立刻腾出一只手。他的双手被总书记有力的双手紧紧地握住。总书记热情地向

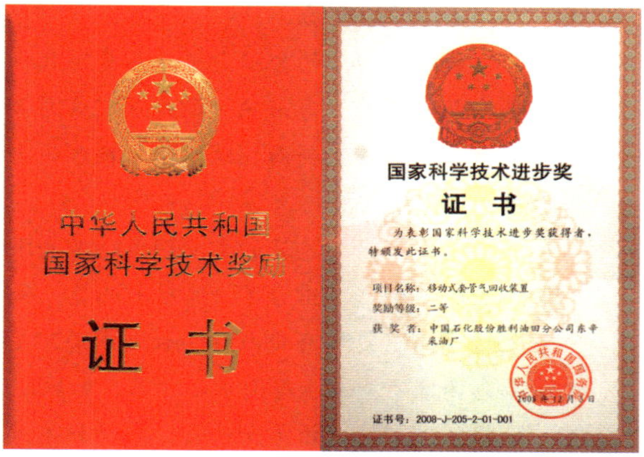

代旭升表示祝贺。万分激动之中，代旭升对总书记说："感谢党和国家为我们技能工人提供了这样一个创新创效、展示风采的舞台。"

走下领奖台，代旭升心潮澎湃，但他很快按捺住激动不已的心情，认真聆听着时任国务院总理温家宝的讲话……

温家宝在国家科学技术奖励大会上的讲话

（2009年1月9日）

同志们：

今天，我们在这里隆重召开国家科学技术奖励大会，表彰为我国科技事业和现代化建设作出突出贡献的科技工作者。我代表党中央、国务院向2008年度国家科学技术奖获得者表示热烈祝贺，向全国广大科技工作者表示诚挚问候和崇高敬意！

1978年召开的党的十一届三中全会，开启了我国改革开放的历史新时期。也是在这一年，我们召开了全国科学大会，迎来了科学的春天。30年来，伴随改革开放的伟大历程，我国科学技术取得了历史性发展。科学技术是第一生产力思想深入人心，科技投入大幅度增加，科技队伍发展壮大，创新体系建设取得重要进展。基础研究和应用开发得到加强，高新技术及其产业快速发展，自主创新能力明显提升。科技事业的发展为我国全面建设小康社会提供了有力支撑。

科技实力决定国家命运。一部社会发展史，也是一部科技进步史。在科学技术迅猛发展的今天，谁不重视科技，谁就要被淘汰。一个13亿人口的中国正在进行的现代化建设，是人类历史上最波澜壮阔的事业，必须充分依靠科学技术，支撑发展和引领未来。要坚持科教兴国战略，把提高自主创新能力、建设创新型国家作为国家发展战略的核心。只有这样，才能把发展的主动权牢牢掌握在自己手中，我国的现代化事业才有光明的前景。

当前，一场历史罕见的金融危机正在蔓延加剧，给全球金融体系和实体经济带来很大冲击。历史表明，每一次大的危机常常伴随着一场新的科技革命；每一次经济的复苏，都离不开技术创新。通过科学技术的重大突破，创造新的社会需求，催生新一轮的经济繁荣。

知识和科技是可持续发展的重要因素，是克服经济困难的根本力量。在应对这场金融危机中，我们已经出台了一系列扩内需、保增长的政策措施，但更要重视知识和科技的力量。这更带有根本性和长远意义，是我们的信心和力量所在。广大科技工作者要急国家之所急、想国家之所想，承担起历史赋予的重任。要深入到企业、农村中去，深入到经济建设第一线去，推动科技成果加快向现实生产力转化，帮助企业改善管理、开发产品、创新技术、解决困难。要把加快组织实施《国家中长期科学和技术发展规划纲要》，特别是16个重大专项与当前扩内需、保增长结合起来，突破制约经济社会发展的关键技术，培育新型产业和拥有自主知识产权的产品，做到人无我有、人有我优，推动发展方式转变和产业结构升级。要扶持科技型企业发展，促进科技创业，带动社会就业，开辟新的经济增长点，为经济平稳较快发展做出贡献。

坚持科学精神，是一个民族的希望所在，是我们应对危机、减少风险、正确抉择的思想基础。科学精神是人类文明的精华，指引着人类前进的方向。越是在困难的时候，越要坚持科学精神，这是一个民族成熟的表现。要用科学精神激励人民，坚定信心，团结一致，共克时艰；在全社会弘扬追求真理、大胆探索、开拓创新的科学品质；倡导遵循规律、尊重实践、实事求是的科学态度。我们要有宽广的胸怀和长远的眼光，真正让知识和科技在应对当前金融危机，推动我国现代化建设的伟大事业中大显身手。

同志们，我们相信，在以胡锦涛同志为总书记的党中央领导下，高举中国特色社会主义伟大旗帜，坚持以邓小平理论和“三个代表”重要思想为指导，深入贯彻落实科学发展观，解放思想，开拓创新，充分运用知识和科技的力量，一定能够战胜国际金融危机给我们带来的困难和挑战，我国的科学技术事业也一定能够取得新的更大发展。

“我代表党中央、国务院向2008年度国家科学技术奖获得者表示热烈祝贺，向全国广大科技工作者表示诚挚问候和崇高敬意！”那一刻，人民大会堂响起了雷鸣般的掌声，代旭升也情不自禁地鼓起掌来。代旭升觉得，自己作为百万中国石化员工中的一员，作为胜利油田石油工人的一员，能够获得

2008 年度国家科技进步奖，无比光荣和自豪。这不仅是对他个人的鼓励，更是对石油石化产业工人的鞭策和激励。

“30 年来，伴随改革开放的伟大历程，我国科学技术取得了历史性发展……科技事业的发展为我国全面建设小康社会提供了有力支撑。”是啊，从 1961 年 4 月 23 日华八井的发现开始，胜利油田的每一次发展，原油产量的每一次突破和增长，无不伴随着科技的更新和进步。

代旭升认为，随着世界石油工业的发展，胜利油田 70 年代靠规模取胜，80 年代靠成本取胜，90 年代靠高新技术取胜，在老油田开发后期的今天，科技进步无疑是支撑胜利油田和中国石油石化事业发展的强力引擎，他要尽自己的责任，为油田科技发展贡献自己的力量。

当听到温总理讲到“科技实力决定国家命运”时，代旭升暗下决心，今后一定要更加努力地工作，立足岗位创新创效，解决更多的生产难题，争做自主创新的排头兵，用实际行动汇聚成“中国制造”迈向“中国创造”的中国力量，为油田和国家发展多做贡献！

“广大科技工作者要急国家之所急、想国家之所想，承担起历史赋予的重任。”代旭升知道，从一名学徒工，成长为胜利油田首席技能大师、中国石化技能大师，自己任重道远。他要像温家宝总理说的那样，深入到企业、农村中去，深入到经济建设第一线去，推动科技成果加快向现实生产力转化，用自己的行动带动身边的人，推动发展方式转变和产业结构升级。

“坚持科学精神，是一个民族的希望所在，是我们应对危机、减少风险、正确抉择的思想基础。”回味着温家宝总理的讲话，代旭升激情澎湃。是啊，在 2008 年，胜利油田确定了油田今后一个时期的阶段性目标及“共创百年胜利，共建和谐油田，共享美好生活”的共建共享理念。作为一名技能工人，就要像温总理讲的那样，坚持好科学精神，积极投身油田开发实践，无愧于荣誉，无愧于时代！

科技进步二等奖！面对人们的追问，代旭升依然激动。

人们问：“你获得了国家科技进步二等奖，在领奖时，胡锦涛总书记和你握手，你当时是什么心情？”

代旭升回答：“说实话，当时确实没有想到。虽然上台领奖之前也有过准备，但胡锦涛总书记和我握手太突然了。当时我一只手正拿着证书，总书记用双手握着我的另一只手向我表示祝贺！”

“事后想想，真的很感谢党和国家对我们一线工人搞革新、搞发明的认可和鼓励。”

人们再问：“你是怎么参评的？”

代旭升回答：“每年国家都为工人和农民设立四个名额，但这几年都没有用完，每年只有两三个人可以获奖。我获得这个奖可以说很幸运。这个奖的评选也很公平、真实。”

“无论是从评选办法还是从最后的结果看，都体现了公平。参加评审的评委共40人，随机抽取20人对参评人进行电话答辩。双方互不见面，评委不知答辩人是谁，答辩人不知评委是谁。”

“我和其他上台领奖的人比起来，实在是‘无名小卒’。人家搞的都是高科技，都是大科学家，涉及领域有卫星、导弹、火箭。我这个发明革新与他们的比起来就是‘小儿科’了。”

“在北京领奖时，我和一位80岁的老科学家交流过。科学家问我我的导师是谁，我说没有导师，我一个人来的，我是工人。老人很激动，说我不容易。”

人们又问：“一个初中毕业生，何以摘得国家科学技术‘奥斯卡’奖？”

“这次得到国家科技进步二等奖是对一线工人搞发明的认可。”代旭升说，一线工人的优势是最贴近生产实际，最了解实际生产中的问题，发现关键的问题就完成了创新的50%。

代旭升认为自己所做的是工人的本职工作，“对于工人来说，最重要的是爱岗敬业，做好本职工作，要真正‘入行’，不是为发明搞发明，搞空中楼阁的东西。搞创新、搞发明不是为了获奖，而是工作需要，发现问题就要解决，这样才对”。

据了解，国家科学技术奖励共设有国家最高科学技术奖、国家自然科学奖、国家技术发明奖、国家科学技术进步奖、中华人民共和国国际科学技术合作奖五个奖项。

自2006年起，国家科技进步奖评审委员会首次设立工人、农民科技创新评审组，在保证国家科技奖励条件标准和水平的基础上，对工人、农民科技创新成果予以政策上的倾斜。在2006年度国家科技奖中，来自上海宝钢的工人韩明明、一汽大众的工人王洪军和河南滑县农民企业家李官奇3人分别摘得国家科技进步奖二等奖。

在2007年度国家科技奖名录上，2名普通工人和1名农民榜上有名。来自沈鼓集团的工人杨建华、上海宝钢的工人王军和江苏东强股份有限公司董事长、农民发明家王子纯 3 人，分别获得国家科技进步奖二等奖。

在 2008 年度全国科技进步奖评选中，代旭升发明的“移动式套管气回收装置”经过评审委员会评选，获得了国家科技进步奖二等奖。他也成为中石化迄今为止唯一一名获得国家科技大奖的工人。

的确，这一奖项，值得代旭升为之骄傲和自豪！在茅以升诞辰的日子，他为自己童年的偶像献上了一份厚礼！

璀璨的奖牌，雕刻出一名石油工人的巅峰之作，成就一项填补国内外空白的技术。这项技术已在国内各油田四处开花，演化为累累果实。

璀璨的奖牌，诉说着一名石油工人的不懈追求：1972 年，代旭升步入除了荒凉还是荒凉的油田，成为一名石油工人，业余时间被智慧点燃，从此开始了革新之路。

璀璨的奖牌，佐证了一条真理：咱们工人有技术才更有力量。知识只有嫁接在每一个普通的岗位上，一个人、一个企业才能催发出更大的力量。

璀璨的奖牌，寄托着党和人民的殷殷厚望：国家科学技术奖励大会上，代旭升与获奖代表一起，受到党和国家领导人亲切接见。激动过后，他对油井更加深爱……

一时间，代旭升研发的“移动式套管气回收装置”获得国家科技大奖的消息不胫而走——东辛采油厂沸腾了！胜利油田沸腾了！中国石化沸腾了！

王刚是代旭升众多签约徒弟中的一位。自拜代旭升为师后，他便走上技能创造之路，短短几年的时间里，便在胜利油田崭露头角。当得知师傅获奖后，他掩饰不住激动的心情，并倾注于笔端以贺之。

尊敬的师傅：

您好！我想，此刻唯有慢慢静下心来，理清思绪，用一封信件的形式，才能表达出我的激动之情、祝贺之意。

就在昨天，在北京人民大会堂里举行了我国最高级别的科学技术奖励大会。您作为一名工人，出现在了领奖台上。您发明的“移动式套管气回收装置”摘得国家科技进步二等奖。这项发明不仅结束了油井套管气回收的难题，填补了国内技术空白，还避免了巨大的资源浪费与严重的环境污染，每年可为企业创效上千万元。

作为山东省和石油石化系统第一个获得国家科技进步奖的工人，您却用最朴实的语言道出了您的初衷：“油田这么大，这些气回收起来可不是小数。我们不仅要回收资源创效益，还要为子孙后代留下碧水蓝天。”

这是何等的理想与胸怀！作为一名工人，您所想的不仅仅是为企业创造价值，

还有怎样去造福人民、造福社会。我为自己是您的徒弟感到光荣和骄傲，并代表您的百余名徒弟，向您表示最诚挚的敬意和最热烈的祝贺！

回想起向您学习的点点滴滴，我才发现，早在教导之初，您就把这种无私高尚的品德一同传授给了我们。您说过：“成绩、荣誉不是我一个人的，一个人浑身是铁能打几颗钉？唯有把技术毫不保留地传授给身边的青年人，才能对得起组织对自己的培养。”也正是在您的无私帮助教导下，我先后完成创新成果30多项，其中20项是国家专利，3项是省部级成果，10项是局级成果，7项获采油厂创新成果奖。我还在全国采油工大赛中获得银奖，被国务院国资委授予中央企业“技术能手”荣誉称号。

您还说：“国家、企业为我们工人成长搭建了宽阔舞台，只要肯干、肯钻研，一线工人照样有地位、有干头，只要踏实工作、认真钻研，只有想不到，没有做不到。”而就在昨天，您用实际行动证明了这一切。

师恩如山不敢忘，我将把您的教诲代代传承下去。近几年来，我逐步走上“师带徒”的道路，先后带徒40多人，有30人获得局级以上竞赛名次，其中有6人获中石化金奖。而我也先后获得局劳动模范、创新创效能手、为民技术创新奖、优秀共产党员等局、厂级荣誉，并荣立二等功1次、三等功2次。

感谢您不只传授我们技能、指导我们创新，还培育了我们的品德，为我们做出了榜样。在创新的路上，不仅需要站在顶端的引领者，更需要像您这样工作在一线的普通工人，用自身的能力赢得荣誉。请您放心，我们将以您为榜样，在科学发展、持续创新的道路上坚定地走下去！

此致

敬礼

您的徒弟：王刚

2009年1月10日

张义铁是江汉油田高级技师，是全国技术能手获得者，也是代旭升签约的徒弟。当从电视上听到师傅获奖的消息后，他久久难以平静，心中的感慨和祝福化作一封邮件，传递到远方的师傅身边。

代老师：

欣闻您的成果“移动式套管气回收装置”荣获了国家科技进步二等奖，这对我们技能操作队伍来说，无疑是一项难能可贵的殊荣，同时也是我们石油人的骄傲。我知道这是您在平凡的岗位上勇于探索、不断追求、锲而不舍的结果。正因为您的刻苦努力，为企业、为国家创造了突出的业绩，国家与人民才给予您如此之高的荣誉。

在电视上看到您获奖的消息，我心里十分激动，真想当面去跟您说声“恭喜”，可是由于单位事忙，脱不开身，只能在这里写信给您祝贺了，向您在石油行业取得的巨大成就致以最热烈的祝贺！

自从跟您“拜师结对”以来，作为徒弟的我，从您这儿汲取到了很多知识和精神力量。别人不知道搞创新的苦，我却是知道的。为了完成这个“移动式套管气回收装置”，您进行了很多次的试验，也失败了很多次，但您不放弃，坚信一定能成功。在寒风中盯在试验现场 1 天 1 夜，先后两下江苏泰州，四到安徽蚌埠，行程上万公里……想想这些，您的这个成果能获大奖也是必然结果。也正因为有了这么多的付出，才浇灌出了如此绚丽的花朵。这也让我对您常跟我说的一句话有了更加深刻的认识，那就是：“只要肯付出，没有做不到。”

自从上次见面后，我们已有 3 个月未见了，感觉时间过得真快。在这里，我还想把近况跟您汇报一下。上次跟您探讨的我的成果“油井自动加药泵”和“防盗报警筒”在现场实验后都取得了突破性进展，在基层队应用中取得了较好的效果，创效达到 200 多万元。基层的领导对此十分赞赏。目前这两个成果基本上也是供不应求，这让我十分开心，也给了我极大的鼓舞，也更加坚定了我在创新创效这条道路上的信心。我相信，有代老师您的带领，有我自己的努力，我也一定会再接再厉，取得更多更好的成绩。

再就是，我的工作室目前也稳步发展壮大，各项创新成果和培训成果也在不断涌现，目前已经拥有国家专利 15 项了，今年 6 月还获得了江汉油田“模范技师工作室”称号，我个人也荣获了“全国技术能手称号”“湖北省劳动模范”等荣誉称号。我相信，这只是一个开始，我也一定会像代老师您一样，多出成果，为我们的企业创造出更多的效益。

最后，在 2009 新年来临之际，衷心祝愿您身体健康，万事如意！

江汉油田张义铁

2009 年 1 月 11 日

何止张义铁，中国工程院院士顾心怿也在关注着代旭升。

顾心怿何许人也？如果说茅以升是代旭升童年的偶像，那么，顾心怿便是他身边的榜样。

顾心怿是在胜利油田成长起来的矿业机械专家、中国工程院院士。顾心怿 1937 年 1 月出生在上海南市区的一条小里弄里。初中毕业后，顾心怿自己报名考入了知名教育家黄炎培先生创办的中华职业学校，并就读了一个石油机械的中专班。

1953 年，顾心怿毕业，又被保送到中国燃料工业部干部学校俄语专修班继续学习。三年后毕业，顾心怿本可以留在北京工作，却放弃条件好的北京，选择了大西北。

1956 年 10 月，在河北南宫县东南部一个叫明化镇的地方，华北地区第一口基准井——“华一井”正在钻探。因为用的是从苏联进口的气控钻机，顾心怿被上级派遣以翻译的身份在场帮助工作。

1957 年 8 月，“华一井”发生井漏，苏联专家突然奉命提前撤回。上级要求顾心怿和苏联专家一起回北京，可顾心怿却提出自己要留下来打井，并被任命为机械技术员，在山东、河北和河南等地钻井找油，从“华一井”直到“华七井”。

1961 年年初，东营“华八井”开钻。1961 年 4 月，东营出油了。顾心怿被邀请留在了东营，留在了胜利油田。

1964 年 1 月，石油勘探大会战开始。顾心怿被任命为工程师，并担任胜利油田采油攻关队队长。

1966 年，针对当时普遍使用的磕头式抽油机对稠油和深井采油效果不太理想的问题，油田要求研制一种新型抽油机。顾心怿开始了“链条抽油机”的研制……但“文革”开始后，顾心怿受到了批判，刚刚成型的“链条抽油机”被扔进了垃圾堆。从此，发明抽油机的工作搁浅了。

“靠边站”的日子里，顾心怿变得彷徨、迷茫。后来，他坚信“学习总是有用的”，不能做试验，就读书。他光从油田科技图书馆借阅的图书就达 257 本。

4 年后，顾心怿自主发明、设计先进的“链条抽油机”终于在胜利油田问世。这种抽油机不仅在国内是首创，而且在世界上也是独一无二。

代旭升对顾心怿早有耳闻。说起与顾心怿的结缘，代旭升娓娓道来。他说，他与顾心怿的第一次近距离接触就是因为链条式抽油机。

1987 年，代旭升正在研制“链条式抽油机加油包”，到当时的钻采院机械室征求意见，见到了顾心怿。听说代旭升解决了链条式抽油机加油的难题后，顾心怿对他表示感谢，并肯定了他的成果的价值。

代旭升说，也就是那一次，让他更加坚定了技术创新的信念。特别是后来，顾心怿设计建造出了我国第一条浅海坐底式石油钻井船——“胜利 1 号钻井船”。“胜利 1 号”的建造不仅让人们看到了石油科技的蓬勃发展，也让我国拥有了自己的“浅海石油海军”。

20 世纪 80 年代初，随着海上石油勘探领域的不断扩大，有一块空白地带逐渐显露出来，那就是海陆过渡区的极浅海、潮汐带——任何浅海石油钻井设备，即使是浅海座底式钻井船都开不进去。

后来，顾心怿院士提出了一个大胆的设想：设计建造一座“会自己步行走路”的钻井平台。历经 8 年多的研究，他终于完成了举世无双的发明创造——“胜利 2 号”。1991 年，该项发明获中国专利金奖，1992 年获全国十大科技成就奖，1995 年获国家发明二等奖。至今，这座重达 4000 吨的平台已累计步行 3000 多米，不仅在浅海海域钻成油井近百口，而且多次走进其他任何钻井设备无法进入的极浅海潮汐带钻井。

代旭升说，从那时候起，他就梦想着能像顾心怿一样不怕困难、锐意攻关，多出成果，多解决生产难题，更希望能够在技术创新的道路上有所建树。

人们常说，种子的力量是无穷的，往往能催生出强大的生命力。那么，茅以升、顾心怿根植在代旭升精神世界里的精神力量，让他不断汲取营养，不断攀登。

2009 年 1 月 9 日，代旭升终于如愿以偿，登上了国家科技进步奖的殿堂。顾心怿院士在座谈会上动情地说：“代旭升给我的印象是谦虚、低调，人很踏实，工作

也很扎实。他是千千万万个胜利职工的杰出代表。一个工人出身的技师，能够获得国家科技进步二等奖和这么多专利，非常不容易，很不简单。按理说，他现在已经有了骄傲的本钱，可他一直保持着清醒的头脑，始终俯下身子干工作，眼睛向下搞革新，这一点很让人佩服！”

“他所获得的荣誉既是他自己的，也是胜利油田广大基层职工的。他是油田普通工人的突出代表，是油田普通工人立足岗位技术成才的杰出榜样，是胜利油田乃至中石化的骄傲！”

“科学技术是第一生产力，我们正处在‘科技实力决定国家命运’的时代，这是一个科技大有可为的年代。随着科教兴国战略的深入实施，全社会尊重科学、尊重人才的良好风尚正在迅速形成。”顾心怿认为，国家于 2006 年首次设立工人、农民科技创新评审之后，工人、农民才有了问鼎国家级科技大奖的机会。这标志着为国家和社会做出贡献的人不分彼此、不论身份，说明国家重视普通劳动者的创造热情，是对普通劳动者最大的关怀与呵护。

“代旭升问鼎国家级科技大奖再次证明，在这个重视科学、人才的大环境里，普通工人也能成为佼佼者，也能在平凡的岗位取得突出成就。”顾心怿动情地说，“提高企业自主创新能力，建设创新型社会，要依靠在高等院校、科研院所勇攀高峰的广大科技人员，也离不开在企业生产一线的技术工人。他们不仅是科技成果产业化的实施者，也是产业化技术的完善者或革新者，更是许许多多解决实际问题的技术成果的发明创造者。”

“要以代旭升为榜样，学习他不唯文凭，不唯学历，普通工人也能成专家的志气，学习他脚踏实地、实事求是的科学态度，学习他埋头苦干、甘于寂寞、无私奉献的执着精神。”顾心怿寄语胜利员工，要立足本职岗位，勤奋工作，刻苦钻研，成长为企业需要的高技能人才，为增强企业自主创新能力做出贡献。

或许人们会好奇，“移动式套管气回收装置”何以问鼎国家科技进步奖？其实其发明历程也是一波三折，历经了五六年的研制与攻关。

采油工人都知道，油井在生产过程中，进入井筒套管的天然气常常因压力低而难以进入管线。长期以来，这些天然气都是直排到大气中，既污染环境，又浪费资源。为解决这个问题，对套管气比较多的井，油田曾尝试采用油管和套管连通的方法进行回收，但由于这会影响油井正常生产，被迫放弃。

难道就没有办法了吗？代旭升又动了心思较起真儿来。他一有空就到井场转悠，瞅着油井井口出神。有一次，新来的巡逻队员不认识他，竟然把他当成了偷油贼。

2003 年 5 月的一个傍晚，一个刚从作业队转岗来的职工打电话告诉矿巡逻队说：“已经连续几次了，发现一个人老在井场上转悠。”矿巡逻队把这一信息告诉矿工会主席刘敏杰。

刘敏杰立即带领他们赶到井上，一看，原来这个人是代旭升。刘敏杰说：“老代，下班都这么长时间了，你还在这里干什么？”

代旭升说：“油井套管气直接排到大气中，既污染环境，又浪费资源。我琢磨琢磨能不能把这些套管气收起来。”

代旭升要把套管气变成节能增效的“钱袋子”。这个消息传开后，有人直摇头说：“就是吹破天，我们也不信！”

“只要动脑筋，还会干不成？”代旭升坚信不疑，开始着手研制回收装置。他要让套管气回收和油井正常生产两不误。

2003 年 5 月，代旭升开始了紧张的攻关试验。可就在攻关进入最后冲刺阶段的时候，从老家传来了父亲病重住院的消息。他放下手头的工作，急匆匆地赶回老家。

当推开病房的门，看到父亲憔悴的脸色、无力的眼神时，代旭升再也控制不住自己的泪水。想想 30 多年来，自己和父亲聚少离多，作为儿子，该尽的孝道没有尽到，他的内心充满愧疚。

在医院的那几天，代旭升给父亲喂饭喂药，洗脸擦身，恨不得把没尽到的孝心全部弥补回来。他还给父亲讲油田的变化，讲他在油田的工作、生活，讲他正在攻关的革新项目。

在那些日子里，代旭升父亲脸上有了笑容，病情有了好转。

一天，代旭升伺候父亲吃完早饭后，父亲喊住他，对他说：“你工作很忙，回去吧！”说心里话，代旭升真想陪父亲多待些日子，可一想到那边的试验到了关键时刻，再看到父亲的病情也稍微稳定了，就说：“爹，等这项革新试验成功了，我马上回来，给您报喜。”

就这样，代旭升又回到了油田，投入到了技术革新试验中。哪想到，他这一走，竟成了与父亲的永别。就在代旭升走后的第三天，由于病情突然恶化，父亲离开了这个世界。

在回青岛的车上，代旭升喃喃自语：“怎么会呢，怎么会呢？怎么这么快就走了？”到了殡仪馆，代旭升再也无法控制自己的感情，一下子跪在地，放声大哭：“爹，我来晚了。爹，儿子不孝啊。”

作为儿子，代旭升再也不能伏在床前跟父亲说话拉呱，再也没有机会给他喂上一口稀饭……

处理完父亲的后事，代旭升强忍着悲痛，继续进行革新。经过反复试验和攻关，历经多次的失败后，代旭升干脆自己搞设计，设计出来后就联系厂家制作样品。

那段时间，他先后两下江苏泰州，四到安徽蚌埠，行程上万公里，历经上百次试验。

2004 年隆冬季节，代旭升仍然坚守在试验现场。脚蹲麻了，就站起来跺跺；手冻僵了，就哈口热气暖和暖和；实在撑不住了，就围着设备跑几圈，仔细观察设备运行状态和变化。就这样，他终于研制成功了“移动式套管气回收装置”。

有了这套装置，油井套管气就可以实现水、气分离，增压后套管气全部进入输油管线，彻底解决了油井套管气外排问题，填补国内技术空白。

“油田这么大，这些气回收起来可不是小数。”明白人看出了这项技术背后巨大的经济效益。事实正是如此，这套装置推广使用后，仅胜利油田每年就可创经济效益 1000 多万元。长庆油田投入使用 70 多台后，每天可以回收天然气 2.3 万立方米，年创经济效益 1000 多万元。

正如代旭升在一次讲座上讲的：

第一，成果的完成离不开领导的大力支持和组织的关爱、协助，以及同志们的无私帮助。每当我遇到难题、困惑甚至挫折时，我都及时得到了大家的关爱与帮助，走出困境。

第二，为解决这一难题，我不怕吃苦，一有空就到井场琢磨，经常熬夜查阅资料，潜心研究，反复构思解决方案，历经上百次试验，才研制成功“移动式套管气回收装置”。

第三，搞革新，要有的放矢，必须针对岗位上的实际需要。只有符合生产实际需要的革新成果，对企业发展才有实际意义和推广价值。

第四，搞革新也要与国家的发展、企业的发展相适应。2008 年，国家提出节能减排的要求，要严格治理三废：废水、废气、废渣，并尽可能把“三废”变废为宝。我就是在回收废气上做了文章。

朴素的话语，赢得了大家的热烈掌声。其实，这掌声里包含着人们对代旭升的钦佩，包含着人们对石油工人创新创造的敬仰，更包含了人们对工匠精神的由衷敬意！

时至今日，头戴“科技进步二等奖”的光环，承载着“工人发明家”的头衔，面对着人们的笑脸、掌声和鲜花，这个朴实的山东汉子一如昨日默默跋涉在百里油区。

赞美和荣誉并没有让代旭升目空一切，昨日的辉煌带给他的不是名与利，而是一颗淡泊名利的从容的心。因为他一直崇尚这样一句话：“人生之路上，鲜花与掌声，只是沿途观光收获的礼物，而不是止步不前的无形障碍。”

代旭升始终觉得，赞美与荣誉，不仅是对过去的肯定，更是对未来的鞭策与激励。他欣赏球王贝利的一句话：“我最精彩的永远是下一个球。”

代旭升说，他要像球王贝利那样不断地挑战自我。他要学习不停，以全新的知识来提升自己的文化素质；他要努力不止，在工作中继续提高自己的技能水平；他要创新不断，在掌握国外先进技术的同时，更多地创造属于自己的技术。

2009 年 1 月 12 日，代旭升参加完胜利油田为他举行的简短欢迎载誉归来仪式后，很快便回到了自己熟悉的岗位，回到了他工作了几十年的那方热土。他说，自己只有踏上通往油井的那一条条巡井路，只有真正让双脚沾上油水井旁的泥土，才能接通解决难题、革新创造的灵感，内心才能更沉淀、更踏实……

时光过得很快，一个月的时间渐半，代旭升没有忘记他要在1月解决好稠油井化学降黏加药量的问题。

代旭升知道，他所在的采油矿有14口加药井，全年共使用药剂67吨，消耗费用约70万元。

当时在油田给稠油井降黏，大多采用加化学药剂的方式，但药剂到底加多少，全凭经验和感觉。代旭升认为，这样用水桶直接给油井加药剂，就如同给孩子喂饭，每个孩子的食量不同、体质不同，需要的食量也不尽相同，只有因井施策，摸索出一套科学的加药模式，才能让药剂发挥最佳效力，更好地保证油井生产，把药剂费用降下来。

代旭升始终认为：“人生两件事：一是想；二是干。光想不干，想难实现；光干不想，干没方向！”有了想法，就要付诸行动。为把想法变成办法，他马不停蹄地穿梭在14口油井之间，看参数、查药量、做校对，要为每一口油井找到合适的加药方法，调配出最佳的加药“食量”。

很快，他借鉴医院打吊瓶的方法，在药罐到套管输药管上加了一个小矿泉水瓶子，这样很容易观察到每分钟加几滴药，并观察比对加药后油井降黏效果。通过这种方法，每口井每日平均加药从13千克逐步减少到7.8千克，彻底改变了用小桶每天一次向套管加纯药的方法，变为在井口安装加药罐混水24小时滴灌套管，仅此一项发明就可年节约药剂费用20万元。

对于这件事，代旭升所在矿的领导们很是欣慰。他们说，代师傅主管矿上油井组的油井工程、注采管理和日常管理，不管是出名前还是现在，都是一个样，老实本分、干事勤快、善于动脑子，有他大家很放心。

“代师傅的勤快可以说是体现在方方面面，星期六、星期天基本上不休息，晚上有事也是随叫随到。”代旭升所在矿的副矿长尹立华说，“前几天，我们一条玻璃钢管线断了，调度一个电话，代旭升就赶了来，一干就是一夜。像这样的事很多，代旭升从来没有推辞过。”

尹立华介绍，平时没有急活儿的时候，代旭升一般都是到岗位上去与工人们交流，了解哪些事儿比较棘手，哪些活儿干起来麻烦，回来后就开始想办法。

尹立华认为，代旭升的革新灵感与他的勤快很有关系，虽然平时不大吭声，但他却一直在思考一些问题。

“前些年，电加热炉由于耗电大要被淘汰，代师傅就跟我交流，要改成烧煤的煤炉子。”尹立华说，后来经过代旭升的反复试验，他还真研制出油井煤加热炉，不仅节了能，还解决了抽油井的冬季生产问题。这么多年，他的想法总有针对性，很多事不用安排，他就想办法解决了。

“代师傅爱动脑子、会思考、爱琢磨，要是在工作上碰上个难题，一般人都会绕着走，可他总是想办法解决。有时候，即使当时解决不了，下来后他也不会放过，千方百计地想办法。”当时的矿长姜亦栋这样评价代旭升。

姜亦栋介绍，采油 18 队的一个配水间设在居民区里，发出的声音很大，整天刺刺地响。对此，小区的居民意见很大，三天两头找环保局，说是影响他们休息。当时，我就把这个事情交给了代旭升。为了降低配水间的噪音，代旭升想了很多办法，开始是对管线流程进行隔音包扎，声音虽说小一些了，但居民还是不满意。后来，他反复琢磨、试验，想出了一个逐级截留的办法。这个办法还真管用，噪音小了，周围居民再也没有意见了。想想这么多年，不管大事小事，交给他，很放心。

提起代旭升，当时的矿党委书记杨洪文这样说：“代旭升是我们矿土生土长起来的，是生活在职工身边的典型，大家看得见、摸得着，对这个典型非常认可。他的发明我们用了很多，解决了很多生产难题，矿上收益很大。”

杨洪文颇为自豪地说：“受代旭升的感染和带动，全矿有一大批职工参与革新创造，主动想办法解决生产中的问题，形成了一种勤于钻研的好风气。”

代旭升的踏实和勤奋，给人们带来了一次又一次的惊喜。

2009 年 1 月 14 日晚，在胜利油田“感动胜利”的颁奖典礼上，代旭升和其他 11 名同志分别走上领奖台。冰晶一样的水晶奖杯，掌声与鲜花、泪水与感动让台上与台下、受奖者与颁奖的人都久久难以平复激动的心情。

2009 年 1 月 15 日，在胜利油田六届二次职代会上，代旭升被命名为“新时期胜利人的楷模”，成为“新时期十大标兵”之首。

当人们还沉浸于代旭升创造的惊喜时，他和他的徒弟们又勾画着新的“蓝图”。

2009 年 2 月 7 日，代旭升组织召开 2008 年度师徒联谊会，并宣布了他的年度新“八条”。

第一条，配合劳资处、油田技师协会和技能鉴定站搞好技能鉴定；

第二条，解决好注水井洗井的问题，做到洗井水不落地，提高洗井质量，做到安全、环保、清洁生产；

第三条，彻底解决好稠油井化学降黏加药量的问题；

第四条，解决好辛 14 块原油外输难的问题；

第五条，出色完成油田“名师带高徒”活动任务；

第六条，运行好胜利油田采油技能大师网，开展好网上交流活动；

第七条，优化工人技术创新协会运行，搞好成果创新应用发布会；

第八条，组织成果发布活动，开展好创新成果大奖赛。

“代八条”是代旭升的年度规划，更是他务实创新的号角，让他不断收获着新成果、新希望。其实，不仅是“代八条”，有时候是“代九条”或者“代十条”，每年他都会制订细致的规划，这或许正是他不断实现人生超越的一种力量吧！

2009 年 4 月 21 日，从北京人民大会堂召开的“第三届中国发明家论坛”暨“第四届发明创业奖”颁奖大会上传来喜讯，代旭升喜获“发明创业奖”。2005 年，国家科技部批准中国发明协会设立“发明创业奖”。这是首个为发明家设立的国家最高奖项。

面对这一奖项，代旭升表示，技术革新并不是为了获奖，但荣誉也将成为鞭策自己的动力。在今后的工作中，他一定会立足本职岗位，不断创造新的成果，解决新的难题，为胜利油田的和谐发展贡献力量！

2009 年 5 月 7 日，中国石化集团公司党组下发《关于开展向代旭升同志学习的决定》，号召中国石化职工向代旭升学习。

关于开展向代旭升同志学习的决定

代旭升，1955 年 4 月出生，中共党员，胜利油田东辛采油厂高级技师。参加工作 30 多年来，他始终坚持围绕油气生产开展技术革新，先后完成技术革新成果 80 多项，其中 1 项获国家科技进步二等奖、2 项获国家发明专利、13 项获国家实用新型专利，累计创造经济效益 1 亿多元。他先后荣获“全国技术能手”称号、全国“五一劳动奖章”和第九届中华技能大奖，2009 年被聘为胜利油田首席技能大师。他长期扎根油田一线，立足本职创业创新，努力践行科学发展观，成为中国石化广大干部职工学习的楷模。为弘扬代旭升同志的先进事迹，充分调动广大干部职工深入学习实践科学发展观的积极性和创造性，集团公司党组决定，在全系统广泛开展向代旭升同志学习的活动。

向代旭升同志学习，就要学习他扎根一线、恪尽职守的创业精神。30多年来，代旭升同志始终把“学技术、练本领，做一名合格石油工人”当作自己的人生追求。当采油学徒工时，他从最简单的操作学起，虚心求教，苦练基本功，很快独立当班。成为高级技师后，他负责胜利油田东辛采油厂采油二矿300口油井、147口水井、47座计量站的技术保障工作。对此，他带头开展“句号行动”，向采油厂郑重承诺，在他负责的保障范围内，发生的所有技术、设备问题，即使再麻烦再棘手，都要迅速、准确、圆满地解决，力争不把问题上交到采油厂。“句号行动”开展以来，他针对生产中发现的问题，先后取得角式单流阀、卡扣式防盗压盘、煤加热炉等多项革新成果，解决技术问题和排除设备故障2000多个。油田进入开发后期，许多油井因受各种因素影响关井停产，但有些油井在停产过程中压力又逐渐恢复，原油溢出现象较为普遍，不但造成环境污染，还增加了管理难度。对此，他潜心研究回收方法，提出了“提捞法”采油的建议。同时，针对在提捞采油时抽子常常卡死在井筒内的问题，他配套发明了“自动泄压式凡尔抽子”，解决了停产井捞油的难题。2005年以来，该项技术在东辛采油厂已累计实施383井次，增油2376吨。代旭升被聘为胜利油田采油技能大师后，考虑他已年过半百，心脏又做过手术，采油厂、矿领导为减经他的工作负担，要求他尽可能少到一线。代旭升却说：“我干的是采油，岗位是工人技师，我的工作应该在一线，革新的灵感也来自一线。如果离开油井，劲儿就使不出来了。”直到现在，他依然坚守在生产一线。向代旭升同志学习，就要像他那样，干一行、爱一行，通一行、精一行，把小岗位当作大舞台，在干事创业中实现人生价值。

向代旭升同志学习，就要学习他科学求实、锐意进取的创新精神。代旭升同志在工作中善于学习、善于观察、善于解决生产技术难题，敢于突破传统的思维模式，把减轻劳动强度、促进安全生产、搞好清洁生产和落实节能减排等方面的疑难问题作为攻关革新的课题，在本职岗位上扎实践行科学发展观。他的革新成果先后有16项得到推广应用，取得了良好的经济和社会效益。长期以来，由于油井套管气压力低，套管气都直接排入大气中，既造成浪费又污染了环境。针对这一技术难题，他反复试验，刻苦攻关，终于研制成功了“移动式套管气回收装置”，填补了国内技术空白，并在油田广泛推广，年创经济效益2000余万元。该项成果荣获国家科技进步二等奖。在生产过程中，有的油井因各种原因停井后，必须把输油管线内的液体排空。过去管线排出的液体都是流进露天污油池，既造成了原油损失，又污染了环境。为解决这一问题，他研制成功了集原油回收、防火、防盗等多项功能于一体的“玻璃钢污油储存罐”，使管线排出的液体直接进入储存罐，避免了环境污染和油气资源浪费。目前，该项技术已在胜利油田普及，年创效益100余万元，在国内其他油田企业也得到推广应用。近年来，随着城市化进程的加快，“楼旁有井、院中有站”成为油田特色。抽油机旋转的平衡块、飞速转动的电机皮带，给附近居民特别是儿童带来安全隐患。为解决这个问题，他反复跑现场，多次征求意见，研究发明了安全护罩，把旋转的平衡块和运转的电机皮带挡护起来，彻底消除了安全隐患。目前，这种护罩已安装在东辛采油厂家属区附近的230多台抽油机上。向代旭升同志学习，就要像他那样盯住问题搞革新，把科学发展观的要求实实在在地落实到本职工作中，为企业科学发展贡献自己的聪明才智。

向代旭升同志学习，就要学习他淡泊名利、甘为人梯的奉献精神。30多年来，他攻克了一道道技术难关，取得了一项项革新成果，但从不满足于个人取得的成绩。他始终认为“一花独放不是春，百花齐放春满园”，只有让周围更多的人成长为技能人才，企业的持续发展才有保证。为了让自己的聪明才智和精湛技艺在更大范围内发挥作用，他以采油厂工人技术协会为阵地，将自己多年的实践经验和创新体会毫无保留地贡献出来，积极组织开展导师带徒活动。在他的带动下，技术协会已拥有会员1000余名，取得了200多项创新成果，收到了明显的经济和社会效益。为方便青年职工学技术、练本领，他自主创办了胜利油田采油技能大师网站，实施网上助学助教活动。该网站开办一年多来，点击量已达16万次，成为青年职工在工作中学习技术、交流心得、解决难题的良好平台。在与代旭升正式签订师徒合同的69名职工中，有6人在全国技能竞赛中获奖，9人晋升为高级工人技师，32人晋升为技师，20人获得油田及油田以上技术能手称号。他们中的多数人已成为生产技术骨干，有的还走上了管理岗位。向代旭升同志学习，就要像他那样淡泊名利、甘为人梯，努力为青年成才搭建平台，让更多“有责任、有技术、有绝活、有贡献”的职工脱颖而出，为企业持续发展奠定雄厚的人才基础。

代旭升同志是在胜利油田生产一线成长起来的优秀党员，是深入学习实践科学发展观的先进典型。集团公司各级党组织要把开展向代旭升同志学习的活动作为学习实践科学发展观的一项重要内容，认真安排部署，精心组织实施，务求取得实效。要充分运用各种宣传媒体，广泛宣传代旭升同志的先进事迹，营造浓厚的学习氛围，教育和引导广大干部职工更加主动地投身科学发展的实践，为建设具有较强国际竞争力的跨国能源化工公司做出新贡献。

二〇〇九年五月七日

与此同时，胜利油田党委在《胜利日报》全文刊登中国石化集团公司党组下发的《决定》，旗帜鲜明引领全员向代旭升学习。《决定》成为一种旗帜引领，成为一种力量凝聚，成为一种精神导向。

胜利油田党委认为，代旭升是在胜利油田这片沃土上成长起来的先进典型，是身边的榜样，既是油田的骄傲，更是对油田人的鞭策。全系统都在学习代旭升，胜利油田的职工怎么办？胜利油田的职工要当仁不让地走在兄弟单位的前列，学的层次更深、学的质量更高、学的效果更好，争做学习的模范，当好学习排头兵。

学习代旭升，要像他一样创业。

创业，来自对油田无限忠诚的本分。没有对油田无限的忠诚，不能把自己生命和命运融入企业的生存发展之中，不结成血肉相连的关系，就不会爱岗敬业，就不会有扎根一线、为油田奋斗一生的决心和毅力，就不会有学本领、练技术，解决生产难题的责任心，就不会有不论在什么岗位都要干出成绩，对得起油田的动力。“如果离开油井，劲儿就使不出来了。”代旭升用他 37 年的创业印证了他对油田的无限忠诚。在被聘为胜利油田首席技能大师后，他依然坚守在生产一线，在干事创业中升华着自己。

创业，来自对工作脚踏实地的态度。人生的成功、事业的成就有捷径吗？没有！代旭升的成功告诉我们，没有从小事做起、从基础做起的实干精神，想靠运气和投机取巧成就一番事业无异于痴人说梦。30 多年来，代旭升始终把“学技术、练本领，做一名合格石油工人”当作自己的人生追求。就是靠这种脚踏实地的工作态度，他从最基层干起，有耐得住寂寞的定性，有积跬步成千里的耐性，在一件件成功的小事里孕育辉煌事业，在一天天夯实的基础上筑建了惊人成就。

创业，来自对事业自强不息的追求。从一个初中生、普普通通的工人成长为全国技术能手，全国“五一劳动奖章”获得者、第九届“中华技能大奖”获得者、山东省首席技师、胜利油田首席技能大师，代旭升精彩演绎着执着的力量。他具有顽强的上进心、不断学习的主动性，肯干肯学，不断拓展自己的能力；他不甘平庸，更不妄自菲薄，不向技术难题低头，埋头苦学苦钻，干一行、爱一行，通一行、精一行，不断提升和发挥自己的特长；他不唯文凭，不唯学历，具有普通工人也能成专家的志气，在最基层积累雄厚的实力，最终成就了让人敬仰的事业。

代旭升的创业历程，充满了拼劲、闯劲、韧劲，他在平凡的工作中创造了不平凡的业绩。从他的身上我们体味到，创业对每个人来说，起点是公平的，起跑线是一样的。没有对事业、对岗位的热爱，没有对工作的实干精神，没有对目标的执着追求，不管你在何等岗位，是何等学历，有何等境遇、何等能力，成功永远不会光顾你。

胜利油田党委认为，创新已成为时代的要求和潮流。企业只有与时俱进，不断创新，才能拥有持续发展的源源动力。岗位创新，是企业创新的基石和保障。企业呼唤知识型的职工、创新型的人才。代旭升就是顺势而生、岗位创新的杰出代表。

代旭升了不起——技术革新 80 多项、15 项获国家实用新型专利、1 项申报国家发明专利、1 项获国家技术成果奖。这样一份沉甸甸、光芒四射的成绩单，居然是一名初中毕业生、普普通通的采油工人交出的。

代旭升真伟大——创新成果创造经济效益 1.06 亿元。一个当年的学徒工，迸发出如此惊人的能量，创造了非凡的业绩。

一位工人技能大师说，一个人可以没有文凭，但不能没有知识，刻苦学习是工人应尽的责任；另一位工人技能大师说，工人有技术才更有力量。代旭升正是这两句话的忠实实践者，他把岗位当作舞台，把创新这场大戏唱得响遏行云，赢得满堂喝彩！

学习代旭升，要像他一样创新。

岗位创新，要学习他普通工人也能成专家的志气。不想当将军的士兵不是好士兵，同样，不想拥有一技之长、成为行家里手的工人不是好工人。我们可以平凡，但不能平庸。企业的发展对我们提出了更高的素质和技能要求，除了敬业，还需要更专业。当工人，不能只做技术的使用者，还要努力把自己培养成技术的完善者、革新者，更要成为解决实际问题的技术成果的发明创造者。每个人在岗位上都可以成才。要在岗位创新中成才，只有像代旭升那样，有志向、有志气、有作为，才能把自己培养成为油田需要的高技能人才。

岗位创新，要学习他水滴石穿、刻苦自学的恒久毅力。知识就是力量，知识改变命运。知识在代旭升身上发挥了神奇的作用。同时，代旭升也把知识运用得淋漓尽致。从一个初中文化程度的学徒工，到现在凤毛麟角的油田首席技能大师，知识给这个巨大的跨越搭起了成功之桥，而水滴石穿的自学之功垒起了这座桥的一砖一石。文化基础差不可怕，可怕的是丢失追求；知识水平低不可怕，可怕的是志向低头。只要像代旭升那样坚持刻苦学习，日积月累便会水到渠成，就能不断超越自我，创造不平凡的业绩。

岗位创新，要学习他科学有险阻、苦战能过关的执着精神。创新之路充满坎坷，对于一个普通工人来说，创新意味着要经历更多的挫折和失败，承受更多的挑战和压力。每一步都要付出常人难以想象的艰辛，每一个困难都让人望而却步，每一次失败都可以成为轻松说服自己放弃的理由。然而代旭升没有退缩，没有犹豫，他靠着勇于探索、不断追求、锲而不舍的进取精神和对科学技术事业的执着追求，经得起屡败的痛苦，经得起探索的寂寞，从压井场工具的灵机一动，到终成大器，成就了问鼎国家科技进步奖的辉煌。

岗位创新，要学习他生产技术问题不解决誓不罢休的高度责任感。看到井口压盘被盗造成井喷，如果代旭升无动于衷，怎么会有“卡扣式防盗压盘”问世？看到井筒套管的天然气直排到大气里既污染环境又浪费资源，如果代旭升不心疼，怎么会有“移动式套管气回收装置”诞生？响亮的“句号行动”，更是他对工作高度责任心的体现。

这就是代旭升，对油田的无限忠诚，让他迸发出强烈的责任心；对岗位的衷心热爱，激发了他创新的饱满热情——“我干的是采油，岗位是工人技师，我的工作应该在一线，革新的灵感也来自一线。如果离开油井，劲儿就使不出来了。”多么朴实而感人的心声！

岗位创新，是每个职工个人价值实现的一个重要的内容和途径。要像代旭升一样创新，在创新中成长成才，在创新中服务油田、回报油田，把科学发展观的要求实实在在地落实到本职工作中，为油田科学发展贡献自己的聪明才智。

奉献是一种高尚的精神，是一种无私的境界，更是一种实实在在的行动。代旭升的创业、创新之路，每一个脚印、每一个台阶都闪耀着奉献的光辉。如果说创业和创新是代旭升用实力和成功对自己的证明，垒起了自己事业的高峰，那么奉献就是他事业的灵魂和动力，耸立起他精神的高峰。没有奉献的精神，没有精神高峰的巍峨壮丽，事业的高峰也会如云中幻影，很容易崩颓破灭，只能是一时的辉煌。

经验告诉人们，个人的成就和对社会的奉献是成正比的，相辅相成的。没有大气，不能成就大业；没有大我，不能成就大器。人过于自我，过于狭隘，只能是个小我，只能成个小器，难以事业有成，对国家、对社会、对企业的贡献也会微不足道，永远成不了完美的成功者。每个人都渴望成功，都想取得一番业绩，首要的问题是必须参透成功和奉献的三昧。

学习代旭升，要像他一样奉献。

对事业的忠诚，是我们奉献油田的恒久动力之源。人们常说，态度决定一切。忠诚是一个职工对企业正确的价值观和工作观，是奉献的不竭源泉。没有忠诚，奉献成了无源之水、无本之木。同样，奉献不是一时一事，不是心血来潮，更不能成为沽名钓誉的工具。我们只有忠诚，才能让奉献成为人生的信条，成为工作中的自觉，才能扎扎实实地一以贯之。唯有忠诚，才能无私，才能摒除名利等杂念，使自己全部融入企业，把整个身心投入到工作之中，在工作中奉献，在奉献中升华自己。

忠诚，让代旭升把奉献之根扎得又深又牢，提高了他的意志力，激发了他的创造力，让他在普通的岗位取得了非凡的业绩，同时也使他自己的人格完美升华，熠熠生辉。

干好本职工作，是我们奉献油田的坚实基础。把自己的本职工作做好，是每一名职工应尽的义务，也是奉献的前提和基础。如果一个人连本职工作都做不好，敷衍了事、得过且过，当一天和尚撞一天钟地混日子，奉献精神从何而来，又从何谈奉献精神？奉献精神蕴藏在爱岗敬业、尽职尽责、忠于职守、认真负责的实干之中，并不断得到升华。代旭升始终把“学技术、练本领，做一名合格石油工人”当作自己的人生追求。没有这种干好本职工作的朴素想法，就不会升华出“句号行动”的高度责任意识——在他负责的技术服务范围内，发生的所有技术、设备问题，即使再棘手再麻烦，他都会努力解决，争取不把问题上交。人们常说，敬业是奉献的基础，乐业是奉献的前提，勤业是奉献的根本，代旭升用对工作的极端负责和对岗位的倾心热爱，给这句话作出了完美的注解。

无私奉献，是我们服务油田、实现人生价值的最高目标。有一种高尚叫“全心全意为人民服务”，有一种境界叫“毫不利己、专门利人”，有一种情操叫“鞠躬尽瘁、死而后已”，它们浓缩成四个字就是——无私奉献。它是最高层次的奉献精神，是我们追求的最高境界，是企业生存发展的不朽脊梁。有人说，“教了徒弟，饿了师傅”。代旭升却说，“一个人浑身是铁能打几颗钉？油田培养了我，我回过头来帮助年轻人少走点弯路，尽快成长起来，也是应该的”。从工人技术创新协会到胜利油田技能大师网站，他甘为人梯，努力为青年成才搭建平台；他把自己的专利技术让人免费使用，最大限度地实现成果共享，给国家增油……他把国家和油田的利益放在首位，全心全意地为满足社会需要贡献着自己的一切。胜利油田正是因为有了一批批像代旭升这样无私奉献的劳模英才，才有了百年宏业的牢固基础，才有了百年创新的无穷力量。

“人生有限，奉献无涯。”在胜利油田，广大员工表示，要像代旭升一样奉献，真正把奉献的种子埋进心田，在工作岗位上，以奉献为起点，以奉献为动力，以奉献为荣耀，以奉献为追求。人人奉献一点点，就会汇成强大的动力，推动油田更好更快地和谐科学发展。

第十章

巡回报告

2009年7月9日，初夏的北京，天空格外晴朗，红花衬绿树，透出勃勃生机。

掌声，必定是这天的关键词。

一场报告会，先后响起17次掌声。初见的欢迎、内心的敬畏、对事迹的感动、由衷的感慨，一次次掌声令人振奋，令人激动。

是谁触动了大家的心弦？是谁让大家心潮澎湃？是谁让大家感触颇深？是一位“普通”的石油工人，是一位“伟大”的新时期楷模，他的名字叫代旭升。

这已经是代旭升的第9场报告会，也是他这次巡回报告行程的最后一场。

一大早，在中国石化集团总部机关大楼宽敞明亮的多功能厅里，欢快的迎宾曲已经响起，总部机关、专业公司和在京直属单位的300多名干部职工，已早早等候在这里。在宽大的主席台后方，一块背景板大红铺底，“代旭升同志先进事迹报告会”几个大字耀眼醒目。一盆盆青翠欲滴的凤尾竹，散发出沁人心脾的清香，仿佛在欢迎代旭升事迹报告团的到来。

8时58分，当报告团成员步入会场时，全场掌声雷动。

9 时整，报告会开始，4 名着装统一的青年女职工代表手捧鲜花，迈着整齐的步伐走上主席台。当她们把传递着真情、友谊与崇敬的鲜花献给报告团成员时，会场又响起热烈的掌声。

原东辛采油厂采油二矿纪委书记、工会主席刘敏杰和代旭升的徒弟、东辛采油厂采油二矿采油二队副队长钟晖，以生动感人的事例，从不同角度讲述了他们眼中的“老代”和“好师傅”。

台上，讲者动情，全神贯注，语调时而激昂，时而舒缓，深深吸引了在场的听众。

台下，听者动容，聚精会神。在一个小时的报告中，会场不时响起掌声。听到动情处，有的听众眼圈红了，有的听众忍不住掏出手帕悄悄擦去泪水，有的听众在默默记着什么，生怕漏掉了哪个激动人心的情节。

洁白的衬衣，紫红色领带，当代旭升出场时，全场再次响起热烈的掌声，会场气氛达到了高潮。

“集团公司和油田对技能工人这么重视，给我们创造了这么好的条件和环境。只要肯干、肯钻研，一线工人照样有地位、有干头！”

“一个人不管知识底子有多薄、文化基础有多差，只要善钻研、有知识、懂技术，就一定能干出一番事业来！”

“只要能为油田上产稳产解决技术难题，心里就高兴；只要能为我们中石化的稳定发展做出贡献，即使吃再多的苦，受再多的累，也毫无怨言！”

代旭升讲的这些切身的感受，引起了听众的强烈共鸣。人们仿佛感受到了这位大师扎根一线、恪尽职守的创业精神，科学求实、锐意进取的创新精神，淡泊名利、甘为人梯的奉献精神。

为何会有这场报告会？这又是一场怎样的报告会？原集团公司党组成员、纪检组组长王作然在报告会上对此做出了回答：“这场报告会告诉了我们，中国石化的主流是什么，那就是中国石化的几十万产业工人在基层、在不同的岗位，爱岗敬业、不计名利、不计报酬，踏踏实实地工作……”

其实，不仅是在集团公司总部机关，在燕山石化、中石化干部管理学院、山西石油、中原油田、齐鲁石化……报告团所到之处，都催人奋进、发人深省，引起听众的强烈共鸣。尤其是石油一线的干部职工，都被这份科学求实、锐意进取的创新精神，被这份淡泊名利、甘为人梯的奉献精神所鼓舞和激励。

这一年，是集团公司进一步推动学习实践科学发展观活动深入开展的一年。代旭升因长期扎根油田一线，立足本职创业创新，努力践行科学发展观，一时间成为中国石化广大干部职工学习的楷模。他的事迹成为中国石化广大干部职工开拓创新、勇于进取的源泉和力量。为弘扬代旭升同志的先进事迹，充分调动广大干部职工深入学习实践科学发展观的积极性和创造性，2009 年 5 月 7 日，集团公司党组下发《关于开展向代旭升同志学习活动的决定》，要求在全系统广泛开展向代旭升同志学习的活动，并组织代旭升同志先进事迹报告团到下属的部分企业做巡回报告。

“我仅仅是在工作中取得了一点成绩，党组织却给了我这么多的荣誉，给了我这么多的关心和爱护，我既感动又不安，既高兴又惭愧。”最初接到任务的时候，代旭升感到责任重大，他觉得他只干了自己应该干的事情，但一想到可以把自己的所学所获能够毫无保留地传授给大江南北的石化员工，他欣然接受了。

经过精心准备，报告团开始了巡回报告行程。

2009 年 6 月 8 日，北京，燕山石化，报告团行程的第一站。

不管是电视新闻里，还是报纸杂志上，代旭升都多次看到过关于燕山石化的报道。这里是我国建厂最早、规模最大的现代石油化工联合企业之一，也是我国重要的合成橡胶、合成树脂、苯酚丙酮和高品质成品油生产基地之一。作为地处首都的石化企业，燕山石化一直致力于提供清洁能源，1997 年率先实现了汽油无铅化，开创了我国成套石化技术出口的先河；2007 年 6 月 22 日，1000 万吨 / 年炼油系统改造工程实现一次开车成功，成为国内首家欧Ⅳ标准清洁成品油生产基地，被授予“全国企业文化示范基地 ”称号。

想着这些，代旭升不禁感慨万千，不单单是燕山石化为我国石化工业发展和首都经济社会建设做出了重要贡献，多少个中石化企业走到今天，都是一部艰苦的创业史，是一代又一代的石油人像传递接力棒一样，前赴后继，为中石化创造了一个又一个辉煌。“他们的好做法，我一定要带回去。”代旭升默默地在心里说。

从乱石滚满山坡的荒郊野岭到充满现代气息的绿色石化城，燕山石化 40 余年间经历了脱胎换骨、凤凰涅槃的巨变。

也正是有了燕山石化“团结、求实、严细、创新 ”的燕化精神和“艰苦创业、奋发图强、开拓创新、团结协作、无私奉献”的燕化传统，才会涌现出全国劳动模范、燕山石化化工一厂的员工陈德烨，北京市劳动模范、燕山石化公司工人技师左金海等 150 多位省部级以上劳动模范及其他英模人物。燕山石化培养了一大批具有较高学术水平和丰富实践经验的技术专家、管理专家，这些人先后有 30 多位走上了党和国家高级领导干部岗位。

驱车进入厂区后，花园般的绿色工厂、清新的厂区空气、延绵不断的装置管线让代旭升顿时感到心旷神怡。想到这里在环保节能领域硕果累累，公司对员工的人文关怀和对国家社会的强烈责任担当，他不禁为燕山石化竖起了大拇指。也正是这次近距离的接触，让代旭升对燕山石化有了新的更加全面的认识。

环顾厂区，绿树成荫，一群工人正在绿化。地上铺的一层塑料布，让代旭升很疑惑。原来，工人们为了不将地面污染，挖树洞的土都要堆放到塑料布上，然后让专门的车辆将土拉走。代旭升感慨于燕山石化的精细化管理：这样一个大企业，日常生活中都能做到精细管理，那它的设备管理和人员管理更不用说。每一个细节都做到精益求精，企业必然会健康发展。

代旭升感受着燕山石化厂区的点点滴滴，身上的压力也在不自觉地增大。如何将自己的切身感受以正能量的方式传递给听众，又如何能吸取他人的精华学以致用，代旭升在来的路上就默默地考虑着。

一进会场，报告团成员感受到了燕山石化人的热情。伴随着芬芳扑鼻的鲜花和热烈持久的掌声，他们为燕山石化的干部职工带来了一场感人至深、催人奋进的精彩报告。为了让更多的人了解代旭升，燕山石化特意用视频会的形式举办报告会，1700 多人在 20 多个分会场收看收听报告。

“师傅追求知识、痴迷革新，锲而不舍、不达目标决不罢休的精神，一直感染、熏陶着我。师傅教会我的，不仅仅是技术创新研究的方法和技巧，还有坚忍不拔的执着精神和从不气馁的顽强作风。”钟晖，作为代旭升为数不多的女徒弟之一，深深感受到师傅对事业的那份热爱。“几十年来，师傅不仅自己努力学习，刻苦钻研，为原油上产奉献知识、奉献智慧、奉献技术，而且以宽广无私的胸怀，毫不保留地把知识和技术传承给我们新一代石油工人。”

会场上的掌声一次又一次响起。

当代旭升从容淡定地走上发言席时，每个人都凝气屏神，翘首以待。

“学技术、练本领，做一名合格石油工人，是我的人生目标。不管学历多高，只要肯干、肯钻研，一线工人照样有地位、有干头……”代旭升用朴实的语言向大家再现了他成长为技能大师的心路历程。所有的人都仔细聆听着他的报告，他的创业精神、创新精神和奉献精神感动了与会的每一位听众。

公司劳动模范、生产运行保障中心员工谷长吉在听完报告后，不禁赞叹：“就像代旭升的徒弟钟晖所讲的那样，技术创新的殿堂并非高不可攀。代旭升的发明创造来自于他勤学习、勤观察、勤琢磨，我今后也要像他那样更加努力学习知识、钻研业务，做代旭升式的员工，为燕山石化做出更大的贡献。”

并非只有谷长吉有这样的感受，许多员工都表示希望像代旭升那样创新，像代旭升那样敬业，像代旭升那样奉献。“平凡的岗位创出了不平凡的业绩，代师傅对石油事业的热爱，对自己理想的执着，为我们上了一堂生动的教育课，我们要把代旭升精神融入实际工作中，把小岗位当作大舞台，在小岗位上做出大贡献。”有的员工对代旭升竖起了大拇指。

一股向代旭升学习的热潮迅速在燕山石化员工中掀起。燕山石化电视台制作了报告会专题录像片在电视台循环播放，《燕山油化报》全文刊登了三个报告，并将学习材料下发至班组，让班组利用政治学习时间进行深入学习。下属的炼油一厂开展了“向代旭升学什么”“我怎样做才能为企业做出更大贡献 ”的大讨论；化工一厂开展了“学习代旭升，为提升经济技术指标做贡献”合理化建议活动；储运一厂开展“远学代旭升、近学左金海”的活动……

反响如此强烈，是代旭升没有想到的。在他看来，他只是干了自己该干的事情。在他的人生字典中，“职责”的解释就是为企业、为国家多做贡献，在工作中不断提高解决生产技术难题的本领，通过不断创新解决生产经营中的各种问题。

就像时任燕山石化党委书记苏文生在主持报告会上说的，代旭升身上有三种精神：扎根一线、恪尽职守的创业精神，科学求实、锐意进取的创新精神和淡泊名利、甘为人梯的奉献精神。要以代旭升为榜样，踏实工作，要想干事，不要想当官；要创造财富，不要谋取财富；要学习实干，不要浮躁自满，在自己的岗位上争创佳绩，在企业发展中体现价值。

而燕山石化带给代旭升的不仅仅是人文环境的熏陶，更多的是精神的鼓励。

钟晖曾在作报告之前说：“一个人就是一个窗口，我们的一言一行都代表着胜利油田。我们不仅要把代旭升师傅的事迹宣传好，更要把油田 40 万职工家属的精神风貌展现好，把兄弟单位的好经验、好做法学习好。”也正是这样，代旭升在会后喜欢与职工们交流，随身带的笔记本上，密密麻麻记满了这里涌现出的典型做法。他说：“我回去后一定要虚心学习他们的优势和长处，为咱们的企业做更大的贡献。”

会后，应燕山石化领导的邀请，代旭升参观了燕山石化展览馆。一进馆内，他就看到了一行醒目的标语：“大企业要为国家做大贡献”。这一句话似乎见证着燕山石化人不畏艰难、敢闯敢拼的峥嵘岁月。在展览厅，他看到了橱窗里展列的各种模型、事物和照片，仿佛亲身经历着那段从改革初期到现代的光辉历史，感受着燕化人不畏艰难、敢闯敢拼的 30 余年峥嵘岁月。

突然，代旭升的目光定格在了一张照片上。“吴仪！”他惊喜地喊道，“从燕山石化走出的国家领导人！”代旭升肃然起敬。她可是叱咤国际政坛的“中国铁娘子”，是新中国第三位女副总理，三度位列《福布斯》前三名风云榜的世界百强女性！

代旭升一直关心政治，崇拜榜样。这位女强人光明磊落的人格、丰富渊博的知识、少有人能及的阅历，像一部大书一样一页页展现在他的眼前。

不管是在电视上，还是杂志上，代旭升都领略过这位“铁娘子”的风采。

1967 年前，燕山石化还只存在于图纸上，当时的猫耳山下，荒山野岭，乱石嶙峋。而当年的吴仪同志风华正茂，还不到 30 岁，是缔造燕山石化的第一批创业者。她打眼放炮，开着推土机拓荒；光着脚，提着油漆桶，爬到山坡上刷大标语；当过常减压车间的司泵工，在噪音震天的轰鸣声中巡检操作；在一次事故中，她被气浪弹出去老远；当了技术员，仍然和工人一起背砖头。

代旭升佩服这样的女中豪杰：她一路走来，靠的是坚忍不拔的毅力。要想成功，就需要付出数倍于旁人的心血。作为最普通的石油工人，代旭升靠的也是一股不怕输、不怕累的拼劲，也是因为有着一股不怕累的精神，用“钉子”精神去工作，坚持革新，才会在平凡的岗位上做出了不平凡的事情。

离开展览馆，代旭升的心久久不能平静，想起了自己的家乡——胜利油田。老一辈石油人发扬艰苦创业、为国奉献石油的优良传统，有条件要上，没有条件创造条件也要上，在一片盐碱荒滩上，缔造了共和国的第二大油田。与今天的燕山石化一样，这都是靠着在各条战线上的职工扎根岗位，是一种精神的凝聚，一种力量的传递。

首场报告会很成功。这也让代旭升在接下来的每一场报告会上都信心满满。

告别了燕山石化，6 月 10 日，报告团抵达下一站——石油化工管理干部学院。

上大学，曾经也是代旭升的梦想。虽然只有初中学历的他早早地走上了工作岗位，但是这恰恰成为他不断钻研的动力，他始终相信事在人为。于是，他暗下决心：虽然我学历低，但是我可以一步一个脚印走。工友是我的师傅，油井是我的师傅，只要自己肯学肯干，一定能够成功。时间和行动也证明了这不是空话，代旭升凭着自己的努力，脚踏实地，用自己的汗水和双手在自己的“花园”里结出了一个又一个的硕果，桃李满天下。

在学院门前，代旭升瞬间被这里的氛围吸引：宁静的校园，环境优美，幽香四溢。他心中的感慨油然而生。这个神圣的地方，是多少石化人向往的地方。这里就像是一只摇篮，为集团公司培育出一批又一批的高素质人才和管理人员。从这里走出去的，有总部职能部门和直属企事业单位的领导干部、中青年后备干部及部分中层干部；有油气勘探开发、炼油化工、工程建设、科研、销售等领域的各类专家及青年骨干人才；有国际勘探开发、国际石油工程、国际炼化工程、国际贸易等领域的经营管理、专业技术人员和外籍员工；还有各直属企业的培训管理人员和培训机构的专兼职骨干教师。

走在学院的林荫道上，代旭升百感交集。中石化成立以来取得了辉煌成就，石化人付出了不懈的努力，也培养了一大批符合企业发展需要的管理人才、技能人才和专业技术人才。在这里接受培训的，都是在一定层面上担负领导工作的人员，都是对中国石化事业做出过贡献的人，能给他们作报告，是领导对自己的信任，也是自己的荣幸。

望着一幢幢雄伟的教学楼，想着从这里经过培训的人才遍布石化大江南北，代旭升的心里是自豪的。无论什么样的企业，自身建设需要具有高政治素质和业务素质的管理者，这里，就是对党员领导干部教育的圣地，为各级领导干部重塑世界观、

热烈欢迎上级新闻单位领导专家莅临指导

权力观的地方，也是党员干部理想信念教育的新阵地。

能够走进这里，对于代旭升来说，是莫大的鼓舞。470 余人齐聚一堂来听报告，不仅有全院的教职工，还有 9 个班的学员。

“回顾几十年的工作学习经历，我能够从一名学徒工成长为共产党员、采油高级技师，是各级组织培养了我，是铁人精神激励了我，是祖国的快速发展给了我成长成才的机会，更是油田第一线的生产需要，给了我扎根一线、创新奉献的勇气和力量。”代旭升用朴素的话语向大家传递着一种精神的力量。在场的每一位教职工和学员，受到了一次心灵的洗礼。

这场报告会，用学员们的话说，是给他们上了一堂生动的励志课。他们不但对代旭升有了更深的了解，也对自己肩负的使命和责任有了更深的认识。会后，代旭升缩短了与大家的距离，“到了这里，我觉得自己也成为一名学生，大家都是我的老师，”他说，“你们都是国家未来的栋梁，能够在学院继续培训，是党组织对大家的信任。作为一名党员，就要有党员的气魄，在本职岗位上实现人生价值。”

代旭升说这些话的背后，也有着自己深刻的体会。作为一名只有初中文化的工人，在别人看来，这样的学历起点，要掌握高技能无异于天方夜谭，但是他却靠着勤学苦练和长期积累，让自己的知识结构和能力水平有了质的飞跃，让自己由一名普通的采油工成长为对企业举足轻重、贡献突出的“重量级”人物，从“低起点”奋起，成就了“飞天梦想”。

第四十八期党校班的学员认为这是一场激动人心、激发斗志的报告会：“在集团公司深入学习实践科学发展观期间，能够在全系统弘扬代旭升的先进事迹，具有重要的现实意义，代旭升的事迹也向我们表明，只要有志气、肯钻研、下苦功，一线工人也能赢得社会的尊重。”

“他是一个平凡的人，做着平凡的工作，而他却把工作做到了极致，把共产党员的忠诚体现到了极致，在平凡的岗位上诠释着一名工人党员的不凡价值。”第六期党支部书记培训班的 49 名基层党支部书记在听完报告后纷纷表示，要像代旭升一样不断强化自己的创新意识，学习他普通工人也能成专家的志气，学习他水滴石穿、刻苦自学的恒久毅力，学习他科学有险阻、

苦战能过关的执着精神，学习他生产技术问题不解决、誓不罢休的高度责任感。“作为基层负责人，我们更应该努力在创新中成长成才，在创新中服务石化、回报石化，把科学发展观的要求实实在在地落实到本职工作中，为中石化的科学发展贡献自己的聪明才智。”

第十四期专职教师班的全体学员更是争相表达了自己的看法：代旭升的敬业精神、创新精神是党性教育的结果，更是他个人人格魅力的体现。“在平凡的工作岗位上，我们就要以代旭升同志为榜样，立足本职岗位，勤奋工作，刻苦钻研，成长为企业需要的高技能人才，为增强企业自主创新能力做出应有的贡献。他只是一名普通工人，现在通过自己多年来的不懈努力成长为技师、高级技师，直至油田首席技师。他的多项技术革新专利发明应用于实际，很了不起。虽然我们很多人的学历都比代师傅高，但都没有他的成就，就是因为缺乏代师傅身上那股钻劲儿。”

“代旭升作为一名采油厂的高级技师，他的事迹让我们为能够努力做好身边事并不断创新创效打开了无限想象的空间。他的事例，是对实践科学发展观一次极好的诠释。”正在这里接受培训的中原油田科级干部示范培训班的学员们，在听完报告后，被代旭升的精神深深折服。“作为中石化上游行业的关键岗位的干部，在今后的工作中，一定以代旭升同志为榜样，立足岗位，坚持原则，奉献自己的汗水和智慧，在以后的工作中要加强理论学习，加强能力的提升，不断向领导学习，向同志学习，向同事学习，向同行学习，真正推进中国石化管理水平。”

来听报告的，还有五个国际班的学员，他们也有着极大的感触。财税班的学员在报告中感受到了代旭升对石油工人深厚的感情和持续不懈地追求智慧、实现自身价值的激情。商务英语班的学员深切地感受到代旭升的事迹正是铁人精神在新时期的具体体现，是“创新无止境，创效不倦怠，育人不保留”的精神。专业技术班的学员从代旭升身上学到的不仅仅是扎根一线、勇于创新、无私奉献的精神，更重要的是一种执着、钻研、创新的精神。石油工程一班和二班的学员也为自己立下目标，要以代旭升同志为榜样，努力学习，奋发进取，以强烈的事业心、责任感投入到日常工作和学习中去，做代旭升式的好职工。

学院党委更是号召全体教职工和学员要以代旭升为榜样，以高度的责任感和使命感投身于本职工作，把学习代旭升与当前的实际情况相结合，营造浓厚的学习氛围，不断推进培训创新，教育和引导广大干部职工更加主动地投身于科学发展的实践，努力创建和谐学院，为把中国石化建设成为具有较强国际竞争力的跨国能源化工公司做出新的更大贡献。

这无疑是一场充满正能量的报告会，带给大家的不仅仅是一份感动和敬意，还有更深层次的反思。就在准备驱车离开管理学院的时候，代旭升收到了一条短信：

“代师傅，您的事迹感染了我，也让我认识到了自身的不足，我会以您为榜样，以更务实的工作作风，兢兢业业做好自己的本职工作。”虽然未署名，但是对于代旭升来说，这条短信既让他感到意外，也让他深受感动。他感受到了一种力量，一种强大的力量。

代旭升凝神望着车窗外，思量了许久，默默地拿出手机，回复道：“谢谢，我只是一名普通的石油工人，这些都是我应该做的。为了能够为社会多做一些贡献，能够多发挥我们的一份光和热，我们一起努力。”

6 月 12 日，山西石油，报告团行程的第三站。

“人说山西好风光”，报告团行驶在广袤的三晋大地上。外观整洁、形象统一、标识明显的“中国石化”加油站遍布城乡公路干线，成为一道道靓丽的风景。代旭升听闻，山西石油是中国石化在山西设立的成品油销售分公司，是山西省内最大的成品油销售企业。就在这一年，山西石油从山西区域经济实际出发，深入开展学习实践科学发展观，本着“团结拼搏、务实创新”的企业精神，在企业范围内开展“计量准确、质量合格、明码标价、服务一流 ”优质服务活动。加油站从引领车辆、启盖加油到票据结算，实行“一条龙”服务，全面推行“管理科学化、作风军事化、服务酒店化、手势交警化 ”一流服务标准。

这不禁让代旭升感叹，一个企业要想树立良好的形象，就要把最好的一面展示在公众面前，让外界了解企业，多搭建一些与社会公众便捷沟通的平台，提升品牌影响力。

就在报告团到达前，公司刚刚组织员工观看了电影《铁人》。以“铁人”王进喜为代表的一代石油工人的坚毅形象和新的历史时代条件下新一代石油工人的风貌和精神世界，在这部影片中展现得淋漓尽致。

“铁人”在山西石油员工的脑海里留下了深深的印痕。也是这一天，代旭升走进了山西石油每个人的心中。他们说：“铁人精神在我们石化一直没有丢。代旭升和铁人所处的年代、岗位不同，但他们不断提升自我、无私奉献的精神是一脉相承的。”

作为与代旭升共事近 20 年的同事，刘敏杰是最熟悉代旭升的，他对工作的无限热爱、对知识的不断追求，特别是围绕生产建设实际，搞革新发明的执着精神，一直激励、感染着刘敏杰和周围的同事。报告会上，作为报告团成员之一，他打开记忆的闸门，给大家讲了一个关于代旭升和电脑的故事。

虽然代旭升只有初中学历，但他那种学习的劲头和求知欲望比考大学的学生都大。

20 世纪 90 年代初，电脑还不像现在这样普及，原来的东辛采油二矿也没有几台。那时候，代旭升听人说，如果能掌握电脑知识，对革新设计会起到很大的作用。

于是，他买来电脑实用操作书籍，一有时间就钻研，遇到不明白的问题，就向别人虚心请教，连刚分来的大学生都成了他的老师。

有一天晚上，刘敏杰在单位值班，经过代旭升的办公室时，看见亮着灯，便走了过去。只见一个年轻人正坐在电脑前，一边向代旭升说着什么，一边向代旭升演示着什么。代旭升站在一旁不时地提出一些问题，那神情就像个小学生。

"电脑这东西，真是越学越有味！"看见有人进来，代旭升不好意思地笑笑说。就是凭着这种精神，代旭升很快从一个电脑盲，变成了一个掌握电脑绘图、多媒体制作和动画设计的电脑高手。

现在，代旭升竟然迷上了网络，还开办了一所网络学校，那就是他时时刻刻惦记的"技能大师网站"。他变成了名副其实的"网虫"，有时连双休日，都会在网上度过。

在刘敏杰看来，代旭升所有的智慧和汗水都倾注到技术攻关和技术革新上。层出不穷的创新成果不仅成为推动油田科技进步的阶梯，同时也诠释出一个共产党员追求创新、追求超越的博大情怀。

听完报告，有的员工兴奋地说："今天，一个鲜活的、丰满的、立体的代旭升就站在我的面前，他是'铁人'精神的传承者，我真实地感受到了差距。"

还有的员工感慨道："今天'铁人'仿佛走出了银幕，来到了我们身边，令人激动，令人敬仰。这就是铁人精神在今天仍然弥足珍贵的原因。"

报告会结束后，代旭升起身准备离开会场，看到许多员工并没有离开，不时低头写着什么，不时抬头望望自己。看着员工欲言又止的样子，他停下了脚步，笑着走到他们中间问：“你们还有什么问题吗？”

“代师傅，没想到油田的条件这样艰苦。石油人那种艰苦创业的精神和无私奉献的精神令人钦佩，值得学习！我们还有些问题想跟您交流一下。”一位员工从座位上站起来，伸出的右手突然又缩了回去。代旭升主动上前，握住了这名员工的手，“当然可以，来这里，我不仅仅是为了作报告，也是希望从大家身上学习到贵单位的经验。学习是永无止境的”。

一次亲切愉快的交谈，让员工和大师之间的距离缩短了。从 1972 年年初到胜利油田参加工作到现在的采油技能大师，从第一次的小创新到现在的国家科技进步二等奖，代旭升对自己的勤奋和努力都轻描淡写地带过，谈得最多的是胜利油田浓厚的技术创新氛围和同自己一样扎根一线努力解决生产难题的一大批技术工人。

代旭升说，“你们要把自己的小岗位当作自己的大舞台，在干事创业中实现自己的人生价值。我也是在工作中不断地学习，不断提高自己解决生产难题的本领。这样才能通过创新的方法解决生产中的重点、难点和关键点”。

一席话，让在座的员工们受益匪浅。

是的，几十年来，代旭升把对党的无限忠诚，对工友的深厚感情，对石油石化事业的深深热爱融入技术革新的历程中，努力做到工人想什么，他就解决什么，企业需要什么，他就研究什么，国家倡导什么，他就发明什么。

回到宾馆，顾不上喝一口水，代旭升从衣兜里拿出笔记本，在上面密密麻麻写满一行行的字。笔记本上，记录的是刚才与石油公司的员工们座谈时的一些问题。他打开电脑，电脑上显示的网页是他的“技能大师网站”。这是代旭升的习惯，走到哪里，学到哪里。出门的这几天，不管多晚，代旭升都要抽出时间，给提问的“网友”回帖解疑。他已经把这个网站当成了自己的孩子，回答网友的问题，也成了代旭升再次学习的机会。

刘敏杰希望他能休息休息，代旭升却摆摆手说：“这是刚才大家给我提出的问题，他们都是上进的青年。你看，他们还给我留下了联系方式，我想再仔细看看这些问题，说不定我能从中得到些什么启发呢。”代旭升微笑着向刘敏杰展示着他的“成果”。刘敏杰知道，劝不住他，也只能默默地给他倒上一杯水，轻轻替他掩上了门。

代旭升就是这样用实际行动感染着身边的每一个人。

6 月的天气，已经有些闷热。报告还在继续。连日来的长途跋涉，颠簸的行程，多少让代旭升有些吃不消。毕竟，他已经年过半百，加上不久前刚做完心脏手术，他看上去有些憔悴。随行的人员希望他能暂时地休息一下，或者调整一下行程，可代旭升却倔强地要求继续下一站。他说：“这又不是什么大毛病，我在车上多睡会儿就行。红军长征时候走的路，两万五千里，那可是徒步。咱们现在条件多好，有车，有啥不知足的。”钟晖拗不过师傅，默默给师母打去电话报个平安。

6 月 17 日，报告团抵达了河南濮阳。

濮阳，卫生文明城市、历史文化名城、杂技之乡、中华龙乡、全球花园城市。这里是中原油田的所在地，而中原油田是中国石油化工集团公司下属的第二大油气田，是我国东部地区一个重要的石油、天然气生产基地。

作为一个老石油人，代旭升对于中原油田来说，是有所耳闻的。“1975 年的 9 月 7 日，濮阳县文留乡境内的濮参 1 井在钻探过程中喷出工业油流，标志着中原油田的诞生。”在来的路上，他还饶有兴致地对随行的人讲起了他所了解的中原油田。“中原油田的勘探开发成就，就像大庆油田、胜利油田一样，都是咱们中国石油工人艰苦创业精神的一曲凯歌。在勘探开发初期，无数人舍弃舒适的工作环境和生活条件，到这茫茫荒原睡帐篷、啃干粮，日复一日，年复一年，与钢铁为伍，同风沙做伴，用自己的双手，在中原大地树起了一座历史的丰碑，为祖国的现代化建设做出了巨大的贡献。”

代旭升说着，陷入了深深的沉思中。他想到了大庆油田的艰苦创业史，几十年来，以铁人为代表的创业者，在茫茫荒原上建起了世界级大油田。老一辈的创业者在铁人精神的激励下，艰苦创业，顽强拼搏，甩掉中国贫油的帽子，使中国人扬眉吐气，屹立于世界民族之林。所以，新时期的我们无论在什么地方，在什么岗位工作，在任何时候都不能忘本。

又是一次又一次的掌声，迎来了报告团的成员。

在这里，他们又一次用同事的和徒弟的视角深情讲述了代旭升的感人事迹，代旭升又一次不厌其烦地讲述了他从一名学徒工成长为首席技师的心路历程。油田机关处（部）室负责人、机关干部，油气生产系统、石油工程系统和基地部分单位的党委书记、工会主席，党群和人力资源部门负责人，劳动模范代表和一线职工代表等1000余人聆听了报告。

听完报告后，时任局党委副书记、纪委书记、工会主席王亚钧深受感动，在总结会上对聆听报告的员工们说："我们一定要认真学习代旭升同志的先进事迹，把握其实质，对照代旭升同志的先进事迹，认真查找自身存在的不足，努力做知识型、技术型、创新型的高素质员工，把向代旭升同志学习落实到行动上、体现在工作中。各单位也要把学习代旭升活动作为学习实践活动的重要内容，与推进生产经营工作结合起来，与加强职工队伍建设特别是高技能人才队伍建设结合起来，为实现集团公司建设具有较强国际竞争力的跨国能源化工公司目标做出应有的贡献。"

采油三厂的地质技术人员围坐在一起，对照自己的实际工作和思想动态，制定了自己的奋斗目标：学习代旭升的钻劲、韧劲和恒劲，大胆创新，采取"内部研究与外部合作相结合、区带评价与重点突破相结合、新区滚动与老区复查相结合"的办法，形成适应文卫马复杂断块油田特点的油藏研究技术系列，确保油田开发再上新水平。

这一天，九江石化也通过视频观看了报告会。虽然没有近距离接触代旭升，报告团也没有来到他们身边，但是代旭升的事迹已经深深感动了九江石化的每一名员工。应庆荣是九江石化排水车间一班的班长，看过视频报告会后，他就给班组的员工们鼓劲："代旭升的事迹就像发生在我们身边，把小岗位当成大舞台，在工作岗位兢兢业业，把生活污水、达标污水新装置开好、开出水平来。能做到的事情尽量做好，能解决的问题想办法解决，不把问题留给他人；立足岗位钻研新技术，开创新方法，努力成为装置行家里手、技术革新能手；作为老师傅，我更应该争当传、帮、带能手，带动一片，学好一片，让平凡的工作奏出精彩的乐章。"

每一场报告就像是助力剂、驱动器，催人奋进，给人力量，充满希望。

"人活着，就要有理想。"

"当工人照样有干头、有地位！"

6月19日，当代旭升再次握紧拳头，用激昂的语言向260多名河南职工表露心态时，河南油田职工被代旭升的先进事迹深深感染着，并不时地报以热烈的掌声。

当他自豪地告诉大家，2008 年，他荣获全国“五一劳动奖章”，参加了表彰大会，代表全国亿万产业工人宣读倡议书，并受到党和国家领导人的亲切接见时，全场爆发出如潮的掌声。

河南油田采油一厂江河油矿高级技师杜军在他的日记中写道：“这是一场感人至深、催人奋进的报告。参加工作 37 年来，他始终扎根采油一线，立足本职勤奋学习，围绕生产技术攻关。作为一名高级技师，我更要以代旭升为榜样，多为油田创新创效，贡献自己的一分力量。”

采油二厂井楼油矿采油十一队支部书记赵创业则表示，学习代旭升，就是要与生产实践联系起来，积极解决身边的生产难题。王武林，作为河南油田的首席技师，听完了报告会，更是心潮澎湃，“作为河南油田的首席技师，我深感责任重大。今后，我要尽可能多地帮助基层解决技术难题，为油田发展做出更大的贡献”。

代旭升的事迹就像是一曲激昂的“交响乐”，给人以震撼和感动，更是一部生动的“教科书”，带给人们许多启迪。一时间，河南油田上上下下营造了学先进、赶先进，争做“代旭升式”优秀人才的浓厚氛围。

江苏油田，是一颗长江明珠，东临黄海，南依长江，西连中原腹地，北接齐鲁大地。境内河流纵横，水网密布，人称水乡油田。

对于这里，代旭升并不陌生。就在 5 月 24 日，他曾来到江苏油田，给中国石化集团的高技能人才学习班针对采油工艺、技术创新等方面，培训了一天的课程。

今天，他又一次来到这里，心中充满了激动。

6月22日下午，一场别开生面的座谈会在江苏油田试采一厂召开，“创业、创新、奉献”是这次座谈会的主题。大家围绕“上游学江苏、一厂怎么办”开展专题讨论，为打造上游“长板”和精细管理样板建言献策。看似是一场平常的会议，但是他们所谈论的主人公却有一个响当当的名字——代旭升。座谈会上，每个人都把自己听完报告的感受和体会进行了总结，提出了今后的努力方向。采油技能大师厉昌峰表示：“向代旭升学习，就要学习他立足本职岗位，刻苦钻研业务，干一行、爱一行、钻一行的敬业精神；学习他在技术革新的工作中，不怕失败，勇往直前的工作态度。”

为何会有这样一场精彩的座谈会？其实，就在这天上午，代旭升在这里作了他的第6场报告会。

绚丽的鲜花，鲜红的旗帜，烘托了报告会热烈的氛围；动人的报告，持续的掌声，把报告会一次次推向高潮。容纳300余人的江苏油田机关办公楼报告厅，座无虚席。江苏油田领导班子成员、助理、副总师，机关部门负责人，二级单位党政正职和党办、劳资部门负责人都来聆听了报告。

就像江苏石油勘探局总经理朱平在评价代旭升时说的：“曾经，中国的‘铁人’王进喜，在开发大油田的万人誓师大会上发出了‘宁肯少活二十年，拼命也要拿下大油田’的铮铮誓言。今天，代旭升同志说，‘搞革新，努力了不一定成功，但不努力永远不会成功。只要像抽油机那样不知疲倦，问题再难也有克服的那一天’。这是铁人精神的传承！也是践行科学发展观，促进企业不断创新的精神动力。正是这种精神，推动着中国石油石化工业的永续发展。”

当时，江苏油田正在开展“科学发展在油田，精细管理到岗位”主题实践活动。这一次的报告会在江苏油田干部职工中引起强烈反响。大家纷纷表示，要以代旭升同志为榜样，进一步深入学习实践科学发展观，认真落实股份公司《关于学习江苏油田精细管理经验的通知》精神，积极参与主题实践活动，恪尽职守、锐意进取，为油田科学有效和谐发展奉献力量，以优异成绩迎接建党 68 周年，向新中国成立 60 周年献礼。

如果说每个人都在自己的人生中有所建树，那么一个普通职工能够在本职工作中创造出怎样的业绩呢？ 6 月 24 日，扬子石化举行的代旭升同志先进事迹报告会给了令人信服的答案。来自该公司各单位的领导、劳动模范、标兵和一线职工代表共 400 余人参加了报告会，被集团公司这位杰出先进人物的事迹所感动，也明确了立足岗位、钻探专业知识、提高业务技能、不断增强自己的实干本领、把本职工作做精做优之路。

在扬子电视台演播厅举行的报告会，由扬子石化董事长张大本亲自主持。

又是一场催人泪下的报告会。“感人至深，发人深省，催人奋进”，扬子石化董事长张大本在讲话中对这场报告会给予如是评价。他说：“今年以来，扬子石化在生产经营、改革发展、和谐稳定等方面都呈现出良好局面，但在世界金融危机影响还在持续的情况下，我们切不可有一丝一毫骄傲自满的情绪，要看到我们与先进企业相比，各方面还有不小的差距，建设世界一流石化产品供应商的愿景目标需要我们培养更多‘代旭升式’的优秀人才，选树身边叫得响、看得见的先进典型，充分发挥典型的示范导向作用；坚持学习先进与做好当前工作相结合，持续推进扬子石化科学发展。”

扬子石化总经理马秋林向不辞辛劳前来扬子石化的报告团同志表示热烈的欢迎和由衷的感谢。他说，代旭升的感人事迹和崇高精神，必将对扬子石化深入贯彻科学发展观产生积极的影响，必将深深感染和极大鼓舞公司全体员工。代旭升的示范作用也一定会激励广大干部职工立足本职岗位，勤奋工作，刻苦钻研，涌现出千百个代旭升，为建设世界一流石化产品供应商做出新贡献。

不仅仅是扬子石化的领导层，职工们也被代旭升的精神所感动。会后，扬子石化质检中心许春琴、芳烃厂朱兵和研究院张仁刚等先进职工代表接受了扬子电视台记者的采访。他们表示，听了代旭升的先进事迹很受感动、很受教育，要拿出“勇攀高峰、不甘落后，不求过得去、只求过得硬”的劲头，自觉做到干一行、爱一行、专一行、精一行，为发展中国石化做出新的更大的贡献。

虽然报告接近尾声，但每一场报告对于代旭升来说，都是取经的过程。看到这个在中国四大古都之一、首批国家历史文化名城中建立起的扬子石化，代旭升不禁感叹道：“扬子石化能有今天的发展真是不简单！”

一场场的报告会，一次次的感动。

6 月 26 日，报告团第 8 场走进齐鲁石化。来自各单位的领导、劳动模范、标兵和一线职工代表共 400 余人参加了报告会。

齐鲁石化，对于代旭升来说，是最不陌生的。他的姐姐家住在淄博市临淄区，而姐姐的工作单位就是齐鲁石化。代旭升时不时地就会来姐姐家“串个门”。姐弟俩也经常会坐在一起，聊一聊胜利油田和齐鲁石化的变化。工作上有交集的地方，两人还会进行一番热烈的探讨。渐渐地，齐鲁石化在代旭升的心中生根发芽。

他记得姐姐曾经对他说过，这里距离胜利油田只有 40 公里，是中国石油化工集团公司直属的国家特大型石油化工企业，也是一家集石油化工、盐化工、煤化工、天然气化工为一体的特大型炼油、化工、化肥、化纤联合企业。由于现代石化生产本身所具有的危险性和特殊性，齐鲁石化公司从一开始就实行从严从实管理，坚持自主创新和引进消化吸收并重，建立健全科技研发体系，深化科技体制机制改革，取得了一批重大科技成果。

正是因为科学精细的管理，齐鲁石化迎来了一个又一个的荣誉：全国科技进步百强企业、全国企业管理“金马奖”、全国“五一劳动奖状”、全国财会工作先进集体、全国资源综合利用先进单位、全国厂务公开先进集体、全国思想政治工作优秀企业。

当得知代旭升要来齐鲁石化作报告，姐姐很高兴，在前一天给弟弟打了一个电话：“你能来齐鲁石化作报告，姐姐以你为豪！”那一晚，姐弟两人聊了很多。挂完电话，代旭升心情有些激动。他感激姐姐多年来的帮助，不管是工作中，还是生活上，姐姐都给予了他很大的帮助。想着这些，代旭升的眼眶湿润了。

代旭升在来的路上了解到此时齐鲁石化正在开展《卓越员工的 12 项修炼》全员读书活动。他对徒弟钟晖说：“这是践行科学发展观一个很好的做法，打造一支忠诚企业、爱岗敬业、团结协作、奋发有为的卓越员工队伍，是企业发展的需要。读书活动不仅仅丰富自己的阅历，更重要的是可激发学习热情，提升自主学习能力，把自己真正当作企业的主人翁，自动自发地工作。只有这样，才是企业最优秀的员工，才是企业最受欢迎的员工。咱们回去后，也一定好好读读这本书。”

会场里已经是座无虚席。

“曾经，中国的‘铁人’王进喜，在开发大油田的万人誓师大会上发出了‘宁肯少活二十年，拼命也要拿下大油田’的铮铮誓言。今天，代旭升同志说，当工人就当个最好的工人，搞革新，只要像抽油机那样不知疲倦，问题再难也能克服掉。”时任齐鲁石化总经理的常振勇在致辞中讲，“这是铁人精神的传承，也是践行科学发展观，促进企业不断创新的理论源泉。正是这种精神，推动着石油石化工业的永续发展。”

齐鲁公司更是号召全体员工，要把向代旭升同志学习的高涨热情引导到做好本职工作和当前的生产经营上，把工作做到最好，把才能发挥到极致，精雕细刻，用心现场管理；精打细算，挖潜降本增效；精益求精，确保安稳、优化生产；精诚团

结，共建美好和谐家园，为把中国石化建设成具有较强国际竞争力的跨国能源化工公司做出新的贡献。

齐鲁石化炼油厂阎锡成这样告诉他的同事："代旭升的事迹是朴实无华的。他启示我们一线员工，只要不懈努力，就没有做不到的事情。我们应该把他当作一面镜子、一个榜样、一个标杆，把心灵的感动转化为行动的力量，认真查找差距，剖析问题和不足，把科学发展观落实到具体工作中。"

氯碱厂曹培军说："听了代旭升的先进事迹很感动，很受教育。我和同事们要以代师傅这种踏踏实实、刻苦钻研、无私奉献的精神为榜样，争当代旭升式的卓越职工。"

集团公司党组《关于向代旭升同志学习的通知》下发时，齐鲁石化公司装置大检修正处在十分繁重紧张的关键时期。公司党委认为，当前形势下开展向代旭升同志学习活动，对干部职工具有典型引路、激励鼓劲的积极作用。为此，公司党委立即下发了《关于向代旭升同志学习的通知》，号召广大干部以代旭升同志为榜样，努力做科学发展观的积极践行者，做《员工守则》的忠诚执行者。

在榜样的感召下，公司干部职工齐心协力，圆满完成了装置大检修任务。职工张兴民说："近期，在我们公司四年半一次的大检修中，突击队在不到两米高的狭小隧道里敷设电缆，凭着绝不能耽误检修进度的劲儿，300 多人没有一个叫苦叫累，喊着号子咬牙坚持苦干，短短两天时间就敷设高压电缆 3500 米。我觉得这就是我们的铁人精神，就是以实际行动学习代旭升。"

代旭升精神在齐鲁石化已然是遍地开花。

《齐鲁石化报》分期转发了《中国石化报》刊发的代旭升通讯，公司电视台也专题播放了代旭升事迹。公司党委宣传部编发了《党委中心组学习参阅——学习代旭升事迹专题》，两级党委中心组认真组织了学习和讨论；各单位通过政治学习、党课、班组学习等方式分头组织干部职工学习，结合正在组织开展的《卓越员工的 12 项修炼》全员读书活动，教育和引导广大干部职工以代旭升为榜样，积极主动地投身企业科学发展实践，做卓越员工。

他们组织开展了"学先进　找差距"活动，形成"比学赶超"热潮，将学习代旭升同志先进事迹作为深入学习实践科学发展观活动的一项重要内容。在组织召开党员民主生活会时，广大党员干部联系个人思想、作风和工作实际，比照代旭升同志的先进事迹，查不足、定措施，认真解决在责任意识、工作作风、创新精神等方面存在的突出问题。各基层单位组织职工群众开展了“向代旭升学习，我们怎么做”大讨论活动，通过召开座谈讨论会、组织撰写心得体会等方式，使向代旭升同志学习在职工中达成了广泛共识。

公司党委还将学习代旭升事迹与学习“铁人”精神结合起来，增强学习效果。他们组织开展了电影《铁人》观看活动：首先举办了公司领导、公司中层管理人员代表、先模代表、职工代表参加的电影《铁人》齐鲁石化首映式，随后，分六个片区在公司各生活区露天放映，吸引了大批职工群众前往观看，老一代的艰苦创业精神在职工群众中引起强烈反响。

不仅仅是在这些地方，在代旭升的家乡胜利油田，也掀起了一股学习热浪。连日来，胜利油田各个单位积极响应集团公司党组号召，通过组织大讨论、开展“争当岗位技术创新明星”等活动，将创新、奉献精神融入日常工作中。油田上下处处洋溢着“学习代旭升、在岗做贡献”的激情。

就在代旭升巡回报告会开始不久，由胜利油田孤岛采油厂作业202队研制的旋塞配套油管防顶装置经现场实验获得成功，有效解决了作业现场起下油管中途停工或溢流时，因井内压力过高造成油管上顶的问题，实现了安全生产。这是孤岛采油厂围绕生产管理难题进行技术革新、挖潜增效，开展向“新时期胜利人的楷模”代旭升同志学习的内容之一。

在东辛采油厂，启动了“近学代旭升，岗位当尖兵”活动，从后勤到一线、从机关到基层、从班组到泵房，学习代旭升活动蔚然成风。“师傅为一线工人争了光。他不仅是东辛人的光荣，更是胜利人的骄傲。”他的徒弟皇甫自愿颇有感触地说，自己作为一名技师，感觉与师傅的差距很大，学习代旭升精神，就要立足本职、扎实工作，成为有技能、有责任的创新型石油工人。

“能够创出一两项革新成果不容易，能常年坚持创新更令人钦佩，”原采油30队副队长张芳说，“他坚守生产一线，坚守着技术创

新，有着善于发现问题的眼睛，还有‘不攻克难题不放松’的劲头，对待徒弟们更有火一般的热情。他的人格魅力令人敬重。”

“代师傅就工作生活在我们身边，他的事迹并不陌生，学习起来更实在，更具体，更有动力。”采油二矿职工李洪涛说，“代旭升的创新成果应该是跑现场跑出来的，解决了很多困扰大家的生产难题。他为企业分忧、为国分忧的精神值得每个人学习。”

河口采油厂精心组织，广泛宣传，把代旭升的精神传遍每一个角落。从机关到基层、从后勤到前线、从技术层面到管理层面掀起了向代旭升学习的热潮。他们充分利用报纸、网络、宣传栏、车厢讲坛等渠道，加大宣传力度，实现了宣传教育横向到边、纵向到底。各三级单位纷纷通过举办代旭升精神座谈、组织干部职工学习代旭升事迹等方式，使代旭升的精神入心入脑。为了把代旭升精神落到实处，这个厂广大干部职工以“兴油杯劳动竞赛”“我为上产献一计”“争当岗位技术创新明星”等活动为载体，围绕生产管理中的难题，掀起技术革新、挖潜增效的热潮。采油厂15个职工技术协会和3个职工创新工作室里的800多名一线生产骨干和技术能手，组织了座谈交流，并围绕生产管理中的难题，做好课题立项，展开科研攻关。

随着代旭升事迹的传播，代旭升同志的创业、创新、奉献精神，在渤海钻井总公司广大干部职工中引起强烈共鸣。这个公司迅速下发通知，要求公司上下组织认真学习代旭升先进事迹，对照先进查找不足。他们从机关到基层队相继开展了“向代大师学什么”“我与代旭升相比有哪些差距”等方面的大讨论。很多职工在谈学习体会时，深有感触地说：“任何时候都不能好高骛远，用心做好每件小事，大事才能做成功。”与此同时，这个公司还把学习先进与实践科学发展观、精细管理、挖潜增效有机结合起来，通过强化宣传学习，教育引导职工立足本职岗位，转变发展观念、创新工作模式、提高工作质量，为油田的增储增产增添力量。

为了在全厂再次掀起学习代旭升热潮，胜利发电厂把开展向代旭升同志学习作为学习实践活动的一项重要内容，结合选树电厂和各基层单位的先进典型一并宣传推广，并采取班组政治学习、党支部“三会一课”等多种形式，围绕如何结合实际向代旭升同志学习组织开展学习讨论。学习过程中，该厂将学习活动与正在开展的1号机组大修紧密结合，号召参修职工像代旭升一样创新，围绕大修各项检修项目，开展群众性技术革新改造，努力压缩检修成本，提高机组经济性。该厂特别要求基层技术人员围绕大修中的12项技改项目，全过程参与，注重学习新技术、新工艺，为日后创新奠定基础。

9场巡回报告，30000多名职工的聆听，代旭升倾囊相授。他的精神传递到基层、班组乃至家庭，家喻户晓、人人皆知。

有人曾说："播撒一种思想收获一种行为，播撒一种行为收获一种习惯，播撒一种习惯收获一种性格，播撒一种性格收获一种命运。"

"我的师傅，他就是为我们播撒一粒榜样的种子，让我们时时刻刻能够看到奋斗的目标。他给了我们一种积极向上的力量，是我们学习的一面镜子、一面旗帜。"代旭升的徒弟，现任东辛采油厂永安管理区主任技师王刚，这样评价自己的师傅。师傅的每场报告会他都看，每次看完，都是热泪盈眶。他希望自己也能像师傅一样，在创新的道路上为油田奉献一分力量，为祖国的石油事业奋斗添光彩。

在回去的路上，代旭升满怀激情地说："巡回报告的过程，也是我努力学习的过程。我开阔了眼界，学到了经验和知识，将把它们运用到工作中去，力争创出更多的成果，为油田科学发展做出更大的贡献！"

这是给建党 68 周年，也是给祖国 60 周年华诞献上的一份厚礼。

也许是巧合，2009 年，正值新中国成立 60 周年。代旭升应邀到北京参加新中国成立 60 周年大庆，就坐在金水桥东临 1 观礼台 11 排 60 号。

10 月 1 日的北京天安门，巨大红色的观礼台宛如一双振翅欲飞的火红羽翼，全国人民翘首以盼的新中国成立 60 周年大庆在这里拉开了帷幕。礼炮响过，中国人民解放军三军列队，排山倒海，滚滚向前！浩瀚的气势在向全世界展示新中国的崛起、中华民族的振兴。中华人民共和国的强大，更让每一个儿女为她无限骄傲。

代旭升坐在观礼台上，心潮澎湃。他感叹道，还有什么，比这一刻更幸福、更荣耀；还有什么，比这一刻更欢乐、更自豪？演奏国歌之前，整个天安门广场鸦雀无声，直到听到"全体起立，唱国歌"，人们全站了起来。整个天安门广场上 30 万人高唱国歌，歌声盖过了军乐团的声音。在那一刹那，代旭升的眼泪情不自禁地流了下来。他为自己的祖国感到骄傲，也为自己作为一名普通的石油工人站在这里而自豪。

看到祖国日新月异的发展，想起自己 30 多年来的奋斗历程，他眺望远方，心底默默地向祖国致敬："我能取得今天这样的成绩，完全是在共和国的雨露下茁壮成长。祝愿我的祖国越来越昌盛。"

时代在变，不变的是奋斗者的精神。

这种精神，一直延续到了 2013 年。

工作 30 多年来，代旭升革新成功 80 多项成果，创造经济效益 1 亿多元。如果说代旭升创造的物质财富是可数、可算的话，那么他创造的精神财富却是无法衡量、无法估算的，因为由他传承和丰富的"铁人"精神正在鼓舞着成千上万的产业工人。

2015 年 3 月 31 日是个值得庆贺的日子。当代旭升正在为高级技师培训班授课实操项目时，一声声急促的电话铃声响起，是徒弟吴金林打来的。"师傅，我传承了您的‘铁人’精神，今天在人民大会堂宣读了倡议书！”代旭升立刻将这个好消息分享给他的这些学生们。一时间，学生们围着代旭升，你一言我一语，希望师傅能给他们讲讲这师徒俩关于“铁人”的故事。

代旭升没有拒绝，相反，他认为，这正是给学生们提供了一个学习榜样的机会。在他的讲述下，代旭升仿佛又回到了那一段激动人心的时光。

2013 年 8 月 16 日下午，北京人民大会堂内群星璀璨，掌声雷动。

首届“中国梦·劳动美 ”“铁人”精神永传承报告会正在这里进行。中国石油李新民、王海、张吉海、尚丽群，中国石化代旭升、张恒珍、王文清，中国海油徐长贵、冯永仁，延长石油陈团柱 10 人当选首届“加油中国·传承铁人”年度人物，并获得“全国能源化学系统五一劳动奖章 ”。

据了解，“加油中国·传承铁人”年度人物评选活动由中国能源化学工会全国委员会、中国石油、中国石化、中国海油、陕西延长石油（集团）有限责任公司共同举办，每两年一届，旨在传承大庆精神、“铁人”精神，宣传“中国梦·劳动美”，唱响产业工人为实现中华民族伟大复兴中国梦建功立业的时代强音。

2012 年 11 月 29 日，习近平总书记深情阐释了中华民族伟大复兴的中国梦。

神州大地上，一粒粒梦想的种子生根发芽，一个个追梦、筑梦、圆梦的故事无比生动，一份份获得感、幸福感、自豪感触手可及……

代旭升当选，实至名归。那天，时隔 4 年，代旭升又一次站在人民大会堂的报告席上。

“多采知识才能多采原油，多学技术才能多做贡献。咱们工人有技术就有力量，

有作为就有地位，有梦想就有希望！”作为首届“加油中国·传承铁人”年度人物的代表，代旭升用鲜活的演讲讲述了自己在岗位上披荆斩棘、攻坚克难的动人故事。

“一个人全身是铁又能打几颗钉？作为一名党员，我愿意把几十年的所学、所感、所悟，毫无保留地传授给年轻人。”代旭升铿锵有力的话语响彻全场。讲到动情之处，他眼中闪着泪光。台下聆听的人，也禁不住随着他的情绪起伏，随着他的思绪穿越到“铁人”王进喜的那个年代：

1960 年春，我国石油战线传来喜讯——发现大庆油田，一场规模空前的石油大会战随即在大庆展开。王进喜从西北的玉门油田率领 1205 钻井队赶来，加入了这场石油大会战。

一到大庆，呈现在王进喜面前的是难以想象的困难：没有公路，车辆不足，吃和住都成问题。但王进喜和他的同事下定决心：有天大的困难也要高速度、高水平地拿下大油田。

在困难面前，王进喜带领全队靠人拉肩扛，把钻井设备运到工地，以“宁可少活二十年，拼命也要拿下大油田”的顽强意志和冲天干劲，苦干 5 天 5 夜，打出了大庆第一口喷油井。在随后的 10 个月里，王进喜率领 1205 钻井队和 1202 钻井队，在极端困苦的情况下，克服重重困难，双双达到了年进尺 10 万米的奇迹。

在那些日子里，王进喜身患重病也顾不得到医院去看；钻井砸伤了脚，拄着双拐指挥；油井发生井喷，奋不顾身跳进泥浆池，用身体搅拌重晶石粉。

钻机到了，吊车不够用，几十吨的设备怎么从车上卸下来？王进喜说：“咱们一刻也不能等，就是人拉肩扛也要把钻机运到井场。有条件要上，没有条件创造条件也要上。”

他们用滚杠加撬杠，靠双手肩膀，奋战3天3夜，让38米高、22吨重的井架迎着寒风矗立荒原。要开钻了，可水管还没有接通。王进喜振臂一呼，带领工人到附近水泡子里破冰取水，硬是用脸盆、水桶，一盆盆、一桶桶地往井场端了50吨水。经过艰苦奋战，他们仅用5天零4小时就钻完了大庆油田第一口生产井。

1960年5月，打会战第二口井时，王进喜被砸伤的腿肿得很厉害。他两次从医院跑回井队，拄着拐坚持工作。一天，突然出现井喷，当时没有压井用的重晶粉，王进喜当即决定用水泥代替。成袋的水泥倒入泥浆池搅拌不开，王进喜就甩掉拐杖，大喊一声“跳”，便跃进齐腰深的泥浆池中，奋战了3个多小时，终于制服了井喷。

这是怎样的一种精神，怎样的一种毅力！画面掠过，代旭升的眼神更坚定，语气更激昂了。

台下，聚精会神的听众，时而眼眶湿润、由衷感动，时而深锁眉头、陷入深思。每个人的心中似乎都有了新的动力。

一群新时期的“铁人”就站在大家的面前，他们身上体现出的“铁人”精神，是面对压力不服软，面对困难不退缩的决心，是勇往直前的斗志，是对事业的赤诚。正是有了这样一群人，也正是有了“铁人”精神的传承，才推动了我国石油事业的发展。作为新时代的管理人员，我们是不是也应该发扬“钉子”精神，立足本职，积极探索新领域，钻研新技术，不畏惧一时的困难阻碍，坚信“办法总比困难多 ”，心怀干事创业的豪情壮志，以宽广的胸怀和坚韧的毅力攻克难关，为企业的发展担负起自己的责任？答案是肯定的。

15分钟的汇报很短，但似乎又很漫长。

汇报完，代旭升走下台，他的内心久久不能平静，他又回想起2011年参观王进喜纪念馆的那一天。

“铁人”王进喜是代旭升年轻时期的榜样。从参加工作起，身边的老师傅们就在讲王进喜的故事。出身贫寒，苦难的经历和生存环境练就了王进喜刚毅、不屈的性格。他为祖国的石油工业发展立下了不朽的功勋，给世人留下了宝贵的精神财富——“铁人”精神。

代旭升记得，在纪念馆主馆前面的广场平台上，两大片草坪间，铁人手握刹把，望向前方，目光坚定，这是一种视死如归的精神！看着展厅里陈列的200余幅照片和300多件珍贵物品，其中有王进喜当时穿过的灰暗棉袄，代旭升不禁感慨：想想现在的工作环境，比起前人创业时的艰难，我们更应该珍惜眼前。

王进喜有句话对代旭升触动很大：“咱们的眼睛不要光盯着自己井架上那面小红旗，我们要争的是党和国家的大红旗。不光要给玉门争冠军，还要让整个大庆得集体冠军。还是那句话，我们一个队拿不下大油田，只有所有的队都打好了，超过我们了，才能拿下大油田。”

代旭升说，“一个人创新的作用固然重要，可仅靠个人的智慧和力量是远远不够的，只有大家都创新了，才能为企业和谐发展积蓄更大的力量”。是的，对于企业员工来说，与企业同甘苦、共患难，面对任何艰难险阻都不离不弃，是整个企业获得持续发展和企业成员利益得到最大保障的基本原则。

“一面红旗红一点，十面红旗红一片，百面红旗迎风飘，红遍松辽大平原。”正是这句话，让代旭升感悟到，只有带动一个团队，才会形成“百面红旗迎风飘”的局面。他成立了创新工作室，在册会员从 7 年前的 300 多人发展到现在的 2000 多人。创新工作室已有 400 多项革新成果问世，年创效 5000 多万元，还被评为了国家级技能大师工作室。为给员工搭建学习交流平台，他创办了“胜利油田采油技能大师网”，进行网上助学助教。该网站的点击数已达 42 万多人次。

王进喜是代旭升学习的楷模。“石油工人一声吼，地球也要抖三抖，石油工人干劲大，天大困难也不怕。”虽然年代不同，但他深知，“铁人”精神激励着一代又一代石油人为油拼搏、为油奉献，已经成为石油工人的光荣传统。

王进喜没有文化，可他的崇高精神永远是石油工人自强不息、艰苦奋斗的强大动力。代旭升也只是一名普通的初中生，所以他经常对徒弟说，一个人不管知识底子有多薄、文化基础有多差，只要肯学习、善钻研，就一定能干出一番事业来。

代旭升是这样说的，也是这样做的。他刚参加工作不久，他的师傅由于长时间蹲着检修机器，累倒在地上。这件事对他的触动很大。从那时候起，他就下定决心，发扬师傅吃苦耐劳的精神，刻苦学习技术知识，解决生产难题，提高工作效率。尽管他的学历不高，但是他通过努力学习，从外行变成内行，巧思妙想为油田节省成本。

这就是“铁人”精神的传承，是时代的楷模，凝聚了时代精神。一个典型就是一面旗帜，既标志着先进的理想信念，又代表着崇高的人生境界和道德追求。

听完报告后，许多观众表示，各位“铁人”的先进事迹和崇高精神，展示了工人阶级的新形象，激励大家奋力前行。“如果我们人人学‘铁人’，人人做‘铁人’，千万个‘铁人’汇成一股铁流，建成一支钢铁大军，那我们的企业都将傲视群雄，无往而不胜。学‘铁人’，做‘铁人’，沿着‘铁人’的脚步大步前行，我们每个普通员工都能做新时代的‘新铁人’！”北京石油零管中心员工韩婧深受触动地说。

“精神之火不熄，奋斗脚步不止。我们要传承铁人精神，用劳动创造托起‘石化梦’，用埋头实干铸就‘中国梦’！”润滑油党群工作处员工曹福丽深情地感慨道。

会后的交流中，代旭升对大家说，“时代呼唤‘铁人’精神，同时也要求我们要随着时代发展而有所创新。呼唤创新，并不是对过去的否定。新时期‘铁人’精神是从艰苦创业到勇于创新的升华，是从苦干到巧干的递进。我们只要立足本职，从点滴做起，从小事做起，就一定能在普通岗位这个大舞台上实现自己的人生价值”。

时任全国总工会副主席、书记处第一书记陈豪在会上总结说，石油战线的广大职工应该深刻认识激烈的国际竞争带来的机遇和挑战，坚定实现中国梦的道路自信、理论自信、制度自信，大力传承大庆精神和“铁人”精神，唱响“劳动光荣，工人伟大”的时代主旋律，促进油田科学发展、和谐发展，用辛勤劳动、诚实劳动、创造性劳动托起中国梦。

报告虽然结束了，但是代旭升依然在创新的路上。他的精神也必将成为激发中石化员工奋发向上的强大动力。

第十一章

全国劳动模范

2010 年 4 月 20 日，代旭升像往常一样，带着徒弟们在井场上，观察讨论着自己对抽油机护板的改造。正当大家各抒己见的时候，一声清脆的电话铃声，打断了大家的谈话。

“喂，是代师傅吗？祝贺您！接到厂里的通知，您今年被评为全国劳模，请您准备一下，过几天进京，参加全国劳动模范和先进工作者表彰大会。”电话那边，是矿工会干事张冬梅的祝贺声。

此时的代旭升，非常开心，也非常激动，他不知道该用什么样的语言，去表达内心的情感，只好微笑地说道：“谢谢你，小张，我知道了。”

挂了电话，抬起头来的代旭升发现，徒弟们都用羡慕的眼光看着自己。他明白，徒弟们都听到了他刚才的谈话。

这时不知道谁提议了一下：“让我们给师傅鼓个掌吧！”瞬间，掌声响彻了整个井场。代旭升生性就是一个腼腆、话不多的人，让徒弟们这么一起哄，不免有点不好意思，他向徒弟们做了一个停的手势，对大家说道：“很高兴能成为全国劳动模范，这次应该是我第二次进京了，我希望还能有第三次、第四次，那时候，我希望我是以师傅的身份，陪你们进京领奖。”

这句话说完后，大家的掌声再一次响起，而此时的代旭升可能没有注意到，在他对面的人群中，有一个叫吴吉林的徒弟，牢牢地记住了师傅的这句话，并在5年后，将师傅的这句话变成了现实。

2010年4月20日下午，在送走了徒弟们之后，代旭升迫不及待地将自己被评为全国劳模的消息告诉了老伴儿，老伴儿得知这一消息后，竟在电话的那头哭了起来。代旭升明白，老伴儿这是为自己这些年来的不易而哭，便在电话中安慰了老伴儿几句。代旭升挂了电话后，提起菜篮子准备去市场挑几样菜，亲自下厨，为老伴儿和儿子做顿大餐，也算是弥补一下这些年来，一直在身后默默支持着自己的家人。

然而，这次代旭升又失算了。当他买好菜回到家的时候，老伴儿吴晓萍和儿子代杰早已经在厨房里忙活起来。看到左手提着菜、右手提着鱼的代旭升，老伴儿和儿子都笑了。

那晚的餐桌上，代旭升破例给自己和家人都倒上了一杯酒，虽然嘴上没有说什么，但老伴儿和儿子都明白，代旭升现在的心情有多么高兴。这也许不光是一件让人高兴的事，还是一种认可、一种荣耀。

而此时，代旭升在心中暗暗地愧疚。因为这些年搞革新，晚餐不是在井场上，就是在工作室，像这样和家人坐在一起吃顿饭的次数，真是屈指可数。

2010年4月21日傍晚，代旭升的徒弟们用一种最特别的方式，为师傅进京组织了一场欢送会。说它特别，可能真的再普通不过了，但说它普通，里面又包含着徒弟们对师傅的一番心意。

原来，徒弟们事先并没有告诉代旭升欢送会的事情，只是以遇到问题为由，将代旭升“骗”到了工作室。在工作室，代旭升对徒弟们的问题仍然是详细地一一解答，忽然间，工作室里的灯全灭了，就在代旭升打开手机，准备查找电路的那一刻，灯又全亮了。

看着徒弟们像变戏法一样，一人手里端着一个菜，代旭升一下就明白了，徒弟们是要在他们一起奋战的工作室里，给自己开一个特别的欢送会。

看到这一场景，代旭升笑了，招呼着大家一起收拾桌子，让徒弟们将自己亲手做的家常菜端了上来。后来，据代旭升回忆，那次是他人生中最特别的欢送会，他和自己的徒弟们吃着大家亲手做的菜，谈着自己的理想，感觉就像回到了学生时代。

欢送会在不知不觉中，从下午6点，开到了晚上10点，大家在感叹时间飞逝的同时，也觉得时间不早了，便让代旭升回家休息，毕竟他已经是50多岁的人了。

这时，代旭升突然提议，大家高唱一曲《我为祖国献石油》。“锦绣河山美如画，祖国建设跨骏马，我当个石油工人多荣耀，头戴铝盔走天涯，头顶天山鹅毛雪，面对戈壁大风沙，嘉陵江边迎朝阳，昆仑山下送晚霞，天不怕地不怕，风雪雷电任随它，我为祖国献石油，哪里有石油，哪里就是我的家。大庆红旗映彩霞，铁人精神传天下，毛主席的革命路线，指引着我们，自力更生建设国家，茫茫草原立井架，云雾深处把井打，地下原油见青天，祖国盛开石油花，天不怕地不怕，放眼世界雄心大，我为祖国献石油，石油滚滚流，我的心里乐开了花。”在大家感情激昂的歌声中，这场特别的欢送会结束了。

2010 年 4 月 22 日上午，胜利油田东辛采油厂机关大楼二楼会议室里，一场小型的内部欢送会正在举行。胜利油田东辛采油厂党委书记王养科和采油厂厂长马代新以及代旭升所在单位的部分领导和同事参加了这次会议。

因为是小型会议，厂领导就直接坐到了代旭升的身边，其他同事也都围桌而坐，这样一来，往日上下级之间的关系就一下子被打破了。书记、厂长带头发言，内部欢送会也就变成了一场茶话会。

在会上，采油厂党委书记王养科不再称呼代旭升为“代旭升同志”，一声“老代”将大家拉得更近。而采油厂厂长马代新更是当起了服务员，一边和大家畅谈，一边负责给大家倒水。

也许正是这种轻松愉快的氛围，让每位参会人员都进入了状态，大家你一言我一语地畅聊着，几个小时的时间，转瞬即逝。

在会议的最后，代旭升站起身，向前来为自己送行的同事和领导深深地鞠了一个躬，说道：“谢谢各位领导和同事对我的关心。这次能获得这么崇高的荣誉，既是对我工作的肯定，也是一种鞭策和鼓舞。今后，我将倍加珍惜荣誉，倍加努力工作，倍加刻苦钻研，力争创造出更多的成果，培养出更多的徒弟，为祖国的石油事业献上自己的力量。”

代旭升的话音刚落，会议室里立刻充满了响亮的掌声，一场内部的欢送会就在大家的掌声中结束了。

2010 年 4 月 22 日中午，离代旭升进京的日子还有不到 70 个小时。由于这次进京领奖，来来回回可能要一个星期左右的时间，而近期，代旭升和徒弟们的革新项目又将进入一个关键期，代旭升非常担心自己进京，会让革新项目受到影响。开完厂欢送会的代旭升，在街边买了个烧饼，就匆匆忙忙地赶回了自己的工作室，针对在接下来一个星期内，徒弟们可能遇到的问题，书写解决方案。

人在专注干某件事情的时候，往往是时间过得最快的时候。就这样，代旭升吃一口烧饼，就写一会儿方案，时间不知不觉地就到了下午 4 点整。

当徒弟们来到工作室的时候，代旭升全然不知，还趴在桌子上，全神贯注地敲着键盘。徒弟们看到代旭升手边的半个烧饼和一杯茶水，就明白师傅又在工作室里忙活了一中午。

这时，徒弟们终于看不下去了，有人开口说道：“师傅，歇歇吧！还有什么工作，让我们来干。”听到这话的代旭升抬起头，才发现徒弟们已经围在了他的身边。他微笑着说道：“没事，没事，我就是把我出门这星期，你们可能遇到的问题写一写，这样，真遇到了这些情况，你们也好及时应对呀。”

看着师傅认真的表情，徒弟们也不再说什么，他们有的给师傅倒水，有的给师傅捶背，还有的直接坐到了电脑前，让师傅说，自己来记录。

虽然此前，代旭升已经自己敲了两三千字，但他还是不放心，仍然针对每个细节，一一向徒弟们演示和叮嘱，在交代完全部内容时，已经是下午 6 点多了。

看着电脑屏满满的文字，看着徒弟的笔记本上各式各样的草图，代旭升的担心终于消失了。他关上工作室的大门，在和大家一一道别后，推着那个跟随自己多年的“大金鹿”，向家走去。

2010 年 4 月 23 日上午，代旭升像往常一样来到自己的工作室，正准备工作时，一阵急促的电话声划破了工作室里的宁静。

“请问是代师傅吗？我是咱们二矿采油二队的队长。我们现在使用的您设计的移动式套管气回收装置，在操作上遇到了一些小问题。您看，您能过来给我们处理一下吗？”电话那头传来了一名中年男子焦急的声音。

“好，你不要着急，我马上就到。”代旭升斩钉截铁地回答道。挂了电话，代旭升跨上自己的“大金鹿”向采油二队队部赶去。

从工作室到采油二队队部，有 7 公里左右的路程，平日骑车需要 20 分钟左右的时间。但为了尽快赶到现场，及时为一线排忧解难，代旭升只花了 12 分钟就赶到了。

到了井场，汗水已经湿透了全身，代旭升来不及休息，立刻对员工操作中遇到的问题进行讲解，经过 40 分钟耐心地讲解，在场的员工都明白了其中的道理。

看到大家都已听懂，代旭升才取出自己的水壶，喝了那天上午的第一口水。

在谢绝了队领导邀请他到队部休息一下的好意后，代旭升又骑上他的“大金鹿”，赶回了工作室。回到工作室，代旭升思考上午遇到的问题，突然意识到，仅仅去做革新项目，是远远不能推动企业发展的，一定还要有一支负责培训和推广的团队，只有将革新的项目真正推广到基层，真正让每名干部、员工都会操作，才能给企业带来最大的效益。想到这里，代旭升又马上打开电脑，开始规划新的基层培训方案。

代旭升就是这样一个人，遇到了新问题，想到了新情况，一定要及时解决了，才能安心回家休息。

代旭升身边水壶中的热水，从 100 度到 50 度再到 30 度，墙上的时钟也从早上 10 点转到了下午 4 点的位置。

看着自己做好的基层培训方案，代旭升读了又读，看了又看，直到自己满意后，才将方案发给了每个徒弟。直到这时，代旭升悬着的心，才放了下来。

事情做完了，代旭升也饿了，看了看墙上的时钟，已经下午 5 点了，他这才收拾好东西，准备回家吃晚饭。

吃完晚饭，闲不住的代旭升又拿出了自己所做的方案。在审核了几遍后，他又发现了一些不妥之处，随后一边打电话和徒弟们核实，一边对不妥的地方进行整改，把自己忙得不可开交，就连妻子进来给他送茶，都没有察觉到。妻子早就对代旭升的这种工作状态习以为常，她在给代旭升倒好茶后，轻轻地坐在代旭升的身后。看着忙得不可开交的代旭升，妻子既心疼，又没有办法。她知道，如果不让代旭升完成这项工作，他今晚是睡不着觉的。

晚上 11 点，终于忙完的代旭升伸了个大大的懒腰，转头才发现，妻子坐在自己的身后。看着陪自己一起熬夜的妻子，代旭升内疚地说道：“这么晚，还在等我呀。”妻子放下手中的书，抬起头问道：“事情办完了吗？”代旭升喝了口茶水，说道：“都办好了，可以安心睡觉了。”

随后，妻子将一盆热水端了上来，说道：“烫烫脚再睡吧。”看着妻子困倦的脸庞，又看看冒着热气的洗脚水，代旭升的眼眶湿润了。

2010 年 4 月 24 日上午，位于东营市西城的胜利宾馆内，灯火通明，鲜花争艳，气氛庄重而热烈。

胜利油田将在这里举行欢送全国劳动模范进京受奖暨迎五一劳动模范座谈会。2010 年是五年一次的全国劳模年。油田有代旭升、王金铎等三人获“全国劳动模范”荣誉称号，此外油田两个二级单位荣获“山东省富民兴鲁劳动奖状”、3 个集体荣获“山东省工人先锋号”称号、14 人荣获“山东省富民兴鲁劳动奖章”。

在这次会议上，工人出身的代旭升见到了高学历、科班出身的石油地质高级专家王金铎。那时候的王金铎，已经作为主要技术负责人，先后完成省部级重点科研攻关项目 5 项、局级科研项目 6 项；获省部级科技进步奖 6 项、局级科技进步一等奖 8 项；并在 2007 年被评为中石化勘探开发青年拔尖人才，2008 年被评为山东省优秀共产党员、中石化劳动模范、中央企业劳动模范，2009 年获“全国五一劳动奖章”，2010 年荣获“全国劳动模范”荣誉称号。

在代旭升心中，王金铎可是真正的科技专家，是油田乃至中石化的顶尖人才，能和他坐在一起、一起进京，也是人生莫大的荣耀。

时至今日，代旭升还记得当时的场景。当他与王金铎握手的那一刻，第一句就说道：“您是真正的科技人才，能和您一起进京领奖，是我莫大的荣幸。”而王金铎微笑地说道：“代师傅，您客气了！我们只是分工不同，但我们的目标都是努力为国献石油。”

虽然只是简单的几句话，却拉近了两位全国劳模之间的距离，让他们从陌生人变成了相识相知的朋友。

再回到 2010 年 4 月 24 日上午的胜利会场。

在会上，管理局党委副书记、工会主席李忠华亲切地与每位代表握手，并指出榜样的力量是无穷的，希望全体参会人员，要始终坚持全心全意依靠工人阶级的根本方针，加强核心价值观教育，打造高素质的职工队伍。要大力弘扬劳模精神，发挥好表率作用，引领广大职工为油田发展建功立业。要不断加大对劳模、先进的培养、关心和爱护力度，为劳模、先进的成长，创造更为良好的环境。

会议结束后，代旭升非常激动。油田领导的鼓励让他充满了前进的动力；而与其他劳模的交流，也让他有了新的目标。

2010 年 4 月 24 日夜，是代旭升进京前的一晚。

这天晚上，代旭升和往常一样，看完了《新闻联播》和《油田新闻》后，就在自家楼下散步。这晚，出来散步的人很多，每遇到一个熟人，大家都会亲切地向代旭升祝贺，而代旭升也都彬彬有礼地回复大家。就这样，代旭升边走边和身边的人打招呼，不知不觉地就来到了自己奋斗多年的工作室。

推开大门，自己的一件件创新发明呈现在眼前。平时，徒弟多，参观的人多，像今晚这样，自己一个人安静地欣赏自己的作品，确实是第一次。每看到一件作品，代旭升都仿佛回到了那一个个灯火通明、埋头苦干的夜晚。

看完自己的作品，代旭升走进了里间的荣誉室，这里有着自己和徒弟们一起奋斗而获得的一切荣誉，他边走边轻轻抚摸着这些用汗水换来的荣誉。这时，一张已经发黄的荣誉证书，吸引了代旭升的注意，这是一张再普通不过的荣誉证书了，但已经发黄的纸面诉说着，它已经有一定的历史了。

这是一张1986年的管理局个人三等功的证书，也正是这张证书将代旭升引向了发明创新的道路上来。

静静地欣赏完工作室中的一切，代旭升回到家中，已经是晚上11点多。这个时间，大多数人都已经进入了梦乡，悄悄打开门的代旭升却发现，老伴儿吴晓萍依然在客厅里等待着他。看着老伴儿身边那个早已收拾得整整齐齐的行囊，代旭升知道，妻子准是又帮他收拾了一夜。想到这里，代旭升的眼睛湿润了。

2010年4月25日，是出发进京的日子，代旭升格外兴奋，一大早就醒了。代旭升本打算早起会儿，给老伴儿和儿子买些油条和豆浆，好让他们多睡一会儿。可是这次，他又失算了。

当他醒来的时候，老伴儿早已在厨房里忙活着熬稀饭、做炒蛋了。看到这么早就为自己准备早餐的老伴儿，代旭升不禁心疼地说道：“你休息会儿吧！不行，我出去买点。”老伴儿边炒着鸡蛋，边微笑着回过头说道：“今天就进京了，你肠胃不好，就别吃外面的了，我在你的包里放了几个熟鸡蛋，路上饿了吃。”

虽然，只有简简单单的几句话，却体现出老伴儿对代旭升的关心。看着老伴儿忙碌的背影，代旭升心里不停地感慨，要是没有老伴儿，肯定不会有自己的今天。还是真应了那首老歌——军功章有我的一半，也有你的一半。

吃完早饭，道别了家人，代旭升自己提着包来到车场。按照规定，代旭升将和其他两名油田的全国劳模，一起乘车前往济南，与山东的全体劳模汇合后，再一起乘坐火车前往北京。

来到车场的一刹那，代旭升发现了许多熟悉的身影，这里面既有自己的领导和同事，也有自己的徒弟。

徒弟们看到代旭升，都立刻迎了上去，连忙接过他手中的行李包。代旭升不好意思地说：“怎么大家都来了？谢谢大家给我送行，你们快去忙自己的事情吧！车一会儿就到了。”徒弟们纷纷说道：“师傅进京，哪有不送的道理。”“就是！师傅，你就别管了，我们把你送上车了就走。”

这时，徒弟吴吉林抱着一袋水果，塞到了代旭升的手中，说道：“师傅，这是大家的一点心意，你带着路上吃。”看着这一大袋的水果和前来为自己送行的领导、同事和徒弟，代旭升的眼睛又一次湿润了。这次，他没有拒绝徒弟们的好意，只是点了点头，将这袋水果紧紧地抱在了怀里。

时间过得很快，没聊几句话，车就到了。代旭升在大家的簇拥下上了车，在车上他一边向大家挥手，一边不忘叮嘱徒弟们不要忘记了最近的革新项目。

随着几声嘀嘀声，客车开动，驶出了东辛采油厂大院。

在前往济南的路上，代旭升看到路边一个个整齐划一的井场，井场上那一台台舞动的抽油机，好像也在为他送行似的，不停地摆着手。

回想当初，自己独身一人来到胜利油田，对这里的一切都是那么地陌生，而如今，自己已经在这里奋斗了几十年，这里的一切都是那么地熟悉，就连出趟远门，都有一种依依不舍的感觉。

在前往济南的汽车上，坐在代旭升边上的王金铎看着身上放着一大袋水果的代旭升，打趣道："还是咱代师傅人缘好呀，光这水果就比我的多。"看着一旁微笑的王金铎，代旭升这才缓过神来，自己上车后光顾着回忆了，这一大袋水果还一直在自己的怀里抱着，便不好意思地说道："不好意思，刚才光顾着想事情了，来，大家吃水果。"说着就把一个个水果分发给车上的所有人。看着刚才还在愣神的代旭升突然向车里的人发起了水果，大家不禁都笑了起来。

从东营到济南，大约有255公里的路程，3个小时的时间。

当载着油田劳模的汽车

到达济南火车站时，已经有许多身披大红花和彩带的各地区各行业的劳模，到达了这里。

在这里，代旭升看到了许多以前只在报纸上才能看到的劳模——青岛公交集团巴士股份有限公司汽车三队 304 路线乘务员刘艺、青岛泰能燃气集团有限公司焦化制气公司炼焦车间推焦工段工段长陈玉峰、青岛澳柯玛股份有限公司家电事业部冷柜一公司质量监督员周江玉、山东黄金矿业（莱州）有限公司三山岛金矿直属采矿车间采掘工区二班值班长满玉兴、烟台经济技术开发区热力总公司第一供热管理处维修班班长曲仁利、龙口矿业集团梁家煤矿综采队队长孙培杰、中国华电潍坊发电有限公司锅炉队安全培训员王树楼、山东昌邑乾隆杯酒业有限责任公司勾兑中心主任张秀敏等 151 名全国劳动模范、先进工作者。

随后，山东省委书记、省人大常委会主任姜异康出席了全省 151 名全国劳动模范、先进工作者进京参加 2010 年全国劳动模范和先进工作者表彰大会的欢送仪式并发表了讲话，山东省及省军区领导姜大明、刘伟、王敏、谈文虎等出席了会议，郭兆信副省长主持了欢送仪式。

姜异康代表省委、省政府和省几套班子向受表彰的全国劳动模范和先进工作者表示热烈祝贺，向辛勤工作在各行各业、各条战线的全省广大职工和劳动群众致以节日的问候。他指出，在山东省改革开放和社会主义现代化建设的伟大实践中，广大职工和劳动群众胸怀大局、开拓进取，努力工作、敬业奉献，在各自岗位上取得了显著成绩，做出了重要贡献，涌现出了一大批先进模范人物。这次受到表彰的同志就是其中的杰出代表。希望同志们通过这次参加全国表彰活动，认真学习外省区市劳模的好经验、好思想、好做法，珍惜荣誉，再接再厉，在新征程上不断创造新业绩。

听完省委书记、省人大常委会主任姜异康的讲话，代旭升热血沸腾。他知道，这次进京参加全国劳动模范和先进工作者表彰大会，不光是代表胜利油田，还代表着整个山东省。想到这里，代旭升瞬间感到无比的荣耀。

随后 151 名全国劳动模范、先进工作者按照事先安排，排队走进车厢。看着身边一位位身披大红花的老乡们，代旭升感觉特别地开心。

在大家都入座后，身边的劳模们

开始自我介绍。代旭升身边的一名中年男子开口介绍道："你好，我是青岛泰能燃气集团有限公司焦化制气公司的陈玉峰，我是一名推焦工。这位是我的青岛老乡，青岛澳柯玛股份有限公司家电事业部冷柜一公司的周江玉。"

看到身边的劳模都如此热情，代旭升立刻伸出手，和他们边握手边做自我介绍："你们好，我是胜利油田东辛采油厂东辛采油二矿的代旭升，我是一名普通的采油工人。"

虽然很小就从青岛来到东营，虽然在和大家介绍的时候，说的是普通话，但是代旭升的口音中，还是蕴含着浓浓的青岛口音。

听完代旭升自我介绍的陈玉峰和周江玉，一下都笑了。周江玉说道："代师傅，你是青岛人吧？咱们的口音可是很像呀。"

俗话讲，老乡见老乡，两眼泪汪汪。三位青岛老乡在这里相遇，总有谈不完的话题，这也让平时说话较少的代旭升的话匣子打开了。

不知道聊了多久，三位青岛老乡发现，车厢内已经没有了其他的声音，大家有的闭目养神，有的静静地看着书报。在这样安静的情况下，他们也不好再聊下去，都各自取出了书本看了起来。

在代旭升准备从自己的行李包中拿出书的时候，他无意发现了坐在车厢最远端的一位老者，身披大红花，一看就是和自己一样进京的劳模。只见老者手里拿着铅笔，不停地在一个本上写着什么，看着老者那专注的眼神，代旭升想，老者一定是利用在火车上的时间，进行学习或者进行创新。

这样一位老者都如此认真，自己又怎能浪费这么大好的时光呢？想到这里，代旭升也取出了自己最近的革新项目方案，开始思考起来。

2010 年 4 月 26 日上午，北京天安门城楼上。

这天一早，代旭升等近 3000 名全国劳模在大会组委会的安排下，来到天安门广场，准备登上天安门城楼，进行参观。

站在天安门城楼前，代旭升抬头望去，天安门是那么地高大雄伟。在来参观之前，代旭升特地查了资料，他知道天安门位于北京城的中轴线上，始建于明永乐十五年（1417 年）。原名承天门，以示皇帝"承天启运，受命于天"。清顺治八年（1651 年）重建后，改称天安门，既包含了皇帝是替天行使权力、理应万世至尊的意旨；又寓有"外安内和，长治久安"的含义。明、清两朝时，天安门是皇城的正门，城门五阙，重楼九楹，高为 33.87 米；1970 年翻建后，高达 34.7 米。天安门造型典雅，是我国传统建筑艺术的代表作。

在城楼下面，代旭升很清楚地看到，天安门的主体建筑分为上下两层。上层是重檐歇山式，黄琉璃瓦顶的巍峨城楼，东西面阔九楹，南北进深五间，取"九五"

之数，象征皇帝的尊严。正面有36扇菱花格式的门窗。城楼基座周围有汉白玉栏杆、栏板，雕刻着莲花宝瓶图案。城楼内所用木材大部分是楠木，60根红漆巨柱排列整齐，柱顶上有藻井与梁枋，绘着金龙吉祥彩画和团龙图案。地面铺的全是金砖，面积约2000平方米。

再往上看去，屋顶的正脊与垂脊上有一些装饰物，代旭升知道这便是螭吻、仙人、走兽。代旭升记得，在上学的时候，历史老师曾说过，屋顶的下层是高13米的朱红色城台，四周环绕琉璃瓦封顶的矮墙，下部是1.59米高的雕刻精美的汉白玉须弥座台基。城台的总面积达4800平方米，东西两侧各有一条长达百级供上下城楼用的梯道，俗称马道。还有5个拱形门洞，中间的门洞最大，高8.82米，宽5.25米，唯有皇帝可以进出。

正当代旭升感叹天安门的雄伟时，旁边的王金铎微笑地说道："代师傅，这天安门我可是做足了功课，我来给你讲解一段吧。"代旭升这才注意到身边的王金铎，便说道："那再好不过了。"

王金铎指着天安门说道："天安门在明、清两朝是皇帝颁发诏令之地。遇有新皇帝登基、大婚等重大庆典活动和皇帝父母进宫时，都要启用天安门。皇帝平时一般不走天安门，只有每年去祭天、祭地、祭五谷时，才由此门出入。另外，皇帝御驾亲征或大将出征时，都得在天安门前祭路、祭旗，以求马到成功、凯旋，同时显示威风。天安门还是'金殿传胪'的场所。每逢殿试后的两天，皇帝召见、传呼新中进士们的姓名，这叫'传胪'。考中前三名的状元、榜眼、探花插上金花，身披红缎，骑马游街，以谢皇恩。天安门唯有皇帝可以出入，而且只能出入喜事，绝对禁止出入丧事。如今的天安门是中华人民共和国举行开国大典的主会场，也是国徽图案的重要组成部分。它是我们伟大祖国的象征，已成为人们喜爱的观瞻胜地。"

听完王金铎的介绍，代旭升一边感叹天安门的雄伟，一边赞叹王金铎知识的广博，他决心以后也要多读书、多看报，像王金铎一样，了解更多的历史知识。

上午8时，近3000名全国劳模登上了天安门城楼。他们来自不同的民族、不同的岗位，穿着不同的服饰或制服，相似的是他们胸前佩戴的奖章、红袖带和脸上兴奋的表情。

能以全国劳模的身份登上天安门城楼，对于任何人来说都是人生莫大的荣耀。代旭升站在城楼上，眺望着宽阔的天安门广场、广场周围雄伟的建筑、距世博会召开还有5天的倒计时牌以及蓝天下迎风飘扬的五星红旗，兴奋地自言自语道："我实在是太激动了，我在这里看到了祖国最好的景色。"

紧接着，代旭升拿出了自己早已准备好的相机，对着天安门广场的各个方向狂拍，他希望将这美好而又荣耀的一刻，永远封存在自己的记忆中。

这时，不知道是哪位代表提议道："大家一起和天安门广场合个影吧。"大家纷纷放下手中的相机，找到身边的代表，三三两两地聚在一起合影留念。

这次的登楼参观，让代旭升感受到荣誉和鼓励迭至，豪情和信心倍增。他深深地意识到，今天的荣誉不仅是责任，更是使命。自己要把今天的成绩作为新的起点，在平凡的工作岗位上做出更大的贡献。

2010 年 4 月 26 日下午，中国石化总部 10 层会议室内，代旭升等 28 名中石化系统的全国劳模受到了集团公司党组成员、纪检组组长王作然的接见。

据了解，1950 年至 2005 年，党中央、国务院先后召开了 13 次全国劳模表彰大会。1989 年以来，全国劳动模范和先进工作者评选表彰工作基本上每 5 年进行一次，每次表彰 3000 人左右。2010 年，中国石化集团公司有 28 名劳动者被授予"全国劳动模范"荣誉称号，占受表彰人数的 0.94%，占劳模总数的 1.32%，占企业职工劳模总数的 1.83%，均比 2005 年有所增加。

在接见代旭升时，王作然一边与代旭升亲切握手，一边询问他最近的身体情况和家庭情况。代旭升在刚工作的时候，王作然就是他的老师傅、老领导，所以两个人在交谈时，也特别地轻松。

王作然握着代旭升的手说道："你小子刚进厂时，我就看你有股子钻劲，这几年不错，每当看到你的创新成果，我都暗暗地为你高兴。"代旭升不好意思地说道："老领导，您言重了，没有您当初的引导，我也走不上这条创新之路，这次组织信任

我，国家信任我，给了我这个荣誉，就是给了我更大的动力，我一定会当好旗手、站好排头，多带新人、多解难题、多出成果，为油田乃至中石化又好又快和谐发展做出更大的贡献。”

座谈结束后，王作然又带领劳模们参观了集团公司总部。在生产调度指挥中心，巨大的屏幕上交替显示着集团公司所属的油田、炼化装置、加油站和远洋运油船只的运行情况，操作人员只需轻点鼠标，就可以显示现场情形。

看到这一切的代旭升，不禁感叹道：“真是不看不知道，没想到咱们集团公司发展这么快，管理手段这么先进。我以前也看过一些国外先进企业的宣传片，我觉得咱们一点也不比他们差，咱们真不愧是世界 500 强！”

随后，在集团公司总部 26 层的党组会议室内，代旭升等 28 名全国劳模被一幅手写的《中国共产党党章》长卷所吸引。

王作然微笑地解释道：“这是咱们公司的一位普通职工手写的。这位职工 2007 年曾经手写了一幅《党章》长卷送给党组，我们收到以后很震撼，也很感动。总部新的办公楼投用以后，大家考虑党组会议室挂什么，最后决定，还是请我们的这位职工再书写一份《党章》长卷。这份手写的《党章》长卷展示着我们的工人不仅有力量、有智慧，还有才艺。把工人手写的《党章》挂在党组会议室，一方面提示我们要时刻牢记党的宗旨，履行好责任和义务；另一方面提示我们在作所有决策的时候，都不能忘记我们的职工。”

听到这里，代旭升在内心中不停地称赞。一方面是称赞集团领导对一线员工的关心爱护，另一方面则是称赞在中石化这个大家庭里，真是人才辈出呀！

2010 年 4 月 26 日下午 5 点 30 分，在参观完总部后，集团公司领导邀请全体劳模和特邀代表共进晚餐。

在餐厅，代旭升不仅看到了许多集团公司的领导，也看到了许多以前只有从报纸上才能看到的劳模同行，如中国石化江汉石油管理局测录井工程公司坪北项目部测井仪修工龙景庆、广东佛山石油分公司古楼加油站站长陈锦婷、中国石化巴陵分公司车间主任陈旺等人。

对于龙景庆，代旭升知道他与自己有着许多相同的经历。他也是从一线岗位操作人员到技术能手，从技术能手到湖北省劳动模范，一步一个脚印，一步一个台阶，用了整整 20 年，才成长为江汉油田的测井仪专家。

代旭升知道，经龙景庆改造的 JSC-801 双侧向测井仪和由他编制的双侧向检修程序进行仪器配接后，使双侧向测井一次成功率由原来不足 50% 提高到 96% 以上，节约了工时，降低了成本，减轻了工人的劳动强度。在 20 年工作中，龙景庆有 4 项技术绝活、14 项技术革新成果在实践中应用和推广。

提到陈锦婷，这个名字代旭升很早就知道，这可是中石化在销售方面的女中豪杰。中国石化集团古楼加油站在她的带领下，零售量超过 2000 吨，配送量超过 1000 吨，由服务落后站变成公司的星级示范站。在油品紧张期间，她严格按照公司制度办事，坚持廉洁从业，从不失信于顾客。平日，陈锦婷尽心尽力为顾客着想，为顾客提供优质服务。为了及时满足顾客需求，小额配送车不够用，她就用摩托车、三轮车或租车把油送到顾客手上，靠着真情、真心在加油站营造出团结友爱、相互帮助的大家庭氛围。

而中国石化巴陵分公司车间主任陈旺就更不用说了，他早已是中石化系统里家喻户晓的“革新达人”。他提出的改变旋风分离器连接方式、增加挡焦格栅等工艺改进措施，彻底消除了沉降器结焦严重的瓶颈，使沉降器运行周期由开工初期的 133 天延长至 577 天，创装置运行周期最长新纪录。而他提出的“变余热锅炉完全燃烧方式为不完全燃烧方式”的方案，对传统的操作模式进行变革，即控制燃烧的程度，使温度不超，还能够使烟气并入回收系统。

看到这么多既有名又有才的劳模同行，代旭升别提有多高兴了。他心想，正好可以利用这次交流的机会，和劳模同行们交流一下业务，扩展一下自己的知识面。

想到这里，代旭升吃了几口饭后，来到各位劳模同行的面前，挨个和大家打招呼、请教问题并互留了电话。在晚宴上，代旭升不像个劳模，更像个记者，他不断穿梭在各位劳模之间，不断提着各种专业性问题，自己手中的笔也从未停下过。

这天晚上，代旭升特别开心，一是见到了只有在报纸上才能看到的领导和劳模同行，二是了解到了许多新的知识。

看着记得满满的笔记本，代旭升相信，这些新的知识，一定会对自己以后的革新项目有所帮助。他甚至在想，要是集团公司再给自己一次这样和劳模同行一起交流的机会就更好了。就这样，代旭升在甜蜜中进入了梦乡。

2010 年 4 月 27 日，对于代旭升来说，绝对是人生中最重要的一天。能再次走进人民大会堂，是他一生中最大的荣幸。当然，也许代旭升不会想到，在 5 年之后，他还会第三次进入人民大会堂，那些事后面还将提到。

再回到 2010 年 4 月 27 日，早上 4 点，代旭升就从床上爬了起来。他把脸刮了又刮、洗了又洗，把皮鞋也擦得锃亮。

如果说，代旭升在初登人民大会堂时是紧张兴奋，那么，这次再进人民大会堂，心中则多了一份喜悦、一份急切。喜悦的是，自己能再次走进人民大会堂；急切的是，好想再一次近距离接触到敬爱的国家领导人。

看着时间尚早，代旭升还是难以掩盖自己内心的激动，给老伴儿打了电话，“喂，老婆，起来了吗？我上午就要再次进人民大会堂了，我很开心，很想和你分享一下这份喜悦。”老伴儿在电话那头开心地说道：“我早就起来了，知道你会和之前一样，一早儿给我打电话。对了，你进会场前，把衣领整理一下，把头发梳整齐，精神点儿。”听着老伴儿在电话中的叮嘱，代旭升一边记下，一边开心地应答着。

在和老伴儿聊了一会儿后，代旭升挂了电话，开始按照老伴儿的嘱咐忙活起来。代旭升心里明白，进入人民大会堂，不光代表自己，还代表着整个胜利油田、整个中石化，自己一定要精神抖擞地进入人民大会堂，不给石油工人丢人，要给国家领导人留下一个好的印象。想到这里，代旭升又对着镜子忙活起来。

2010 年 4 月 27 日上午，天空澄碧，纤尘不染，和风送暖。

代旭升与其他来自全国各界的劳动模范一样，洋溢着自信的笑容，怀揣着激动的心情，迈着矫健的步伐，踏进了人民大会堂。

在那一刻，代旭升突然想起了冰心的那篇散文《走进人民大会堂》。

走进人民大会堂，使你突然地敬虔肃穆了下来，好像一滴水投进了海洋，感到一滴水的细小，感到海洋的无边壮阔。

走进万人大礼堂，使你突然地开朗舒畅了起来，好像凝立在夏夜的星空之下，周围的空气里洋溢着田野的芬芳。

你静穆，你爽畅，你想开口，可是说不出话，你感到欢喜的热泉，在你血液里汹涌奔流，在你眼眶边盈盈欲坠！

你定了神，抬头望，你望见高高的圆穹上，饱满圆大的葵花蕊中，一颗伟大的红星，发射着条条灿烂的金光。

2010 年 4 月 27 日上午，人民大会堂大礼堂里鲜花吐艳，华灯璀璨，气氛庄重而热烈。来自全国各行各业的近 3000 名全国劳动模范和先进工作者欢聚一堂，接受党和人民授予的崇高荣誉。

上午 10 时，时任中共中央政治局常委、国务院总理温家宝宣布大会开始，雄壮的国歌声在人民大会堂响起。时任中共中央政治局委员、国务院副总理张德江宣读《国务院关于表彰全国劳动模范和先进工作者的决定》。《决定》指出，2005 年全国劳动模范和先进工作者表彰大会以来，各行各业涌现出一大批在全面建设小康社会、加快推进社会主义现代化伟大实践中取得显著业绩的先进模范人物，国务院决定授予 2115 人“全国劳动模范”荣誉称号、授予 870 人“全国先进工作者”荣誉称号。

在热烈的气氛中，全国劳动模范和先进工作者代表登上主席台，党和国家领导人向他们颁发了全国劳动模范和先进工作者荣誉证书。一汽大众汽车有限公司轿车一厂焊装车间工长王洪军代表全国劳动模范和先进工作者宣读题为《争当推动科学发展促进社会和谐的行动楷模》的倡议书。

听完倡议书后，代旭升已经心潮澎湃，但他很快按捺住激动不已的心情，认真聆听了时任中共中央总书记、国家主席、中央军委主席胡锦涛的重要讲话。

当听到“深入开展技术革新和发明创造活动”时，代旭升心中突然闪出一个念头——不如回去后，让徒弟们在各自的岗位分别带徒，将带徒模式从点变成面，这样可以让更多的员工参与到技术革新和发明创造活动中来，从而提高全体员工的劳动技能，推动采油厂乃至油田的整体发展。

听完胡锦涛总书记的讲话，代旭升和其他代表一样，激动得不停地鼓掌。如果当时就能联系上自己的亲人和徒弟们，代旭升一定会将胡锦涛总书记的讲话，原原本本地告诉他们，告诉身边的每一个人。

表彰大会结束后，代旭升还是按捺不住自己内心的激动，将电话打到自己的工作室。“喂，你好！”代旭升刚说了两个字，对面话筒里就传来了徒弟们激动的声音，“师傅，怎么样，开完了吧？师傅，你见到胡锦涛总书记了吗？师傅，你什么时候回来呀……”电话对面，一个个接连不断的问题，让作为师傅的代旭升一时不知道该回答哪个。

代旭升按捺住自己激动的心情，说道：“见到了，见到了，胡锦涛总书记、温家宝总理，还有那一个个只有从报纸上才能见到的劳模，我都见到了。这次表彰大会，是领导对于我们这些劳动工人最大的鼓舞，也是对我们这些一线工人最大的肯定，我希望有一天你们也能走进人民大会堂，亲身感受一下这种让人无比激动的氛围……”

这个电话，代旭升自己也不知道聊了多久，总之，他有一肚子的话，要向徒弟们叮嘱。他希望，在将来的某一天，自己的徒弟也能成为全国劳模，也会和自己一样，走进我们国家这座最高荣誉的殿堂。

2010 年 4 月 27 日下午，中华全国总工会在北京举办庆祝“五一”国际劳动节劳动模范座谈会。时任中共中央政治局委员、全国人大常委会副委员长、中华全国总工会主席王兆国出席座谈会。时任全国总工会副主席、书记处书记乔传秀主持座谈会。

会上，唐山轨道客车有限责任公司工人张雪松、上海国际港务（集团）股份有限公司副总裁包起帆、青海省玉树州称多县清水河镇社区党支部书记索才、河南省潢川县驻郑州市农民工党支部书记黄久生、贵州省罗甸县班仁乡金祥村油落小学教师李兹喜、新疆维吾尔自治区伊宁县温亚尔乡维吾尔布里开村党支部书记买买提江·吾买尔、中航工业第一飞机设计研究院总设计师唐长红、中国医学科学院阜外心血管病医院主任周宪梁等先后发言，畅谈了学习胡锦涛总书记重要讲话的感受和体会，介绍了各自立足本职、爱岗敬业、甘于奉献、争创一流的感人事迹。

其中，唐山轨道客车有限责任公司工人张雪松，让代旭升记忆犹新。不光是因为张雪松和代旭升一样，个头不高，戴着眼镜，性格内向，还有就是他们都有着一个共同的特点，就是一说起自己的工作，就立刻像变了一个人，似乎有说不完的话。

在听完张雪松的事迹后，代旭升好像自己又回到十七八岁，那离开青岛老家、来到胜利油田的日子。在刚开始进行革新的时候，常常是到处碰壁，一个新成果要失败几十次，甚至几百次，然而正是靠着自己内心的那股子拼劲，自己才从一名一线工人成长为今天的全国劳模，这里面的艰辛，只有代旭升自己知道。想着自己的往事，听着各位劳模的事迹，代旭升的眼睛湿润了。

“今年是中华全国总工会成立 85 周年，在此也向全国各级工会干部表示诚挚的问候和良好的祝愿，刚才，听了各位劳模的介绍，特别是听了来自青海玉树的劳模同志的介绍，我深受鼓舞，也很感动。”随后，时任中共中央政治局委员、全国人大常委会副委员长、中华全国总工会主席王兆国作了重要讲话。

听完了王兆国主席的讲话，代旭升和所有的全国劳模都非常激动，大家纷纷起身鼓掌，掌声响彻整个人民大会堂。

2010 年 4 月 27 日傍晚，由于前两天忙碌不已，大多数劳模都已经早早睡下。而代旭升却没有困意，他悄悄地走出房间，在酒店的大厅里，找到了一个安静的角落，拿出了笔和本，认真地整理记录着这两天的收获和感受。

也许是被代旭升认真的样子所打动，按规定，本应在晚上 9 点 30 分关闭大厅一半灯光的服务人员，并没有打断代旭升，而是在吧台上静静地等候。

晚上 10 点 10 分，终于写完自己这两天所有感受的代旭升，伸了个大大的懒腰，他合起本，站了起来，刚走出几步，就发现刚才写作的桌子上面的灯灭了。这时，代旭升才想起刚进酒店时，自己看到的酒店管理规定。不好意思的他，回过头去向吧台的工作人员笑了笑，说了一声“谢谢”，然后转身向自己的房间走去。

回到酒店房间，代旭升还是没有丝毫睡意，辗转反侧难以入睡。他忽然想起，来北京几日，一直还没有查看过邮箱。于是他索性打开电脑，进入邮箱界面，看看有没有未读邮件。此时，忽然弹出了一封让他激动不已的邮件。“许老哥，给我写信了！”他忍不住自言自语起来。来不及多想，他马上打开邮件，迫不及待地看其中的内容。

旭升老弟：

非常高兴地看到“代旭升”的名字荣登全国劳动模范的表彰名单，期望这几天能在北京见到你。我晚几天到京，估计能见上一面。先以邮件表示祝贺！

这几年我们多次见面，对你在油田油气回收方面的技术创新，我很佩服。在这方面动脑筋，如果没有一线工作经历，如果不去仔细琢磨，极少会有人关注。现在大部分人都把精力、方向转到追求高精尖，这个没错，可忘记了自己的身份就得不偿失。我一直认为咱们工人创新就应当在自己的岗位上，去关注那些工作和操作中感到别扭，觉得麻烦，费时费力还不出效率效益的环节和难点，想办法把它解决了，产生了效益就是创新！可以说，你给工人们带了个好头，说明工作现场就是技术创新发明场，创新的点就在那里，就看你能不能沉下心来去找。

能评上全国劳模对咱工人来说太难得，也真的是不容易，个中的辛酸苦辣也只有咱们自己心里清楚。真的要感谢各级领导的关心爱护，眼里要没有咱工人，想评也白搭。不多说了，希望老弟多保重，把荣誉先放放，该怎么干活，该怎么努力还是照样干，干出个样来！对得起咱工人这个称号。代问油田的师傅们好！

许振超

2010 年 4 月 27 日

代旭升太想知道许振超给自己写了些什么，所以他先是急促地读一遍邮件内容，一遍下来感动至极，又逐字逐句读了一遍。许振超这封信，句句写到了代旭升的心坎里，让他感到，技术工人这个大家庭，让他充满力量，继续前行。这一夜，代旭升满脑子都是许振超的这封信，技术、创新、效益几个词不断在他脑子里翻滚，不知道想了几个回合，代旭升才进入了梦乡……

2010 年 4 月 28 日清晨，是代旭升离开北京的日子。作为在北京的最后一个早上，代旭升决定去天安门广场看一看升旗。

清晨 5 点，代旭升来到了天安门广场，此时两旁的路灯还亮着，来来往往的车辆并不多。代旭升站在围栏前，想象着即将举行的伟大而庄严的仪式，不禁兴奋激动起来，情不自禁地举起了相机拍摄着周围的一切。渐渐地，人流开始攒动，天蒙蒙亮时，代旭升的身后已经挤满了人，他们和代旭升一样正带着焦急而迫切的心情，等待着升旗仪式的开始。

6 点许，36 名国旗班护卫队员排着整齐的队伍，雄赳赳气昂昂地走出天安门端门，60 人的军乐团紧随其后，伴着《歌唱祖国》的旋律，迈着矫健的步伐，穿过了金水桥，走向广场。

6 点 11 分，当旗手将五星红旗抛向空中的那一刻，代旭升激动的心情更是难以言表。随着国歌的奏响，人们齐声高歌，歌声在广场上空回荡，在神州大地上飞扬，代旭升和所有观看升旗的人一样，仰望着五星红旗冉冉升起，眼中闪动着激动的泪花，人群欢腾了，广场沸腾了。

随后，放飞的白鸽腾空而起，带着人们的瞩目，带着对祖国的美好祝愿，飞向蓝天，飞向祖国的四面八方。此时此刻的代旭升，感到由衷的幸福，感到无比的自豪。看着高空中飘扬的五星红旗，代旭升不禁想起了一个个为了祖国解放事业而牺牲的英烈们：董存瑞、邱少云、江竹筠、刘胡兰……他们抛头颅、洒热血，用自己宝贵的生命，换来我们今天幸福的生活。

观看完升旗仪式，代旭升感触良深，他为祖国的飞速发展而骄傲，为祖国的强大而自豪。而作为一名华夏儿女的自己，只有努力工作、努力创新，才能让祖国的明天更加美好，更加辉煌。

6 点 50 分，升旗仪式已经过去了半个小时，但代旭升和许多观看升旗的人们一样，久久不愿离去，仍沉浸在难忘的幸福中……

2010 年 4 月 28

日下午 4 点，经过近 8 个小时的奔波，代旭升终于回到了东营。当他走下车的那一刻，徒弟们一下子就涌了上去，有的不停地询问着在北京发生的一切，有的帮助代旭升扛包。看着热情的徒弟们，代旭升特别激动、特别开心，他不停地向徒弟们讲述着在北京发生的一切，并从背包中取出笔记本，让徒弟回去复印学习大会上国家领导人的讲话。

就这样，大家光是站着聊，就聊了 1 个多小时，看了看手表的代旭升，对徒弟们说道："好了，好了，今天就聊到这儿吧，大家快回家吧，等明天见面，我们接着聊。"劝走了徒弟们的代旭升，正要向家的方向走去，突然又想起，自己已经好一阵子没有去过工作室了，不如先回趟工作室再回家。想到这里，代旭升提着行李，大步向自己的工作室走去。

来到工作室的时候，已经是下午 6 点 35 分，走进大院的代旭升发现，工作室里的灯是亮着的。代旭升心想，一定是徒弟们太大意，忘记了关灯。想到这里，代旭升笑着摇了摇头，但走到门口时，他发现门是掩着的。难道是进贼了？代旭升赶紧放下手中的背包，从门边上随手拿起一把扫帚，轻轻地推开了工作室的门。

推开门时，代旭升发现在工作室的一个角落里，有一个人在边翻书边记录着什么。轻轻地往前走了几步，代旭升才发现，原来是自己的徒弟吴吉林。

吴吉林是中石化胜利油田东辛采油厂采油 34 队的一名普通石油工人，但他是代旭升徒弟当中最不普通的一个。2007 年 10 月，只有 33 岁的吴吉林，患上非霍奇金氏淋巴瘤，被医生判定"寿命只有 3 个月到半年时间"。但吴吉林并没有被病魔吓倒，而是继续学习、继续钻研。2009 年年初，刚做完肝穿刺手术 3 周的吴吉林，就回到生产一线，带病学习和钻研，最终他研制的多功能抽油井增效装置在多口油井应用，平均泵效提高 11%，年创效达 1000 多万元。

看到这时还在工作室查找资料的吴吉林，代旭升是既心痛又心酸，他轻轻放下手中的扫帚，对吴吉林说道："小吴，还没回家呀。"代旭升一开口，吴吉林立马意识到是有人来了，抬起头一看，是代旭升，便轻快地回答道："是师傅呀，我最近的革新课题还有点小困惑，我来查查资料，看完就走。"

一听到徒弟有困惑，代旭升立马来了精神，大步走上前，拿起吴吉林的笔记看了起来，并边给吴吉林讲解，边在纸上写画着。在和吴吉林探讨完问题后，代旭升回到家时，已经是晚上 9 点 30 分。

也正是从那一晚，代旭升加大了对吴吉林的关注度，而吴吉林也往代旭升这里跑得更勤了。

5 年的时间，转瞬即逝。

2015 年 4 月 23 日上午，代旭升接到吴吉林的电话，拿起电话的那一刻，代旭升以为徒弟又在创新的道路上遇到了问题，然而电话那头，却传来了徒弟兴奋的声音："喂，是师傅吗？我是吉林呀，我被评为全国劳动模范了！"听到这个消息，代旭升立刻激动了起来，说道："是吗？太好了！吉林，这是组织和国家对你这么多年来工作的肯定。祝贺你，吉林！"吴吉林顿了顿，说道："师傅，我有一个请求，就是希望你今年能和我一起去领奖。"听到徒弟的请求，代旭升再也无法掩盖自己内心的情感，开心地流下眼泪，说道："好的！吉林你放心，我一定陪你进京，看你去人民大会堂领奖。"

2015 年 4 月 28 日上午，人民大会堂大礼堂里鲜花吐艳，华灯璀璨，气氛庄重而热烈，这已经是代旭升第三次走进人民大会堂了。但这次和前两次有着不同的意义．前两次，是自己前来领奖，而这次，则是作为吴吉林的师傅，来看徒弟领奖。相比自己上台领奖，代旭升明显地感觉到，这次自己更激动更开心，因为他明白这是对他带徒工作最好的肯定。

在大会上，看完劳模领奖，又认真听取了中共中央总书记、国家主席、中央军委主席习近平同志的讲话，代旭升激动不已，他在此刻下定决心，以后要在带徒工作上下更多的功夫，争取让更多的徒弟都能进京领奖。

第十二章

创新总动员

2013 年 4 月 25 日，胜利油田首届采油系统技能创新成果展评上，坐在评委席上的代旭升翻着手里的几份成果简介，眉头紧锁。正在演示的是孤岛采油厂的井口防盗闸门，这已经是这次展评中出现的第四个井口防盗闸门了。代旭升坐不住了。

在展评会结束后，代旭升说："今天有 48 项成果参加展评，我数了一下，有 4 个防盗闸门，9 个游梁式抽油机曲柄平衡调整工具，3 个油井加药器。我这绝对不是针对选手。各位选手都为自己的成果付出了努力，在实践中也见到了效果。我只是觉得有点心疼啊！心疼各位选手的时间，心疼成本。咱们能不能这样——合并同类项。我只是说说自己的想法，具体要怎么做我还没有想好。"

油田技师协会副秘书长宋协胜接过代旭升的话："代师傅，你这个说法好——合并同类项。近几年咱们油田的创新工作越做越大，投入这项工作中的人越来越多。但是，这样就出现了一些问题，很多创新成果的作用和目的是一样的，你想到的其他的人也想到了。我提议，现在由你来做合并同类项的工作，改分头创新为优势互补。大家说好不好？"

参加展评的都是各单位的技术尖兵、

创新能手，听到宋协胜这番话都鼓起掌来，大家觉得，由代旭升来做这件事，再合适不过了。

因为信息不畅，工作模式又多近似，导致革新项目同质化严重，这在油田企业并不鲜见。很多次，代旭升同徒弟们研究发明出一项新成果，在准备投入生产使用的时候，却发现其他单位也出了差不多的成果。这就是重复工作，费时、费力、费资本。

代旭升说，能把全油田的各类创新工作室、工作组化零为整、统一调度，就能避免这种不必要的重复。按照各个工作室的优势来制订相应的工作计划和目标，分门别类，由单打独斗的个体创新，到成立工作室的集体创新，再到工作室间的强强联合创新，最后集成优化，分享成果，必将事半功倍。

从哪里入手呢？代旭升想，第一次联手创新，必须要成功，才能让成员们对联手创新更有信心。

代旭升把 48 项成果又从头到尾捋了一遍，划分成三类——“可以解决”“快速解决”“亟待解决”，又把“亟待解决”中的四个项目分成“简单整改即可应用”和“进一步整改才可应用”两类。最后，他选定了游梁式抽油机曲柄平衡调整工具为联手创新的入手点。

代旭升这样决定是有原因的，胜利油田有 1.5 万多台游梁式抽油机在工作着，为了保证抽油机能平稳运行，平均每天约有 50 多台抽油机需要调整平衡块的位置。然而，用常规的方法调整平衡块的难度很大。一是移动速度慢，操作人员多。平衡块重达一吨，操作时需两个人晃动的同时一个人去撬动。二是撬杠不容易找到支点，而且易撬滑。三是存在高空坠落的安全隐患。四是晃动平衡块时，易挤伤操作人员的手和损坏设备。

为了解决这些问题，多年来，许多一线员工前后发明了 5 大类 12 种工具，但这些创新成果都存在这样那样的不足，比如连杆遮挡时，工具不能分体使用；棘轮扳手扭力小，需要操作人员多等。

就从这件最棘手的事情开始！代旭升想，在这些已有成果的基础上，能进一步研制出在生产中提高效率、降低强度、节约成本、便于推广，真正能创新创效的好成果。

代旭升打电话给宋协胜说明了自己的想法，宋协胜说："这个项目好，解决大问题。代大师，你就放手干，有什么需要就来找我，我能解决的一定解决，解决不了的，咱们一起寻求组织帮助。这在胜利油田还是第一次。全油田有近百家创新工作室，'横向联手'是创新工作室的一种全新工作模式，也是今后的发展方向。"

2013 年 4 月 28 日，劳动节假期的前一天。代旭升发了英雄帖，决定 5 月 2 日召开游梁式抽油机曲柄平衡调整工具整合研讨会。

帖子发出去几分钟时间，第一个报名电话就打了进来。代旭升一看手机显示：孟向明。

"师傅，我要报名研制调平衡工具。明天我就过去找您。"孟向明很急迫地说。

"明天放假了，在家陪老婆孩子吧。节后再说。"代旭升说。

"等不到节后了，我恨不得现在就过去。"孟向明更加急迫。

还没等把孟向明安抚好，代旭升办公室的电话又响了。

"代大师，我是春来。"张春来说，"别等 2 号了，明天就开始吧。"

"你也是个急性子。"代旭升笑着摇了摇头。

王刚更是等不了，直接开车来到代旭升办公室。"师傅，明天就开始吧，我把自驾游都推掉了。"王刚几乎是用了央求的语气。

……

就这样，在更多创新爱好者的强烈要求下，研讨会定在 4 月 29 日——劳动节假期的第一天——召开。

代旭升连夜整理了报名信息和研讨会上要用到的材料，他此刻只觉得感动，这是一群多么可爱的创新爱好者啊！为了研发一个新工具，放弃假期，放弃旅行。他后悔没有早一点想到联手创新这件事，耽误了大家的行程安排。同时，他想到现在就要走上联手创新这条大道了，能不能找准方向，能不能走得远、走得快？代旭升感到肩上责任重大。

2013 年 4 月 29 日，天气出奇地好。东营的好天气只有 4 月底 5 月初那么几天，暖而不热，晴而不晒，无风无雨，让人感到每个毛孔都舒适。

刚 7 点 30 分，代旭升就沿着办公楼北边的路拐进工作室。刚一进去，他就被眼前的情形打动了——七八个人围在工作室门口，有的站着，有的蹲着。蹲着的两个人一边讨论一边在地上画图，站着的人也不时地插两句，或弯下腰指点两下。

“来得都这么早啊！”代旭升招呼大家。

“师傅，是你来得晚了！”张建国开玩笑说。

进了工作室，大家按顺序坐好，代旭升把一摞资料放在桌子上，想要张罗点茶水，抬头一看——十几双眼睛都在看着他。

“我烧点水。”代旭升刚挪了两步，就被赵海英拽住。

“烧什么水啊，不渴。直接进入正题。”性急的几个吆喝起来。

代旭升再一次感到心里热乎乎的，这些创新者把创新看得比任何事情都重要，对联手创新的渴望更是压不住、盖不住，喷薄而出。

代旭升接下来介绍这次研讨会一共有两个议题，一是宣布游梁式抽油机曲柄平衡调整工具研制项目组成立，确认成员分工；二是明确工作方向，将之前的 9 个成果分类筛选，确定进行最终 PK。

项目组成员根据各自的特长进行了分工，代旭升任组长，主要负责组织、设计、试制；油田采油技能大师、代旭升的徒弟孟向明、唐守忠、张建国、杜国栋任副组长，负责设计、试制、前期加工制作；郝鸿峰、赵海英、张春来任项目组首席技师，负责现场和试制；张前保、王刚任主任技师，负责现场、试制、图纸绘制和 3D 打印。

2 位技能大师、3 位首席技师、4 位主任技师、7 个创新工作室、10 个采油厂，各显神通，横向联手创新。

项目组一成立，就马上投入紧张的工作中，几个人围着几件工具认真地研究起来。代旭升还是烧了水，冲了茶。他的这些徒弟们，工作起来就忘了吃饭是常事，如果再缺了水可就真吃不消了。

经过层层甄选，项目组从液压式、杠杆式、滚轮式和螺旋式 4 大类 9 项成果中，择优选出了 7 项参加最终展示 PK。

代旭升说：“PK 的最终目的不仅是评出谁最好，而且是要从不同角度分析现有的创新成果，择优整合，提升创新成果的实用推广价值。只有不断拓宽技术创新的参与范围，才能让创新成果在技术上更具先进性，在使用上更具普遍性和广泛性。”

7 个采油厂的首席、主任技师和 7 位老工人组成联合评审团，从不同角度评判优劣，结构简单、操作方便、成本较低的优化整合方向也最终确立。通过 PK，7 个成果淘汰了 6 个。

代旭升又向各评委提出：给淘汰的成果找出 3 个优点，给胜出的成果找出 3 个缺点，以优补缺。

2013 年 5 月 30 日，新工具在东辛采油 11 队营 11-51 井试用时，却发现齿轮、扶正螺母与平衡块之间的摩擦力较大，移动平衡块时费力较大，而且移动一段距离还要松一下扶正螺母。代旭升说："不顺手，就整改！"

2013 年 6 月 19 日，第二套新工具在现河采油厂孟向明工作室现场试验，原有问题解决了，可又出现了新岔子——市面上现成的棘轮扳手扭力太小，多次使用后竟然损坏了。徒弟们都看着代旭升，代旭升说："不要紧，再整改！"

2013 年 6 月 27 日，联手创新项目组自己设计加工了棘轮扳手，分别在东辛、胜采、现河等 7 家二级单位试验，在 12 型、14 型抽油井试用时，棘轮扳手的扭力仍不够。大家的心有点凉，代旭升给他们打气："这点困难算什么？不经受失败就不会知道什么是成功，不合适就改，没有达到预期效果就继续努力。人多力量大，继续改！"

7 月 4 日、7 月 22 日、7 月 28 日……试验一直在继续。

8 月 20 日，阴沉闷热。整个世界似乎都在一个巨大的蒸锅里被盖上了锅盖，放眼望去，全是黑压压的一片。到处传来天上准备开饭的声音，震耳欲聋。一会儿，又似有人耐不住饥饿，打开了这锅盖，引得这燥热的气流到处乱窜，滚烫的气流吹得人没法睁开眼。

代旭升带着张建国、王刚、孟向明、张前保进行第 17 次试验，棘轮扳手的扭力仍然不够。这已经是第 5 次增大扭力了，如果继续增大，棘轮扳手就要做得比现在粗两倍，何谈轻便？

代旭升抬头看了看天，对几个徒弟说："今天就到这里吧，可能要下雨了，天太热了。"听见代旭升的话，几个人开始收拾工具，谁都没有说话，心里都像这天气一样阴沉。

"走，吃饭去，我请客。吃麻辣鱼怎么样？这样的天气吃点辣的、出一身汗才舒服。"代旭升招呼大家。

几个人坐在小饭馆里，桌子上是几碟青菜，中间的白瓷盆里装着麻辣鱼，雪白的鱼肉镶嵌在飘着红油的鱼汤里，上面撒了一层切得细细的葱花，粉白、火红、翠绿，甚是惹人喜爱。

墙角里一台柜式空调呜呜地吹着冷风，代旭升走过去，拿起遥控器，把温度调高了两度，又把空调的百叶往上掰了掰。

"开动。"代旭升说。

没有人说话，更没有人动筷子——张建国盯着一盘凉拌木耳发呆；张前保把胳膊撑在膝盖上，看着自己的鞋，不知道在想些什么；王刚用食指蘸了茶水，在桌上画圈圈，画完一个就擦掉再画一个。

一阵铃声打破了安静，孟向明的手机响了。

"向明，今天是不是不回来了？"电话是孟向明的妻子打来的。

"嗯。"孟向明嘴都没张开，从喉咙里发出声音。

"吃饭了吗？"妻子又问。

"嗯。"又是喉咙出声。

"今天试验怎么样，成功了吗？"妻子小心翼翼地问。

"别问！"孟向明这次张嘴了，而且张得很大。

挂断电话，孟向明把手机啪地一下扔在了桌子上。

"向明，这是什么

态度？人家这是关心你。”代旭升给孟向明盛了一碗鱼肉，又拿起王刚面前的小碗，“这么点挫折就把你们打倒了？”

“我给你们讲个故事，也许你们都听过，就是爱迪生发明电灯的故事……”代旭升娓娓道来。

其实，早在1821年，英国的科学家戴维和法拉第就发明了一种叫电弧灯的电灯，这比爱迪生的发明早了近60年。这种电灯用炭棒做灯丝，虽然能发出亮光，但是光线刺眼，耗电量大，寿命也不长，很不实用。

后来，爱迪生就暗下决心：“电弧灯不实用，我一定要发明一种灯光柔和的电灯，让千家万户都用得上。”但真正研制起来却没有想象的简单。爱迪生的实验始于灯丝材料，可经历了一次次失败后，很多专家都认为电灯的前途黯淡，英国一些著名专家甚至讥讽爱迪生的研究是“毫无意义的”，一些记者也在报道中冷嘲热讽，但爱迪生没有退却。

1879年10月，在一次偶然的机会下，爱迪生的老朋友麦肯基来看望他。爱迪生望着麦肯基说话时一晃一晃的长胡须，突然眼睛一亮，说：“胡子！先生，我要用您的胡子。”麦肯基剪下一绺交给爱迪生。爱迪生满怀信心地挑选了几根粗胡子进行炭化处理，然后装在灯泡里。可令人遗憾的是，试验结果并不理想。“那就用我的头发试试看，没准能行。”麦肯基说。这句话深深地触动了爱迪生，但他明白，头发与胡须性质一样，于是没有采纳老人的意见。爱迪生起身，准备为这位慈祥的老人送行，并下意识地帮老人拉平身上穿的棉线外套。突然，他喊道：“棉线！为什么不试棉线呢？”

麦肯基毫不犹豫地解开外套，撕下一片棉线织成的布递给爱迪生。爱迪生把棉线放在U形密闭坩埚里用高温处理，然后用镊子夹住炭化棉线准备装在灯泡内。可由于炭化棉线又细又脆，加上爱迪生过于紧张，拿镊子的手微微一颤抖，棉线就被夹断了。最后，费了九牛二虎之力，爱迪生才把一根炭化棉线装进了灯泡。此时，夜幕正在降临，爱迪生的助手把灯泡里的空气抽走，并将灯泡安在灯座上。一切工作就绪，大家静静地等待着结果。接通电源后，灯泡发出金黄色的光辉，把整个实验室照得通亮。

但是，这灯究竟会亮多久呢？1小时，2小时，3小时……时间一分一秒地过去，这盏电灯足足亮了45小时，灯丝才被烧断。这就是人类第一盏有实用价值的电灯。

讲到这里，代旭升看了看几个仍然低着头的徒弟，说：“你们知道爱迪生试验了多少种材料，试验了多少次吗？”

王刚抬起头说：“10次？”

代旭升摇摇头。

张建国说："怎么也得有几十次、上百次吧。"

代旭升仍然摇头。

"那有多少次？总不会上千次吧。"孟向明说。

"试用了6000多种材料，试验了7000多次。"代旭升说。

几个徒弟都不相信自己的耳朵，满脸的吃惊。

"是真的，具体数字我记不清了，但真的是这样的。"代旭升继续说，"咱们这才实验了几次，你们就这样垂头丧气了。爱迪生还是一个人实验，失败了都没有人安慰。咱们好歹是个团队，失败了还能互相鼓励。都打起精神来，这次不行咱们就分析原因，三个臭皮匠赛过诸葛亮，何况咱们还是'诸葛亮'呢！只要功夫到了，一定能成功。我一直这样想，没有经历过失败的创新过程本身就是失败的，肯定不会出好成果。"

"轰隆隆……"一阵闷雷响起，继而一道闪电划破了天空的沉寂，搅醒了大地上的生灵。雨，如根根银剑疾射而下，射向每个角落，似乎要把所有的郁闷都洗净，要把所有的低落都填平。

"掌柜的，来瓶小二！"孟向明打开房间门朝外招呼道。

"这雨下得真痛快！师傅，咱们喝两口，睡个好觉，明天接着来！"

"好！"代旭升答应得痛快。

一个星期后，8月27日。一大早，代旭升带着王刚在工作室测试新挑选的几种制造棘轮扳手的材料。

张建国推门进来，说："师傅，中石化集团公司人才工作处的领导和专家，要来看咱们研制的游梁式抽油机曲柄平衡调整工具，已经到采油厂了，马上往这里来。"

"好，知道了。"代旭升手上的工作没停，头也没回，"建国，把桌子上的游标卡尺拿过来。"

"好。"张建国也加入了测试。

中石化集团公司人才工作处一行人来到的时候，看到的是这样一幅场景：

地上一块油布，整齐地码放着一根一根的金属材料杆，代旭升一条腿蹲着，另一条腿跪在油布上，左手撑住地面，右手拿起一根材料，透过花镜看一看，又从花镜上面看一看，看完又拿起另一根。张建国和王刚背对着门，对着一张图纸在热烈地讨论着。

门外的人谁也不好意思打扰他们，也打扰不到他们。

当时采油二矿工会主席刘敏杰见师徒三人很久都没发现他们的到来，无奈地喊了一句："代师傅，中石化的领导来看大家了。"

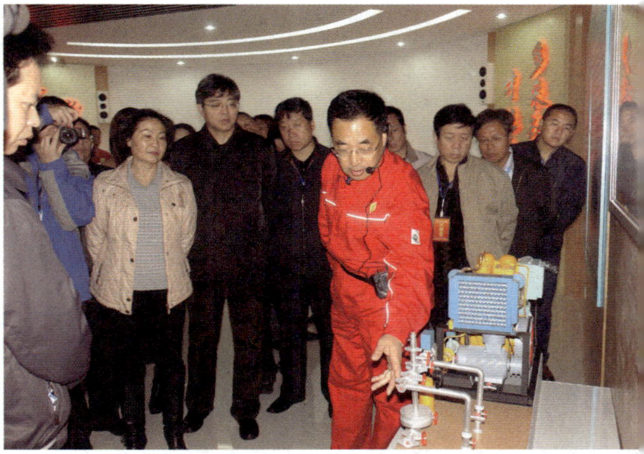

“啊，哦哦哦。对不起啊，没听见你们的声音啊。”代旭升随即起身，可能是腿麻了，他轻轻地敲了敲大腿外侧，又跺了跺脚。

代旭升带着领导和专家来到就近的一口抽油机井。8月底的天气仍然很热，他的红色工作服紧贴在后背上。

“代师傅，你去值班室凉快一下，让张建国和王刚演示就行了。”刘敏杰说。

“没事，有些地方我还需要解释一下。”代旭升说。

王刚和张建国按标准停好抽油机，爬上操作台，装好传动杆，上好扶正螺母，根据调整方向装好棘轮扳手，双手握住把套来回提拉，平衡块开始移动。前后过程不过五六分钟。

井场上的领导和专家见此情景都惊讶地轻呼。

“我们还在改进，棘轮扳手的扭力依然不够。刚才我们就是想要尝试几种新材料。”代旭升说。

“太了不起了！代大师，这种程度已经很了不起了。”

“还要改进，而且在实验过程中还遇到了更多的实际问题，比如曲柄面锈蚀严重的、需要爬坡的，对新工具的工艺要求很高，我们还要继续努力。”代旭升说。

“期待你们研制成功的那一天！按照代大师您的说法，如果能应对这么多复杂情况，这项工具能载入胜利油田乃至石油石化的史册，你们联手创新项目组更是功臣。”中石化人事部人才管理中心主任孙远芳给予了极高的评价。

2013年11月3日，项目组成立187天，33口抽油机井，试验43次，终于，第5套设计方案通过了项目组自己的试验考核。

代旭升带领项目组根据第5套设计方案制作了10套工具，分发到胜利油田10家采油厂，选聘各厂首席技师、主任技师担任试用组长，让一线技师和员工试用。

一个月的时间，10家采油厂、40余人次的试用，57台各型抽油机的尝试，游梁式抽油机曲柄平衡调整工具深得基层员工认可，也收到了新的改进建议。

一个月的时间，代旭升带着项目组走遍了大大小小的采油厂，一趟趟进行生产现场调研，一次次进行集中讨论和改进调试，哪里有试用就去哪里，就蹲在井场上与一线技师、员工探讨，用石头在地上画图。经常是一个问题讨论半天，直到把井

场周围的空地画得满满的。

试用归来，代旭升收集了大量的信息，都是一线技师、员工在试用过程中反馈给他的。他还把每次的试用情况都用照相机拍下来，回到工作室同项目组反复研究，不放过任何一个小问题。必须做到精益求精，代旭升想，这是第一次联手创新，一定要做出个样子，为以后的工作开展起一个好头。第一次做好了，继续下去就不难；第一次没做好，就会心不齐，气不顺，劲不足。

项目组对游梁式抽油机曲柄平衡调整工具进行了第 6 次改进，不仅提升了工具的制作选材，连旋转标示、工具箱布局都更新了设计。代旭升看着改造后的调整工具，笑着说："这个工具可是我们用做艺术品的劲头儿做出来的。"

这时候，已经是 2014 年的初春，距离项目组开启工作已经过去了 11 个月，游梁式抽油机曲柄平衡调整工具最终定型！

虽然游梁式抽油机曲柄平衡调整工具已经定型，但是未投入生产之前，谁都不能保证它是否适合实际操作，因此还要继续进行试验。就这样，代旭升带着项目组的年轻人一次又一次投入新的试用。

2014 年 7 月，孤岛采油厂 GD2-37XN23 井场上，35 ℃ 的高温，太阳把天空和地面烧烤得仿佛胶着在一起。几个年轻人都有些吃不消，可是年近六旬的代旭升仍然兴致高涨，不断增加试验强度，来检验工具的抗疲劳性。

远处的值班室内，几个女工把脸贴在窗户上往外看。

“那三个人在干吗？这都折腾一下午了。”高个子女工说。

“说是试验什么工具，调平衡的工具。”矮个子女工说。

“别逗了，调平衡？就那三个人？其中一个年纪还那么大。”圆脸女工说。

几个人终于按捺不住，决定派圆脸女工去一探究竟。她带上管钳，提着样桶，假装路过，一步一步接近 GD2-37XN23 井。

“这位女师傅，来，帮我们试用一下工具。”代旭升看见圆脸女工，热情地招呼她。

“行！”圆脸女工很爽快，小步跑到井场前，放下管钳和样桶，“是什么工具？你们是什么单位的？”说话间接过了代旭升递过来的棘轮扳手。

“调平衡的工具。”代旭升说。

圆脸女工一听变了脸色，把棘轮扳手塞回代旭升手里。“大热天的，你这个老师傅怎么忽悠人。”她重新拿起管钳和样桶，转身就走。

“别走啊，你人不大，脾气还不小。行不行，试试就知道了，我这么大年纪了，总不会骗你吧。”代旭升不恼，笑着拦住圆脸女工。

王刚和张前保也在旁边帮着动员。圆脸女工终于同意上去试一试。

圆脸女工跟随张前保爬上操作台，仍然觉得这样的事情不可思议，回身往下看，代旭升朝她挥挥手，“你试一下，自己试一下”。

张前保把工具安装到位，详细地告诉圆脸女工应该怎样操作，然后退后一步，说：“可以了，剩下的你自己来。”

圆脸女工深深地吸了一口气，仿佛下定了决心似的，慢慢转动棘轮扳手。五度，十五度，三十度，当棘轮扳手转动了四十五度的时候，平衡块发出咯噔的一声，居然挪动了。圆脸女工嘴巴大张，“啊”地叫了一声。她简直不能相信自己的眼睛，平衡块就这样被挪动了？

不相信，一定是错觉。圆脸女工又一次转动棘轮扳手。平衡块再一次被挪动。她转身看着张前保，又转身看着站在操作台下的代旭升，“我，我，我不是在做梦吧”。

重新回到地面，圆脸女工呆呆地望着代旭升，她还没有从震惊中清醒过来。

“小同志，试用得怎么样？欢迎你提宝贵意见。”代旭升说。

“没，没有意见。这跟做梦一样啊。一会儿你帮我做个证，我要告诉她们是我自己挪动了平衡块。”圆脸女工指着远处跑过来的几名女工说。

几名女工跑上前来，圆脸女工拽着她们的衣袖，语无伦次地复述了刚才的经过。

大家都惊呆了，都跃跃欲试，争抢着要上去试一试。

“好，每个人试一次，不过试完了可要提出一条意见。”代旭升笑着说。

几名年轻的女工依次试用了工具后，在井场边围着代旭升蹦跳着、尖叫着，“太棒了！”“这个工具太好了！”“以后班长可以放心休带薪假了，我们自己就能调平衡了！”

……

“我怎么觉得您有点眼熟。”圆脸女工歪着头看着代旭升，“您是代旭升，代大师？”

“我是代旭升。你现在不觉得我在忽悠你了？”代旭升说。

“天啊，你真的是代大师！我就说嘛，这么好用的工具，肯定不是普通人造出来的。”圆脸女工兴奋地说。

“这还真是普通人造的，这是我们项目组集思广益，吸取各家经验造出来的。我们都是普通人。现在是不是可以给我说说你们的意见了？”代旭升谦虚地说。

“真没什么意见，这就是一件神器啊。如果真要提，它要是能漂亮点就好了，现在这样黑黢黢的，颜值太低了。”圆脸女工说。

“好，接受。”代旭升痛快地答应了。

“能不能把这个工具送给我们？”一名女工说。

“现在只是雏形，我们会改进得更顺手、更便于操作，而且像你们说的，颜值更高。那时候，我一定亲自把工具交到你们手上。”代旭升承诺。

回到工作室，代旭升和他的项目组又开始改造游梁式抽油机曲柄调整工具。很多人不解，工具不是最终定型了吗，代大师怎么又开始“折腾”了？几个职工不好意思问他，就拦住王刚打听。王刚说，知道大家迫不及待地想要用上新工具，但是代旭升说了要做到精益求精，让新工具能应对各种状况，一点缺陷都没有。

又是半个月，代旭升对照他从现场采集回来的信息，逐条解决，逐项实验，将移动齿轮和传动杆进行了分体设计，克服了连杆阻挡而无法安装和取出的难题，安装变得很方便；针对 12 型游梁式抽油机体积大、曲柄平衡块质量大的特点，将工具镶嵌了推力球轴承，由滑动摩擦变为滚动摩擦，扶正螺母让传动杆变为同心转动，这样一来，一名男职工单臂就能完成工作；对于曲柄面锈蚀严重的抽油机，项目组又研制加工了重型棘轮扳手。当然，还有圆脸女工提到的“颜值”问题，代旭升也郑重地记到工具待改进内容中，认真仔细地对工具外观进行了“整容”。

张建国说，半年的工作进度都不如这半个月快。

代旭升笑着说：“因为我们的工作有了底气，这是基层员工给我们的底气。只有基层员工认可，才算最后成功。项目组这几个人难免有想不到的地方，我们为基层

员工制作工具，就要让他们感到顺手、省劲儿才行。基层员工提出来的这些建议和意见，我们要感谢，由衷地感谢，人家帮助我们拓宽了思路，明确了方向，找到了不足。”

2014 年还有 3 天就要结束了。游梁式抽油机曲柄平衡调整工具发布会在这一天举行，准备活动略显匆忙，徒弟们想要定做几块展板都没来得及。代旭升说，让广大基层员工新年用上新工具，不需要那些花里胡哨的东西，咱们用效果说话。

代旭升代表项目组对游梁式抽油机曲柄平衡调整工具的使用原理及方法进行解说。他先是通过 PPT 进行汇报，随后又把与会领导和专家带到井场上。

“各位领导、各位专家，大家好！”代旭升穿着为了发布会特地准备的簇新的红色工作服，戴着白色的安全帽，站在井场上。他的胸前别着一个随身麦克风，细心的王刚还帮他把麦克风线藏进了衣服里。

“我已经用 PPT 向各位领导、专家汇报了游梁式抽油机曲柄平衡调整工具的集成、优化情况，请再看我们实际操作的展示。因为时间关系，我们将停机等工作提前进行了准备，只展示平衡块移动的过程。”代旭升接着说。

桩西采油厂的杜国栋、孤岛采油厂的苗一青和东辛采油厂的张建国此时已经戴好安全带、攀上了抽油机，他们要演示的是用常规的方法调整并平衡。杜国栋和苗一青开始晃动平衡块，因为空间限制，两个人不敢大幅度地晃动，于是显得特别吃力，同时张建国开始用撬杠撬动平衡块，他神情紧张，两只手把撬杠攥得紧紧的，生怕打滑。

看到这里，观众席上起了一阵小骚动。“这就是常规的操作流程，挑不出什么错误。多年以来，采油工一直这样调平衡，代旭升究竟想要给我们展示什么？”

“停。”代旭升朝抽油机上的3个人挥手示意，“已经15分钟了，汇报一下你们的进度。”

“两毫米。”张建国喘着粗气，伸出两根手指，杜国栋和苗一青也用袖口不停地擦额头。

“爱昵，上来吧。”代旭升招呼观众席后面一位长相清秀、身形瘦小的女工，“这是河口采油厂的隋爱昵，下面请她用调整工具进行调整。”

观众席上又起了一阵小骚动。

操作台上的隋爱昵慢条斯理地将固定螺丝卸下、取下齿轮，将传动杆从里面插入，又装上齿轮，拧紧固定螺丝、扶正螺母，随后装上棘轮扳手。她顿了两秒钟，看了一下地面上的代旭升，然后缓缓地用手来回搬动手柄，平衡块开始自动地向前移动。

“停，汇报进度。”

“70毫米。”隋爱昵用清脆的声音向观众席汇报，随后转过身取下棘轮扳手，将扶正螺母卸下，将传动杆和移动齿轮一块从外面抽出。

观众席鸦雀无声，大家都静静地看着这位瘦小的女工收拾工具用具。其实，他们仍然沉浸在震惊之中。太不可思议了！

几秒钟过后，观众全体起身鼓掌。成功了！游梁式抽油机曲柄平衡调整工具成功了！

代旭升抑制住内心的激动，继续介绍：优化后的工具体质小、重量轻、操作灵活、安全性高、实用性强，原来进行游梁式抽油机曲柄平衡调整，需要三名强壮的男员工忙活一个多小时，现在使用集成优化工具，一名女工几分钟就能完成，极大地提高了油井生产时率。目前，该项创新成果已在油田 14 家采油厂推广应用，并取得了很好的效果。2014 年，油田第十八届职业技能竞赛组委会将该项成果指定为采油工比赛专用工具，此前，游梁式抽油机曲柄平衡调节这个项目从未在技术比赛中出现过。2014 年 7 月，该设备接到国家专利申请受理通知书，并于同年 12 月，获得国家新型专利证书。

“自己的工具自己做。”对于这项创新成果，代旭升意味深长地说，“一说起创新、革新，总让人觉得很高深。其实，工人创新就是为了更好地、更顺手地干好活，其中大多数还是实用工具。这次的联手就是想让这些独自为伍的工具整合起来，做出像管钳一样过硬的实用工具。”

油田第一项联手创新成果——游梁式抽油机曲柄平衡调整工具集成优化的成功，吹响了技能人才提质增效升级的号角。代旭升和他的团队用这次成功开启了油田联手创新的新纪元。

横线联手初获成功，群情激昂，油田上下又掀起了一波创新热潮。

在游梁式抽油机曲柄平衡调整工具研制的同时，这支联合创新团队还在现河采油厂孟向明工作室和孤岛采油厂唐守忠工作室展开第二期、第三期创新整合，目标是皮带轮装卸工具和游梁式抽油机曲柄销子取出器。

代旭升说：“中央提出‘大众创业，万众创新’，协会提出创新成果集成、优化，这些都是我们工作室的工作方向。虽然我们分别牵头集成、优化完成了三项成果，但这只是初步的成功，我们要做更多更实用的工具。下一步将由杜国栋、张建国工作室分别牵头，集成、优化出多功能黄油加注装置和多功能电机滑轨两项成果。归根结底，我们都是一线技师，始终服务一线，服务基层员工。一定要珍惜这些难得的机遇，更加努力工作，搞好传帮带，结合岗位生产实际需要，集成、优化、研制出更多、更好、具有推广应用价值的成果，为油田打好‘寒冬’保效攻坚战、实现油田转型发展贡献力量。”

不到 3 年时间，5 次联手创新，张建国一直跟随着代旭升。

张建国说：“通过参加几次成果集成优化活动，跟师傅学习到了如何进行问题的收集与调研，如何组建团队，如何发挥高技能人才团队的作用，这比从师傅那里学到技术和技巧更宝贵。我从师傅身上看到研发人员身上精益求精的精神、严细认真的态度。”

2016 年 4 月的一天，张建国敲开了代旭升的家门。

这个徒弟很少到家里来找他，师徒俩从来都是在工作室见面，代旭升知道徒弟肯定是有重要的事情对自己说。

“师傅，我想成立个项目组，请你做技术指导。”张建国坐在沙发上，低着头搓手。

“好事啊，你害羞个什么劲。”代旭升给他倒了一杯水。

“我心里没底啊，想和你商量商量。”

“什么项目？”代旭升问。

“油井井口不停产快速连接装置集成优化。”说起项目，张建国来了精神，“胜利油田约有1.27万口油井实现了功图远传计量，但是部分油井根据生产需要，每月要用计量设备对油井日产液量进行标定，需要在井口连接外部设备，每口井每次操作需用时45分钟，每口油井每年完成此项工作累计停井540分钟。我想要解决传统操作的弊端，实现井口不停产连接。”张建国一口气说完自己的想法，用期盼的眼神看着代旭升。

“好，想法好！”代旭升说，“有这么好的目标，你怎么还没有底气呢？当然，靠你一个人的力量完成起来困难多，可以寻求同伴帮助，组建项目组。你需要我来做什么就尽管说，只要我能做到的一定做。”

得到师傅的肯定，张建国高兴极了，甚至来不及和师娘打招呼就跑了出去。

回去的路上，张建国在脑海里迅速地把想法和方向过了一遍，又迅速地筛选了几名伙伴，确定了项目组成员。等到了办公室，一个基本成熟的方案已经在他脑海里形成。

第二天，张建国向油田8个采油厂的1位技能大师、6位首席、3位主任技师发出邀请，很快就收到了答复。下午，集成、优化项目组成立。

从2016年4月至8月，项目组采取分头行动、集中讨论的办法工作，在此期间召开了3次整合会议，从5种现有成果中挑选出了两种切实可行的成果，讨论各自的优缺点，确定最佳方案。

代旭升全程参与工作，用实际行动支持张建国。他说：“看到徒弟能组织项目组、独当一面，我备感欣慰，感觉联手创新这条路走对了。徒弟们通过交流和互助取得了长足的进步，年轻人的脑子转得快，主意多，大家联合拧成一股绳就更加有力量了，连我这个做师傅的有时都自愧不如。”

代旭升对张建国说：“过去创新都是我们个人有了想法个人鼓捣，后来油田给提供了平台，成立了创新工作室，实现了集体创新。而现在是工作室之间、采油厂之间的横向联手，可以说，是油田技术创新工作者共同智慧的结晶。我们自己的工具自己设计自己做，一定更顺手。和兄弟单位一起工作，你要竭尽全力，有多大本事使多大本事。每个人都毫无保留，才能出精品。”

张建国听了代旭升这一番话后，心里热乎乎的。不管做什么，有师傅在身边，他就感觉踏实，有主心骨。

经过反复讨论，他们最终确定充分利用油嘴套的结构特点，来实现装置连接的工作方向。如何才能在不改变原有流程，并且保证不停井的情况下，实现体积小、造价低廉、连接方便且安全可靠的各种设备连接呢？油嘴套的外循环套在胜利油田的用处不大，于是他们打破常规思维模式，将联动三通应用于该装置中，对油嘴套的内部进行重新设计，让油嘴套具有改变油流方向的作用，通过联动三通闸门开关，实现整个计量过程不需要停井连接，同时具有了压力、温度远传功能。

2016 年 5 月 28 日至今，该装置在东辛、胜采等 5 口井上实验应用，共标产、热洗 18 井次；双路回油装置目前已在油田所有的标产车上配备，应用 500 井次，每井次节约时间 45 分钟，累计增油 285.6 吨；操作人员由 2 人减为 1 人，每井次节约 1 人，518 井次就节约了 518 人，累计创造经济效益约 10.36 万元。如果在全油田推广使用 10000 口井，年可创经济效益 5000 多万元，如果下步不用计量站，计量效益会更多。该成果得到了油田各级领导的肯定，获得了胜利油田技能创新成果集成优化项目推广奖，项目组也在胜利油田 2016 年优秀技能人才表彰大会上作了典型发言。

“横向联手”再显神威！

接连几次的成功，鼓舞了更多的技术人员和技术团队加入横向联手中来。在油田集成优化活动如火如荼地进行之际，代旭升又提出了新的思路，即在现有成果集成优化的同时，展开联合攻关，集各家之所长，共同对某一个项目进行攻关。

这个想法提出时，其他人还正陶醉在集成优化成功所带来的兴奋之中，大家听到后有点错愕。代旭升说：“我们不能躺在功劳簿上，必须与时俱进，没有创新就没有出路。”大家又一次被师傅的高远眼光所折服，他不仅是现场创新能手，还是现场创新思路大师。

代旭升通过师徒联谊会等活动，组织大家将现场发现的问题进行研讨和

攻关，将原来一个工作室或个人单打独斗式的创新，形成了一个基本能够涵盖油田的联合攻关集体，这样不仅节约了人力物力，而且提高了成果的生命力和适用性。

联合研制的高低温油井换热装置，将高温油井的热能置换到低温油井，减少了低温油井原油加热所消耗的能源，具有良好的推广价值。在攻关活动中，代旭升负责总体调配，针对不同的分工展开协调，唐守忠负责换热器的设计加工，孟向明负责换热管线的设计加工，张建国负责油井进出口装置的设计加工，杜国栋负责对换热泵的选择与电路设计。这些工作虽然是各自单干，但在代旭升的组织协调下，进行得井井有条，顺利地实现了装置的加工与现场实验，并取得了良好的效益。

代旭升笑称这项活动就如同在建的航母，分段建设，最后集成，这也是对集成优化活动的进一步提升。最终，该项成果获得了油田创新成果一等奖。

2015 年元旦刚过，所有人都喜气洋洋地准备迎接春节的到来。一时间，商场、市场都像煮沸了般热闹起来，到处都是红彤彤的，红色的春联，红色的灯笼，小朋友挥着红红的糖葫芦，老太太舞着红红的绸带，仿佛只有这红色才能表达出人们对春节的喜爱，才能衬托出中国年的繁荣景象。也正是此时，国际油价却像遭遇了绿色魔咒，崩盘似的下跌，跌幅超过了 50%，最低达到了 43.58 美元 / 桶。

“老代，快来帮我提东西，买了好多肉和鸡蛋。”代旭升的老伴儿两手提着三四个塑料袋，用肩膀把房门顶上，朝着屋里喊。

“嗯。”代旭升坐在沙发上盯着电视上的新闻频道，头都没回。

“你天天对着手机看还不够，这会儿又看电视了，油价就那么重要？电视上说没说鸡蛋涨价的事？”老伴儿见他动也没动，抱怨道。

“鸡蛋涨价你找母鸡商量去，问我做什么。油价当然重要了，我不关心油价还能算石油人吗？”代旭升终于起身了，接过老伴儿手里的东西重重地放在桌子上。

“哎呀，我的鸡蛋！”老伴儿高呼着跑过去抢救鸡蛋，但是再也不抱怨了。她知道代旭升是真的着急了，油价跌了几天，他就着急了几天。

电视里播音员说：“伴随着油价不断下跌，特别是过低油价的较长期（半年以上）运行，世界石油行业进入‘寒冬’，其影响的深度和程度远甚于以往。”

代旭升的心也沉入谷底。

春节到了。一家人围坐在一起，老伴儿穿梭在厨房和餐厅。代旭升看着可爱的孙女、恩爱的儿子儿媳，嘴角忍不住上扬。他想起之前度过的每一个春节，每个都不一样，每个又都一样。不同的是，孩提时代积攒的或多或少的好印象随之趋淡，不再是鞭炮、烟花、水饺、压岁钱的年代，不再憧憬自己又长了一岁，见识又多了一成；现在的春节对他来说，是个快乐的时刻，更是个让人猛然意识到年龄为之衰老、责任为之重大的关口。

“病眼少眠非守岁，老心多感又临春。火销灯尽天明后，便是平头六十人。”

晚饭后，家里的娘子军都凑到卧室里试新衣服，他和儿子在沙发上坐下来。

外面的鞭炮声此起彼伏，代旭升大声和儿子交流：“你天天抱着手机看，现在给我讲讲油价的事，到底对咱们有多大影响。”

“爸，大过年的，咱能说点别的吗？”儿子苦笑。

“快讲！手机、电脑上的字太小了，我看得眼晕，你都看到哪些，给我汇报一下。”

“爸，我这么跟你说吧。油价暴跌给世界石油勘探开发带来严峻挑战，但同时也给世界石油行业的深度调整、实现高效开发带来了机遇。”儿子解释道。

“什么机遇！我只看到油价跌得让人揪心，再这么下去，关停井也是有可能的。”代旭升同油井打了一辈子交道，他最不希望看到的就是关停井。

“要从多个角度分析问题，油价跌，成本有限，这势必要求我们依靠技术创新实现低成本发展。”儿子挑了挑眉毛，“这不是机遇吗？这可是你们这些创新者的机遇呢！”

一语惊醒梦中人，更何况代旭升还是个思维清晰、逻辑思维能力极强的“梦中人”。

代旭升一拍大腿，“对！在油价暴跌‘洗礼’之后，依靠技术进步和高效管理实现低成本可持续发展才是正路子。”

清醒后的代旭升，兴奋得按捺不住。“面对寒冬期，我们应该做什么？”“寒冬期如何破冰前行？”瞬间，这些他思考了很多天的问题一下子都有了答案。顾不上精彩纷呈的春节联欢晚会，他一头扎进书房开始写。“写什么？对，就写一封倡议书，给石油人，特别是给创新的石油人鼓鼓劲儿，越是困难，越要发扬产业工人不怕难的精神，发扬石油精神、大庆精神、胜利精神！”

一是要坚定信心，大力传承和弘扬石油工业优良传统。我国石油工业的发展离不开石油工业的优良传统，我们要充分发扬工人阶级识大体、顾大局的光荣传统，坚定不移地听党话、跟党走，大力传承和弘扬大庆精神、铁人精神、石油精神，以高度的主人翁意识，与企业同呼吸、共命运，共御“寒冬”。

二是要提高素质，争当“大国工匠”式的技能人才。我国石油工业的发展离不开高素质的职工队伍。我们要勤于学习、善于实践，不断提高综合素质，练就过硬本领；要大力弘扬新时期工匠精神，努力提升执着专注、严谨踏实、一丝不苟、精益求精的职业素养；干一行、爱一行、钻一行，争做“大国工匠”式的高技能人才。

三是要爱岗敬业，为实现“十三五”规划建功立业。我国石油工业的发展离不开广大石油人富有创造性的辛勤劳动。我们要树立做好本职工作就是对企业最大的贡献的理念，以铁人王进喜为代表的一大批石油劳模为榜样，大力弘扬劳模精神、劳动精神，积极参加“中国梦·劳动美”主题教育活动；要立足岗位创新创效，为企业挖潜节能降本增效做出新贡献，在“践行新理念、建功‘十三五’”主题和劳动竞赛中展现新风采，以自己的实际行动去融化石油行业冰雪寒冬。

作为一线技术工人，坚持苦干实干加巧干，把岗位工作做到极致，用智慧的力量创新创效，就是追寻梦想最现实的途径、实现价值最具体的行动。特别是面对油田“低油价、极寒期”的严峻形势，我们不仅要有知识、有技术，更要努力成为一名与时俱进的创新型石油工人，用劳动创造更大价值！

咱们工人有技术才能更有力量、有创新才能更有价值、有作为才能更有地位。让我们积极行动起来，吹响创新奋进的“号角”，以饱满的热情和昂扬的斗志投身到火热的工作中，为坚决打赢石油行业“寒冬期”攻坚战、推进供给侧结构性改革和实现“十三五”规划奉献自己的智慧和汗水，以优异的成绩迎接党的十九大胜利召开！

他一口气写下了近千字的倡议书，把笔往桌子上一扔，身体重重地靠在椅背上，长长地舒了一口气。

“爸！”儿子在门外喊他，“零点了，去不去放鞭炮？”

“好！放鞭炮！”代旭升双手撑住椅子扶手，几乎是跳起来，他看到窗外烟花绚烂，“新年来了！”

“2011 年 9 月 29 日 21 时 16 分 03 秒，中国第一个目标飞行器——天宫一号，在酒泉卫星发射中心发射，飞行器全长 10.4 米，最大直径 3.35 米，由实验舱和资源舱构成。它的发射标志着中国迈入中国航天‘三步走’战略的第二步第二阶段。它于 2011 年 11 月 3 日凌晨实现与神舟八号飞船的对接任务；神舟十号飞船也在 2012 年 6 月 18 日下午（14 时 14 分）与神舟九号对接成功。2013 年 6 月 13 日 13 时 18 分，天宫一号与神舟十号飞船完成自动交会对接。”

这一天，世界东方沸腾，举国上

下欢欣！这一天，代旭升坐在电视机前听着播音员用略带颤抖的声音播报，内心久久不能平静。

1965 年，代旭升从收音机里得知我国已经开始研制运载火箭。火箭是什么，有什么用，它能飞多高，比飞机还要高吗？ 10 岁的他对火箭充满了好奇和疑问。1970 年 4 月，15 岁的代旭升第二次从收音机里听到了“火箭”这个词，5 年前的好奇和疑问重新被他翻出来。这个少年如今已经学会从书本中找到答案：1970 年 4 月 24 日，长征一号火箭首次发射，将中国第一颗人造地球卫星东方红一号顺利送入轨道，发射获得圆满成功；1971 年 3 月 3 日，长征一号火箭第二次发射，把实践一号科学试验卫星准确送入轨道，又一次取得圆满成功；长征一号的研制成功，揭开了我国航天活动的序幕。

代旭升从广播中听到了欢呼呐喊的声浪，播音员介绍说这是中国运载火箭技术研究院的工作人员在庆祝胜利。从此，中国运载火箭研究院成了他心中的圣殿，是一群英雄聚集的地方。

中国运载火箭技术研究院（中国航天科技集团公司第一研究院）创建于 1957 年 11 月 16 日，是中国最大的导弹武器和运载火箭研究、设计、试制、试验和生产基地。截至 2015 年年底，研究院有从业人员约 3.16 万人，博士超过 1000 人，硕士超过 5500 人，院士 7 人，国家级专家 20 余人，国家“千人计划”专家 3 人，“新世纪百千万人才工程”国家级人选 18 人；有 13 个中央在编事业单位（含院本级），2 个博士学位授权一级学科，8 个硕士学位授权一级学科，2 个硕士学位授权二级学科，2 个博士后科研流动站和 4 个博士后科研工作站；成功研制了 10 余种长征系列运载火箭，形成了长征火箭系列型谱，能发射近地轨道、太阳同步轨道、地球同步转移轨道卫星或航天器。

最值得一提的是，中国运载火箭技术研究院的第一任院长，是世界著名科学家、空气动力学家、中国载人航天奠基人、中国科学院及中国工程院院士、中国两弹一星功勋奖章获得者钱学森。他被誉为“中国航天之父”“中国导弹之父”“中国自动化控制之父”和“火箭之王”。

钱学森的每一个故事、每一个事迹，代旭升都耳熟能详。

钱学森一生的经历和成就，在中国的国家史、华人的民族史和人类的世界史上，都留下了耀眼的光芒，照亮了未来的路。作为中国航天事业的先行人，钱学森不仅是知识的宝藏、科学的旗帜，而且是民族的脊梁、全球华人的典范，向世界展示了华人的风采。

在代旭升的心中，这位科学家已经不能简单地用“偶像”两个字来定义，而是他心中真正的神。1986 年，钱学森提出了“地理科学”的概念，其著作《论地理科学》给年轻的代旭升开启了一扇认识地球表层，探索地下资源，适应社会，勇于创新的宝库大门。地理学和地理科学的区别，自然科学与社会科学的区别；石油和人的联系，开采和石油的联系——代旭升开始思考作为一个生物个体，怎样能更好地从自然中跳脱出来，融入社会，服务社会。

上天入地，这是自有文明以来人类最高最深的愿望。入地开采资源，代旭升一生都在为之努力。时隔四十年，上九天却仍然只是他的美好憧憬，遥不可及。这时的代旭升怎么也没有想到，五年以后的 2016 年 9 月 18 日，天宫二号成功发射的第三天，创造这一壮举的中国运载火箭技术研究院技术人员竟然来到胜利油田，与石油人“牵手共赢，结对共建”班组结对。

这一天，代旭升起得很早，他认真地刮了胡子后，取出那件很少上身的白衬衫，老伴儿看他对着镜子一颗一颗地系纽扣，打趣他说：“相亲也没见你这么郑重过。”

“这比相亲重要，我这是去见偶像。那可是一群走出圣殿的英雄啊！”代旭升最后整理了一下衣领，“鞋油呢？我得擦擦皮鞋。”

早上 8 点整，一辆中型面包车缓缓驶入东辛采油厂大门，左拐后直奔会议中心。站在会议中心门口和厂领导一起迎接航天人的代旭升此时激动得不能自已，他第一次有了手不知道往哪儿放的感觉。

中国运载火箭技术研究院党委副书记、工会主席罗晓阳第一个走下汽车，接下来是群众工作部部长李勇，中安协班组委秘书长、《班组天地》杂志主编夏晓凌，中国运载火箭技术研究院 12 所党委书记栾健，中国运载火箭技术研究院 703 所党委书记张民。

代旭升又往汽车里张望，在心中嘀咕着：“为什么没有看见他？”

罗晓阳径直走向代旭升，问道：“您是代大师？”

“是，我是代旭升。罗书记，您好。”代旭升握住罗晓阳的手。

“您是在找王辉吧。”

“是，我是在找王辉，怎么他没有来？”代旭升问。

“临来之前，王辉接到了新的任务。他说很遗憾，这次见不到您，不能与您切磋交流，让我替他向您问好。他说祝您身体健康，多出精品、多出高徒。”罗晓阳解释道。

几句话，让代旭升感到了温暖，好像温文尔雅的王辉就站在面前。

罗晓阳口中的王辉是代旭升的老朋友。王辉是中央企业劳动模范，是新一代大型运载火箭姿态控制系统主任设计师、中国航天姿态控制系统专业领域的领军人物。

2015 年，中国运载火箭技术研究一院把研究院 12 所姿态控制班组命名为王辉劳模创新工作室。班组成立于 1958 年 4 月 17 日，负责我国导弹武器和运载火箭的神经中枢——姿态控制系统的研究与设计工作，圆满完成了以“两弹一星”“载人航天工程”“探月工程”“北斗二代导航工程”和新一代武器装备研制为代表的国家重大工程，先后获得国防科技进步奖、军科奖。自从命名后，班组更是参与了数百次发射任务，且从未因姿态控制系统问题导致飞行失败，其“班务任务双闭环管理法”为全国企业的班组安全生产管理提供了借鉴作用。

可以说，王辉班组在航天领域同代旭升工作室在石油行业是一样地如雷贯耳。

代旭升的思绪不禁飘到一个月前。

同样是个晴朗的秋日，王辉就那样自然地站在代旭升面前，没有生疏感，没有过多的寒暄，只说了一句：“代师傅，我想去你的工作室看看。”

两个人熟稔得好像认识了半辈子的好朋友，肩并着肩，手挽着手，走进了代旭升创新工作室。

工作室内，只有代旭升和王辉两人。其他人都在门外驻足，把宝贵的时间留给这两位劳模。

“这是抽油机防护罩，起到安全防护作用。现在，我们正在给它升级。”代旭升指着一件模型介绍说。

“这是游梁式抽油机曲柄平衡调整工具，是我们搞联手创新的第一件作品，下次你来，我带你到井场上，亲自体验一下。”代旭升把游梁式抽油机曲柄平衡调整工具的棘轮扳手递给王辉。

“太震撼了！代师傅，太震撼了！”王辉说，“我没有想到，咱们的石油人是这样地聪明，毫不夸张地说，代师傅您的工作室以及这些成果，真的是精品中的精品。有机会，也请您到我的地盘做客，我们互相交流。你要好好地指点我啊！”

“我了解过你的‘王辉班组’，还学习过‘班务任务双闭环管理法’，非常精妙啊！”代旭升说着竖起了大拇指。

门外的人看着两位劳模，一会儿哈哈大笑，一会儿蹙眉交谈，一会儿握手，一会儿击掌，好像攒了几辈子的话，今天都要说完。

从那时起，航天人与石油人，结下了不解之缘，开始了他们互相学习、互相帮助的新里程。

一阵掌声打断了代旭升的思绪。

“下面，请工作人员宣读全国人大常委、中华全国总工会副主席许振超发来的贺信。”

许振超在信中说，祝贺此次班组共建活动取得圆满成功，要把劳动精神、工匠精神、劳模精神贯穿到职工的岗位上、操作中，以实际行动为“践行新理念、建功十三五”增添新内涵。

代旭升又想起了许振超，那位亲切的青岛老乡——许大哥。

许振超其实是山东荣成人，但是他见到代旭升时却称呼老乡，“我1967年到青岛，工作生活了快50年，已经是大半个青岛人了，你说，咱们算不算老乡？”

第一次知道许振超，大概是在15年前，一条“振超效率”的新闻让代旭升心生疑问，为什么要用一个人的名字命名？他继续看报道，才知道许振超先后六次打破集装箱装卸世界纪录的事迹。

许振超的“无声响操作”绝活儿，将偌大的集装箱放入铁做的船上或车中，居然做到了铁碰铁不出响声，最大限度地降低集装箱、船舶的磨损，尤其是降低了桥吊吊具的故障率，提高了工作效率。

有一年，青岛港老港区承运了一批经青岛港卸船、由新疆阿拉山口出境的化工剧毒危险品，这个货种特别怕碰撞，稍有碰撞就可能引发恶性事故。当时，铁道部有关领导、船主和货主都赶到了码头。为确保安全，码头、铁路专线都派了武警和消防员。泰然自若的许振超和他的队友们，在关键时候把“绝活儿”亮了出来，只用了一个半小时，40个集装箱就被悄然无声地从船上卸下，又一声不响地装上火车。面对这轻松如“行云流水”般的作业，紧张了许久的船主、货主们迸发出了热烈欢呼。

许振超是位创新的探索者，他的认识很朴素：我当不了科学家，但可以有一身的“绝活儿”，这些“绝活儿”可以使我成为一名能工巧匠，这是时代和港口所需要的。就是凭借着这种信念，许振超的“技术口袋”里的“绝活儿”越来越多了。

2016年4月，许振超来到代旭升工作室，看望代旭升及其徒弟吴吉林。

许振超握着代旭升的手说："我要向你学习啊，这么多年坚持搞创新、带徒弟。"

代旭升说："搞创新，个人作用固然重要，但一个人就是浑身是铁，也捻不了几根钉。我教徒弟，徒弟也在教我。我们现在正在尝试一种新的联手创新模式，让更多的人加入，集思广益。"

许振超说："这个做法好，人多力量大。大家牵起手来，共同努力。"

想到这里，代旭升抬头看了看主席台上方"牵手共赢，结对共建"的条幅，"不知道许大哥想没想到，这种'牵起手来'已经升华了"。

主席台上，主持人宣布议程，接下来是 8 个班组签署结对共建合同。

代旭升站起身，整理了一下衣领，阔步走上主席台。

在合同上，他郑重地签上了"代旭升"三个字，并将合同双手递给旁边航天一院王辉劳模创新工作室的代表。

两双手紧紧地握在一起。这一次握手，航天人和石油人，共谱班组建设、技术创新的新篇章；这一次握手，天上地下，近在咫尺。

"代旭升工作 44 年来，共发明 93 项创新成果，2 项获国家发明专利，41 项获国家实用新型专利，累计创效 2.6 亿元，发明的'移动式套管气回收装置'荣获国家科技进步二等奖。代旭升创新工作室创建于 2005 年，共有核心人员 11 名，成员 1500 多名。10 年来，累计创出 1000 多项革新成果，其中国家发明专利 17 项，年创经济效益 5000 多万元。2014 年 9 月，代旭升创新工作室被确定为全国劳模示范性工作室。"

听到主持人对代旭升的介绍，航天人投来钦佩的眼光。

两个工作室的牵手，实现了跨专业技术协同、跨地域管理互学、跨单位技艺对接的结对帮带。两位劳动模范的牵手，迎来技能工人创新创造的新高峰，汇聚着经济社会发展的正能量。

与会的每一个人都被这种相见恨晚的情绪感染着，航天人与石油人其实早就是一对谁也离不开谁的好兄弟，这一次会晤是期待已久却又水到渠成。

61 岁的代旭升在这一天，实现了他的航天梦。他在发言中用 10 个字概括了他的心情——无比的高兴，无上的光荣。

代旭升说：“第一要认认真真向航天人学习。学习以爱国主义和科学精神为核心的航天传统精神、‘两弹一星’精神和载人航天精神，借鉴王辉班组的‘班务任务双闭环管理法’。第二要兢兢业业做好传帮带。我今年 61 岁，已经从工作岗位上退下来了。人可以退休，但创新精神不褪色，只要工作室需要，创新伙伴和徒弟们需要，我将会一如既往地出现在工作现场，出现在创新阵地，毫无保留地传授创新方法，身体力行地做好传帮带，带领工作室成员多出成果、快出成果，加快成果转化，推进创新创效。第三要踏踏实实践行共建协议。我们将与王辉劳模创新工作室真诚交流、互通有无，充分发挥结对双方的自身优势，定期交流创新工作经验，共享创新工作信息，加强工作室建设，提高工作室创建水平。”

2017 年，代旭升开始研究隔热油管方面的内容，他首先想到了他的好伙伴——“隔热方面，航天人是专家。”

一封求助信、一份技术要求，落入了王辉的邮箱。

“代师傅，我收到了，一定好好研究，给你满意答复。”

2015 年“五一”开始，央视新闻推出 8 集系列节目《大国工匠》，讲述了为长征火箭焊接发动机的国家高级技师高凤林等 8 位不同岗位的劳动者，用他们的灵巧双手，匠心筑梦的故事。

代旭升一集不落地看起来。

“五一”假期前一天，代旭升的儿子打来电话。

“爸，天气好，咱们自驾游吧！我从网上找了攻略，万无一失。”

“不去，没时间。”代旭升一口拒绝。

“都退休了，您还忙活什么？”

“看电视，一天一集，出去玩就接不上茬了。”

这个回答是儿子没有想到的，他以为对于父亲来说，电视机基本是个摆设，作用和收音机差不多。以前除了新闻，代旭升不看其他任何节目。

晚上，儿子又来做动员工作，看见代旭升正抱着平板电脑，他更惊讶了：“什么好看的节目，还要复习？”

代旭升对儿子说：“《大国工匠》，拍得好啊。更好的是这个称谓。”

儿子笑着说：“你也是工匠啊。”

代旭升说：“我喜欢的称谓不是‘工匠’而是‘大国工匠’。多有气势！听到就精神一振，挺直腰杆。国家为我们这些工匠提供了这么多、这么好的成长条件，支持我们创新创效，现在又开始联手创新，只有在我们这样的‘大国’，工匠们才能有力气、有底气、有神气，做更多、更好的工作。大国就是我们的强大后盾，在这样的环境里，工匠就会情不自禁地发扬工匠精神，就会追求卓越的创造精神、精益求精的品质精神、用户至上的服务精神。”

2016年6月18日，61岁的代旭升来到了美丽的榕城福州。他是来参加由中华全国总工会主办、福建省总工会承办的“大国工匠”论坛的。

中华全国总工会副主席、书记处书记阎京华在开坛时指出：

举办“大国工匠”论坛，目的是要认真贯彻党的十八届五中全会精神和习近平总书记系列重要讲话精神，团结动员广大职工紧紧围绕“十三五”规划目标，牢固树立和积极践行创新、协调、绿色、开放、共享发展理念，大力弘扬劳模精神、劳动精神、工匠精神，为全面建成小康社会建功立业，不断谱写新时代的劳动者之歌。

在新时期大力弘扬工匠精神，就是要在广大职工群众中积极倡导爱岗敬业、勤奋工作的敬业精神；倡导锐意进取、勇于创造的创新精神；倡导兢兢业业、精益求精的职业精神。

各级工会要组织动员广大职工积极支持和参与供给侧结构性改革，积极参与“践行新理念、建功‘十三五’”主题劳动和技能竞赛。要以弘扬工匠精神为抓手，以开展职工技术创新和素质提升活动为载体，引导广大职工努力提高综合素质，推动建设知识型、技术型、创新型职工队伍。要培养造就更多“大国工匠”，为他们成长成才创造有利条件、提供广阔舞台，推广运用劳模创新工作室、创新示范岗等载体，引导广大职工改革创新、提高技能，争当“大国工匠”。要积极选树“大国工匠”，充分发挥“大国工匠”的示范带动作用，广泛宣传他们的先进事迹，号召全社会向他们学习，用他们的精神品格激励广大职工，用工匠精神引领社会风尚。

论坛以“匠心归来”为主题，从全国各地会聚在一起的李斌、李万君、许启金、代旭升、邓建军、冯鸿昌6位杰出劳动者做主旨演讲，讲述了他们成长成才的励志过程。

代旭升是第四位出场发言的。6月的福州已经非常炎热，但是代旭升心中却一片清明：

弘扬工匠精神 加油“中国创造”

尊敬的各位领导、同志们：

我叫代旭升，是中国石化胜利油田东辛采油厂采油高级技师、中国石化集团公司技能大师。有幸参加第十一届海峡两岸职工创新成果展和“大国工匠”论坛，非常激动！特别是看到工友们创造的一个又一个奇迹，切身感受了大国工匠们为中国创造的专注与坚守、传承与钻研，倍受鼓舞！

40 多年来，我从学徒工干起，从一般工人到工人技师、高级技师、技能大师，从来没有离开过采油一线，也正是艰苦的一线工作生活，锻炼和激发了我发明创造的灵感和热情，用自己的智慧和能力解决工作中的矛盾和问题，先后荣获中华技能大奖、全国高技能人才楷模等荣誉称号，我发明的“移动式套管气回收装置”还获得了 2008 年度国家科学技术进步二等奖。下面简要汇报一下我的成长历程。

我是 1972 年参加工作的。那时，胜利油田是一片盐碱滩，住的是干打垒、苇箔房，喝的是地洼子的水。我是在青岛长大的，面对恶劣的自然环境和艰苦的生活条件，当时真有回去的想法。但看到老石油人热火朝天地学大庆、学铁人，他们那种苦干加巧干的劲头，三老四严的作风，“宁可少活二十年，拼命也要拿下大油田”的精神深深地感动了我、鼓舞了我。从那时起，我就下定决心，一定要做一个能吃苦、讲奉献，苦干加巧干的好工人，学技术，练本领，成了我业余生活的主要内容。很快，我被评为油井分析能手，成了队上的骨干，还当上了班长、技术员、副队长、队长和技术办副主任。1988 年我放弃干部身份考取了工人技师，1993 年考取了采油高级技师。1989 年，我开始负责油区 500 多口油水井管理，开展了“句号行动”，并承诺在我负责的区域内，所有技术、设备问题，我都竭尽全力、负责到底，并把生产中遇到的问题作为革新创造的课题，先后总结操作法 58 个，解决技术难题 2000 多项，被誉为“工人发明家”。

在油井生产过程中，进入井筒套管的天然气，常常因压力低，很难进入管线，长期以来，都是直接排到大气中，既污染环境，又浪费资源，我便开始了“移动式套管气回收装置”的研制。压缩机是这一装置的核心部分，我先后尝试用空气压缩机、电冰箱压缩机、电冰柜压缩机，但都达不到设计要求。我就自己搞设计，先后两下江苏泰州、四到安徽蚌埠，行程上万公里，联系加工制作。经过上百次试验，终于研制出“移动式套管气回收装置”。人们说，这项发明解决了油田开发与环境保护的矛盾问题，还填补了国内技术空白，说我很了不起。可我认为，自己只是尽到了一名石油工人的责任。目前，这项装置在胜利油田每年创经济效益 1000 多万元，已在国内部分油田推广使用。多年来，在各级组织和同事们的帮助下，我先后研制了 90 多项技术成果，有 41 项获国家实用新型专利、2 项获国家发明专利、1 项获国家科技进步奖，累计创造经济效益超过 2.8 亿元。2006 年我被聘为山东省首席技师，2009 年被聘为胜利油田首席技能大师，2012 年被聘为中国石化首批技能大师。

回顾 40 多年的工作经历，是各级组织培养了我，是铁人精神感染了我，是坚守、踏实、精益求精的工匠精神激励了我，是祖国的快速发展给了我成长成才的机会和创新奉献的力量。现在我虽然退休了，但“工匠精神”没有退休，我将继续带领我的团队搞好技术集成创新，一如既往地做好传帮带，为“中国创造”加油，为大国崛起贡献力量。

走出会场，阳光灿烂，绿树成荫。代旭升此时的内心分外坚定。61 岁的他忽然找到了 45 年前刚到油田时的感觉，一切都是新鲜的、充满生机的。代旭升知道路还长，创新的路更长，在这条长路上，他不能停顿。

代旭升始终崇尚毛泽东主席的这句话：中国的命运一经操在人民自己的手里，中国就将如太阳升起在东方那样，以自己的辉煌的光焰普照大地……

代旭升年谱

1972 年

11 月 18 日　母亲告知代旭升，学校通知明天 8:00 到校参加招工就业大会。

11 月 19 日　8 时，校长宣布，三十七中学的 7 名同学被燃料化学工业部九二三厂招工（1970 年 6 月 22 日，中共中央决定将煤炭工业部、石油工业部、化学工业部合并，成立燃料化学工业部）。学校给包括代旭升在内的 7 名学生，每人发了一张招工登记表，回家商量后，如同意就填表交回学校，如不同意则交回空表。

11 月 20 日　一早，代旭升到学校上交了填写好的登记表在家等通知。

12 月 1 日　学校通知代旭升等 7 人被九二三厂正式招工，并要求 12 月 8 日到四方火车站办理行李托运。

12 月 9 日　14：00 代旭升一行乘坐四方到沈阳的列车，18：00 到淄博转乘大依法货车连夜向九二三厂出发。

12 月 10 日　6：30 代旭升一行到达胜利采油厂采油 16 队。

12 月 15 日　代旭升参加学徒工学习班，指导员何春盛授课。学习《实践论》、铁人王进喜事迹、大庆会战、三老四严、石油人精神。队长刘吉利分配工作，代旭升被安排到永 12-8 井组，班长叫李友森，师傅是丁仁平。

12 月 18 日　代旭升第一次巡井——永 12-8 井组——并向丁仁平学习清蜡。

12 月 19 日　代旭升第一天正式上班。

12 月 23 日　代旭升第一个零点班，零点清蜡。

1973 年

1 月 7 日　代旭升开始学习《采油工技术手册》。

1 月 14 日　采油 8 队油井发生井喷，代旭升参加抢险队。

2 月 2 日　除夕夜，代旭升第一次不在家过年，看《采油工技术手册》打发时间。

2 月 5 日　父亲代维章来探望代旭升。

3 月 14 日　代旭升领到新书《采油工十懂十会岗位练兵问答》，开始认真学习。

3 月 20 日　代旭升连续三天在永 12-8 井场配合维修队安装热油循环装置。

3 月 22 日　代旭升第一次倒回油流程。

4 月 19 日　代旭升在永 12-8 井开始热油循环试验。

5 月 22 日　代旭升第一次在职工大会上受到表扬。根据代旭升摸索出的热油循环清蜡技巧，全队 15 口热油循环井再也没有出现过因热油循环不及时、热油循环效果不好导致油井停喷的现象。

5 月 29 日　代旭升前往胜利采油指挥部报到，参加支农工作队。

5 月 30 日　根据燃化部指示，建设大庆加大寨的新型矿区，代旭升入住垦利县西营村农民家，支援农村建设。

6 月 12 日　代旭升被分配到生产 1 队参加劳动 10 天，负责挖排碱沟。

9 月 20 日　支农 100 多天，代旭升参加了挖沟、种农田、清理街道、访贫问苦、参观学习、接受教育、座谈讨论等多种活动，出色地完成了上级交办的各项任务，离开西营村。

9 月 23 日　代旭升回到采油 16 队，到永 12-1 井组上班。

9 月 29 日　代旭升每天清两口井的蜡，再按管理制度检查油井的油嘴等，下午在值班室熟悉 7 口井的静、动资料，从开钻日期到完钻深度，从套管深度到人工井底，从套管尺寸到水泥返高，从原油物性到水性分析，生产层位、射开井段等各种数据 4000 多个。

10 月 3 日　代旭升到胜利采油指挥部技术培训学校参加第一批采油技术学习班。

10 月 4 日　开学典礼后直接上课。第一节课是自喷采油，老师是采油 16 队技术员荣欣孝；第二节课是采油地质，老师姓吴。

12 月 28 日　近三个月的学习结束，代旭升较全面、系统地学习了自喷采油、机械采油、油田注水、采油地质、油田开发等知识。

1974 年

2 月 12 日　代旭升在永 12-6 井试验用水银加重锤成功。以前需要 1 个多小时才能下过的 300 米结蜡段现在只需 20 分钟。

6 月 18 日　代旭升在 12-1 井组第一次单独顶岗上零点班，因为下雨，5 口井巡下来用了近 3 个小时。

7 月 29 日　队上将班组成员进行了调整，代旭升担任资料员。

9 月 17 日　队上搞修旧利废活动，代旭升从大庆油田董师傅处学到怎样修关不严的球形闸门。

1975 年

3 月 17 日　代旭升设计拍井场工具，缺陷很多，待改进。

6 月 20 日　代旭升回家探亲途中偶得灵感，用 Φ325×400 毫米钢管，里面装满沙土，两头用钢板封堵，然后焊个活动的把手，做成拍井场工具，实际应用效果好。

7 月 28 日　代旭升带胜采技校分来的 4 个学生（两男两女）实习。根据他们的特点进行了分工，男生重点学习清蜡、打刮蜡片、压钢丝等，女生重点学习量油、测气、写资料、填报表。

8 月 13 日　岗位责任制大检查，因为量油玻璃管下考克渗扣 2 分，用石棉绳、牛油盘根做密封填料效果都不好。代旭升用天然气胶管效果不错，在玻璃管两端头先各套上一小段胶管，再把胶管向外翻一下形成一个 Y 型密封圈，再加适量盘根即可。

9 月 16 日　永 12 井安装一台苏 6 型抽油机，这是班组的第一台抽油机，也是代旭升第一次管理抽油机。

11 月 10 日　永 12 井自 9 月 17 日开抽油井，生产一直正常，动液面在 100 米，抽油机运转正常，代旭升学会了抽油机一级保养，用钳形电流表测电流，用 CY611 型水力动力仪测示功图和示功图分析以及理论示功图的计算，用回声仪测液面和液面曲线的计算。

12 月 22 日　代旭升用三年的时间学习了高中课本和采油工艺、采油地质等书籍，文化基础知识、采油基础知识、实际操作能力有了很大的提高。在工人升级考核中，理论和实际操作考核均达到优秀。

1976 年

2 月 12 日　晚上生产会队长宣布了班组调整的决定，代旭升担任永 12-1 的班长。

3 月 10 日　由于上一年学习工作表现较好，代旭升被评为胜利采油指挥部先进生产者。

5 月 15 日　代旭升发现永 12-1 井套压近期有所变化，尤其近几天上升有点大，但油压、产量、汽油比等数据基本稳定，在进一步详细查阅该井资料后，他找出套压变化原因，向队长建议在套管装上油嘴生产该井的上一层，队长请示大队后同意采纳建议并装 5 毫米油嘴生产，日产油 57 吨，不含水。

5 月 20 日　大队举办首届技术表演赛，经过理论考试、到井上实际测示功图、给十个实测示功图进行分析判断以及计算抽油杆断脱位置并提出整改措施等几关，决出前三名，代旭升荣获示功图的测试分析及计算第二名。

8月19日　永12-1井套压持续降低，日产量只有3吨多，回压高达9个大气压，代旭升分析认为如果把回压降下来油井就会多出油，建议在井口上齿轮泵降低回压，让套管出更多的油，队上请示大队后立即安装到位开泵生产，回压降至2个大气压，日产油量32吨。为管好齿轮泵，代旭升在水套炉旁搭了一个窝棚，全天候看护。

1977年

5月23日　永12-10井新上CYJ3012游梁式抽油机，由于是回收再利用的旧抽油机，小部件缺失严重。为了能及时开井，代旭升四处寻找配件，最终将抽油机组装好，做好了开抽前的准备。

1978年

9月10日　冬防保温工作开始，班组有两口抽油机井需保温。队上组织冬防保温大检查，通过评比，从保温的外观上、玻璃丝布的缠绕和刷漆质量以及完成速度上在全队都得了第一。

12月27日　第一场雪来了，代旭升陪四川籍新员工一起值夜班。

1979年

4月19日　永12-5井上就清蜡时顶钻，学习如何正确清蜡。

6月20日　永12-10井在作业过程中突然发生井喷，代旭升及时安排班组职工分头以最快的速度将周边的各加热炉的火关掉，防止油井喷出的天然气遇到明火发生爆炸，同时抢关注水井，由于措施得当永12-10井喷被控制住。

11月3日　在油水井分析和管理中，代旭升做出了显著的成绩，被命名为1979年度油水井分析能手。

1980年

7月6日　永12-1井转抽，抽油机井口漏油，三天加一次盘根。代旭升从作业队找到一个紧作业井架绷绳的花篮螺丝和一支地锚，根据井口偏斜方向，钻好地锚，将花篮螺丝挂在地锚上，通过钢丝绳使花篮螺丝与井口相连，旋转花篮螺丝将井口拉正，效果理想。

9月21日　队上先后转抽4口井，井口普遍不正，盘根漏油。代旭升用两个卡固头偏心对焊起来装在井口进行试验，效果理想。

1981 年

2 月 17 日　代旭升第一次学习电焊。

11 月 14 日　代旭升值班，妻子吴晓萍在青岛市市立医院分娩，母子平安。

11 月 15 日　晚上代旭升赶回青岛，看望妻子和儿子。

1982 年

1 月 15 日　代旭升荣获胜利采油指挥部 1981 年度先进生产者荣誉称号。

12 月 10 日　搬家。代旭升从采油 16 队搬至八分场东辛采油二大队家属区，新房是两居室。

1983 年

1 月 10 日　代旭升获得胜利采油指挥部 1982 年度先进生产者荣誉称号。

12 月 22 日　代旭升提交了建议采油厂解决工人上下班乘车难的提案，在厂职代会民主协商会上进行了协商。

12 月 30 日　由于在油田两个文明建设中做出显著成绩，代旭升被评为胜利采油指挥部 1983 年度先进生产者。

1984 年

9 月 7 日　终生难忘的日子。下午 14 点 30 分，胜利石油管理局胜利采油指挥部采油三大队采油 16 队党支部召开会议，研究讨论代旭升同志入党申请。党支部共有正式党员 9 名，出席会议的 7 名，缺席 2 名，宣读入党申请书，入党介绍人冯利民、宁鹏玺介绍情况，经举手表决，7 位同志全部同意吸收代旭升加入中国共产党。

11 月 8 日　胜利石油管理局胜利采油指挥部采油三大队党委组织干事王宝航找代旭升谈话，考察入党动机、入党目的等，并要求他入党后要继续认真学习，努力工作，时刻要用一个共产党员的标准严格要求自己，谦虚谨慎，戒骄戒躁，做一个优秀的共产党员。

11 月 10 日　大队党委批准代旭升从 1984 年 9 月 8 日至 1985 年 9 月 8 日为中共预备党员，预备期为一年。

1985 年

1 月 13 日　上午队党支部召开全体党员大会，代旭升面向中国共产党党旗，举起右手庄严宣誓：“我志愿加入中国共产党，拥护党的纲领，遵守党的章程，履行党员义务，执行党的决定，严守党的纪律，保守党的秘密，对党忠诚，积极工作，为共产主义奋斗终生，随时准备为党和人民牺牲一切，永不叛党。”

8 月 16 日　采油 23 队全体职工大会上，宣布了大队党委的决定，任命闫友林为采油 23 队指导员、党支部书记，代旭升任采油 23 队副队长，原队长职务不变，原指导员、副队长调往新岗位。

12 月 27 日　代旭升填写立功受奖表。由于在辛 68 块滚动勘探开发会战中表现突出，组织决定记三等功，这是代旭升参加工作 13 年来第一次立功。

1986 年

4 月 18 日　新投产的辛 6-4 井组是一个由 4 口油井组成的同台井组，原油黏度高达 6000 多毫帕·秒，用有杆泵无法生产，上级决定下水力活塞泵生产，这个工艺 70 年代就已经在胜利油田推广使用，但对代旭升来说是一个新工艺。为了真正把技术学到手，他在采油 29 队值班室住了两天，学习了水力活塞泵抽油系统组成，即水力活塞泵油井装置以及地面流程。

6 月 25 日　下午，代旭升一行人开着队上的 195 拖拉机，到辛 68-23 井给抽油井加机油并进行了紧固保养，返回途中拖拉机羊角轴断了，小轮子掉了。他们用铁丝将扁担绑在拖拉机下面，挂一挡使拖拉机缓慢移动。

7 月 21 日　代旭升在油田四化建设中成绩显著，荣立个人三等功一次。

1987 年

1 月 10 日　在采油厂年度总结会上，代旭升被评为 1986 年度指挥部双文明先进个人。

4 月 25 日　东辛采油厂派代旭升到辽河油田高升采油厂学习稠油开采技术，三天时间学习了高压蒸汽的产生、怎样注气、稠油井的几种开采方法、注气井的施工工艺。

5 月 8 日　永水桶将水加热，试验稠油掺水合适温度，解决了稠油井生产时集油管线堵塞的问题。

5 月 11 日　代旭升组织 10 人会战，给辛 109-36 井接掺水流程，将掺水管线直接在回压闸门下面与集油管线相连，并安装了单流阀防止稠油倒灌，为保证掺水温度还多安装了一台干线炉。通水、点炉、升温，掺水量控制在 40 立方米 / 天，进水温度 70 摄氏度。

5 月 12 日　辛 109-36 井抽油机井口温度 58 摄氏度，证明管床温度已经建立，8 点 30 开井，油井出油，回压升至 1.0 兆帕，下午降至 0.8 兆帕，掺水量控制在 30 立方米/天，进水温度70摄氏度，量油扣除掺水，日产油11吨，不含水。全队由欠产变超产。

5月21日　第一台链条式抽油机在采油23队管理的辛68-9井安装使用，下了Φ56长筒管式泵，冲程长5米，冲次2转每分，在胜利油田采油工艺研究院机械所宋协胜工程师的指导下，顺利将链条机保养调试好，日产油18吨，日增油6吨。

10月23日　在大队维修队车工班的帮助下，经过3天的努力，气压式加油包终于制作完成，代旭升立即在加机油比较频繁的辛68-9井链条式抽油机上安装试用，效果不好，加油速度慢。

1988年

1月8日　代旭升被评为1987年度东辛采油指挥部双文明先进个人。

3月5日　辛68块滚动勘探开发会战吹响号角。

4月19日　在辛109-36井上地面井口掺水生产试验取得成功的基础上，代旭升又在辛109-35井、辛68-23井、辛68-52等井搞地面井口掺水生产，解决了辛68块原油黏度5000毫帕·秒，油井经常堵地面管线的问题。

5月6日　东辛采油指挥部给代旭升颁发油田三等功证书，鼓励他在辛68块新井投产、稠油开发等方面作出的成绩。

6月17日　经过半年多的反复试验，代旭升找出了加油慢的原因，重新加工出油口后再次来到辛68-9井链条式抽油机上试验，20公斤机油只用10分钟就加完了，试验获得成功。

7月12日　代旭升申请解聘队长职务，当一名采油工，参加技师考试，大队领导提出条件，必须在厂里预选时考第一，才能去参加油田培训班考技师。

8月29日　代旭升接到大队人事通知，9月1号到胜利油田采油培训中心，参加油田第二批采油技师培训班学习，学习时间3个月，学完直接在学校考技师。

12月2日　代旭升在胜利油田采油培训中心（胜利采油厂培训学校）学习3个月结束，胜利石油管理局工人考核委员会组织了相关部门的7位专家，用了4天时间，对学员进行了采油理论、油水井分析、综合试卷、技能操作和论文答辩等5个环节的考试。

1989年

1月17日　东辛采油厂劳资科通知，代旭升以优异的成绩通过了采油技师的考核，获得了国家认可的采油技师任职资格，并颁发了中华人民共和国技师合格证书。

1月20日　采油厂年度总结大会上，采油2队在链条式抽油机使用和管理上受到东辛采油厂领导的表扬和奖励。采油工艺研究院也同时在 5 台链条机上进行了代旭升研制的气压式加油包的使用验证，同样获得了很好的效果。胜利油田采油工艺研究院将 LCJ1250 型链条式抽油机补油装置制作图进行了更改，将原机械式加油装置去掉改为气压式加油包，新近设计的 CYJ1260 型链条机也采用了气压式加油包。

3 月 11 日　代旭升不再担任采油 2 队队长一职，到大队采油工程管理组工作，当一名油井管理干事。

4 月 29 日　“天然气流程改造”获东辛采油厂 1988 年度技术改进成果三等奖。

8 月 19 日　采油 7 队的外输干线穿孔，影响计量站 7 座、油井 49 口，油井日产量 147 吨，上级指示不能或尽量减少停产处理穿孔，代旭升建议穿孔处利用老管线替代走油，维修好后再走原管线。建议实施后减少影响停井 6 个小时，减少影响产量 36.7 吨。

9 月 2 日　接到胜利石油管理局工人考核委员会通知，请代旭升出一份试卷，用于胜利油田采油技师考前培训班第三批学员的预选考试。

10 月 6 日　东辛采油厂聘任代旭升为采油技师，聘期 5 年。

11 月 13 日　徒弟李占海在中国石油天然气总公司首届采油工技术比赛中获得第三名。

12 月 27 日　代旭升荣获胜利石油管理局 1989 年度东辛作业会战先进工作者光荣称号。

1990 年

1 月 30 日　“辛 68 块流程改造”获 1989 年度东辛采油厂合理化建议技术改进成果三等奖。

2 月 5 日　由于在链条式抽油机使用和管理上做出了比较大的成绩，胜利石油管理局给代旭升记三等功一次。

6 月 20 日　东辛采油厂第三届工人技术比赛，在采油工比赛中，由代旭升指导的程春光取得第一名、宋素申取得第二名、金革取得第三名，团体取得第一名的好成绩。

9 月 15 日　胜利石油管理局举办胜利油田第五届工人技术比赛，采油工组的比赛场地设在胜利采油厂采油三大队，东辛采油厂有 6 名选手参加，包揽了前三名和团体第一的好成绩。

12 月 27 日　“气压式加油包”获胜利石油管理局合理化建议技术改进成果四等奖。

1991 年

1 月 8 日　在胜利石油管理局群众性合理化建议和发明创造活动中，代旭升被评为合理化建议积极分子。

1 月 12 日　《胜利日报》二版，刊登了胜利石油管理局合理化建议和技术改进成果评审小组发布的胜利石油管理局 1990 年合理化建议和技术改进成果第三号授奖公报：四等奖、气压式加油包、东辛采油厂、代旭升，这是第一项获得胜利石油管理局奖项的成果，也是第一项刊登在报纸上公布于众的成果。

6 月 19 日　东辛采油厂合理化建议评审委员会 1991 年度上半年授奖公报：“光杆扶正器”技术改进成果四等奖、采油 2 矿、代旭升。“螺旋顶销器”技术改进成果四等奖、采油 2 矿、代旭升。

8 月 16 日　矿领导决定让代旭升担任采油 15 队队长。

12 月 28 日　东辛采油厂合理化建议评审委员会 1991 年度下半年授奖公报：“断杆防喷器”获采油厂技术改进成果四等奖。“辛二站余气回收流程”获采油厂合理化建议技术改进成果四等奖。

1992 年

2 月 18 日　胜利石油管理局合理化建议和技术改进成果评审小组授奖公报：“电热解堵装置改进及推广应用”获胜利石油管理局合理化建议技术改进成果四等奖。

4 月 27 日　东辛采油厂编写适合采油厂生产特点的采油工岗前培训教材，理论部分由蔡明芬、寇如峰编写，技能操作部分由代旭升编写，时间 30 天。

4 月 29 日　在管理局第二届工人技师成果发布会上发布的“组合式皮带轮的制作与应用”被评为一等奖。

8 月 10 日　代旭升参加在胜利油田采油培训中心举办的高级技师考前培训班。

11 月 7 日　山东工人报刊发通讯：《代旭升搞革新提建议 3 年创利百万元》，作者：刘平平。“代旭升”这三个字第一次出现在报纸上。

12 月 19 日　东辛采油厂合理化建议评审委员会 1992 年度授奖公报：“特殊管卡”获采油厂 1992 年度技术改进成果四等奖。“皮带松紧调节器”获采油厂 1992 年度技术改进成果五等奖。

12 月 26 日　代旭升荣获东辛采油厂 1992 年度双文明先进个人光荣称号。

1993 年

1 月 16 日　代旭升在胜利石油管理局群众性合理化建议和技术改进活动中，获得技术革新突出贡献优秀个人称号。

3 月 19 日　胜利石油管理局合理化建议和技术改进成果评审小组授奖公报："组合式皮带轮的研制与应用"获胜利石油管理局合理化建议技术改进成果四等奖。

5 月 5 日　胜利石油管理局（93）124 号文件，代旭升取得高级技师任职资格。

5 月 12 日　东辛采油厂文件，东采厂发（93）第 037 号，关于聘任代旭升同志为高级技师的通知。根据胜油局发（93）124 号文件，代旭升同志已经取得高级技师任职资格，结合采油厂生产建设的实际情况，经采油厂研究决定聘任代旭升为采油 2 矿高级技师。

10 月 6 日　由代旭升、魏峰、郑树清等部分高级技师、技师和工程技术人员编写的《采油工实际操作题集》正式由石油大学出版社出版发行。该书以 1988 年原石油工业部颁发的《工人技术等级标准》为依据，结合油田实际，在收集整理管理局历年工人技术考核、技术比赛和技师考评等实际操作考核项目的基础上，按初（3 级以下）、中（4、5、6 级）、高（7、8 级）三个等级编写，共编写了 160 道考试题。其特点是结合实际，操作性强，易读易懂。

12 月 22 日　东辛采油厂合理化建议评审委员会 1993 年度授奖公报："辛 100 计量站站内流程改造"获采油厂 1993 年度合理化建议技术改进成果四等奖。"无铅悬绳卡"获采油厂 1993 年度合理化建议技术改进成果五等奖。

12 月 29 日　代旭升荣获东辛采油厂 1993 年度双文明先进个人光荣称号。

1994 年

3 月 17 日　《胜利日报》二版以《革新能手正年轻》为题，报道了代旭升 20 多年一直奋斗在一线采油生涯的革新历程，先后共搞技术革新和提合理化建议 35 项，被采用 20 项，有 15 项获奖，创经济效益上百万元。

6 月 19 日　辛 53-14 井见油，日液 15.6 吨，日油 14.8 吨，含水 5%。代旭升研制的小件落物打捞筒效果卓著，初期日产油量由 1 吨 / 天上升至 14.8 吨 / 天。同时该井避免了大修作业一次，节约作业费用约 40 万元。

12 月 15 日　东辛采油厂举办 1994 年度生产管理技术交流会，代旭升根据采油 2 矿生产实际发表了题为《有杆泵井的管理与研究》的演讲，全面系统地总结了采油 2 矿在有杆泵井管理上的一些做法和经验，受到与会专家的好评，获得东辛采油厂生产管理技术成果发布二等奖。

1995 年

3 月 16 日　代旭升在胜利石油管理局"开局兴油"三个明星竞赛活动中被评为

工人技术革新明星。

12 月 20 日　东辛采油厂合理化建议评审委员会 1995 年度授奖公报：“注水井水龙带洗井工艺”获采油厂 1995 年度合理化建议技术改进成果三等奖。“计算机在集油流程中的应用”获采油厂 1995 年度合理化建议技术改进成果四等奖。“辛 133 块流程改造的建议”获采油厂 1995 年度合理化建议技术改进成果四等奖。

1996 年

1 月 29 日　代旭升荣获东辛采油厂 1995 年度双文明先进个人光荣称号。

6 月 28 日　在采油 2 矿组织二季度岗位责任制大检查中，代旭升在永 80 岗初见王刚。

7 月 6 日　代旭升获得胜利石油管理局岗位工人专业技术拔尖人才荣誉称号。东辛采油厂合理化建议评审委员会 1996 年度授奖公报：“压盖式井口调正器”获采油厂 1996 年度合理化建议技术改进成果三等奖。

9 月 14 日　代旭升请缨教授两名驻岗新员工，管理自喷井。

12 月 26 日　代旭升荣获东辛采油厂 1996 年度双文明先进个人光荣称号。

1997 年

6 月 29 日　胜利石油管理局合理化建议和技术改进成果评审小组授奖公报：“关于注水井洗井液不外排降低成本费用的建议”获胜利石油管理局合理化建议技术改进成果二等奖。

9 月 13 日　代旭升和胜利油田第五技能鉴定站站长刘召海等 4 位同志，到新疆石油管理局驻地克拉玛依市，参加中国石油天然气总公司组织编写的《采油地质工》国家题库的编写审定工作。

10 月 12 日　代旭升和矿长蒋积彦到临盘采油厂学习王为民同志油井井口防盗技术。

11 月 19 日　代旭升到北京胜利油田驻京办事处，参加陆上石油系统首批 102 名技术能手表彰大会。

12 月 9 日《胜利日报》三版用整版刊发《以向技术能手学习，建设高素质职工队伍》，介绍 11 位获得中国石油天然气总公司技术能手的事迹。

1998 年

1 月 19 日　代旭升在 1997 年度油田生产建设中成绩突出，被评为双文明先进职工。

3 月 2 日　代旭升开始设计永 8 块掺水管线井口连接。

3 月 25 日　永 8 块掺水管线井口连接现场施工工程正式开工。

4 月 26 日　由于积极参加技术革新，代旭升被评为胜利油田技术改进活动积极分子。

6 月 19 日　对中石化集团公司第三期采油高级技师鉴定考核。考评组长：代旭升。考评员：魏峰、曹建华。考评人员：胜利油田郝正平等 14 人。

7 月 12 日　辛 151- 平 2 电泵井因井口压盘被盗造成井喷，代旭升协助抢险队员苦战 27 个小时制服了井喷。为避免类似事故发生，代旭升发明了“卡扣式防盗压盘”，解决了电泵井井口压盘被盗，容易发生井喷的问题。该成果 2000 年获管理局技师技术革新成果一等奖，并在东辛采油厂推广应用。

8 月 5 日　代旭升在辛 151- 平 2 井喷抢险中表现突出，胜利石油管理局记个人三等功一次。

8 月 21 日　永 8 块掺水管线井口连接施工工程流程管线全部焊接连接完毕，代旭升对掺水计量整体试压合格后，对永 8 块掺水计量站工程竣工进行了验收。

8 月 28 日　按照永 8 块掺水计量站投产方案，历时 5 个多月后，正式碰头投产。

11 月 6 日　代旭升被胜利石油管理局团委、油田组织部聘为青年导师。由于积极参加技术革新，代旭升被评为胜利油田技术改进活动积极分子。

11 月 23 日　东辛采油厂合理化建议评审委员会 1998 年度授奖公报：“防盗油嘴套”获采油厂 1998 年度合理化建议技术改进成果三等奖。“永 8 块取资料装置设计安装与使用”获采油厂 1998 年度合理化建议技术改进成果三等奖。

12 月 30 日　收到国家专利局通知，正式授权“电加热器”获得国家实用新型专利。

1999 年

2 月 10 日　代旭升在 1998 年度胜利油田生产建设中成绩突出，被评为双文明先进职工。

6 月 2 日　收到国家专利局通知，正式授权“组合式皮带轮”获得国家实用新型专利。

8 月 15 日　东辛采油厂合理化建议评审委员会 1999 年度授奖公报：“多功能储油罐流程改造”获采油厂 1999 年度合理化建议技术改进成果三等奖。“掺水流程的减压防爆装置”获采油厂 1999 年度合理化建议技术改进成果三等奖。

2000 年

2 月 5 日　代旭升在 1999 年胜利油田生产建设中成绩突出，被评为双文明先进职工。

3 月 20 日　在 1999 年管理局技师降本增效活动中，“卡扣式电泵井井口防盗压盘”项目获合理化建议和技术革新成果一等奖。

7 月 1 日　代旭升被评为 2000 年东辛采油厂优秀共产党员。

7 月 24 日　对中石化集团公司第四期采油高级技师进行了鉴定考核。考评组长：代旭升。考评员：魏峰、郝正平、曹建华。考评人员：胜利油田冯新永等 31 人。

9 月 10 日　2000 年管理局技能竞赛中，代旭升作为东辛采油厂主教练和裁判员，带领东辛采油厂的选手进行训练，实操考核项目是调防冲距和更换抽油机井传动皮带。

9 月 17 日　王刚第一次参加管理局比赛，获得第三名的好成绩。

9 月 23 日　代旭升参加庆功会，徒弟赵海英在管理局第十一届技能竞赛中获得女子组第一名。

11 月 16 日　东辛采油厂合理化建议评审委员会 2000 年度授奖公报：“应用油气混输技术，降低 133 块生产回压”获采油厂 2000 年度合理化建议技术改进成果二等奖。“四盘密码锁”获采油厂 2000 年度合理化建议技术改进成果三等奖。

2001 年

2 月 8 日　代旭升在 2000 年胜利油田生产建设中成绩突出，被评为双文明先进职工。

6 月 17 日　代旭升被中华人民共和国劳动和社会保障部聘为采油专业高级考评员。

12 月 2 日　东辛采油厂合理化建议评审委员会 2001 年度授奖公报：“增压泵软联接装置”获采油厂 2001 年度合理化建议技术改进成果三等奖。“角式单流阀”获采油厂 2001 年度合理化建议技术改进成果三等奖。“关于降回压升水温减水量的建议”获采油厂 2001 年度合理化建议技术改进成果三等奖。

2002 年

4 月 12 日　备战 2002 年管理局技能竞赛，代旭升作为东辛采油厂主教练和裁判员，负责选手的训练，实操考核项目是调防冲距和管路组装并试压。

5 月 19 日　2002 年胜利石油管理局技能竞赛中，王刚获得第三名。

6 月 12 日　徒弟赵海英参加全国石油石化系统职业技能竞赛的选拔集训。

9 月 15 日　徒弟赵海英取得了全国石油石化系统职业技能竞赛的第十名，女子第一名。

9 月 29 日　加强注水改善注采关系提高动液面。代旭升积极参加了注水新工艺新技术的推广应用工作，“实施‘立体注水’，改善油藏开发状况”获胜利石油管理局企业管理现代化优秀创新成果二等奖。

12 月 12 日　代旭升在为油田持续稳定发展建功立业活动中，成绩显著，荣立三等功一次。

12 月 28 日　东辛采油厂合理化建议评审委员会 2002 年度授奖公报：“高效溶蜡车”获采油厂 2002 年度合理化建议技术改进成果二等奖。“关于使用多功能丝堵的建议”获采油厂 2002 年度合理化建议技术改进成果三等奖。

2003 年

5 月 15 日　采油厂各单位技术骨干参观代旭升的工作室。

6 月 4 日　在中石化集团公司第一期采油高级技师评价考试中，代旭升担任考评员。

6 月 18 日　对中石化集团公司采油高级技师进行了鉴定考核。考评组长：代旭升。考评员：冯新永、郝正平、徐大庆、李林厂。考评人员：胜利油田、中原油田、河南油田、江汉油田、滇黔桂石油勘探局、江苏油田的 32 人。

6 月 24 日　“强化‘注采循环链’的治理，提高注水系统运行质量”获管理局管理 2002 年度创新成果三等奖。

10 月 15 日　《油水井射孔孔眼对全井渗透率的影响》一文在国外油田工程杂志第 143 期发表（排名 3）。

10 月 27 日　东辛采油厂合理化建议评审委员会 2003 年度授奖公报：“辛 156 块采集输装置设计与安装”获采油厂 2003 年度合理化建议技术改进成果二等奖。“抽油机井口盘根盒防卸器”获采油厂 2003 年度合理化建议技术改进成果三等奖。

11 月 7 日　代旭升获山东省职工自学成才者称号。

11 月 28 日　油田召开人才工作会议，标志着油田新时期人才战略开始启动。代旭升被评为胜利油田杰出技能人才。

12 月 14 日　代旭升作为驻鲁特大型企业的代表，登上了山东省首届高级技能人才表彰大会的领奖台，接受了赵克志副省长颁发的荣誉证书，成为胜利油田第一位获得“首届山东省有突出贡献的技师”荣誉称号的高级技能人才。先后完成革新成果 70 多项，55 项获管理局和采油厂革新成果奖，8 项获国家实用新型专利，累计为企业创经济效益 6500 余万元，有力地推动了油田的科技进步。

2004 年

1 月 19 日　代旭升在油田文明建设中成绩显著，被评为劳动模范。

2 月 25 日　《胜利日报》一版刊登了《学技术永无止境——记胜利油田结出技能人才代旭升》的报道。

4 月 21 日　收到国家专利局通知，正式授权“角式单流阀”获得国家实用新型专利，彻底解决了油井倒灌的问题，年可减少原油损失 800 多吨，获经济效益上百万元。

4 月 26 日　《胜利日报》二版刊登《胜利石油管理局岗位工人专利技术实施推广项目公报》，代旭升研制的“移动式套管气回收装置”成为胜利石油管理局岗位工人专利技术实施推广项目。

6 月 4 日　收到国家专利局通知，正式授权“移动式套管气回收装置”获得国家实用新型专利。

6 月 10 日　《胜利日报》二版刊登《套管气从放到收污油池从开到闭，两项技术俘获环境杀手》的文章，报道了移动式套管气回收装置和玻璃钢污油储存罐两项环保技术推广使用情况。

8 月 19 日　东辛采油厂合理化建议评审委员会 2004 年度授奖公报：“计量站玻璃钢污油罐设计与应用”获采油厂 2004 年度合理化建议技术改进成果三等奖。“增压泵的改进与使用”获采油厂 2004 年度合理化建议技术改进成果一等奖。“关于采集辛 14 块的套管气保生产的建议”获采油厂 2004 年度合理化建议技术改进成果二等奖。“关于改进增压泵系统的建议”获采油厂 2004 年度合理化建议技术改进成果一等奖。“关于用玻璃刚污油储存罐替代污油池的建议”获采油厂 2004 年度合理化建议技术改进成果三等奖。“洗井水加热装置”，获采油厂 2004 年度合理化建议技术改进成果二等奖。

12 月 5 日　国家专利局正式授权“计量站油污储存罐”获得国家实用新型专利。

2005 年

1 月 16 日　代旭升在油田文明建设中，成绩显著，被评为劳动模范。

3 月 7 日　代旭升跻身采油技能大师候选人行列资格。

4 月 14 日　在采油厂第三届科技创新活动中，“移动式套管气回收装置”获采油厂科技创新成果二等奖。

4 月 22 日　《胜利日报》二版刊登《代旭升改进套管捞油工艺技术，三百口停产井重获新生》，介绍自动泄压式凡尔抽子和自热式配重器两个成果在现场应用的情况和获得的经济效益。

5 月 22 日　“关于采集辛 14 块的套管气保证辛 156 块正常生产的建议”获管理局企业管理合理化建议三等奖。

5 月 29 日　对中石化集团公司采油高级技师进行了鉴定考核。考评组长：代旭升。考评员：郝正平、徐大庆、徐忠臣、杜凡奇。考评人员：胜利油田、中原油田、河南油田、江汉油田、江苏油田的 34 人。

6 月 28 日　代旭升被评为胜利油田优秀共产党员。

7 月 20 日　代旭升参与制定了“胜利油田有限公司源头数据采集标准”标准一项。

7 月 28 日　东辛采油厂合理化建议评审委员会 2005 年度授奖公报：“抽油机非金属安全防护网”获采油厂 2005 年度合理化建议技术改进成果二等奖。“关于在电泵井上使用‘防漏电’接线盒的建议”获采油厂 2005 年度合理化建议技术改进成果二等奖。“关于推广使用‘低压真空开关计量箱的建议’”获采油厂 2005 年度合理化建议技术改进成果二等奖。“自动泄压式凡尔抽子”获采油厂 2005 年度合理化建议技术改进成果三等奖。“关于应用‘空气置换法’使注水干线快速泄压的建议”获采油厂 2005 年度合理化建议技术改进成果三等奖。“关于辛 14 块加破乳剂降回压的建议”获 2005 年度厂级企业管理合理化建议优秀成果二等奖。

8 月 14 日　东辛采油厂会议中心，召开东辛采油厂工人技术创新协会成立大会，东辛采油厂工人技术创新协会揭牌，张立书记为协会会长，代旭升为协会副会长，在会上收徒 7 位，并和他们分别签了师徒合同。

8 月 27 日　代旭升在胜采培校对参加中石化竞赛的采油工选手进行赛前选拔考核。

9 月 2 日　集团公司 2005 年业务竞赛活动，代旭升作为油田的主教练和裁判员，带领胜利的选手在石油学校进行训练学习。

10 月 10 日　接到劳资处通知，油田领导同意代旭升退出第二届技能大奖评选。

10 月 15 日　《移动式油井套管气回收装置的研制》一文在胜利油田职工大学学报第一期发表（独立）。

10 月 27 日　油田召开胜利油田技能人才工作会议，会上被授为胜利油田技能大师。

11 月 16 日　收到国家专利局通知，正式授权“低压真空开关箱”获得国家实用新型专利。

11 月 24 日　《胜利日报》二版刊登《代旭升的三多》，介绍了革新成果多、跑现场多、徒弟多。

12 月 29 日　在东辛采油厂 2005 年度科技创新活动中，“油井防漏管柱及掏空热洗法”获采油厂科技创新二等奖。

2006 年

1 月 12 日　代旭升被评为 2005 年度东辛采油厂十佳职工。

1 月 16 日　代旭升被评为 2005 年度胜利油田劳动模范。

1 月 16 日　代旭升被评为胜利油田新时期技能操作能手标兵。

2 月 10 日—13 日　管理局工会组织在临盘采油厂举行“弘扬为民精神，立足岗位创新，深入开展咱们工人有技术才能更有力量大讨论”活动启动仪式和技能大师下基层传经送宝活动。代旭升作为成员之一参观王为民纪念馆后，到临盘、纯梁、胜利等 6 个采油厂、20 个采油队、38 个采油岗位开展技能大师下基层传经送宝活动，解答或动手解决岗位职工提出的生产中的技术难题 62 个，收纯梁采油厂李晓鹏等徒弟 3 名。

2 月 24 日　代旭升在济南参加由山东省人民政府组织召开的山东省首席技师表彰大会，这次全省共评选首席技师 97 名。代旭升被山东省人民政府聘为山东省首席技师，胜利油田共有 5 位被聘为山东省首席技师。

3 月 3 日　代旭升被评为东营市文明市民，这是他的第一个东营市荣誉。

5 月 4 日　《大众日报》发表题为《走近胜利油田首席技师代旭升：报废井中“捞油”》一文。文章记录了利用代旭升发明的“自动泄压式凡尔抽子”捞油的过程。在数以千计的报废井中，有相当一部分井内还有残余油，如何把这些报废井中的残余油提出来，该装置解决了这一难题。

6 月 6 日—8 日　中石化 2006 年采油高级技师培训班结业考核，代旭升任考评组长。独自一人完成的“更换游梁式抽油机刹车蹄片、新区块整体投产前地面流程工作量预算、井下工具识别与应用”等实际操作题被考核中心采用，并作为了此次考核的实际操作题。

6 月 10 日　代旭升参加在胜利采油厂由管理局劳资处组织的采油工标准化操作电视教学片的拍摄脚本和教学片的初审、终审。

6 月 13 日　代旭升参加在临盘采油厂由管理局劳资处组织召开的“学习中国高技能人才楷模，承传为民精神，争做有技术好工人”活动启动仪式，并参观王为民纪念馆。

6 月 21 日　代旭升收到国家专利局通知，正式授权他的“自动泄压式凡尔抽子”获得国家实用新型专利，此项专利填补了国内四次采油工艺的空白。

7 月 8 日　《东营日报》在第三版刊登题为《学习楷模精神开展练兵活动》的文章。介绍了代旭升获得油田采油技能大师后，东辛采油厂全面搭建职工练本领的平台，并建立东辛采油厂技术协会的情况，全厂职工自发地开展了“精通技术技能，练就一身绝活”的活动。

7 月 10 日　代旭升参加胜利油田主要技术工种标准化操作项目视频教程采油工部分的脚本修改及光盘审定工作。

7 月 14 日　代旭升参加由管理局劳资处组织的胜利油田游梁式抽油机标准化操作安全知识竞赛电视片的脚本编写和拍摄任务，以及现场预赛和决赛的仲裁工作。

7 月 15 日　油田劳资处组织“中央企业采油工技能大赛”赛前培训班，成立教练组，代旭升任主教练，将开展为期 3 个月的训练。这是由国资委牵头，中石油、中石化、中海油共同举办的一次技能大赛。

7 月 20 日　以代旭升为代表的教练组召开碰头会，把训练计划进行合理调整。

8 月 8 日　东辛采油厂合理化建议评审委员会 2006 年度授奖公报：“玻璃钢管线台式阀组”获采油厂 2006 年度合理化建议技术改进成果二等奖。“应用药剂泵降低输油管线压力”获采油厂 2006 年度合理化建议技术改进成果三等奖。“关于使用空心电热杆井口电缆防护装置的建议”获 2006 年度厂级企业管理合理化建议优秀成果二等奖。

8 月 10 日　代旭升到大港油田参加中央企业职工技能大赛前的预备会，会上国务院国有资产监督管理委员会领导宣读聘请决定，聘请各油田推荐的裁判员为采油工决赛裁判员。

8 月 16 日　代旭升到东辛培校指导东辛采油厂参加胜利油田第十四届技能竞赛采油工种参赛选手的理论学习及技能操作。

9 月 1 日　代旭升获知，其“关于实施量化考核联动管理，强化原油防盗工作的建议”获管理局企业管理合理化建议成果二等奖。“关于应用连续杆配合小泵深抽的工艺手段挖掘低能层潜力的建议”获管理局企业管理合理化建议成果三等奖。

9 月 18 日—24 日　中央企业石油石化系统职工（采油工）技能大赛进行，代旭升作为裁判员参加比赛，胜利油田采油工代表队共 12 名选手，6 名选手获奖，并取得团体第三名的成绩。

9 月 27 日　在北京中国石化集团公司总部，代旭升参加中石化集团公司组织的中国石化优秀技能人才表彰座谈会，表彰代旭升获得“全国技术能手”。代旭升做发言。时任中石化集团公司党组副书记周原主持会议并做了重要指示，希望更多优秀技能人才脱颖而出。同时宣布集团公司高技能人才宣传月活动拉开帷幕。

9 月 29 日　代旭升接到国家专利局通知，正式授权“抽油机计量控制柜”获得国家实用新型专利。该专利实现了控制电机启停、实时录取保存抽油机电机运行数据、实时监控抽油机井采油时率、彻底解决雨雪天的防水的“四位一体”的功能。

10 月 17 日　油田召开胜利油田技能人才表彰暨第十四届胜利油田技能大赛闭幕式，代旭升荣获“全国技术能手”称号。

10 月 26 日—31 日　由管理局劳资处组织的首次胜利油田技能大师下基层授艺解难活动，在滨南采油厂采油 203 队举行启动仪式，历时 6 天，12 位油田技能大师全部参加，分成 7 个组，分别到胜利油田 27 个单位 100 个基层队授艺解难，代旭升作为采油组的一员，在时任劳资处王涛科长的带领下到了 11 个采油单位、22 个采油基层小队，在给职工带来技术的同时，激发一线职工的学习意识、进取意识、钻研意识和创新意识。

11 月 12 日　东辛采油厂聘请代旭升为东辛采油厂采油工程导师。

12 月 14 日　代旭升主持召开原东辛采油 2 矿工人技术创新协会 2006 年年会。这一年组织工人技术创新协会活动 21 次，成果发布会 2 次，发布成果 38 项。新建立工人技术成果展览室，油田领导以及兄弟厂、矿的领导和工友同志们前来参观学习指导 2000 多人次，代旭升代表油田，迎接了潍坊市总工会组织的、该市工会主席参加的工人技术创新成果参观团的参观学习指导。

12 月 30 日　在东辛采油厂 2006 年度科技创新活动中，“自热式配重器”获采油厂科技创新奖的技术革新奖。“微电脑抽油机监控保护仪”获采油厂科技创新奖的技术革新奖。“油井防漏管柱及掏空热洗法”获采油厂科技创新二等奖。“利用抽汲技术，综合注采调配，辛 1-6 井扶停见到明显效果”获科技创新奖的恢复产能奖。

12 月 31 日　代旭升开办“胜利油田采油技能大师网”（简称“大师网”）。

2007 年

1 月 16 日　代旭升在油田文明建设中，成绩显著，被评为油田劳动模范。

1 月 17 日　代旭升被评为 2006 年度东辛采油厂十佳职工。

2 月 6 日　管理局劳资处在胜利宾馆迎宾楼组织召开胜利油田高技能人才迎新春座谈会，代旭升代表油田两万采油工发言。

2 月 13 日　管理局在胜利宾馆迎宾楼组织召开胜利油田各界人士迎新春座谈会，代旭升代表油田 20 万技能操作人员发言。

2 月 14 日　代旭升收到国家专利局通知，正式授权“微电脑抽油机监控保护仪”获得国家实用新型专利。

2 月 15 日　时任管理局副局长郭长玉、副总经理陈锡坤及时任劳资处处长石峰等领导在新春来临之际到代旭升家中慰问，对代旭升近年来做出的成绩表示肯定，并嘱咐代旭升好好照顾身体。

3 月 13 日　时任油田劳资处领导王政忠带领劳资处有关专家一行 5 人到原东辛采油 2 矿，对代旭升在采油 2 矿工作担任油田技能大师进行任期内考评，代旭升在进行工作述职后，通过量化打分，考评结果为优秀。

3月10日　东辛采油厂团委在原东辛采油三矿“吴吉林工作室”举行吴吉林工作室创作人员座谈会，代旭升对徒弟吴吉林以及各位青年团员提出的问题做了详细认真的解答。

4月23日　时任劳资处副处长王政忠、科长苏永强，在时任东辛采油厂党委副书记刘加顺、副总经济师刘士远等的陪同下，到原东辛采油七队参观指导代旭升安全技术革新成果：徒弟们对“电机皮带轮非金属防护罩”“平衡块非金属防护罩”“抽油机防溜车装置”“抽油机高空作业伸缩安全带”“电机皮带轮装卸工具”“平衡块调整工具”“曲柄销拆卸工具”7项安全技术革新成果进行了现场演示。代旭升通过幻灯片进一步详细解说各项成果的创新之处、安全性能和应用意义，局领导对成果进行了高度的赞赏和评价。

4月25日　原东辛采油二矿在采油7队召开“庆五一、迎五四”职工技术成果交流会，代旭升代表工人技术创新协会，展示了自己近期研发的5项技术成果，在参观过程中采油厂领导对每一项成果都给予了高度评价，并提出了宝贵意见。

5月9日　东辛采油厂安全技术革新成果鉴定会在原东辛采油二矿采油7队举行。时任胜利石油管理局安全环保处副处长王来忠、冯展杭，在时任东辛采油厂党委副书记刘加顺、副总工程师刘仕远等领导的陪同下，认真观看代旭升研制的“电机皮带轮非金属防护罩”“平衡块非金属防护罩”“抽油机防溜车装置”“抽油机高空作业伸缩安全带”“电机皮带轮装卸工具”“平衡块调整工具”“曲柄销拆卸工具”7项成果的现场应用展示。代旭升对成果进行详细解说，获得局领导的高度评价，最终成果全部通过鉴定。

5月20日　代旭升接到通知，胜利石油管理局工会女工部委邀请代旭升制定2007年管理局女工采油技术对抗赛练习项目和2007年管理局女工采油技术对抗赛比赛项目。

6月12日　中石化集团公司采油高级技师鉴定考核开始，代旭升担任考评组长，鉴定实际操作题采用代旭升出的工况图、综合题、视频题等三个项目。

6月22日　针对年初工人技术创新协会与矿劳资部门联合开展的“导师带徒”携手承包“四类井”活动，对活动开展情况进行检查测评。工人技术创新协会利用召开“技师座谈会”和“技术交流会”的形式，针对技术革新和“四类井”承包中出现的问题，及时分析原因，提建议，抓整改，使各采油队的技术创新能力和“四类井”承包的管理能力逐步得到提升。

7月22日　油田组织技能大师到原现河采油16队下基层，代旭升作为其中一员，参观青年科技示范园的练兵场和成果展室，与职工面对面进行交流。

8月15日　代旭升接到采油厂劳资科通知，填写《第九届中华技能大奖评选申报表》。

9月5日　油田首次技能人才技术创新成果评选活动中，经过专家初审和专业评审组综合评审，并报经评审委员会批准，代旭升研制的“自动泄压式凡尔抽子”被评为技术创新成果一等奖。

9月10日　历时一年多的标准化操作项目视频教程《采油工》由中国石油大学出版社出版，代旭升参与脚本的编写和后期制作的修改工作。

9月13日—15日　管理局举行采油工标准化操作技能比赛，代旭升承担此次比赛出题的任务并担任裁判长。

9月18日　首届“为民技术创新奖”经过述职、答辩、投票等环节揭晓，代旭升荣获“为民技术创新奖”金奖。该奖是为纪念全国劳模、首届中华技能大奖获得者王为民同志而设立的，每两年评选一次。

9月25日　胜利科技展览中心举行“科技成果展”开展仪式，代旭升受管理局工会的邀请参加此次仪式，并在现场为广大青工讲解成果“移动式套管气回收装置”。时任胜利石油管理局党委副书记李中华、工会副主席周洪成等领导出席仪式并讲话。

9月29日　代旭升参加在济南召开的“山东省职工技术创新成果表彰大会暨创新成果展示会”，其研制的“移动式套管气回收装置”获得山东省职工优秀技术创新成果一等奖，同时也荣获山东省职工“十大发明家”和“富民兴鲁劳动奖章”荣誉称号。

9月30日　在油田“百佳道德模范评选”活动中，代旭升被评为“胜利油田十佳敬业奉献模范”，颁奖仪式在胜利电视台举行。

10月12日　代旭升获知，在东辛采油厂2007年度科技创新活动中，其“抽油机防溜车锁”获采油厂科技创新二等奖。“平衡块非金属防护罩”获采油厂科技创新三等奖。

10月16日　代旭升在油田采油培训中心参加油田开发系统女子班组技能对抗赛闭幕式，这是油田工会首次举办女子班组对抗赛，代旭升担任裁判长。

10月28日　首届“为民技术创新奖”颁奖会在油田黄河饭店召开，代旭升荣获金奖。

11月5日　时任中国能源化学地质工会石油石化部副部长佟永春、工人日报要闻部副主任王娇萍在油田工会副主席周洪成、时任油田工会生产部部长杨洪涛、时任东辛采油厂党委常委、工会主席卢丙申的陪同下，到东辛采油厂工人技术创新协会参观代旭升设计发明的创新成果，并对代旭升创新精神给予了高度赞扬，与代旭升合影留念。

12 月 2 日　时任胜利石油管理局生产部部长杨洪涛来到东辛采油厂工人技术创新协会，代表山东省工人报社给代旭升颁发“山东十大杰出职工”荣誉证书。

12 月 12 日　代旭升接到国家专利局通知，正式授权“自热式配重器”获得国家实用新型专利。

2008 年

1 月 11 日　代旭升在油田文明建设中成绩显著，被评为劳动模范。

1 月 12 日　代旭升组织召开工人技术创新协会座谈会，总结回顾 2007 年的工作，并对 2008 年的工作规划部署。

1 月 14 日　代旭升参加东营市安全工作会议，东辛采油厂获得安全生产单位，代旭升获得安全先进个人。

1 月 19 日　时任山东省总工会副主席齐太生到代旭升家慰问，对代旭升所作的贡献给予充分肯定。他希望代旭升继续努力，利用自身优势，带出更多的技能型、创新型工人，为企业发展做出更大贡献。

2 月 23 日　工人技术创新协会举行了首届师徒联谊会，由各个徒弟们对自己 2008 年一年以来的工作进行了总结和汇报，代旭升对每个人的汇报进行了详细点评，指出他们工作中的亮点或不足，并对他们今后的工作做了要求。

3 月 1 日　时任山东省职工技术协会副会长、秘书长王振宇协同中央电视台社教节目中心、科技专题部记者，到原东辛采油 2 矿工人技术创新协会调研指导工作，同时给代旭升颁发全国第二届职工优秀技术创新奖证书、奖杯，山东省十大杰出职工奖牌，其“移动式套管气回收装置”获全国第二届职工优秀技术创新三等奖。

3 月 24 日　代旭升在时任胜利石油管理局工会生产部部长杨洪涛、时任东辛采油厂工会副主席刘新路的陪同下，从东营启程到北京参加全国职工节能减排技术创新成果发布会。

3 月 25 日　全国职工节能减排技术创新成果发布会在全总工会大楼举行，这是全总开展“全国职工节能减排月”活动以来的一项重要内容。100 项职工节能减排技术创新成果在会上予以发布。会上重点发布的 8 项节能减排技术创新成果中，由代旭升发明的“移动式套管气回收装置”位列第 7 位。

3 月 26 日　代旭升荣登中央电视台《新闻联播》。播放了由他发明的“移动式套管气回收装置”，它能回收机械采油时产生的套管天然气，彻底解决套管气外排造成的浪费和大气污染，应用以来每天回收天然气 500 万立方米。

3 月 27 日　时任管理局劳资处副处长王政忠带领劳资处、采油工程处、设备管理处等有关处室负责同志组成的油田技能大师考评专家组到东辛采油厂原采油 2 矿，对代旭升进行考评。考评结束后，专家考评组观看工人技术创新协会“技术创新成果展览厅”。

4 月 15 日　代旭升受邀来到胜利油田高培中心，为中石化技能拔尖人才培训班的学员讲课。

4 月 20 日　通过油田“名师带高徒”活动，孤岛采油厂首席技师唐守忠成了代旭升的签约徒弟。在代旭升创新工作室，代旭升对唐守忠的学习工作与革新攻关计划进行审核、对接、补充。

4 月 26 日　在时任管理局生产部副部长杨洪涛、采油厂工会副主席刘新路陪同下，代旭升到济南参加山东省全国劳模和受表彰的先进集体和先进个人代表进京参加庆祝“五一”国际劳动节暨“五一劳动奖章（状）”表彰大会欢送会。时任山东省省委副书记刘伟出席欢送仪式并讲话，代表省委、省政府向全省广大职工群众致以节日的问候。

4 月 27 日　代旭升坐 D42 次和谐号列车 11 点到达北京，入住中国职工之家，晚上参加预备会。

4 月 28 日　代旭升参观天安门，在天安门城楼上接受人民日报社记者潘跃的采访，随后参观国家大剧院。12 点 20 分坐车到总政歌舞团参加向祖国报告庆五一文艺晚会排练，22 点 30 分回到中国职工之家。

4 月 29 日　早上 8 点代旭升到人民网做客强国论坛，与网友交流在工作中怎样搞好技术创新。中午 12 点 20 分前往人民大会堂参加“庆五一国际劳动节大会”，会前受到时任中共中央政治局委员、全国人大常委会副委员长、中华全国总工会主席王兆国的接见。会上，代旭升宣读《倡议书》，代表全体进京劳动模范和先进人物代表向全国职工发出倡议。大会结束后，18 点 20 分在中国职工之家，时任集团公司党组副书记、副总经理周原亲切会见了包括代旭升在内的石化系统 4 名受邀来京的全国五一劳动奖状、奖章获奖代表，晚上 6 点 30 分参加庆祝五一国际劳动节文艺晚会演出。

4 月 30 日　早上 4 点 50 分代旭升到天安门参加升旗仪式。上午 8 点 30 分到人民大会堂参加由中华全国总工会和中宣部召开的学习宣传窦铁成同志的先进事迹座谈会。

4 月 28 日　代旭升再次荣登央视《新闻联播》，新闻播放了代旭升研制成功的自燃式燃煤加热炉，既解决了油井冬季加温的难题，又降低了能耗。

5 月 2 日　代旭升获知 4 月 29 日中共胜利石油管理局下发文件，开展向“新时期胜利人的楷模”代旭升同志学习活动的决定。

5 月 5 日—10 日　代旭升准备先进事迹报告会的前期准备工作。

5 月 12 日　代旭升事迹首场报告在原东辛采油厂采油 2 矿正式启动。时任采油厂党委书记张立、工会主席卢丙申、副书记唐建文、副总政工师刘泉洲及政工科室长听取事迹报告，时任采油 2 矿党委书记杨洪文、矿长姜亦栋及基层干部职工 80 余名代表参加了报告会。事迹报告团由代旭升、时任采油 2 矿纪委书记刘敏杰、7 队队长车胜和 2 队副队长钟晖 4 人组成。

5 月 15 日　代旭升接到中华全国总工会《关于全力做好抗震救灾工作的紧急通知》，由于 5 月 12 日 14 时 28 分四川省汶川县发生 7.8 级强烈地震，要求各级工会组织在党委的领导下做好抢险救灾工作，并部署开展向灾区捐款的活动。代旭升通过中华全国总工会向汶川灾区捐款 1 万元。

5 月 20 日　代旭升的“依托技术创新协会，搭建职工成长平台”获管理局工会第七届工会工作创新成果一等奖。

5 月 29 日　东辛采油厂会议中心召开代旭升事迹报告会。报告会由时任采油厂党委书记张立主持，时任局宣传部副部长李玉琢、新闻科科长刘彦国、企业文化科科长邹笃锋、厂党委副书记王养科、工会主席卢丙申、挂职副书记唐建文等领导及来自采油厂各矿的基层干部职工 300 余人听取报告。

6 月 11 日—13 日　中石化集团公司采油高级技师鉴定考核，代旭升担任考评组长。

7 月 7 日　油田劳资处在胜利宾馆三号楼一会议室组织召开胜利油田、江苏油田采油技师技术交流会，代旭升在会上作了技术革新经验介绍。

7 月 9 日　时任中共胜利石油管理局党委组织部副部长董杰、组织部组织科副科长郑强到东辛采油厂，为代旭升颁发“山东省优秀共产党员”荣誉证书。

7 月 31 日　代旭升胜利油田首场事迹报告会在油田经济开发研究院举行。

8 月 5 日　代旭升事迹报告会在胜利采油厂举行。时任胜利采油厂领导高建刚、连经社、赵勇、李太勇、宋政谦、赵红兵同 400 多名基层干部职工一起参加报告会。

8 月 7 日　代旭升事迹报告会在孤岛采油厂举行，采油厂、孤岛社区领导以及 210 多名干部职工参加报告会。

8 月 8 日　由孤东采油厂承办的代旭升事迹报告会在仙河影院举行，孤东、桩西、海洋三家采油厂和仙河社区等 4 家单位干部职工 750 多人聆听报告会。

8 月 12 日　代旭升事迹报告会在纯梁采油厂举行。

8 月 14 日　代旭升事迹报告会在河口采油厂举行，200 多名干部职工参加报告会。

8 月 15 日　代旭升事迹报告会在现河采油厂举行，来自现河采油厂、东胜公司、鲁明公司、胜南社区等 4 家单位的 500 多名干部职工参加报告会。

8 月 18 日　代旭升事迹报告会在滨南采油厂举行，采油厂和滨南社区的领导及有关人员共 200 多人参加报告会。

8 月 19 日　代旭升事迹报告会在临盘采油厂举行，采油厂和社区的 300 多名干部职工参加报告会。

8 月 21 日　代旭升事迹报告会在油气集输总厂举行，油气集输总厂、石油开发中心、采油院等 3 家单位的 360 多名干部职工参加报告会。

8 月 24 日　代旭升和陈景世到北京参加 2008 年北京奥运会闭幕式。

9 月 2 日　代旭升事迹报告会在井下作业公司举行，来自井下作业公司、黄河钻井总公司、钻井工程技术公司、地质录井公司、塔里木胜利钻井公司、胜北社区等 5 家单位的 1000 余名干部职工参加报告会。

9 月 5 日　代旭升事迹报告会在滨南采油厂举行，来自胜建集团、测井公司、胜利职业学院和供水公司 4 家二级单位的党政领导、二级机关有关人员，以及基层的干部职工代表，共计 350 余人参加报告会。

9 月 6 日　代旭升参加采油厂党委组织的向四川省汶川县地震灾区捐款交纳特殊党费的活动，交纳特殊党费 1000 元支援汶川人民抗震救灾。

9 月 7 日　代旭升事迹报告会在胜中社区举行，来自胜中社区、胜利日报社、胜利电视台、局实体管理部、教育培训处、川东北工委等 6 家单位的 700 余名干部职工参加报告会。

9 月 9 日　代旭升事迹报告会在胜利医院举行，来自胜利医院、胜东社区、海洋钻井公司、胜大集团等 4 家单位的 200 多位干部职工参加报告会。

9 月 10 日　江苏油田试油一厂一行 9 人，到工人技术创新协会进行参观学习。代旭升对展厅里的创新成果逐一进行介绍，并与参观团交流技术创新的心得体会。

9 月 12 日　代旭升事迹报告会在物资供应处进行，来自物资供应处、电力管理总公司、运输总公司、高培党校、局机关车辆管理中心、新疆勘探开发中心和新疆工委等单位的近 600 余名干部职工参加报告会。

10 月 15 日　代旭升撰写的“关于完善注采井网，利用报废井培养稳升井组的建议”获 2008 年度局级企业管理合理化建议成果三等奖。“关于实施拔、停、优、转、节电措施降低电量的建议”获 2008 年度局级企业管理合理化建议成果二等奖。

9 月 18 日　代旭升事迹报告会在海洋采油厂进行，采油厂领导、副总师、副科级以上干部、机关工作人员、各直属科级单位、各三级单位政工人员及基层队干部参加报告会。

10 月 10 日　代旭升参加管理局劳资处组织的审核 2007 年度高技能人才技术创新成果，共审核技术创新成果 170 项。

10 月 15 日—16 日　代旭升参加管理局开发系统女子班组技能对抗赛。15 日班组文化展示，下午考综合题、油水井分析、理论题，晚上批试卷；16 日批试卷。

10 月 23 日—25 日　管理局开发系统女子班组技能对抗赛实际操作比赛举行，代旭升担任裁判长。

10 月 27 日　中国海洋石油总公司高技能人才经验交流团在时任集团公司人事部技能操作处邱颖处长、胜利油田副总经济师崔家泉和劳资处有关人员的陪同下，参观东辛采油厂营 1 丛式链条采油井组、“华八井”纪念碑、胜利油田技能人才训练基地和胜利油建职工培训学校，代旭升陪同。

10 月 28 日　胜利油田、中海油高技能人才经验交流座谈会在胜利宾馆三号楼一会议室召开，代旭升作专题讲座。讲座结束后，围绕技能创新、新技术推广应用、生产中的关键技术和疑难问题解决方法等诸多方面，代旭升与交流团进行了深入交流和探讨。

11 月 10 日　代旭升到石油开发中心深入基层和采油工面对面解决生产难题，深入生产岗位 2 个，解决实际生产难题 4 项。

11 月 27 日　代旭升在胜利油田职工大学参加第二届技能大师竞聘。

12 月 4 日　代旭升和获得全国技术能手的王天正在时任管理局劳资处副总工程师王奎一的陪同下，从东营启程赴北京参加第九届中华技能大奖和全国技术能手表彰大会。在北京中国石化集团公司总部，集团公司召开座谈会，时任集团公司党组成员李春光副总经理接见代旭升。

12 月 5 日　全国高技能人才和农村优秀人才表彰大会在京西宾馆召开，时任中央政治局委员、中央书记处书记、中央组织部长李源潮，中央政治局委员、国务院副总理张德江出席会议接见代旭升并合影留念。此次共表彰第九届中华技能大奖 20 名，全国技术能手 300 名，80 家国家技能人才培育突出贡献单位，农村优秀人才 100 名。下午召开 2008 年全国技能大赛闭幕式和高技能人才座谈会，代旭升在会上做发言。

12 月 6 日　胜利油田召开学习座谈会，时任油田党委副书记李忠华、副局长许卫华出席座谈会，并为代旭升和王天正立功受奖。

12 月 20 日　代旭升研制的“游梁式抽油机组合防护罩”获胜利油田高技能人才技术创新成果三等奖。

12 月 22 日　“胜利油田第二批名师带高徒结业典礼暨第四批签字仪式”在黄河饭店多功能厅举行，新聘胜利名师 2 名孙克己、代旭升，胜利油田党委组织部颁发胜利名师聘请书，代旭升与4名高徒签订培养期为两年的师徒合同。

2009年

1月3日　代旭升被胜利石油管理局聘为胜利油田首席技能大师，聘期3年。

1月9日　国家科学技术奖励大会在北京人民大会堂召开。代旭升受到党和国家领导人的接见。代旭升发明的“移动式套管气回收装置”荣获2008年度国家科技进步二等奖，其本人作为获奖代表登台授奖，成为中石化、山东省首位获此殊荣的工人。

1月12日　时任管理局党委书记、副局长郭长玉和管理局党委副书记、工会主席李忠华，在黄河饭店贵宾厅欢迎代旭升载誉归来。

1月14日　由胜利石油管理局党委宣传部、局工会、胜利日报社、胜利电视台联合主办的第二届“感动胜利”人物（事件）评选活动颁奖典礼在胜利油田广电中心演播大厅举行。

1月15日　油田“基层建设十面红旗”“新时期十大标兵”表彰仪式在东辛采油厂隆重举行，时任管理局党委副书记、工会主席李忠华宣读关于命名表彰“基层建设十面红旗”“新时期十大标兵”的决定。决定命名代旭升为“新时期胜利人的楷模”，授予“新时期十大标兵”荣誉称号。

1月18日　代旭升在油田文明建设中成绩显著，被评为劳动模范。

1月21日　时任管理局党委常委、油田分公司副经理孙焕泉带领有关处室负责同志到代旭升家中走访慰问。时任油田副总地质师、采油厂厂长荣启宏，采油厂党委书记张立，采油厂党委常委、工会主席卢丙申等领导陪同走访。

2月2日　工人技术创新协会组织召开名师高徒联谊会，代旭升主持，总结2008年工作，商讨2009年创新计划。

2月7日　工人技术创新协会召开2008年度师徒联谊会。代旭升的4位徒弟发布了6项成果。

2月12日　胜利油田采油技能大师网工作会议召开，代旭升主持会议。

2月20日　山东省科学技术奖励大会在济南召开，隆重表彰为全省科技事业发展和现代化建设做出突出贡献的科技工作者。代旭升的“移动式套管气回收装置”获得国家科技进步奖二等奖。

3月3日　代旭升参加由油田劳资处组织的技能人才培训座谈会，时任中海油海洋石油工程股份有限公司人力资源部培训中心主任檀海义，邀请代旭升3月底参加该公司的高技能人才培训班讲课。

3月10日　代旭升参加在东辛会议中心举行的胜利油田“工人伟大，劳动光荣”演讲团的演讲。

3月21日　应徒弟唐守忠的邀请，代旭升来到孤岛采油厂孤三油藏经营管理区技师工作站，对唐守忠在工作中的问题给予指导。

3月30日—31日　代旭升到胜利油田东胜公司为职工面对面现场排忧解难，到牛庄公司、鑫联公司、乐安公司等4个公司12个基层队解决技术难题27个。

4月9日　在时任油田副总政工师、宣传部部长李瑞成，宣传部副部长李玉琢，文明办主任周文欣等宣传部领导的陪同下，时任山东省文明办专职副主任王红勇到原东辛采油2矿，参观东辛采油厂工人创新技术协会和代旭升创新工作室，对协会创新成果、荣誉室做出的成绩给予充分肯定，并题字“工人榜样，道德楷模”，勉励代旭升做出更大的成绩。

4月10日　代旭升到职工大学给胜利油田高技能班学员讲课。

4月21日　代旭升参加在人民大会堂新闻发布厅举行的由中国发明协会、国家科学技术奖励工作办公室、科技日报社和中国知识产权报社联合主办的“第三届中国发明家论坛”暨“第四届发明创业奖”颁奖仪式。时任全国人大常委会副委员长桑国卫，政协全国委员会副主席、科学技术部部长万钢，中国科学技术协会党组书记邓楠，中国发明协会理事长朱丽兰，国家知识产权局副局长张勤等领导出席会议，并接见包括代旭升在内的300多名来自全国各地发明人代表和“发明创业奖”获得者。代旭升获得“发明创业奖”。

4月24日　时任中国石化报社驻胜利油田记者站站长王喜春、石化报社新闻部主任宋超兴、副主任蔡廷永、油田宣传部新闻科科长卢太昌及石化报社各版编辑记者一行14人莅临原胜利油田东辛厂采油2矿，对工人技术创新协会及代旭升创新工作室参观。时任石化报社新闻部副主任蔡廷永欣然题词：学习大师，无限创新。

4月27日　代旭升和陈景世、国梁等10人组成的劳动模范代表团，在时任管理局工会副主席周洪成同志的带领下到油田采油院参观学习，并深入微生物研究中心参观。

5月5日　代旭升成为中国发明协会会员。

5月7日　中国石化集团公司党组发出通知，要求在全系统广泛开展向代旭升同志学习的活动。

5月24日　代旭升到江苏油田给中国石化集团高技能人才学习班针对采油工艺、技术创新等方面授课一天。

6月2日　代旭升到北京集训，住北京胜利饭店，为事迹巡回报告会做准备。

6月3日—7日　代旭升开始训练，由海军政治部话剧团原团长陶浩担任老师。

6月4日　中石化集团公司采油高级技师鉴定考核开始，代旭升担任考评组长。

6月8日　代旭升参加油田召开的获得2008年度国务院政府特殊津贴和全国工程勘察设计大师称号人员座谈会。时任油田分公司总经理、管理局副局长、管理局党委副书记孙焕泉，管理局党委副书记、纪委书记、组织部部长杨昌江出席座谈会。会议通报了获得国务院政府特殊津贴和全国工程勘察设计大师称号人员的情况。经过中华人民共和国国务院批准，为表彰为发展我国工程技术、石油天然气开采事业做出的突出贡献，特决定发给韩文功、刘显太、陈景世、代旭升、张吉平等5名同志国务院政府特殊津贴。

6月8日　代旭升同志先进事迹报告会在北京燕山石化举行第一场。

6月10日　代旭升同志先进事迹报告会在中国石化干部管理学院举行第二场。

6月12日　代旭升同志先进事迹报告会在山西石油举行第三场。

6月17日　代旭升同志先进事迹报告会在中原油田举行第四场。

6月19日　代旭升同志先进事迹报告会在河南油田举行第五场。

6月22日　代旭升同志先进事迹报告会在江苏油田举行第六场。

6月24日　代旭升同志先进事迹报告会在扬子石化举行第七场。

6月26日　代旭升同志先进事迹报告会在齐鲁石化举行第八场。

6月27日　油田召开深入学习实践科学发展观活动总结大会，授予代旭升等20名共产党员胜利油田“新时期优秀共产党员楷模”荣誉称号。

7月9日　代旭升同志先进事迹报告会第九场在总部机关大楼多功能厅举行，总部机关、专业公司和在京直属单位的300多名干部职工聆听报告。报告会由党组成员、纪检组组长王作然主持。时任局党委副书记、纪委书记、组织部部长杨昌江作为报告团领队参加报告会，局党委宣传部和东辛采油厂党委负责同志一同参加。

9月9日　代旭升研制的“新型注水井洗井液井口处理装置”获国家实用新型专利。

9月23日　代旭升荣获“胜利油田勘探开发建设最具影响力劳动模范”荣誉称号。

9月24日　代旭升参加山东省第二届道德模范颁奖，获得山东省第二届道德模范敬业奉献奖。

9月25日　代旭升接到管理局工会通知，29日到北京参加中华人民共和国成立60周年庆祝活动。

9月26日　《中国石化报》9月22日、24日、25日连续三天报道了代旭升的事迹。

9月28日　代旭升早上8：30坐东营到北京的长途汽车，15：30到达中国职工之家报到，参加国庆60周年活动。

9月29日　代旭升在全总参加国庆观礼预备会，由王新卫副部长主持，常毅民部长致辞，劳模处寇薇莉处长做有关事项讲解。当晚代旭升参加中华全国总工会在京举行的招待会，热烈欢迎来自全国230位参加国庆活动的劳动模范，共庆新中国成立60华诞。中共中央政治局委员、全国人大常委会副委员长、中华全国总工会主席王兆国出席招待会，并在会前会见了劳动模范。

10月1日　代旭升5点30分坐车出发，在北京农展馆安检后，在北京劳动人民文化宫下车，步行到东临1观礼台11排60号就座，观看阅兵式，晚上观看烟火和文艺演出。

10月11日　代旭升参加了在东营市进行的全国第十一届运动会“中国石化杯”火炬“如意”第13站传递。80名火炬手手手相传，橘红色的火焰点燃了油城市民的激情，代旭升是第60棒火炬传递手。

10月16日　代旭升在济南参加第十一届全国运动会开幕式。胡锦涛总书记出席开幕式。

10月20日　代旭升参加胜利油田第三届技能大奖评选答辩会，担任评委，共20名选手参加。

10月25日—26日　代旭升到江汉油田参加中国石化2009年技术创新成果颁奖会。

11月3日　中华人民共和国人力资源和社会保障部授予代旭升同志中国高技能人才十大楷模称号。

11月15日　代旭升在代旭升创新工作室受到了新华社、《人民日报》、中央人民广播电台、中央电视台、《法制日报》《中国能源报》《妇女报》《中国青年报》《光明日报》《科技日报》《中国石化报》《经济日报》《工人日报》《21世纪经济报》《新京报》《经济观察报》等20家新闻单位的22名记者集中采访。

11月16日　代旭升参加了胜利石油管理局劳资处组织的胜利油田技师考前培训班结业考试的督导工作。

11月22日　代旭升再次荣登中国中央电视台《新闻联播》，“时代先锋”板块播出了当代石油工人代旭升的“创新人生”的新闻。

12月2日　代旭升和采油厂首席技师赵海英到东辛采油2矿6个基层队跑现场，解决现场生产疑难问题16项。

12月14日　代旭升参加了由油田劳资处组织的胜利油田技师协会2009年技术论文和合理化建议评选会。

12月17日　代旭升参加了由油田劳资处组织的2009年优秀技能人才表彰大会，代旭升研制的创新成果“移动式套管气回收装置”获特别奖。“自动泄压式凡尔抽子”获优秀奖。

12 月 30 日　代旭升参加东辛采油厂采油系统 2009 年技术座谈会。

12 月 31 日　代旭升研制的“燃煤式油井加热炉”获采油厂 2009 年度科技创新奖。提出的“关于在量油分离器底水加缓蚀剂建议”获采油厂合理化建议和技术改进成果二等奖。

2010 年

1 月 5 日　代旭升研制的“玻璃钢缠绕管道研制与应用”获采油厂 2009 年度科技创新奖。

1 月 7 日　山东省总工会副主席王利华代表省总工会到代旭升家中慰问，管理局工会主席李中华、副主席周洪城、管理局副总采油厂厂长荣启宏、工会主席卢丙申等领导陪同。

1 月 15 日　代旭升被授予胜利石油管理局劳动模范。

1 月 17 日　代旭升参与撰写的《产业工人技术创新平台的构建》荣获第四届全国优秀企业管理成功案例奖。

1 月 23 日　代旭升收到山东省文明委主任李群代表山东省委宣传部寄来的 2010 年虎年贺年卡。

1 月 28 日　代旭升收到胜利石油管理局党委宣传部、胜利石油管理局文明办寄来的 2010 年虎年贺年卡。

2 月 2 日　代旭升撰写的《产业工人技术创新平台的构建》一文在《企业管理》2009 年增刊发表。

2 月 3 日　代旭升参加油田举行的各界人士迎春茶话会，来自各条战线上的 60 名代表欢聚一堂。油田分公司总经理、管理局副局长、局党委副书记孙焕泉，管理局党委副书记、工会主席李忠华，管理局党委常委、副局长李中树出席茶话会。

2 月 5 日　代旭升参加油田高技能人才迎新春座谈会，胜利油田 13 位首席技能大师和技能大师齐聚一堂，为油田发展与技能人才队伍建设建言献策。管理局副局长许卫华、处长商桂秋等领导出席座谈会。

3 月 4 日　代旭升被评为“2009・山东十大影响力劳模”。

3 月 14 日　代旭升参加由油田组织的开发采油工技能鉴定实际操作试题库会议，建立初、中、高技师近几年考试题库以及中国石化集团公司 2010 年职业技能竞赛采油工比赛试题。

3 月 16 日　代旭升参加了东辛采油厂在其厂内召开的“比学赶帮超”暨精细管理年活动安排会。

4 月 9 日　代旭升在胜利油田劳资处考核科科长宋协胜带领下和胜利油田焊接技能大师王绍智到中国海洋石油公司天津基地，给中海油首届中青年技师培训班授课。

4 月 16 日　代旭升在油田文明委副主任孙传刚带领下到日照参加全国道德模范与 2009 年中国好人评选活动，代旭升被评为 2009 年中国好人。

4 月 21 日　代旭升在东辛采油厂工会副主席于世平带领下到现河采油厂参加油田工会组织的劳动模范论坛活动。胜利石油管理局工会副主席周洪成，现河采油厂党委书记齐长兴等领导参加活动。

4 月 23 日　代旭升参加胜利石油管理局在胜利宾馆召开的欢送全国劳动模范进京参加表彰大会，李忠华副书记出席会议，周洪成主持大会。油田有胜利油田西部勘探项目部副主任王金铎和代旭升等三人被评为 2010 年全国劳动模范。

4 月 24 日　代旭升在胜利石油管理局工会劳保部部长杨洪涛、东辛采油厂工会副主席刘新路陪同下，中午 1 点 30 分和王金铎一起坐车到济南南郊宾馆报到。

4 月 25 日　代旭升上午 10 点在南郊宾馆俱乐部，与全省 151 名 2010 年全国劳动模范，受到山东省省委书记姜亦康、省长姜大明及省府 5 大班子主要领导的接见，姜亦康讲话并合影留念。同日中午，副省长郭兆信以及山东省总工会副主席鲁明晨等领导到济南火车站给代旭升等全国劳模送行。

4 月 26 日　代旭升和 151 名山东全国劳模，8 点 30 分出发参观天安门等地点。同日下午代旭升到中国石化集团公司参加集团公司欢迎全国劳模座谈会。集团公司主要领导、党组成员纪检组长王作然、全国总工会能源化学地质工会部长周林、人力资源部主任周加良、政治部主任张殿国等参加座谈会。王作然主持会议，周林部长介绍劳模评选情况，主要领导致欢迎词并和 28 位劳模合影留念。会后还参观了集团公司调度指挥系统、接待室、党组会议室。中国石化集团公司 2010 年从各省市中评选出全国劳动模范共 28 名。

4 月 27 日　上午 10 点，代旭升在北京人民大会堂参加 2010 年全国劳动模范表彰大会，9 位中央政治局常委参加会议。温家宝总理主持大会，张德江副总理宣读了国务院表彰决定，一汽集团高级技师王洪军宣读倡议书，胡锦涛总书记发表重要讲话。共分两组 38 人上台领奖，胜利石油管理局代表山东省上台领奖，李克强副总理颁发证书。2010 年共评选全国劳模 2115 名，全国先进工作者 870 名，合计 2985 人。从 1950 年至 2005 年共召开全国劳模表彰大会 13 次，1989 年以来每 5 年表彰一次，每次表彰 3000 人左右，截至上届表彰大会，累计表彰先进集体 10667 个，先进个人 25262 人。目前累计 28247 人。27 日下午代旭升在中国职工之家参加了由全国总工会召开的企业系统的全国劳模座谈会，全国总工会副主席乔传秀主持，王兆国主席做重要讲话。28 日坐长途车回油田。

4 月 28 日　代旭升回到家打开邮箱突然看到一封贺信，仔细一看是金牌工人、全国著名劳动模范许振超发来的贺信。代旭升和许振超是在 2007 年 9 月 29 参加在济南召开的山东省职工技术创新成果表彰大会暨创新成果展示会上认识的，两人研制的成果都获得了一等奖。

5 月 12 日　代旭升在工作室迎接以油田高培党校高级技能人才培训部主任路秀广为班主任的来自中国石化胜利油田、中原油田等几大油田的 26 位高技能人才，进行参观交流。代旭升做了题为《立足岗位，勇于创新》的报告。

5 月 24 日　代旭升研制的“游梁式抽油机平衡块调整装置”获东辛采油厂合理化建议技术改进三等奖。

6 月 7 日　代旭升被胜利石油管理局授予胜利油田优秀兼职培训师。

6 月 10 日　代旭升参加的油田比学赶帮超“劳模论坛”巡回报告会在桩西采油厂举行。代旭升和来自油田的五位劳动模范为桩西、孤东两家采油厂的 260 多名职工做了专场事迹报告。

6 月 25 日　代旭升参加了采油二矿组织召开的“百名技师岗位行”推进会。会上代旭升对岗位行活动做了具体的安排。

7 月 6 日　代旭升发明的油井地面减压装置在采油 7 队辛 23-1 井安装成功。

7 月 9 日　油田技师协会常务副秘书长、油田劳资处技能鉴定开发科科长宋协胜，副科长刘爱国到代旭升创新工作室检查指导工作。同日渤海钻井总公司劳资科科长沈如立等到代旭升创新工作室检查指导工作。

8 月 1 日　代旭升被胜利石油管理局评为胜利优秀兼职培训师。

8 月 2 日　中国文化协会副会长、秘书长孟凡驰，副会长华锐在油田企业文化处主任邹笃峰的陪同下参观代旭升创新工作室。

8 月 3 日　代旭升到孤岛采油厂参加胜利油田第二届“为民技术创新奖”开发板块评审会并担任评委，来自 14 个油田开发单位的 51 名选手进行了多媒体技术创新成果述职。

8 月 8 日　代旭升设计的地面集油管线压力监控装置在辛 6-40 计量站安装。

8 月 11 日　代旭升将地面集油管线压力监控装置移至 176 干线加热炉处（东一路）。

9 月 15 日　胜利石油管理局工会副主席周洪成来到东辛采油厂工人技术创新协会给胜利油田代旭升创新工作室授牌。

9 月 16 日　东辛采油厂厂长马代鑫来代旭升创新工作室查看练兵场现状，到采油 7 队辛 1-23 井等井查看代旭升发明的油井地面减压装置的使用情况。

9月17日　代旭升在辛24-27井安装油井地面减压装置，该井回压装前1.3兆帕，装后1.0兆帕。

9月20日　油田劳资处副处长胜利油田技师协会秘书长王奎一等领导来到代旭升创新工作室检查指导工作。

9月29日　代旭升在24队辛3-X2井安装油井管线降压装置。

9月30日　代旭升在7队辛23-P2井安装油井管线降压装置。

10月11日　集团公司人才工作调研组到东辛采油厂代旭升创新工作室，调研指导工作。管理局副局长许卫华陪同调研。

10月12日　代旭升参加在胜利宾馆由集团公司人才工作调研组组织的座谈会。

10月13日　山东省人力资源和社会保障厅处长刘宝强，在油田劳资处处长商桂秋的陪同下，莅临东辛采油厂代旭升创新工作室视察调研工作。考察后，刘处长欣然挥笔题词：技能人才的楷模、胜利油田的栋梁、我们学习的榜样。

10月15日　代旭升参加东辛采油厂在东辛采油2矿召开了油井地面减压装置鉴定会。11月4日代旭升到胜利采油厂培训学校参加胜利石油管理局2010年技师考前培训班考试的督导工作。

11月5日　时任胜利油田分公司总经理、管理局党委副书记、副局长孙焕泉到代旭升创新工作室调研指导工作。孙焕泉一行还来到代旭升创新成果试验基地，实地参观了代旭升发明的油井井口保温装置、油井地面降压装置和抽油机防护罩，饶有兴趣地谈起油井井口保温装置的改进和推广。孙焕泉总经理给代旭升提词：品牌之光。

11月9日　代旭升在工作室主持召开了代旭升创新工作室2010年成果发布会。

11月11日　江汉油田清河采油厂技师考察团一行20余人在清河采油党委副书记、纪委书记、工会主席李奕学等领导的带领下，到代旭升创新工作室参观学习。

12月5日　胜利油田技师协会副秘书长宋协胜为代旭升创新工作室颁发了胜利油田优秀技能人才工作室牌匾。

12月10日　代旭升被山东十大影响力劳模评委会授予2009山东十大影响力劳模称号。

12月15日　代旭升提出的“关于推广应用低能量油井热洗后快速出油法的建议”被评为胜利油田技师协会2010年度优秀合理化建议一等奖。

12月26日　代旭升参加了在北京昌平中石化会议中心召开的中国石化集团公司2010年工作会议。

12月28日　代旭升参加了在北京昌平中石化会议中心召开的中国石化集团公

司人才工作会议。大会对集团公司2010年度科技创新功勋奖获得者、中国高技能人才楷模、中华技能大奖获得者、全国技术能手等11名优秀人才进行了隆重表彰。油田首席高级专家、钻井工艺研究院院长韩来聚荣获中石化科技创新功勋奖，代旭升荣获第二批中国高技能人才楷模称号。

2011年

1月19日　代旭升到东辛采油1矿给技能操作人员授课。

1月24日　代旭升研制的“油井地面降压装置”获采油厂科技创新奖。

2月23日　代旭升参加了油田召开的2010年度（首席）技能大师考核兑现会，3位油田首席技能大师和13位技能大师考核结果均为“优秀”，岗位津贴按同岗基准额的100%全部兑现。管理局党委副书记、工会主席张旭主持会议，管理局党委副书记、纪委书记、组织部部长杨昌江出席会议。油田首席技能大师代表代旭升、技能大师代表张吉平作2010年工作汇报。

2月26日　代旭升参加油田工会启动的“我的油田我的家”主题宣讲暨“五讲五做”活动，局党委副书记、工会主席张旭在会上就活动的开展作出安排部署。启动会上，全国劳动模范代表代旭升等四位同志作了精彩的演讲，拉开了活动的序幕。

3月1日　代旭升在工作室迎接石油开发中心胜海管理区一行30多人，参观学习代旭升创新工作室。代旭升对大家提出的问题，进行了耐心细致的解答。

3月9日　由胜利油田高培党校举办的中石化测井高技能人才培训班16位学员前往代旭升创新工作室参观学习。

3月17日　代旭升参加黄河钻井总公司召开的“我的油田我的家”主题宣讲暨“五讲五做”活动启动会。启动会上代旭升等分别作了精彩的主题演讲。

3月22日　代旭升的高徒孟向明来电报喜，他获得了山东省首席技师的光荣称号。

3月27日　中国平煤神马集团观摩团到代旭升创新工作室及工人技术创新协会观摩学习。

3月28日　代旭升参加了胜利石油管理局工会在胜利油田石化总厂举行的代旭升创新工作室与顾光斌创新工作室结对仪式及顾光斌拜代旭升为师仪式。

3月29日　代旭升到东辛采油厂特种作业项目部参加了由项目部召开的基层干部职工学习、创新经验交流会，项目部党委书记杨洪文、主任李希亮，纪委书记、工会主席刘吉军及各基层队的技术人员共30余人参加了会议。

3月30日　代旭升研制的“油井地面降压装置”获得国家实用新型专利。

4月8日　工人日报社副总编张刃、处长王东胜、山东省总工会宣教部副部长王龙江一行3人，莅临代旭升创新工作室调研指导工作。

4月18日　代旭升收到关于开展学习第二批中国高技能人才楷模先进事迹活动的通知（人社部发〔2010〕81号）。为贯彻落实全国人才工作会议，加大对有突出贡献高技能人才的宣传表彰力度，中央组织部、人力资源社会保障部、教育部、财政部、科技部、工业和信息化部、国资委、全国总工会、共青团中央、全国妇联决定，在全国开展学习王洪军、代旭升、孔祥瑞、窦铁成、杨杰、张全民、赵大坪、郑启湘、苗俭、刘生友等10名第二批中国高技能人才楷模先进事迹活动。

4月25日　代旭升在胜利油田组织部组织的第六批名师带高徒活动中，经油田组织部批准与赵海英、孟向明、王刚、杜国栋、韩荣华、吴法旺6位高徒签订师徒合同。

4月29日　“五一”劳动节前夕，山东电视台公共频道黄金时间播出了代旭升先进事迹专题片，在油田上下、齐鲁大地、社会各界再次引起强烈反响。

5月5日　中华全国总工会党组成员、经审委主任李世明、中国能源化学地质工会主席张成富，中华全国总工会机关党委常务副书记范凯声一行，在管理局党委副书记、工会主席张旭，管理局工会副主席周洪成、郭玉成的陪同下，前往代旭升创新工作室视察指导工作。李世明为代旭升工作室欣然题词：责任心里出成果，事业心里出财富。

5月7日　代旭升在创新工作室召集《采油工实际操作大全》编写组成员召开第一次集中讨论会，徒弟赵海英、孟向明、唐守忠等7人出席了讨论。

5月9日　中国石油化工股份有限公司巴陵分公司工会副主席蒋岳城一行8人，慕名来到代旭升创新工作室及工人技术协会观摩调研。

5月16日　代旭升到东辛采油5矿采油15队新成立的王刚创新工作室指导创新。

5月20日—22日　代旭升参加中石化集团公司采油高级技师鉴定考核，并担任考评组长。

5月23日　代旭升参加了在中华全国总工会中国职工之家报告厅隆重举行的中华全国总工会党组中心组学习会。全总书记处领导、离退休的全总原领导，各全国产业工会、全总各部门的干部职工，各直属单位领导班子成员，机关部分离退休党员干部，中国能源化学地质工会在京常委等共400余人，一同听取胜利油田“我的油田我的家”主题报告会，报告团成员包括油田资深首席高级专家顾心怿、油田首席技能大师代旭升、油田高级人才培训中心党校教授孙保真。报告会由全国总工会党组成员、经费审查委员会主任李世明主持。十七届中央候补委员、全国总工会副主席、书记处第一书记、党组书记王玉普出席报告会并讲话。中石化集团公司党组成员、股份公司高级副总裁王志刚出席报告会。管理局党委副书记、工会主席张旭在报告会上介绍了油田组织开展“我的油田我的家”主题宣讲活动情况。王玉普对报告团三位成员给予了高度评价，对胜利油田组织开展的“我的油田我的家”主题宣讲活动给予了充分肯定。

5 月 23 日　代旭升参加了胜利油田“我的油田我的家”报告团，在管理局党委副书记、工会主席张旭的带领下，代旭升等 3 位报告团成员到中国劳动关系学院给全体师生作了一场主题报告。

5 月 25 日　“我的油田我的家”主题报告团成员回到油田。油田举行欢迎仪式，欢迎报告团成员载誉归来。管理局党委副书记、纪委书记、组织部部长杨昌江出席欢迎仪式。张旭代表报告团成员在座谈会上介绍了“我的油田我的家”主题报告会的相关情况，报告团成员顾心怿、代旭升、孙保真分别谈了自己的亲身感受。

5 月 31 日　济钢莱钢人力资源处观摩组一行 4 人，在油田劳资处副处长王奎一陪同下，来到代旭升创新工作室参观学习。

6 月 7 日　代旭升参加了在中国石化集团公司总部举行的胜利油田艰苦创业、创新奉献先进典型事迹报告会。集团公司董事长、党组书记，股份公司董事长傅成玉出席报告会并作重要讲话，高度评价胜利油田 50 年来的辉煌成就和先进典型事迹。报告会由集团公司党组成员、副总经理李春光主持，油田领导孙焕泉、杨昌江在总部多功能厅听取了报告。报告会上，油田资深首席高级专家顾心怿、油田首席技能大师代旭升、油田石油地质高级专家王金铎、油田高级人才培训中心党校教授孙保真 4 位报告团成员，分别作了报告。傅成玉高度评价了胜利油田艰苦创业、创新奉献的先进典型事迹。

6 月 8 日　代旭升参加了油田举行的发现 50 周年产油 10 亿吨媒体见面会，新华社、中央人民广播电台、中央电视台、《中国日报》、人民网、新华网等 21 家媒体参加见面会。管理局党委副书记、纪委书记、组织部部长杨昌江出席见面会致欢迎词，并介绍了相关情况。

杨昌江代表局党委、管理局和油田分公司对媒体记者来油田采访报道表示热烈欢迎，并重点介绍了油田发现 50 年来的光辉历程和产油 10 亿吨的成绩经验，通报了“中国石化胜利油田发现 50 周年产油 10 亿吨总结表彰大会”的相关议程。

6 月 10 日　代旭升被中国石化集团公司授予中国石化“胜利油田产油 10 亿吨”十大标兵人物。

6 月 16 日　代旭升的高徒王刚及创新工作室受到集团公司党组成员、高级副总裁王志刚，管理局局长孙焕泉，管理局党委书记席秀海等领导给予了高度评价。

6月22日 中国石化集团公司26家直属单位的首席技师一行33人，到胜利油田首席技能大师代旭升工作室观摩学习。

6月23日 代旭升参加胜利油田“我的油田我的家”南疆工区宣讲报告会。会上代旭升作了题为《讲作为，我为企业献力量》的报告，表达了对“我的油田我的家”的深度理解和真切感悟。

6月25日 代旭升参加油田驻南疆单位的职工面对面交流座谈会，来自油田的首席技能大师代旭升和技能大师张吉平、物探公司高级技师孙方友、电力总公司高级技师聂洪及、郭吉星、王传海等一行8人和职工面对面进行了交流座谈，为职工解决钻井施工、设备革新等方面的难题。

6月27日 代旭升被中石化集团公司党组授予中国石化集团公司优秀共产党员。

6月29日 代旭升研制的“自燃煤式油井加热炉”获东辛采油厂技能人才创新一等奖。

7月2日 代旭升参加油田召开的基层管理提升工程现场会，管理局副局长许卫华等领导共计120余人，参观王刚创新工作室，许卫华局长给予了高度评价和表扬。

7月5日 中石化青岛炼油化工有限责任公司人力资源经理王志良带领着19名新上岗大学生，来到代旭升创新工作室参观学习。

7月25日 代旭升参加中华全国总工会组织的2011年全国劳模北戴河7天休疗养。王兆国在北京中国职工之家接见了劳模代表。

7月28日 中华全国总工会经济技术部部长、中国职工技协副理事长、秘书长常毅民，中华全国总工会经济技术部技协处处长康岳、副处长卢金玲一行，在管理局党委副书记、工会主席张旭、管理局工会副主席周洪成、刘海章、郭玉成陪同下，莅临代旭升创新协会视察指导工作。

8月4日 代旭升为响应落实油田“百名劳模带千徒”活动精神，在代旭升创新工作室举办第二期师徒联谊会，来自东辛采油厂各三级单位的10名徒弟积极与油田首席技能大师代旭升正式签约。

8月15日 管理局党委副书记、工会主席张旭，副主席周洪成，来到代旭升创新工作室调研指导工作，张书记对创新工作室改建项目、软硬件设施进行了讨论交流。

8月16日 山东工人报总编辑、社长刘乐华一行4人，在山东省总工会生产劳保部部长周克民陪同下，前往代旭升创新工作室指导工作。

9月9日 代旭升到徒弟王刚创新工作室一同改进、研制皮带四点一线检测仪。

9 月 10 日　代旭升应孤岛采油厂操作技能管理站主任王今朝的邀请，为孤岛采油厂兼职教师授课。

9 月 21 日　代旭升研制的“圆筒式油井玻璃钢保温罩”“方箱式油井玻璃钢保温罩”获得国家实用新型专利。

9 月 27 日　管理局党委副书记、工会主席张旭，副主席周洪成，来到代旭升创新工作室视察指导工作。张书记对代旭升创新工作室前期大量细致的工作给予了充分肯定，对下步工作提出了指导性意见。

10 月 3 日　代旭升参加胜利石油管理局工会和江汉油田工会联合举办的拜师活动，江汉油田清河采油厂高级技师张义铁拜代旭升为师。

10 月 11 日　集团公司人才工作调研组在管理局副局长许卫华的陪同下，来到代旭升创新工作室调研指导工作。

10 月 23 日　代旭升接到油田劳资处领导电话邀请，担任采油高级技师评价考场监督。

10 月 24 日　代旭升参加组织了中石化集团公司采油高级技师的技能操作考试，考评分两组，组长分别由桩西采油厂首席技师杜国栋和孤岛采油厂首席技师唐守忠担任，代旭升担任本次鉴定的督导员。

10 月 27 日　代旭升到胜采培校督导采油工技能升级实际操作考试，考试分两组进行，孤岛采油厂主任技师吴法旺、河口采油厂主任技师杨春晖分别担任组长。

10 月 28 日　代旭升在代旭升创新工作室召集了孟向明、唐守忠、王刚、赵海英讨论了《采油工实际操作读本》插图绘制和技能项目标准化操作规程等问题。

10 月 29 日　管理局党委副书记、纪委书记、组织部部长杨昌江前往代旭升创新工作室视察指导工作，杨昌江要求，要抓紧时间进一步细化准备，修订完善，高标准迎接好全总职工技术创新工作会议的召开。

10 月 29 日　山东省人力资源和社会保障厅企业能力建设处副处长李启国一行 3 人，前往代旭升创新工作室观摩调研。

11 月 1 日　代旭升研制的“油井地面降压装置”获胜利油田第三届技能人才技术创新成果一等奖。

11 月 2 日　代旭升答复了 5 个工友在采油技能大师网提出的 8 个问题，跑了两处生产现场，指导工人解决生产难题 3 个，并在代旭升创新工作室接待了孤东采油厂郝洪峰等 5 名同志的来访。

11 月 5 日　由全国各省（自治区、直辖市）总工会、集团公司和油田代表组成的全国职工技术创新工作会议参观团共 200 多人，分两批进入代旭升创新工作室参观交流。

11 月 9 日　代旭升研制的“一种多用双布带被钳与拆卸模具机”获得国家实用新型专利。

11 月 10 日　代旭升在创新工作室主持召开油田第六批名师带高徒活动签约的赵海英、孟向明、王刚、杜国栋、韩荣华、吴法旺 6 位徒弟 2011 年学习工作汇报会。

11 月 16 日　全国总工会基层工作部 4 位领导，在管理局工会副主席周洪成陪同下，来到代旭升创新工作室调研指导工作。

11 月 18 日　集团公司人事部人才工作处副处长张金胜，前往代旭升创新工作室考察调研。

11 月 19 日　代旭升在胜利油田参加了中石化集团公司人事部组织的中石化集团公司采油高级技师评审工作。

11 月 23 日　代旭升与新大公司共同研制的“玻璃钢管道脱模卡钳”获得国家实用新型专利。

12 月 6 日　湖北襄阳供电公司工会领导一行 7 人，前往代旭升创新工作室观摩调研工作。

12 月 7 日　中国消费日报社主任周长江一行，到代旭升创新工作室参观指导工作。

12 月 9 日　代旭升与油田第五技能鉴定站站长董梅泉一行 5 人，到孤岛采油厂进行技能大师下基层工作调研。

12 月 10 日　代旭升接到徒弟孟向明的电话，获知他和赵海英在油田组织的胜利油田技能大奖的评选中高分当选。

12 月 14 日　代旭升参与研制的“抽油机多功能顶丝”“油井管线压力监控报警器”获得国家实用新型专利。

12 月 16 日　代旭升参加在胜采召开的 2011 年度油田技能人才工作会议。会上胜利石油管理局、胜利油田分公司宣布聘任 3 位首席技能大师、13 位技能大师。表彰了赵海英等 10 位第四届技能大奖获得者。

12 月 17 日　胜利油田分公司聘任代旭升为胜利油田首席技能大师、代旭升的徒弟孟向明为胜利油田采油技能大师。

12 月 18 日　代旭升和陈景世到孤岛采油厂 gd1-9-716 井安装盘根盒，帮助解决井口漏油问题。孤岛采油厂首席技师唐守忠等协助安装。

12 月 20 日　代旭升到孤岛采油厂指导孤岛采油厂首席技师唐守忠研制分离器清砂装置。

12 月 29 日　开滦煤矿工会领导一行 4 人，到代旭升创新工作室观摩调研。

2012 年

1 月 5 日　管理局青年发展部任胜看望慰问代旭升。

1 月 9 日　山东铝业集团化学品公司及动力厂供电车间一行 13 人，在化学品公司工会主席郝东晓的带领下，到代旭升创新工作室参观学习。

1 月 10 日　“关于在油井井口安装新式油井井口保温罩的建议”被评为 2011 年度胜油田技师协会优秀合理化建议一等奖。

1 月 13 日　代旭升与劳资处刘科长到桩西、孤东等单位检查创新工作室的建设情况。

2 月 5 日　油田各单位组织来自不同岗位的干部员工来到代旭升创新工作室参观学习。

2 月 13 日　神华集团公司工会常务副主席张春耀一行 8 人，到东辛采油厂代旭升创新工作室观摩调研工作。

2 月 14 日　代旭升到孤岛厂培训基地召开 2012 年师徒联谊会。

2 月 18 日　经济日报社领导莅临代旭升工作室观摩调研。

2 月 27 日　中华全国总工会《当代劳模》杂志社领导一行 8 人，在杂志社主任李建英的带领下，来到东辛代旭升创新工作室观摩调研工作。

3 月 10 日　代旭升到仙河镇参观了孤东二矿赵贵明师傅研制的抽油机模型，有了很多新灵感。

3 月 18 日　经济日报社副总编丁士、驻山东记者站站长单保江、记者梁剑箫一行，到代旭升创新工作室调研指导工作。

3 月 20 日　“推广应用模块化油井井口流程”获采油厂改善经营管理一等奖。

3 月 28 日　中石化石油化工管理干部学院管理培训部教授陶淑艳、胡杰，到东辛采油厂代旭升创新工作室观摩指导工作。

4 月 5 日　青海油田工会副主席彭康一行 7 人，专程来到代旭升创新工作室观摩调研工作。

4 月 12 日　胜利石油管理局办公室及油田各二级单位办公室负责人和海洋石油船舶中心领导，先后分两批来到代旭升创新工作室观摩指导工作。

4 月 15 日　代旭升被胜利采油厂聘为胜利采油厂新员工成长导师。

4 月 17 日　国家人力资源和社会保障部职业能力建设司调研员刘新昌，国家人力资源和社会保障部中国就业培训技术指导中心技能竞赛处处长贾伟一，中国石化集团公司人事部人才处副处长张全胜等一行 6 人，到东辛厂代旭升创新工作室调研指导工作。

4 月 20 日　中华人民共和国人力资源和社会保障部授予代旭升技能大师工作室。

4月24日　现河采油厂工会主席温伟、侯副主席带领孟向明工作室成员来到代旭升创新工作室交流。

4月24日　“高技能人才在山东”主题宣传活动，由山东省人力资源社会保障厅职业能力建设处主任科员李建军带队，带领人民网、《大众日报》、山东电视台、《齐鲁晚报》《山东工人报》《山东青年报》等重要媒体，集中采访报道代旭升先进事迹。

4月25日　国家专利局授权“阀片式单流阀”获得国家实用新型专利。

4月25日　代旭升到山东省总工会集合，同其他6人一同前往北京，参加中华全国总工会组织的五一劳动节庆祝活动。

5月8日　代旭升受东营市技师学院的邀请，到东营市技师学院讲座，学院尚书记、杨院长及800名师生员工参加了讲座。

5月10日　代旭升、陈景世两位大师，一起到孤岛参观学习，并在井上安装试验陈大师的井口免取旧盘根盒。

5月12日　代旭升被河口采油厂特聘请为河口采油厂新员工成长导师。

5月15日　兖州矿务局职业技能鉴定站主任马钦华一行6人，到东辛采油厂代旭升创新工作室进行观摩调研。

5月20日　《求是》杂志文化编辑部主编赵光、文化编辑部编审孙珉博士、副编审闫玉清博士、编辑孙煜华博士，到代旭升创新工作室观摩调研工作。

5月22日　山东省第十次党代会的党代表孙焕泉、席秀海、韩来聚、陈洪亭、杜全芳、牟燕、代旭升一同前往济南，参加25日—28日召开的山东省第十次党代会。经过4天的会议，选出姜异康为省委书记，省委委员83人、候补15人，省纪委55人，出席党十八大代表75人。在这次会上代旭升被选为山东省第十次党代会主席团成员。

5月30日　代旭升收到东辛采油厂厂长马代鑫的感谢信，感谢代旭升为采油厂生产经营建设所作的积极努力和贡献。

6月7日　东辛采油厂团委在代旭升创新工作室召开了东辛采油厂团员、青年“五小成果”发布会，采油厂的专家以及采油厂首席技师和代旭升担任评委，发布的成果来自采油厂各个专业。

6月7日　山西省委巡视组专员林富强、山东省总工会副主席齐太生带领全国厂务公开民主管理调研检查团，到代旭升创新工作室莅临指导工作。

6月7日　胜利石油管理局副局长李中树来到代旭升创新工作室指导工作。

6月8日　江汉油田荆州采油厂和清河采油厂一行20余人，来到代旭升创新工作室观摩调研。

6 月 12 日　代旭升、魏峰、毕新忠 3 位油田技能大师来到桩西采油厂参加“技能大师授艺解难到基层——青工创新创效难题巡诊”活动，为青年员工答疑解惑。

6 月 18 日　应徒弟孤岛采油厂首席技师唐守忠的邀请，代旭升来到孤岛采油厂操作技能管理站，对他所带的参加油田“第十七届职业技能竞赛”采油专业竞赛选手进行技术指导。

6 月 21 日　接到采油厂采注科电话，东辛采油厂辛一管理区营 72-368 井机械清蜡时刮蜡片上提不动，下放也不动，严重影响油井正常生产，代旭升赶赴现场，经过 1 个多小时的“按摩”成功将刮蜡片提出，解卡成功，避免 40 吨原油受到影响，节约了几十万元的修井费用。

6 月 27 日　代旭升前往山东省工会管理干部学院开会。

6 月 28 日　代旭升被山东省工会管理干部学院聘为山东省工会管理干部学院特聘教授。

7 月 4 日—6 日　代旭升参加了胜利油田新员工我能安全标准化操作比赛的工作。负责组织了比赛项目设立、评分标准、组织比赛等全部工作。

7 月 5 日　代旭升又一次来到孤岛参加大师下基层活动，冒雨赶到生产现场，查抄解决线索。下午，代旭升从网上查询，发现曲柄销子在出厂时的检测仪器完全可以应用于现场，晚上 6 点，代旭升给孤岛的首席技师唐守忠打电话，建议他向上级有关领导反映情况，购买此类设备，避免类似问题发生。

7 月 20 日　山东省职工技术协会在创新工作室隆重举行“代旭升创新工作室”授牌仪式。山东电力检修公司、山东铝业公司、胜利石油管理局及东辛厂工会领导出席仪式。山东省职工技术协会办公室主任王振宇亲自授牌。

8 月 8 日　中国石化集团公司全球甲烷行动现场技术交流演示会人员，在集团公司安环局处长陈俊的带领下，一行 25 人来到代旭升创新工作室参观交流，其中包含 1 名外国专家。

8 月 15 日　代旭升被纯梁采油厂特聘请为纯梁采油厂新员工成长导师。

8 月 20 日　代旭升创新工作室自主编写的《采油工实际操作读本》在油田劳资处的指导下，在编写组成员的共同努力下，完成定稿。

8 月 24 日　中国石化报社人事财务部主任邵文龙一行 12 人，到代旭升创新工作室调研指导工作，并为工作室挥笔题词：向代旭升大师学习。

8 月 28 日　油田审计处副处长李德胜、副总师汤爱臣、副科长孙康、张国刚、郭焱福，胜东分处主任杨献，副主任张晓强、隋爱东一行，到代旭升创新工作室观摩指导工作。

8 月 29 日　中华全国总工会副主席、书记处书记张鸣起，莅临代旭升创新工作室视察指导工作。

9月4日　代旭升和工作室主要成员孟向明、唐守忠、杜国栋、赵海英、张建国、王刚、苗一青、李洪涛，共同研发的“电动潜油离心泵井标准井口流程装置”“自喷井标准井口流程装置”“稠油热采抽油机井标准井口流程装置”“地面驱动螺杆泵井标准井口流程装置”正式申请了国家实用新型专利。这项专利实现了电动潜油离心泵井井口流程的统一规划，准确录取数据，减轻了工人的劳动强度，提前了开井时间，提高了油井产量。

9月4日　代旭升研究开发的“油井单井计量装置”正式申请了国家实用新型专利。这项专利的特点是操作方便，一个人很短时间就可以接好流程，节省了人力和时间；流量、压力控制采用了定压阀和节流阀，调节方便准确；采用了铁质罐装计量液体，容积大计量误差小，铁罐直接装在电子秤上，可直接称出罐内液体重量和直接录取油井产液量。

9月4日　德州供电公司及局机关挂职干部分别到代旭升创新工作室参观调研。

9月21日　中共中央文献研究室宣传与外事办公室副主任、《强国基业》大型文献纪录片总编导褚嘉骅，在中石化办公厅档案处主任孙明的陪同下，对油田首席技能大师代旭升进行了采访拍摄。

10月8日　代旭升被现河采油厂特聘请为现河采油厂新员工成长导师。

10月15日　代旭升设计的“多功能油井热水循环洗井装置”在营13-p14井试用。

10月19日　胜采培训中心油田采油技能拔尖人才培训班10名学员，以及管理局高培中心油田采油案例诊断高级研讨班40名学员，分别在王春梅老师和毕淑红老师的带领下，到代旭升创新工作室参观学习。

11月1日　代旭升创新工作室迎来东辛、孤岛、孤东、桩西、现河、河口、纯梁7家单位的创新工作室成员及代旭升徒弟80余人，大家欢聚一堂在这里召开2012年度代旭升创新工作室成果交流会。

11月2日　桩西采油厂首席技师杜国栋要规范建设工作室技能训练场地，邀请代旭升给予指导。

11月16日　山东省人力资源社会保障科学研究院院长李广林一行6人，来到代旭升创新工作室观摩指导工作。

11月20日　代旭升随胜利油田技能大师考察团前往大庆油田、辽河油田考察。

11月22日　胜利油田技能大师考察团前往铁人纪念馆进行参观学习。

11月26日　油田高培中心中石化井下作业高技能拔尖人才专题研讨班学员16人，在班主任梁晓凤的带领下来到代旭升创新工作室参观学习。

11 月 30 日　油田高培中心党校培训班采油、集输技能拔尖人才两个培训班共 19 名学员，在郑国琴老师和尹瑞竹老师的带领下，来到代旭升创新工作室观摩学习。

12 月 5 日　东营市各县区人力资源社会保障单位分管领导及 10 家企业人力资源部部长，在东营市人力资源社会保障局职业能力建设科科长张建勋的带领下，来到代旭升创新工作室参观学习。

12 月 9 日　代旭升在工作室提前召开了师带徒年终汇报，3 位徒弟分别介绍了各自一年来的工作以及创新活动。

12 月 10 日 《自燃煤式油井加热炉的设计与应用》论文被评为胜利油田技师协会 2012 年度优秀技术论文一等奖。

12 月 15 日　代旭升来北京中石化干部管理学院，给中石化青年技能骨干人才创新能力研修班上课。

12 月 19 日　来自东辛、纯梁、孤岛、桩西、现河 5 家采油厂的主任技师、首席技师齐聚代旭升创新工作室，召开 2012 年胜利油田第六批“名师带高徒”期满汇报会。

12 月 20 日　中国能源化学地质工会授予代旭升全国能源化学系统五一劳动奖章。

12 月 29 日　代旭升创新工作室召开油田第六批“名师带高徒”期满汇报会。

2013 年

1 月 5 日　代旭升参加东营区第十三届人民代表大会第二次会议。

1 月 6 日　“推广应用模块化油井井口流程的建议”获 2012 年度局级改善经营管理建议项目三等奖。

1 月 7 日　代旭升前往河口采油厂开展大师下基层活动。

1 月 10 日　山东铝厂一行 12 人来到代旭升创新工作室参观。

1 月 13 日　代旭升前往北京，参加中国石化集团公司 2012 年度工作会议。

1 月 17 日　代旭升参加中国石化集团公司人才工作会议，被聘为中石化集团公司采油技能大师。

1 月 23 日　代旭升参加油田劳资处在胜利采油厂会议中心召开的 2012 年度油田（首席）技能大师考核会。

1 月 28 日　石油开发中心胜凯管理区领导来工作室参观学习。

2 月 22 日　东辛采油厂代旭升 2011 级徒弟工作汇报会在代旭升创新工作室召开。

3月1日　代旭升参加中国能源化学地质工会等四部门组织的在北京人民大会堂召开的首届“加油中国·传承铁人”年度十大人物表彰大会，会上作了典型发言，并被授予“加油中国·传承铁人”年度十大人物。

3月6日　代旭升与中石化高级专家罗水源博士一行4人，在孤岛采油厂首席技师唐守忠、垦利区主任技师吴法旺的陪同下，先后对该区注采管理701站和集输注水管理站进行了参观和调研。

3月7日　鲁西化工集团股份有限公司工会主席陈会军、劳资处处长李丹芳、培训处处长田子明一行7人，来到代旭升创新工作室观摩调研工作。

3月12日　针对杜国栋在技术革新项目中遇到的问题，代旭升来到桩西采油厂首席技师杜国栋创新工作室进行指导。

3月15日　春风送暖，油田新员工参观交流会暨《采油工实际操作读本》新书发行仪式在代旭升创新工作室隆重举行。

3月20日　国家专利局授权“自喷井标准井口流程装置”“地面驱动螺杆泵井标准井口流程装置”“抽油机井标准井口流程装置”“稠油热采抽油机井标准井口流程装置”“电动潜油离心泵井标准井口流程装置”“油井单井计量装置”获得国家实用新型专利。

3月27日　国家专利局授权“一种更换抽油机毛辫子的导轮装置”获得国家实用新型专利。

3月29日　中国石化集团公司举行“感动石化”人物颁奖活动，十大“感动石化”人物最终揭晓，油田首席技能大师代旭升榜上有名。“感动石化”人物评选是集团公司范围内首次以“感动”为主题开展的人物评选活动。经过网络投票、企业推选、社会知名人士推荐，代旭升、权西京、王文清、谢存义、邵均克、杨克红、刘家明、李安喜、玛丽、闵恩泽等10人被评为第一届“感动石化”人物。

4月10日　东营区文明办授予代旭升感动东营中心城十大人物。

4月14日　代旭升组织徒弟们一起参观了位于草桥的孟向明工作室。

4月15日　在胜利油田组织部组织的第八批名师带高徒活动中，代旭升经油田组织部同意与3位高徒签订师徒合同，他们是郝洪峰、苗一青和徐忠臣。

4月21日　代旭升被现河采油厂聘请为采油厂青工技术革新导师。

4月24日　中石化思想政治工作部宣传文化处胡学美带领“中国石化网上文化博物馆项目组”一行9人，来到代旭升创新工作室参观指导工作。

4月16日　油田第四届“技能大师授艺解难到基层——青工革新难题巡诊”活动启动仪式，在现河采油厂采油四矿15队举行。启动仪式上，胜利油田劳资处处长杨新忠宣读《关于组织开展油田第四届“技能大师授艺解难到基层——青工革新难题巡诊”活动的通知》，代旭升和柳营分别代表技能大师和青工发言。

5 月 17 日　代旭升创新工作室隆重举行“国家级代旭升技能大师工作室”揭牌仪式和采油系统技能创新成果游梁式抽油机曲柄平衡调整工具整合研讨会。

5 月 19 日　在代旭升创新工作室召开游梁式抽油机曲柄平衡调整工具整合研讨会，邀请了油田技师协会领导、各厂首席技师以及工具发明者到场。

5 月 21 日　西北石油局党委副书记、工会主席席杯兴，西北石油局工会副主席徐晓桐，机关党委书记庄静，局工会副主席张世东一行 8 人，来到代旭升创新工作室观摩调研。

5 月 25 日　在代旭升创新工作室开展调平衡工具的整合优化活动。

5 月 30 日　胜利职业学院主办的主任技师和责任技师创新能力培训班一行 48 名学员，在夏雪梅老师的带领下，来到代旭升创新工作室参观学习。

6 月 5 日　中石化集团公司北京石油公司政工处处长蒋文定一行 12 人到东辛厂参观调研。

6 月 5 日　国家专利局授权“油井井口双路回油装置”获得国家实用新型专利。

6 月 12 日　国家专利局授权“移动式油井单井流量仪”获得国家实用新型专利。

6 月 17 日　“自热式油井加药箱”获采油厂技术改进成果一等奖。

6 月 27 日　代旭升来到孤三区注采管理 306 站，对整合的游梁式抽油机调平衡工具进行试验。

7 月 2 日　东辛采油厂技能人才技术创新成果发布会在代旭升创新工作室召开，来自采油、井下作业、电力三个专业的 10 项技术创新成果进行了现场发布。

7 月 7 日　徒弟王刚被采油厂推荐为民创新奖提名人之一，代旭升帮助他修改 PPT 和材料，并将自己的相关资料借阅于他。

7 月 12 日　代旭升随技能大师下基层来到孤东采油厂培校，给孤东采油厂、桩西采油厂、海洋采油厂及仙河社区的职工讲授《大师成长之路》。

7 月 14 日　为徒弟——东辛采油厂首席技师赵海英的创新思路解惑。

7 月 18 日　代旭升接到中国石油化工集团公司人事部关于请代旭升同志参加技能大师评审工作的函。

7 月 19 日　代旭升作为评审专家，在北京中石化集团公司总部，参加了油气勘探与开发专业的 2013 年集团公司技能大师选聘工作。

7 月 21 日　油田人力资源部门组织油田技能大师到长庆油田学习，先后参观了该油田的科技馆、培训学校和操作基地，学习了功图计算、油水井数据采集、自动投球、自动收球等技术。

7月24日　济南铁路局工会生产保护和文体部副部长翟希标一行8人，慕名来到代旭升创新工作室参观交流。

7月30日　应胜利油田石化总厂机修车间书记赵宏斌邀请，代旭升与油田首席技能大师吕幸端、油田技能大师郭良到机修车间光斌创新工作室进行工作指导和参观学习。

8月1日　代旭升被山东省胜利职业学院聘为高技能人才首席培训专家。同时，还被山东省胜利职业学院聘为高技能人才培训客座教授。

8月5日　中国石化集团公司技能大师江汉油田首席技能大师张义铁带着自己的徒弟来到代旭升创新工作室，交流学习。

8月8日　中国青年报特别报道部副主编刘万永带领“全国大学生记者训练营”一行21人，来到代旭升创新工作室参观交流。

8月8日　为纪念全国劳动模范、中华技能大奖获得者王为民，油田于2007年设立“为民技术创新奖”，以表彰创新业绩突出的岗位工人。该奖项每三年评选一次，今年是第三次评选。代旭升第二次作为评委参加这项活动，一大早来到美丽的孤岛金岛宾馆。

8月9日　西南石油局工会副主席庆伟一行4人，来到代旭升创新工作室参观交流。

8月27日　物资供应处党委副书记、纪委书记栾强带领党的群众路线教育实践活动领导小组成员及三级单位党委书记一行30余人来到工人技术创新协会参观学习。

9月3日　中石化直属单位首席技师创新能力培训班来到代旭升创新工作室参观学习。

9月3日　胜利职业学院人才技能培训部李爱玲老师带领中石化直属单位首席技师创新能力培训班一行30名学员，来到代旭升创新工作室参观学习。

9月6日　代旭升师徒16人在职业学院集合，与两位地质实习方面很有经验的教授，到新泰参观学习。

9月12日　针对“抽油机防护罩”现场使用的有关问题，代旭升来到桩西采油厂采油2队现场落实。

9月27日　孤岛采油厂的唐守忠在大师网上提出，目前现场中对于稠油井的管理方面存在的问题，代旭升与之深入探讨。

10月20日　徒弟王刚在“为民技术创新奖”的评选中脱颖而出，获得“为民技术创新奖”铜奖。

11月1日　在黄河北滨海地区开展的技能大师讲坛活动中，代旭升与孤东、桩西、海洋、仙河社区的部分劳资领导和120多名工友共同学习交流。

11月11日　在胜利油田第四届技能人才技术创新成果评审结果公报中获悉，中石化采油技能大师、胜利油田首席技能大师代旭升研制的成果“五种油井标准井口流程装置”荣获一等奖。这是继第一届、第三届获奖之后，又一次获此殊荣。

11月12日　桩西采油厂首席技师徒弟杜国栋来到代旭升工作室，交流创新项目和采油技能大师竞聘报告。

11月21日　在大师网上，代旭升与徒弟们交流油井光杆断造成大面积污染的问题。

12月22日　代旭升组织召开游梁式抽油机曲柄平衡调整工具现场试验情况汇报会。

12月29日　“应用齿轮组合式新型平衡块移动工具提高平衡块调整效率”获采油厂改善经营管理一等奖。

2014年

2月5日　国家专利局授权“抽油机平衡块锁紧移动器”获得国家实用新型专利。

3月5日　东辛采油厂永8块外输管线的弯头经常穿孔，虽然采用了几种解决方法，如用168×13弯头等，但最多90天就穿孔了。通过分析，主要原因是砂蚀。在职业学院书记李天祥的帮助下，代旭升采用弯头内内衬氧化铝陶瓷的方法解决了问题，安装使用到目前已使用120多天没有出现穿孔。

3月7日　胜利油田高技能人才创新工作室经验交流会在代旭升技能大师工作室召开，有25家胜利油田知名高技能人才创新工作室报名参加。

3月9日　代旭升邀请了油田工程院顾心怿院士，在工作室通过师徒联谊会的形式，为大家上了一堂现场革新、发明的课。

3月19日　国家专利局授权“便携式油井套管气回收装置”获得国家实用新型专利。

4月2日　德州市电力公司工会副主席胡国青一行13人，来到代旭升创新工作室观摩调研工作。

4月7日　代旭升被胜利发电厂聘请为胜利发电厂青年导师。

4月10日　代旭升在胜利新大公司进行“纤维增强复合材料防偏磨连续抽油杆”的试制工作。

4月12日　代旭升解决了烧棉秸秆污染环境、伤害员工的问题。

4月17日　“应用多功能油井热水循环洗井装置提高稠油洗井质量增加原油产

量”获2014年一季度东辛采油厂改善经营管理建议优秀项目一等奖。

4月18日　根据油田劳资处安排，代旭升和油田技能大师李东波、范永涛一起到胜利发电厂，深入车间，围绕防止高压变频器数据传输干扰、电网GIS改造后运行优化、“导师带徒”及加快革新成果的转化和推广等5个问题进行了现场互动交流。

4月19日　代旭升在所在单位开办初、中、高级采油工鉴定人员培训班3期，70人参加。

4月22日　代旭升参加了油田采油工程处组织的“油田四化建设标准化油井井口”设计交流会，通过与现河采油厂的技术交流，按照油田领导要求，代旭升创新工作室组织张建国等人设计了既可安装压力、温度传感器，又可不停井连接井口计量装置的油井井口装置。

4月28日　代旭升的徒弟、工作室主要成员吴吉林获得全国五一劳动奖章、全国最美职工的荣誉。

5月4日　代旭升为胜东社区开办高技能人才创新能力提高班一期，为期一天，50人参加。

5月6日　代旭升到徒弟吴吉林队上参加大师下基层活动，询问了吴吉林的病情，并结合吴吉林的几个创新想法提出了自己的建议。

5月10日　代旭升邀请油田电工技能大师李东波同志一同到现场，讨论加热炉项目的研发方案。

5月20日　代旭升为本单位在东辛采油厂第二十一届技能大赛选手培训班的8名选手集中授课。

5月24日　代旭升为东辛采油厂高技能人才创新能力提高班讲课，50人参加。

6月4日　国家专利局授权“油井套管稳压增产装置”“多功能油井热水循环洗井装置”获得国家实用新型专利。

6月11日　代旭升为中石化高技能人才专题研讨班40人授课。

6月14日　代旭升将徒弟们召集起来，讨论前一段时间针对游梁式抽油机调整曲柄平衡工具的集成优化工作。

6月17日　按照油田劳资处安排，代旭升和油田首席技能大师吕幸端、油田技能大师李东波一起到供水公司中区分公司耿井水厂，解答员工们提出的五项问题。

6月19日　代旭升为油田第十八届职业技能竞赛采油工提出了10项建议竞赛项目，用新型平衡块移动工具调整曲柄平衡、核查游梁式抽油机井缺失配件等7个项目被采用。代旭升为油田第十八届职业技能竞赛地质工提出了4项建议竞赛项目，排水法取气样等2个项目被采用，完成了处领导提出的每人必出两个新的比赛项目的要求。

6 月 22 日　协助徒弟张建国研制油井井口气液计量装置。

6 月 27 日　代旭升和吕书栋、张建国一同到河口、孤岛、桩西试验应用集成优化的平衡块移动工具。

6 月 29 日　代旭升与徒弟王刚，共同研究稠油井生产创新项目——油井热水循环洗井的装置。这一创新成果在全厂推广，大大降低了油井的洗井成本，创经济效益 706.2 万元，2014 年获得国家实用新型专利。

7 月 4 日　代旭升与孤岛采油厂的唐守忠共同探讨游梁式抽油机调整曲柄平衡工具在现场试验中发现的问题。

7 月 6 日　东辛采油厂辛一管理区有两口自喷井需要清蜡，邀请代旭升主持清蜡工作。

7 月 18 日　代旭升带领调平衡工具整合项目组成员来到了现河的南大门乐安油田实验。

7 月 23 日　沧州炼化工会副主席李洪宾，工会办公室主任、生产部部长王海东，工会生活女工部部长，团委副书记李聪来到代旭升创新工作室观摩指导工作。

8 月 14 日　代旭升主持参加油田采油专业组——第四期技能创新成果集成优化现场整合研讨会。

8 月 15 日　上海石化党委副书记、纪委书记、工会主席张剑波一行 11 人，莅临代旭升创新工作室观摩指导工作。

8 月 16 日　代旭升邀请徒弟毛怀军在创新工作室探讨创新成果的安全管理问题。

8 月 20 日　国家专利局授权“油井井口不停产快速连接装置”获得国家发明专利。

8 月 27 日　辽河油田欢喜岭采油厂工会副主席陈万富一行 6 人，来到代旭升创新工作室观摩调研工作。

8 月 27 日　中国能源化学地质工会分党组成员、副主席佟永春一行 5 人，来到代旭升创新工作室观摩调研。

9 月 8 日　代旭升改进油井井口双路回油装置。

9 月 12 日　胜利油田第十九届职业技能大赛将“游梁式抽油机曲柄平衡块移动工具”作为今年的采油工比赛项目之一。

9 月 19 日　代旭升带领集成优化团队成员去桩西采油厂现场试验“抽油机平衡块移动装置”的现场应用效果。

10 月 10 日　“模块化油井井口标准流程”荣获全国石油石化系统职工技术创新成果一等奖、全国能源化学地质工会职工技术创新 100 优秀成果奖。

10 月 10 日　“新型移动调整抽油机曲柄平衡操作法”荣获全国石油石化系统先

进操作法三等奖。

10 月 15 日　延长油田股份有限公司工会劳动保障部部长刘勇一行 7 人，来到代旭升创新工作室参观交流。

10 月 20 日　孤岛采油厂的唐守忠和苗一青在代旭升工作室，汇报了他们设计的高低温井装置的现场应用情况。

11 月 5 日　油田组织第五届（首席）技能大师竞聘工作，经过个人申报、单位推荐，代旭升的徒弟唐守忠作为候选人之一参加油田采油工技能大师的竞聘。

11 月 6 日　根据油田劳资处安排，代旭升和油田技能大师孟向明、张春荣一块到现河采油厂采油 5 队解答员工提出的 7 项问题。

11 月 21 日　代旭升完成了全国总工会交给的传技带徒任务，到中国石油长城钻探工程公司，技术讲座 3 场。

11 月 26 日　代旭升参加在江苏常州召开的全国劳模创新工作室创建工作推进会。

12 月 3 日　《油井地面降压工艺与技术的探讨》一文获胜利油田技师协会优秀论文一等奖。“加强对多功能油井热水循环洗井装置的研制”被评为胜利油田技师协会 2014 年度优秀合理化建议一等奖。

12 月 5 日　“应用多功能油井热水循环洗井装置提高稠油洗井质量增加原油产量”获 2014 年度胜利油田改善经营管理建议成果三等奖。

12 月 10 日　代旭升把合同期内的 3 名油田层面徒弟和 6 名采油厂内徒弟召集在一起，在工作室开了一个年度总结会，每个人汇报了一下个人工作学习及年度取得的荣誉、成果、竞赛成绩等。

12 月 18 日　代旭升在油田持续稳定发展建功立业活动中成绩显著，胜利石油管理局授予二等功。

12 月 28 日　国家专利局授权“便携式油井套管气回收装置”获得国家实用新型专利。

12 月 31 日　“应用油井智能计量装置提高油洗井产量资料准确率”获 2014 年四季度东辛采油厂改善经营管理建议优秀项目一等奖。

2015 年

1 月 16 日　代旭升来到东辛采油 10 队 5 个从式井组，调查了 39 口油水井，撰写了调查报告上交胜利油田采油工程处，参加了采油工程处组织的从式井组井距论证。

1 月 22 日　代旭升遇到了新聘胜利油田石油钻井工技能大师王建军，并与其进行交谈。

1 月 25 日　代旭升接收了油田第八批“名师带高徒”期满考核资料，并与孤东采油厂首席技师郝洪峰就资料中存在的问题，进行了沟通。

2 月 2 日　由代旭升指导参与的胜利油田首个集成优化创新成果“新型平衡块移动装置”获国家实用新型专利。

2 月 8 日　在代旭升工作室，代旭升参加了由油田标准化科时敏科长组织的《油井不停产井口快速连接装置》的论证和认定工作。

2 月 10 日　代旭升在北京参加了由中国发明协会组织的制定《职务发明条例》草案研讨会。

2 月 14 日　代旭升与郝洪峰、张建国见面并进行了交谈。

3 月 2 日　由义铁等 10 人组成的江汉油田高技能人才参观团来代旭升创新工作室交流。

3 月 9 日　代旭升安排徒弟们统计各自单位在用电机型号、皮带轮等信息。

3 月 11 日　矿电工班班长赵红星带着李海赓来到代旭升办公室进行工作交流。

3 月 14 日　代旭升针对油田第二届集成优化项目的进度报告会上徒弟们的发言，进行了指导并提出了要求。

3 月 16 日　在代旭升工作室，代旭升与孟向明、唐守忠、杜国栋等人召开如何破解经营困境的会议。

3 月 17 日　代旭升向李海赓赠送了 3 本采油工理论方面的书籍。

3 月 20 日　江汉油田人力资源处副处长彭义成带领 14 人的观摩团，来到东辛二矿代旭升创新工作室交流调研。油田劳资处副处长王奎一，劳资处办公室主任苏永强，劳资处副总经济师、考核科科长宋协胜，劳资处题库开发科科长王涛，劳资处题库考核科副科长刘爱国、梁晓东，胜利职业学院技能培训部主任刘树忠，东辛采油厂劳资科科长宋孚运，采油二矿党委书记黄惠君，矿长邵连鹏，纪委书记、工会主席刘敏杰等领导陪同。

3 月 21 日　代旭升和井下作业技能大师王天正、电工技能大师李东波一起，到高原公司对员工进行专题讲座。

4 月 3 日　代旭升对李海赓进行工作和心理指导。

4 月 11 日　由代旭升牵头完成的油田第一项集成优化成果“游梁式抽油机曲柄平衡调整工具”在现场试验应用。

4 月 5 日　在代旭升工作室，李海赓进行实操练习。

4 月 8 日　代旭升正式退休。

4 月 9 日　代旭升和妻子约定的全国自由行正式开始。

4 月 22 日　在云南大理，代旭升接到东辛采油厂工会杨建的电话，通知代旭升作为特邀代表到北京参加 2015 年全国劳模表彰大会。

4 月 26 日　代旭升从云南大理飞往济南，与山东省全国劳模进京团进行会合。

4 月 27 日　代旭升在北京与江汉油田的徒弟张义铁见面。

4 月 29 日　代旭升与徒弟张义铁、吴吉林，师徒三人在人民大会堂前合影，共同参加了 2015 年全国劳模表彰大会。

4 月 30 日　代旭升在北京人民大会堂参加了由中华全国总工会组织的庆祝中华全国总工会成立 90 周年大会。

5 月 7 日　代旭升和油田技术监督处节能科周科长，参加了在北京中石化集团公司总部召开的中石化集团公司甲烷回收利用技术交流及启动会，会上代旭升详细介绍了油井套管气回收技术。

5 月 10 日　代旭升来到桩西采油厂毕新忠工作室就“平衡块移动装置”的使用情况进行交流。

5 月 11 日　代旭升来到了位于胜利采油厂水电大队院内的李东波创新工作室进行交流学习。

5 月 26 日　代旭升受中央文明办和山东省文明委的邀请参加了全国及山东省第五届道德模范评选工作。

6 月 6 日　代旭升的“新型平衡块移动工具整合与应用”获东辛采油厂技能人才技术创新成果一等奖。“油井气液两相计量监测装置”获东辛采油厂技能人才技术创新成果一等奖。

6 月 10 日　河南洛阳石化工会副主席乔海霞一行 6 人，来到代旭升创新工作室参观交流，管理局工会副主席李梅，管理局生产劳保部部长杨洪涛、副部长袁磊，采油厂工会副主席刘新路，采油二矿党委书记黄惠君，纪委书记、工会主席刘敏杰陪同。

6 月 11 日　代旭升遇到王建军大师团队的成员，并就近期他们创作活塞取装器进行交流。

6 月 15 日　代旭升询问了李海赓实践操作考试的情况。

6 月 16 日　集团公司技术能手、山东省首席技师刘东章来到代旭升的创新工作室进行参观学习。

6 月 20 日　代旭升带着王刚、张建国等 3 人，到东辛采油厂、孤岛采油厂、孤东采油厂、桩西采油厂等 5 个单位进行新型游梁式抽油机调整曲柄平衡工具的使用调研。

7 月 8 日　在胜利油田职业技能训练中心，代旭升参加了油田整合成果发布会。

7 年 10 日　代旭升打电话给孤岛采油厂的唐守忠，进行工作指导。

7 月 13 日　代旭升组织工作室成员召开了代旭升创新工作室成立十周年座谈会。

7 月 16 日　代旭升应邀来到张建国创新工作室，对“井口操作安全梯”和“无油嘴套采油树的井口快速连接装置”两个创新项目进行现场指导。

7 月 22 日　代旭升应孤岛采油厂团委干事原俊的邀请，来到孤岛采油厂操作技能管理站，与徒弟油田采油技能大师唐守忠和孤岛团青工等 30 余人进行了交流座谈。

7 月 28 日　由代旭升和徒弟张建国研制的“侧进式不停井加盘根光杆密封器”，经过 25 年的艰苦历程，终于研制成功。

8 月 6 日　代旭升的徒弟义铁来到代旭升工作室，向代旭升请教工作中遇到的难题。

8 月 9 日　代旭升的徒弟们将胜利油田第二届集成优化的三个项目向代旭升做了汇报。

8 月 10 日　代旭升参观了湖南大学和橘子洲。

8 月 11 日　代旭升来到韶山，参观了毛主席故居。

8 月 15 日　代旭升在职业学院培训基地进行游梁式抽油井平衡块移位器的整合。

8 月 17 日　代旭升的徒弟张建国打来电话，向代旭升请教“新型多功能油井井口气液计量装置”的安装问题。

8 月 22 日　王建军带着他的徒弟和他的创新团队——“黄河钻井大师团队”，来到代旭升的创新工作室进行参观学习。

9 月 1 日　代旭升参加了 2015 年度国家科学技术进步奖工人组的成果推选工作。

9 月 17 日　代旭升应胜利油田电工大师李东波的邀请，到李东波创新工作室，参加新型油井电源开关装置推介会。

10 月 8 日　代旭升指导徒弟王刚研制出了油井套管稳压防盗装置。

10 月 22 日　胜利油田第五届技能人才技术创新成果获奖项目公示。代旭升和张建国、郝洪峰的 3 个项目位列一等奖。

11 月 3 日　代旭升对东辛采油厂营二管理区采油 1 站进行技术增援。

11 月 12 日　桩西采油厂毕新忠、杜国栋及各专业的高级技师、技师一行 20 人，来到代旭升的工作室参观学习。

11 月 14 日　代旭升与徒弟杜国栋谈心，帮助其解决工作上的问题。

11 月 17 日　代旭升乘坐交通车赶到孤岛采油厂操作技能管理站，对徒弟唐守忠的创新工作室的筹建进行指导。

11 月 25 日　代旭升前往胜采会场，参加油田开发系统创新工作室建设现场推介会。

12 月 12 日　代旭升帮助徒弟王刚解决计量站外输水套炉弯头穿孔问题。

12 月 27 日　在代旭升工作室，代旭升举行师徒联谊会，渤海钻井的张大师参加联谊会。

2016 年

1 月 9 日　代旭升督导徒弟唐守忠负责的集成优化成果工作进度。

2 月 3 日　代旭升接到义铁的拜年电话，并与其进行了工作交流。

3 月 8 日　代旭升就“对接式不停产连接装置”给徒弟张建国等人提供技术指导。

4 月 12 日　胜利职业学院高技能人才培训部的李老师到代旭升工作室访谈交流。

5 月 12 日　桩西采油厂胜利油田首席技能大师毕新忠和采油技能大师杜国栋到代旭升家中，咨询油井井口防盗油技术和汇报研发思路。

5 月 17 日　代旭升到唐守忠创新工作室交流指导工作。

6 月 7 日　代旭升到桩西采油厂技师分会参观和学习。

6 月 18 日　代旭升和徒弟张建国设计的新型多功能油井井口气液计量装置代表胜利油田分公司参加海峡两岸职工创新成果展，受到了全国总工会、福建省总工会的一致好评。

6 月 21 日　胜利职业学院高技能人才培训部李老师带领中石化首席技师班，到代旭升创新工作室参观交流。

6 月 28 日　代旭升同志被评为东辛采油厂 2016 年度优秀共产党员。

7 月 27 日　国家专利局授权“新型皮带轮重合校准仪”获得国家实用新型专利。

8 月 9 日　代旭升受胜利油田工会的邀请，作为胜利油田第四届为民技术创新奖评委之一，前来孤岛金岛宾馆，参与现场答辩环节评判工作。

8 月 18 日　代旭升到胜利职业学院给中石化拔尖人才班的学员交流其岗位创新经验。

9 月 9 日　中共中国石化集团胜利石油管理局委员会授予代旭升 2016 年度胜利油田关心下一代工作先进个人称号。

9 月 7 日　国家专利局授权“新型电动机滑轨”获得国家实用新型专利。

11 月 10 日　根据参加 2017 年度国家科学技术进步奖的申请成果，代旭升到黄河钻井 40419 钻井队作业现场实地考察了动力猫道是如何完成自动完成钻杆、套管、钻铤及其他钻具上下钻台和钻具转移作业等的机械原理等。

11 月 28 日　代旭升在家中接待了油田首席技能大师桩西采油厂毕新忠、技能大师杜国栋，帮助指导并修改了他们所承担的中石化安监局的一项科技项目系列防盗技术的一些问题。

11 月 30 日　代旭升接到桩西采油厂毕新忠的邀请，被聘为《站库设备电器可视化的研究》科技项目的技术指导。

12 月 11 日　代旭升带着徒弟张建国、王刚、姜小兵，一起去家中看望刚刚从天津治病回来，仍在东营做检查治疗的徒弟全国劳模吴吉林。

12 月 15 日　在创新工作室召开了 2015 年度师徒交流会，代旭升的 13 位高徒参加了会议。

12 月 16 日　代旭升前往孤岛采油厂唐守忠创新工作室，审核提升徒弟唐守忠编撰的注采操作应用案例。

12 月 20 日　代旭升电话指导胜利采油厂首席技师张春来，解决了胜采 306 站 4 台增压泵出水管冻导致污水进入减速箱使机油乳化、增压泵停泵的问题。

2017 年

1 月 10 日　代旭升来到胜利采油厂张春来工作室，和徒弟张春来一起探讨抽油调平衡工具的应用情况。

1 月 12 日　代旭升对唐守忠等徒弟进行素质教育。

1 月 14 日　在张建国创新工作室举行了 2017 年迎新春师徒联谊会。这是代旭升退休后，各厂的徒弟自发组织的师徒联谊会。会上，徒弟们分别对 2016 年所做的工作进行了回顾，并对 2017 年的工作进行了认真的计划。

2 月 8 日　众徒弟与代旭升欢聚一堂，徒弟们汇报了一年来的主要工作和取得的成绩。唐守忠获得了齐鲁金牌职工，杜国栋获得了富民兴鲁劳动奖章和山东省创新能手，孟向明获得了齐鲁最美职工和中石化优秀共产党员，张建国获得了油田集成优化成果推广奖，每个人都有进步。代旭升深感，退休后唯有把徒弟们培养好，形成梯队，油田才会更好地发展。

2 月 10 日　张义铁到家中看望代旭升。

2 月 28 日　张义铁向代旭升电话传喜讯，告知自己获得了湖北省首届“荆楚工匠”，全省共选树了 20 人，都是各行各业的翘楚。

3 月 1 日　“防盗油系列技术研发”的科技项目顺利通过了中石化相关专家评审，该技术得到了专家领导的一致认可。

后记

我们身处在一个伟大的时代，这是一个千帆竞发、百舸争流，有机会干事业、能干成事业的辉煌时代，更是一个为实现壮丽宏伟的中国梦，撸起袖子加油干的盛世春秋。党中央高度重视亿万产业工人队伍建设，号召全社会积极践行大国工匠精神。习近平总书记指出:“要弘扬‘工匠精神’，立足本职岗位诚实劳动”，正是缘于此，我萌发了给大国工匠代旭升创作这部长篇传记的雄心。

值得庆幸的是，得益于众多好心人出手相助，《大国工匠代旭升传》得以面世，成为迄今为止中国第一部大国工匠传记，也是中国第一次为一线产业工人创作出版的传记，更是中国第一次为普通劳动者树碑立传，特别是时值全国人民正在深入学习习近平总书记关于大国工匠精神重要系列论述之际，意义重大。

在此，我感谢全国总工会阎京华副主席、中国能源化学地质工会张波主席对这部书出版给予的关心及指导。

在此，我感谢胜利石油管理局党政工领导孔凡群同志、杨昌江同志、李永哲同志、韩辉同志等对《大国工匠代旭升传》创作的高度重视及大力支持。

在此，我感谢中石化老领导车书令同志同全总领导在一起会谈碰撞出创作这部书的倡议，他授意我来担纲推出此作，深深感谢他的信任、他的重托。

在此，我感谢东辛采油厂王养科、王洪宝、卢丙申、刘新路、姜化明、田真、董涛、刘芳芳、杨建、刘平平、王勇、王鹏、滕海燕、徐杰、王辉等为这部长篇传记付出的所有努力，你们不愧是代旭升同志的好战友、好同事。

梅花香自苦寒来，洗尽铅华独匠心。我为自己能赶上这样一个伟大的好时代而庆幸，我为《大国工匠代旭升传》能得以隆重问世而庆幸。大国工匠代旭升用技能成就梦想的辉煌人生证明，只要人人苦干实干，诚实劳动，就能靠劳动成就自己的梦想，创造美好幸福的生活，为全面建成小康社会和实现中华民族伟大复兴的中国梦做出新的更大贡献。

周洪成

2017 年月 4 月 19 日凌晨 2 时 50 分

图书在版编目（CIP）数据

大国工匠代旭升传 / 周洪成，卢丙申，姜化明著. —北京：中国工人出版社，2017.4
ISBN 978-7-5008-6665-7

Ⅰ.①大… Ⅱ.①周… ②卢… ③姜… Ⅲ.①报告文学—中国—当代 Ⅳ.①I25

中国版本图书馆CIP数据核字（2017）第072094号

大国工匠代旭升传

出 版 人	芮宗金
责任编辑	安　静
责任校对	赵贵芬
责任印制	栾征宇
出版发行	中国工人出版社
地　　址	北京市东城区鼓楼外大街45号　邮编：100120
网　　址	http://www.wp-china.com
电　　话	（010）62005043（总编室）　（010）62005039（出版物流部） （010）62382916（职工教育分社）
发行热线	（010）62005049　（010）62005042（传真）
经　　销	各地书店
印　　刷	三河市万龙印装有限公司
开　　本	710毫米×1000毫米　1/16
印　　张	24.5
字　　数	470千字
版　　次	2017年4月第1版　2017年4月第1次印刷
定　　价	78.00元